'Salem

STEPHEN

King

'Salem

Tradução
Thelma Médici Nóbrega

17ª reimpressão

Agradecemos especialmente aos abaixo relacionados pela permissão para incluir material protegido por copyright neste livro:

Primeira estrofe de "The Return of the Exile" e um haicai do livro *Poems*, de George Seferis. Tradução para o inglês © Rex Warner 1960. Publicado pela Little, Brown and Company associada a Atlantic Monthly Press e Bodley Head, Ltd.

"The Emperor of Ice Cream", copyright 1923 e renovado em 1951 por Wallace Stevens. Reimpresso de The Collected Poems of Wallace Stevens, mediante permissão de Alfred A. Knopf, Inc., e Faber & Faber, Ltd.

Trecho de The Haunting of Hill House, de Shirley Jackson. Copyright © 1959 by Shirley Jackson. Reimpresso mediante permissão da Viking Press, Inc., e Brandt and Brandt.

Um verso da letra "North Country Blues", de Bob Dylan. Copyright © 1963 by M. Whitmark & Sons. Todos os direitos reservados. Utilizada mediante permissão da Warner Bros. Music.

Grafia atualizada segundo o Acordo Ortográfico da Língua Portuguesa de 1990, que entrou em vigor no Brasil em 2009.

Título original
'Salem's Lot

Capa
Rodrigo Rodrigues sobre design original de John Fontana

Imagem de capa
Jerry N. Uelsmann

Revisão
Elaine Bayma
Rita Godoy
Mariana Freire Lopes

CIP-Brasil. Catalogação na fonte
Sindicato Nacional dos Editores de Livros, RJ

K64s
King, Stephen
'Salem / Stephen King; tradução de Thelma Médici Nóbrega. — 2ª ed. — Rio de Janeiro: Objetiva, 2013.

Tradução de: 'Salem's Lot.
ISBN 978-85-8105-045-4

1. Contos de terror. 2. Ficção americana. I. Nóbrega, Thelma Médici. II. Título.

CDD: 813
11-7324 CDU: 821.111(73)-3

EDITORA SCHWARCZ S.A.
Praça Floriano, 19, sala 3001 — Cinelândia
20031-050 — Rio de Janeiro — RJ
Telefone: (21) 3993-7510
www.companhiadasletras.com.br
www.blogdacompanhia.com.br
facebook.com/editorasuma
instagram.com/editorasuma
twitter.com/Suma_BR

Para Naomi Rachel King
"... promessas mantidas."

Sumário

Nota do Autor

Ninguém escreve um romance longo sozinho, e eu gostaria de roubar um instante do seu tempo para agradecer a algumas pessoas que me ajudaram neste: G. Everett McCutcheon, da Hampden Academy, por suas sugestões práticas e encorajamento; Dr. John Pearson, de Old Town, Maine, médico do distrito de Penobscot e membro emérito da mais ilustre especialidade médica, a clínica geral; padre Renald Hallee, da Igreja Católica de St. John, em Bangor, Maine. E, é claro, a minha mulher, cuja crítica foi tão dura e resoluta como sempre.

Embora as cidades nas cercanias de 'salem sejam muito reais, a própria 'salem existe tão somente na imaginação do autor, e quaisquer semelhanças entre as pessoas que lá vivem e pessoas que vivem no mundo real é mera coincidência e não é proposital.

S.K.

PRÓLOGO

Velho amigo, o que procuras?
Após tantos anos fora, voltas
Com imagens que cultivaste
Sob céus estrangeiros
Distante de tua própria terra.

GEORGE SEFERIS

1

Quase todos achavam que o homem e o menino fossem pai e filho.

Eles haviam cruzado o país seguindo um errante trajeto em direção ao sudoeste num velho sedan Citroën, mantendo-se quase todo o tempo em estradas secundárias, interrompendo e seguindo viagem. Pararam em três lugares pelo caminho antes de chegarem ao destino final: primeiro em Rhode Island, onde o homem alto de cabelo preto arranjara emprego numa fábrica de tecidos. Depois em Youngstown, Ohio, onde ele trabalhara durante três meses numa linha de montagem de tratores. E, finalmente, numa cidadezinha da Califórnia próxima à fronteira mexicana, onde trabalhou como frentista e mecânico de carros estrangeiros com um grau de sucesso que, para ele, era surpreendente e gratificante.

Onde quer que parassem, ele comprava um jornal do Maine chamado *Press-Herald* de Portland e o lia em busca de notícias concernentes a uma cidadezinha no sul do estado chamada Jerusalem's Lot e a área ao redor. Tais notícias apareciam de tempos em tempos.

Ele escrevera o esboço de um romance em hotéis de beira de estrada antes de chegarem a Central Falls, Rhode Island, onde o enviou a seu agente. Ele fora um romancista de sucesso moderado um milhão de anos antes, quando a escuridão ainda não se apossara de sua vida. O agente levou o esboço para seu último editor, que expressou um interesse polido, mas nenhuma disposição de ceder adiantamentos monetários.

"Por favor" e "obrigado", ele disse ao menino enquanto rasgava a carta do agente, ainda eram de graça. Disse-o sem muita amargura, e deu continuidade ao livro mesmo assim.

O menino não falava muito. Seu rosto guardava uma perpétua expressão aflita, e seus olhos eram escuros — como se estivessem sempre a sondar um lúgubre horizonte interior. Nas lanchonetes e postos de gasolina em que paravam pelo caminho, ele era educado e nada mais. Parecia não querer perder o homem de vista, e aparentava nervosismo até mesmo quando ele o deixava para ir ao banheiro. Recusava-se a falar sobre a cidade de Jerusalem's Lot, embora o homem tentasse abordar o assunto de tempos em tempos, e não olhava para os jornais de Portland que o homem às vezes deixava deliberadamente a seu alcance.

Quando o livro foi escrito, eles moravam numa casinha de praia perto da estrada, e ambos nadavam bastante no oceano Pacífico. Era mais quente que o Atlântico e mais amistoso. Não despertava lembranças. O menino começou a ficar muito moreno.

Embora vivessem bem, fizessem três boas refeições por dia e tivessem um teto seguro, o homem começara a se sentir deprimido e a duvidar da vida que levavam. Ele dava aulas ao menino, e parecia que não ficava atrás da educação formal (o menino era esperto e amigo dos livros, como o homem alto também fora), mas não achava que obliterar 'salem estivesse fazendo bem ao menino. Algumas noites, ele gritava durante o sono e atirava os cobertores no chão.

Uma carta chegou de Nova York. O agente do homem alto disse que a editora Random House oferecia um adiantamento de 12 mil dólares e que era quase certo que um clube do livro o aceitaria. Estava bem assim?

Estava.

O homem deixou o emprego no posto de gasolina, e ele e o menino cruzaram a fronteira.

2

Los Zapatos, que significa "os sapatos" (um nome que agradou imensamente ao homem), era um pequeno vilarejo próximo ao mar, desprezado pelos turistas. Não havia estradas boas, nem vista para o oceano (para isso, era preciso viajar oito quilômetros para o oeste), nem atrações históricas. Além disso, a cantina local era infestada de baratas e a única puta era uma avó de cinquenta anos.

Ao deixarem os Estados Unidos para trás, uma calma quase sobrenatural tomou conta da vida deles. Poucos aviões passavam no céu, não havia rodovias expressas e ninguém tinha um cortador de grama elétrico (nem queria ter) em centenas de quilômetros. Eles tinham um rádio, mas até aquele barulho era desprovido de sentido. Os noticiários eram todos em espanhol, que o menino começava a entender, mas que permanecia — e sempre permaneceria — uma algaravia para o homem. A música parecia se limitar à ópera. Algumas noites, conseguiam pegar uma estação de música *pop* de Monterey, animada pelo frenético DJ Wolfman Jack, mas entrava e saía de sintonia. O único motor ao alcance do ouvido era um antigo e pitoresco Rototiller de um fazendeiro da região. Dependendo do vento, seu barulho irregular e soluçante se tornava fracamente audível, como um espírito inquieto. Eles puxavam água do poço manualmente.

Uma ou duas vezes por mês (nem sempre juntos) eles assistiam à missa na igrejinha da cidade. Nenhum dos dois entendia a cerimônia, mas iam assim mesmo. O homem às vezes cochilava no calor sufocante, ao som dos ritmos constantes e familiares e das vozes que lhes davam expressão. Um domingo, o menino foi até a frágil varanda dos fundos, onde o homem escrevia um novo romance, e lhe disse que conversara com o padre sobre entrar para a igreja. O homem assentiu e perguntou se seu espanhol lhe permitia receber lições. O menino disse que achava que não haveria problema.

O homem viajava 65 quilômetros semanalmente para comprar o jornal de Portland, Maine, sempre datado de uma semana e às vezes amarelado pela urina de algum cachorro. Duas semanas depois que o menino lhe contara suas intenções, ele encontrou uma reportagem sobre 'salem e uma cidade de Vermont chamada Momson. O nome do homem alto era mencionado ao longo da matéria.

Ele deixou o jornal à vista sem muita esperança de que o menino o lesse. O artigo o deixou perturbado por vários motivos. Ao que parecia, nada ainda acabara em 'salem.

O menino o procurou um dia depois com o jornal aberto na mão, expondo a manchete: "Cidade-Fantasma no Maine?"

— Estou com medo — disse ele.

— Eu também — o homem alto respondeu.

3

CIDADE-FANTASMA NO MAINE?

John Lewis

Editor de Reportagem do *Press-Herald*

Jerusalem's Lot — Jerusalem's Lot é uma cidadezinha ao leste de Cumberland e a 30 quilômetros ao norte de Portland. Não é a primeira cidade da história americana a sumir do mapa, e provavelmente não será a última, mas é uma das mais estranhas. Cidades-fantasma são comuns no sudoeste americano, onde comunidades nasceram quase da noite para o dia em torno de ricos filões de ouro e prata e depois desapareceram quase tão rapidamente quando os veios minerais se esgotaram, deixando lojas, hotéis e tabernas vazios, apodrecendo em silêncio.

Na Nova Inglaterra, o único outro caso além do misterioso esvaziamento de Jerusalem's Lot, ou 'salem, como preferem os moradores, parece ser o de uma cidadezinha em Vermont chamada Momson. Durante o verão de 1923, Momson aparentemente sumiu do mapa, assim como os seus 312 residentes. As casas e poucos prédios comerciais no centro da cidade continuam de pé, mas, desde aquele verão, há 52 anos, estão desertos. Em alguns casos os móveis foram levados, mas quase todas as casas permaneceram mobiliadas, como se no meio do dia um vento poderoso tivesse arrastado as pessoas. Numa casa, a mesa fora posta para o jantar, no centro um arranjo de flores murchas. Noutra, as cobertas haviam sido afastadas caprichosamente no quarto por alguém que se preparava para dormir. No armazém da cidade, um rolo de tecido de algodão fora encontrado sobre o balcão, e o preço, um dólar e 22 centavos, fora marcado na caixa registradora. Os investigadores acharam quase 50 dólares em caixa, intocados.

As pessoas da região gostam de divertir os turistas com a história, insinuando que a cidade é assombrada, o que explica o fato de nunca mais ter sido habitada. Um motivo mais plausível é que Momson fica numa região remota do Estado, longe de qualquer estrada importante. Nada existe lá que não possa ser reproduzido em centenas de outras cidades — exceto, é claro, o mistério do extraordinário sumiço de sua população.

Um caso muito semelhante é o de Jerusalem's Lot.

No censo de 1970, 'salem tinha 1.319 habitantes — exatamente 67 a mais do que no censo anterior, de dez anos antes. Era uma cidadezinha próspera e confortável, onde jamais acontecia nada digno de nota. O único assunto que as pessoas de idade, que se reuniam no parque e ao redor do aquecedor do Mercado Agrícola de Crossen, tinham para discutir era o incêndio de 1951, quando o descuido de alguém ao jogar um fósforo aceso provocara um dos maiores incêndios florestais na história do estado.

Para quem queria saborear a aposentadoria numa cidadezinha rural, onde cada um cuidava de sua vida e o maior evento da semana podia ser o Chá da Associação de Senhoras, a cidade de 'salem era uma boa escolha. Demograficamente, o censo de 1970 mostrou um quadro que tanto os sociólogos rurais quanto os antigos residentes de qualquer cidadezinha de Maine conheciam muito bem — muitas pessoas de idade, bastante gente pobre e muitos jovens que deixam a região com o diploma debaixo do braço, para nunca mais voltar.

Mas, há pouco mais de um ano, algo fora do comum começou a acontecer em Jerusalem's Lot. As pessoas começaram a sumir. A maior parte delas, naturalmente, não desapareceu no sentido literal da palavra. O ex-chefe de polícia de 'salem, Parkins Gillespie, mora com a irmã em Kittery. Charles James, dono do posto de gasolina em frente à farmácia, agora dirige uma oficina em Cumberland, uma cidade vizinha. Pauline Dickens mudou-se para Los Angeles e Rhoda Curless trabalha na Missão de São Mateus, em Portland. A lista dos falsos desaparecidos poderia se estender indefinidamente.

O que mais intriga nessas pessoas "encontradas" é a unânime recusa — ou incapacidade — de falar sobre Jerusalem's Lot e o que aconteceu lá, se é que algo aconteceu. Parkins Gillespie simplesmente olhou para este repórter, acendeu um cigarro e disse: "Eu decidi ir embora, só isso." Charles James afirma que foi obrigado a partir porque seu negócio se deteriorou com a cidade. Pauline Dickens, que trabalhara como garçonete no Excellent Café durante anos, não respondeu à carta enviada por este repórter. E a senhorita Curless se recusa a falar sobre 'salem.

Alguns dos desaparecimentos podem ser explicados por suposições fundamentadas e um pouco de pesquisa. Lawrence Crockett, um corretor imobiliário, desapareceu com a mulher e a filha deixando vários empreendimentos comerciais e transações imobiliárias questionáveis, inclusive uma especulação com um terreno em Portland onde o shopping center de Portland está hoje em construção. O casal Royce McDougall, também entre os desaparecidos, perdera o filho pequeno no começo do ano, e não havia muito que os prendesse à cidade. Podem estar em qualquer lugar. Outros se encaixam na mesma categoria. "Mandamos investigadores atrás de muitos moradores de Jerusalem's Lot", disse Peter McFee, o chefe da polícia estadual. "Mas essa não é a única cidade do Maine onde as pessoas sumiram de uma hora para outra. Royce McDougall, por exemplo, devia para um banco e duas financeiras... na minha opinião, ele não passava de um caloteiro que quis se dar bem. Um dia desses, ele usará um dos cartões de crédito que tem na carteira e os credores vão cair em cima dele. Nos Estados Unidos, pessoas desaparecidas são a coisa mais comum do mundo. Vivemos numa sociedade comandada pelo automóvel. As pessoas fazem as trouxas e se mudam a cada dois ou três anos. Às vezes esquecem de deixar o endereço novo. Principalmente os pilantras."

Mas, apesar do espírito prático do capitão McFee, perguntas continuam sem respostas em Jerusalem's Lot. Henry Petrie desapareceu, assim como a mulher e o filho, e o Sr. Petrie, executivo de uma empresa de seguros consultiva, não tem exatamente o perfil de um caloteiro. O coveiro, o bibliotecário e a esteticista da cidade também estão no arquivo morto do correio. A lista é de uma extensão inquietante.

Nas cidades vizinhas, os boatos, que são a origem das lendas, já começaram. Comenta-se que 'salem é mal-assombrada. Luzes coloridas já foram vistas sobre as linhas de transmissão de força que cruzam a cidade, e se alguém sugerir que os habitantes de 'salem foram levados por OVNIs, ninguém achará graça. Já se comenta sobre uma "seita secreta" de jovens que praticavam a missa negra na cidade e teriam atraído a ira de Deus sobre essa homônima da cidade mais sagrada da Terra Santa. Outros, menos propensos ao sobrenatural, lembram-se dos jovens que "desapareceram" na região de Houston, Texas, há cerca de três anos, e foram descobertos em horrendas valas comuns.

Uma visita a 'salem faz com que esses boatos pareçam menos fantasiosos. Não restou nenhum negócio aberto. O último a se render foi a Drogaria Spencer, que fechou as portas em janeiro. A Loja Agrícola Crossen, a casa de ferragens, a loja de móveis Barlow e Straker, o Excellent Café e até o Paço Municipal foram fechados. A nova escola primária está vazia, assim como o colégio que pertence ao distrito que reúne três municípios, construído em 1967. Os móveis e os livros da escola foram levados para instalações improvisadas em Cumberland à espera de um referendo nas outras cidades do distrito escolar, mas parece que nenhuma criança de 'salem comparecerá quando o novo ano escolar começar. Não existem mais crianças — apenas lojas e estabelecimentos abandonados, casas desertas, gramados crescidos, ruas vazias e estradas secundárias.

Entre outros moradores que a polícia estadual gostaria de localizar ou pelo menos saber informações a respeito estão John Groggins, pastor da Igreja Metodista de Jerusalem's Lot; Donald Callahan, padre da paróquia de St. Andrew; Mabel Werts, uma viúva que participava ativamente de atividades sociais e religiosas; Lester e Harriet Durham, um casal que trabalhava na fábrica de tecidos Gates; Eva Miller, dona de uma pensão...

4

Dois meses depois que o artigo saiu no jornal, o menino foi aceito pela igreja. Confessou pela primeira vez. E confessou tudo.

5

O padre do vilarejo era um velho com cabelos brancos e rosto marcado por uma teia de rugas. Sob a testa curtida pelo sol, seus olhos examinavam o mundo com surpreendente vivacidade. Eram olhos azuis, irlandeses. Quando o homem alto chegou a sua casa, ele bebia chá na varanda. Um homem de terno formal estava de pé a seu lado. Seu cabelo, dividido ao meio com brilhantina, fazia lembrar retratos da década de 1890.

O homem disse com rigidez:

— Sou Jesús de la rey Muñoz. O padre Gracon me pediu para ser seu intérprete, já que não sabe inglês. Ele prestou um grande serviço a minha família, que não posso mencionar. Da mesma forma, não revelarei nada do que ele deseja discutir com o senhor. Está de acordo?

— Estou. — Ele apertou a mão de Muñoz e depois a de Gracon. Este respondeu em espanhol e sorriu. Só lhe restavam cinco dentes, mas o sorriso era luminoso e alegre. Ele disse: — Aceita uma xícara de chá? É chá verde, muito refrescante.

— Com prazer.

Depois da troca de cortesias, o padre disse:

— O menino não é seu filho.

— Não.

— Ele fez uma estranha confissão. Para dizer a verdade, nunca ouvi uma confissão mais estranha em todos os meus anos de sacerdócio.

— Não estou surpreso.

— Ele chorou — disse o padre Gracon, sorvendo o chá. — Foi um pranto fundo e terrível. Veio das profundezas de sua alma. Devo fazer a pergunta que essa confissão despertou em meu coração?

— Não — disse o homem com voz inalterável. — Ele disse a verdade.

Gracon assentiu com a cabeça mesmo antes de Muñoz traduzir, e seu rosto assumiu uma expressão grave. Inclinou-se com as mãos unidas entre os joelhos e falou por muito tempo. Muñoz ouviu com atenção, o rosto cautelosamente inexpressivo. Quando o padre terminou, Muñoz disse:

— Ele disse que o mundo está cheio de coisas estranhas. Há quarenta anos, um lavrador de El Graniones lhe trouxe um lagarto que gritava como se fosse uma mulher. Viu um homem com os estigmas da paixão de Cristo, cujas mãos e pés sangraram na Sexta-feira Santa. Disse que esse é um caso terrível e sinistro. Grave para você e para o menino. Principalmente para o menino. Ele está sendo consumido. Diz que...

Gracon falou algo, brevemente.

— Perguntou se você compreende o que fez nessa Nova Jerusalém.

— Jerusalem's Lot — disse o homem alto. — Sim, compreendo.

Gracon falou de novo.

— Ele perguntou o que pretende fazer a respeito.

O homem alto balançou a cabeça muito lentamente.
— Eu não sei.
Gracon falou de novo.
— Ele disse que rezará por vocês.

6

Uma semana depois, ele acordou de um pesadelo, suando, e chamou o menino.
— Vou voltar — disse ele.
O menino empalideceu, apesar da tez bronzeada.
— Você vem comigo? — o homem perguntou.
— Você me ama?
— Claro. Claro que sim...
O menino começou a chorar e o homem alto o abraçou.

7

Mesmo assim, o sono não lhe vinha. Rostos espreitavam na escuridão, indistintos, como numa tempestade de neve, e quando o vento empurrou um galho de uma árvore contra o telhado, ele deu um salto.
Jerusalem's Lot.
Ele fechou os olhos, cobriu-os com o braço, e tudo começou a voltar. Quase podia ver o peso de papel feito de vidro, do tipo que cria uma pequena nevasca quando o balançamos.
'Salem...

PARTE I

A CASA MARSTEN

Nenhum organismo vivo é capaz de manter a sanidade durante um longo tempo em condições de absoluta realidade; até mesmo cotovias e gafanhotos sonham, segundo alguns. A Casa da Colina, que perdera a sanidade, encostava-se sozinha aos montes, abrigando a escuridão; ficara assim oitenta anos, e podia ficar mais oitenta. Dentro dela, as paredes continuavam eretas, os tijolos encaixados, os chãos firmes, as portas sensatamente fechadas. O silêncio repousava imperturbável sobre a pedra e a madeira de Casa da Colina, e o que por lá andasse, andava só.

Shirley Jackson
A Assombração da Casa da Colina

Capítulo um

BEN (I)

1

Quando passou por Portland, seguindo ao norte pela estrada, Ben Mears começou a sentir um agradável frio na barriga. Era 5 de setembro de 1975, e o verão fazia sua última e grande festa. As árvores explodiam de tanto verde, o céu era de um azul suave e inebriante, e logo depois da divisa municipal de Falmouth, ele viu dois meninos andando por uma rua paralela à via expressa, com varas de pescar sobre os ombros como carabinas.

Ele passou para a pista direita, baixou a velocidade ao mínimo permitido e começou a buscar alguma coisa que despertasse lembranças. Não viu nada a princípio, e tentou se precaver contra uma decepção quase certa. *Você tinha só sete anos. Vinte e cinco anos já passaram debaixo da ponte. Os lugares mudam. Como as pessoas.*

Naquele tempo, a rodovia 295, de quatro pistas, ainda não fora construída. Quem queria ir de 'salem a Portland precisava pegar a Rota 12 até Falmouth e depois continuar pela estrada número 1. O tempo passara.

Pare com isso, merda.

Mas era difícil parar. Era difícil parar quando...

Uma grande moto BSA com guidões levantados passou zunindo por ele, um garoto de camiseta dirigindo, uma garota de jaqueta vermelha e imensos óculos de sol espelhados na garupa. Eles o ultrapassaram muito bruscamente, e ele se assustou, enfiando o pé no breque e tocando a buzina com as duas mãos. A BSA acelerou, soltando fumaça azul pelo escapamento, e a menina virou-se para lhe mostrar o dedo médio.

Ele retomou a velocidade anterior, desejando um cigarro. Suas mãos tremiam levemente. A BSA quase sumira de vista, avançando veloz. Adolescentes. Malditos adolescentes. Lembranças começaram a assediá-lo, de origem mais recente. Ele as repeliu. Não subia numa motocicleta há dois anos. E nunca mais subiria.

Uma mancha vermelha à esquerda passou de relance, e quando olhou para ver o que era, ele sentiu uma onda de prazer e reconhecimento. Um grande celeiro vermelho se erguia sobre um monte no fim de um campo ascendente, coberto de capim e trevos, um celeiro com cúpula pintada de branco — mesmo àquela distância, ele podia ver o sol brilhando sobre o cata-vento. Continuava no lugar de sempre. Parecia exatamente igual. Talvez tudo desse certo, afinal. E então as árvores o ocultaram.

Quando a estrada entrou em Cumberland, mais e mais coisas lhe pareceram familiares. Passou sobre o rio Royal, onde pescara trutas e lúcios quando menino. Teve uma visão breve e oscilante de Cumberland Village através das árvores. À distância, viu a torre de água de Cumberland, com seus grandes dizeres pintados na lateral: "Proteja o Verde do Maine". Tia Cindy sempre dizia que alguém devia escrever "Traga dinheiro" debaixo da frase.

A emoção cresceu e começou a se acelerar enquanto ele procurava a placa. Ela surgiu oito quilômetros depois, seu verde fosforescente reluzindo na distância.

ROTA 12 JERUSALEM'S LOT

CUMBERLAND DISTRITO DE CUMBERLAND

Uma súbita melancolia o assaltou, extinguindo seu bom humor como a areia extingue o fogo. Ele estava sujeito a esses acessos desde que (sua mente tentou dizer o nome de Miranda, mas ele não deixou) aquilo acontecera. Estava acostumado a combatê-los, mas aquele o dominou com uma força selvagem e inquietante.

O que pretendia, voltando a uma cidade onde vivera durante quatro anos de sua infância, em busca de algo irremediavelmente perdido? Que magia ele esperava resgatar refazendo caminhos que percorrera quando menino e que provavelmente haviam sido asfaltados, aplainados, desmatados e cobertos com latas de cerveja deixadas por turistas? A magia se fora, tanto a branca quanto a negra. Tudo fora para o espaço naquela noite quando a motocicleta perdera o controle, e o caminhão amarelo de mudança aproximou-se veloz, crescendo no campo de visão, e o grito de sua mulher, Miranda, foi interrompido de modo súbito e final quando...

A entrada apareceu à direita, e por um momento ele pensou em passar direto e continuar até Chamberlain ou Lewiston, parar para almoçar e depois fazer o caminho de volta. Mas de volta para onde? Para casa? Que piada. Se ele tinha algum lar, era aquele. Mesmo que tivesse existido durante apenas quatro anos, era seu.

Ele deu sinal, diminuiu a velocidade do Citroën e subiu a rampa. Quase no alto, quando a rampa se unia à Rota 12 (que passava a se chamar avenida Jointner perto da cidade), ele olhou em direção ao horizonte. O que viu o fez afundar o pé no breque com toda a força. O Citroën parou bruscamente.

As árvores, pinheiros e abetos em sua maioria, erguiam-se em curvas suaves em direção ao leste, parecendo quase se colar ao céu no limite da visão. De lá a cidade não era visível. Apenas as árvores, e na distância, onde elas roçavam o céu, o telhado triangular e pontiagudo da Casa Marsten.

Ele o contemplou, fascinado. Emoções contraditórias cruzaram seu rosto com rapidez caleidoscópica.

— Continua lá — murmurou ele. — Santo Deus.

Ele olhou para os braços — arrepios os percorriam de cima a baixo.

2

Deliberadamente, ele contornou a cidade, cruzando Cumberland e entrando em 'salem pelo lado oeste, através da estrada Burns. Ficou surpreso ao ver quão pouco o cenário havia mudado. Havia algumas casas novas de que não se lembrava, uma taverna chamada Dell's logo depois do limite municipal e duas pedreiras recém-abertas. Boa parte das árvores havia sido derrubada, mas a velha placa de estanho que indicava o caminho para o depósito de lixo ainda estava lá. A estrada continuava sem pavimentação, cheia de buracos e desníveis, e ele conseguiu ver o monte do Pátio do Colégio através da fresta nas árvores onde os postes da Central Elétrica do Maine se estendiam do noroeste para o sudeste. A fazenda Griffin continuava lá, embora o celeiro tivesse sido aumentado. Ele se perguntou se eles ainda engarrafavam e vendiam o leite que produziam. O logotipo era uma vaca sorridente debaixo da marca "Leite Saudável da Fazenda Griffin!". Ele sorriu. Quantas vezes não tomara aquele leite junto com cereais na casa da tia Cindy.

Ele virou à esquerda na estrada Brooks, passou pelos portões de ferro forjado e o baixo muro de pedra que cercava o Cemitério Harmony Hill, desceu a íngreme ladeira e começou a subir a colina adiante, conhecida como monte Marsten.

No alto, as árvores rareavam dos dois lados da estrada. À direita, era possível ver a cidade de cima — a primeira visão que Ben tinha dela. À esquerda, erguia-se a Casa Marsten. Ele parou o carro e saiu.

Estava exatamente igual. Nada havia mudado. Era como se ele a tivesse visto ainda no dia anterior.

O gramado do jardim crescia alto e selvagem, obscurecendo os velhos ladrilhos, deslocados pela ação do gelo, que levavam à varanda. Grilos cantavam na grama, e ele viu gafanhotos saltando em erráticas parábolas.

A casa em si dava para a cidade. Era imensa, vergada e angulosa. As janelas, fechadas com tábuas a esmo, davam-lhe o ar sinistro das casas antigas desabitadas há tempos. A pintura desbotara, criando uma aparência cinzenta e uniforme. Tempestades haviam arrancado várias telhas, e uma forte nevasca afundara o canto direito do telhado principal, dando-lhe um aspecto abatido, encurvado. Uma gasta placa proibindo a entrada fora pregada ao pilar do corrimão direito.

Ele sentiu um forte impulso de subir por aquele gramado crescido, passando pelos grilos e gafanhotos que saltariam sobre seus sapatos, subir até a varanda e espiar entre as tábuas, para vislumbrar o corredor ou a sala da frente. Talvez tentar abrir a porta da frente. Se estivesse destrancada, entrar.

Ele engoliu em seco e ergueu os olhos para a casa, quase hipnotizado. Ela o olhou de volta com indiferença idiótica.

Você atravessaria o corredor, sentindo o cheiro de argamassa úmida e papel de parede putrefato, ratos saracoteando dentro das paredes. Ainda haveria muitas tralhas espalhadas por ali, e você pegaria algo, um peso de papel, talvez, e o enfiaria no bolso. Depois, no fim do corredor, em vez de continuar até a cozinha, você viraria à esquerda e subiria as escadas, os pés triturando o reboco que caíra do teto ao longo dos anos. Eram 14 degraus, exatamente 14. Mas o último era menor, desproporcional, como se tivesse sido agregado para evitar o número fatídico. Ao chegar ao patamar da escada, você estaria diante do corredor e de uma porta fechada. E, se você atravessasse o corredor em direção a ela, observando-a se aproximar e crescer no campo de visão como se fora de si mesmo, poderia estender a mão e pousá-la na maçaneta de prata embaçada...

Ele se afastou da casa, um suspiro seco escapando dos lábios. Ainda não. Depois, talvez, mas ainda não. Por enquanto, bastava saber que tudo aquilo continuava lá. Esperando por ele. Apoiou as mãos no capô do carro e contemplou a cidade. Tentaria descobrir lá embaixo quem cuidava da Casa Marsten, e talvez a alugasse. A cozinha daria um bom escritório, e ele poderia acampar no salão da frente. Mas não se permitiria subir as escadas.

A não ser que fosse preciso.

Entrou no carro, deu partida e desceu o morro em direção a Jerusalem's Lot.

Capítulo dois

SUSAN (I)

1

Ele estava sentado num banco do parque quando notou que a garota o observava. Era uma garota muito bonita, com um lenço de seda amarrado sobre os cabelos loiro-claros. Lia um livro naquele momento, mas tinha a seu lado um caderno de desenho e o que parecia um lápis de carvão. Era terça-feira, 16 de setembro, o primeiro dia de aula, e o parque magicamente se esvaziara dos mais arruaceiros. Restavam apenas algumas mães com bebês de colo, alguns velhos sentados ao lado do memorial de guerra e aquela garota, sob a sombra irregular de um velho e retorcido elmo.

Ela levantou a cabeça e o viu. Uma expressão de surpresa cruzou seu rosto. Olhou para o livro, depois de novo para ele e começou a se levantar. Hesitou, mudou de ideia e voltou a sentar.

Ele se levantou e se aproximou dela, trazendo seu próprio livro, um faroeste de capa mole.

— Olá — disse ele, de modo afável. — Nós já nos conhecemos?

— Não — disse ela. — Ou melhor... você é Benjamin Mears, certo?

— Certo — confirmou ele, erguendo as sobrancelhas.

Ela riu com nervosismo, sem lançar mais que um olhar fugaz para o rosto dele, tentando ler o barômetro de suas intenções. Era óbvio que não estava acostumada a falar com estranhos no parque.

— Pensei que estivesse vendo um fantasma. — Ela mostrou o livro que tinha no colo. Ele viu de relance que as palavras "Biblioteca Pública de Jerusalem's Lot" estavam carimbadas na espessa extensão entre as capas. Era *Air Dance*, seu segundo romance. Ela lhe mostrou a foto dele na contracapa, uma foto que já tinha quatro anos. O rosto parecia jovem e de uma seriedade assustadora — os olhos eram como diamantes negros.

— De circunstâncias tão triviais, dinastias podem nascer — ele disse, e embora fosse apenas uma brincadeira sem maior importância, a frase pairou pesada no ar, como uma profecia. Atrás deles, crianças pequenas brincavam alegremente na piscininha, e uma mãe dizia a Roddy para não empurrar a irmã forte demais. A irmã subiu alto no balanço assim mesmo, o vestido esvoaçando, almejando o céu. Era um momento que ele lembraria durante muitos anos, como uma pequena e especial fatia do bolo do tempo. Se nada se acende entre duas pessoas, instantes como aquele simplesmente submergem nas ruínas indistintas do tempo.

Ela riu e lhe estendeu o livro.

— Você não quer autografá-lo?

— Um livro de biblioteca?

— Eu compro outro e coloco no lugar.

Ele achou uma lapiseira no bolso da malha, abriu o livro na folha de guarda e perguntou:

— Como você se chama?

— Susan Norton.

Ele escreveu rápido, sem pensar: *Para Susan Norton, a garota mais bonita do parque. Afetuosamente, Ben Mears.* E acrescentou a data sob a assinatura.

— Agora, vai ter que roubá-lo — disse ele, devolvendo-lhe o livro. — Infelizmente, *Air Dance* está esgotado.

— Vou pedir um exemplar para aqueles sebos de Nova York. — Ela hesitou, e dessa vez olhou nos olhos dele um pouco mais longamente. — O livro é excelente.

— Obrigado. Quando o pego da prateleira e o leio, acho estranho que tenha sido publicado.

— Você o pega sempre?

— Pego, mas estou tentando parar.

Ela abriu um sorriso largo, os dois riram e esse riso tornou tudo mais natural. Mais tarde, ele lembraria como tudo acontecera de modo fácil e direto. Não era sempre uma ideia incômoda. Evocava uma imagem do destino, mas não cego, e sim equipado com sensível visão 20 por 20 e disposto a triturar indefesos mortais entre as mós do universo para fazer um obscuro pão.

— Li *Conway's Daughter* também. Adorei. Mas você deve ouvir isso o tempo todo.

— Quase não ouço — disse ele, sinceramente. Miranda também adorara, mas a maioria dos seus amigos do café ficara reticente e a maioria dos críticos o massacrara. Bom, assim era a crítica. Enredo estava fora de moda, masturbação era a nova tendência.

— Bom, eu adorei.

— Você já leu o novo?

— *Billy Said Keep Going?* Ainda não. A Srta. Coogan, da padaria, falou que é bem picante.

— Imagine, é quase puritano — disse Ben. — A linguagem é forte, mas, quando se escreve sobre rapazes rústicos do interior, não dá para... Ouça, posso lhe oferecer um milk-shake ou algo assim? Eu estava mesmo com vontade de tomar um.

Ela observou os olhos dele pela terceira vez. Depois sorriu, cordial.

— Claro, eu adoraria. O da Spencer's é muito bom.

E foi assim que começou.

2

— Aquela é a Srta. Coogan?

Ben fez a pergunta em voz baixa. Olhava para uma mulher alta e magra, que usava um avental vermelho de náilon sobre o uniforme branco. Seus cabelos, tingidos de azul, estavam penteados em sucessivas camadas de ondas.

— É, ela mesma. Tem um carrinho que leva à biblioteca toda quinta de noite. Preenche toneladas de pedidos de reserva e deixa a Srta. Starcher louca.

Estavam sentados em bancos de couro vermelho na sorveteria. Ele bebia um milk-shake de chocolate. O dela era de morango. A Spencer's também servia de estação de ônibus da cidade. De onde estavam, eles viam, depois de um antiquado arco ornamentado, a sala de espera, onde um solitário rapaz de uniforme da Força Aérea aguardava com ar taciturno, os pés plantados ao lado da mala.

— Ele não parece feliz em ir para onde está indo, não é? — disse ela, seguindo o olhar dele.

— A licença acabou, imagino — disse Ben. Agora ela vai me perguntar se eu já prestei serviço militar.

Mas, em vez disso, ela disse:

— Um dia pegarei esse ônibus das dez e meia. Adeus, 'salem. Acho que vou ficar tão melancólica quanto aquele rapaz.

— E ir para onde?

— Para Nova York, acho eu. E ver se eu finalmente me torno autossuficiente.

— Mas o que há de errado com este lugar?

— Com 'salem? Adoro aqui. Mas são meus pais, sabe. Eles vão me vigiar para sempre. É um saco. E 'salem não tem muito a oferecer a uma pessoa em início de carreira. — Ela encolheu os ombros e abaixou a cabeça para sugar o canudo. Seu pescoço era bronzeado, lindamente torneado. Seu vestido estampado e colorido insinuava um belo talhe.

— Que tipo de trabalho está procurando?

Ela deu de ombros.

— Tenho bacharelado pela Universidade de Boston. Nem vale o papel em que foi impresso. Em Artes Plásticas e Inglês. A original dupla maluca. Posso concorrer para a categoria de idiota culta. Não tenho qualificação nem para decorar um escritório. Algumas colegas minhas do colegial já recebem belos salários como secretárias. Já eu, nunca fui além de Datilografia I.

— Nesse caso, o que lhe resta?

— Bom... talvez uma editora — disse ela, vagamente. — Ou alguma revista... algo em publicidade, talvez. Lugares assim sempre precisam de alguém que saiba desenhar sob encomenda. Isso eu sei fazer. Tenho um portfolio.

— Já recebeu alguma oferta de trabalho? — ele perguntou.

— Não... não, mas...

— Ninguém vai a Nova York sem ofertas — disse ele. — Pode acreditar em mim, vai gastar a sola do sapato.

Ela sorriu com desconforto.

— Você deve saber.

— Já vendeu seu trabalho na região?

— Ah, já. — Ela deu um riso abrupto. — Minha maior venda até agora foi para o Grupo Cinex. Eles abriram um novo cinema triplo em Portland e compraram 12 pinturas de uma vez para pendurar no saguão. Pagaram setecentos dólares. Deu para eu dar entrada no meu carrinho.

— É melhor você ficar num hotel em Nova York durante uma semana ou dez dias — disse ele. — E leve seu portfolio a todas as editoras e revistas. Marque hora com seis meses de antecedência, para que os editores e o pessoal de recursos humanos não tenham outros compromissos. Mas, pelo amor de Deus, não vá de mala e cuia para a cidade grande.

— E você? — perguntou ela, largando o canudo e dando uma colherada no sorvete. — O que faz na próspera cidade de Jerusalem's Lot, Maine, população 1.300 habitantes?

Ele encolheu os ombros.

— Estou tentando escrever um romance.

Ela logo ficou acesa.

— Em 'salem? Sobre o que é? Por que aqui? Você...

Ele a olhou gravemente.

— Está pingando.

— Está? É mesmo, desculpe. — Ela enxugou a base do copo com um guardanapo. — Não quis ser intrometida. Geralmente não sou tão expansiva.

— Não precisa se desculpar — disse ele. —Todo escritor gosta de falar de seus livros. Às vezes, quando estou na cama à noite, imagino que a *Playboy* está me entrevistando. Pura perda de tempo. Eles só entrevistam autores que fazem sucesso na universidade.

O rapaz da Força Aérea se levantou. Um ônibus da Greyhound se aproximava, os freios de ar resfolegando.

— Morei em 'salem durante quatro anos quando criança. Lá na via Burns.

— Na via Burns? Não tem nada lá agora, fora o pântano e um pequeno cemitério, o Harmony Hill.

— Morei com minha tia Cindy. Cynthia Stowens. Meu pai morreu, e minha mãe passou por um... por um tipo de colapso nervoso. E me mandou ficar com a tia Cindy enquanto tentava se recuperar. A tia Cindy me colocou no ônibus de volta para minha mãe, que morava em Long Island, apenas um mês depois do grande incêndio. — Ele olhou para o próprio rosto no espelho da sorveteria. — Chorei no ônibus ao me separar da minha mãe e chorei no ônibus ao me separar da tia Cindy e de Jerusalem's Lot.

— Nasci no ano do incêndio — disse Susan. — Foi a coisa mais importante que já aconteceu nessa droga de cidade, e eu dormi o tempo inteiro.

Ben riu.

— Sendo assim, você tem sete anos a mais do que pensei no parque.

— Sério? — Ela pareceu satisfeita. — Obrigada... acho. A casa da sua tia deve ter se incendiado.

— Sim — disse ele. — A minha lembrança daquela noite é uma das mais nítidas que tenho. Homens com mangueiras nas costas bateram na porta e disseram que tínhamos de sair. Foi muito emocionante. A tia Cindy andou pela casa, toda trêmula, recolhendo as coisas e as colocando no seu Hudson. Meu Deus, que noite...

— Ela tinha seguro?

— Não, mas a casa era alugada, e conseguimos colocar quase tudo de valor no carro, fora a televisão. Tentamos levantá-la, mas ela nem se mexeu do chão. Era uma Vídeo King, com tela de sete polegadas e lente de aumento sobre o tubo de imagem. Um horror para a vista. Mas a gente só pegava um canal mesmo, com muita música country, relatórios agrícolas e Kitty the Klown.

— E você voltou para escrever um livro — admirou-se ela.

Ben não respondeu de imediato. A Srta. Coogan estava abrindo pacotes de cigarro e enchendo o mostruário ao lado da caixa registradora. O farmacêutico, Sr. Labree, zanzava atrás do balcão de remédios como um fantasma pálido. O rapaz da Força Aérea esperava ao lado da porta do ônibus que o motorista voltasse do banheiro.

— Isso mesmo — disse Ben. Ele se virou e a olhou, diretamente no rosto pela primeira vez. Ela tinha um rosto muito bonito, com cândidos olhos azuis e testa alta, clara, tostada pelo sol.

— Passou a infância nesta cidade? — perguntou.

— Passei.

Ele assentiu com um gesto de cabeça.

— Então, você entende. Fui criança em 'salem e fiquei obcecado pela cidade. Quando voltei, quase passei direto sem entrar porque tinha medo de que tivesse mudado.

— As coisas não mudam aqui — disse ela. — Não muito.

— Eu brincava de cabo de guerra com os filhos dos Gardener lá no pântano. De pirata no lago Royal. De esconde-esconde no parque. Minha mãe e eu passamos por maus bocados depois que deixei a tia Cindy. Ela se matou quando eu tinha 14 anos, mas muito antes disso o pó mágico já tinha saído da minha pele. O que havia dele estava aqui. E continua aqui. A cidade não mudou muito. Olhar a avenida Jointner é como olhar através de uma fina placa de vidro, como as que tirávamos do alto do tanque da cidade em novembro, quebrando as bordas antes; é como olhar através disso para a infância. A imagem fica trêmula e nebulosa e em alguns pontos dissolve-se em nada, mas a maior parte continua lá.

Ele parou, espantado. Acabara de fazer um discurso.

— Você fala igual aos seus livros — disse ela em tom reverente.

Ele riu.

— Nunca disse nada assim antes. Não em voz alta.

— O que você fez depois que sua mãe... depois que ela morreu?

— Andei por aí — limitou-se a dizer ele. — Tome seu sorvete.

Ela tomou.

— Algumas coisas mudaram — disse ela, após um momento. — O Sr. Spencer morreu. Lembra-se dele?

— Claro. Toda quinta à noite a tia Cindy vinha para a cidade fazer compras na loja Crossen e me mandava vir tomar uma soda limonada aqui. Naquele tempo era de pressão, a autêntica soda Rochester. Ela me dava uma moeda de cinco centavos amarrada num lenço.

— Custava dez centavos no meu tempo. Você se lembra do que ele sempre costumava dizer?

Ben se inclinou para frente, dobrou a mão como se tivesse artrite e curvou um canto da boca num esgar paralítico.

— Sua bexiga — sussurrou ele. — Esses refrigerantes vão acabar com sua bexiga, rapaz.

A risada dela elevou-se no ar em direção ao ventilador que girava lentamente no teto. A Srta. Coogan levantou os olhos desconfiados.

— Perfeito! — exclamou ela. — Só que ele me chamava de mocinha.

Eles se entreolharam, deliciados.

— Escute, você quer ir ao cinema hoje à noite? — ele perguntou.

— Adoraria.

— Qual é o mais próximo?

Ela deu um risinho.

— O Cinex, em Portland, justamente. Cujo saguão foi decorado com as imortais pinturas de Susan Norton.

— Onde mais? De que tipo de filme você gosta?

— Dos emocionantes, com perseguição de carros.

— Está bem. Lembra-se do Nórdica? Ficava bem aqui, na cidade.

— Claro. Fechou em 1968. Quando eu estava no colégio, era lá que eu e minhas amigas íamos com os namorados. Jogávamos caixas de pipoca na tela quando o filme era ruim. — Ela riu. — E geralmente eram.

— Eles passavam aqueles velhos seriados da Republic — disse ele. — *Rocket Man. The Return of Rocket Man. Crash Callahan and the Voodoo Death God.*

— Isso foi antes do meu tempo.

— O que aconteceu com o cinema?

— Hoje é a imobiliária de Larry Crockett. Foi o *drive-in* de Cumberland que acabou com ele, imagino. E a televisão.

Ficaram em silêncio um instante, cada um com seus pensamentos. O relógio da estação mostrava que eram 10h45.

— Ei, você lembra... — disseram em uníssono.

Eles se entreolharam e, dessa vez, a Srta. Coogan olhou para os dois quando explodiram em risos. Até o Sr. Labree olhou para eles.

Conversaram mais 15 minutos, até que Susan disse com relutância que tinha coisas a fazer, mas que, sim, estaria pronta às sete e meia.

Quando se separaram, cada um se maravilhou com o encontro fácil e natural de suas vidas.

Ben caminhou pela avenida Jointner, parando na esquina da rua Brock para olhar casualmente para a Casa Marsten. Lembrou-se que o grande incêndio florestal de 1951 chegara quase até seu pátio antes que o vento mudasse.

Talvez devesse ter queimado, pensou ele. Talvez tivesse sido melhor.

3

Nolly Gardener saiu do paço municipal e sentou nos degraus ao lado de Parkins Gillespie, a tempo de ver Ben e Susan entrarem na Spencer's juntos. Parkins fumava um Pall Mall e limpava as unhas amareladas com um canivete.

— Aquele é o tal do escritor? — perguntou Nolly.

— É.

— Era Susie Norton que estava com ele?

— Era.

— Interessante... — disse Nolly, apertando o cinto de couro. A estrela de vice-delegado brilhava com importância em seu peito. Ele a encomendara de uma revista policial; o município não fornecia distintivos aos próprios delegados. Parkins tinha uma, mas levava na carteira algo que Nolly nunca fora capaz de entender. É claro que todos em 'salem sabiam que ele era o delegado, mas havia algo que se chamava tradição. Algo que se chamava responsabilidade. Quem era agente da lei precisava pensar em ambos. Nolly pensava em ambos com frequência, embora só pudesse se dar ao luxo de ser vice-delegado em meio expediente.

O canivete de Parkins deslizou e cortou a cutícula de seu polegar.

— Merda — disse ele baixinho.

— Será que ele é um escritor de verdade, Park?

— Claro que é. Tem três livros dele aqui na nossa biblioteca.

— Histórias verdadeiras ou inventadas?

— Inventadas. — Parkins largou o canivete e suspirou.

— Floyd Tibbits não vai gostar que um cara fique de papo com sua mulher.

— Eles não são casados — retrucou Parkins. — E ela é maior de 18.

— Floyd não vai gostar.

— Estou pouco me lixando para Floyd — disse Parkins. Esmagou o cigarro no degrau, tirou uma caixa de pastilha do bolso, guardou o toco apagado dentro dela e voltou a guardá-la no bolso.

— Onde esse tal de escritor está morando?

— Na Eva — disse Parkins, examinando a cutícula ferida de perto. — Estava olhando a Casa Marsten outro dia, com uma expressão esquisita no rosto.

— Esquisita? Como assim?

— Esquisita, só isso. — Parkins tirou os cigarros do bolso. O sol em seu rosto era quente e gostoso. — Depois foi falar com Larry Crockett. Queria alugar a casa.

— A Casa *Marsten*?

— Pois é.

— Esse cara é louco?

— Talvez. — Parkins espantou uma mosca do joelho esquerdo e observou-a se afastar na manhã luminosa. — O velho Larry Crockett anda ocupado ultimamente. Ouvi dizer que vendeu a Lavanderia da Vila. Já faz algum tempo, na verdade.

— Como? Aquela lavanderia velha?

— Pois é.

— O que alguém pode querer colocar nela?

— Sei lá.

— Bom. — Nolly se levantou e deu outro apertão no cinto. — Acho que vou dar uma volta pela cidade.

— Faça isso — disse Parkins, e acendeu outro cigarro.

— Quer ir também?

— Não, acho que vou ficar sentado aqui um pouco.

— Então, até depois.

Nolly desceu os degraus, perguntando-se (não pela primeira vez) quando Parkins decidiria se aposentar, para que ele, Nolly, pudesse exercer a função em período integral. Como, em nome de Deus, ele iria combater o crime sentado na escadaria da Prefeitura?

Parkins observou-o partir com um certo alívio. Nolly era um bom rapaz, mas ansioso demais. Tirou o canivete do bolso, abriu-o e recomeçou a aparar as unhas.

4

Jerusalem's Lot foi fundada em 1765 (duzentos anos depois, celebrou seu bicentenário com fogos de artifício e um desfile no parque; a fantasia de princesa índia da pequena Debbie Forester pegou fogo quando uma estrelinha caiu nela, e Parkins Gillespie teve de mandar seis sujeitos para a cadeia por se embriagarem em público), 55 anos antes de o Maine se tornar um estado graças ao Acordo do Missouri.

A cidade ganhou seu nome peculiar devido a uma circunstância bastante prosaica. Um dos primeiros residentes da região fora um austero e desajeitado fazendeiro chamado Charles Belknap Tanner. Era criador de porcos, e uma de suas enormes porcas se chamava Jerusalém. Um dia, Jerusalém escapou do chiqueiro na hora de comer e fugiu para a floresta próxima, onde se tornou brava e selvagem. Durante anos a fio, Tanner alertara as crianças para sair de sua propriedade inclinando-se sobre o portão e sussurrando em tom terrível e agourento: "Fiquem longe do lote da Jerusalém se não quiserem perder as tripas." O aviso pegou, e o nome também. O fato não prova nada, a não ser que nos Estados Unidos até uma porca pode aspirar à imortalidade.

A rua principal, conhecida originalmente como rua Portland Post, mudou de nome em homenagem a Elias Jointner em 1896. Jointner, membro da Câmara dos Deputados por seis anos (até sua morte, causada por sífilis, quando ele tinha 58 anos), era a única celebridade que a cidade podia ostentar — com a exceção de Jerusalém, a porca, e Pearl Ann Butts, que fugiu para Nova York em 1907 e virou uma vedete de Ziegfeld.

A rua Brock cruzava a avenida Jointner bem no centro e a ângulos retos, e a própria cidade era quase circular (embora um pouco plana ao leste, onde fazia fronteira com o serpenteante rio Royal). Num mapa, as duas ruas principais faziam com que a cidade se parecesse com uma mira telescópica.

O quadrante noroeste da mira era o norte de Jerusalém, a região mais arborizada da cidade. Era a parte alta, embora não parecesse muito alta a ninguém, exceto, talvez, a um habitante do Meio-Oeste. Os cansados e velhos morros, riscados por antigas estradas usadas por lenhadores, inclinavam-se gentilmente em direção à cidade, e a Casa Marsten ficava no último deles.

Boa parte do quadrante nordeste era campo aberto, coberto de feno, capim e alfafa. Era onde passava o rio Royal, um velho rio que desgastara suas margens quase até a base. Ele passava sob a pequena ponte de madeira da rua Brock e seguia para o norte em arcos planos e cintilantes até entrar no terreno próximo ao limite norte da cidade, onde granito sólido se escondia próximo ao solo fino. Lá ele formara penhascos de 15 metros ao longo de um milhão de anos. As crianças o chamavam de Salto do Bêbado, porque havia alguns anos Tommy Rathbun, o irmão beberrão de Virge Rathbun, despencara de uma borda procurando um lugar para mijar. O Royal abastecia o Androscoggin, poluído pelas fábricas, mas ele mesmo nunca fora poluído. A única indústria que 'salem já tivera fora uma serraria, mas fechara havia muito tempo. Nos meses de verão, era comum ver pescadores sobre a ponte da rua Brock. Eram raros os dias em que não conseguiam tirar do Royal tudo que podiam carregar.

O quadrante sudeste era o mais bonito. A terra se elevava de novo, mas não se viam as feias ruínas ou o solo crestado que são a herança de um incêndio. As terras de ambos os lados da rua Griffen pertenciam a Charles Griffen, o maior pecuarista ao sul de Machanic Falls. Do monte do Pátio do Colégio, via-se o enorme celeiro de Griffen, cujo telhado de alumínio brilhava ao sol como um monstruoso heliógrafo. Havia outras fazendas na região, e várias casas, que tinham sido compradas por executivos que trabalhavam em Portland ou Lewiston. Às vezes, no verão, podia-se subir ao topo do monte do Pátio do Colégio para sentir o aroma das queimadas e ver o pequenino carro do Corpo de Bombeiros Voluntários de 'salem esperando para entrar em cena se algo saísse do controle. A população não esquecera as lições de 1951.

Foi na área sudoeste que os trailers se instalaram, com tudo que costuma acompanhá-los, como um cinturão de asteroides semirrurais: carcaças de carros, pneus pendurados em cordas gastas, latas de cerveja jogadas no meio-fio, roupas rotas secando em varais improvisados, o forte odor de fossas abertas às pressas. As casas na Curva estavam mais para barracos, mas reluzentes antenas de TV brotavam de quase todas, e a maioria dos televisores dentro delas era em cores, comprados a crédito na Grant's ou Sears. Os quintais dos casebres e trailers geralmente estavam cheios de crianças, brinquedos, camionetes, veículos para neve e motocicletas. Alguns cuidavam bem dos seus trailers, mas a maioria parecia achar que não valia a pena. O mato crescia à altura dos tornozelos. Perto do limite da cidade, onde a rua Brock virava a via Brock, ficava o Dell's, onde uma banda de rock tocava às sextas e uma banda de música country se apresentava aos sábados. O bar pegara fogo em 1971, mas fora reconstruído. Para os vaqueiros da região e suas namoradas, era o lugar certo para curtir uma cerveja ou uma briga.

A maioria das linhas telefônicas podia se conectar a mais duas, quatro ou seis linhas, e portanto os moradores sempre tinham de quem falar. Em cidades pequenas, o escândalo está sempre fervendo no fogão, como o feijão da tia Cindy. A Curva produzia a maior parte dos escândalos, mas de vez em quando alguém com um pouco mais de status contribuía com o caldo comunitário.

A cidade era governada por uma assembleia de eleitores. Cogitava-se desde 1965 a adoção do sistema de conselho municipal com audiências orçamentárias públicas bienais, mas a ideia não ganhou força. A cidade não crescia o bastante para tornar o antigo sistema realmente penoso, embora sua enfadonha e lenta democracia levasse alguns recém-chegados ao desespero. Havia três representantes municipais, o chefe de polícia, um inspetor para os pobres, um funcionário municipal (para registrar o carro era preciso ir até a via Taggart Stream e enfrentar dois cachorros bravos que corriam soltos no quintal) e o delegado escolar. O Corpo de Bombeiros Voluntários recebia uma verba simbólica de trezentos dólares por ano, mas era mais um clube para velhos pensionistas. Eles tinham sua dose de emoção durante a época das queimadas e passavam o resto do ano sentados ao redor do Reliable contando vantagem. Não havia Departamento de Obras Públicas porque não havia água, gás, energia elétrica ou saneamento público. Os postes de eletricidade atravessavam em diagonal a cidade de noroeste a sudeste, abrindo um enorme rasgo de 45 metros de largura na floresta. Um desses postes ficava perto da Casa Marsten, erguendo-se sobre ela como uma lúgubre sentinela.

Tudo que 'salem sabia de guerras, incêndios e crises no governo era graças a Walter Cronkite na televisão. Ah, o filho dos Potter morrera no Vietnã e o filho de Claude Bowie voltara com um pé mecânico — pisara numa mina terrestre —, mas arrumou trabalho no correio ajudando Kenny Danles, e portanto tudo acabou bem. Os jovens estavam deixando os cabelos crescer e não faziam mais cortes comportados como os pais, mas ninguém ligava mais. Quando aboliram o uniforme do Colégio da cidade, Aggie Corliss escreveu uma carta ao *Ledger* de Cumberland, mas ela escrevia para o jornal semanalmente havia anos, sobre os malefícios da bebida e as maravilhas de receber Jesus Cristo no coração como nosso salvador.

Alguns jovens usavam drogas. O filho de Horace Kilby, Frank, compareceu diante do juiz Hooker em agosto e recebeu uma multa de cinquenta dólares (o juiz deixou-o pagar a multa com o que ganhava entregando jornal), mas o álcool era um problema mais grave. Bandos de jovens se enfiavam no Dell's desde que o limite de idade diminuiu para 18 anos. Voltavam a toda velocidade para casa como se quisessem arrancar o asfalto do chão, e às vezes alguém acabava morrendo. Como quando Billy Smith bateu numa árvore na estrada Deep Cut a 140 quilômetros por hora, matando a si mesmo e a namorada, LaVerne Dube.

Mas, fora isso, o conhecimento que 'salem tinha das mazelas do país era acadêmico. Lá o tempo seguia outro ritmo. Nada de muito ruim podia acontecer numa cidadezinha tão aprazível. Não lá.

5

Ann Norton passava roupa quando a filha entrou de supetão com um saco de compras, mostrou-lhe um livro com um rapaz de rosto fino na sobrecapa e começou a tagarelar.

— Calma — disse ela. — Abaixe a televisão e me conte.

Susan interrompeu Peter Marshall, que distribuía milhares de dólares num programa de auditório, e contou a sua mãe como conhecera Ben Mears. A Sra. Norton assentia com calma e benevolência enquanto a história era despejada, apesar das luzes de alerta que sempre se acendiam quando Susan falava de um novo menino — homens, agora, pensou ela, embora fosse difícil imaginar que Susie já tivesse idade para isso. Mas as luzes se acenderam com um pouco mais de força naquele dia.

— Que emocionante — disse ela, e colocou outra camisa do marido na tábua de passar.

— Ele foi muito legal — disse Susan. — Muito natural.

— Ai, meus pés — disse a Sra. Norton. Apoiou o ferro na tábua, que deu um assobio mal-humorado, e sentou-se na cadeira de balanço ao lado da janela panorâmica. Tirou um Parliament do maço sobre a mesa de centro e o acendeu.

— Tem certeza de que ele é uma boa pessoa, Susie?

Ela sorriu, meio na defensiva.

— Claro que tenho. Ele parece... ah, sei lá. Um professor de faculdade ou algo assim.

— Dizem que o Mad Bomber* parecia um jardineiro — disse a Sra. Norton, com ar pensativo.

— Papo-furado — disse Susan alegremente. Era um epíteto que sempre irritava sua mãe.

— Deixe-me ver o livro — disse ela, estendendo a mão.

Susan lhe deu o livro, lembrando-se de repente da cena de estupro homossexual na prisão.

— *Air Dance* — Ann Norton disse sonhadoramente, e começou a folhear as páginas a esmo. Susan esperou, resignada. Sua mãe o inspecionaria do começo ao fim, como sempre.

As janelas estavam levantadas, e uma preguiçosa brisa matutina ondulava as cortinas amarelas da cozinha — que a mãe insistia de chamar de "copa", como se eles pertencessem à fina flor da sociedade. Era uma casa boa, de tijolos sólidos, um pouco difícil de aquecer no inverno, mas fresca como uma gruta no verão. Ficava sobre uma suave inclinação no extremo da rua Brock, e, da janela panorâmica onde a Sra. Norton

---

* George Meterky, o Mad Bomber, aterrorizou a cidade de Nova York por 16 anos, de 1940 a 1956, deixando inúmeros pacotes com bombas em lugares públicos (N. do E.)

estava sentada, via-se toda a cidade. A vista era agradável, e no inverno chegava a ser espetacular, com longos e cintilantes panoramas de neve ininterrupta e prédios diminutos à distância, lançando retângulos de luz amarela sobre os campos nevados.

— Acho que li uma resenha sobre este livro no jornal de Portland. Não era muito boa.

— Eu gosto — Susan disse com firmeza. — E gosto dele.

— Talvez Floyd também goste dele — observou a Sra. Norton casualmente. — Você devia apresentá-los.

Susan sentiu uma pontada de raiva, o que a consternou. Pensara que ela e a mãe já haviam superado a última das tempestades adolescentes e até mesmo os resquícios dela, mas lá estavam novamente. Retomaram a antiga disputa entre sua identidade e as experiências e crenças da mãe como quem retoma um velho tricô.

— Já conversamos sobre Floyd, mãe. Você sabe que não temos nada sério.

— O jornal também disse que tem cenas de prisão bastante chocantes. Rapazes dormindo com rapazes...

— Pelo amor de Deus, mãe. — Susan pegou um cigarro da mãe.

— Não precisa praguejar — disse a Sra. Norton, inabalável. Devolveu o livro à filha e bateu a longa cinza de seu cigarro num cinzeiro de cerâmica em forma de peixe. Fora presente de uma de suas amigas da Associação de Senhoras, e sempre causara uma vaga irritação em Susan. Havia algo de obsceno em bater as cinzas na boca de uma perca.

— Vou guardar as compras — disse Susan, levantando.

A Sra. Norton prosseguiu, tranquilamente.

— Eu só quis dizer que, se você e Floyd Tibbits vão se casar...

A irritação transbordou e se converteu na velha e exaltada fúria.

— Posso saber de onde você tirou essa ideia? Alguma vez eu lhe falei isso?

— Eu presumi...

— Pois presumiu errado — disse ela, com mais ardor do que sinceridade. Mas ela vinha esfriando em relação a Floyd gradativamente nas últimas semanas.

— Presumi que quando uma moça sai com um rapaz durante um ano e meio — sua mãe continuou, com calma implacável —, o namoro já foi além do estágio de dar as mãos.

— Floyd e eu somos mais do que amigos — concordou Susan. Vamos ver o que ela conclui disso.

Uma conversa muda pairou entre elas.

Você está dormindo com Floyd?

Não é da sua conta.

O que esse Ben Mears significa para você?

Não é da sua conta.

Você vai se apaixonar por ele e fazer alguma bobagem?

Não é da sua conta.

Eu te amo, Susie. Seu pai e eu te amamos.

E para aquilo não havia resposta. Nunca havia. Por isso Nova York — ou qualquer outro lugar — era essencial. No final, ela sempre esbarrava nas barricadas silenciosas do amor dos pais, como paredes acolchoadas. A verdade do amor deles tornava impossível prosseguir a discussão de modo racional e esvaziava de sentido o que havia sido dito antes.

— Muito bem — disse a Sra. Norton. Apagou o cigarro na boca do peixe e o colocou de bruços.

— Vou subir — disse Susan.

— Está bem. Posso ler o livro quando terminar?

— Se você quiser.

— Gostaria de conhecê-lo — disse ela.

Susan encolheu os ombros.

— Vai chegar tarde hoje?

— Não sei.

— O que digo a Floyd se ele ligar?

A raiva se apoderou dela de novo.

— Diga o que quiser. — Fez uma pausa. — É o que dirá de qualquer jeito.

— Susan!

Ela subiu as escadas sem olhar para trás.

A Sra. Norton permaneceu onde estava, olhando através da janela para a cidade, mas sem vê-la. No andar de cima, ouvia os passos de Susan e o ruído de seu cavalete sendo aberto.

Ela levantou e voltou ao ferro de passar. Quando achou que Susan já estava totalmente imersa no trabalho (embora não permitisse que essa ideia ocupasse mais que um canto de sua consciência), ela foi ao telefone na copa e ligou para Mabel Werts. Durante a conversa, comentou casualmente que Susie lhe contara que um escritor famoso estava na cidade, e Mabel fungou e disse, bom, você deve estar falando daquele homem que escreveu *Conway's Daughter*, e a Sra. Norton disse, esse mesmo, e Mabel disse que aquilo não era literatura, mas um manual sexual, pura e simplesmente. A Sra. Norton perguntou se ele estava num hotel ou...

Na verdade, ele estava no centro, na casa da Eva, a única pensão da cidade. A Sra. Norton sentiu uma onda de alívio. Eva Miller era uma viúva honesta, que não toleraria nenhuma indecência. Suas normas em relação a mulheres nos quartos eram breves e objetivas. Se fosse mãe ou irmã, tudo bem. Caso contrário, tinha de esperar na cozinha. E a regra era inegociável.

A Sra. Norton desligou 15 minutos depois, tendo camuflado seu principal objetivo com a conversa fiada.

Susan, pensou ela, voltando para o ferro de passar. Ah, Susan, eu só quero o melhor para você. Será que você não percebe?

6

Eles voltavam de Portland pela 295, e não era nada tarde — passava um pouco das 11. O limite de velocidade da estrada quando saía da periferia de Portland era de 90 quilômetros por hora, e ele dirigia bem. Os faróis do Citroën cortavam a escuridão de modo contínuo.

Ambos haviam gostado do filme, mas com cautela, como pessoas que tateiam os limites uma da outra. A pergunta da mãe lhe ocorreu então, e ela disse:

— Onde você está hospedado? Alugou algum quarto?

— Estou num cubículo no terceiro andar da Pensão da Eva, na rua da Ferrovia.

— Que horror! Deve fazer 40 graus centígrados lá.

— Gosto do calor — disse ele. — Trabalho bem no calor. Tiro a camisa, ligo o rádio e bebo um galão de cerveja. Tenho escrito dez páginas por dia, inéditas. Além disso, tem uns velhos moradores interessantes lá. E quando finalmente saio para a varanda e sinto a brisa... é o paraíso.

— Mas, mesmo assim... — insistiu ela.

— Pensei em alugar a Casa Marsten — disse ele, em tom casual. — Cheguei até a indagar a respeito. Mas foi vendida.

— A Casa *Marsten*? — Ela sorriu. — Você deve ter confundido o lugar.

— Não. Ela fica naquele primeiro morro a noroeste da cidade. Na via Brooks.

— Foi vendida? Mas quem seria o louco...

— Pensei a mesma coisa. De vez em quando me acusam de ter um parafuso a menos, mas até mesmo eu só pensei em alugá-la. O corretor não quis me dizer. Parece que é um segredo sinistro e insondável.

— Pode ser que alguém de outro estado queira transformar a casa num hotel de verão — disse ela. — Seja quem for, é louco. Restaurar um casarão é uma coisa, e eu adoraria tentar, mas aquele está além de qualquer restauração. Já era um mausoléu quando eu era criança. Mas por que você ia querer ficar lá?

— Você chegou a entrar lá?

— Não, mas espiei pela janela para provar que tinha coragem. Você entrou?

— Entrei, uma vez.

— É de dar medo, não?

Eles ficaram em silêncio, cada um pensando na Casa Marsten. Mas essa recordação não tinha a nostalgia branda das outras. O escândalo e a violência associados à casa haviam ocorrido antes de nascerem, mas cidades pequenas têm memória longa, e passam seus horrores ritualmente de uma geração para outra.

A história de Hubert Marsten e sua mulher, Birdie, era a mancha da cidade, ou o que mais se aproximava disso. Hubie fora o presidente de uma grande companhia de transportes da Nova Inglaterra nos anos 1920 — uma companhia que, segundo as más línguas, conseguira seus maiores lucros depois da meia-noite, contrabandeando uísque canadense para Massachusetts.

Ele e a mulher se mudaram para 'salem em 1928, donos de uma fortuna, mas perderam boa parte dela (ninguém sabia exatamente quanto, nem mesmo Mabel Werts) na quebra da bolsa de valores de 1929.

Nos dez anos entre a queda da bolsa e a ascensão de Hitler, Marsten e a mulher viveram como ermitãos. A única ocasião em que eram vistos era nas tardes de quarta, quando iam à cidade fazer compras. Larry McLeod, que era o carteiro naquela época, relatou que Marsten assinava quatro jornais diários, *The Saturday Evening Post*, *The New Yorker* e uma revista de ficção científica chamada *Amazing Stories*. Também recebia um cheque uma vez por mês da companhia de transportes, que era sediada em Fall River, Massachusetts. Larry disse que conseguia ver que era um cheque dobrando o envelope e espiando pelo espaço para o endereço.

Foi Larry que os encontrou no verão de 1939. Jornais e revistas haviam se acumulado durante cinco dias na caixa de correio até não caber mais nada. Larry atravessou a passarela com a intenção de deixar a correspondência entre a porta de tela e a porta principal.

Era agosto, o auge do verão e dos dias quentes, e a grama do jardim, verde e viçosa, chegava quase ao joelho. As madressilvas cresciam selvagens nas treliças do lado direito da casa, e gordas abelhas zuniam indolentemente em torno das flores, muito brancas e fragrantes. Naquele tempo, a casa ainda impressionava pela beleza, apesar da grama alta, e de modo geral todos concordavam que Hubie construíra a casa mais bonita de 'salem antes de ficar de miolo mole.

Quando estava no meio da passarela, segundo a história que era contada em tom lúgubre a cada nova integrante da Associação de Senhoras, Larry sentiu um cheiro ruim, de carne estragada. Bateu na porta da frente, mas ninguém atendeu. Olhou pela porta, mas não conseguiu ver nada na densa obscuridade. Contornou a casa até os fundos em vez de entrar, o que foi sua sorte. O cheiro estava pior atrás. Larry tentou abrir a porta dos fundos, viu que estava destrancada e entrou na cozinha. Birdie Marsten estava estendida num canto, as pernas enviesadas, os pés descalços. Metade de sua cabeça fora destruída por um tiro à queima-roupa de uma arma calibre 36.

("Moscas", Audrey Hersey sempre dizia nessa hora, falando com calma autoridade. "Larry disse que a cozinha estava cheia de moscas.

Zumbindo pela cozinha, pousando no..., você sabe, e voando de novo. Moscas.")

Larry McLeod deu meia-volta e foi direto para a cidade. Buscou Norris Varney, que era o delegado na época, e três ou quatro dos desocupados que ficavam na loja Crossen — o pai de Milt ainda era o gerente naquela época. O irmão mais velho de Audrey, Jackson, era um deles. Voltaram para o morro no Chevrolet de Norris e no carro do correio de Larry.

Nenhum morador da cidade estivera na casa antes, e lhes pareceu a sétima maravilha do mundo. Depois que a poeira baixou, o jornal *Telegram*, de Portland, escreveu uma matéria sobre o caso. A casa de Hubert Marsten era um ninho de ratos, um amontoado confuso e atordoante de trastes, com passagens estreitas e espiraladas entre montes de jornais e revistas amarelados e pilhas de livros mofados e volumosos. A coleção completa de Dickens, Scott e Mariatt foi levada para a Biblioteca Pública de 'salem pela antecessora de Loretta Starcher e continuavam nas prateleiras.

Jackson Hersey apanhou um *Saturday Evening Post*, começou a folheá-lo e não acreditou em seus olhos. Uma nota de um dólar fora colada com fita adesiva a cada página.

Norris Varney descobriu como Larry tivera sorte ao entrar pela porta dos fundos. A arma do crime havia sido amarrada a uma cadeira com o cano apontando direto para a porta da frente, mirando a altura do peito. A arma estava engatilhada, e um fio amarrado ao gatilho se estendia pelo corredor até a maçaneta.

("E a arma estava carregada", dizia Audrey nessa hora. "Um puxão e Larry McLeod teria ido direto para o paraíso.")

Encontraram outras armadilhas, menos letais. Um pacote de jornais de vinte quilos fora pendurado sobre a porta da sala de jantar. Um dos espelhos da escada para o segundo andar fora empurrado, o que podia ter causado um tornozelo quebrado. Logo ficou claro que Hubie Marsten não só tivera miolo mole como fora um completo lunático.

Encontraram-no no quarto ao final do corredor do andar de cima, pendurado a uma viga.

(Susan e suas amiguinhas haviam sofrido deliciosas torturas com as histórias que ouviam dos mais velhos. Amy Rawcliffe tinha uma casa de bonecas no quintal, onde elas se trancavam no escuro, assustando umas às outras com histórias sobre a Casa Marsten, que fora eternizada com um nome próprio mesmo antes de Hitler invadir a Polônia, e as enfeitando com todos os detalhes arrepiantes que eram capazes de conceber. Mesmo hoje, 18 anos depois, apenas lembrar da Casa Marsten agia como um feitiço, evocando as imagens dolorosamente claras das meninas encolhidas na casa de bonecas de Amy, de mãos dadas, e de Amy dizendo em tom fantasmagórico: "O rosto dele estava inchado, a língua estava preta e saltada para fora, moscas rastejavam sobre ela. Minha mãe contou para a Sra. Werts".)

— ...assustador.

— Como? Desculpe. — Ela voltou para o presente com um sobressalto. Ben saía da estrada e entrava na rampa de acesso a 'salem.

— Eu disse que era um lugarzinho assustador.

— Conte como foi quando você entrou lá.

Ele deu uma risada triste e ligou os faróis altos. O asfalto de duas pistas passava por uma alameda de pinheiros e abetos, deserta.

— Começou com uma brincadeira de criança. Talvez não tenha sido mais do que isso. Não esqueça que era 1951, e as crianças tinham de fazer algo no lugar de cheirar cola de avião em sacos de papel, o que ainda não tinha sido inventado. Eu brincava bastante com os meninos da Curva, a maioria já deve ter se mudado daqui... o sul de 'salem ainda é chamado de Curva?

— É.

— Eu brincava com Davie Barclay, Charles James, que as crianças chamavam de Sonny, Harold Rauberson, Floyd Tibbits...

— Floyd? — ela perguntou, espantada.

— É, você conhece?

— A gente namorava — disse ela, e, com medo que sua voz tivesse soado estranha, apressou-se a acrescentar. — Sonny James também continua por aqui. É gerente do posto de gasolina na avenida Jointner. Harold Rauberson morreu. De leucemia.

— Eram todos mais velhos do que eu, um ou dois anos. Tinham um clube. Era muito seleto. Só Piratas Sangrentos, com no mínimo três referências, podiam se candidatar. — Ele quis que soasse leve, mas uma ponta de amargura se escondia em suas palavras. — Mas fui persistente.

A coisa no mundo que eu mais queria era ser um Pirata Sangrento... naquele verão, pelo menos.

— Eles finalmente cederam e me disseram que eu poderia entrar se passasse pela iniciação, que Davie inventou na hora. Todos iríamos para a Casa Marsten e eu teria de entrar e trazer algo de dentro. Como troféu de guerra. — Ele riu, mas sua boca estava seca.

— E o que aconteceu?

— Entrei por uma janela. A casa ainda estava cheia de tranqueiras, mesmo depois de 12 anos. Os jornais devem ter sido tirados durante a guerra, mas o resto continuava lá. Tinha uma mesa no corredor da frente com uma daquelas cúpulas de neve sobre ela, você sabe, não? Tem uma casinha dentro, e quando balançamos, cai neve. Coloquei-a no meu bolso, mas não saí. Queria provar que era corajoso. E subi até o quarto onde ele se enforcou.

— Meu Deus — disse ela.

— Abra o porta-luvas e pegue um cigarro para mim, por favor. Estou tentando parar, mas preciso de um para acabar a história.

Ela pegou um cigarro e apertou o isqueiro do painel.

— A casa fedia. Você não imagina o quanto. Mofo, estofados apodrecidos e um tipo de odor rançoso como de manteiga passada. E coisas vivas: ratos, marmotas ou outro animal que havia feito ninhos nas paredes ou hibernado no porão. Um cheiro amarelo, molhado.

— Subi as escadas. Era um menino de nove anos, morrendo de medo. A casa estalava e afundava ao meu redor, e eu ouvia coisas fugindo de mim do outro lado do reboco. Tinha a impressão de ouvir passos atrás de mim. Tinha medo de virar e ver Hubie Marsten me seguindo, com um laço de enforcado na mão e a cara toda preta.

Ele agarrava o volante com força. A leveza sumira de sua voz. A *intensidade* de suas recordações a assustava um pouco. Seu rosto, à luz do painel de instrumentos, tinha os longos sulcos de um homem que percorria um país odiado, que não conseguia abandonar.

— No alto das escadas, reuni toda minha coragem e corri pelo corredor até aquele quarto. Meu plano era entrar, pegar qualquer coisa e sumir de lá. A porta no final do corredor estava fechada. Eu a via se aproximando e notei que as dobradiças tinham afundado e a parte inferior encostava na base. Vi a maçaneta, prateada e um pouco embaçada pelo uso. Quando puxei a porta, a parte de baixo gemeu como um lamento de mulher. Se eu estivesse normal, acho que teria saído correndo nessa hora, mas eu estava cheio de adrenalina, e agarrei a maçaneta com as duas mãos e a puxei com toda força. A porta se escancarou. E lá estava Hubie, pendurado na viga, a silhueta recortada contra a luz da janela.

— Ben, pare... — disse ela, com nervosismo.

— Não, estou dizendo a verdade — insistiu ele. — A verdade que o menino de nove anos viu e que o homem recorda 24 anos depois. Hubie estava pendurado lá, e seu rosto não estava preto. Estava verde. Os olhos estavam inchados e fechados. Suas mãos estavam lívidas... medonhas, e então ele abriu os olhos.

Ben deu um enorme trago no cigarro e o jogou pela janela, na escuridão.

— Dei um grito que deve ter sido ouvido a quilômetros de distância. E saí correndo. Caí pelas escadas, levantei e saí correndo pela porta da frente e pela estrada. Os meninos me esperavam a uns quinhentos metros da casa. Foi quando notei que ainda estava com a cúpula de neve na mão. E ainda a tenho.

— Você não acha mesmo que viu Hubert Marsten, não é, Ben? — Na distância, ela viu a luz amarela que indicava o centro da cidade e sentiu alívio.

Ele demorou um momento para responder.

— Não sei — disse ele, com dificuldade e relutância, como se tivesse preferido dizer *não* e encerrar o assunto. — Provavelmente eu estava tão nervoso que tive uma alucinação. Por outro lado, pode haver alguma verdade na crença de que as casas absorvem as emoções vividas nelas, que contêm um tipo de... carga elétrica. Talvez certas personalidades, como a de um menino cheio de imaginação, possam agir como catalisadores dessa carga, fazendo com que produza uma manifestação ativa... de algo. Não estou falando de fantasmas, exatamente. Estou falando de uma televisão psíquica em três dimensões. Talvez até algo vivo. Um monstro, se você preferir.

Ela pegou um cigarro dele e o acendeu.

— Só sei que dormi com a luz acesa durante semanas depois disso, e sonhei que abria aquela porta em vários momentos ao longo da vida. Principalmente quando estou sob tensão.

— Isso é terrível.

— Não, não é — disse ele. — Não muito, de qualquer jeito. Todos temos nossos pesadelos. — Ele apontou com o polegar as casas silenciosas e adormecidas que passavam por eles na avenida Jointner. — Fico surpreso que as tábuas dessas casas não gritem com as coisas horríveis que acontecem nos sonhos. — Ele fez uma pausa. — Quer ir até a pensão da Eva e conversar um pouco na varanda? Não posso convidá-la para entrar, regras da casa, mas tenho umas cocas na geladeira e um Bacardi no quarto, se quiser tomar um drinque.

— Gostaria muito.

Ele virou na rua da Ferrovia, desligou os faróis e entrou no pequeno estacionamento de terra da pensão. A varanda de trás era pintada de branco com frisos vermelhos, e suas três cadeiras de vime estavam viradas para o rio Royal. O rio estava deslumbrante. A lua tardia de verão, quase cheia, brilhava entre as árvores da margem e pintava um caminho prateado na água. Com a cidade silenciosa, ela ouvia o som espumante da água se precipitando pelos canais da represa.

— Sente-se. Já volto.

Ele entrou, fechando a porta de mansinho ao passar, e Susan sentou numa das cadeiras de balanço.

Ela gostava dele, apesar de seu jeito estranho. Não acreditava em amor à primeira vista, mas acreditava que o desejo instantâneo (chamado pelo nome mais inocente de "atração") ocorria com frequência. No entanto, ele não era o tipo de homem capaz de inspirar passagens arrebatadas num diário secreto. Era magro demais para sua altura, um pouco pálido. Tinha um rosto introspectivo e livresco, e seus olhos raramente revelavam o curso de seus pensamentos. Tudo isso coroado por uma densa cabeleira preta que parecia alinhada com os dedos, em vez de penteada.

E aquela história...

Nem *Conway's Daughter* nem *Air Dance* indicavam uma mentalidade tão mórbida. O primeiro era sobre a filha de um pastor, que entra para a contracultura e faz uma longa e errante viagem de carona pelo país. O segundo era a história de Frank Buzzey, um prisioneiro fugitivo que começa vida nova como mecânico de carro em outro estado, até ser recapturado. Ambos eram livros cheios de vida e energia, e a sombra oscilante de Hubie Marsten, refletida nos olhos de um menino, não parecia pairar sobre eles.

Levada por esse pensamento, ela desviou os olhos do rio para o lado esquerdo da varanda, onde o último monte diante da cidade ocultava as estrelas.

— Tome — disse ele. — Espero que esteja bom.

— Olhe a Casa Marsten — disse ela.

Ele olhou. Havia uma luz acesa lá em cima.

7

Já passava da meia-noite, e os copos estavam vazios. A lua quase sumira de vista. Eles haviam conversado sobre assuntos leves, quando ela disse, depois de uma pausa:

— Gosto de você, Ben. Muito.

— Também gosto de você. E estou surpreso... Não, não quis dizer isso. Lembra daquele comentário bobo que fiz no parque? É que tudo isso parece tão fortuito.

— Quero ver você de novo, se você quiser.

— Eu quero.

— Mas vá devagar. Lembre-se de que sou apenas uma moça do interior.

Ele sorriu.

— Isso é tão hollywoodiano. Mas no bom sentido. Devo beijar você agora?

— Sim — disse ela, seriamente. — Agora vem essa parte.

Ele estava sentado na cadeira de balanço ao lado dela e, sem interromper o lento movimento para frente e para trás, ele se inclinou e pousou os lábios sobre os dela, mas não tentou alcançar sua língua ou tocar seu corpo. Os lábios dele eram firmes com a pressão dos dentes retos, e ela sentiu um leve sabor-aroma de rum e tabaco.

Ela também começou a balançar, e o movimento tornou o beijo diferente. Aumentava e diminuía de intensidade, firme e depois leve. Ela pensou: "Ele está sentindo meu gosto." A ideia despertou uma secreta excitação em seu íntimo, e ela interrompeu o beijo antes de ir longe demais.

— Uau — disse ele.

— Você quer jantar na minha casa amanhã? — perguntou ela. — Meus pais adorariam te conhecer. — No prazer e na serenidade daquele momento, ela decidiu dar uma sopa para sua mãe.

— Comida caseira?

— Mais caseira impossível.

— Eu adoraria. Tenho vivido à base de comida congelada desde que mudei para cá.

— Às seis horas? Jantamos cedo na roça.

— Está ótimo. E, falando em casa, é melhor eu te levar. Vamos.

Eles não conversaram no caminho de volta até ela ver a luz brilhando no alto do monte, que sua mãe sempre deixava acesa quando ela saía.

— Quem será que está lá em cima? — ela perguntou, olhando para a Casa Marsten.

— O novo dono, provavelmente — disse ele, em tom neutro.

— Não parecia luz elétrica — refletiu ela. — Era amarela e fraca demais. Um lampião a querosene, talvez.

— Ainda não devem ter tido a chance de ligar a eletricidade.

— Talvez. Mas qualquer um com o mínimo de prudência teria ligado para a companhia elétrica antes de se mudar.

Ele não respondeu. Eles haviam chegado à entrada da casa dela.

— Ben — ela disse de repente. — Seu novo livro é sobre a Casa Marsten?

Ele riu e a beijou na ponta do nariz.

— Já está tarde.

Ela sorriu para ele.

— Não quis ser xereta.

— Tudo bem. Mas talvez outra hora... à luz do dia.

— Está bem.

— É melhor entrar, menina. Às seis amanhã?

Ela olhou para o relógio.

— Às seis hoje.

— Boa noite, Susan.

— Boa noite.

Ela saiu e correu com leveza até a porta lateral, onde se virou e acenou enquanto ele se afastava. Antes de entrar, acrescentou creme de leite à lista do leiteiro. Com batatas assadas, daria um toque de classe ao jantar.

Ela se demorou mais um minuto antes de entrar, olhando a Casa Marsten.

8

Em seu quarto caixa de fósforo, ele se despiu com a luz apagada e deitou na cama nu. Ela era uma boa moça, a primeira desde que Miranda morrera. Ele esperava não tentar transformá-la em uma nova Miranda — seria doloroso para ele e terrivelmente injusto com ela.

Ele deitou e deixou seu pensamento vagar. Um pouco antes de o sono chegar, ele se apoiou no cotovelo, olhou além da sombra quadrada de sua máquina de escrever e da fina pilha de originais, pela janela. Ele pedira aquele quarto a Eva Miller após olhar muitos outros, porque dava diretamente para a Casa Marsten.

A luz continuava acesa.

Naquela noite ele teve o velho sonho pela primeira vez desde que chegara a Jerusalem's Lot. Não o tivera com tanta nitidez desde os terríveis dias que se seguiram à morte de Miranda no acidente de motocicleta. A travessia do corredor, o horrível gemido da porta ao abrir, o vulto pendurado abrindo subitamente os medonhos olhos inchados, ele se virando para a porta com a lentidão pegajosa dos sonhos...

E a encontrando trancada.

Capítulo três

A CIDADE (I)

1

A cidade não tardava a despertar — as tarefas não esperavam. Ainda com o sol sob a linha do horizonte e a escuridão sobre a terra, as atividades já se iniciavam.

2

4h00.

Os filhos dos Griffen — Hal, de 18 anos, e Jack, de 14 — e os dois ajudantes haviam começado a ordenhar as vacas. O celeiro caiado brilhava de tão limpo. No centro, entre as passarelas impecáveis que davam para as baias dos dois lados, estendia-se um bebedouro de cimento. Hal ligou a água apertando um botão e abrindo uma válvula. A bomba elétrica que puxava água de um dos dois poços artesianos que abasteciam o local começou a funcionar com um murmúrio constante. Era um rapaz rude, taciturno, especialmente mal-humorado naquele dia. Havia tido uma briga com o pai na noite anterior. Hal queria parar de estudar. Odiava a escola. Odiava a chatice, a exigência de que ficasse parado por longos períodos de 55 minutos. E odiava todas as matérias, com a exceção de Marcenaria e Artes Gráficas. Inglês era irritante, história era uma estupidez, matemática era incompreensível. E não serviam para nada, aquilo era o pior. As vacas não se importavam se você falasse errado, não ligavam para quem era o comandante do maldito exército do Potomac durante a maldita Guerra Civil, e, quanto à matemática, seu próprio pai não conseguia somar dois quintos e uma metade nem com uma arma na cabeça. Por isso tinha um contador. Era um coitado. Fizera faculdade e ainda trabalhava para uma besta como o seu pai. E seu pai mesmo lhe dissera muitas vezes que estudar não era o segredo para ter um negócio de sucesso (e a pecuária era um negócio como qualquer outro), *conhecer* as pessoas era o segredo. Era mestre em falar bobagens sobre as maravilhas da educação, justo ele que parara na sexta série. Nunca lia nada além da *Reader's Digest*, e a fazenda lucrava 16 mil dólares por ano. Conheça as pessoas. Aperte as mãos delas e pergunte pelas esposas pelo primeiro nome. Bom, Hal conhecia as pessoas. Havia dois tipos: as que se deixavam manipular e as que não se deixavam. As primeiras excediam em número as últimas numa proporção de dez a um.

Infelizmente, seu pai pertencia à segunda categoria.

Olhou por cima do ombro para Jack, que lenta e sonhadoramente tirava feno de um fardo e o colocava nas primeiras quatro baias. Lá estava o rato de biblioteca, o queridinho do papai. O merdinha.

— Vamos! — gritou. — Ponha logo esse feno.

Ele abriu os armários e tirou a primeira das quatro máquinas de ordenhar. Arrastou-a pelo corredor, franzindo a testa com fúria sobre a brilhante superfície de aço inoxidável.

Escola. Maldita e insuportável escola.

Os nove meses seguintes se estendiam diante dele como uma interminável tumba.

3

4h30.

Os frutos da ordenha do dia anterior haviam sido processados e voltavam para 'salem, dessa vez em caixas de papelão e não em latas de aço galvanizado, com o rótulo colorido dos Laticínios Slewfoot Hill. O pai de Charles Griffen vendera seu próprio leite, mas aquilo não era mais viável. Os conglomerados haviam devorado os últimos independentes.

O leiteiro da Slewfoot Hill na parte oeste de 'salem, Irwin Purinton, começava seu trajeto pela rua Brock (conhecida na cidade como via Brock ou Aquela Maldita Buraqueira). Depois passava pelo centro da cidade e saía de novo dela pela via Brooks.

Win fizera 61 anos em agosto, e pela primeira vez sua aposentadoria parecia real e possível. Sua mulher, uma megera odiosa chamada Elsie, morrera no outono de 1973 (partir antes fora a única atenção que ela tivera com ele em 27 anos de casamento), e quando se aposentasse, ele pegaria o cachorro, um mestiço de *cocker* chamado Doc, e mudaria para Pemaquid Point. Planejava dormir até as nove todos os dias e nunca mais ver um nascer do sol.

Ele parou em frente à casa dos Norton e encheu seu cesto de metal com a entrega da família: suco de laranja, dois litros de leite, uma dúzia de ovos. Ao sair da perua, sentiu uma pontada no joelho, mas fraca. O dia seria bom.

Ele viu um acréscimo na encomenda habitual da Sra. Norton, escrito com a letra redonda e cultivada de Susan: "Por favor, deixe um creme de leite pequeno, Win. Obrigada."

Purinton voltou à perua para buscar o creme, pensando que seria um daqueles dias em que todo mundo quer algo especial. Creme de leite! Provou o negócio uma vez e sentiu vontade de vomitar.

O céu começava a clarear no leste e, nos campos que se estendiam até a cidade, o denso orvalho brilhava como uma fortuna em diamantes.

4

5h15.

Eva Miller já estava de pé há vinte minutos, usando um gasto vestido caseiro e frouxos chinelos cor-de-rosa. Preparava seu café da manhã — quatro ovos mexidos, oito fatias de bacon, uma porção de batatas fritas. Reforçava esse humilde repasto com duas torradas com geleia, um copo de suco de laranja e duas xícaras de café com creme para terminar. Era uma mulher grande, embora não exatamente gorda. Sempre trabalhara demais em sua pensão para chegar a ser gorda. Seu corpo tinha curvas heroicas, rabelaisianas. Vê-la em ação diante do fogão elétrico de oito bocas era como ver os movimentos agitados da maré ou a migração de dunas.

Ela gostava de fazer a refeição matinal em total solidão, planejando as tarefas do dia. E havia muito a fazer — quarta-feira era o dia de trocar as roupas de cama. Ela estava com nove pensionistas, contando o novo, o Sr. Mears. A casa tinha três andares e 17 quartos, e era preciso lavar os pisos, esfregar as escadas, encerar o corrimão e virar o tapete na sala comunitária. Pediria que Weasel Craig a ajudasse, se ele não estivesse curando uma bebedeira.

A porta de trás abriu no momento em que ela sentou à mesa.

— Oi, Win. Como vai?

— Mais ou menos. O joelho está incomodando um pouco.

— Que pena. Quer deixar mais um litro de leite e quatro litros daquela limonada?

— Claro — disse ele, resignado. — Eu sabia que o dia seria assim.

Ela atacou os ovos, ignorando o comentário. Win Puriton sempre encontrava motivo para se queixar. E no entanto, era para ser o homem mais feliz do mundo desde que aquela bruxa com quem ele se juntara caiu da escada do porão e quebrou o pescoço.

Às 5h45, quando ela terminava a segunda xícara de café e fumava um Chesterfield, o *Press-Herald* foi jogado na parede da casa e caiu nas roseiras. Era a terceira vez naquela semana; o filho dos Kilby tinha dado para isso. Entregar jornais devia estar fazendo mal para sua cabeça. Ela deixaria o jornal lá por enquanto. A primeira luz da manhã, fino e precioso ouro, entrava, oblíqua, pelas janelas. Era a melhor hora do dia, e ela não perturbaria sua paz por nada.

Seus pensionistas podiam usar o fogão e a geladeira — estava incluído no aluguel, como a troca da roupa de cama — e em breve a paz seria interrompida quando Grover Verrill e Mickey Sylvester descessem para engolir o cereal com leite antes de partirem para a fábrica de tecidos em Gate Falls, onde trabalhavam.

Como se seus pensamentos tivessem evocado esse momento, a descarga do banheiro no segundo andar foi acionada e Eva ouviu as pesadas botas de trabalho de Sylvester nas escadas.

Ela se levantou pesadamente e foi resgatar o jornal.

5

6h05.

O choro miúdo do bebê penetrou o sono superficial de Sandy McDougall, e ela levantou para ver o filho com os olhos ainda turvos e fechados. Bateu a canela na mesa de cabeceira e exclamou:

— Caca!

O bebê, ouvindo-a, chorou mais alto.

— Cale a boca! — gritou ela. — Já estou indo!

Ela cruzou o estreito corredor do trailer até a cozinha, uma moça esguia que perdia a pouca e marginal beleza que um dia tivera. Tirou a mamadeira de Randy da geladeira, pensou em esquentá-la, mas mudou de ideia. Se você quer tanto, meu chapa, tome gelada mesmo.

Ela foi para o quarto do menino e o olhou com frieza. Tinha dez meses, mas era doentio e choroso. Engatinhava há apenas um mês. Talvez tivesse pólio ou algo assim. E agora tinha algo em suas mãos, e na parede também. Ela avançou, pensando o que ele andara aprontando, minha Nossa Senhora.

Ela tinha 17 anos, e havia completado um ano de casamento em julho. Quando se casara com Royce McDougall, grávida de seis meses e parecendo o dirigível da Goodyear, o casamento lhe parecera uma bênção, como dissera o padre Callahan — uma saída de emergência. Agora parecia apenas um monte de caca.

E era exatamente isso, ela notou com desespero, que Randy espalhara nas mãos, na parede e nos cabelos.

Ela ficou parada, olhando-o estupidamente, segurando a mamadeira gelada.

Fora por isso que ela desistira do colégio, dos amigos, da esperança de se tornar modelo. Por aquele trailer decrépito escondido na Curva, a fórmica já descolando em tiras dos balcões, por um marido que trabalhava o dia todo na fábrica e saía de noite para beber e jogar pôquer com os amigos vagabundos do posto de gasolina. Por um filho que se parecia com seu inútil pai e espalhava caca por toda parte.

Ele chorava a plenos pulmões.

— *Cale a boca!* — ela gritou de repente, e atirou a mamadeira de plástico no menino, atingindo-o na testa. Ele caiu de costas no berço, berrando e agitando os braços. Um círculo vermelho brotou logo abaixo da linha dos cabelos, e ela sentiu na garganta um horrível misto de satisfação, piedade e ódio. Arrancou-o do berço como se fosse um pedaço de trapo.

— *Cale a boca! Cale a boca! Cale a boca!* — Deu-lhe dois murros antes de conseguir se controlar e os gritos de dor de Randy se tornarem altos demais. Ele jazia no berço, ofegante, o rosto arroxeado.

— Desculpe — murmurou ela. — Ai, meu Deus do céu. Desculpe. Você está bem, Randy? Espere, mamãe vai te limpar.

Quando ela voltou com um pano úmido, os olhos de Randy haviam inchado e perdiam a cor. Mas aceitou a mamadeira e, quando ela começou a limpar seu rosto com o pano, ele lhe abriu um sorriso sem dentes.

Direi a Roy que ele caiu da mesa de trocar, pensou ela. Ele vai acreditar. Meu Deus, ele tem que acreditar.

6

6h45.

A maioria da população operária de 'salem estava a caminho do trabalho. Mike Ryerson era um dos poucos que trabalhava na cidade. No relatório anual do município, ele aparecia como zelador das áreas verdes, mas na verdade era responsável pelos três cemitérios da cidade. No verão, era quase um trabalho em período integral. Mas, mesmo no inverno, não era fácil, como alguns, entre eles o presunçoso George Middler da loja de ferragens, pareciam pensar. Ele trabalhava meio período para Carl Foreman, o agente funerário da cidade, e a maioria dos velhos batia as botas no inverno.

Ele seguia para a via Burns em sua camionete, levando podadeiras, um aparador movido a bateria, uma caixa de flâmulas, um pé-de-cabra para levantar lápides tombadas, uma lata com dez galões de gasolina e dois cortadores de grama Briggs & Stratton.

Ele cortaria a grama do cemitério Harmony Hill naquela manhã, e faria os consertos necessários nas lápides e no muro de pedra. À tarde, ele cruzaria a cidade até o cemitério do monte do Pátio do Colégio, onde professores às vezes iam estudar as lápides, devido a uma extinta colônia de Shakers que haviam enterrado seus mortos lá. Mas Harmony Hill era seu preferido entre os três. Não era tão velho como o cemitério do monte do Pátio do Colégio, mas era agradável e sombreado. Esperava um dia ser enterrado lá também — dali a uns cem anos, mais ou menos.

Ele tinha 27 anos, e fizera três anos de faculdade ao longo de uma carreira bastante diversificada. Esperava voltar um dia e terminar o curso. Era bonitão e, com seu jeito aberto e agradável, não tinha a menor dificuldade em conhecer mulheres nas noites de sábado no Dell's ou em Portland. Algumas ficavam desiludidas com seu emprego, coisa que Mike sinceramente não entendia. Era um trabalho agradável, sem patrões o vigiando o tempo todo, e era ao ar livre, sob o céu azul. E daí se ele às vezes abria algumas covas ou dirigia o carro funerário de Carl Foreman? Alguém tinha de fazer isso. Na cabeça dele, a única coisa mais natural do que a morte era o sexo.

Cantarolando, ele virou na rua Burns e engatou segunda marcha para subir o morro. A poeira seca crescia atrás dele. Entre a vegetação sufocada pelo calor ao longo da estrada, ele via os troncos esqueléticos das árvores queimadas no grande incêndio de 1951, como velhos ossos em decomposição. Ele sabia que lá se escondiam armadilhas mortais, onde os mais descuidados podiam quebrar a perna. Mesmo passados 25 anos, as cicatrizes do grande incêndio permaneciam. Bom, era assim mesmo. Em plena vida, a morte nos cercava.

O cemitério ficava no alto do morro, e Mike embicou na entrada para carros, pronto para sair e abrir o portão... e brecou a camionete bruscamente.

O corpo de um cão fora pendurado de cabeça para baixo no portão de ferro forjado, e seu sangue enlameava a terra embaixo.

Mike saiu da camionete e correu para o cachorro. Tirou as luvas de trabalho dos bolsos traseiros e levantou a cabeça do animal, que cedeu com horrível flacidez, e ele viu os olhos vazios e vidrados de Doc, o vira-lata de Win Purinton. O cão fora espetado num dos altos espigões do portão, como um pedaço de carne num gancho de metal. Moscas, lentas no frescor da manhã, já rastejavam preguiçosamente sobre a carcaça.

Mike puxou o corpo do animal com dificuldade até arrancá-lo, nauseado pelos sons molhados que acompanharam seus movimentos.

Vandalismo em cemitérios não era novidade para ele, principalmente na época do Halloween, mas ainda faltava um mês e meio para a festa, e ele nunca vira nada parecido antes. Geralmente eles se contentavam em derrubar algumas lápides, pichar algumas obscenidades ou pendurar um esqueleto de papel no portão. Mas, se aquela carnificina fora obra de moleques, que bando de canalhas... Win ia ficar arrasado.

Ele ficou pensando se levava o cachorro logo para a cidade e o mostrava a Parkins Gillespie, mas concluiu que não valia a pena. Era melhor levar o pobre Doc de volta quando fosse almoçar — não que ele fosse ter muito apetite naquele dia.

Ele destrancou o portão e olhou para as luvas, cobertas de sangue. Teria de limpar as barras de ferro do portão, e não daria mais para ir ao monte do Pátio do Colégio naquela tarde. Ele entrou e estacionou, sem cantarolar. O prazer se esvaíra do dia.

7

8h00.

Os lentos ônibus escolares faziam seus trajetos de costume, apanhando crianças que esperavam em frente de casa segurando as lancheiras e fazendo travessuras. Charlie Rhodes era um dos motoristas, e seu trajeto cobria a rua Taggart Stream, no leste de 'salem, e a metade superior da avenida Jointner.

As crianças que andavam no ônibus de Charlie eram as mais bem-educadas da cidade — de todo o distrito escolar, aliás. Ninguém gritava, nem fazia traquinagens, nem puxava rabos de cavalo no ônibus 6. Ou ficavam quietinhas e comportadas ou andavam os três quilômetros até a escola primária da rua Stanley e se explicavam na secretaria.

Sabia o que achavam dele, e imaginava perfeitamente do que o chamavam pelas costas. Mas não importava. Ele não admitiria nenhuma peraltice nem porcarias no seu ônibus. Essa parte eles podiam guardar para os molengas dos professores.

O diretor da escola tivera a audácia de lhe perguntar se não agira "impulsivamente" quando suspendeu o filho dos Durham por três dias só por falar alto demais. Charlie se limitou a encará-lo, até que o diretor, um pirralho formado há apenas quatro anos, desviou os olhos. O responsável pela frota de ônibus escolares do Distrito Escolar 21, David Felsen, era um velho amigo seu — haviam lutado juntos na Coreia. Eles se entendiam. Entendiam o que acontecia no país. Sabiam que o menino que "apenas falara alto demais" no ônibus escolar em 1958 era o mesmo que mijara na bandeira em 1968.

Ele deu uma olhadela no amplo espelho retrovisor e viu Mary Kate Griegson passando um bilhete a seu amiguinho, Brent Tenney. Amiguinho... Agora as crianças começavam com a sacanagem já na sexta série.

Ele parou o ônibus, ligando o pisca-pisca. Mary Kate e Brent levantaram os olhos, amedrontados.

— Vocês têm muito o que conversar? — perguntou para o espelho. — Então, podem ir começando.

Abriu as portas dobráveis e esperou que os dois dessem o fora de seu ônibus.

8

9h00.

Weasel Craig rolou para fora da cama — literalmente. O sol que entrava pela sua janela no segundo andar era ofuscante. Sua cabeça latejava. No andar de cima o tal do escritor já estava martelando as teclas. Santo Deus, era preciso ser muito maluco para ficar naquele tec-tec-tec, dia após dia.

Ele levantou e procurou o calendário em sua blusa para ver se era o dia de pegar o cheque de seguro desemprego. Não. Ainda era quarta-feira.

A ressaca não estava tão forte como outras vezes. Ele ficara no Dell's até fechar, à uma, mas levara apenas dois dólares e não conseguira filar muita cerveja depois de gastá-los. Estou perdendo minha lábia, pensou, esfregando o rosto.

Ele vestiu a camiseta térmica que sempre usava, fosse inverno ou verão, as calças verdes de trabalho, e depois abriu o armário e pegou o café da manhã — uma garrafa de cerveja quente para tomar no quarto e uma caixa de aveia doada pelo governo para comer lá embaixo. Ele odiava aveia, mas prometera à viúva que a ajudaria a virar o tapete, e ela devia ter planejado outras tarefas para ele.

Ele não se importava, não muito, mas era um declínio em relação ao tempo em que dormira com Eva Miller. O marido dela morrera num acidente na serraria em 1959, o que foi até engraçado, se é que dá para achar engraçado um acidente horrível como aquele. Naquele tempo, a serraria empregava sessenta ou setenta homens, e Ralph Miller estava cotado para a presidência da serraria.

O que acontecera com ele foi meio engraçado porque Ralph Miller não encostava numa máquina desde 1952, sete anos antes, quando fora promovido de capataz para administrador. Era gratidão empresarial, sem dúvida, e Weasel supunha que Ralph fizera por merecer. Quando o grande incêndio saíra dos pântanos e tomara a avenida Jointner impulsionado por um vento leste de 50 quilômetros por hora, todos pensavam que era o fim da serraria. Os corpos de bombeiros de seis cidades vizinhas tinham que tentar salvar a cidade, e não podiam gastar tempo nem homens com a Serraria de Jerusalem's Lot. Ralph Miller organizou todos os operários do segundo turno e formou uma brigada de incêndio. Sob sua direção, eles molharam o teto e fizeram o que todos os bombeiros reunidos não haviam conseguido fazer a oeste da avenida Jointner — criaram uma barreira que deteve o fogo e o desviou para o sul, onde foi totalmente contido.

Sete anos depois, ele caiu numa trituradora enquanto conversava com alguns executivos de uma companhia de Massachusetts. Ele lhes mostrava as instalações, tentando convencê-los a comprar ações. Mas escorregou numa poça d'água e, por azar, caiu dentro da trituradora diante dos olhos deles. Obviamente qualquer possibilidade de um negócio foi para o brejo junto com Ralph Miller. A serraria que ele salvara em 1951 fechou para sempre em fevereiro de 1960.

Weasel olhou para o espelho salpicado de água e penteou os cabelos brancos, ainda revoltos e sexy aos 67 anos. Era a única parte dele que o álcool parecia conservar. Depois vestiu a camisa de trabalho cáqui, pegou a caixa de aveia e desceu.

E lá estava ele, quase 16 anos depois que tudo acontecera, trabalhando como um reles zelador para uma mulher com quem já deitara — uma mulher que ele ainda achava tremendamente atraente.

A viúva caiu em cima de Weasel como um abutre assim que ele entrou na cozinha ensolarada.

— Escute, será que você pode encerar o corrimão da frente depois de tomar café, Weasel? Você tem tempo? — Eles conservavam a delicada ficção de que ele fazia aquilo como favores, e não para pagar os 14 dólares por semana do aluguel do quarto.

— Claro, Eva.

— E o tapete da sala da frente...

— Precisa ser virado. Eu lembro.

— Como está sua cabeça hoje? — ela fez a pergunta de modo prático, evitando demonstrar qualquer sentimento de piedade, mas ele o percebeu assim mesmo.

— Está boa — disse, meio ofendido, fervendo água para o mingau de aveia.

— Você chegou tarde. Por isso estou perguntando.

— Está de olho em mim, não é? — Ele ergueu a sobrancelha com malícia e se alegrou ao ver que ela ainda era capaz de corar como uma colegial, mesmo que tivessem parado com gracinhas há quase nove anos.

— Ora, Ed...

Ela era a única que ainda o chamava assim. Para o resto dos habitantes de Lot ele era apenas o Weasel. Mas tudo bem. Eles podiam chamá-lo do que bem quisessem. O urso o pegara, com certeza.

— Deixe para lá — disse ele, bruscamente. — Acordei do lado errado da cama.

— Caiu dela, pelo barulho. — Eva falou mais rapidamente do que pretendera, mas Weasel apenas resmungou. Ele cozinhou e comeu o odioso mingau de aveia e saiu com a lata de cera para móveis e os trapos sem olhar para trás.

No andar de cima, o tec-tec da máquina de escrever continuava. Vinnie Upshaw, cujo quarto ficava em frente ao do escritor, disse que ele começava todas as manhãs às nove, parava ao meio-dia, recomeçava às três, parava às seis, começava *de novo* às nove e prosseguia sem parar até a meia-noite. Weasel não conseguia imaginar como alguém podia ter tantas palavras na cabeça.

No entanto, ele parecia um sujeito decente, e podia render algumas cervejas no Dell's uma noite daquelas. Ouvira dizer que escritores bebiam como condenados.

Ele começou a lustrar o corrimão metodicamente, e seus pensamentos voltaram para a viúva. Ela transformara a casa numa pensão com o seguro de vida do marido, e se saíra muito bem. E por que não? Ela trabalhava como uma mula. Mas devia ter se acostumado a deitar todas as noites com o marido, e, depois que a dor passara, a necessidade continuara. Meu Deus, como ela mostrara gosto pela coisa!

Naquele tempo, em 1961 e 62, as pessoas ainda o chamavam de Ed e não de Weasel, e ele ainda controlava a garrafa, e não o contrário. Tinha um bom emprego na B&M, e uma noite, em janeiro de 1962, acontecera.

Ele parou um pouco de lustrar a maçaneta e olhou, pensativo, pela estreita janelinha do patamar do segundo andar. Por ela entravam os últimos raios dourados e risonhos do verão, desafiando o frio outono e o rigoroso inverno que viriam depois.

Naquela noite, tanto ela como ele se quiseram, e depois, deitados na escuridão do quarto, ela começara a chorar e lhe dissera que haviam feito algo errado. Ele lhe dissera que fora certo, sem saber se fora certo ou não e sem se importar, e o vento norte uivara e gritara em torno do telhado, e o quarto dela era quente e seguro, e eles acabaram dormindo juntos, como talheres numa gaveta.

Ah, meu Menino Jesus, o tempo era como um rio, e ele se perguntou se o tal escritor sabia disso.

Voltou a lustrar o corrimão, com movimentos longos e impetuosos.

9

10h00.

Era hora do recreio na escola primária da rua Stanley, o mais novo e imponente prédio escolar de Lot. Era uma construção baixa e vítrea, com quatro salas de aula, que o distrito escolar ainda estava pagando — tão luminosa, nova e moderna como a escola da rua Brock era velha e escura.

Richie Boddin, o valentão da escola (com muito orgulho) saiu para o pátio majestosamente, procurando pelo menino novo, um espertinho que sabia todas as respostas de matemática. Nenhum menino novo podia ir entrando na *sua* escola sem antes saber quem mandava lá. Principalmente um quatro-olhos puxa-saco e maricas como aquele.

Richie tinha 11 anos e pesava 70 quilos. Durante toda a vida, sua mãe chamara a atenção de todos para como seu filho era um menino *enorme*. E ele sabia que era grande. Às vezes lhe parecia sentir o chão tremer sob seus pés quando andava. E, quando crescesse, fumaria Camel, igualzinho a seu pai.

As crianças da quarta e quinta séries morriam de medo dele, e os menorzinhos o viam como um totem da escola. Quando ele passasse para a sétima série e fosse para a escola da rua Brock, o panteão deles perderia o demônio. Tudo isso o enchia de satisfação.

E lá estava o pequeno Petrie, esperando ser escolhido para um dos times de futebol.

— Ei! — gritou Richie.

Todos olharam, exceto Petrie. Cada par de olhos parecia vidrado e cada par de olhos revelou alívio quando viu que os de Richie não se fixavam neles.

— Ei, você, quatro-olhos!

Mark Petrie virou-se e olhou para Richie. Seus óculos de aros de aço faiscaram no sol da manhã. Tinha a altura de Richie, sendo, portanto, mais alto do que os outros meninos da classe, mas era esguio e seu rosto parecia indefeso e letrado.

— Você falou comigo?

— "Você falou comigo?" — imitou Richie, em falsete. — Você parece uma bichinha falando, quatro-olhos. Sabia?

— Não, não sabia — disse Mark Petrie.

Richie deu um passo adiante.

— Aposto que você gosta de chupar, sabia, quatro-olhos? Aposto que você gosta de fazer chupeta.

— É mesmo? — Seu tom educado era enfurecedor.

— É, ouvi dizer que você gosta. E não só às quintas. Você não vive sem. É todo dia.

As crianças se aproximavam aos poucos para ver Richie massacrar o menino novo. A Srta. Holcomb, que supervisionava o pátio aquela semana, estava na frente, vigiando os pequenos nos balanços e gangorras.

— Qual é a sua? — Mark Petrie perguntou. Ele olhava para Richie como se tivesse descoberto um interessante besouro.

— "Qual é a sua?" — Richie imitou em falsete. — Não é da sua conta. Só ouvi dizer que você é uma bicha louca, só isso.

— Sério? — Mark perguntou, ainda educado. — E eu ouvi dizer que você é um cretino burro e desengonçado.

Silêncio total. Os outros meninos ficaram boquiabertos (mas interessados; era a primeira vez que viam alguém assinar sua própria sentença de morte). Richie, pego de surpresa, ficou tão atônito como os outros.

Mark tirou os óculos e os entregou ao menino a seu lado.

— Segure, por favor.

O menino os pegou e olhou para Mark em silêncio reverente.

Richie atacou. Foi um golpe lento e pesado, sem um pingo de graça ou sutileza. O chão tremeu sob seus pés. Ele estava cheio de confiança e de vontade de bater e quebrar. Armou o soco direitinho, de modo a acertar o quatro-olhos bem na boca e fazer seus dentes voarem como teclas de piano. Prepare-se para o dentista, florzinha. Lá vou eu.

Mark Petrie abaixou-se e desviou a tempo de fazer o soco passar por cima de sua cabeça. Richie se desequilibrou com a força de seu próprio golpe, e Mark só precisou estender o pé. Richie Boddin desabou no chão com um grunhido. A plateia de crianças fez "Aaah".

Mark sabia muito bem que se o grandalhão recuperasse a vantagem, ele seria espancado. Era ágil, mas a agilidade não adiantava muito numa briga de colégio. Se fosse uma briga de rua, aquela seria a hora de correr, deixar o lento adversário para trás e depois virar e lhe mostrar a língua. Mas não estava na rua nem na cidade grande, e ele sabia que se não derrotasse aquele brutamontes cretino naquela hora, a perseguição não teria fim.

Esses pensamentos passaram por sua cabeça numa fração de segundo.

E ele saltou sobre as costas de Richie Boddin.

Richie grunhiu. A plateia fez "Aaah" de novo. Mark agarrou o braço de Richie, sobre a manga da camisa para que ele não escorregasse e se soltasse, e o torceu sobre suas costas. O grandalhão gritou de dor.

— Peça penico — disse Mark.

A resposta de Richie teria agradado a um marinheiro de vinte anos.

Mark puxou o braço de Richie até as omoplatas e ele gritou de novo. Estava cheio de indignação, medo e perplexidade. Aquilo nunca lhe acontecera antes. Não podia estar acontecendo agora. Nenhum florzinha quatro-olhos podia estar sentado nas suas costas, torcendo seu braço e o obrigando a gritar diante de seus súditos.

— Peça penico — repetiu Mark.

Richie se ergueu penosamente sobre os joelhos. Mark apertou seus próprios joelhos ao redor do outro menino, como se montasse um cavalo a pelo. Ambos estavam cobertos de poeira, mas o estado de Richie era bem mais lastimável. Seu rosto estava vermelho e tenso, seus olhos saltavam para fora e tinha um arranhão na bochecha.

Richie tentou derrubar Mark por cima dos ombros, mas o menino puxou seu braço para cima de novo. E dessa vez Richie não gritou — urrou.

— Peça penico, ou vou acabar quebrando seu braço.

A camisa de Richie escapara de dentro das calças. Sua barriga estava quente e arranhada. Ele começou a soluçar e a sacudir os ombros, tentando se libertar. Mas o detestável quatro-olhos continuava em cima dele. Sentia o braço gelado, o ombro pegando fogo.

— Sai de cima de mim, seu filho de uma puta! Você não briga limpo!

Uma explosão de dor.

— Peça penico.

— Não!

Ele perdeu o equilíbrio e caiu de cara na poeira. A dor em seu braço era paralisante. Ele comia poeira. Entrava terra em seus olhos. Ele agitava as pernas, impotente. Esquecera que era *enorme*. Esquecera que a terra tremia sob seus pés. Esquecera que fumaria Camel, igualzinho a seu pai, quando crescesse.

— Penico! Penico! Penico! — Richie gritou. Poderia gritar penico durante horas, dias, para libertar o braço.

— Diga, sou um cretino feio e burro.

— Sou um cretino feio e burro! — gritou Richie, com a boca contra o chão.

— Está bem.

Mark Petrie saiu de cima de Richie e, enquanto este se levantava, andou até uma distância segura. Suas coxas doíam de tanto que as havia apertado. Torcia para que Richie não tivesse mais forças para brigar. Caso contrário, seria esmagado.

Richie levantou. Olhou ao redor. Todos desviaram os olhos. Deram-lhe as costas e voltaram para aquilo que faziam antes. O miserável do Glick estava ao lado do florzinha, olhando-o como se fosse um deus.

Richie mal podia acreditar na rapidez com que a ruína se abatera sobre ele. Seu rosto estava coberto de poeira, com a exceção dos sulcos abertos por suas lágrimas de raiva e vergonha. Pensou em se lançar contra Mark Petrie, mas o vexame e o medo, *imensos* agora, não permitiram. Não ainda. Seu braço latejava como um dente cariado. Filho de uma puta. Quando eu colocar as mãos em você...

Mas não naquele dia. Ele se virou, e quando se afastou, o chão não tremeu nem um pouco. Olhou pra baixo para não precisar olhar para ninguém.

Alguma menina soltou um riso — um som agudo e escarnecedor que se espalhou com cruel nitidez no ar da manhã.

Ele não levantou os olhos para ver quem era.

10

11h15.

O Depósito de Lixo de Jerusalem's Lot havia sido uma simples cascalheira até o solo argiloso ter aparecido e gerado lucros em 1945. Ficava no fim de um desvio que saía da estrada Burns três quilômetros depois do cemitério Harmony Hill.

Dud Rogers ouvia o distante resfolegar do cortador de grama de Mike Ryerson mais à frente. Mas aquele som logo seria abafado pelo crepitar das chamas.

Dud era o zelador do depósito desde 1956, e sua renomeação a cada ano na reunião de eleitores era rotineira e unânime. Ele morava num limpo galpão de encerado, com uma placa dizendo "Zelador" pendurada na porta inclinada. Conseguira arrancar um aquecedor portátil dos mesquinhos membros do conselho municipal três anos antes, e deixara seu apartamento na cidade para sempre.

Além de corcunda, sua cabeça se inclinava num ângulo peculiar, como se Deus tivesse lhe dado um último e atrevido puxão antes de colocá-lo no mundo. Seus braços, que pendiam de modo simiesco quase até os joelhos, eram espantosamente fortes. Fora preciso quatro homens para colocar o velho cofre da loja de ferragens no caminhão e levá-lo até o depósito quando o estabelecimento fora reformado. Os pneus do caminhão haviam afundado consideravelmente quando recebeu a carga. Mas Dud Rogers o tirara da carroceria sozinho, tendões se projetando do pescoço, veias inchando na testa, antebraços e bíceps como cabos azuis. E o empurrara para o fundo do depósito sozinho.

Dud gostava do depósito. Gostava de expulsar as crianças que iam até lá quebrar garrafas, gostava de dirigir o trânsito para o local onde estava sendo depositado o lixo em determinado dia. Gostava de remexer no lixo, que era seu privilégio como zelador. Supunha que riam dele, andando pelas montanhas de entulho com botas altas e impermeáveis e luvas de couro, a pistola no coldre, um saco sobre os ombros, o canivete na mão. Que rissem. Lá ele encontrava fios de cobre e às vezes motores inteiros com o revestimento de cobre intacto, e o metal alcançava um bom preço em Portland. Encontrava cômodas, cadeiras e sofás semidestruídos, que consertava e vendia para antiquários na Rota 1. Dud enganava os lojistas e estes, por sua vez, enganavam os turistas, o que provava como o mundo sabia dar suas voltas. Dois anos antes, ele encontrara uma antiga cama com detalhes em espiral, mas com o estrado quebrado, e a vendera para uma bicha de Wells por duzentos dólares. O veado entrara em êxtase, achando que fosse uma autêntica cama da Nova Inglaterra, sem desconfiar que Dud lixara cuidadosamente a inscrição *Made in Grand Rapids* de trás da cabeceira.

Nos fundos do depósito ficavam os carros velhos — Buicks, Fords, Chevrolets, tinha de tudo. Os donos os jogavam fora desprezando peças em ótimo estado. Os radiadores eram os melhores, mas um bom carburador de quatro canos rendia sete dólares depois de mergulhado em gasolina. Sem falar nas correias de ventilador, lanternas traseiras, capas de distribuidor, para-brisas, volantes e tapetes.

Sim, o depósito era legal. Uma mistura de Disneylândia e Shangri--lá. Mas o melhor não era nem o dinheiro, guardado na caixa preta enterrada debaixo de sua poltrona.

O melhor eram as fogueiras — e os ratos.

Dud incendiava parte do depósito nas manhãs de domingo e quarta e nas tardes de segunda e sexta. As fogueiras noturnas eram as mais bonitas. Ele adorava o brilho rosado e fosco que escapava dos plásticos verdes de detritos, dos jornais e das caixas. Mas as fogueiras matinais eram melhores em termos de ratos.

Agora ele estava na poltrona, observando o fogo se expandir e começar a manchar o ar com sua viscosa fumaça preta, espantando as gaivotas. Segurava a pistola calibre 22 frouxamente e esperava a saída dos ratos.

Quando eles vinham, era em batalhões. Eram grandes, de um cinza sujo e olhos cor-de-rosa. Pequenas pulgas e carrapatos saltitavam em seu couro. Arrastavam as caudas como grossos fios rosados. Dud adorava atirar nos ratos.

— Você comprou uma bela carga de balas, Dud — George Middler, da loja de ferragens, dizia com sua voz pegajosa, empurrando as caixas de Remingtons para ele. — A prefeitura paga?

Era uma velha piada. Alguns anos antes, Dud fizera uma ordem de compra de dois mil cartuchos calibre 22 de ponta oca, e Bill Norton fechara a cara e o mandara às favas.

— Escute, George — dizia Dud —, você sabe que só estou prestando um serviço público.

Veja aquele gordão, mancando com a pata traseira. Aquele era George Middler. Tinha algo na boca que parecia um pedaço de fígado de galinha.

— Lá vai, George. Esta é para você — disse Dud, e apertou o gatilho. A explosão do 22 era curta e discreta, mas o rato rolou duas vezes e parou, se contorcendo. Balas de ponta oca, essas eram as melhores. Um dia ele compraria uma .45 ou uma .357 Magnum de diâmetro grande para ver o que fariam com aqueles viadinhos.

A próxima era aquela putinha da Ruthie Crockett, que não usava sutiã para ir à escola e vivia cutucando os amigos e dando risinhos quando ele passava. Bang. Tchauzinho, Ruthie.

Os ratos corriam loucamente para se proteger no outro lado do depósito, mas, antes que escapassem, Dud acertara seis deles — uma boa safra matinal. Se ele chegasse perto, veria os carrapatos fugindo dos corpos que esfriavam como... ora, como ratos fugindo de um navio afundando.

Ele achava aquele passatempo incrivelmente divertido, e atirou para trás a cabeça enviesada, recostou a corcunda e deu longas gargalhadas enquanto o fogo crepitava entre os detritos com ávidos dedos alaranjados.

A vida era mesmo uma festa.

11

12h00.

O apito da cidade soou ao meio-dia com alarde, anunciando a hora do almoço para as três escolas e inaugurando a tarde. Lawrence Crockett, o segundo membro do conselho de Lot e proprietário da Imobiliária Southern Maine, largou o livro que estava lendo (*As Escravas Sexuais de Satã*) e acertou o relógio pelo apito. Foi até a porta e pendurou a placa "Volto à uma hora" na maçaneta. Sua rotina era sempre a mesma. Andava até o Excellent Café, comia dois *cheeseburguer*, tomava uma xícara de café e contemplava as pernas de Pauline enquanto fumava um William Penn.

Balançou a maçaneta para ver se a tranca fechara e seguiu para a avenida Jointner. Parou na esquina e olhou para a Casa Marsten. Havia um carro na entrada. Mal podia discerni-lo, brilhando na distância. A visão lhe causou um aperto no peito. Ele vendera a Casa Marsten e a extinta Lavanderia da Vila num só pacote havia mais de um ano. Fora o negócio mais estranho de sua vida, e olha que ele já fizera negócios bem esquisitos. O dono do carro era, com toda a certeza, um homem chamado Straker. R. T. Straker, de quem ele recebera uma correspondência naquela manhã mesmo.

Ele chegara ao escritório de Crockett numa ensolarada tarde de julho havia mais de um ano. Saiu do carro e ficou um instante na calçada antes de entrar. Era alto e vestia um sóbrio terno de três peças, apesar do calor. Era careca como uma bola de bilhar, e igualmente imune ao suor. Suas sobrancelhas eram um risco negro, e sob elas as órbitas dos olhos pareciam buracos escuros abertos em seu rosto angular com uma broca. Tinha consigo uma fina pasta preta. Larry estava sozinho no escritório. Sua secretária, uma moça de Falmouth com o mais belo par de peitos do mundo, trabalhava para um advogado de Gates Fall na parte da tarde.

O careca sentou-se na cadeira reservada ao cliente, pousou a pasta no colo e encarou Larry Crockett. Era impossível decifrar a expressão de seus olhos, e aquilo incomodou Larry. Gostava de conseguir ler as intenções das pessoas antes mesmo que elas abrissem a boca. Aquele homem não olhara as fotos das propriedades locais exibidas no mural, não estendera a mão e se apresentara — nem sequer dissera olá.

— Como posso servi-lo? — perguntou Larry.

— Fui incumbido de comprar uma residência e um estabelecimento comercial em sua aprazível cidade — disse o careca. Falava com uma voz plana e monótona que fazia lembrar as informações meteorológicas da companhia telefônica.

— Ora, com prazer — disse Larry. — Temos várias excelentes propriedades que talvez...

— Não é preciso — disse o careca, levantando a mão. Larry notou, fascinado, que os dedos dele eram incrivelmente longos, o dedo médio parecia ter mais de dez centímetros. — O estabelecimento comercial fica uma quadra depois do Paço Municipal, de frente ao parque.

— Pois não, podemos fazer negócio. Era uma lavanderia, mas faliu o ano passado. Pode ficar um imóvel muito bom se o senhor...

— A residência — interrompeu-o o careca — é a que os moradores chamam de Casa Marsten.

Larry tinha experiência o bastante no ramo para disfarçar sua surpresa e perplexidade.

— É mesmo?

— É. Meu nome é Straker. Richard Throckett Straker. Todos os papéis estarão no meu nome.

— Está bem — disse Larry. O homem falava sério, não havia dúvida. — Meus clientes estão pedindo 14 mil pela Casa Marsten, mas acho que aceitam um pouco menos. Quanto à velha lavanderia...

— Nada feito. Fui autorizado a pagar um dólar.

— Um...? — Larry inclinou a cabeça para frente como se não tivesse ouvido direito.

— Sim. Um momento, por favor.

Os longos dedos de Straker abriram os fechos da pasta e tiraram vários papéis contidos numa pasta azul transparente.

Larry Crockett olhou-o, franzindo a testa.

— Leia, por favor. Assim pouparemos tempo.

Larry abriu a pasta plástica e olhou para a primeira folha com o ar de um homem que faz a vontade de um louco. Seus olhos foram de um lado para o outro por algum tempo, mas depois se fixaram em algo.

Straker esboçou um sorriso. Tirou do bolso do terno uma cigarreira dourada e pegou um cigarro. Bateu-o na mesa e o acendeu com um fósforo. O aroma forte do tabaco turco espalhou-se pela sala, movido pelo ventilador.

Fez-se um silêncio de dez minutos no escritório, interrompido apenas pelo murmúrio do ventilador e pelo barulho surdo do tráfego na rua. Straker fumou o cigarro até o toco, esmagou as cinzas incandescentes e acendeu outro.

Larry levantou os olhos, o rosto pálido e abalado.

— Só pode ser uma piada. Quem o mandou? John Kelly?

— Não conheço nenhum John Kelly. E não sou de piadas.

— Esses papéis... documento de cessão... título de propriedade... Santo Deus, não sabe que aquele terreno vale um milhão e meio de dólares?

— Não o subestime — disse Straker com frieza. — Vale quatro milhões. E logo valerá mais, quando o shopping for construído.

— O que você quer? — perguntou Larry, com voz rouca.

— Já disse o que quero. Meu sócio e eu planejamos abrir um negócio na cidade. E morar na Casa Marsten.

— Que tipo de negócio? Assassinato e Companhia?

Straker abriu um sorriso frio.

— Uma loja de móveis perfeitamente normal. Com uma linha de antiguidades especiais para colecionadores. Meu sócio é especialista nessa área.

— Merda — disse Larry asperamente. — A Casa Marsten vocês podem levar por oito milhões e meio, a loja, por 16. Seu sócio deve saber disso. E os dois devem saber que esta cidade não vai sustentar uma loja chique de móveis e antiguidades.

— Meu parceiro é muito versado em todos os assuntos que lhe interessam — disse Straker. — Sabe que a cidade fica numa estrada usada por turistas e veranistas. É com essas pessoas que esperamos fazer o grosso dos nossos negócios. Mas isso não lhe diz respeito. Viu se os papéis estão em ordem?

Larry tamborilou na mesa com a pasta azul.

— Parece que estão. Mas você não vai me passar a perna, não importa o que *diz* querer.

— Não, claro que não. — A voz de Straker estava carregada de polido desdém. — O senhor tem um advogado em Boston, creio eu. Um tal de Francis Walsh.

— Como sabe disso? — vociferou Larry.

— Não importa. Mostre-lhe os papéis. Ele confirmará que são válidos. O terreno onde o shopping center será construído passará a ser seu sob três condições.

— Ah — disse Larry, aliviado. — Condições... — Ele recostou na cadeira e tirou um William Penn da charuteira de cerâmica que tinha sobre a mesa. Acendeu um fósforo na sola do sapato e deu uma baforada. — Agora estamos chegando a algum lugar. Pode falar.

— Primeiro. O senhor me venderá a Casa Marsten e o estabelecimento comercial por um dólar. Seu cliente, no que diz respeito à casa, é uma corporação imobiliária em Bangor. O estabelecimento comercial pertence agora a um banco de Portland. Creio que as duas partes concordarão se o senhor pagar a diferença ao preço mais baixo possível. Fora sua comissão, é claro.

— Onde conseguiu essas informações?

— Isso não lhe diz respeito, Sr. Crockett. Segunda condição. O senhor não dirá nada sobre nossa transação. Nada. Se o assunto vier à tona, o senhor só sabe o que eu lhe disse: somos dois sócios que vão abrir um negócio destinado a turistas e veranistas. Isso é muito importante.

— Não sou fofoqueiro.

— Seja como for, quero enfatizar a importância dessa condição. Chegará um dia, Sr. Crockett, em que desejará contar a alguém sobre o negócio maravilhoso que fez hoje. Se contar, vou descobrir. E vou arruiná-lo. Entendeu?

— Você parece um personagem de um suspense barato — disse Larry. Parecia sereno, mas sentia um secreto tremor de medo. Ele dissera "vou arruiná-lo" como quem diz "boa-tarde", e esse tom trivial deu à ameaça um sabor de verdade. E como aquele palhaço sabia de Frank Walsh? Nem sua mulher sabia de Frank Walsh.

— Entendeu, Sr. Crockett?

— Entendi — disse Larry. — Estou acostumado a não mostrar as cartas.

Straker abriu o mesmo sorriso tênue.

— Claro. Por isso estou negociando com você.

— A terceira condição?

— A casa precisará de certas reformas.

— É um modo gentil de dizer — disse Larry secamente.

— Meu sócio pretende se encarregar disso pessoalmente. Mas o senhor será seu agente. De vez em quando, faremos pedidos. De vez em quando, precisarei dos serviços dos homens que costuma empregar para levar certas coisas até a casa ou até a loja. Não falará a ninguém desses serviços. Entendeu?

— Sim, entendi. Mas o senhor não é dessas bandas, não é?

— Isso tem alguma pertinência? — perguntou Straker erguendo as sobrancelhas.

— Claro que tem. Não estamos em Boston ou Nova York. Não adianta só eu ficar de bico calado. As pessoas vão comentar. Por exemplo, tem uma velha xereta na rua da Ferrovia, Mabel Werts, que passa o dia com um binóculo...

— Não estou interessado nos moradores. Meu sócio não está interessado nos moradores. Eles sempre comentam. São iguais aos pássaros sobre os fios telefônicos. Logo nos aceitarão.

Larry deu de ombros.

— A festa é sua.

— Exato — concordou Straker. — O senhor pagará por todos os serviços e guardará todas as contas e faturas. E será reembolsado. Concorda?

Larry estava, como dissera a Straker, acostumado a não mostrar as cartas, e tinha fama de ser um dos melhores jogadores de pôquer de Cumberland. Embora tivesse mantido uma fachada calma durante toda a conversa, ele queimava por dentro. O negócio que aquele louco lhe oferecia era do tipo que só aparecia uma vez na vida, quando aparecia. Talvez o patrão dele fosse um daqueles bilionários loucos e reclusos que...

— Sr. Crockett. Estou esperando.

— Eu também tenho duas condições — disse Larry.

— Sim? — Straker mostrou um interesse educado.

Ele agitou a pasta azul.

— Primeiro, esses papéis têm que estar corretos.

— É claro.

— Segundo, se pretendem fazer algo ilegal lá em cima, não quero ficar sabendo. Estou me referindo a...

Mas foi interrompido. Straker jogou a cabeça para trás e deu uma risada singularmente fria e sem emoção.

— Eu disse algo engraçado? — perguntou Larry, sem sombra de sorriso.

— Ah... claro que não, Sr. Crockett. Perdoe minha explosão. Achei seu comentário engraçado por razões próprias. O que ia dizendo?

— Sobre as reformas. Não vou lhe arranjar nada que me cause encrencas. Se está planejando fabricar bebida ilegal, LSD ou explosivos para algum grupo hippie radical, você que se arranje.

— Concordo — disse Straker. — O sorriso sumira de seu rosto. — Negócio fechado?

Com uma estranha relutância, Larry disse:

— Se estes papéis estiverem certos, acho que faremos negócio. Embora pareça que você fez toda a negociação e eu fiquei com todo o dinheiro.

— Hoje é segunda — disse Straker. — Posso passar na quinta à tarde?

— É melhor vir na sexta.

— Muito bem. — Ele levantou. — Bom dia, Sr. Crockett.

Os papéis estavam corretos. O advogado de Larry disse que o terreno onde o shopping center de Portland seria construído fora comprado por um grupo chamado Imobiliária Continental, uma companhia falsa com escritórios no prédio Chemical Bank, em Nova York. Não havia nada neles além de alguns arquivos vazios e muita poeira.

Straker voltara naquela sexta e Larry assinou a escritura do terreno. Mas o fez com um gosto amargo na boca. Ele abandonara sua própria máxima pela primeira vez na vida: nunca cuspa no prato que comeu. E, embora a recompensa fosse alta, ele percebeu, quando Straker guardou os documentos de posse da Casa Marsten e da antiga Lavanderia Village na pasta, que acabara de se colocar nas mãos daquele homem. E do seu sócio, o ausente Sr. Barlow.

O mês de agosto passara, e o verão se tornara outono, e o outono, inverno, e ele começara a sentir um indefinível sentimento de alívio. Na primavera, ele já quase esquecera o negócio que fizera para conseguir os papéis que agora jaziam em seu cofre em Portland.

E então as coisas começaram a acontecer.

Aquele escritor, Mears, procurou-o havia uma semana e meia perguntando se a Casa Marsten estava para alugar, e o olhara de um modo estranho quando lhe disse que fora vendida.

No dia anterior, encontrara um longo tubo em sua caixa de correio e uma carta de Straker. Um bilhete, na verdade, dizendo: "Por favor, prenda o cartaz que está recebendo na vitrine da loja. R. T. Straker." O cartaz em si era bastante comum, e mais discreto que a maioria. Dizia apenas: "Abriremos em uma semana. Barlow & Straker. Móveis finos e antiguidades. Venha nos conhecer." Ele chamou Royal Snow para colocá-lo imediatamente.

E agora havia um carro na entrada da Casa Marsten. Ele ainda a olhava quando alguém disse a seu lado:

— Está dormindo em pé, Larry?

Ele deu um salto e deu com Parkins Gillespie, ao seu lado, acendendo um Pall Mall.

— Não — disse ele, com um sorriso nervoso. — Estava só pensando.

Parkins olhou para a Casa Marsten, onde o sol fazia brilhar o cromo e o metal do carro, e depois para a velha lavanderia com o novo cartaz na vitrine.

— E você não é o único. É sempre bom receber gente nova na cidade. Você os conheceu, não é?

— Um deles, o ano passado.

— O Sr. Barlow ou o Sr. Straker?

— O Sr. Straker.

— Ele lhe pareceu um bom sujeito?

— Não deu para saber — disse Larry, com vontade de molhar os lábios. Mas não o fez. — Só falamos sobre negócios. Ele me pareceu decente.

— Ótimo. Venha, vou andar com você até o Excellent.

Cruzaram a rua, enquanto Lawrence Crockett pensava em pactos com o diabo.

12

13h00.

Susan Norton entrou no Salão de Beleza da Babs, sorriu para Babs Griffen (a irmã mais velha de Hal e Jack) e disse:

— Ainda bem que deu para você me atender, assim, em cima da hora.

— Não tem problema no meio da semana — disse Babs, ligando o ventilador. — Nossa, o tempo está fechando. Vai chover de tarde.

Susan olhou para o céu, de um azul imaculado.

— Você acha?

— Ahã. Como você quer, meu bem?

— Natural — disse Susan, pensando em Ben Mears. — Como se eu nunca tivesse vindo aqui.

— É o que todas dizem — suspirou Babs, aproximando-se de Susan.

O suspiro exalou um aroma de chiclete tutti frutti, e Babs perguntou se Susan tinha visto que iam abrir uma nova loja de móveis na antiga Lavanderia Village. Estava com jeito de ser cara, mas seria ótimo se eles tivessem um lampião com vela para combinar com o que ela tinha no apartamento, e por falar nisso, sair de casa e morar na cidade fora a melhor coisa que ela já fizera na vida, e o verão não estava uma delícia? Pena que tinha de acabar.

13

15h00.

Bonnie Sawyer estava deitada na grande cama de casal em sua casa na rua Deep Cut. Era uma casa normal, com alicerce e porão, e não um trailer ordinário. Seu marido, Reg, ganhava bem como mecânico na oficina de Jim Smith, em Buxton.

Estava nua, exceto por uma fina calcinha azul, e olhava com impaciência para o relógio na mesa de cabeceira: 15h02 — onde estaria ele?

Como se seus pensamentos o tivessem chamado, a porta do quarto abriu uma fresta, e Corey Bryant espiou para dentro.

— Posso entrar? — sussurrou. Corey tinha só 22 anos, trabalhava para a companhia telefônica há dois, e um caso com uma mulher casada, especialmente com um mulherão como Bonnie Sawyer, que fora Miss Cumberland em 1973, fazia com que se sentisse fraco, nervoso e excitado.

Bonnie sorriu para ele com seus lindos dentes restaurados.

— Se não pudesse, querido, você estaria com um buraco no peito tão grande que daria para ver televisão atrás.

Ele entrou na ponta dos pés, o cinto de ferramentas de guarda-fios balançando de modo ridículo.

Bonnie deu risada e abriu os braços.

— Gosto de você, Corey. Você é uma graça.

Os olhos de Corey deram com a mancha escura sob o justo náilon azul, e ele começou a se sentir mais excitado do que nervoso. Esqueceu--se do passo cauteloso e caiu nos braços dela, e, quando se uniram, uma cigarra começou a cantar em algum lugar no bosque.

14

16h00.

Ben Mears afastou-se da escrivaninha, tendo terminado o trabalho da tarde. Havia renunciado a sua caminhada no parque para que pudesse ir jantar na casa dos Norton com a consciência tranquila, e escrevera quase o dia todo sem descanso.

Ele se ergueu e se espreguiçou, ouvindo o estalo de sua coluna. Seu tronco estava molhado de suor. Foi até o armário na cabeceira da cama, pegou uma toalha limpa e foi tomar um banho antes que os outros moradores chegassem do trabalho e atravancassem o banheiro.

Jogou a toalha sobre o ombro, virou-se para a porta e depois voltou-se para a janela, onde algo chamara sua atenção. Não na cidade, que cochilava no calor da tarde sob um céu de um azul intenso típico da Nova Inglaterra em dias de verão.

De onde estava, seu olhar se estendia sobre os prédios baixos da avenida Jointner, de telhados planos e asfaltados, e sobre o parque onde as crianças, agora livres da escola, brincavam, andavam de bicicleta ou faziam arruaça, até a região noroeste da cidade, onde a rua Brock desaparecia atrás do flanco do primeiro morro florestado. Seus olhos seguiram com naturalidade até o intervalo na floresta onde a via Burns e a via Brooks se cruzavam formando um T — e até onde a Casa Marsten se erguia, contemplando a cidade.

De lá, parecia uma miniatura, reduzida ao tamanho de uma casa de bonecas. E ele a preferia assim. Daquele tamanho, ela podia ser confrontada. Bastava levantar a mão diante do rosto para eliminá-la.

Havia um carro na entrada da casa.

Ele ficou parado, com a toalha sobre o ombro, olhando para a casa, sentindo dentro de si uma ponta de terror que não tentou analisar. Duas das persianas caídas haviam sido trocadas, dando à casa um ar cego e sigiloso que ela não possuíra antes.

Seus lábios se moveram silenciosamente, como se formassem palavras que ninguém — nem ele mesmo — podia entender.

15

17h00.

Matthew Burke saiu da escola, levando a valise na mão esquerda, e cruzou o estacionamento vazio até seu velho Chevy Biscayne, que continuava com os pneus para neve do ano anterior.

Tinha 63 anos — faltavam dois para a aposentadoria compulsória — e ainda mantinha um grande número de aulas de inglês e de atividades extracurriculares. A atividade do outono era a peça escolar, e ele acabara de realizar os testes para uma farsa em três atos chamada *O Problema de Charley*. Havia aparecido a costumeira multidão de casos perdidos, talvez uma dúzia de candidatos passáveis, capazes pelo menos de memorizar suas falas (e depois dizê-las em tom trêmulo e monótono), e três garotos que mostraram algum talento. Ele os escalaria na sexta e começaria a marcação de cenas na semana seguinte. Ensaiariam até 30 de outubro, o dia da peça. Segundo a teoria de Matt, uma peça escolar devia ser como um prato de sopa de letrinhas Campbell: sem sabor, mas não totalmente repulsiva. Os parentes iriam adorar. O crítico de teatro do *Ledger* de Cumberland entraria em êxtase polissilábico, como era pago para fazer com qualquer peça local. A protagonista (Ruthie Crockett naquele ano, provavelmente) cairia de amores por algum membro do elenco e possivelmente perderia a virgindade depois da festa de estreia. E então ele voltaria para as discussões do Clube de Debates.

Aos 63 anos, Matt Burke ainda gostava de ensinar. Era péssimo como disciplinador, e por isso perdera todas as chances que um dia tivera de conseguir um cargo administrativo (tinha um jeito sonhador demais para ser eficaz como vice-diretor), mas sua falta de disciplina nunca o detivera. Ele lera os sonetos de Shakespeare em classes frias e barulhentas, entre aviõezinhos e bolinhas de papel, sentara sobre tachas e as afastara distraidamente enquanto dizia aos alunos para abrirem o livro de gramática na página 457, abrira gavetas para apanhar composições e descobrira grilos, sapos e uma vez até uma cobra preta de dois metros.

Ele percorrera de cima a baixo a língua inglesa como um solitário e estranhamente complacente Antigo Marinheiro, de Coleridge: primeiro período, Steinbeck; segundo período, Chaucer; terceiro período, sentença tópica, e a função do gerúndio um pouco antes do almoço.

Seus dedos eram permanentemente manchados de giz em vez de nicotina, mas ainda assim era o resíduo de uma substância que vicia.

As crianças não o veneravam nem amavam — ele não era um Sr. Chips mofando num recanto rústico da América, esperando que Ross Hunter o descobrisse, mas muitos de seus alunos o respeitavam, e alguns poucos aprendiam com ele que a dedicação, por mais excêntrica ou humilde, podia ser algo notável. Ele gostava de seu trabalho.

Entrou no carro, pisou fundo demais no acelerador e afogou o motor, esperou e começou de novo. Ligou o rádio numa estação de rock-and-roll de Portland e aumentou o volume quase até o ponto de distorção do alto-falante. Achava o rock um ritmo admirável. Saiu de ré de sua vaga no estacionamento, o carro morreu e ele voltou a dar partida.

Morava numa casinha na via Taggart Stream e recebia pouquíssimas visitas. Nunca havia se casado e não tinha parentes, fora um irmão que trabalhava numa refinaria de petróleo no Texas e nunca escrevia. Ele não sentia muita falta desses vínculos. Era um homem solitário, mas a solidão de modo algum o amargurara.

Ele parou na luz de alerta no cruzamento da avenida Jointner e da rua Brock e virou em direção a sua casa. As sombras se alongavam agora, e a luz ganhava uma coloração curiosamente cálida e dourada, como uma cena do impressionismo francês. Ele olhou de relance para a esquerda, viu a Casa Marsten e olhou de novo.

— As venezianas — disse ele em voz alta, contra o ritmo pulsante da música. — As venezianas foram recolocadas.

Olhou no espelho retrovisor e viu um carro parado na entrada da casa. Ele dava aulas em 'salem desde 1952, e nunca vira um carro estacionado naquela entrada.

— Será que alguém está morando lá? — perguntou a si mesmo enquanto seguia em frente.

16

18h00.

O pai de Susan, Bill Norton, o primeiro membro do conselho municipal de Lot, ficou surpreso ao perceber que gostara de Ben Mears.

E muito. Bill era um homem grande e robusto, de cabelos pretos, e que passara dos cinquenta anos sem engordar. Trocara a escola pela Marinha no último ano do colegial, com a permissão do pai, e lutara pelo seu futuro a partir de então, conseguindo o diploma de segundo grau aos 24 anos por meio de um teste de nivelamento. Não se tornara um tipo anti-intelectual e truculento, como outros trabalhadores quando não obtêm o nível de escolaridade de que são capazes, por obra do destino ou deles mesmos, mas não tinha paciência com os "intelectualoides", que era seu epíteto para os rapazes cabeludos e de olhar mole que Susan trazia às vezes da escola. O cabelo e as roupas deles não o incomodavam, e sim o fato de que nenhum parecia ter intenções sérias. Não simpatizava, como sua mulher, com Floyd Tibbits, o rapaz com quem Susie saía desde que se formara, mas também não antipatizava. Floyd tinha um bom emprego de nível executivo no Falmouth Grant's, e Bill Norton o considerava moderadamente sério. E era um rapaz da cidade. Mas aquele Mears também era, de certa maneira.

— Por favor, não o atormente com essa história de intelectualoide — disse Susan, levantando quando a campainha tocou. Usava um vestido de verão verde-claro, e prendera os cabelos "naturalmente penteados" para trás com uma fita de algodão verde.

Bill deu risada.

— Isso depende da cara dele, querida. Não vou envergonhá-la. Nunca envergonho, não é?

Ela lhe dirigiu um sorriso nervoso e foi abrir a porta.

O homem que voltou com ela era magricela e de aspecto ágil, dono de traços finos e espessos cabelos pretos que pareciam recém-lavados apesar da oleosidade natural. Bill aprovou suas roupas — jeans azul-claros, muito novos, e uma camisa branca arregaçada até os cotovelos.

— Ben, estes são meus pais, Bill e Ann Norton. Mãe, pai, Ben Mears.

— Oi, é um prazer conhecê-los.

Ele sorriu para a Sra. Norton com uma ponta de reserva, e ela disse:

— Olá, Sr. Mears. É a primeira vez que conhecemos um escritor de verdade. Susan ficou muito empolgada.

— Não se preocupem, não costumo citar passagens dos meus livros. — Ele sorriu de novo.

— Olá — disse Bill, e se levantou. Ele batalhara pela posição que ocupava no sindicato da zona portuária, e seu aperto de mão era firme e forte. Mas a mão de Mears não era mole nem frágil, como a daqueles "intelectualoides" de fundo de quintal, o que lhe agradou. E passou para a segunda fase do teste.

— Quer uma cerveja? Tem umas geladas lá atrás. — Ele fez um gesto em direção à churrasqueira, que ele mesmo construíra. Os intelectualoides geralmente diziam não. A maioria fumava maconha, e não podia desperdiçar sua preciosa consciência bebendo.

— Cara, eu adoraria uma cerveja — disse Ben, sorrindo francamente. — Duas ou três, até.

Bill deu sua risada estrondosa.

— Certo, você é dos meus. Vamos lá.

Ao som desse riso, uma estranha comunicação se deu entre as duas mulheres, que eram muito parecidas. A testa de Ann Norton se franziu, enquanto a de Susan se distendeu — o peso da preocupação fora transferido como que por telepatia.

Ben seguiu Bill até o quintal. Havia um isopor de gelo sobre um banco, cheio de latas de Pabst. Bill puxou uma lata e a jogou para Ben, que a pegou com uma mão só, mas de leve, para não estourar.

— Gostoso aqui — disse Ben, olhando para a churrasqueira. Era uma construção baixa de tijolos, que emitia ondas trêmulas de calor.

— Fui eu que a construí — disse Bill. — Espero que preste.

Ben deu um longo gole e arrotou — outro ponto a seu favor.

— Susie gostou muito de você — disse Norton.

— Ela é uma ótima moça.

— E sensata — acrescentou Norton, dando um arroto pensativo. — Disse que você escreveu três livros. E os publicou também.

— É verdade.

— Foram bem?

— O primeiro foi — disse Ben, e parou por aí. Bill Norton assentiu com a cabeça, aprovando um homem que tinha o bom senso de não sair contando os detalhes da sua vida.

— Você me dá uma mãozinha com os hambúrgueres e os cachorros-quentes?

— Claro.

— É preciso cortar as salsichas para tirar o líquido de dentro, sabia?

— Sabia. — Ele simulou cortes diagonais no ar com o dedo indicador, e abriu um sorriso. Os cortes nas salsichas impediam que formassem bolhas.

— Estou vendo que você é dessas bandas — disse Bill Norton. — Muito bem. Pegue aquele saco de carvão enquanto eu busco a carne. Traga a cerveja.

— Ninguém me separa dela.

Bill hesitou antes de entrar e ergueu a sobrancelha para Ben Mears.

— Você é um sujeito sério? — perguntou.

Ben abriu um sorriso um pouco amargo.

— Isso eu sou.

— Ótimo — disse Bill, e entrou.

Babs Griffen errara ao prever chuva, e o churrasco correu bem. A brisa suave uniu-se à fumaça da churrasqueira para espantar os mosquitos de final de verão. As mulheres levaram os pratos de papel e condimentos e depois voltaram para beber cerveja e dar risada enquanto Bill, que conhecia as traiçoeiras correntes de vento, ganhou de Ben de 21 a 6 numa partida de badminton. Ben recusou uma segunda partida com pesar, apontando para o relógio.

— Estou com um livro no forno — disse ele. — E preciso escrever mais seis páginas. Se beber demais, amanhã não vou conseguir nem ler o que escrevi.

Susan o acompanhou até o portão — ele viera andando da cidade. Bill apagou o fogo com ar pensativo. Ele dissera que era sério, e Bill estava disposto a acreditar. Não chegara contando histórias para impressionar, mas um homem que trabalhava depois do jantar tinha grandes chances de deixar seu nome marcado em alguma página da história.

Ann Norton, no entanto, não se deixou conquistar.

17

19h00.

Floyd Tibbits entrou no estacionamento de pedra britada do Dell's pouco depois de Delbert Markey, o dono e bartender, acender o novo luminoso cor-de-rosa do bar, que dizia DELL'S em grandes letras, com um copo alto no lugar do apóstrofo.

No céu, a luz do dia era afastada por um anoitecer púrpura, e logo a névoa começaria a se formar nas áreas mais baixas. Os clientes habituais começariam a aparecer dentro de uma hora.

— Oi, Floyd — disse Dell, tirando uma Michelob do refrigerador. — Como foi seu dia?

— Razoável. A cerveja está com uma cara boa.

Era um homem alto com barba loira e bem-aparada, que vestia calças de malha e uma jaqueta esporte — seu uniforme para trabalhar na Grant's. Era o segundo encarregado do crédito, e gostava do emprego de um modo indiferente que podia se tornar tédio a qualquer momento. Sentia que estava perdendo tempo, mas a sensação não era de todo desagradável. E ele tinha Suze, uma boa moça. Ela logo mudaria de ideia quanto ao casamento, e então ele precisaria fazer algo da vida.

Ele deixou uma nota de um dólar no balcão, encheu o copo de cerveja, bebeu-o avidamente e o encheu novamente. Além dele, o único cliente do bar era um rapaz de macacão da companhia telefônica — o filho dos Bryant, pensou Floyd. Bebia cerveja em uma mesa enquanto ouvia uma melancólica canção de amor no jukebox.

— E então, quais são as novidades? — perguntou, já sabendo a resposta. Nunca havia novidades. Algum garoto podia ter aparecido bêbado na escola, mas nada mais.

— Bom, mataram o cachorro do seu tio. Isso é uma novidade.

Floyd parou com o copo a caminho da boca.

— O quê? Doc, o cachorro do tio Win?

— Isso mesmo.

— Foi atropelado?

— Pelo jeito, não. Mike Ryerson o encontrou. Foi cortar a grama do cemitério Harmony Hill e encontrou Doc pendurado nas lanças do portão, todo furado.

— Puta merda! — exclamou Floyd, atônito.

Dell assentiu gravemente, satisfeito com a impressão que causara. Ele tinha outra notícia quente que circulava pela cidade — a namorada de Floyd fora vista com aquele escritor que estava na pensão da Eva. Mas ele que descobrisse sozinho.

— Ryerson levou o corpo para Parkins Gillespie — continuou. — Ele achou que o cachorro já estava morto e uns moleques o penduraram de brincadeira.

— Gillespie não sabe nem em que ano a gente está.

— Pode ser. Mas vou lhe dizer o que *eu* acho. — Dell se apoiou nos grossos antebraços. — Acho que foram moleques, sim. Tenho certeza. Mas pode ser um pouco mais do que uma simples brincadeira. Dê uma olhada nisto. — Ele tirou um jornal debaixo do balcão e o abriu sobre ele.

Floyd o apanhou. A manchete dizia: ADORADORES DE SATÃ PROFANAM IGREJA NA FLÓRIDA. Passou os olhos pelo artigo. Dizia que uns garotos tinham invadido uma igreja católica em Clewiston, uma cidade da Flórida, depois da meia-noite e realizado ritos profanos. O altar fora violado, obscenidades haviam sido rabiscadas nos bancos, nos confessionários e na pia de água benta, e manchas de sangue haviam sido encontradas nos degraus que levavam à nave. Segundo a análise do laboratório, parte do sangue era animal (podia ser de cabra), mas a maioria era humano. O chefe de polícia de Clewiston admitiu que não tinha nenhuma pista do caso.

Floyd largou o jornal.

— Adoradores do demônio em Lot? Ora, Dell. Você está com minhocas na cabeça.

— A garotada está enlouquecendo — insistiu Dell. — Você vai ver. Daqui a pouco, vão fazer sacrifícios humanos no pasto do Griffen. Quer mais uma?

— Não, obrigado — disse Floyd, descendo do banco. — Vou ver como o tio Win está passando. Ele adorava aquele cachorro.

— Mande lembranças — disse Dell, guardando o jornal debaixo do balcão para exibi-lo a outros clientes. — Fiquei muito chateado com a notícia.

Floyd parou a caminho da porta e disse, como que para si mesmo:

— Penduraram ele nas barras, é? Meu Deus, como eu queria pegar os safados que fizeram isso.

— Adoradores do demônio — disse Dell. — Eu não ficaria nem um pouco surpreso. Não sei o que está dando nas pessoas ultimamente.

Floyd saiu. O filho dos Bryant colocou outra moeda no jukebox, e Dick Curless começou a cantar "Bury the Bottle with me".

18

19h30.

— Não chegue tarde — Marjorie Glick disse ao filho mais velho, Danny. — Amanhã tem aula. E quero seu irmão na cama às nove e quinze.

Danny arrastou os pés.

— Não sei por que eu tenho que levar ele.

— Não precisa — disse Marjorie com ameaçadora amabilidade. — Você pode ficar em casa, se quiser.

Virou-se para a pia, onde limpava um peixe, e Ralphie pôs a língua para fora. Danny brandiu o punho para ele, mas seu irmãozinho nojento se limitou a sorrir.

— A gente não demora — murmurou ao sair da cozinha, seguido pelo irmão.

— Às nove.

— Está bem, *está bem.*

Na sala, Tony Glick estava sentado diante da TV com os pés para cima, assistindo ao jogo dos Red Sox contra os Yankees.

— Aonde vocês vão, meninos?

— Na casa daquele menino novo — disse Danny. — Mark Petrie.

— É — disse Ralphie. — Vamos ver seu... *trenzinho.*

Danny lançou um olhar sinistro para o irmão, mas o pai não notou nem a pausa nem a ênfase. Doug Griffen acabara de bater a bola.

— Voltem cedo — disse ele, distraído.

Quando saíram, o céu ainda guardava resquícios do dia. Enquanto cruzavam o quintal, Danny disse:

— Eu devia te dar uma surra, peste.

— Se você me bater — disse Ralphie, com presunção — eu conto por que você quer ir lá.

— Sua praga — disse Danny, desanimado.

No fim do quintal bem-aparado, uma trilha descia o monte e dava no bosque. A casa dos Glick ficava na rua Brock, e a de Mark Petrie, no sul da avenida Jointner. O atalho economizava bastante tempo para meninos de 12 e nove anos que se equilibravam com facilidade sobre as pedras do riacho Crockett. Folhas e ramos de pinheiro estalavam sob os pés deles. Em algum lugar na floresta, um pássaro cantou, e grilos chiavam em torno deles.

Danny cometera o erro de contar ao irmão que Mark Petrie tinha a coleção completa dos monstros plásticos Aurora — o lobisomem, a múmia, Drácula, Frankenstein, o cientista louco e até a Câmara de Horrores. A mãe deles não gostava dessas coisas, achava que faziam mal para a cabeça, e Ralphie logo passara para a chantagem. Ele era gosmento mesmo.

— Você é gosmento, sabia? — disse Danny.

— Eu sei — disse Ralphie com orgulho. — O que é "gosmento"?

— É gente verde e grudenta, que nem ranho.

— Vá pro inferno — Ralphie disse.

Eles andavam pela margem do riacho Crockett, que corria preguiçosamente sobre o leito de cascalho, mantendo um tom perolado na superfície. Dois quilômetros ao leste, ele se unia ao córrego Taggart, que por sua vez desaguava no rio Royal.

Danny começou a atravessar o riacho pelas pedras, apertando os olhos na penumbra para ver onde pisava.

— Vou te empurrar! — gritou Ralphie alegremente atrás dele. — Cuidado, Danny, eu vou te empurrar!

— E eu vou te empurrar na areia movediça, bobão. — disse Danny.

Chegaram à outra margem.

— Não tem areia movediça por aqui — zombou Ralphie, chegando perto do irmão por precaução.

— Não? — disse Danny em tom sinistro. — Um menino morreu na areia movediça não faz muitos anos. Ouvi aqueles velhos que ficam na loja comentando.

— É mesmo? — perguntou Ralphie, arregalando os olhos.

— É. Ele afundou gritando, sua boca encheu de areia e foi o fim dele. *Ahhhhhhh!*

— Vamos — disse Ralphie, inquieto. Já estava quase totalmente escuro no bosque, e sombras se moviam. — Vamos sair daqui.

Eles subiram a outra margem, escorregando de vez em quando nas folhas de pinheiro. O menino de quem Danny ouvira falar na loja era Jerry Kingfield, de dez anos. Se ele afundara na areia movediça gritando, ninguém o ouvira. Ele simplesmente desaparecera nos pântanos seis anos antes enquanto pescava. Alguns achavam que fora a areia movediça; outros, que um pervertido o matara. Havia pervertidos por toda parte.

— Dizem que o fantasma dele ainda assombra este bosque — disse Danny em tom solene, sem contar ao irmãozinho que os pântanos ficavam a cinco quilômetros ao sul.

— Pare, Danny — pediu Ralphie. — Não fale isso aqui no escuro.

As árvores rangiam ao redor deles. O pássaro noturno parara de cantar. Um galho estalou atrás deles, furtivamente. A luz do dia sumira quase totalmente do céu.

— De vez em quando — continuou Danny —, quando algum menininho chato sai no escuro, ele salta das árvores, com a cara toda gosmenta e coberta de areia...

— Danny, pare...

Danny ouviu um terror verdadeiro na voz do irmão, e parou. Quase assustara a si mesmo. As árvores escuras e volumosas os cercavam, balançando lentamente à brisa noturna, roçando umas nas outras e rangendo.

Outro galho estalou ao lado deles.

Danny subitamente desejou que tivessem pego a estrada.

Outro galho estalou.

— Danny, estou com medo — Ralphie sussurrou.

— Não seja bobo — disse Danny. — Venha.

Eles recomeçaram a andar. As folhas crepitavam sob os pés deles. Danny tentou se convencer de que não ouvira galho nenhum estalando. Não ouvira nada a não ser eles mesmos. O sangue latejava em suas têmporas. Suas mãos estavam frias. Conte os passos, disse a si mesmo. Vamos chegar à avenida Jointner daqui a duzentos passos. E na volta pegaremos a estrada, para que esse chorão não fique com medo... Daqui a um minuto vamos ver as luzes da rua e nos sentir idiotas, mas vai ser gostoso se sentir idiota, então conte os passos. Um... dois... três...

Ralphie soltou um grito.

— *Estou vendo! Estou vendo o fantasma! Estou vendo!*

O terror, como ferro quente, penetrou o peito de Danny. Fios elétricos pareciam subir por suas pernas. Ele queria virar e correr, mas Ralphie o agarrava.

— Onde? — ele sussurrou, esquecendo que ele inventara o fantasma. — Onde? — Olhou para a floresta, com medo do que pudesse ver, mas viu somente a escuridão.

— Não está mais aí, mas eu vi. Eu vi olhos. Ai, Dannee... — ele chorava.

— Não tem fantasma nenhum, seu bobo. Vamos.

Danny segurou a mão do irmão e eles começaram a andar. Parecia que suas pernas haviam virado borracha. Seus joelhos tremiam. Ralphie se apertava contra ele, quase o tirando da trilha.

— Ele está nos vigiando — Ralphie sussurrou.

— Ouça, não vou...

— Não, é verdade, Danny. Você não está sentindo?

Danny parou. E, como acontece com crianças, ele sentiu algo e percebeu que não estavam sozinhos. Um pesado silêncio caíra sobre a floresta, mas era um silêncio maligno. Sombras, movidas pelo vento, arrastavam-se ao redor deles.

E Danny sentiu um cheiro brutal, mas não com o nariz.

Fantasmas não existiam, mas existiam pervertidos. Vinham em carros pretos e te ofereciam doce ou ficavam nas esquinas ou... ou te seguiam na floresta...

E então...

E então eles...

— Corra — ele disse bruscamente.

Mas Ralphie tremia a seu lado, paralisado de medo. Agarrava sua mão com a força de uma tenaz. Seus olhos estavam fixos na mata, e começaram a se arregalar.

— Danny...

Um galho estalou.

Danny virou-se e olhou na mesma direção que o irmão.

E a escuridão se fechou sobre eles.

19

21h00.

Mabel Werts era uma mulher imensa de gorda. Completara 74 anos, e suas pernas ficavam cada vez menos confiáveis. Era a depositária da história e das fofocas da cidade, e sua memória abarcava cinco décadas de necrologia, adultério, roubos e insanidade. Era uma fofoqueira, mas não deliberadamente cruel (embora aqueles que ela manchara com suas histórias pudessem discordar). Simplesmente vivia na e para a cidade. De certo modo, ela *era* a cidade, uma viúva gorda que agora pouco saía e que passava quase o tempo todo na janela, usando uma camisola de seda que parecia um balão, os cabelos brancos amarelados arrumados numa coroa de tranças grossas, o telefone na mão direita e os potentes binóculos japoneses na mão esquerda. A combinação dos dois, e tempo de sobra para usá-los, fazia dela uma aranha benevolente, sentada no centro de uma rede de comunicações que se estendia da Curva ao leste de 'salem.

Ela vinha observando a Casa Marsten por falta de coisa melhor para olhar quando as venezianas do lado esquerdo da varanda se abriram, deixando escapar uma luminosidade dourada que não se parecia nada com luz elétrica. Ela teve um vislumbre do que podia ser a cabeça e os ombros de um homem recortados contra a luz, o que lhe causou uma emoção estranha.

Não vira mais nenhum movimento na casa.

Ela pensou: Que tipo de pessoas eram aquelas que só abriam a janela quando ninguém podia dar uma olhada decente nelas?

Tirou os óculos e pegou o telefone. Duas vozes — ela logo as identificou como as de Harriet Durham e Glynis Mayberry — falavam sobre o cachorro de Irwin Purinton, encontrado por Mike Ryerson.

Ela ficou em silêncio, respirando pela boca, sem dar o menor sinal de sua presença na linha.

20

23h59.

O dia se aproximava do fim. As casas dormiam na escuridão. No centro da cidade, luzes na loja de ferragens, na Casa Funerária Foreman e no Excellent Café lançavam uma fraca luminosidade sobre a calçada. Alguns continuavam acordados — George Boyer, que acabara de entrar em casa depois de trabalhar das três às onze no Gates Mill, Win Purinton, que jogava paciência e pensava em Doc, cuja morte o abalara bem mais do que a da mulher — mas a maioria dormia o sono dos justos e trabalhadores.

No cemitério Harmony Hill, um vulto sombrio aguardava silenciosamente no interior dos portões a extinção do dia. Quando falou, sua voz era macia e cultivada.

— Pai, conceda-me seus favores. Senhor das Moscas, conceda-me seus favores. Eu lhe trago carne pútrida e malcheirosa. Ofereço esse sacrifício por seus favores e o trago com a mão esquerda. Dê-me um sinal neste terreno, consagrado em seu nome. Espero um sinal para iniciar sua obra.

A voz se calou. Um vento se elevou, suave, trazendo consigo o sussurro de galhos e folhas e um cheiro de carniça do depósito adiante.

Não se ouviu mais nada, fora o som da brisa. O vulto permaneceu silencioso e pensativo por um instante. Depois se inclinou e se ergueu com uma criança em seus braços.

— Trouxe-lhe isto.

E o indizível se fez.

Capítulo quatro

DANNY GLICK E OUTROS

1

Danny e Ralphie Glick saíram para visitar Mark Petrie com ordem de voltar às nove horas. Quando às dez horas eles ainda não haviam voltado, Marjorie Glick ligou para os Petrie. Não, disse a Sra. Petrie, os meninos não estavam lá. Não tinham estado. Era melhor o marido dela falar com Henry. A Sra. Glick passou o telefone para o marido, sentindo o medo gelar suas veias.

Os homens discutiram o caso. Sim, os meninos tinham ido pela trilha na mata. Não, o riacho estava baixo àquela época do ano, principalmente com o bom tempo que fazia. A água batia no tornozelo. Henry sugeriu partir do seu lado da trilha com uma lanterna de alta potência e que o Sr. Glick partisse do lado dele. Talvez os meninos tivessem encontrado uma toca de marmota ou se escondido para fumar cigarros. Tony concordou e pediu desculpas ao Sr. Petrie pelo incômodo. O Sr. Petrie disse que não era incômodo algum. Tony desligou e tentou tranquilizar a mulher, que estava assustada. Decidiu mentalmente que nenhum dos filhos conseguiria sentar durante uma semana depois que os encontrasse.

Mas, antes mesmo de Tony alcançar a trilha depois do quintal, Danny saiu tropeçando da mata e desabou ao lado da churrasqueira. Estava aturdido e falava mole, respondendo às perguntas de modo penoso e desconexo. Tinha grama nas mangas e folhas outonais no cabelo.

Contou ao pai que ele e Ralphie haviam descido a trilha que cruzava a mata, atravessado o riacho Crockett pelas pedras e chegado à outra margem sem nenhum problema. Então Ralphie começou a falar de um fantasma no mato (não disse que fora ele quem colocara a ideia na cabeça do irmão) e disse que tinha visto um rosto. Danny começou a ficar com medo. Não acreditava em fantasmas e nem nessas criancices de bicho-papão, mas pensou ter ouvido algo na escuridão.

O que eles fizeram então?

Danny achava que tinham voltado a andar, de mãos dadas. Não tinha certeza. Ralphie choramingava por causa do fantasma. Danny mandou-o ficar quieto, porque logo conseguiriam ver as luzes da avenida Jointner. Faltavam só duzentos passos, talvez menos. Então, uma coisa ruim aconteceu.

Como? Que coisa ruim?

Danny não sabia.

Eles discutiram com ele, insistiram, repreenderam-no. Danny apenas balançava a cabeça de modo lento e confuso. Sim, ele sabia que precisava lembrar, mas não conseguia. Sinceramente, não conseguia. Não, ele não lembrava de ter tropeçado em nada. Só que... estava tudo escuro. Muito escuro. E depois disso só lembrava de ter acordado na trilha sozinho. Ralphie desaparecera.

Parkins Gillespie disse que não adiantava mandar homens para a mata naquela noite. Havia muitos locais traiçoeiros. Provavelmente o menino tinha apenas se desviado da trilha. Ele, Nolly Gardener, Tony Glick e Henry Petrie percorreram de cima a baixo a trilha e as encostas das ruas South Jointner e Brock, chamando com alto-falantes a pilha.

Logo cedo na manhã seguinte, a polícia estadual e a municipal de Cumberland deram início a uma busca na floresta. Como não acharam nada, ampliaram a busca. Procuraram durante quatro dias, e o Sr. e a Sra. Glick percorreram a mata e os campos, desviando-se das armadilhas deixadas pelo antigo incêndio, chamando o nome do filho com esperança dilacerante.

Como não encontraram nada, o córrego Taggart e o rio Royal foram dragados. Mas nada apareceu.

Na manhã do quinto dia, Marjorie Glick acordou o marido às quatro horas, trêmula e descontrolada. Danny havia desmaiado no corredor, aparentemente enquanto ia ao banheiro. Uma ambulância o levou ao Hospital Geral do Maine. O diagnóstico preliminar foi de choque emocional intenso e retardado.

O Dr. Gorby, o médico encarregado, chamou o Sr. Glick de lado.

— Seu filho já teve ataques de asma?

O Sr. Glick, piscando rapidamente, balançou a cabeça. Envelhecera dez anos em menos de uma semana.

— Algum antecedente de febre reumática?

— Danny? Não... nunca.

— Ele fez exame epidérmico de tuberculose este ano?

— Tuberculose? Meu filho tem tuberculose?

— Sr. Glick, só estamos tentando descobrir...

— Marge! Marge, venha aqui!

Marjorie Glick levantou e atravessou lentamente o corredor. Tinha o rosto pálido, os cabelos penteados de qualquer jeito. Parecia uma mulher em meio a um intenso ataque de enxaqueca.

— Danny fez exame de tuberculose na escola este ano?

— Fez — disse ela estupidamente. — No começo das aulas. Não houve reação.

— Ele tosse à noite? — perguntou Gorby.

— Não.

— Queixa-se de dores no peito ou nas juntas?

— Não.

— Sente dor ao urinar?

— Não.

— Teve algum sangramento anormal? Sangra pelo nariz, apresenta sangue nas fezes ou uma quantidade anormal de arranhões ou contusões?

— Não.

Gorby sorriu e assentiu com a cabeça.

— Gostaríamos que ele ficasse para fazer alguns exames.

— Claro — disse Tony. — Tenho plano de saúde.

— As reações dele estão muito lentas — disse o médico. — Vamos fazer alguns raios X, exame de medula, contagem de glóbulos brancos...

Os olhos de Marjorie Glick foram se arregalando lentamente.

— Danny está com leucemia? — sussurrou.

— Sra. Glick, por enquanto...

Mas ela já desmaiara.

2

Ben Mears foi um dos voluntários que revistaram as matas de 'salem em busca de Ralphie Glick, mas nada conseguira além de carrapatos nas barras das calças e uma forte febre do feno causada pelas plantas de fim de verão.

No terceiro dia da busca, ele entrou na cozinha da pensão planejando comer uma lata de ravióli e tirar um cochilo na cama antes de começar a escrever. Encontrou Susan Norton ocupada diante do fogão, preparando um tipo de ensopado de forno. Os homens que haviam acabado de chegar do trabalho estavam em volta da mesa, fingindo conversar, devorando-a com os olhos. Ela usava uma camisa xadrez desbotada amarrada na cintura e um short de veludo desfiado. Eva Miller passava roupa numa salinha ao lado da cozinha.

— Ei, o que você está fazendo aqui? — perguntou ele.

— Estou preparando algo decente para você comer antes que vire uma sombra — disse ela, e Eva deu uma risada estrondosa por trás da parede. Ben sentiu as orelhas arderem.

— Ela cozinha muito bem — disse Weasel. — Eu sei, estava olhando.

— Olhou tanto que só faltava os olhos caírem da cara — disse Grover Verrill, com uma gargalhada.

Susan cobriu a forma, colocou-a no forno e os dois foram esperar na varanda de trás. O sol baixava, vermelho e inflamado.

— Acharam alguma coisa?

— Não, nada. — Ele tirou um maço amassado do bolso da camisa e acendeu um cigarro.

— Parece que você tomou um banho de colônia de pinho — disse ela.

— E até parece que adiantou. — Ele esticou o braço e mostrou várias picadas de inseto e arranhões. — Mosquitos desgraçados, malditos arbustos de espinhos.

— O que acha que aconteceu com ele, Ben?

— Só Deus sabe. — Ele exalou fumaça. — Alguém pode ter chegado por trás do irmão mais velho, batido na cabeça dele com algo pesado e raptado o menino.

— Você acha que ele está morto?

Ben olhou-a para ver se esperava franqueza ou falsas esperanças. Entrelaçou os dedos aos dela.

— Sim, acho que ele está morto. Ainda não temos provas definitivas, mas acho que sim.

Ela balançou a cabeça lentamente.

— Espero que você esteja errado. Minha mãe e outras senhoras foram visitar a Sra. Glick. Ela está fora de si e o marido também. E o outro filho fica andando de um lado para outro como um fantasma.

— Hum-hum — disse Ben. Olhava para a Casa Marsten, sem prestar muita atenção. As venezianas estavam fechadas, mas abririam mais tarde. Depois que estivesse escuro. As venezianas se abriam no escuro. Ele sentiu um arrepio diante dessa ideia, quase encantatória.

— ...noite?

— Hã? Desculpe. — Ele se virou para ela.

— Eu disse que meu pai o convidou para ir lá em casa amanhã à noite. Você pode?

— Você vai estar lá?

— Claro — disse ela.

— Ótimo, vou sim.

Ele queria olhar para ela. Estava linda à luz do crepúsculo. Mas seus olhos eram atraídos para a Casa Marsten como que por um ímã.

— Ela te atrai, não é? — disse ela, lendo seus pensamentos, até mesmo a metáfora, de modo quase sobrenatural.

— É verdade.

— Ben, sobre o que é o novo livro?

— Ainda não — disse ele. — Eu lhe direi assim que puder. A ideia tem que... se desenvolver ainda.

Ela queria dizer *eu te amo* naquele exato instante, com a espontaneidade com que as palavras haviam emergido em sua mente, mas mordeu os lábios. Não queria dizê-las enquanto ele estivesse olhando... lá para cima.

— Vou ver o ensopado — disse ela, levantando.

Quando ela se afastou, ele fumava e olhava para a Casa Marsten.

3

Lawrence Crockett estava em seu escritório na manhã do dia 22, fingindo ler a correspondência enquanto espiava os peitos da secretária, quando o telefone tocou. Ele estivera pensando em sua carreira em 'salem, sobre o carrinho que brilhava na entrada da Casa Marsten, sobre pactos com o demônio.

Mesmo antes de a transação com Straker ser consumada (que palavra, ele pensou, e seus olhos subiram pela blusa da secretária), Lawrence Crockett era, sem dúvida, o homem mais rico de 'salem e um dos mais ricos do condado de Cumberland, embora nada em sua pessoa ou em seu escritório o indicasse. O escritório era velho, empoeirado, iluminado por dois lustres redondos e cheios de moscas. A escrivaninha antiga, de tampo corrediço, estava abarrotada de papéis, canetas e correspondência. De um lado via-se um pote de cola e de outro um peso de papel quadrado com fotos de sua família em cada uma das superfícies. Um aquário cheio de fósforos se equilibrava perigosamente sobre uma pilha de livros contábeis, e um rótulo na frente dizia: "Para nossos amigos apagados." Exceto por três arquivos de aço à prova de fogo e a mesa da secretária no pequeno anexo, não havia móveis.

Mas havia fotos.

Viam-se instantâneos e fotografias por toda parte, presos com tachas ou fita adesiva em todas as superfícies disponíveis. Algumas eram novíssimas fotos Polaroid, outras eram tiradas com máquinas Kodak, outras ainda eram amareladas imagens em preto e branco, algumas batidas havia 15 anos. Sob cada uma, havia uma legenda datilografada, *Linda Casa de Campo. Seis quartos.* Ou *Casa no alto do monte. Via do córrego Taggart, $32.0000, ocasião!*, ou *Viva como um nobre. Casa de fazenda com dez cômodos, via Burns.* O aspecto era de uma firma obscura e pouco confiável, e fora assim até 1957, quando Larry Crockett, até então visto pela elite de Jerusalem's Lot como um incompetente, decidiu que os trailers eram o futuro. Naquele tempo, as pessoas achavam que os trailers eram apenas charmosas caixas prateadas que você prendia na traseira do carro quando ia ao Parque Nacional de Yellowstone para tirar foto da mulher e dos filhos em frente ao Old Faithful. Naqueles tempos, quase ninguém — nem mesmo os próprios fabricantes de trailers — previa que as charmosas caixas prateadas seriam substituídas por carros de acampamento, que se ajustavam à traseira das camionetes ou até eram autossuficientes e motorizados.

Mas Larry não precisara saber disso tudo. Sendo um visionário de terceira divisão, ele simplesmente foi até a prefeitura (naquele tempo ele não era membro do conselho municipal; naquele tempo, não teria sido eleito nem mesmo funcionário da carrocinha) e pesquisou as leis de zoneamento de Jerusalem's Lot. Eram extremamente satisfatórias. Nas entrelinhas, ele vislumbrou milhares de dólares. A lei proibia a manutenção de uma zona pública de despejo ou a existência de mais de três carros abandonados no quintal, a não ser com a obtenção de uma licença de ferro-velho, e sanitários externos — um nome fresco para "casinha" —, a não ser que fossem aprovados pelo supervisor de saúde municipal. E mais nada.

Larry hipotecara tudo que tinha, fez empréstimos e comprou três trailers. E não eram charmosas caixas prateadas, mas monstros longos, luxuosos, descomunais, com revestimento de madeira plástica e banheiros de fórmica. Comprou lotes de meio hectare para cada um na Curva, onde a terra era barata, instalara-os sobre alicerces baratos e passou a tentar vendê-los. Conseguiu depois de três meses, vencendo a resistência das pessoas que achavam estranho morar numa casa que parecia um vagão de trem, e lucrou quase dez mil dólares. A onda do futuro chegara a 'salem, e Larry Crockett estava na sua crista.

No dia em que R. T. Straker entrara em seu escritório, Crockett já tinha acumulado quase dois milhões de dólares, especulando terras em muitas cidades vizinhas (mas não em Lot; "não cuspa no prato em que come", era o lema de Lawrence Crockett), com base na crença de que a indústria dos trailers cresceria como uma epidemia. Cresceu mesmo, e o dinheiro começou a chover.

Em 1965, Larry Crockett se tornou o sócio passivo de um construtor chamado Romeo Poulin, que construía um grande supermercado em Auburn. Poulin era hábil em se desviar da burocracia, e com seu conhecimento prático e o talento de Larry para números, eles ganharam 750 mil dólares cada e tiveram de declarar apenas um terço da bolada para o governo. Foi tudo extremamente satisfatório, e se o teto do supermercado estava cheio de goteiras, bom, era a vida.

Entre 1966 e 1968, Larry comprou o controle da maioria das ações de três empresas de trailers do Maine, recorrendo a todos os embustes para despistar o pessoal da receita. A Romeo Poulin, descreveu o processo como entrar no túnel de amor com a mulher A, transar com a mulher B no vagão de trás e terminar de mãos dadas com a mulher A do outro lado do túnel. Ele acabou comprando trailers para si mesmo, e esses negócios incestuosos eram tão lucrativos que quase davam medo.

Pactos com o demônio, pensou Larry, mexendo nos papéis. Quando lidamos com ele, as notas vencem em enxofre.

Os compradores dos trailers eram proletários, de classe média baixa, que não podiam dar entrada numa casa mais convencional, ou pessoas de idade tentando esticar a pensão. A ideia de uma casa de seis cômodos novinha em folha funcionava com essa gente. Para os idosos, havia outra vantagem, que os outros haviam ignorado, mas não o astuto Larry: os trailers tinham um só andar e não era preciso subir escadas.

O financiamento também era fácil. Uma entrada de quinhentos dólares geralmente bastava para começar o negócio. E nos tempos de financiamento predatório dos anos 1960, o fato de os outros 9.500 serem financiados a juros de 24% não parecia uma arapuca àquelas pessoas necessitadas de um teto.

E como choveu dinheiro!

O próprio Crockett mudara muito pouco, mesmo depois de brincar de vender a alma ao sinistro Sr. Straker. Nenhum decorador efeminado fora modernizar seu escritório. Ainda não trocara o ventilador elétrico por ar-condicionado. Andava com os mesmos ternos gastos ou paletós berrantes. Fumava os mesmos charutos baratos e ainda passava no Dell's nas noites de sábado para tomar umas cervejas e jogar um bilhar com os amigos. Continuou controlando os negócios imobiliários da cidade, o que rendeu dois frutos: primeiro, a eleição como membro do conselho municipal; segundo, uma situação confortável com a receita, já que as operações visíveis de cada ano não chegavam a entrar na faixa de pagamento de imposto. Além da Casa Marsten, ele vendera mais de três dezenas de outras mansões decrépitas na região. Alguns negócios foram muito lucrativos, mas Larry não os forçou. O dinheiro, afinal de contas, chovia.

Dinheiro demais, talvez. Era possível alguém passar a perna em si mesmo. Entrar no túnel com a mulher A, transar com a mulher B, sair de mãos dadas com a mulher A, e no fim levar uma surra das duas. Straker dissera que entraria em contato, mas já haviam se passado 14 meses. E se...

Foi então que o telefone tocou.

4

— Sr. Crockett — disse a voz conhecida e monótona.

— É Straker, não?

— Eu mesmo.

— Estava pensando em você nesse instante. Acho que sou médium.

— Muito espirituoso, Sr. Crockett. Preciso de um favor.

— Foi o que pensei.

— Providencie um caminhão, por favor. Um caminhão grande, talvez de aluguel. Mande-o às docas de Portland hoje às 19 horas em ponto. À plataforma da alfândega. Dois carregadores serão suficientes.

— Certo.

Larry puxou um bloco de notas e rabiscou: *H. Peters, R. Snow, caminhão de mudança do Henry, seis horas no máximo*. Não parou para pensar como achava importante seguir as ordens de Straker ao pé da letra.

— Há 12 caixas a serem transportadas. Todas menos uma vão para a loja. A outra é um armário extremamente valioso, um Hepplewhite. Os carregadores o reconhecerão pelo tamanho. Esse vai para a casa. Ficou claro?

— Ficou.

— Os homens devem levá-lo ao porão. Diga-lhes para entrarem pelo tabique abaixo das janelas da cozinha. Ficou claro?

— Ficou. Agora, esse armário...

— Outro favor. Providencie cinco cadeados Yale bem fortes. Conhece a marca Yale?

— Quem não conhece? O que...

— Peça para os homens trancarem a porta traseira da loja ao saírem. Na casa, devem deixar as chaves dos cinco cadeados sobre a mesa do porão. Quando saírem da casa, deverão trancar com os cadeados a porta do tabique, as portas da frente e de trás e o galpão-garagem. Ficou claro?

— Ficou.

— Obrigado, Sr. Crockett. Siga todas as instruções cuidadosamente. Até logo.

— Espere...

Mas ele desligara.

5

Eram 19h02 quando o grande caminhão laranja e branco, com os dizeres "Caminhão do Henry" estampados nas laterais e na traseira, parou em frente ao barracão de aço corrugado no final da plataforma da alfândega, nas docas de Portland. A maré virava, agitando as gaivotas, que rodopiavam e gritavam contra o pôr do sol vermelho.

— Nossa, não tem ninguém aqui — disse Royal Snow, dando o último gole numa Pepsi e jogando a lata no chão da cabine. — Vamos ser presos por roubo.

— Tem alguém, sim — disse Royal. — Um policial.

Não era exatamente um policial, e sim um vigia noturno, que acendeu a lanterna na direção deles.

— Um de vocês é Lawrence Crewcut?

— Crockett — corrigiu Royal. — Viemos da parte dele para transportar umas caixas.

— Certo — disse o vigia. — Vamos para o escritório. Precisam assinar uma nota fiscal. — Fez um sinal para Peters, que estava ao volante. — Dê ré até aquelas portas com a luz acesa. Está vendo?

— Estou — ele deu ré com o caminhão.

Royal Snow entrou com o vigia no escritório, onde uma cafeteira borbulhava. O relógio acima do calendário de mulher pelada marcava 19h04. O vigia mexeu nuns papéis sobre a mesa e pegou uma prancheta.

— Assine aqui.

Royal assinou.

— Tome cuidado quando entrar lá. Acenda a luz porque está cheio de ratos.

— Não tem rato que não tenha medo disto — disse Royal, mostrando a pesada bota de trabalho.

— São ratos das docas, filho — disse o vigia secamente. — Já puseram para correr homens maiores que você.

Royal saiu e andou até a porta do depósito. O vigia ficou na porta do barracão, observando-o.

— Cuidado — Royal disse a Peters. — O tio disse que tem ratos.

— Tá. — E ele riu consigo mesmo. — "Larry Crewcut"...

Royal achou o interruptor de luz na parede e a acendeu. Algo na atmosfera pesada, que cheirava a sal, madeira podre e mofo, tirava a vontade de rir. Além dos ratos...

As caixas estavam empilhadas no meio do depósito. Como não havia nada além delas, pareciam portentosas. A caixa com o armário, mais alta do que as outras, estava no centro, e era a única que não tinha escrito "Barlow e Straker, avenida Jointner, 27, Jer. Lot, Maine".

— Até que está fácil — disse Royal. Consultou sua cópia da nota fiscal e contou as caixas. — Estão todas aí.

— Tem ratos mesmo — disse Hank. — Está ouvindo?

— É, odeio esses desgraçados.

Os dois ficaram em silêncio por um instante, ouvindo os guinchos e os movimentos rápidos que vinham das sombras.

— Bom — disse Royal. — Vamos colocar a grandona primeiro para não ficar no caminho quando chegarmos à loja.

— Certo.

Aproximaram-se da caixa, e Royal tirou o canivete do bolso. Com um gesto rápido, abriu o envelope marrom da nota fiscal colado com fita adesiva na lateral.

— Ei — disse Hank —, a gente não devia...

— Precisamos ter certeza de que pegamos a entrega certa. Se errarmos, Larry vai acabar com a nossa raça. — Ele puxou a nota fiscal e a leu.

— O que diz aí? — perguntou Hank.

— Heroína — Royal respondeu, com ar sério. — Cem quilos. E duas mil revistas pornográficas suecas, trezentas camisinhas francesas...

— Me dá aqui. — Hank pegou a nota. — É um armário, como Larry falou. De Londres, Inglaterra, para Portland, Maine. Camisinha francesa uma ova. Guarde isso.

Royal guardou.

— Tem algo engraçado aqui — disse ele.

— Tem, você. Estou morrendo de rir.

— Não, sério. Não estou vendo nenhum carimbo da alfândega. Nem na caixa, nem no envelope, nem na nota fiscal. Não tem carimbo.

— Eles devem usar aquela tinta que só aparece debaixo de uma luz negra especial.

— Não era assim quando eu trabalhava nas docas. Precisa ver, eles botavam uns noventa carimbos na carga. Não dava para pegar uma caixa sem ficar todo azul.

— Sério? Interessante. Mas minha mulher dorme cedo, e eu estava querendo tirar o atraso hoje.

— Vamos dar uma olhadinha dentro?

— Nada disso. Vamos, pegue.

Royal deu de ombros. Quando pegaram a caixa, algo pesado mudou de posição. A caixa era um inferno de carregar. Pelo peso, devia ser mesmo daqueles armários grandes e chiques.

Grunhindo, eles avançaram penosamente até o caminhão e largaram a caixa sobre o elevador hidráulico com exclamações simultâneas de alívio. Royal esperou enquanto Hank operava o elevador. Quando o nivelou com a carroceria, eles subiram e empurraram o armário para dentro.

Havia algo estranho naquela caixa, pensou Royal. E não era só a falta de carimbos. Algo indefinível. Observou-a até que Hank descesse do caminhão.

— Vamos pegar o resto — disse ele.

As outras caixas tinham carimbos da alfândega, exceto três, que haviam partido de locais nos próprios Estados Unidos. À medida que colocavam cada caixa no caminhão, Royal ticava a nota fiscal e a rubricava. Empilharam todas as caixas cujo destino era a nova loja perto da porta do caminhão, longe do armário.

— Agora, me diga quem vai comprar todas essas tralhas? — perguntou Royal quando terminaram. — Uma cadeira de balanço polonesa, um relógio de parede alemão, uma roda de fiar... Minha nossa, devem custar uma fortuna.

— Turistas — disse Hank, com ar sábio. — Os turistas compram de tudo. Esse pessoal de Boston e Nova York é capaz de comprar merda de vaca se vier num saco antigo.

— E não estou gostando daquela caixa — continuou Royal. — Isso de não ter carimbo da alfândega é muito esquisito.

— Bom, vamos levar logo.

Voltaram para 'salem em silêncio, Hank pisando fundo no acelerador. Queria acabar logo com aquele serviço. Como Royal dissera, era muito estranho.

Ele deu a volta até os fundos da nova loja. A porta estava destrancada, como Larry dissera. Royal acionou o interruptor de luz logo na entrada, em vão.

— Ótimo... — resmungou. — Vamos ter que descarregar toda essa porcaria no escuro. Ei, você não está sentindo um cheiro esquisito?

Hank farejou o ar. Sim, havia um cheiro desagradável, mas ele não sabia dizer exatamente qual. Era seco e queimava as narinas, como algo há muito apodrecido.

— É que esse lugar está fechado há muito tempo — disse ele, passeando a lanterna pelo cômodo longo e vazio. — Precisa de uma boa arejada.

— Ou de um bom fogo — disse Royal. Ele não estava gostando daquilo. Algo naquele lugar lhe dava arrepios. — Vamos. E não precisamos nos matar.

Descarregaram as caixas o mais rápido possível, colocando cada uma no chão com cuidado. Meia hora depois, Royal fechou a porta da loja com um suspiro de alívio e a trancou com um dos cadeados novos.

— Metade já foi — disse.

— A metade fácil — retrucou Hank. Olhou para a Casa Marsten, escura e toda fechada naquela noite. — Não estou gostando de ter de subir lá, e não tenho medo de dizer. Se existe uma casa mal-assombrada no mundo, é essa. Esses caras devem ser loucos, mudando para lá. Deve ser um casal de viados.

— Tipo aqueles decoradores — concordou Royal. — Devem querer transformar a casa numa atração turística. É bom para os negócios.

— Bom, já que a gente tem de ir, vamos logo.

Lançaram um último olhar para a caixa que continha o armário e Hank bateu a porta com força. Sentou atrás do volante e os dois subiram a avenida Jointner até a rua Brooks. Um minuto depois, a Casa Marsten assomava diante deles, escura e terrível, e Royal sentiu a primeira onda de verdadeiro medo insinuar-se em seu estômago.

— Credo, que lugar assustador — murmurou Hank. — Quem ia querer morar lá?

— Não sei. Está vendo alguma luz acesa atrás das venezianas?

— Não.

A casa parecia se curvar em direção a eles, como se os aguardasse. Hank aproximou-se da entrada e deu a volta até os fundos da casa. Nenhum dos dois quis ver o que a luz trêmula dos faróis revelava na grama espessa do quintal. Hank sentiu o medo gelar seu coração como não sentira nem no Vietnã, ele que passara a maior parte do tempo apavorado lá. Mas era um medo racional. Medo de pisar numa armadilha química e ver o pé inchando como um balão verde, medo de que um garoto cujo nome não dava nem para pronunciar estourasse seus miolos com um rifle russo, medo de pegar um comandante alucinado que mandasse você dizimar um vilarejo onde os vietcongs haviam estado uma semana antes. Mas o medo que ele sentia agora era infantil, nebuloso. Sem ponto de referência. Uma casa era uma casa — tábuas, dobradiças, pregos e soleiras. Não havia nenhuma razão para achar que cada estalido da madeira fosse causado por emanações malignas. Era pura estupidez. Fantasmas? Ele não acreditava em fantasmas. Muito menos depois do Vietnã.

Hank só conseguiu engatar a ré na segunda tentativa, e o caminhão sacolejante avançou até o tabique que levava ao porão. As portas enferrujadas estavam abertas e, à luz avermelhada das lanternas traseiras, os degraus de pedra pareciam levar ao inferno.

— Cara, não estou achando isso nada legal — disse Hank. Tentou sorrir, mas saiu uma careta.

— Nem eu.

Eles se olharam à luz pálida do painel, sentindo o medo pesar. Mas não eram mais crianças, e não podiam voltar antes da hora devido a um medo irracional. Que explicação dariam em plena luz do dia? Precisavam terminar o trabalho.

Hank desligou o motor, e eles se aproximaram da traseira do caminhão. Royal subiu, soltou a tranca e abriu a porta de correr.

A caixa esperava, ainda coberta de serragem, pesada e muda.

— Eu não quero levar esse troço lá para dentro! — Hank Peters exclamou, com uma voz que era quase um soluço.

— Vamos acabar logo com isso — disse Royal.

Arrastaram a caixa até o elevador e a baixaram ouvindo o assobio do ar que escapava. Quando chegou à altura da cintura, Hank soltou a alavanca e eles a agarraram.

— Devagar — grunhiu Royal, recuando em direção aos degraus. — Devagar e sempre...

À luz vermelha das lanternas traseiras, seu rosto estava contraído, as veias salientes, como um homem à beira de um infarto.

Ele desceu os degraus de costas, um de cada vez, sentindo o peso da caixa esmagar seu peito como uma laje de pedra. Era pesada, pensaria ele mais tarde, mas nem tanto. Ele e Hank já haviam transportado cargas maiores para Larry Crockett, mas havia algo na atmosfera daquele lugar que drenava as forças.

Os degraus eram lisos e viscosos, e ele quase perdeu o equilíbrio duas vezes, gritando com desespero:

— Cuidado, pelo amor de Deus!

Finalmente eles chegaram. O teto do porão era baixo, e eles tiveram de carregar a caixa curvados como velhas.

— Vamos deixar aqui — Hank disse, ofegante. — Não está dando mais.

Eles deixaram a caixa no chão com um baque surdo e se afastaram. Entreolharam-se e viram que o medo havia se transformado em quase terror por obra de uma secreta alquimia. O porão pareceu se encher subitamente de ruídos sussurrantes. Ratos, talvez, ou algo que era insuportável até de pensar.

De repente, eles saíram correndo, Hank primeiro e Royal logo atrás. Voaram pelos degraus do porão, e Royal bateu com força a porta do tabique sem olhar para trás.

Entraram na cabine do caminhão, e Hank deu partida e engatou a primeira. Royal agarrou seu braço, e na escuridão sua cara parecia ser só olhos, grandes e fixos.

— Hank, a gente não colocou os cadeados.

Os dois olharam para o embrulho com os cadeados no painel do caminhão, amarrado com um arame plástico. Hank apalpou o bolso da jaqueta e tirou uma argola com cinco novas chaves Yale, uma para o cadeado da loja, quatro para a casa. Todos estavam cuidadosamente rotulados.

— Ai, não — disse ele. — Olha, e se a gente voltasse amanhã bem cedo e...

Royal tirou a lanterna, encaixada debaixo do painel.

— Não dá — disse ele. — E você sabe disso.

Saíram da cabine, sentindo a fresca brisa noturna nas testas suadas.

— Cuide da porta de trás — disse Royal. — Eu cuido da porta da frente e do galpão.

Eles se separaram. Hank foi até a porta de trás, o coração batendo forte no peito. Com mãos trêmulas, passou o cadeado pelo ferrolho. Tão perto da casa, o cheiro de madeira velha e deteriorada era palpável. As histórias sobre Hubie Marsten, que eles contavam entre risos na infância, começaram a voltar, assim como a cançãozinha com que assustavam as meninas: *Cuidado, cuidado,cuidado! Hubie vai te pegar se você não... tomar... CUIDADO!*

— Hank?

Ele se sobressaltou, deixando cair o outro cadeado. Abaixou para pegá-lo.

— Você não devia chegar de fininho e assustar os outros assim. Conseguiu...

— Consegui. Agora, quem vai voltar para o porão e deixar o chaveiro na mesa?

— Sei lá — disse Hank Peters. — Sei lá.

— Vamos tirar cara ou coroa?

— É, acho melhor.

Royal pegou uma moeda.

— Escolha quando eu jogar. — E jogou-a.

— Cara.

Royal pegou a moeda, bateu-a no antebraço e mostrou. Dera coroa.

— Ai, meu Deus — disse Hank, desolado, mas pegou o chaveiro e a lanterna e voltou a abrir a porta do tabique.

Obrigou as pernas a descerem os degraus, e, depois de passar pela saliência do teto, iluminou com a lanterna o porão, que fazia uma curva em L uns dez metros adiante e acabava Deus sabia onde. A luz da lanterna encontrou a mesa, coberta com uma toalha xadrez empoeirada. Havia um rato sobre ela, enorme, que não se moveu quando a luz o atingiu. Gordo e acocorado, parecia quase sorrir.

Ele passou pela caixa, em direção à mesa.

— Passa, rato!

O rato saltou e correu em direção à curva adiante. A mão de Hank tremia agora, fazendo o facho da lanterna oscilar de um lugar a outro, revelando um barril empoeirado, depois uma cômoda antiga, depois uma pilha de jornais velhos, depois...

Ele voltou o feixe de luz sobre os jornais e prendeu a respiração ao avistar algo do lado esquerdo...

Uma camisa... era uma camisa? Enrolada como um trapo. Algo atrás parecia jeans. E algo que parecia...

Ouviu um estalo atrás dele.

Em pânico, Hank atirou as chaves de qualquer jeito sobre a mesa e saiu correndo. Ao passar pela caixa, viu o que produzira o barulho. Uma das tiras de alumínio se soltara, e apontava para o teto baixo como um dedo.

Ele subiu os degraus aos trambolhões, bateu a porta do tabique (seu corpo inteiro estava coberto de arrepios; ele só perceberia mais tarde), prendeu o cadeado no ferrolho e correu para o caminhão. Sua respiração era curta e ofegante como a de um cão ferido. Ouviu vagamente Royal lhe perguntar o que havia acontecido, engatou a marcha e saiu a toda, dando a volta na casa sobre duas rodas, comendo a terra macia. Só desacelerou quando estavam na rua Brooks, em direção ao escritório de Lawrence Crockett. Foi então que começou a tremer com tanta força que quase precisou parar.

— O que tinha lá embaixo? — perguntou Royal. — O que você viu?

— Nada — disse Hank Peters, e a palavra saiu entrecortada, pois seus dentes batiam. — Não vi nada e nunca mais quero voltar a ver.

6

Larry Crockett se preparava para fechar o escritório e ir para casa quando ouviu uma batida mecânica na porta e viu Hank Peters entrar. Ainda parecia assustado.

— Esqueceu algo, Hank? — Larry perguntou.

Quando Hank e Royal haviam voltado da Casa Marsten, com cara de quem havia levado um belo chute no saco, ele dera a cada um mais dez dólares e duas caixas de uísque Black Label, insinuando que seria melhor que ninguém ficasse sabendo sobre a excursão daquela noite.

— Preciso lhe dizer, Larry — disse Hank. — Preciso, não tem outro jeito.

— Claro, Hank. — Larry abriu a última gaveta da escrivaninha, tirou uma garrafa de Johnnie Walker e serviu uma dose para cada um. — O que aconteceu?

Hank deu um gole, fez uma careta e o engoliu.

— Quando levei as chaves até o porão, eu vi umas coisas. Pareciam roupas. Uma camisa, acho, e calças jeans. E um tênis. Acho que era um tênis, Larry.

Larry encolheu os ombros e sorriu.

— E daí? — Parecia que um grande bloco de gelo oprimia seu peito.

— O filhinho dos Glick estava usando jeans. Foi o que eu li no *Ledger*. Jeans, uma camisa vermelha e tênis. Larry, e se...

Larry continuou sorrindo. Um sorriso congelado.

Hank deu um gole convulsivo.

— E se os sujeitos que compraram a Casa Marsten e a loja pegaram o menino?

Pronto. Estava dito. Hank engoliu o resto do líquido ardente.

— Você não viu um corpo também? — perguntou Larry, sorrindo.

— Não. Não, mas...

— Esse caso é para a polícia — disse Larry. Voltou a encher o copo de Hank, sem tremer a mão, fria e firme como uma pedra num rio congelado. — Eu o levaria agora mesmo para falar com Parkins. Mas sabe como é... — Ele balançou a cabeça. — Esse tipo de coisa pode dar muita encrenca. Como você e aquela garçonete do Dell's. Jackie é o nome dela, não?

— Do que você está falando? — O rosto dele ficou branco como cera.

— E com certeza eles descobririam que você foi dispensado do exército por razões pouco nobres. Mas cumpra seu dever, Hank. Faça o que achar melhor.

— Não vi corpo nenhum — sussurrou Hank.

— Ainda bem — disse Larry, sorrindo. — E acho que não viu nenhuma roupa também. Talvez fossem só... trapos.

— Trapos — repetiu Hank, estupidamente.

— Claro. Sabe como são essas casas velhas. Cheias de tranqueiras. Você deve ter visto uma camisa velha ou um pano que virou trapo de limpeza.

— Deve ser — disse Hank, e esvaziou o copo pela segunda vez. — Você tem um jeito bom de ver as coisas, Larry.

Crockett tirou a carteira do bolso, abriu-a e colocou cinco notas de dez dólares sobre a mesa.

— O que é isso?

— Esqueci de lhe pagar por aquele serviço da semana passada. Você tem de me lembrar, Hank. Sabe como sou esquecido.

— Mas você...

— Por exemplo — interrompeu Larry, sorrindo. — Você pode me contar uma coisa um dia e eu não lembraria de nada no dia seguinte. Não é terrível?

— É — murmurou Hank. Com mãos trêmulas, pegou as notas e as meteu no bolso do casaco de brim, como se não suportasse segurá-las. Levantou-se com tanta pressa e mau jeito que quase derrubou a cadeira.

— Preciso ir, Larry. Eu... eu não... Preciso ir.

— Leve a garrafa — ofereceu Larry, mas Hank já saía pela porta.

Larry voltou a sentar. Serviu-se de outra dose. Suas mãos continuavam firmes. Não fechou o escritório. Tomou mais uma dose, e mais outra. Pensou sobre pactos com o diabo. E finalmente o telefone tocou. Ele o atendeu. Ninguém disse nada do outro lado da linha.

— Já cuidei de tudo — disse Larry Crockett.

Ninguém disse nada. Ele desligou e colocou outra dose no copo.

7

Hank Peters acordou na madrugada seguinte de um pesadelo em que ratos gigantes saíam de uma cova aberta, que continha o corpo esverdeado e apodrecido de Hubie Marsten, com uma corda gasta ao redor do pescoço. Apoiou-se sobre os cotovelos, ofegante, o torso nu coberto de suor viscoso, e quando sua mulher tocou seu braço, soltou um grito.

8

O armazém de Milt Crossen ficava numa esquina do cruzamento da avenida Jointner com a rua da Ferrovia. Era o ponto de encontro dos velhos da cidade, quando chovia e o parque ficava inabitável. Nos longos invernos, eles eram parte constante do cenário.

Quando Straker chegou em seu Packard ano 39 — ou era 40? — caía apenas uma garoa. Milt e Pat Middler debatiam se a filha de Freddy Overlock, Judy, fugira de casa em 1957 ou 1958. Concordavam que ela fugira com o vendedor de saladeiras de Yarmouth, e que ele não valia o prato em que comia, nem ela, mas era o único consenso.

Mas todos se calaram quando Straker entrou.

Ele olhou para eles — Milt e Pat Middler, Joe Crane, Vinnie Upshaw e Clyde Corliss — e sorriu com frieza.

— Boa tarde, cavalheiros.

Milt Crossen levantou, amarrando o avental na cintura quase que com recato.

— Pois não?

— Bom dia — disse Straker. — Queira me servir alguns cortes de carne, por favor.

Ele comprou um rosbife, uma dúzia de costelas de primeira, carne para hambúrguer e dois quilos de fígado de vitela. Além disso, adquiriu alguns produtos secos — farinha, açúcar, feijão — e vários filões de pão.

A compra se deu no mais profundo silêncio. Os habitués da loja, em torno do grande fogão Pearl Kineo que o pai de Milt convertera em aquecedor, fumavam, olhavam para o céu e observavam o forasteiro de soslaio.

Quando Milt acabou de guardar as compras numa grande caixa de papelão, Straker pagou com dinheiro vivo — uma nota de vinte e outra de dez. Ele pegou a caixa, colocou-a debaixo do braço e abriu aquele sorriso rígido e frio para eles.

— Tenham um bom-dia, cavalheiros — disse ele, e saiu.

Joe Crane colocou um pouco de fumo Planter's no cachimbo. Clyde Corliss se reclinou e cuspiu um misto de catarro e tabaco no balde amassado ao lado do fogão. Vinnie Upshaw tirou sua máquina de fazer cigarros do bolso do colete, espalhou uma fileira de tabaco e inseriu o papel com os dedos inchados pela artrite.

Observaram enquanto o forasteiro colocava a caixa no porta-malas. Todos sabiam que a caixa devia pesar 15 quilos com todas aquelas compras, e viram quando ele saíra com ela debaixo do braço como se fosse um travesseiro de penas. Ele entrou no carro e seguiu pela avenida Jointner. O carro subiu o monte, virou à esquerda na via Brooks, sumiu de vista e reapareceu atrás do biombo de árvores momentos depois, parecendo um brinquedo na distância. Entrou no jardim da Casa Marsten e desapareceu.

— Sujeito esquisito — disse Vinnie. Meteu o cigarro na boca, removeu alguns fios de tabaco da ponta e tirou um fósforo de cozinha do bolso do colete.

— Deve ser um dos donos da loja — Joe Crane disse.

— E da Casa Marsten também — concordou Vinnie.

Clyde Corliss peidou.

Pat Middler cutucou um calo na palma da mão esquerda com grande interesse.

Cinco minutos se passaram.

— Será que eles vão vender bem? — Clyde perguntou a ninguém em particular.

— Talvez — respondeu Vinnie. — Pode ser que o negócio deslanche no verão. Não dá para saber hoje em dia.

Um murmúrio de aprovação, quase um suspiro.

— Sujeito forte — disse Joe.

— É — disse Vinnie. — Com um Packard 39, sem um sinal de ferrugem.

— Era 40 — disse Clyde.

— O Packard 40 não tinha estribo — disse Vinnie. — Era 39.

— Aí que você se engana — disse Clyde.

Cinco minutos se passaram. Milt examinava a nota de vinte que Straker lhe dera.

— O dinheiro é falso, Milt? — perguntou Pat. — Aquele sujeito lhe deu dinheiro falso?

— Não, mas olhe. — Milt estendeu a nota e todos a olharam com interesse. Era bem maior do que as notas comuns.

Pat a examinou contra a luz e a virou do outro lado.

— É uma nota de vinte da série E, não é, Milt?

— É — disse Milt. — Pararam de fazer essas notas há 45 ou cinquenta anos. Pode valer um bom dinheiro na loja de moedas antigas de Portland.

Pat passou a nota pelo grupo e cada um a examinou, segurando-a de perto ou de longe, dependendo do defeito na visão. Joe Crane a devolveu, e Milt a guardou sob a gaveta do caixa, junto com cheques pessoais e cupons.

— Esquisitão mesmo aquele sujeito — ponderou Clyde.

— É mesmo — disse Vinnie. — Mas era um Packard 39. Meu irmão Vic tinha um. Foi o primeiro carro dele. Comprou usado em 1944. Um dia ele deixou escapar o óleo e queimou os pistões.

— Acho que era 40 — disse Clyde —, porque lembro de um sujeito que trocava palha dos móveis perto do Alfred. Ele ia até a casa da gente de carro, e...

E a discussão prosseguiu, avançando mais no silêncio do que nas falas, como uma partida de xadrez jogada pelo correio. E o dia parecia imóvel e eterno para eles, e Vinnie Upshaw começou a enrolar outro cigarro com a lentidão mansa da artrite.

9

Ben escrevia quando bateram na porta, e ele marcou onde parara antes de levantar para abri-la. Passava um pouco das três do dia 24 de setembro, uma quarta-feira. A chuva dera fim aos planos de continuar a procurar Ralphie Glick, e era consenso que a busca terminara. O menino desaparecera. Para sempre.

Abriu a porta e deu com Parkins Gillespie, fumando um cigarro. Ele trazia um livro de capa mole, e Ben viu que era a edição da editora Bantam de *Conway's Daughter*.

— Entre, delegado — disse ele. — Está chovendo aí fora.

— É, um pouco — disse Parkins, entrando. — Setembro é o mês da gripe. Sempre saio de galocha. Tem gente que acha graça, mas não pego uma gripe desde a batalha de St.-Lô, em 1944.

— Deixe seu casaco em cima da cama. Desculpe, mas não posso lhe oferecer um café.

— Não quero molhar sua cama — Parkins disse, e bateu a cinza no cesto de papéis. — E acabei de tomar o café da Pauline, lá no Excellent.

— Posso ser de alguma ajuda?

— Minha mulher leu este livro seu. — Ele mostrou o exemplar. — Soube que você estava na cidade, mas, como é muito tímida, quis que eu lhe pedisse um autógrafo ou algo assim.

Ben pegou o livro.

— Pelo que Weasel Craig disse, sua mulher morreu há 14 ou 15 anos.

— É mesmo? — Parkins não parecia nem um pouco surpreso. — Esse Weasel gosta de falar. Um dia desses vai acabar tropeçando na língua.

Ben não disse nada.

— Mas você podia autografar o livro para mim?

— Com prazer. — Ele pegou uma caneta sobre a mesa, abriu o livro na folha de rosto ("A vida em estado cru!" — jornal *Plain Dealer*, de Cleveland), e escreveu: *Ao delegado Gillespie, com estima, Ben Mears, 24/9/75*. E o devolveu.

— Muito obrigado — disse Parkins, sem ler o que Ben escrevera. Inclinou-se e apagou o cigarro na lateral do cesto de papéis. — É meu primeiro livro autografado.

— Você veio aqui para me interrogar, não é? — Ben perguntou, sorrindo.

— Você é bem esperto — disse Parkins. — Mas, já que tocou no assunto, gostaria de fazer umas perguntinhas. Esperei Nolly sair de perto. É um bom rapaz, mas também gosta de falar. É uma fofoca que não acaba mais.

— O que gostaria de saber?

— Primeiro, onde você estava na noite de quarta-feira.

— A noite em que Ralphie Glick desapareceu?

— Essa mesmo.

— Sou um suspeito, delegado?

— Não, imagine. Não tenho suspeitos. Um caso desse está fora do meu departamento. Meu negócio é multar gente por excesso de velocidade ou expulsar garotos do parque antes de começarem a fazer arruaça. Estou só xeretando.

— E se eu não quiser lhe dizer?

Parkins deu de ombros e pegou os cigarros.

— Aí é com você, filho.

— Jantei na casa de Susan Norton. Joguei badminton com o pai dela.

— E aposto que ele ganhou. Sempre ganha de Nolly. Nolly vive dizendo como queria ganhar de Bill Norton pelo menos uma vez. A que horas você saiu?

Ben riu, mas sem achar muita graça.

— Você vai direto ao assunto, não?

— Sabe — disse Parkins —, se eu fosse um daqueles detetives de Nova York que a gente vê na tevê, era capaz de pensar que você tem algo a esconder, do jeito que foge das perguntas.

— Não tenho nada a esconder — disse Ben. — Só estou cansado de as pessoas me acharem um forasteiro, apontarem para mim na rua, me tratarem mal na biblioteca. Agora você vem como quem não quer nada, tentando descobrir se estou com o corpo de Ralphie Glick no armário.

— Não é isso que eu acho. Não mesmo. — Ele olhou para Ben por cima do cigarro, os olhos subitamente duros. — Estou só tentando riscar você da minha lista. Se eu achasse que você tivesse alguma coisa a ver com a história, já estaria no xadrez.

— Tudo bem — disse Ben. — Saí da casa dos Norton por volta das sete e quinze. Dei um passeio até o monte do Pátio do Colégio. Quando ficou escuro demais para enxergar, voltei para cá, escrevi durante umas duas horas e fui dormir.

— Que horas chegou aqui?

— Umas oito e quinze, acho.

— É, isso não te inocenta tão bem como eu gostaria. Viu alguém?

— Não, ninguém.

Parkins resmungou qualquer coisa e andou até a máquina de escrever.

— Sobre o que está escrevendo?

— Não é da sua conta — disse Ben, agora com rispidez. — Agradeceria se ficasse longe do meu trabalho. A não ser que tenha um mandado de busca, é claro.

— Você é bastante sensível, para alguém que escreve livros para serem lidos.

— Depois de passar por três redações, revisão da editora, prova de paquê, tipo final e impressão. Farei questão de lhe enviar quatro exemplares. E autografados. Por enquanto, estão na categoria de documentos particulares.

Parkins sorriu e se afastou.

— Tudo bem. Duvido muito que seja uma confissão assinada mesmo.

Ben retribuiu o sorriso.

— Mark Twain disse que um romance era uma confissão de todos os crimes por um homem que nunca cometeu nenhum.

Parkins exalou fumaça e andou para a porta.

— Não vou mais molhar seu tapete, Sr. Mears. Muito obrigado pela atenção. E, só para constar, acho que você nunca nem viu o menino. Mas é meu trabalho fazer essas perguntas por aí.

Ben assentiu com a cabeça.

— Entendi.

— E você sabe como são as coisas em 'salem, ou Milbridge, ou Guilford, ou qualquer cidadezinha pequena. Só se deixa de ser forasteiro depois de morar vinte anos na cidade.

— Eu sei. Desculpe se fui grosseiro. Mas depois de procurar uma semana pelo menino e não encontrar nada... — Ben sacudiu a cabeça.

— É — disse Parkins. — Está sendo difícil demais para a mãe. Terrível. A gente se vê por aí.

— Certo — disse Ben.

— Não ficou chateado comigo?

— Não. — E depois de uma pausa. — Pode me dizer uma coisa?

— Fale.

— Onde conseguiu esse livro? De verdade.

Parkins Gillespie sorriu.

— Tem um sujeito em Cumberland que tem uma loja de móveis usados. Um sujeito meio fresco, chamado Gendron. Vende livros usados por dez centavos, e tinha cinco deste.

Ben jogou a cabeça para trás e soltou uma risada, e Parkins Gillespie saiu, sorrindo e fumando. Ben ficou na janela até que o delegado saísse e atravessasse a rua, desviando cuidadosamente das poças d'água com as galochas pretas.

10

Parkins parou um instante para olhar a vitrine da nova loja antes de bater na porta. Nos tempos da Lavanderia Village, tudo que se via lá naquele lugar era um monte de gordas de bobes colocando alvejante ou trocando dinheiro na máquina da parede, mascando chicletes como vacas mastigando palha. Mas um decorador de Portland passara todo o dia anterior lá, e parte daquele dia também, e o lugar estava com outra cara.

Uma plataforma fora erguida atrás da vitrine e coberta com um carpete áspero verde-claro. Dois focos de luz invisíveis haviam sido instalados, e lançavam uma luminosidade suave sobre três objetos que haviam sido dispostos na vitrine: um relógio, uma roda de fiar e uma antiquada cômoda de cerejeira. Havia um pequeno cavalete diante de cada peça, com uma discreta etiqueta de preço. Minha nossa, quem em seu juízo perfeito pagaria seiscentos dólares por uma roda de fiar quando uma máquina Singer custava 48,95 na Value House?

Suspirando, Parkins bateu na porta.

Ela se abriu no segundo seguinte, como se o novo morador estivesse espreitando atrás dela, esperando que ele batesse.

— Inspetor! — disse Straker, com um sorriso fino e polido. — Que gentileza sua nos visitar!

— É só delegado mesmo — disse Parkins. Acendeu um Pall Mall e entrou. — Parkins Gillespie. Prazer em conhecê-lo.

Ele estendeu a mão, que foi apertada gentilmente por outra que lhe pareceu extremamente forte e muito seca.

— Richard Throckett Straker — disse o careca.

— Foi o que imaginei — disse Parkins, olhando ao redor.

A loja toda fora acarpetada e estava sendo pintada. O cheiro de tinta fresca era gostoso, mas Parkins sentiu outro cheiro por trás, desagradável, indefinível. Voltou a atenção para Straker.

— O que posso fazer pelo senhor neste esplêndido dia? — perguntou Straker.

— Nada, nada. Só vim saber como vai. Sabe como é, dar as boas-vindas e lhe desejar boa sorte.

— É muita atenção da sua parte. Quer um café? Um cálice de xerez? Tenho ambos lá atrás.

— Não, obrigado, não vou demorar. O Sr. Barlow está?

— Está em Nova York, fazendo compras para a loja. Não deve voltar antes de dez de outubro.

— Vai abrir sem ele, então? — disse Parkins, pensando que, pelos preços que vira na vitrine, a loja não ficaria exatamente lotada de clientes. — Falando nisso, qual é o primeiro nome do Sr. Barlow?

Straker voltou a abrir seu sorriso, fino como lâmina.

— Está fazendo essa pergunta oficialmente... delegado?

— Não, só por curiosidade.

— O nome completo do meu sócio é Kurt Barlow. Já trabalhamos juntos em Londres e Hamburgo. Isto que vê aqui — ele fez um gesto abrangendo o ambiente — é nossa aposentadoria. Modesta, mas de bom gosto. Não esperamos mais do que ganhar a vida. No entanto, ambos gostamos de objetos antigos, finos, e esperamos criar uma boa reputação na região. Quem sabe até em toda a linda Nova Inglaterra. Acha que será possível, delegado Gillespie?

— Tudo é possível — disse Parkins, procurando um cinzeiro. Como não viu nenhum, bateu a cinza do cigarro no bolso do casaco. — Seja como for, desejo boa sorte a vocês dois. E diga ao Sr. Barlow, quando falar com ele, que passarei para conhecê-lo.

— Farei isso — disse Straker. — Ele gosta de companhia.

— Que bom — disse Gillespie. Quando chegou à porta, parou e se voltou. Straker olhava atentamente para ele. — A propósito, o que está achando do velho casarão?

— Precisa de muitas reformas — disse Straker. — Mas temos tempo.

— É o que parece — concordou Parkins. — Diga, por acaso apareceram uns piás por lá?

— Piás? — repetiu Straker, franzindo as sobrancelhas.

— Crianças — continuou Parkins, pacientemente. — Eles gostam de infernizar moradores novos. De atirar pedras ou tocar a campainha e sair correndo, esse tipo de coisa.

— Não, não vi criança nenhuma — disse Straker.

— Uma criança está desaparecida.

— É mesmo?

— É — disse Parkins, com seriedade. — É mesmo. Estamos achando que ele não voltará a aparecer. Não com vida.

— Que pena — disse Straker, em tom distante.

— Realmente. Se o senhor vir qualquer coisa...

— Comunicarei imediatamente à sua delegacia. — E ele voltou a abrir seu sorriso glacial.

— Ótimo — disse Parkins. Abriu a porta e olhou com resignação para a chuva pesada. — Diga ao Sr. Barlow que estou querendo conhecê-lo.

— Certamente, delegado Gillespie. *Adieu.*

Parkins olhou para trás, surpreso.

— Como é que é?

O sorriso de Straker se alargou.

— *Adieu*, delegado Gillespie. É a conhecida palavra francesa para "adeus".

— Ah, é? A gente aprende uma coisa nova a cada dia. Bom, tchau. — Ele saiu e fechou a porta. — Conhecida só para ele. — Seu cigarro estava ensopado. Ele o jogou fora.

Dentro da loja, Straker observou Parkins se afastar pela rua. Seu sorriso tinha desaparecido.

11

Parkins voltou a sua sala no Paço Municipal e chamou:

— Nolly? Você está aí, Nolly?

Ninguém respondeu. Parkins balançou a cabeça. Nolly era um bom rapaz, mas um pouco tapado. Ele tirou o casaco, desafivelou as galochas, sentou diante de sua mesa, procurou um número na lista telefônica de Portland e discou. Atenderam na primeira chamada.

— FBI, Portland. Agente Hanrahan.

— Aqui é Parkins Gillespie. Delegado da cidade de Jerusalem's Lot. Um menino desapareceu aqui.

— Estou sabendo — respondeu Hanrahan. — Ralph Glick. Nove anos de idade, um metro e meio, cabelos pretos, olhos azuis. O que houve, um pedido de resgate?

— Não, nada disso. Queria só que verificassem uns nomes para mim.

Hanrahan murmurou afirmativamente.

— O primeiro é Benjamin Mears. M-E-A-R-S. Escritor. Escreveu um livro chamado *Conway's Daughter*. Os outros dois estão associados. Kurt Barlow. B-A-R-L-O-W. O outro é...

— É Kurt com "c" ou "k"?

— Não sei.

— Certo, continue.

Parkins continuou, suando. Falar com verdadeiros agentes da lei sempre fazia com que se sentisse um bundão.

— O outro é Richard Throckett Straker. Throckett com dois "t" no final, e Straker do jeito que se fala. Esses dois trabalham com móveis e antiguidades. Acabaram de abrir uma loja aqui na cidade. Straker diz que Barlow está em Nova York, comprando mercadorias. E que os dois já trabalharam juntos em Londres e Hamburgo. E acho que é só isso.

— São suspeitos do crime?

— Por enquanto, não sei nem se foi um crime. Mas todos apareceram na cidade na mesma época.

— Acha que há alguma ligação entre esse Mears e os outros dois?

Parkins recostou na cadeira e olhou para a janela.

— Essa é uma das coisas que eu gostaria de descobrir.

12

Os fios de telefone produzem um murmúrio peculiar em dias claros e frescos, como se vibrassem com as fofocas transmitidas por eles. É um som que não se parece com nenhum outro — o solitário sussurro de vozes vagando no espaço. Os postes telefônicos são cinzentos e lascados, e as geadas do inverno lhes deram uma postura negligente e curvada. Não são sérios e militares, como os postes ancorados no concreto. Têm bases pretas de alcatrão quando ficam ao lado de estradas asfaltadas, e cobertas de poeira quando ladeiam estradas de terra. Antigas marcas de gancho apareciam na superfície, onde guarda-fios subiram para consertar algo em 1946, 1952 ou 1969. Pássaros — corvos, pardais, tordos, estorninhos — se empoleiram nos fios murmurantes, arqueados e silenciosos, talvez ouvindo os estranhos sons humanos. Se ouvem, seus olhos não dão nenhuma indicação disso. A cidade tem um senso, não de história, mas de tempo, e os postes telefônicos parecem saber disso. Encostando a mão num deles, sentimos a vibração dos fios no interior da madeira, como almas aprisionadas lutando para sair.

"...e ele pagou com uma nota de vinte antiga, daquelas grandes, sabe, Mable? Clyde disse que não via uma daquelas desde a queda do Gates Bank and Trust em 1930. Ele estava..."

"...é, ele é um homem muito estranho, Evvie. Eu o vi com meus binóculos, circulando atrás da casa com um carrinho de mão. Será que ele está lá sozinho ou..."

"...Crockett pode saber, mas não quer abrir a boca. Sempre foi um..."

"...o escritor, hospedado na Eva. Será que Floyd Tibbits sabe que ele está..."

"...passa um tempo absurdo na biblioteca. Loretta Starcher disse que nunca viu alguém conhecer tantos..."

"...ela disse que ele se chama..."

"...isso, Straker. Sr. R. T. Straker. A mãe de Kenny Danle disse que passou pela loja nova no centro e que viu um autêntico armário DeBiers na vitrine, e custava *oitocentos dólares*. Você acredita? E eu disse..."

"...engraçado, é só ele chegar que o filho dos Glick..."

"...você acha..."

"...não, mas que é estranho, é. Por sinal, você ainda tem aquela receita de..."

Os postes murmuram. E murmuram. E murmuram.

13

23/9/75

NOME: Glick, Daniel Francis

ENDEREÇO: via Brock, nº 1, Jerusalem's Lot, Maine 04270

IDADE: 12 SEXO: masculino RAÇA: branca

DATA DA INTERNAÇÃO: 22/9/75

RESPONSÁVEL: Anthony H. Glick (Pai)

SINTOMAS: Choque, perda de memória (parcial), náusea, perda de apetite, constipação, falta de energia.

EXAMES (ver folha anexa):

1. Exame epidérmico de tuberculose: Neg.
2. Exame de tuberculose por saliva e urina: Neg.
3. Diabetes: Neg.
4. Contagem de glóbulos brancos: Neg.
5. Contagem de glóbulos vermelhos: 45% hemoglobina.
6. Exame de medula: Neg.
7. Raios X do peito: Neg.

POSSÍVEL DIAGNÓSTICO: Anemia perniciosa, primária ou secundária; exame anterior mostra 86% de hemoglobina. Anemia secundária é improvável; não tem história de úlcera, hemorróidas *et al.* Contagem diferencial de glóbulos neg. Anemia primária combinada com choque emocional é o mais provável. Recomenda-se clister de bário e raios X para eliminar hemorragia interna, mas o pai diz não ter havido acidentes recentes. Recomenda-se também uma dosagem diária de vitamina B12 (ver folha anexa).

Aguardando outros exames, o paciente receberá alta.

G. M. Gorby
Médico responsável

14

À uma da manhã do dia 24 de setembro, a enfermeira entrou no quarto de Danny Glick para lhe dar sua medicação. Parou na porta, franzindo a testa. A cama estava vazia.

Seus olhos resvalaram da cama para o estranho embrulho de roupas brancas no chão.

— Danny? — disse ela.

Ela avançou um passo, pensando: ele teve de ir ao banheiro e não aguentou, foi isso.

Virou-o delicadamente, e a primeira coisa que pensou antes de perceber que estava morto foi que a vitamina B12 estava fazendo efeito, pois ele nunca parecera tão bem desde que fora internado.

Quando ela sentiu o pulso frio e a falta de movimento nas veias azuis claras que apalpava, correu até a enfermaria para comunicar uma morte em sua ala.

Capítulo cinco

BEN (II)

1

No dia 25 de setembro, Ben voltou à casa dos Norton para jantar. Era uma noite de quinta-feira, e a refeição foi tradicional — salsicha com feijão. Bill Norton grelhou as salsichas na churrasqueira, e Ann deixara os feijões cozinhando no melado desde as nove da manhã. Depois de comer na mesa de piquenique, os quatro ficaram fumando e conversando sobre as poucas chances que o Boston tinha de ganhar o campeonato.

O tempo mudara sutilmente — continuava agradável, mesmo de mangas curtas, mas dava para sentir um começo de frio. O outono aguardava nos bastidores, quase se deixando ver. O grande e antigo bordo em frente da pensão de Eva Miller já começara a avermelhar.

Nada mudara na relação de Ben com os Norton. O afeto de Susan por ele era claro, franco e natural. E ele gostava muito dela. Sentia em Bill uma simpatia crescente, contida por um tabu inconsciente, comum a todos os pais na presença de homens que os visitavam por causa das filhas, e não por eles mesmos. Um homem, quando simpatiza com outro, fala abertamente, sobre mulheres e política, entre uma cerveja e outra. Mas é impossível se abrir totalmente com um homem que é, potencialmente, o deflorador da filha. Depois do casamento, o potencial se concretizava, refletiu Ben, e seria possível ser realmente amigo de um homem que penetrava sua filha noite após noite? Devia haver uma moral ali, mas Ben duvidava.

Ann Norton continuava fria. Susan lhe falara um pouco de Floyd Tibbits na noite anterior — que sua mãe achava que já havia encontrado nele um genro satisfatório. Floyd era um elemento previsível, confiável. Ben Mears, por outro lado, viera do nada e podia sumir de uma hora para outra, levando o coração da filha no bolso. Ela desconfiava de homens criativos com uma aversão instintiva e interiorana (que Edward Alington Robinson ou Sherwood Anderson conheciam muito bem). Ben suspeitava que ela tivesse um lema: ou eram bichas, ou eram mulherengos. Também podiam ser homicidas, suicidas ou loucos. Costumavam cortar as orelhas esquerdas para mandá-las a mocinhas. A participação de Ben na busca de Ralphie Glick parecia ter aumentado as suspeitas dela, em vez de aplacá-las, e ele começava a achar que conquistá-la seria um feito impossível. Será que ela sabia que Parkins Gillespie o visitara?

Era o que ele pensava preguiçosamente quando Ann disse:

— Terrível o que aconteceu com o filho dos Glick.

— Ralphie? É mesmo — disse Bill.

— Não, o mais velho. Morreu.

Ben teve um sobressalto.

— Quem? Danny?

— Morreu na madrugada de ontem. — Ann parecia surpresa com o fato de os homens não saberem. Não se falava de outra coisa.

— Ouvi uns comentários no Milt — disse Susan. Procurou a mão de Ben sob a mesa, e ele a segurou de bom grado. — Como estão os pais?

— Como eu estaria — limitou-se a dizer Ann. — Fora de si.

E com razão, pensou Ben. Dez dias antes a vida deles seguia um ciclo costumeiro e seguro; e agora a família estava destruída, em pedaços. Um calafrio o percorreu.

— Você acha que o outro menino pode aparecer com vida? — Bill perguntou a Ben.

— Não. Acho que também está morto.

— Parece aquele caso em Houston, dois anos atrás — disse Susan. — Se ele estiver morto, eu quase torço para que não seja encontrado. Quem seria capaz de fazer algo assim com um menininho indefeso...

— A polícia deve estar investigando — disse Ben. — Procurando criminosos sexuais conhecidos, interrogando-os.

— Quando encontrarem o sujeito, deviam arrancar o couro dele — disse Bill. — Que tal uma partida de badminton, Ben?

— Não, obrigado — disse Ben, levantando. — Além do mais, parece que você está jogando buraco comigo no papel de morto. Obrigado pelo jantar delicioso. Ainda preciso trabalhar hoje.

Ann Norton ergueu as sobrancelhas, mas não disse nada.

— Como vai o novo livro? — disse Bill, levantando.

— Bem — disse ele brevemente. — Quer descer comigo e tomar um refrigerante na Spencer's, Susan?

— Não sei — Ann apressou-se a dizer. — Depois do que aconteceu com Ralphie Glick, eu ficaria mais sossegada se...

— Mãe, já estou grandinha — disse Susan. — E o monte Brock é todo iluminado.

— Vou trazê-la de volta, é claro — disse Ben, quase com formalidade. Ele deixara o carro na pensão para aproveitar o belo fim de tarde.

— Não tem perigo — disse Bill. — Você se preocupa demais, mãe.

— É, acho que sim. E os jovens sempre sabem de tudo, não é? — Ela deu um sorriso forçado.

— Vou só pegar uma jaqueta — Susan murmurou para Ben. Usava uma minissaia vermelha, e suas pernas ficaram ainda mais à mostra enquanto subia os degraus até a porta. Ben admirou-as, sentindo o olhar de Ann sobre si. Bill apagava o carvão da churrasqueira.

— Quanto tempo pretende ficar na cidade, Ben? — Ann perguntou, fingindo interesse educado.

— Pelo menos até acabar o livro — disse ele. — Depois, não sei. As manhãs aqui são lindas, o ar é uma delícia. — Ele sorriu para ela. — Pode ser que eu fique mais.

— Faz frio no inverno, Ben — disse ela, também sorrindo. — Um frio terrível.

Mas Susan já voltava, com uma jaqueta leve sobre os ombros.

— Pronto? Vou tomar um chocolate. É melhor minha pele ficar esperta.

— Sua pele vai sobreviver — disse ele, e se virou para o Sr. e a Sra. Norton. — Obrigado mais uma vez.

— Disponha — disse Bill. — Volte amanhã à noite e traga cerveja, se quiser. Vamos dar risada daquele maldito Yastrzemski.

— Ótimo — disse Ben. — Mas o que faremos se o jogo acabar no primeiro tempo?

A risada de Bill, forte e cordial, seguiu-os enquanto saíam da casa.

2

— Eu não queria ir à Spencer's — disse ela enquanto desciam o monte. — Você não prefere ir ao parque?

— E os assaltantes, mocinha? — perguntou ele, imitando o sotaque do Bronx.

— Em Lot, todos os assaltantes precisam voltar para casa às sete. É lei municipal. E agora são exatamente oito horas e três minutos. — A escuridão caiu sobre eles enquanto desciam o monte, e suas sombras cresciam e encolhiam à luz dos postes.

— Os assaltantes daqui são muito comportados — disse ele. — Ninguém vai ao parque à noite?

— Às vezes alguns adolescentes, quando não têm dinheiro para o drive-in — disse ela, e piscou para ele. — Então, se você vir algum movimento nas moitas, olhe para o outro lado.

Entraram pelo lado oeste, que dava para o Paço Municipal. O parque estava sombrio e um pouco fantasmagórico, os muros de concreto se curvando sob as árvores pesadas, a piscina brilhando silenciosamente sob a luz refratada da rua. Se alguém estava lá, Ben não via.

Contornaram o Memorial da Guerra, com suas longas listas de nomes, os mais antigos da Guerra da Independência, os mais novos da Guerra do Vietnã, todos gravados sob a Guerra de 1812. Seis nomes haviam sido acrescidos após o conflito mais recente, as letras talhadas no latão fulgindo como feridas abertas. O nome desta cidade está errado, pensou ele. Devia ser Tempo. E, como se movido por esse pensamento, ele tentou avistar a Casa Marsten, mas o Paço Municipal a ocultava.

Ela seguiu o olhar dele e franziu a testa. Enquanto estendiam as jaquetas na grama e sentavam (haviam desprezado tacitamente os bancos do parque), ela disse:

— Mamãe disse que Parkins Gillespie foi procurar você hoje. É que nem o menino novo da escola, suspeito de roubar o dinheiro do leite.

— Ele é uma figura — disse Ben.

— Para minha mãe, você já estava julgado e condenado. — Ela disse com leveza, mas sem conseguir ocultar a seriedade.

— Sua mãe não gosta muito de mim, não é?

— Não — disse Susan, segurando a mão dele. — Foi um caso de antipatia à primeira vista. Eu sinto muito.

— Tudo bem — disse ele. — Um gol eu já marquei.

— Com meu pai? — Ela sorriu. — Ele sabe reconhecer quando alguém tem classe. — Ela ficou séria. — Ben, sobre o que é seu novo livro?

— É difícil dizer. — Ele tirou os sapatos e enfiou os dedos dos pés na grama orvalhada.

— É melhor mudar de assunto.

— Não, não me importo em lhe dizer. — E ele descobriu, com surpresa, que era verdade. Sempre comparara um livro em andamento a uma criança, uma criança fraca, que precisava ser protegida e acalentada. Excesso de atenção poderia matá-la. Ele não dissera uma palavra a Miranda sobre *Conway's Daughter* e *Air Dance*, embora ela tivesse ficado louca de curiosidade. Mas Susan era diferente. Miranda ficava sempre sondando-o, e suas perguntas pareciam mais um interrogatório.

— Deixe-me pensar como explicar — disse ele.

— Pode me beijar enquanto pensa? — ela perguntou, deitando na grama. Ele foi obrigado a notar como a saia dela era curta, e agora subira ainda mais.

— Acho que vai interferir no meu raciocínio — disse ele, suavemente. — Vamos ver.

Ele se inclinou e a beijou, apoiando a mão de leve em sua cintura. Ela se entregou ao beijo, fechando as mãos sobre as dele. Ele sentiu a língua dela pela primeira vez, e a envolveu com a sua. Ela mudou de posição para se oferecer mais ao beijo, e o roçar suave do algodão de sua saia era quase enlouquecedor.

Ele deslizou a mão para cima, e ela arqueou as costas, oferecendo-lhe o seio macio e cheio. Pela segunda vez desde que a conhecera, ele se sentia um impetuoso rapaz de 16 anos, com o mundo diante de si, nenhum obstáculo à frente.

— Ben?

— Sim.

— Faça amor comigo. Você quer?

— Eu quero.

— Aqui na grama — disse ela.

— Sim.

Ela olhava para ele, os olhos largos e escuros.

— Faça ser bom.

— Vou tentar.

— Devagar — disse ela. — Devagar. Aqui...

Eles se tornaram sombras na escuridão.

— Aí — disse ele. — Ah, Susan...

3

Eles andaram pelo parque, primeiro sem destino, depois com mais resolução em direção à rua Brock.

— Está arrependida? — perguntou ele.

Ela olhou para ele e sorriu, sem artifícios.

— Não. Estou contente.

— Que bom.

Eles andaram de mãos dadas, em silêncio.

— E o livro? — perguntou ela. — Você ia me falar sobre o livro quando fomos tão docemente interrompidos.

— O livro é sobre a Casa Marsten — disse ele, lentamente. — No começo, não era para ser, não totalmente. Achei que seria sobre a cidade. Mas acho que estou me enganando. Pesquisei Hubie Marsten, sabe. Ele era um mafioso. A transportadora era só uma fachada.

Ela o olhou, surpresa.

— Como descobriu?

— Uma parte com a polícia de Boston e o resto com uma mulher chamada Minella Corey, a irmã de Birdie Marsten. Está com 79 anos. Não se lembra do que comeu no café da manhã, mas nunca se esqueceu de uma coisa que aconteceu antes de 1940.

— E ela lhe contou...

— Tudo o que sabia. Está numa casa de repouso em New Hampshire, e acho que fazia anos que ninguém se dava ao trabalho de ouvi-la. Perguntei se Hubert Marsten fora mesmo um assassino profissional na região de Boston, como a polícia acreditava, e ela fez que sim. "Quantos ele matou?", perguntei. Ela levantou os dedos na frente do rosto e os balançou de um lado para outro e disse: "Quantas vezes consegue contar meus dedos?"

— Meu Deus.

— A organização em Boston começou a ficar muito apreensiva com Hubert Marsten em 1927 — continuou Ben. — Ele foi interrogado duas vezes, uma pela polícia municipal e outra pela polícia de Malden. O caso em Boston era um assassinato no submundo do crime, e ele foi solto depois de duas horas. Mas o caso em Malden não fora um acerto de contas. Um menino de 11 anos fora assassinado e eviscerado.

— Ben... — disse ela, com a voz nauseada.

— Os chefes de Marsten livraram a pele dele, provavelmente porque ele sabia onde alguns corpos haviam sido enterrados, mas estava acabado em Boston. Mudou-se discretamente para 'salem, parecendo ser apenas um executivo aposentado que recebia um cheque todo mês. Não saía muito de casa. Pelo menos até onde sabemos.

— Como assim?

— Passei muito tempo na biblioteca, consultando números antigos do *Ledger*, de 1928 a 1939. Quatro crianças desapareceram nesse período. Isso não é muito raro numa zona rural. Muitas crianças se perdem e às vezes morrem de frio. Ou são soterradas em algum deslizamento numa pedreira. É horrível, mas acontece.

— Mas você não acha que foi isso que aconteceu.

— Não sei. Mas sei que nenhuma das quatro crianças jamais foi encontrada. Nenhum esqueleto nunca foi encontrado por caçadores nem por pedreiros pegando cascalho para fazer cimento. Hubert e Birdie moraram naquela casa durante 11 anos e as crianças desapareceram. É tudo que se sabe. Mas fico pensando naquele menino de Malden. Penso muito. Você conhece o livro *A Assombração da Casa da Colina*, de Shirley Jackson?

— Conheço.

— "E o que por lá andasse, andava só." Você perguntou sobre o que é meu livro. Basicamente, é sobre o poder recorrente do mal.

Ela apoiou a mão no braço dele.

— Você não acha que Ralphie Glick...

— Foi engolido pelo espírito vingativo de Hubert Marsten, que volta à vida a cada três anos na lua cheia?

— Algo assim.

— Está falando com a pessoa errada, se quer ser tranquilizada. Lembre-se de que eu fui a criança que abriu uma porta no andar de cima e o viu pendurado numa viga.

— Isso não foi uma resposta.

— Tem razão. Deixe-me contar mais uma coisa antes de lhe dizer exatamente o que penso. Minella Corey disse que havia homens maus no mundo, maus de verdade. Às vezes ouvimos falar deles, mas geralmente eles agem em total anonimato. Disse que fora condenada a conhecer dois homens assim em sua vida. Um era Adolf Hitler. O outro era seu cunhado, Hubert Marsten. — Ele fez uma pausa. — Ela disse que no dia em que Hubie matou sua irmã, ela estava a 500 quilômetros de distância, em Cape Cod. Trabalhava como governanta para uma família rica naquele verão. Às duas e quinze da tarde, ela preparava uma salada numa grande vasilha de madeira. Uma dor aguda, "como um raio", disse ela, atravessou sua cabeça, e ela ouviu um tiro. E desmaiou. Quando voltou a se levantar sozinha (não tinha mais ninguém na casa), vinte minutos haviam se passado. Olhou para a vasilha de madeira e gritou. Parecia que estava cheia de sangue.

— Meu Deus — murmurou Susan.

— Um instante depois, tudo estava normal de novo. A dor tinha passado, não havia nada na vasilha além da salada. Mas ela disse que tinha certeza de que a irmã estava morta, assassinada com um tiro.

— É a versão dela?

— Não foi comprovada, mas ela não é uma loroteira. É uma velha que não tem mais cabeça nem para mentir. Mas essa parte não me incomoda. Não muito, pelo menos. Hoje existem muitos dados sobre poderes extrassensoriais, que as pessoas racionais podem desprezar, se quiserem. É mais fácil para mim acreditar que Birdie tenha comunicado sua morte a uma distância de 500 quilômetros por um telégrafo psíquico do que acreditar na face do mal, essa face monstruosa, que às vezes penso ver entre os contornos daquela casa.

"Você me perguntou o que acho. Vou lhe dizer. Acho que é relativamente fácil para as pessoas aceitarem coisas na telepatia e na parapsicologia, porque não lhes custa nada. Não lhes tira o sono à noite. Mas a ideia de que um homem pode morrer e deixar o mal como legado é muito mais perturbadora."

Ele olhou para a Casa Marsten e falou lentamente.

— Acho que aquela casa pode ser o monumento ao mal deixado por Hubert Marsten, uma caixa de ressonância psíquica. Ou um farol guiando o sobrenatural. Talvez guardando, durante todos esses anos, a essência do mal que Hubie deixou em seus alicerces velhos e decrépitos.

— E agora voltou a ser ocupada.

— E outra criança desapareceu. — Ele se virou e segurou o rosto de Susan entre as mãos. — Não tinha contado com isso quando voltei para cá, entende? Achei até que a casa tivesse sido derrubada, mas nunca imaginei que alguém a compraria. Pensei em alugá-la e... sei lá, confrontar meus velhos medos. Dar uma de exorcista, talvez. "Desapareça em nome de todos os santos, Hubie." Ou talvez só absorver a atmosfera do lugar e escrever um livro assustador a ponto de me render um milhão de dólares. Mas, seja como for, eu sentia que tinha controle da situação, e isso faria toda a diferença. Eu não era mais um menino de nove anos, que sairia correndo aos berros de uma imagem que talvez só tenha existido na minha imaginação. Mas agora...

— O quê, Ben?

— Agora a casa está ocupada! — ele exclamou, batendo com o punho na mão. — Não estou mais no controle da situação. Um menino desapareceu, e não sei o que pensar disto. Pode não ter nada a ver com a casa, mas... Eu não acredito. — As últimas palavras saíram a intervalos tensos.

— Está falando de fantasmas? Espíritos?

— Não necessariamente. Talvez um cara inofensivo, que admirava a casa quando criança, resolveu comprá-la e ficou... possuído.

— Você sabe alguma coisa sobre... — ela começou, alarmada.

— O novo morador? Não. Estou só supondo. Mas, se a casa estiver por trás de tudo isso, eu quase prefiro que seja possessão e não outra coisa.

— O quê?

— A casa pode ter chamado outro homem maligno — disse ele simplesmente.

4

Ann Norton olhava pela janela. Já havia ligado para a drogaria. Não, dissera a Srta. Coogan, quase com satisfação. Eles não haviam estado lá.

Onde você está, Susan? Onde?

Sua boca se curvou numa expressão de impotência.

Vá embora, Ben Mears. Vá embora e deixe-a em paz.

5

Quando deixou os braços dele, ela disse:

— Faça algo importante por mim, Ben.

— Tudo que eu puder.

— Não mencione o que me disse para ninguém na cidade. Ninguém.

Ele abriu um sorriso triste.

— Não se preocupe. Não quero que as pessoas comecem a achar que fiquei biruta.

— Você tranca seu quarto na pensão?

— Não.

— Eu trancaria. — Ela o olhou com seriedade. — Precisa lembrar que está sob suspeita.

— De sua parte também?

— Estaria, se eu não te amasse.

E então ela se afastou rapidamente em direção à estrada, deixando-o a olhá-la, espantado com tudo que dissera e mais espantado ainda com as cinco ou seis palavras que ela lhe dissera no final.

6

De volta à pensão, ele se deu conta de que não conseguiria nem escrever nem dormir. Estava agitado demais. Então entrou no Citroën e, após um instante de indecisão, partiu em direção ao Dell's.

O bar estava lotado, barulhento e enfumaçado. Uma banda de música *country* chamada The Rangers tocava uma versão de "You've never been this far before", que compensava em volume o que perdia em qualidade. Uns quarenta casais giravam pelo salão, a maioria usando jeans. Ben sorriu, lembrando da dança que Edward Albee inventara em *Quem Tem Medo de Virginia Woolf?*.

Os bancos na frente do balcão eram ocupados por pedreiros e operários da fábrica, todos bebendo copos idênticos de cerveja e usando botas de trabalho idênticas, amarradas com couro cru.

Duas ou três garçonetes, com penteados bufantes e os nomes bordados com linha dourada nas blusas brancas (Jackie, Toni, Shirley), circulavam entre as mesas e reservados. Atrás do balcão, Dell tirava cerveja, e no outro lado, um homem parecido com um falcão, brilhantina no cabelo, preparava drinques. Seu rosto permanecia inalterável enquanto media as bebidas em copos de dose, jogava-as na coqueteleira prateada e adicionava os outros ingredientes.

Ben andava em direção ao balcão, contornando a pista de dança, quando alguém o chamou.

— Ben! Você por aqui! Tudo certo, amigo?

Ben olhou ao redor e viu Weasel Craig sentado a uma mesa perto do balcão, segurando uma cerveja pela metade.

— Oi, Weasel — disse Ben, sentando-se. Sentiu alívio ao ver um rosto conhecido, e gostava de Weasel.

— Decidiu curtir um pouco a noite, amigo? — Weasel sorriu e lhe deu um tapa no ombro. "O cheque dele deve ter saído", pensou Ben. Só seu bafo era capaz de levar Milwaukee para os noticiários.

— Pois é — disse Ben. Tirou um dólar do bolso e o colocou sobre a mesa, coberta com os vestígios circulares dos muitos copos de cerveja que haviam estado lá. — E aí, tudo bem?

— Tudo ótimo. O que está achando desse conjunto novo? Bom, não?

— É razoável — disse Ben. — Termine logo essa cerveja antes que esquente. Hoje é por minha conta.

— Estou esperando alguém dizer isso a noite toda. *Jackie!* — ele berrou. — Traga uma jarra para o meu amigo aqui. Budweiser!

Jackie trouxe a jarra numa bandeja coberta de moedas molhadas de cerveja e a colocou sobre a mesa, seu braço direito se dilatando como o de um lutador. Olhou para o dólar como se fosse uma nova espécie de barata.

— Custa um dólar e quarenta — disse ela.

Ben colocou outra nota sobre a mesa. Ela pegou as duas, pescou sessenta centavos em meio às poças da bandeja, colocou as moedas na mesa e disse:

— Weasel Craig, quando você grita daquele jeito, parece que alguém está torcendo o pescoço de um galo.

— Você é uma graça, amor — disse Weasel. — Este é Ben Mears. É escritor.

— Prazer — disse Jackie, e desapareceu nas sombras do bar.

Ben encheu um copo e Weasel fez o mesmo, enchendo o seu profissionalmente até o topo. A espuma ameaçou transbordar e depois recuou.

— A sua saúde, amigo.

Ben ergueu o copo e bebeu.

— E então, como vai o livro?

— Vai indo, Weasel.

— Vi você com a filha dos Norton. Ela é uma uva. Você não podia ter escolhido melhor.

— É, ela...

— *Matt!* — berrou Weasel, quase fazendo Ben derrubar seu copo. Nossa, pensou. Ele parece mesmo um galo sendo esganado.

— Matt Burke! — Weasel acenava freneticamente, e um homem de cabelos brancos cumprimentou-o com um aceno e abriu caminho entre a multidão.

— Você precisa conhecer o Matt — Weasel disse a Ben. — É um sujeito inteligente.

O homem que se aproximava parecia ter cerca de sessenta anos. Era alto, usava uma camisa de flanela limpa aberta no pescoço, e seu cabelo, branco como o de Weasel, tinha corte à escovinha.

— Olá, Weasel — disse ele.

— Tudo bem, amigo? — Weasel disse. — Quero te apresentar Ben Mears, que está hospedado na Eva. Ele é escritor, um sujeito muito decente. — Olhou para Ben. — Matt e eu crescemos juntos, só que ele pegou um diploma e eu peguei a enxada. — Weasel deu uma risada estridente.

Ben se levantou e apertou a mão de Matt Burke calorosamente.

— Como vai?

— Bem, obrigado. Li um de seus livros, Sr. Mears. *Air Dance*.

— Pode me chamar de Ben. Espero que tenha gostado.

— Gostei muito mais do que os críticos, ao que parece — disse Matt, sentando-se. — Mas acho que vai ganhar espaço com o tempo. Como vão as coisas, Weasel?

— Uma beleza. Não podiam estar melhores. *Jackie!* — berrou ele. — Traga um copo para o Matt!

— Espere um pouco, velho maluco! — gritou Jackie, provocando risos nas mesas próximas.

— Ela é um doce de menina — disse Weasel. — Filha da Maureen Talbot.

— Eu sei — disse Matt. — Ela foi minha aluna na turma de 71. A mãe dela era da turma de 51.

— Matt ensina inglês e literatura no colégio — Weasel disse a Ben. — Vocês dois devem ter muito o que conversar.

— Lembro de uma garota chamada Maureen Talbot — disse Ben. — Ela buscava a roupa lavada da minha tia e a trazia passada numa cesta de vime. A cesta só tinha uma alça.

— Então você é daqui, Ben? — perguntou Matt.

— Passei alguns anos aqui na infância. Com minha tia Cynthia.

— Cindy Stowens?

— Ela mesma.

Jackie voltou com um copo limpo e Matt o encheu.

— Como o mundo é pequeno. Sua tia estava no último ano quando comecei a ensinar em 'salem. Como ela está?

— Morreu em 1972.

— Sinto saber.

— Ela teve uma morte muito tranquila — disse Ben, voltando a encher o copo. A banda terminara de tocar, e os membros marchavam em direção ao bar. O volume das vozes baixou um pouco.

— Você veio a Jerusalem's Lot para escrever um livro sobre nós? — perguntou Matt.

Um alarme soou na cabeça de Ben.

— De certo modo — disse ele.

— Esta cidade conseguiu um cronista melhor do que merece. *Air Dance* é um belo livro. Acho que pode haver outro belo livro nesta cidade. Um dia pensei em escrevê-lo.

— Por que não o escreveu?

Matt sorriu, um sorriso tranquilo, sem amargura, cinismo ou malícia.

— Me faltou um ingrediente vital. Talento.

— Não acredite nele — disse Weasel, enchendo o copo com a espuma que restara na jarra. — O velho Matt tem talento para dar e vender. Ensinar é um trabalho maravilhoso. Ninguém dá valor aos professores, mas eles são... — Ele balançou um pouco na cadeira, buscando um final para a frase. Estava ficando muito bêbado. — O sal da terra — completou. Deu um grande gole na cerveja, fez uma careta e se ergueu. — Com a licença de vocês, vou mijar.

Ele se afastou, esbarrando nas pessoas e saudando-as pelo nome. Elas o deixavam passar com impaciência ou bom humor, e sua trajetória até o banheiro era como a de uma bola de fliperama descendo e se debatendo em direção aos botões da máquina.

— Lá vai o que restou de um bom homem — disse Matt, e levantou um dedo. Uma garçonete apareceu imediatamente e o tratou como Sr. Burke. Parecia um pouco escandalizada ao ver seu velho professor de literatura inglesa bebendo com gente como Weasel Craig. Quando ela se afastou para buscar outra jarra, Ben achou Matt um pouco absorto.

— Gosto de Weasel — disse Ben. — Tenho a sensação de que ele já teve muito potencial. O que aconteceu?

— Ah, não tem muito o que contar — disse Matt. — A garrafa tomou conta dele. Foi tomando mais a cada ano e agora o domina totalmente. Ganhou uma medalha por bravura na Segunda Guerra. Um cínico diria que sua vida teria sido mais significativa se ele tivesse morrido lá.

— Não sou um cínico — disse Ben. — E gosto dele assim mesmo. Mas acho melhor levá-lo para casa hoje.

— Seria uma boa ação. Venho aqui de vez em quando para ouvir música. Gosto de música alta. Mais ainda depois que comecei a ouvir mal. Soube que você está interessado na Casa Marsten. Seu livro é sobre ela?

Ben deu um salto na cadeira.

— Quem lhe disse isso?

Matt sorriu.

— Como é mesmo aquela velha música de Marvin Gaye? "*I Heard it Trought the Grapevine*", uma expressão sedutora, viva, mas a imagem é um pouco obscura, pensando bem. Faz pensar num homem com o ouvido colado a uma garrafa de Concord ou Tokay... Estou divagando. Tenho divagado muito ultimamente, mas não tento mais evitar. Soube através do que a imprensa chamaria de "fonte informada". Loretta Starcher, a guardiã de nossa cidadela de livros. Você esteve na biblioteca várias vezes para consultar artigos do *Ledger* de Cumberland relativos ao antigo escândalo, e ela também buscou para você dois livros com artigos sobre crimes. A propósito, o de Lubert é bom. Ele veio a Lot fazer uma pesquisa em 1946, mas o capítulo sobre Snow não passa de especulação.

— Eu sei — disse Ben, mecanicamente.

A garçonete trouxe uma nova jarra de cerveja, e Ben subitamente teve uma visão incômoda: um peixe nada livre e sem obstáculos, pairando sobre as algas e o plâncton. Mas, de longe, o quadro se revela — é um peixe num aquário.

Matt pagou a garçonete e disse:

— Foi horrível o que aconteceu lá. Ficou no inconsciente da cidade. É claro que histórias de maldades e assassinatos são sempre passadas com deleite mórbido de uma geração a outra, enquanto os alunos reclamam quando precisam ler um George Washington Carver ou um Jonas Salk. Mas acho que é mais do que isso. Talvez se deva a uma excentricidade geográfica.

— É verdade — disse Ben, atraído a contragosto. O professor acabava de formular uma ideia que o assediava desde o dia em que chegara à cidade, talvez até mesmo antes. — Ela fica naquele monte, olhando para a cidade como... como uma espécie de ídolo sinistro. — Ele riu para que a comparação parecesse trivial. Temia ter dito algo muito íntimo e revelador sem refletir, abrindo uma fresta de sua alma a um estranho. E o súbito olhar atento que Matt Burke lhe dirigiu não colaborou para que se sentisse melhor.

— Isso é talento — disse ele.

— Como?

— Você usou a expressão exata. A Casa Marsten nos contempla há quase cinquenta anos, testemunha de todos os nossos pequenos pecados e mentiras. Como um ídolo.

— Talvez tenha visto coisas boas também.

— O bem é escasso em cidadezinhas sedentárias. O que predomina é indiferença temperada com uma pitada de maldade inconsciente, ou pior, consciente. O tema rendeu a Thomas Wolfe boas páginas de literatura.

— Pensei que não fosse cínico.

— Você disse que não era, não eu.

Matt sorriu e bebericou a cerveja. A banda começou a deixar o balcão, com as camisas vermelhas, os coletes e lenços de pescoço reluzindo. O cantor pegou o violão e começou a afiná-lo.

— Ainda não respondeu à minha pergunta. Seu novo livro é sobre a Casa Marsten?

— É, de certo modo.

— Estou sendo indiscreto. Desculpe.

— Não tem problema — disse Ben, pensando em Susan e se sentindo um pouco culpado. — Por que será que Weasel está demorando? Faz tempo que ele foi ao banheiro.

— Posso abusar de nossa pequena amizade e pedir um grande favor? Se recusar, entenderei perfeitamente.

— Claro, pode pedir.

— Dou aula de redação para uma turma — disse Matt. — São crianças inteligentes, que estão terminando o ensino médio, e gostaria de lhes apresentar alguém que ganha a vida escrevendo. Alguém que, como direi?, transformou o verbo em carne.

— Será um prazer — disse Ben, sentindo-se absurdamente lisonjeado. — Quanto tempo dura a aula?

— Cinquenta minutos.

— Acho que não conseguirei entediá-los nesse espaço de tempo.

— Não? Eu consigo muito bem — disse Matt. — Mas tenho certeza de que você não irá entediá-los. Semana que vem?

— É só falar o dia e a hora.

— Terça, na quarta aula? Vai das onze até o meio-dia. Ninguém vai vaiá-lo, mas você ouvirá vários estômagos roncando.

— Levarei algodão para os ouvidos.

Matt riu.

— Fico muito contente. Posso encontrá-lo na secretaria, se preferir.

— Ótimo. Você...

— Sr. Burke? — Era Jackie, dos bíceps musculosos. — Weasel desmaiou no banheiro masculino. O senhor poderia...

— Meu Deus. Ben, vamos até lá?

— Claro.

Eles levantaram e atravessaram o salão. A banda recomeçara a tocar, uma música sobre como os garotos de Muskogee ainda respeitavam o reitor da faculdade.

O banheiro cheirava a urina e cloro. Weasel estava escorado contra a parede entre dois mictórios, e um sujeito de uniforme do exército mijava a cinco centímetros de sua orelha direita.

Sua boca estava aberta, e Ben reparou como ele parecia terrivelmente velho, velho e devastado por forças frias e impiedosas. A consciência de sua própria dissolução, que avançava a cada dia, veio-lhe de repente — não pela primeira vez, mas de modo chocante e inesperado. A piedade que lhe invadiu como águas turvas era tanto por ele mesmo como por Weasel.

— Pode passar o braço debaixo dele quando esse cavalheiro terminar de se aliviar? — disse Matt.

— Claro — disse Ben. Olhou para o homem de uniforme do exército, que sacudia as últimas gotas calmamente. — Dá para ir mais rápido, amigo?

— Para quê? Ele não está com pressa.

Assim mesmo, ele subiu o zíper e se afastou do mictório para que eles pudessem se aproximar.

Ben colocou o braço sob as costas de Weasel, segurou-o pela axila e o levantou. Pressionou o corpo contra a parede de azulejos e sentiu as pulsações do som da banda. Weasel, totalmente inconsciente, deixou-se suspender como um saco de farinha. Matt passou o outro braço de Weasel sobre os ombros, abraçou-o pela cintura e os dois o carregaram para fora.

— Lá vai o Weasel — alguém disse, e outros riram.

— Dell devia parar de servi-lo — disse Matt, ofegante. — Sabe como isso sempre termina.

Eles saíram até o vestíbulo e desceram os degraus de madeira que levavam ao estacionamento.

— Devagar — grunhiu Ben. — Não o derrube.

Desceram a escada, os pés inertes de Weasel se arrastando nos degraus como blocos de madeira.

— É o Citroën... na última fileira.

Eles o arrastaram até lá. O ar da noite estava mais cortante agora, e no dia seguinte as folhas sangrariam. Weasel começara a gemer fracamente, balançando a cabeça sobre o pescoço fino.

— Você consegue levá-lo para a cama quando chegarem na Eva? — perguntou Matt.

— Acho que sim.

— Ótimo. Olhe, dá para ver o telhado da Casa Marsten além das árvores.

Ben olhou. Matt tinha razão: o ângulo superior mal se deixava ver sobre o horizonte escuro do pinheiral, ocultando as estrelas na orla do mundo com a regularidade das obras humanas. Ben abriu a porta do passageiro e disse:

— Pronto, passe-o para mim.

Ben pegou o corpo pesado de Weasel, estendeu-o cuidadosamente no banco do passageiro e fechou a porta. A cabeça de Weasel rolou contra a janela, achatando-se de modo grotesco.

— Terça às onze?

— Pode contar comigo.

— Obrigado. E obrigado também por ajudar o Weasel. — Ele estendeu a mão e Ben a apertou.

Ele entrou, deu partida no Citroën e foi em direção à cidade. Depois que o luminoso do bar desapareceu atrás das árvores, a estrada ficou deserta e escura, e Ben pensou: essas estradas estão assombradas agora.

Weasel soltou um ronco e um gemido no banco de trás e Ben deu um salto, perdendo por um breve instante o controle do carro.

Por que fui pensar aquilo?

Nenhuma resposta.

7

Ele abriu a janela de trás, para que o vento entrasse em cheio sobre Weasel, e quando parou no pátio de entrada da pensão, ele já atingira um estado de semiconsciência.

Ben o arrastou, meio aos tropeções, pela escada da varanda traseira e depois até a cozinha, fracamente iluminada pela luz do fogão.

Weasel gemeu e depois murmurou:

— Ela é um amor de garota, Jack, e as mulheres casadas sabem...

Uma sombra emergiu do corredor. Era Eva, imensa num velho penhoar acolchoado, os cabelos presos com bobes e cobertos com uma rede. O creme de beleza tornava seu rosto pálido e espectral.

— Ed — disse ela. — Ed... você não toma jeito, não?

Ele abriu um pouco os olhos ao som da voz dela, e esboçou um sorriso.

— Não tomo mesmo — balbuciou. — E você sabe melhor do que ninguém.

— Você consegue levá-lo até o quarto? — ela perguntou a Ben.

— Claro, sem problemas.

Ele apertou Weasel mais forte e arrastou-o escada acima e depois até o quarto. A porta estava destrancada, e ele o levou para dentro. Assim que o deitou na cama, os sinais de consciência cessaram e ele mergulhou num sono profundo.

Ben fez uma pausa e olhou ao redor. O quarto era limpo, quase asséptico, os objetos guardados com organização militar. Quando começou a desamarrar os sapatos de Weasel, Eva Miller disse da porta:

— Pode deixar, Sr. Mears. Pode subir, se quiser.

— Mas ele precisa...

— Eu tiro as roupas dele. — Seu rosto expressava uma tristeza digna e comedida. — E vou esfregar álcool em seu corpo para aliviar a ressaca de amanhã. Já fiz isso antes, várias vezes.

— Está certo — disse Ben, e subiu sem olhar para trás. Despiu-se lentamente, pensou em tomar um banho mas mudou de ideia. Deitou na cama e ficou olhando para o teto durante muito tempo, sem conseguir dormir.

Capítulo seis

A CIDADE (II)

1

O outono e a primavera chegam a Jerusalem's Lot de modo tão súbito como a aurora e o crepúsculo nos trópicos. A linha de demarcação pode ser apenas um dia. Mas a primavera não é a estação mais bela na Nova Inglaterra — é curta e incerta demais, e pode ficar turbulenta de uma hora para outra. Mesmo assim, alguns dias de abril são tão inesquecíveis quanto o toque da pessoa amada, ou a sensação da boca desdentada do bebê sugando o seio. Mas, já em meados de maio, o sol emerge da névoa matinal com força e autoridade, e você sairá para a varanda às sete da manhã com sua marmita na mão, sabendo que o orvalho terá evaporado da grama às oito e que a poeira nas estradas de terra pairará imóvel no ar durante cinco minutos após a passagem de um carro, e que à uma da tarde fará 35 graus no terceiro andar da fábrica e o suor escorrerá pelos braços como óleo, fazendo a camisa grudar nas costas, formando um círculo molhado, como se fosse julho.

Mas depois de meados de setembro, o outono chega expulsando o traiçoeiro verão, e se instala por algum tempo como um velho e saudoso amigo, que senta na sua cadeira favorita, acende o cachimbo e enche a tarde com histórias dos lugares onde esteve e as coisas que fez desde sua última visita.

O outono fica durante todo o mês de outubro e, raramente, durante o mês de novembro. Dia após dia, o céu ganha um azul intenso e límpido, e as nuvens que deslizam por ele, sempre em direção ao leste, são navios calmos e brancos com quilhas cinzentas. O vento começa a soprar durante o dia e não para mais, apressando as pessoas nas ruas e triturando as folhas caídas em espirais frenéticas e variadas. O vento causa uma ânsia profunda e ancestral. Talvez toque um ponto na alma, uma antiga memória coletiva que diz *Migre ou morra, migre ou morra*. Mesmo em sua casa, atrás de sólidas paredes, o vento açoita a madeira e o vidro e curva os beirais, obrigando-o a interromper o que está fazendo para ir olhar. E você pode sair até a varanda ou a porta da casa no meio da tarde e ver as sombras das nuvens correrem sobre o pasto dos Griffen e subirem o morro do Pátio do Colégio, clareando e sombreando a relva, como se alguém abrisse e fechasse as persianas do céu. As varas-de-ouro, essas tenazes, belas e perniciosas flores da Nova Inglaterra, curvam-se contra o vento como uma imensa e silenciosa congregação. E quando não há nem carros nem aviões, se ninguém estiver no bosque a oeste da cidade atirando numa codorna ou num faisão, se o único som for o lento bater de seu coração, você talvez escute outro som, o som da vida declinando rumo a seu fecho cíclico, aguardando a primeira neve do inverno para receber a extrema-unção.

2

Naquele ano, o primeiro dia do outono (do verdadeiro, não o do calendário) foi 28 de setembro, o dia em que Danny Glick foi enterrado no Cemitério Harmony Hill.

A cerimônia na igreja fora fechada, mas a do cemitério seria aberta, e um grande número de moradores compareceu, entre colegas de classe, curiosos e pessoas de idade, para quem os enterros vão se tornando uma compulsão à medida que são envolvidas pela mortalha do tempo.

O longo cortejo subiu a rua Burns, dobrando uma esquina e sumindo atrás do monte. Todos os carros estavam com os faróis acesos, apesar do esplendor do dia. À frente ia o carro fúnebre de Carl Foreman, a traseira cheia de flores; depois, o Mercury 1965 de Tony Glick, o velho amortecedor soltando gemidos e estouros. Atrás, nos quatro carros seguintes, vinham parentes de ambos os lados da família, de lugares tão distantes quanto Tulsa, Oklahoma. Outros participantes do longo desfile eram: Mark Petrie (o menino que Ralphie e Danny iam visitar na noite em que o primeiro desapareceu) com a mãe e o pai; Richie Boddin e família, Mabel Werts num carro junto com o Sr. e Sra. William Norton (sentada no banco de trás com a bengala plantada entre as pernas inchadas, ela falava ininterruptamente sobre outros enterros a que ela assistira desde 1930); Lester Durham e a mulher, Harriet; Paul Mayberry e a mulher, Glynis; Pat Middler, Joe Crane, Vinnie Upshaw e Clyde Corliss, todos num carro dirigido por Milt Crossen (Milt abrira a geladeira antes de partirem, e cada um tomou uma cerveja solenemente diante do fogão); Eva Miller seguia num carro ao lado das amigas Loretta Starcher e Rhoda Curless, ambas ainda donzelas; Parkins Gillespie e seu vice, Nolly Gardener, iam no carro de polícia de Jerusalem's Lot (era o Ford de Parkins com uma estrela colada no painel); depois ainda vinham Lawrence Crockett e sua lívida mulher; Charles Rhodes, o rabugento motorista de ônibus, que comparecia a todos os enterros por uma questão de princípio; a família de Charles Griffen, incluindo a mulher e os dois filhos, Hal e Jack, o único que ainda não saíra de casa.

Mike Ryerson e Royal Snow haviam aberto a cova de manhã, estendendo faixas de grama falsa sobre a terra fresca retirada do chão. Enquanto hasteava a Flâmula da Memória que os Glick haviam especificado, Mike notou que Royal estava diferente naquela manhã. Geralmente não parava de caçoar da tarefa reservada a eles (cantava, desafinado: "Eles te enrolam num lençol branco, e te enterram no fundo do barranco"), mas naquele dia ele estava estranhamente silencioso, quase emburrado. Pode ser ressaca, pensou Mike. Deve ter ido ao Dell's com Peters, seu amigo cheio de músculos, e enchido a cara ontem à noite.

Cinco minutos antes, ele vira o carro fúnebre de Carl subindo o monte a uns dois quilômetros de distância e escancarara os portões de ferro, olhando para as altas lanças de ferro como sempre fazia desde que encontrara Doc espetado numa delas. Depois voltou até a cova recém-aberta, onde o padre Donald Callahan, responsável pela paróquia de Jerusalem's Lot, esperava ao lado da sepultura. Usava uma estola sobre os ombros, e o missal em sua mão estava aberto no capítulo sobre funerais infantis. Era o que eles chamavam de terceira estação, Mike sabia. Primeira estação, a casa do falecido, segunda estação, a igrejinha católica de St. Andrew, e a última estação, cemitério de Harmony Hill. Desçam todos.

Um arrepio o percorreu e ele olhou para a vistosa grama plástica, perguntando-se por que era parte integrante de todo funeral. Era exatamente o que parecia: uma imitação barata da vida, mascarando a terra arrancada para abrir a morada final.

— Eles estão chegando, padre — disse ele.

Callahan era um homem alto, de penetrantes olhos azuis e tez avermelhada. Seus cabelos eram de um cinza metálico. Ryerson, que não pisava na igreja desde os 16 anos, gostava mais dele do que dos outros religiosos locais. John Groggins, o ministro metodista, era um velho chato e hipócrita, e Patterson, da Igreja dos Santos do Último Dia e Seguidores da Cruz, era louco de pedra. No funeral de um dos diáconos da igreja dois ou três anos antes, Patterson se jogara no chão e se pusera a rolar. Mas Callahan era um bom sujeito, apesar de papista, e seus funerais eram calmos, confortantes e sempre curtos. Ryerson duvidava que seu rosto tivesse ficado tão vermelho de tanto rezar, mas se tinha bebido um pouco na vida, quem podia condená-lo? Do jeito que o mundo estava, era um milagre que todos os sacerdotes não acabassem no hospício.

— Obrigado, Mike — disse ele, e olhou para o céu luminoso. — Este vai ser difícil.

— Parece. Quanto tempo vai demorar?

— Dez minutos, no máximo. Não vou prolongar o sofrimento dos pais. Eles ainda terão muito pela frente.

— Ok — disse Mike, e andou em direção aos fundos do cemitério. Saltaria o muro de pedra e comeria seu almoço na floresta. Sabia de longa experiência que a última coisa que os parentes e amigos do falecido queriam ver na terceira estação era o coveiro com seu macacão manchado de terra. Era uma visão que interferia com a imagem do paraíso pintada pelo sacerdote.

Perto do muro, ele se curvou para examinar uma lápide que havia caído para frente. Endireitou-a e voltou a sentir um arrepio ao limpar a terra da inscrição:

HUBERT BARCLAY MARSTEN

6 de outubro de 1889

12 de agosto de 1939

O anjo da Morte

empunhando a brônzea Lâmpada

além dos portões dourados

levou-o a turvas Águas

E embaixo, quase apagadas por 36 estações de geadas, as palavras:

Que Deus o conserve lá

Ainda vagamente inquieto e ainda sem saber o porquê, Mike Ryerson entrou na mata para almoçar ao lado do riacho.

3

Nos primeiros anos de seminário, um amigo do padre Callahan lhe dera um álbum com bordados blasfemos que lhe causara acessos de riso horrorizado na época, mas que pareciam mais verdadeiros e menos sacrílegos com o passar do tempo: *Deus, dai-me SERENIDADE para aceitar o que não posso mudar, TENACIDADE para mudar o que posso e SORTE para não fazer muita merda.* Isso escrito em caligrafia antiga e rebuscada, com um sol nascente ao fundo.

Agora, diante dos parentes e amigos de Danny Glick, a velha oração voltou a lhe ocorrer.

Os carregadores do caixão, dois tios e dois primos do menino, haviam pousado o ataúde no chão. Marjorie Glick, de casaco preto e chapéu preto com véu, o rosto se revelando por entre a rede, era amparada pelo braço protetor do pai e agarrava uma bolsinha preta como se fosse um salva-vidas. Tony Glick estava longe dela, o rosto chocado e distante. Várias vezes durante a cerimônia na igreja ele olhara ao redor, como para confirmar sua presença entre aquelas pessoas. Tinha a expressão de alguém preso num sonho.

A igreja não pode tirá-lo desse sonho, pensou Callahan. Nem toda a serenidade, tenacidade e sorte do mundo. A merda já tinha acontecido.

Ele espargiu água benta no caixão e no túmulo, santificando-os para todo o sempre.

— Rezemos, irmãos — as palavras escorreram melodiosas de sua boca como sempre, na alegria e na tristeza, na lucidez e na embriaguez. Os presentes inclinaram a cabeça.

— Senhor, graças a Vossa piedade, os que vivem na fé encontram a paz eterna. Abençoai esta sepultura e enviai um anjo para guardá-la. Recebei o espírito de Daniel Glick enquanto enterramos seu corpo, e que ele encontre a vida eterna em seu seio. É o que pedimos em nome de Jesus Cristo, Nosso Senhor, Amém.

— Amém — a congregação murmurou, e o vento levou a palavra para longe. Tony Glick olhava ao redor com olhos escancarados e aflitos. Sua mulher pressionava um Kleenex contra a boca.

— Com a fé em Jesus Cristo, trazemos humildemente o corpo desta criança para ser enterrado com suas imperfeições humanas. Rezemos, confiando em Deus, que dá vida a todos os seres, que ele atinja a perfeição na companhia dos santos.

Ele virou as páginas do missal. Uma mulher na terceira fileira do grupo que cercava o túmulo como uma ferradura começou a soluçar roucamente. Um pássaro gorjeou em algum lugar da floresta.

— Rezemos por nosso irmão Daniel Glick a nosso Senhor Jesus Cristo — prosseguiu o padre Callahan —, que nos disse: "Eu sou a ressurreição e a vida. Aquele que acredita em mim viverá ainda que morra e nunca conhecerá a morte eterna. Senhor, que chorastes na morte de Vosso amigo Lázaro, confortai-nos em nossa dor. Pedimos em nossa fé."

— Senhor, ouvi nossa prece — os católicos responderam.

— Vós, que ressuscitastes os mortos, concedei ao nosso irmão Daniel a vida eterna. Pedimos em nossa fé.

— Senhor, ouvi nossa prece — responderam. Algo parecia estar despertando nos olhos de Tony Glick; uma revelação, talvez.

— Nosso irmão Daniel foi purificado pelas águas do batismo. Concedei-lhe um lugar entre os santos. Pedimos em nossa fé.

— Senhor, ouvi nossa prece.

— Ele comungou de vossa carne e vosso sangue. Concedei-lhe um lugar à mesa no Reino dos Céus. Pedimos em nossa fé.

— Senhor, ouvi nossa prece.

Marjorie Glick começara a balançar para a frente e para trás, gemendo.

— Consolai-nos em nossa dor pela morte de nosso irmão. Que nossa fé seja nosso consolo e a vida eterna nossa esperança. Pedimos em nossa fé.

— Senhor, ouvi nossa prece.

Ele fechou o missal.

— Vamos rezar a oração que o Senhor nos ensinou — disse ele serenamente. — Pai-Nosso que estais no céu...

— Não! — gritou Tony Glick, lançando-se para frente. — Ninguém vai jogar terra no meu filho!

Mãos tentaram detê-lo, mas foram afastadas. Ele cambaleou por um instante na beira da cova, e então a grama falsa cedeu. Tony caiu dentro do buraco, atingindo o caixão com um baque horrível.

— Danny, saia daí já! — berrou ele.

— Minha nossa — disse Mabel Werts, e apertou o lenço de seda preta contra os lábios. Seus olhos estavam ávidos e brilhantes, guardando a cena como um esquilo armazena nozes para o inverno.

— Danny, quer parar com essa molecagem!

O padre Callahan fez um sinal para dois dos carregadores, e eles avançaram, mas foram precisos mais três homens, inclusive Parkins Gillespie e Nolly Gardener, para conseguir tirar Glick da cova, chutando e gritando.

— Danny, pare com isso! Você assustou sua mãe! Vou esquentar seu traseiro! Me soltem! Quero meu filho... me soltem, seus cretinos.... ahhh... Meu Deus!

— Pai-Nosso que estais no céu — Callahan recomeçou, e outras vozes se juntaram à dele, elevando-se em direção à cúpula indiferente do céu.

— ...santificado seja o Vosso nome, venha a nós o Vosso reino, seja feita...

— Danny, venha aqui, está me ouvindo? *Está me ouvindo?*

— ...assim na terra como no céu. O pão nosso de cada dia nos dai hoje, perdoai...

— *Danneee!*

— as nossas ofensas, assim como nós perdoamos a quem nos tem ofendido...

— Ele não está morto, ele não está morto, me soltem, seus desgraçados...

— e não nos deixeis cair em tentação, mas livrai-nos do mal. Em nome de nosso Senhor Jesus Cristo, amém.

— Ele não está morto — soluçava Tony Glick. — Não pode estar. Ele tem só 12 anos, porra. — Ele começou a chorar convulsivamente, e se arrastou para frente, apesar do esforço dos homens que o retinham, o rosto contorcido e riscado de lágrimas. Caiu aos pés de Callahan e agarrou suas calças com as mãos enlameadas.

— Por favor, devolva meu filho. Por favor, pare com essa brincadeira.

Callahan pegou a cabeça dele delicadamente entre as mãos.

— Rezemos — disse ele, e sentiu os soluços dilacerantes de Glick contra as coxas.

— Senhor, consolai este homem e sua mulher nesse momento de dor. Vós purificastes esta criança nas águas do batismo e lhe destes vida nova. Que um dia nós o encontremos e juntos gozemos da vida eterna. Pedimos em nome de Jesus. Amém.

Quando ergueu a cabeça, viu que Marjorie Glick desmaiara.

4

Quando todos haviam ido embora, Mike Ryerson voltou e sentou à beira da cova aberta para comer seu último meio sanduíche e esperar pela volta de Royal Snow.

O enterro fora às quatro horas, e já eram quase cinco. As sombras se alongavam e o sol já se escondia atrás dos altos carvalhos. Aquele malandro do Royal prometera que voltaria às 16h45 no máximo. Onde estaria ele?

O sanduíche era de bolonha e queijo, o seu preferido. Todos os sanduíches que ele comia eram seus favoritos; e essa era uma das vantagens de ser solteiro. Ele terminou e limpou as mãos, espalhando algumas migalhas sobre o caixão.

Alguém o vigiava.

De repente, veio-lhe essa certeza, e ele sondou o cemitério com olhos escancarados e aflitos.

— Royal? Você está aí, Royal?

Ninguém respondeu. O vento sussurrava misteriosamente entre as árvores. À sombra oscilante dos elmos além do muro de pedra, ele via a lápide de Hubert Marsten, e de repente pensou no cachorro de Win, empalado no portão de ferro.

Olhos. Imóveis e frios. Vigiando.

Não deixe a noite te pegar aqui.

Ele se levantou de um salto, como se a frase tivesse sido dita em voz alta.

— Royal, seu desgraçado — disse ele, mas não muito alto. Já não achava que Royal estivesse por perto nem que voltaria. Teria de fazer o trabalho sem ele, e levaria muito tempo sozinho.

Talvez até o anoitecer.

Ele se pôs a trabalhar, sem tentar entender o pavor que o dominava, sem se perguntar por que aquele trabalho, que nunca o incomodara antes, incomodava-o tanto agora.

Com gestos rápidos e econômicos, ele puxou as faixas de grama artificial de cima da terra fresca e as dobrou. Colocou-as sobre o braço e as levou à camionete, parada na frente do portão, e assim que saiu do cemitério, a horrível sensação de ser vigiado desapareceu.

Guardou a grama na traseira da camionete e pegou uma pá. Começou a voltar, mas hesitou. Olhou para a cova aberta, que parecia zombar dele.

Ocorreu-lhe que a sensação de ser vigiado sumira assim que ele deixara de ver o caixão instalado no fundo da cova. E veio-lhe a súbita imagem de Danny Glick deitado sobre o pequeno travesseiro de cetim com os olhos abertos. Não, que bobagem. Eles fechavam os olhos dos defuntos com goma. Vira Carl Foreman fazer isso várias vezes. *Claro que fechamos os olhos*, Carl dissera certa vez. *Não queremos que o corpo pisque para a congregação, não é?*

Encheu a pá e jogou a terra, que atingiu a superfície do caixão de mogno com uma pancada surda. Mike fez uma careta. O som o enjoou um pouco. Ele se endireitou e olhou nervosamente para as coroas de flores. Que desperdício. No dia seguinte as pétalas estariam espalhadas em flocos vermelhos e amarelos. Não entendia por que faziam aquilo. Se queriam gastar, por que não davam o dinheiro a alguma sociedade beneficente ou até mesmo à Associação de Senhoras? Pelo menos, assim serviria para alguma coisa.

Ele atirou outra pazada e descansou de novo.

O caixão era outro desperdício. Um lindo caixão de mogno, que custara no mínimo mil dólares, e lá estava ele o cobrindo todo de terra. Os Glick não tinham tanto dinheiro assim, e quem faz seguro de vida para crianças? Deviam ter se enterrado em dívidas, e tudo por um caixão que ficaria todo imundo e enlameado.

Ele se inclinou, voltou a encher a pá e jogou a terra com relutância. De novo aquele horrível baque agourento. A superfície do caixão estava toda salpicada de terra, mas o fino mogno lustrava por trás, quase com reprovação.

Pare de olhar para mim.

Ele encheu a pá, mas não muito, e jogou a terra.

Pá!

As sombras estavam muito longas agora. Ele parou, olhou para cima e viu a Casa Marsten, as persianas fechadas. O lado leste, o primeiro a se despedir da luz do sol, dava diretamente para o portão de ferro do cemitério, onde Doc...

Ele se forçou a pegar outra pazada de terra e atirá-la na cova.

Pá!

A terra escorreu pelos lados, empilhando-se sobre as dobradiças de metal. Agora, se alguém o abrisse, ouviria um rangido áspero como a porta de uma tumba se abrindo.

Pare de olhar pra mim, cacete.

Ele começou a encher a pá, mas veio-lhe uma lembrança tão pesada que ele teve de descansar um pouco. Certa vez ele lera — no *National Enquirer,* achava — que um magnata do petróleo declarara no testamento que queria ser enterrado num Cadillac Coupe de Ville novo em folha. E foi o que fizeram. Abriram a cova com um trator e colocaram o carro no fundo com um guindaste. Tanta gente dirigindo carros velhos e caindo aos pedaços, e aquele porco milionário enterrado atrás do volante de um carro de dez mil dólares, com todos os acessórios e...

Ele de repente estremeceu e recuou um passo, cauteloso. Parecia que entrara numa espécie de transe. A sensação de ser vigiado estava muito mais forte agora. Olhou para o céu, alarmado ao ver como escurecera rápido. Só o andar superior da Casa Marsten estava em plena luz do sol agora. Seu relógio indicava 18h10. Santo Deus, uma hora se passara, e ele não jogara nem meia dúzia de pazadas na cova!

Mike se atirou ao trabalho, tentando bloquear os pensamentos. Depois de algumas pazadas, o som de terra contra a madeira se tornou abafado — o alto do caixão fora coberto, e a terra escorria pelas laterais em riscos marrons, quase alcançando a tranca.

Ele jogou mais duas pazadas e parou.

Tranca?

Mas por que cargas d'água colocar uma tranca num caixão? Era para ninguém tentar entrar? Devia ser. Com certeza não era para que ninguém tentasse sair...

— Pare de me olhar — disse Mike em voz alta, e sentiu o coração se contrair no peito. Um súbito impulso de fugir daquele lugar, de correr pela estrada até chegar à cidade, tomou conta dele. Foi com muito custo que conseguiu se controlar. Era só um ataque de nervos. Quem, trabalhando num cemitério, não ficaria assim de vez em quando? Parecia um maldito filme de terror, ter de enterrar aquele menino, só 12 anos e os olhos arregalados...

— Droga, *pare*! — exclamou ele, e olhou com ansiedade para a Casa Marsten. Agora só o telhado ainda estava claro. Eram 18h15.

Ele voltou a trabalhar com mais rapidez, jogando terra na cova e tentando manter a mente totalmente vazia. Mas a sensação de ser vigiado parecia crescer em vez de diminuir, e cada pazada de terra parecia mais pesada que a anterior. O topo do caixão estava coberto agora, mas ainda dava para ver seu contorno envolto em terra.

A oração fúnebre dos católicos começou a ecoar em sua mente por nenhum motivo, como costuma acontecer com essas coisas. Ouvira Callahan dizendo-a enquanto almoçava ao lado do riacho. Ouvira também os gritos desesperados do pai.

Rezemos por nosso irmão a nosso Senhor Jesus Cristo, que disse...

(Pai, conceda-me seus favores.)

Ele parou e olhou para a cova. Era funda, muito funda. As sombras da noite já começavam a se insinuar dentro dela, como algo vivo e viscoso. Ainda faltava muito. Ele nunca conseguiria enchê-la antes de escurecer. Nunca.

Sou a ressurreição e a vida. Aquele que acredita em mim viverá mesmo que morra...

(Senhor das Moscas, conceda-me seus favores.)

Sim, os olhos estavam abertos. Por isso ele se sentia vigiado. Carl não usara goma o bastante, e as pálpebras haviam subido como persianas. E agora, Danny olhava para ele. Aquilo não podia ficar daquele jeito.

...e quem acreditar em mim não conhecerá a morte eterna...

(Eu lhe trago carne pútrida e malcheirosa.)

Tirar a terra de cima. Era essa a solução. Tirar a terra, quebrar a tranca com a pá, abrir o caixão e fechar aqueles terríveis olhos fixos. Ele não tinha goma de coveiro, mas tinha duas moedas no bolso. Serviriam. Eram de prata. Sim, era de prata que o menino precisava.

O sol estava em cima do telhado da Casa Marsten agora, e apenas tocava os mais altos e antigos abetos no lado oeste da cidade. Mesmo com as persianas fechadas, a casa parecia olhar para ele.

Vós, que ressuscitastes os mortos, concedei ao irmão Daniel a vida eterna.

(Ofereço este sacrifício por seus favores e o trago com a mão esquerda.)

De repente, Mike Ryerson saltou dentro da cova e começou a trabalhar loucamente com a pá, jogando terra para cima e para fora em lampejos marrons. Finalmente a pá atingiu a madeira, e ele começou a tirar o resto da terra das laterais. Depois se ajoelhou sobre o caixão e começou a bater na tranca de metal com a pá.

As rãs do riacho haviam começado a saltar, um bacurau cantava nas sombras das árvores e, perto dali, curiangos começavam a soltar seu grito estridente.

18h50.

O que estou fazendo?, ele se perguntou. O que estou fazendo, meu Deus? Ajoelhado sobre o caixão, ele tentava refletir, mas algo no fundo da sua mente mandava-o se apressar, o sol estava se pondo... *Não deixe o escuro te pegar aqui.* Ele levantou a pá, bateu-a sobre a tranca mais uma vez e ouviu um estalo. Ela quebrara. Ele olhou para cima por um instante, num último vislumbre de sanidade, o rosto manchado de terra e suor, os olhos arregalados e salientes.

Vênus brilhou contra o manto do céu. Ofegando, ele deitou por inteiro no chão e tateou em busca das alças da tampa do caixão. Encontrou-as e puxou. A tampa se abriu, as dobradiças rangendo como ele imaginara, revelando primeiro apenas cetim rosa, e depois uma manga escura (Danny Glick fora enterrado com o terno da primeira comunhão), e depois... o rosto. A respiração ficou presa na garganta de Mike. Os olhos estavam abertos. Como ele sabia que estariam. Bem abertos e nem um pouco vidrados. Pareciam horrendamente vivos à luz agonizante do dia. Não havia nenhuma palidez mortal naquele rosto. As faces estavam rosadas, transbordando vitalidade. Tentou afastar os olhos daquele olhar reluzente e gelado, mas não conseguiu. — Meu Deus — murmurou. O arco decrescente do sol submergiu no horizonte.

5

Mark Petrie montava um modelo do monstro de Frankenstein no seu quarto e ouvia a conversa dos pais na sala. Seu quarto ficava no segundo andar da casa de fazenda que haviam comprado no sul da avenida Jointner, e embora fosse aquecida por uma moderna fornalha a petróleo, as grades do antigo aquecedor permaneciam. Antes, quando a casa fora aquecida por um fogão central na cozinha, as grades impediam que o segundo andar ficasse frio demais — mesmo assim, a primeira mulher que morara na casa de 1873 a 1896, com seu austero marido batista, dormia com um tijolo quente embrulhado numa flanela —, mas agora serviam a outro propósito. Eram excelentes condutoras de som.

Seus pais estavam na sala, mas parecia que conversavam bem em frente a sua porta.

Certa vez, quando o pegou ouvindo atrás da porta na outra casa — Mark tinha apenas seis anos na época —, seu pai lhe dissera um antigo provérbio inglês: Nunca ouça atrás da árvore para não se aborrecer. Ou seja, explicou o pai, você pode ouvir algo e não gostar. Havia outro ditado. Quem avisa amigo é. Aos 12 anos, Mark Petrie era um pouco menor do que os outros meninos e de aparência um pouco delicada. No entanto, movia-se com uma graça e flexibilidade que não era comum em meninos de sua idade, que pareciam ser todos joelhos, cotovelos e cascas de ferida. Sua tez era clara, quase leitosa, e seus traços, que seriam considerados aquilinos mais tarde, agora eram um pouco femininos. Isto lhe causara inconvenientes mesmo antes da briga com Richie Boddin no pátio da escola, e ele decidira resolver o problema sozinho. A maioria dos valentões, concluiu ele, eram grandes, feios e desajeitados. Assustavam as outras crianças porque eram capazes de machucá-las. Jogavam sujo. Logo, se você não tivesse medo de se machucar um pouco, e se estivesse disposto a jogar sujo, podia levar a melhor sobre o valentão. Richie Boddin fora a primeira confirmação de sua teoria. Ele e o valentão da Escola Primária Kittery haviam empatado (o que não deixara de ser uma vitória; o valentão, sangrando mas sem se curvar, proclamara para toda a plateia no pátio que ele e Mark eram amigos. Mark, que achava o valentão um cretino estúpido, não o contradisse. Sabia o valor da discrição). Conversas não adiantavam com valentões. A dor era a única linguagem que os Richie Boddins do mundo pareciam entender, e Mark supunha que por isso o mundo sempre tivera tanta dificuldade de comunicação. Ele fora mandado para casa naquele dia, e seu pai ficara muito zangado até que Mark, resignando-se a receber as rituais pancadas com uma revista enrolada, disse-lhe que Hitler fora no fundo um Richie Boddin. Isso fez seu pai cair na gargalhada, e até sua mãe rira baixinho. Conseguiu evitar a surra. Agora June Petrie dizia:

— Você acha que tudo isso o afetou, Henry?

— É difícil... dizer. — E Mark percebeu pela pausa que seu pai acendia o cachimbo. — Ele está com uma cara bem normal.

— Quem vê cara não vê coração. — Sua mãe estava sempre dizendo coisas como quem vê cara não vê coração ou é um caminho sem retorno. Ele amava os dois profundamente, mas às vezes pareciam tão graves como os livros da seção in-fólio da biblioteca... e igualmente empoeirados.

— Eles vinham visitar Mark para brincar com o trenzinho — ela continuou. — Agora um está morto e o outro, desaparecido! Não se engane, Henry. O menino deve estar sentindo alguma coisa.

— Os pés dele estão bem plantados no chão — disse o Sr. Petrie. — Seja quais forem suas emoções, tenho certeza de que ele as controla.

Mark colou o braço esquerdo do monstro de Frankenstein no ombro. Era um modelo Aurora especial, que tinha um brilho verde no escuro, como o Jesus de plástico que ele ganhara por memorizar o salmo 119 inteiro na escola dominical de Kittery.

— Às vezes acho que devíamos ter tido outro filho — disse seu pai. — Entre outras coisas, teria sido bom para Mark. — E sua mãe, em tom brejeiro:

— Não foi por falta de tentativas, querido.

Seu pai resmungou. Fez-se uma longa pausa na conversa. Mark sabia que o pai estava folheando o *Wall Street Journal*. Sua mãe devia estar com um romance de Jane Austen no colo, ou talvez de Henry James. Ela os lia e relia várias vezes, e Mark não conseguia entender o sentido de ler um livro mais de uma vez. A gente já sabia como terminava.

— Será que é seguro deixá-lo entrar na mata atrás da casa? — sua mãe perguntou. — Dizem que tem areia movediça na cidade...

— A quilômetros daqui.

Mark relaxou um pouco e colou o outro braço do monstro. Ele tinha uma mesa coberta de monstros Aurora, formando uma cena que ele mudava a cada vez que um novo membro era adicionado. Era uma bela coleção. E era o que Danny e Ralphie queriam ver naquela noite em que... deixa para lá.

— Acho que sim — disse o pai. — Não depois de anoitecer, é claro. Espero que aquele horrível enterro não lhe dê pesadelos. — Mark quase podia ver seu pai encolher os ombros. — Tony Glick... Que cena lamentável. Mas a morte e o sofrimento fazem parte da vida, e já está na hora de ele se acostumar com essa ideia.

— Talvez. — Outra longa pausa. O que ela dirá agora?, ele se perguntou. O menino de hoje é o homem de amanhã. Ou é de pequenino que se torce o pepino. Mark colou o monstro na base, um túmulo com uma lápide inclinada ao fundo. — A morte nos cerca em plena vida. Mas estou achando que eu vou ter pesadelos.

— Ah, é?

— Aquele Sr. Foreman deve ser um artista e tanto, por mais horrível que seja dizer isso. Ele realmente parecia que estava dormindo. Que a qualquer momento abriria os olhos, daria um bocejo e... Não sei por que as pessoas insistem em se torturar deixando os caixões abertos nos velórios. É... bárbaro.

— Bom, acabou.

— É, parece. Ele é um bom menino, não, Henry?

— Mark? O melhor.

Mark sorriu.

— O que está passando na TV?

— Vou olhar.

Mark se desligou do resto; a discussão séria acabara. Colocou o modelo no parapeito da janela para secar e endurecer. Em 15 minutos sua mãe o chamaria lhe dizendo que era hora de dormir. Ele tirou os pijamas da cômoda e começou a se despir.

Na verdade, sua mãe se preocupava inutilmente com sua psique, que não era nada frágil, nem havia motivo para que fosse. Ele era um menino normal, apesar de sua graça e delicadeza. Sua família era de classe média alta e podia subir ainda mais, e o casamento dos pais era sólido. Eles se amavam de um modo intenso, embora um pouco maçante. Nunca houvera nenhum grande trauma na vida de Mark. As poucas brigas na escola não lhe deixaram marcas. Entendia-se com seus companheiros e, de modo geral, queria as mesmas coisas que eles.

Se havia algo que o destacava, era um certo distanciamento, um frio autocontrole. Ninguém lhe incutira isso; ele parecia ter nascido assim. Quando seu cachorrinho, Chopper, fora atropelado, ele insistira em ir com a mãe ao veterinário. E quando este dissera "Preciso colocar seu cachorro para dormir, rapazinho. Você entende por quê?", Mark dissera "Você não vai colocar ele para dormir. Vai matá-lo com gás, não é?". O veterinário disse que sim. Mark lhe disse para continuar, mas antes beijou Chopper. Sentiu tristeza, mas não chorou. Sua mãe chorara, mas três dias depois já havia esquecido Chopper. Mark nunca o esqueceria. E era esse o valor de não chorar. Chorar era como deixar vazar os sentimentos no chão.

Ele ficara chocado com o desaparecimento de Ralphie Glick, e depois com a morte de Danny, mas não sentira medo. Ouvira um homem na loja dizer que provavelmente um pervertido sexual pegara Ralphie. Mark sabia o que eram pervertidos. Faziam algo com você que os deixavam malucos e, quando acabavam, te estrangulavam (nas revistinhas, a pessoa estrangulada sempre dizia *Arrrggh*) e te enterravam numa cova ou sob as tábuas de um galpão deserto. Se um pervertido um dia lhe oferecesse doces, ele lhe chutaria o saco e sairia correndo como um raio.

— Mark? — era a voz da mãe, vinda da escada.

— Sou eu — disse ele, e sorriu de novo.

— Não se esqueça de lavar as orelhas quando tomar banho.

— Pode deixar.

Ele desceu para lhes dar um beijo de boa-noite, andando com leveza e agilidade, lançando um olhar para a mesa onde seus monstros se exibiam: Drácula com a boca aberta, mostrando os caninos, ameaçava uma moça deitada no chão, enquanto o Cientista Louco torturava uma mulher na maca e o Sr. Hyde espreitava um velho que caminhava para casa.

Se ele sabia o que era a morte? Claro. Era quando os monstros te pegavam.

6

Roy McDougall parou na entrada do seu trailer às oito e meia, acelerou o motor do seu velho Ford duas vezes e depois o desligou. O tubo do exaustor pifara, os faróis pisca-pisca não funcionavam e a inspeção seria no mês seguinte. Que beleza de carro. Que beleza de vida. O menino berrava dentro do trailer e Sandy gritava com ele. Que beleza de casamento.

Ele saiu do carro e tropeçou numa das lajes que comprara havia meses para o projeto, sempre adiado, de fazer uma passarela ligando o trailer à calçada.

— Merda — ele murmurou, lançando um olhar terrível para a laje e esfregando a canela.

Roy estava bêbado. Saíra do trabalho às três e desde então se pusera a beber no Dell's com Hank Peters e Buddy Mayberry. Hank andava abonado e parecia disposto a beber todo o dinheiro extra, seja de onde viesse. Sabia o que Sandy achava de seus amigos. Ela que se danasse. Negar a um homem umas cervejinhas no sábado e domingo, depois de ele trabalhar a semana toda como um escravo na máquina de desatar fibras, e ainda fazendo hora extra no fim de semana? Quem era ela para reclamar? Passava o dia sem fazer nada além de limpar a casa, conversar com o carteiro e ver se o menino não entrava no forno. E nem cuidava bem dele ultimamente. Outro dia mesmo deixara-o cair da mesa de trocar.

O que você estava fazendo?

Eu estava segurando ele, Roy. É que ele não para quieto.

Não para quieto. Sei.

Ele andou até a porta, ainda bufando. A pancada na perna doía. Não que Sandy fosse se importar. E o que ela fazia enquanto ele suava feito um porco para aquele capataz cretino? Lia revistas de fofocas comendo bombons de cereja ou assistia a novelas comendo bombons de cereja ou tagarelava com as amigas ao telefone comendo bombons de cereja. Estava ficando com espinhas não só na cara, mas na bunda. Logo não daria para saber qual era qual.

Ele abriu a porta e entrou.

A cena o atingiu com violência, apagando o fogo da cerveja como um balde de água fria: o bebê gritava, nu, sangue escorrendo pelo nariz; Sandy o segurava, a blusa manchada de sangue, olhando para o marido com o rosto contraído de surpresa e medo; a fralda no chão.

Randy, com marcas escuras em torno dos olhos, estendia as mãos como numa súplica.

— O que está acontecendo aqui? — Roy perguntou lentamente.

— Nada, Roy. Ele só...

— Você bateu nele — disse Roy, com voz monótona. — Ele não parava quieto para você pôr a fralda e você bateu nele.

— Não — ela disse rapidamente. — Ele rolou e bateu o nariz, só isso. Só isso.

— Eu devia arrancar seu couro — disse ele.

— Roy, ele só bateu o nariz...

Ele deixou cair os ombros.

— O que tem para comer?

— Hambúrgueres. Mas queimaram — disse ela com petulância, tirando a ponta da blusa de dentro dos jeans para limpar o nariz de Randy. Roy viu a baleia que ela estava virando. Nunca recuperara o corpo depois da gravidez. Nem tentara.

— Faça ele calar a boca.

— Ele não está...

— *Faça ele calar a boca!* — gritou Roy, e Randy, que na verdade já parara de chorar e fungava, voltou a gritar com força.

— Vou buscar a mamadeira — disse Sandy, levantando.

— E traga meu jantar. — Ele começou a tirar a jaqueta de brim. — Santo Deus, que bagunça que está este lugar. O que você faz o dia todo, fica tocando siririca?

— *Roy!* — exclamou ela, em tom ofendido. Depois deu um risinho. Sua louca explosão de raiva porque o bebê não parava quieto para que ela prendesse as fraldas começou a se tornar distante, nebulosa. Como se tivesse acontecido numa das novelas da TV.

— Traga meu jantar e depois arrume essa porcaria de lugar.

— Está bem, está bem... — Ela tirou uma mamadeira da geladeira e colocou Randy no chiqueirinho. Ele começou a sugar o leite com apatia, os olhos indo da mãe para o pai em círculos sem saída.

— Roy?

— Hum. Fale.

— Acabou.

— O quê?

— Você sabe. Você quer? Hoje?

— Claro — disse ele. — Claro. — E pensou de novo: Que beleza de vida. Que *beleza* de vida.

7

Nolly Gardener ouvia *rock and roll* pela WLOB estalando os dedos quando o telefone tocou. Parkins deixou as palavras cruzadas de lado e disse:

— Abaixe um pouco.

— Claro, Park. — Nolly abaixou o rádio e continuou estalando os dedos.

— Alô? — disse Parkins.

— Delegado Gillespie?

— Eu mesmo.

— Aqui é o agente Tom Hanrahan. Tenho as informações que pediu.

— Obrigado pela rapidez.

— Mas não sei se vai adiantar muito.

— Tudo bem — disse Parkins. — O que descobriram?

— Ben Mears foi investigado devido a um acidente de moto fatal no norte de Nova York em maio de 1973. Não foi indiciado. A mulher dele, Miranda, morreu. As testemunhas disseram que ele ia devagar e o teste de álcool deu negativo. Parece que só escorregou no asfalto. Quanto à política, tende para a esquerda. Participou de uma passeata pacifista em Princeton em 1966. Falou num comício antiguerra no Brooklyn em 1967. Participou de passeatas em Washington em 1968 e 1970. Foi preso durante uma passeata pacifista em San Francisco em novembro de 1971. E é tudo que sabemos dele.

— O que mais?

— Kurt Barlow, Kurt com "k". É britânico, mas naturalizado. Nasceu na Alemanha e foi para a Inglaterra em 1938, ao que parece fugindo da Gestapo. Não tivemos acesso a seus registros anteriores, mas deve estar com uns setenta anos. Seu nome de batismo é Breichen. Trabalha com importação e exportação em Londres desde 1945, mas não aparece muito. Straker é seu sócio desde então, e parece que é ele que lida com o público.

— E ele?

— Straker é britânico nativo. Tem 58 anos. Seu pai era marceneiro em Manchester. Parece que deixou bastante dinheiro para o filho, que também se deu muito bem na vida. Os dois pediram vistos de estada prolongada nos Estados Unidos há 18 meses. É tudo que sabemos. E há suspeitas de que podem ser um casal.

— É — disse Parkins, e suspirou. — Foi o que eu pensei.

— Se precisar de mais informações, podemos entrar em contato com a Divisão de Investigação Criminal e a Scotland Yard.

— Não, não precisa.

— E não há nenhuma ligação entre Mears e os dois comerciantes. Só se for muito secreta.

— Certo. Obrigado.

— É para isso que estamos aqui. Se precisar de ajuda, ligue.

— Pode deixar. Obrigado mais uma vez.

Colocou o fone no gancho e o contemplou com ar pensativo.

— Quem era, Park? — perguntou Nolly erguendo o rádio.

— O Excellent Café. Acabou o sanduíche de presunto. Tem só salada de ovo e queijo quente.

— Tem bolo de framboesa na minha mesa, se quiser.

— Não, obrigado — disse Parkins, e suspirou de novo.

8

O depósito de lixo ainda estava em lenta combustão.

Dud Rodgers andava ao redor do lixão, saboreando o aroma de carne queimada. A cada passo, esmagava garrafas e fazia subir uma nuvem de cinzas. Na imensidão do depósito, o clarão das brasas aumentava e diminuía ao sabor do vento, como um imenso olho vermelho abrindo e fechando... o olho de um gigante. De vez em quando se ouvia um estrondo abafado quando uma lata de aerossol ou uma lâmpada explodiam. Um grande número de ratos havia saído do depósito quando ele o queimara naquela manhã, mais do que ele jamais vira. Ele matara pelo menos três dúzias, e sua pistola estava quente quando ele finalmente a guardou no coldre. Eram ratões grandes, alguns com até setenta centímetros. Engraçado como eles surgiam em maior ou menor quantidade, dependendo do ano. Devia ter algo a ver com o clima. Se continuasse assim, ele teria de começar a espalhar iscas envenenadas, algo que não precisava fazer desde 1964.

Lá estava outro, rastejando sob um dos cavaletes amarelos que serviam de barreiras antifogo.

Dud sacou a pistola, puxou o pino de segurança, apontou e disparou. O tiro atingiu a terra na frente do rato, salpicando seu pelo. Mas, em vez de fugir, ele se ergueu nas patas traseiras e o encarou, os olhinhos vermelhos brilhando entre as brasas. Como alguns deles eram atrevidos!

— Tchauzinho, rato — disse Dud, apontando com cuidado.

Bum. O rato capotou, se contorcendo.

Dud andou até o animal e o empurrou com a pesada bota de trabalho. O rato mordeu fracamente o couro da bota, arquejando.

— Filho da mãe — Dud disse baixinho, e esmagou sua cabeça.

Ao se acocorar para examiná-lo, voltou a pensar em Ruthie Crockett, que nunca usava sutiã. Quando ela punha aqueles suéteres justos de cardigã, dava para ver os bicos contra o tecido, eretos devido à fricção contra a lã. Ele apostava que era só roçar um pouco naqueles peitos, só um pouco mesmo, para aquela putinha subir pelas paredes.

Ele pegou o rato pelo rabo e o balançou como um pêndulo.

— E se você encontrasse esse ratinho na sua latinha de salsicha, Ruthie?

Dud achou graça na ideia e seu inesperado duplo sentido, e deixou escapar um riso estridente, sacudindo a cabeça torta.

Jogou o rato para longe, no meio do depósito. Ao fazê-lo, girou e deu de cara com um vulto — uma silhueta alta e extremamente magra a cinquenta passos dele.

Dud enxugou as mãos nas calças verdes, suspendeu-as e se aproximou.

— O depósito está fechado, senhor.

O homem se virou para ele. O rosto que o clarão vermelho das brasas iluminou era anguloso e pensativo. Os cabelos eram brancos, riscados de mechas cinzentas curiosamente másculas. O sujeito as afastara da testa ampla e pálida, como faziam os pianistas de concerto. Os olhos refletiam o fulgor vermelho das brasas e pareciam injetados de sangue.

— É mesmo? — perguntou o homem educadamente, revelando um leve sotaque em suas palavras, embora perfeitamente articuladas. Devia ser francês, ou talvez até mesmo russo. — Vim contemplar o fogo. É lindo.

— É — disse Dud. — O senhor é daqui?

— Sim, acabei de me mudar para sua aprazível cidade. Você mata muitos ratos?

— Bastante. Ultimamente apareceram milhões desses filhos da mãe. Escute, por acaso o senhor é o sujeito que comprou a Casa Marsten?

— Predadores — o homem disse, cruzando as mãos atrás das costas. Dud notou, surpreso, que ele estava todo arrumado, de terno com colete e tudo. — Adoro os predadores da noite. Os ratos... as corujas... os lobos. Existem lobos nesta região?

— Não — disse Dud. — Um cara em Durham pegou um coiote há uns dois anos. E um bando de cachorros do mato anda espantando os cervos...

— Cachorros... — o estranho disse, e fez um gesto de desprezo. — Animais inferiores que se encolhem e uivam ao ouvir passos estranhos. Servem apenas para choramingar e rastejar. Deviam ser todos estripados.

— Eu nunca tinha pensado nisso — disse Dud, recuando um passo. — É bom quando aparece alguém aqui para bater um papo, mas o depósito fecha às seis aos domingos, agora já passa das nove e...

— Certamente.

Mas o estranho não fez menção de ir embora. Dud pensava consigo mesmo que passara a perna na cidade. Todos estavam se perguntando quem estaria por trás daquele tal de Straker, e ele era o primeiro a saber — fora, talvez, Larry Crockett, que era uma raposa. Na próxima vez que fosse à cidade para comprar balas daquele santinho do George Middler, diria, como quem não quer nada: encontrei aquele sujeito outro dia. Quem? Aquele que comprou a Casa Marsten. Um sujeito decente. Tem um sotaque meio russo.

— Já apareceu algum fantasma naquela casa velha? — perguntou quando viu que o velho não ia mesmo se mandar dali.

— Fantasmas! — O velho sorriu de modo inquietante. Parecia o sorriso de um tubarão. — Não, *fantasmas*, não. — Ele enfatizou levemente a palavra, como se houvesse algo na casa que fosse ainda pior.

— Bom, está ficando tarde... É melhor ir agora, senhor...?

— Mas nossa conversa está tão agradável — disse o velho, e pela primeira vez virou-se para Dud e o olhou diretamente. Seus olhos, muito separados, refletiam o fogo mortiço do depósito. Era impossível parar de olhar para eles. — Vamos continuar um pouco mais.

— É, pode ser — disse Dud, e sua voz soou distante. Os olhos dele pareciam se expandir, crescer, até parecerem poços escuros rodeados de fogo, poços onde alguém podia se afogar.

— Obrigado — disse ele. — Diga-me... essa sua corcunda não o incomoda no trabalho?

— Não — disse Dud, ainda se sentindo distante. Pensou vagamente: aposto que ele está me hipnotizando. Que nem aquele sujeito da Feira de Topsham... como ele se chamava? Mr. Mephisto. Ele punha as pessoas para dormir e elas faziam um monte de coisas engraçadas, imitavam galinhas, corriam como cachorros ou lembravam coisas que tinham acontecido quando eram pequenas. Ele hipnotizou Reggie Sawyer, e como a gente riu...

— Então o atrapalha de outras maneiras?

— Não... bom... — Dud olhava para os olhos dele, fascinado.

— Vamos, vamos — o velho o induziu gentilmente. — Somos amigos, não é? Pode me dizer.

— Bom, as mulheres... você sabe...

— Claro que sei — disse o velho, compreensivo. — As mulheres riem de você, não é? Não conhecem sua masculinidade. Sua força.

— Isso mesmo — sussurrou Dud. — Elas riem. *Ela* ri.

— Ela, quem?

— Ruthie Crockett. Ela... ela... — O pensamento lhe escapou. Ele permitiu. Não importava. Nada importava a não ser aquela paz. Aquela paz repousante e completa.

— Ela faz gracejos quando você passa? Ri escondido? Cutuca os amigos?

— Isso...

— Mas você a deseja — insistiu a voz. — Não é mesmo?

— É...

— Você a terá. Tenho certeza.

Havia algo... agradável naquela situação. Na distância, ele parecia ouvir vozes suaves cantando palavras obscenas. Um tocar de sinos... rostos brancos... a voz de Ruthie Crockett. Ele quase podia vê-la, as mãos erguendo os peitinhos, fazendo-os surgir sobre o V do seu suéter em maduros círculos brancos, e sussurrando: *Beije eles, Dud... morda eles... chupe eles...*

Era como se afogar. Se afogar nos círculos vermelhos em torno dos olhos do velho.

E quando ele se aproximou, Dud entendeu tudo e aceitou, e quando a dor veio, era doce como prata, verde como a água parada nas profundezas.

9

As mãos dele tremiam. Quando tentou pegar a garrafa, derrubou-a da mesa para o chão, e o uísque de primeira se espalhou sobre o carpete de lã verde.

— Merda! — disse o padre Donald Callahan, e abaixou-se logo para apanhá-la antes de desperdiçar mais. Na verdade, já não havia muito. Ele voltou a colocar a garrafa sobre a mesa (bem longe da borda) e foi até a cozinha buscar um trapo e um detergente debaixo da pia. Não podia deixar a Sra. Curless encontrar uma mancha de uísque perto da mesa do escritório. O olhar dela, bondoso e penalizado, era duro de suportar nas longas e ásperas manhãs quando ele se sentia um pouco...

De ressaca, você quer dizer.

Sim, de ressaca. Vamos admitir a verdade, pelo amor de Deus. Conheça a verdade, e a verdade te libertará. Viva a verdade.

Ele encontrou uma garrafa de algo chamado E-Vap e a levou para o escritório. Seu andar não estava trôpego. Nem um pouco. Olhe, seu guarda, vou andar por cima da faixa branca até o sinal vermelho.

Callahan impressionava aos 53 anos, com seu tipo irlandês, os cabelos prateados, os olhos azuis e diretos — cercados por rugas miúdas —, os lábios firmes, o queixo furado. Certas manhãs, quando se olhava no espelho, ele pensava em largar a batina e ir para Hollywood arranjar um papel de Spencer Tracy quando fizesse sessenta anos.

— Padre Flanagan, onde está quando preciso de você? — murmurou, acocorando-se para limpar a mancha. Apertou os olhos, leu as instruções no rótulo do frasco e colocou duas tampinhas de E-Vap sobre a mancha. O local imediatamente embranqueceu e começou a borbulhar. Callahan se alarmou um pouco e voltou a consultar o rótulo.

— Para manchas muito resistentes — leu ele em voz alta, a voz forte e melodiosa que o tornara tão querido na paróquia, acostumada aos longos sermões acompanhados por um bater de dentaduras do velho padre Hume. — Deixe agir de sete a dez minutos.

Ele foi até a janela do escritório, que dava para a rua Elm e a igreja de St. Andrew.

Muito bem, pensou ele, mais uma bebedeira dominical.

Abençoai-me, Pai, porque pequei.

Bebendo devagar enquanto trabalhava (em suas longas e solitárias noites, o padre Callahan produzia suas Notas. Trabalhava nelas havia quase sete anos, supostamente para um livro sobre a Igreja Católica na Nova Inglaterra, mas ele suspeitava às vezes que o livro nunca sairia. Na verdade, as Notas e seu alcoolismo haviam começado ao mesmo tempo. Gênesis 1:1, "No começo havia o *scotch*", e o padre Callahan disse "Que se façam as Notas."), mal dava para notar a progressão lenta da embriaguez. E era possível treinar a mão para não sentir o peso da garrafa diminuindo.

Faz pelo menos um dia que não me confesso.

Eram onze e meia. Olhando pela janela, ele via uma escuridão uniforme, rompida apenas pelo círculo projetado pelo poste de luz em frente à igreja. A qualquer momento, Fred Astaire saltaria para dentro do círculo e dançaria, de cartola, smoking, polainas e sapatos brancos, girando uma bengala. Ginger Rogers se juntaria a ele e os dois valsariam pela noite.

Ele encostou a testa no vidro, e o rosto bonito, que até certo ponto fora sua perdição, assumiu uma expressão de cansaço e desalento.

Sou um padre bêbado e imprestável, Pai.

Com os olhos fechados, ele via a escuridão do confessionário, os próprios dedos abrindo a janela e desvendando todos os segredos do coração humano, sentia o cheiro de verniz e veludo velho dos genuflexórios e o suor de gente velha; vestígios de sal em sua saliva.

Abençoai-me, Pai...

(Eu quebrei a carroça do meu irmão, eu bati na minha mulher, eu espiei pela janela da Sra. Sawyer enquanto ela tirava a roupa, eu menti, eu enganei, eu tive pensamentos pecaminosos, eu...)

porque pequei.

Ele abriu os olhos e viu que Fred Astaire ainda não aparecera. Talvez à meia-noite. A cidade dormia. Com a exceção...

Ele levantou os olhos. Sim, *lá em cima* as luzes estavam acesas.

Lembrou daquela menina, sobrenome Bowie — não, era McDougall agora —, dizendo em sua voz fina e ofegante que batia no filhinho, e quando ele perguntara com que frequência, ele pressentiu (quase ouviu) as rodas girando na mente dela, multiplicando cinco por 12, ou cem por 12. Pobre projeto de ser humano. Ele batizara o bebê. Randall

Fratus McDougall. Concebido no banco traseiro do carro de Royce McDougall, provavelmente durante um filme no *drive-in*. Pequena e sofredora criatura. Será que ela sabia que ele gostaria de passar os braços pela janelinha e apertar sua alma até lhe arrancar um grito? Sua penitência são seis tapas na cabeça e um bom chute na bunda. Vá embora e não peque mais.

— Que tédio.

Mas o confessionário não era apenas tedioso. Não era só ele que o nauseava e o empurrava para um clube cada vez mais populoso, a União dos Padres Católicos da Garrafa e do Cutty Sark. Era o motor uniforme e contínuo da igreja, abafando todos os pecados humanos em sua interminável busca do paraíso. Era o reconhecimento protocolar do mal por uma igreja mais preocupada com as mazelas sociais e com velhas beatas cujos pais falavam línguas europeias. Era a presença efetiva do mal no confessionário, real como o cheiro de veludo velho.

Mas era um mal inconsciente e estúpido, para o qual não havia nem piedade nem alívio. O rosto do bebê agredido, o pneu cortado com um canivete, a briga no bar, as lâminas inseridas em maçãs de Halloween, as soluções insípidas que a mente humana, em suas voltas labirínticas, era capaz de engendrar. Senhoras e senhores, a solução é melhorar as prisões. Melhorar a polícia. Melhorar os serviços sociais. Melhorar o controle da natalidade. As técnicas de esterilização. Os abortos. Senhoras e senhores, se tirarmos o feto do útero, ele nunca crescerá e matará uma mulher a golpes de martelo. Senhoras e senhores, se prendermos esse homem a uma cadeira elétrica e o fritarmos como uma costela de porco, ele nunca mais terá a chance de torturar meninos até a morte. Cidadãos, se a lei da eugenia for aprovada, garanto que vocês nunca mais...

Merda.

A verdade vinha se tornando cada vez mais clara para ele nos últimos três anos. Ganhara clareza e resolução como um filme fora de foco sendo ajustado, até definir cada linha. Ele ansiava por um Desafio. Os novos padres tinham causas como a democracia racial, igualdade de direitos para as mulheres, até mesmo para os gays, a luta contra a pobreza, a insanidade, a ilegalidade. Eles o incomodavam. Os únicos padres socialmente conscientes com quem ele se sentia à vontade eram os que haviam militado contra a guerra do Vietnã. Agora que a luta acabara, eles ficavam lembrando das passeatas e comícios como casais de idade se lembram da lua de mel. Mas Callahan não pertencia a nenhuma dessas categorias. Era um tradicionalista que já não conseguia acreditar em seus postulados. O que ele queria era liderar uma divisão do exército de Deus — ou do bem, da virtude, eram sinônimos — numa batalha contra o MAL. Queria combater, e não ficar na porta dos supermercados distribuindo panfletos sobre o boicote à alface ou a greve dos vinicultores. Ele queria ver o MAL sem seus sudários de dissimulação, mostrando todos os traços de sua cara. Queria lutar corpo a corpo com o Mal, como Muhammad Ali contra Joe Frazier, os Celtics contra os Knicks, Jacó contra o Anjo. Queria que sua luta fosse pura, livre da política que se colava a todas as questões sociais como um irmão siamês deformado. Era por isso que quisera ser padre. Sentira a vocação aos 14 anos, quando ouvira a história de Santo Estevão, o primeiro mártir cristão, que fora apedrejado até a morte e vira Cristo pouco antes de morrer. O paraíso não era nada comparado a lutar — e talvez perecer — servindo a Deus.

Mas não havia batalhas. Apenas embates destituídos de convicção. E o MAL não tinha apenas uma cara, mas várias, a maioria delas inexpressivas. De fato, ele se via obrigado a concluir que não existia o MAL, mas apenas o mal, ou o (mal), talvez. Nesses momentos, ele suspeitava que Hitler não passara de um burocrata atormentado e o próprio Satã era um débil mental com péssimo senso de humor, do tipo que acha engraçado dar bombinhas enroladas em pão a gaivotas.

As grandes batalhas sociais, morais e espirituais de toda a História se resumiam a Sandy McDougall espancando seu bebê ranhento às escondidas, e este cresceria e também espancaria seu filho em segredo, aleluia, irmãos.

Era mais do que tedioso. Trazia terríveis consequências para o conceito de vida plena, e até de paraíso. O que seria? Eternos bingos, parques de diversões e pistas de corrida?

Ele olhou para o relógio na parede. Era meia-noite e seis minutos, e nem sinal de Fred Astaire e Ginger Rogers. Nem sequer de Mickey Rooney. Mas o detergente já devia ter agido. Agora ele passaria o aspirador no carpete, e a Sra. Curless não o olharia com aquela expressão de pena. E a vida continuaria. Amém.

Capítulo sete

MATT

1

Na terça-feira, depois da terceira aula, Matt foi até a secretaria, onde Ben Mears o aguardava.

— Oi — disse Matt. — Chegou adiantado.

Ben se ergueu, e os dois apertaram as mãos.

— Acho que é mal de família. Escute, seus alunos não vão me comer vivo, não é?

— Relaxe — disse Matt. — Venha.

Estava um pouco surpreso ao ver que Ben vestira um blazer bem-cortado e calças cinza de jérsei. E sapatos bons, com pouco uso. Matt já convidara outros escritores para suas aulas, e a maioria viera com roupas descuidadas ou esdrúxulas. No ano anterior, ele pedira a uma celebrada poeta de quem lera os poemas na Universidade do Maine, em Portland, que desse uma palestra sobre poesia a seus alunos no dia seguinte. Ela apareceu de fuseau e salto alto. Parecia um modo subliminar de dizer: "Vejam, venci o sistema no campo dele. Faço o que me dá na telha."

A comparação aumentou sua admiração por Ben. Depois de mais de trinta anos de ensino, ele concluíra que ninguém conseguia derrotar o sistema e vencer o jogo, e só cretinos se acreditavam livres.

— Que prédio bonito — disse Ben, enquanto atravessavam o corredor. — É totalmente diferente do colégio em que estudei. Lá as janelas mais pareciam frestas numa fortificação.

— Primeiro erro — disse Matt. — Nunca diga "prédio", e sim "espaço educacional". Não é lousa, mas "apoio visual". E os estudantes são "o corpo estudantil homogêneo e misto".

— Que ótimo para eles... — ironizou Ben.

— É mesmo, não é? Você fez faculdade, Ben?

— Tentei fazer ciências humanas. Mas todos pareciam correr uma maratona intelectual em busca de um tesouro, capaz de torná-los famosos e amados. E abandonei o curso. Quando vendi *Conway's Daughter*, eu trabalhava como carregador da Coca-Cola.

— Conte aos alunos. Eles vão se interessar.

— Você gosta de lecionar? — perguntou Ben.

— Claro que sim. Teriam sido quarenta anos insuportáveis se eu não gostasse.

O sinal tocou, ecoando com estridência pelo corredor, vazio, com a exceção de um estudante que passava ociosamente sob uma placa com uma seta e a inscrição "Marcenaria".

— E a questão das drogas por aqui? — perguntou Ben.

— Tem de tudo, como em todas as escolas do país. Mas aqui o problema maior é o álcool.

— E não maconha?

— Não considero maconha um problema, nem os diretores, como admitem extraoficialmente depois de umas doses de uísque. Nosso orientador pedagógico, um dos melhores em sua área, não se nega a fumar um baseado e ir ao cinema. Eu mesmo já experimentei. O efeito é gostoso, mas me deu indigestão.

— *Você?*

— Shhh — disse Matt. — O Grande Irmão ouve tudo. Além disso, chegamos.

— Minha nossa...

— Não fique nervoso — disse Matt, entrando na sala. — Bom dia, pessoal — disse ele aos vinte e poucos adolescentes, que olharam para Ben com interesse. — Este é Ben Mears.

2

A princípio, Ben pensou que errara de casa.

Quando Matt Burke o convidara para jantar, tinha certeza de que ele dissera que era a casinha cinza depois da universidade, mas ele ouvia rock and roll a todo volume dentro daquela.

Bateu com a argola embaçada da porta e, como ninguém respondeu, bateu de novo. Dessa vez a música baixou, e uma voz que só podia ser de Matt gritou:

— Entre! Está aberta!

Ele entrou, olhando ao redor com curiosidade. A porta dava direto para uma pequena sala de estar decorada no melhor estilo brechó, tendo ao meio uma tevê Motorola incrivelmente antiga. Um aparelho de som KLH com alto-falantes *quad* era a fonte da música.

Matt saiu da cozinha com um avental de xadrez vermelho e branco, seguido pelo aroma de molho de espaguete.

— Desculpe pela barulheira — disse ele. — Sou um pouco surdo.

— Excelente música.

— Sou fã de rock desde Buddy Holly. Adoro as músicas dele. Está com fome?

— Estou. Mais uma vez, obrigado pelo convite. Desde que voltei para 'salem, tenho jantado fora mais do que nos últimos cinco anos.

— É uma cidade simpática. Espero que não se importe em comer na cozinha. Um antiquário passou por aqui há uns dois meses e me ofereceu duzentos dólares pela minha mesa de jantar. Ainda não tive tempo de comprar outra.

— Não me importo. Comer na cozinha é uma antiga tradição de família.

A cozinha estava impecavelmente limpa. No pequeno fogão, uma panela com molho de tomate fervia em fogo brando e um escorredor com espaguete fumegava. Uma pequena mesa dobrável estava arrumada com pratos que não combinavam e copos com personagens de quadrinhos ao redor das bordas — copos de geleia, pensou Ben, sorrindo. A última gota de embaraço por estar na companhia de um estranho se foi, e ele começou a se sentir em casa.

— Tem uísque e vodca no armário em cima da pia — disse Matt, apontando. — E ingredientes para drinques na geladeira. Nada muito sofisticado.

— Uísque com água de torneira está bom para mim.

— Fique à vontade. Vou servir essa gororoba.

— Gostei de seus alunos — disse Ben, enquanto preparava uma bebida. — Fizeram boas perguntas. Difíceis, mas boas.

— Como "de onde vêm suas ideias?" — disse Matt, imitando o *sexy* ceceio de menininha de Ruthie Crockett.

— Ela é uma garota e tanto.

— É mesmo. Tem uma garrafa de vinho Lancers na geladeira, atrás das fatias de abacaxi. Comprei especialmente para hoje.

— Não precisava...

— Ora, Ben. Não vemos autores famosos em Lot todos os dias.

— Que extravagância.

Ben terminou a bebida, pegou um prato de espaguete que Matt lhe deu, cobriu-o de molho e enrolou a massa no garfo contra a colher.

— Fantástico — disse ele. — *Mamma mia.*

— Fique à vontade — disse Matt.

Ben olhou para o prato, que esvaziara com incrível rapidez. Limpou a boca, sentindo-se um pouco culpado.

— Quer mais?

— Só meio prato, por favor. Está uma delícia.

Matt encheu todo o prato de Ben.

— Se não comermos, meu gato comerá. É um sem-vergonha. Pesa dez quilos e anda como uma pata choca.

— Nossa, como é que eu não o vi?

Matt sorriu.

— Ele está na farra. Seu novo livro é um romance?

— É romanceado — disse Ben. — Para falar a verdade, estou querendo ganhar dinheiro. A arte é algo maravilhoso, mas uma vez na vida eu gostaria de acertar na loteria.

— E as perspectivas?

— São sombrias — disse Ben.

— Vamos para a sala — disse Matt. — As poltronas são velhas, mas um pouco mais confortáveis do que esses bancos de cozinha. Está satisfeito?

— Nem me fale...

Na sala, Matt empilhou vários discos na vitrola e se dedicou a acender um enorme cachimbo de cabaça. Quando o achou a contento, depois de formar uma nuvem de fumaça, olhou para Ben.

— Não — disse ele. — Não dá para ver daqui.

Ben, que estava na janela, se virou bruscamente.

— O quê?

— A Casa Marsten. Aposto cinco centavos que era o que estava procurando.

Ben deu uma risada constrangida.

— Nada de apostas.

— Seu livro se passa numa cidade como 'salem?

— É sobre a cidade e seus habitantes — disse Ben. — Acontece uma série de crimes sexuais e mutilações. Abrirei com um deles e o descreverei do começo ao fim, nos mínimos detalhes. Esfregarei o crime na cara do leitor. Estava esboçando essa parte quando Ralphie Glick desapareceu, e foi... bom, foi bastante desagradável.

— Está baseando o livro nos desaparecimentos que ocorreram na região nos anos 1930?

Ben o olhou com atenção.

— Você sabe disso?

— Claro. E vários dos moradores mais velhos também. Eu ainda não estava na cidade, mas Mabel Werts, Glynis Mayberry e Milt Crossen estavam. Alguns já fizeram a ligação.

— Que ligação?

— Ora, Ben. A ligação é óbvia, não?

— Bastante. Na última vez que a casa foi habitada, quatro crianças desapareceram num período de dez anos. Agora voltou a ser ocupada após 36 anos, e Ralphie Glick desapareceu sem mais nem menos.

— Acha que é coincidência?

— Suponho que sim — disse Ben com cuidado, tendo em mente o alerta de Susan. — Mas é engraçado. Pesquisei os exemplares do *Ledger* de 1939 a 1970 só para comparar. Três crianças desapareceram nesse período. Uma fugiu e depois foi encontrada trabalhando em Boston. Tinha 16 anos e parecia mais velho. Outro foi retirado do rio Androscoggin um mês depois. E outro foi encontrado enterrado à beira da Rota 116, em Gates, depois de ser atropelado. Tudo explicado.

— Talvez o desaparecimento de Ralphie também seja explicado.

— Talvez.

— Mas você não acredita nisso. O que sabe sobre esse tal de Straker?

— Absolutamente nada — disse Ben. — Nem sei se quero conhecê-lo. Estou desenvolvendo um livro em torno de uma certa concepção da Casa Marsten e seus habitantes. Constatar que Straker não passa de um negociante totalmente normal, como certamente é o caso, pode me tirar da trilha.

— Não acho que seria assim. Ele abriu a loja hoje, você sabe. Ouvi dizer que Susie Norton e a mãe passaram por lá. Mas todas as mulheres da cidade deram pelo menos uma espiada. Segundo Dell Markey, uma fonte incontestável, até Mabel Werts se arrastou até lá. Parece que o homem impressiona. Bem-vestido, cortês, totalmente careca. E encantador. Soube que chegou a vender umas peças.

Ben sorriu.

— Que maravilha. E alguém já viu o outro sócio?

— Parece que está viajando a negócios.

— Por que "parece"?

Matt encolheu os ombros.

— Não sei. Deve ser um negócio perfeitamente honesto, mas a casa me deixa nervoso. Parece que esses dois foram atraídos por ela. Como você disse, é como um ídolo, plantado no alto do monte.

Ben assentiu com um gesto de cabeça.

— E, se não bastasse tudo isso, outra criança desapareceu. E Danny, o irmão de Ralphie, morreu aos 12 anos. Causa da morte, anemia perniciosa.

— O que há de estranho nisso? É uma desgraça, mas...

— Meu médico é um rapaz chamado Jimmy Cody, Ben. Foi meu aluno. Era uma praga na época, mas um bom médico agora. O que vou lhe dizer é só um boato.

— Ok.

— Fui ao hospital para um check-up, e comentei que era uma lástima o que acontecera com Danny, que era uma catástrofe para os pais, depois do desaparecimento do outro. Jimmy disse que discutira o caso com George Gorby, o médico responsável. O menino estava anêmico mesmo. Disse que a contagem de glóbulos vermelhos de um menino da idade de Danny varia de 85% a 95%. Danny tinha 45%.

— Nossa — exclamou Ben.

— Estava recebendo injeções de vitamina B12 e fígado de vitela, e tudo parecia ir bem. Receberia alta no dia seguinte. E então, bum, caiu morto.

— Não deixe Mabel Werts ouvir isso — disse Ben. — Ela começaria a ver índios com zarabatanas no parque.

— Não falei disso a ninguém, fora você. E nem falarei. A propósito, Ben, é melhor não divulgar o assunto de seu livro. Se Loretta Starcher perguntar sobre o que está escrevendo, diga que é sobre arquitetura.

— Já me deram o mesmo conselho.

— Foi Susan Norton, sem dúvida.

Ben olhou para o relógio e levantou.

— Falando em Susan...

— O macho abre as plumas para a corte — disse Matt. — Na verdade, preciso ir até a escola. Estamos ensaiando o terceiro ato da peça escolar, uma comédia de grande significado social chamada *O Problema de Charley*.

— E qual é o problema dele?

— Espinhas — disse Matt, rindo.

Andaram até a porta juntos. Matt parou para vestir uma desbotada jaqueta esportiva da escola. Parecia mais um técnico de futebol maduro do que um professor de inglês sedentário, refletiu Ben. Sem levar em conta o rosto, que era inteligente, sonhador e um pouco inocente.

— Escute — disse Matt, enquanto saíam. — Quais são seus planos para a noite de sexta?

— Não sei — disse Ben. — Acho que Susan e eu vamos ao cinema. Parece que não há muito mais a fazer por aqui.

— Tenho outro programa — disse Matt. — Que tal formarmos um comitê, irmos à Casa Marsten e nos apresentarmos ao novo proprietário? Em nome do município, é claro.

— Boa ideia — disse Ben. — Um simples gesto de cortesia, não é?

— Uma rústica expedição de boas-vindas — concordou Matt.

— Falarei com Susan hoje. Acho que ela vai topar.

— Ótimo.

Matt acenou enquanto o Citroën de Ben se afastava. Ben respondeu com dois toques na buzina, antes que seus faróis traseiros desaparecessem atrás do monte.

Matt permaneceu no alpendre ainda algum tempo, as mãos nos bolsos da jaqueta, os olhos voltados para a casa no topo do monte.

3

Não havia ensaio da peça na noite de quinta, e Matt partiu para o Dell's por volta das nove horas para tomar algumas cervejas. Se aquele chato do Jimmy Cody não lhe dava remédios para insônia, ele mesmo se medicaria.

O Dell's não enchia muito nas noites em que não havia música ao vivo. Matt avistou apenas três conhecidos: Weasel Craig, segurando uma cerveja num canto, Floyd Tibbits, com expressão que anunciava chuvas e trovoadas (falara com Susan três vezes naquela semana, duas pelo telefone e uma pessoalmente, na casa dela, e nenhuma das conversas fora bem) e Mike Ryerson, sentado num dos reservados mais afastados, contra a parede.

Matt andou até o balcão, onde Dell Markey enxugava copos enquanto assistia a *Ironside* numa TV portátil.

— Oi, Matt. Como vão as coisas?

— Tudo bem. Está sossegado aqui hoje.

Dell encolheu os ombros.

— É. Estão passando filmes sobre motos no drive-in de Gates. Isso não é páreo para mim. Quer um copo ou uma jarra?

— Pode ser uma jarra.

Dell puxou a cerveja, tirou o excesso de espuma e encheu mais um pouco. Matt pagou e, depois de hesitar um instante, aproximou-se do reservado de Mike. Ele passara pelas salas de aula de Matt, como a maioria dos jovens de Lot, e causara boa impressão. Tirara notas acima da média mesmo tendo uma inteligência mediana, porque se esforçava e perguntava tudo que não entendia até que entrasse em sua cabeça. Além disso, tinha um senso de humor espontâneo e um agradável individualismo que fizeram dele um dos favoritos da classe.

— Oi, Mike — disse ele. — Posso sentar com você?

Quando Mike Ryerson levantou os olhos, Matt sentiu um choque violento o percorrer. Sua primeira reação: *Drogas. Drogas pesadas.*

— Claro, Sr. Burke. Sente-se. — Sua voz era apática. Sua pele, de um branco horrível e pastoso, escurecia ao redor dos olhos. Os olhos em si estavam escancarados e febris. Suas mãos moviam-se lentamente sobre a mesa, como fantasmas na obscuridade da taverna. Um copo de cerveja permanecia intocado diante dele.

— Como vai, Mike? — Matt encheu um copo de cerveja, controlando as mãos para não tremerem.

Sua vida sempre fora docemente equilibrada, um gráfico com moderados altos e baixos (e mesmo esses haviam se tornado relativos após a morte de sua mãe, 13 anos antes), e uma das coisas que mais mexiam com ele era ver o triste fim que alguns de seus alunos encontravam. Billy Rokyo, que morrera num acidente de helicóptero no Vietnã dois meses antes do cessar-fogo; Sally Greer, uma das alunas mais brilhantes e vivazes que ele já tivera, morta pelo namorado bêbado quando lhe disse que queria terminar; Gary Coleman, que uma misteriosa degeneração do nervo óptico cegara; Doug, o irmão de Buddy Mayberry, o único bom menino daquele clã obtuso, afogado na praia Old Orchard. E as drogas, que são pequenas mortes. Nem todos que bebiam da Fonte do Esquecimento acabavam mergulhando nela, mas muitos jovens estavam se alimentando de sonhos letais.

— Como vou? — disse Mike lentamente. — Não sei, Sr. Burke. Não muito bem.

— Que porcaria você tomou, Mike? — perguntou Matt, delicadamente.

Mike o olhou sem entender.

— Que droga? — disse Matt. — Anfetamina? LSD? Cocaína? Ou é...

— Não estou drogado — disse Mike. — Acho que estou doente.

— Está falando a verdade?

— Nunca usei drogas pesadas na vida — disse Mike, formando as palavras com muito esforço. — Só maconha, mas não fumo um baseado faz quatro meses. Estou doente... desde segunda, eu acho. Adormeci no cemitério Harmony Hill na noite de domingo. Só acordei na manhã da segunda. — Ele balançou a cabeça lentamente. — Estou um lixo desde então. E parece que pioro a cada dia. — Ele suspirou, o sopro de ar o sacudiu, como uma folha morta no inverno.

Matt inclinou-se para frente, preocupado.

— Isso aconteceu depois do enterro de Danny Glick?

— Foi. — Mike o olhou de novo. — Voltei para terminar o serviço depois que todos haviam ido embora, mas aquele maldito... desculpe, Sr. Burke. Mas Royal Snow não apareceu. Esperei por ele bastante tempo, e acho que foi aí que comecei a ficar doente, porque tudo depois disso... Estou com dor de cabeça. Não consigo pensar.

— Do que você se lembra, Mike?

— Do que me lembro? — Mike olhou para as profundezas douradas de seu copo, para as bolhas que se destacavam das laterais e flutuavam para a superfície. — Lembro de uma canção. Da canção mais doce que já ouvi. E da sensação... de me afogar. Mas era gostoso. Fora os olhos. Os olhos...

Ele cruzou os braços e estremeceu.

— Que olhos? — perguntou Matt, inclinando-se.

— Eram olhos vermelhos, assustadores.

— De quem eram?

— Não lembro. Não vi olho nenhum. Foi tudo um sonho. — Ele afastou a imagem de si, de um modo quase visível para Matt. — Não lembro de mais nada que aconteceu no domingo à noite. Acordei na segunda deitado no chão, e no começo nem consegui levantar de tão cansado. Mas finalmente consegui. O sol estava alto e fiquei com medo de me queimar. E fui para a beira do riacho, no bosque. Estava cansado. Muito cansado. E voltei a dormir. Dormi até... sei lá, quatro ou cinco horas. — Ele deu uma risada fraca. — Acordei coberto de folhas, mas me sentia um pouco melhor. Levantei e voltei para minha camionete. — Passou a mão lentamente pelo rosto. — Devo ter acabado o serviço de Danny Glick na noite do domingo. Engraçado. Não me lembro.

— Acabado?

— A cova estava cheia. Com a grama por cima e tudo. Um trabalho caprichado, mas não me lembro de ter feito. Acho que eu estava doente mesmo.

— Onde passou a noite de segunda?

— Em casa. Onde mais?

— Como se sentiu na terça de manhã?

— Não acordei na terça de manhã. Dormi o dia inteiro. Só acordei na terça à noite.

— E como se sentiu então?

— Horrível. Minhas pernas pareciam de borracha. Tentei beber água e quase caí. Tive de ir para a cozinha me agarrando aos móveis. Estava fraco como um gatinho. — Ele franziu a testa. — Meu jantar era um cozido enlatado, mas não consegui comer. Só de olhar para o negócio fiquei enjoado. Parecia que eu estava de ressaca.

— Você não comeu nada?

— Tentei, mas vomitei. Mas me senti um pouco melhor. Saí e dei uma volta. Depois, voltei para a cama. — Ele acompanhava com os dedos os círculos deixados pelos copos de cerveja na mesa. — Fiquei com medo antes de dormir. Como uma criança com medo do bicho-papão. Olhei se todas as janelas estavam trancadas e fui dormir com todas as luzes acesas.

— E ontem de manhã?

— Hã? Não... só acordei às nove da noite ontem. — Ele deu a mesma risada frouxa. — Lembro que pensei que, se continuasse assim, dormiria 24 horas por dia. E é o que acontece quando a gente morre.

Matt o olhava com preocupação. Floyd Tibbits levantou, colocou uma moeda no jukebox e começou a selecionar músicas.

— Engraçado — continuou Mike. — A janela do meu quarto estava aberta quando eu acordei. Eu mesmo devo ter aberto. Tive um sonho... alguém estava na janela... e eu levantei e abri a janela para ele. Como se fosse um velho amigo, que a gente deixa entrar porque está com frio ou... ou com fome.

— E quem era?

— Foi só um sonho, Sr. Burke.

— Mas, no sonho, quem era?

— Não sei. Eu tentei comer, mas só de pensar na ideia fiquei com vontade de vomitar.

— O que você fez?

— Vi tevê até acabar o programa do Johnny Carson. Eu me sentia bem melhor. Depois, fui dormir.

— Trancou as janelas?

— Não.

— E dormiu o dia todo?

— Acordei quando estava anoitecendo.

— Sentia-se fraco?

— Muito. — Ele passou a mão pelo rosto. — Estou tão mal! Deve ser só gripe, não é, Sr. Burke? Não estou doente de verdade, não é?

— Não sei — disse Matt.

— Achei que umas cervejas me animariam, mas não consigo beber. Dei um gole e quase engasguei. A semana passada... parece um pesadelo. E estou com medo. Morrendo de medo. — Ele cobriu o rosto com as mãos magras, e Matt viu que chorava.

— Mike?

Ele não respondeu.

— Mike. — Ele puxou delicadamente as mãos de Mike, descobrindo-lhe o rosto. — Quero que vá para casa comigo hoje e durma no quarto de hóspedes. Pode ser?

— Pode ser, tanto faz. — Mike enxugou os olhos com lentidão letárgica.

— E amanhã vamos falar com o Dr. Cody.

— Tudo bem.

— Então, vamos embora.

Matt pensou em ligar para Ben Mears, mas desistiu.

4

Matt bateu na porta trazendo um pijama.

— Entre — disse Mike.

— Acho que vai ficar um pouco grande, mas...

— Não precisa, Sr. Burke. Eu durmo de cueca.

Era como ele estava. Matt viu que seu corpo todo estava terrivelmente pálido. As costelas se projetavam em sulcos circulares.

— Vire a cabeça, Mike. Para este lado.

Mike virou a cabeça obedientemente.

— Que marcas são essas?

Mike tocou o pescoço abaixo do maxilar.

— Não sei.

Matt andou até a janela. Estava bem trancada, mas mesmo assim ele voltou a abrir e fechar o trinco com mãos nervosas. A escuridão da noite parecia pressionar a vidraça.

— Me chame se você precisar de qualquer coisa. Qualquer coisa mesmo. Até se tiver um pesadelo. Certo, Mike?

— Certo.

— Estou falando sério. Meu quarto fica no fim do corredor.

— Está bem.

Hesitando, sentindo que ainda faltava fazer algo, Matt saiu do quarto.

5

Matt não pregou o olho, e só não ligou para Ben Mears porque sabia que estavam todos dormindo na pensão da Eva. Muitos inquilinos eram idosos, e quando o telefone tocava no meio da noite, pensavam que alguém tinha morrido.

Ficou deitado, inquieto, vendo os ponteiros luminosos do despertador avançarem para o número 12. Fazia um silêncio sobrenatural, talvez porque seus ouvidos estivessem atentos ao menor ruído. A casa era velha, mas sólida, e suas tábuas não rangiam. Os únicos sons eram o do relógio e do vento lá fora. Não passava nenhum carro na via Taggart Stream nas noites de semana.

O que você está pensando é uma loucura.

Mas o pensamento voltava com insistência. É claro que, sendo um literato, fora a primeira coisa que passara por sua cabeça quando Jimmy Cody descrevera o caso de Danny Glick. Ele e Cody riram da hipótese. Talvez estivesse sendo punido por rir.

Aquelas marcas não eram arranhões. Eram furos.

Todos sabiam que tais coisas não existiam. O poema "Cristabel" de Coleridge e o romance de Bram Stroker eram apenas frutos de imaginações refinadas. Claro que existiam monstros, mas eram os controladores de bombas termonucleares, os sequestradores, os assassinos em massa, os molestadores de crianças. Mas aquilo era absurdo. A marca do demônio no seio de uma mulher não passava de uma pinta, o homem que se ergueu dos mortos e voltou para casa apenas sofria de ataxia, o bicho-papão à espreita no canto do quarto nada mais era que cobertores empilhados. Até Deus já estava morto, segundo alguns.

Tiraram-lhe quase todo o sangue.

Nenhum som vinha do corredor. Ele dorme como uma pedra, pensou Matt. E por que não? Não fora para isso que o convidara? Para que dormisse bem, sem ser interrompido por... pesadelos? Ele saiu da cama, acendeu o abajur e foi até a janela. De onde estava, via apenas a ponta do telhado da Casa Marsten, congelado pelo luar.

Estou com medo.

Mas era pior. Ele estava apavorado. Enumerou mentalmente os talismãs contra uma doença indizível: alho, água benta, crucifixo, rosas, água corrente. Ele não tinha nenhum objeto santificado. Era metodista não praticante, e achava John Groggins o maior cretino do mundo ocidental.

O único artefato religioso que tinha em casa era...

Então ele ouviu as palavras, ditas em voz baixa e sonolenta por Mike Ryerson, mas claramente audíveis na casa silenciosa.

Pode entrar.

Matt segurou a respiração, e então o grito preso em sua garganta saiu na forma de um silvo. Sentiu uma vertigem de medo. Seu estômago se congelou. Seus testículos se retraíram. Quem, em nome de Deus, fora convidado para entrar em sua casa?

Ouviu o trinco da janela do quarto de hóspedes se abrir furtivamente. Depois, o roçar da madeira, quando a janela foi levantada.

Ele podia descer as escadas correndo, pegar a Bíblia que estava na cômoda da sala de jantar, voltar, escancarar a porta, empunhar a Bíblia e gritar: *Em nome do Pai, do Filho e do Espírito Santo, ordeno que se afaste...*

Mas quem estava lá?

Me chame se precisar de qualquer coisa.

Mas não posso, Mike. Sou um velho. Estou com medo.

A noite invadiu seu cérebro formando um círculo de imagens aterrorizantes, que apareciam entre sombras. Rostos pálidos, de olhos imensos, dentes afiados, vultos que estendiam as longas mãos brancas em direção a...

Ele deixou escapar um gemido trêmulo e cobriu o rosto com as mãos.

Não posso. Estou com medo.

Não teria se mexido nem se a maçaneta de sua própria porta tivesse começado a girar. Estava paralisado de medo, desejando loucamente não ter ido ao Dell's naquela noite.

Estou com medo.

E, no pesado silêncio da casa, sentado impotente na cama, o rosto entre as mãos, ele ouviu o riso alto e maligno de uma criança...

...e o som da sucção.

PARTE II

O REI DO SORVETE

Chame o enrolador de grandes charutos,
Aquele musculoso, e mande-o bater
Libidinosos coalhos em xícaras de cozinha.
Que as moças passeiem com a mesma roupa
Que estão acostumadas a usar, e que os meninos
Tragam flores enroladas em jornais do mês passado.
Que o ser seja o final do parecer.
O único rei é o do sorvete.

Tire da penteadeira de pinho,
Onde faltam os três puxadores de vidro, aquele lençol
Onde ela um dia bordou três vistosos pombos
E estenda-o de modo a cobrir seu rosto.
Se seus pés unhudos ficarem de fora, é para
Mostrar como ela está fria, e muda.
Deixe a lâmpada fixar seu lume
O único rei é o do sorvete.

WALLACE STEVENS

A coluna tem um
Buraco. Vês
A Rainha dos Mortos?

GEORGE SEFERIS

Capítulo oito

BEN (III)

1

Alguém devia estar batendo na porta há muito tempo, porque o som parecia ecoar nas alamedas do sono enquanto ele se esforçava para despertar. Estava escuro na rua. Ele se virou para pegar o relógio e o derrubou no chão, sentindo temor e confusão.

— Quem é? — gritou.

— É a Eva, Sr. Mears. Telefone para o senhor.

Ele levantou, enfiou as calças e abriu a porta, sem camisa. Eva Miller vestia um roupão felpudo de algodão e tinha a expressão vulnerável de quem ainda não acordou direito. Trocaram um olhar aflito, enquanto ele pensava: *Quem está doente? Quem morreu?*

— É interurbano?

— Não, é Matthew Burke.

A informação não o aliviou como ela esperava.

— Que horas são?

— Quatro e pouco. O Sr. Burke parece muito nervoso.

Ben desceu e pegou o telefone.

— É o Ben, Matt.

Matt arquejava ao telefone.

— Você pode vir aqui, Ben? Agora mesmo?

— Claro. O que houve? Você está doente?

— Não posso falar pelo telefone. Venha logo.

— Estarei aí em dez minutos.

— Ben?

— Diga.

— Você tem um crucifixo? Uma medalha de São Cristóvão? Qualquer coisa assim?

— Não. Eu sou, era, batista.

— Tudo bem. Venha logo.

Ben desligou e subiu as escadas correndo. Eva esperava, preocupada e indecisa — por um lado, queria saber o que estava acontecendo; por outro, não queria se meter na vida do seu inquilino.

— O Sr. Burke está doente, Sr. Mears?

— Disse que não. Só me pediu... por acaso a senhora é católica?

— Meu marido era.

— A senhora tem um crucifixo, um rosário ou uma medalha de São Cristóvão?

— Bom, o crucifixo do meu marido está no quarto... O senhor quer...

— Quero, por favor.

Ela subiu o corredor, arrastando os chinelos felpudos pelo carpete desbotado. Ben entrou no quarto, vestiu a camisa do dia anterior e calçou rapidamente os sapatos. Quando saiu de novo, Eva estava ao lado da porta, segurando o crucifixo, que refletia um brilho prateado.

— Obrigado — disse ele, pegando-o.

— O Sr. Burke lhe pediu isso?

— Pediu.

Ela franzia a testa, mais desperta agora.

— Ele não é católico. Acho que não vai à igreja.

— Ele não me explicou o motivo.

— Ah. — Ela fingiu entender com um gesto de cabeça. — Por favor, tome cuidado com ele. É muito precioso para mim.

— Entendo. Pode deixar.

— Espero que o Sr. Burke esteja bem. É um bom homem.

Ele saiu da pensão. Não conseguia segurar o crucifixo e procurar as chaves do carro ao mesmo tempo e, em vez de mudá-lo de mão, pendurou-o no pescoço. A prata pousou sobre sua camisa, e ele entrou no carro, vagamente consciente da segurança que o objeto lhe transmitia.

2

Todas as luzes do andar inferior da casa de Matt estavam acesas, e logo que Ben parou na entrada e seus faróis iluminaram a fachada, Matt abriu a porta.

Ben estava pronto para tudo, mas assim mesmo a expressão de Matt o chocou. Estava de uma palidez mortal, os lábios tremiam, os olhos arregalados não piscavam.

— Vamos para a cozinha — disse ele.

Ben entrou, e a luz do corredor iluminou a cruz sobre seu peito.

— Você trouxe.

— É de Eva Miller. O que houve?

— Na cozinha — repetiu Matt. Quando passaram pela escada, ele olhou para o andar de cima e se encolheu.

A mesa onde eles haviam comido o espaguete estava vazia, com a exceção de três objetos: uma xícara de café, uma antiquada Bíblia com fecho e um revólver calibre 38.

— Agora fale, Matt. Você está com uma cara horrível.

— Pode ter sido apenas um sonho, mas graças a Deus você veio. — Ele apanhara o revólver e o manuseava com agitação.

— Conte o que foi. E pare de mexer com isso. Está carregado?

Matt largou a pistola e passou a mão pelos cabelos.

— Sim, está. Mas acho que não adiantaria muito. A não ser que eu o usasse contra mim mesmo. — Ele soltou uma risada áspera e doentia.

— Pare com isso.

O tom firme de Ben dissolveu o olhar fixo e vidrado de Matt. Ele sacudiu a cabeça, como um animal sacode o pelo ao sair da água gelada.

— Há um morto lá em cima.

— Quem?

— Mike Ryerson. Um funcionário público, cuida das áreas verdes do cemitério.

— Tem certeza de que está morto?

— Meus instintos dizem que sim, mas ainda não fui olhar. Não tive coragem. Porque pode ser que ele não esteja nada morto.

— Matt, isso não faz sentido.

— Você acha que eu não sei? Estou falando absurdos e pensando loucuras. Mas eu não podia chamar ninguém, a não ser você. Em toda a cidade, você é o único que pode... que pode... — Ele sacudiu a cabeça e recomeçou. — É que conversamos sobre Danny Glick.

— Sim.

— E que ele teria morrido de anemia perniciosa... O que nossos avós chamavam de "fraqueza".

— Sim.

— Foi Mike quem o enterrou. E encontrou o cachorro de Win Purinton empalado no portão do cemitério Harmony Hill. Encontrei Mike Ryerson no Dell's ontem, e...

3

— ... e não consegui entrar no quarto — terminou ele. — Não consegui. Fiquei sentado na minha cama durante quase quatro horas. Depois desci pé ante pé como um ladrão e liguei para você. O que acha?

Ben tirara o crucifixo. Agora brincava com a corrente amontoada sobre a mesa com ar pensativo. Eram quase cinco horas. A leste, a aurora já pintava o céu de rosa.

— Acho melhor olharmos o quarto de hóspedes. Por enquanto, é tudo que consigo pensar.

— Tudo isso parece o pesadelo de um louco, agora que o dia está nascendo. — Ele deu uma risada trêmula. — E espero que seja. Espero que Mike esteja dormindo como um bebê.

— Bom, vamos ver.

Matt firmou os lábios com esforço.

— Ok. — Olhou para a mesa e em seguida para Ben, interrogativamente.

— Claro — disse Ben, e passou a corrente com o crucifixo pelo pescoço de Matt.

— Na verdade, ele faz com que eu me sinta melhor. — Riu, envergonhado. — Será que vão me deixar usá-lo quando me despacharem para Augusta?

— Quer a arma? — perguntou Ben.

— Acho que não. Eu acabaria guardando na calça e estourando meu saco.

Eles subiram, Ben na frente. Em cima, um corredor levava a duas direções. De um lado, a porta do quarto de Matt estava aberta, deixando escapar um pálido feixe de luz sobre o carpete laranja.

— Do outro lado — disse Matt.

Ben atravessou o corredor e parou diante da porta do quarto de hóspedes. Não acreditava na atrocidade que Matt insinuara, mas mesmo assim foi tomado por uma onda de medo como nunca sentira antes.

Quando abrir a porta, ele estará pendurado na viga, a cara inchada e escura, e então os olhos se abrirão, saltando das órbitas, e ele o verá, e ficará satisfeito por ter vindo.

A lembrança emergiu com força num paralelo sensorial, paralisando-o por um instante. Ele quase sentia o cheiro de argamassa e de animais hibernando. Parecia-lhe que a porta simples e envernizada do quarto de hóspedes interpunha-se entre ele e os segredos do inferno.

Então ele girou a maçaneta e empurrou a porta. Matt estava logo atrás, agarrando o crucifixo de Eva.

A janela do quarto dava diretamente para leste, e o sol começava a clarear o horizonte. Os primeiros raios cristalinos do sol entravam pela janela, iluminando partículas douradas ao incidir sobre o lençol de linho branco que cobria Mike Ryerson até o peito.

Ben olhou para Matt.

— Ele está bem — sussurrou. — Está dormindo.

— A janela está aberta. Estava fechada e trancada. Eu mesmo a tranquei.

Ben olhou para a bainha do lençol de uma brancura impecável que cobria Mike. Viu uma única mancha de sangue sobre ela, seca e escura.

— Acho que ele não está respirando — disse Matt.

Ben avançou alguns passos e parou.

— Mike? Mike Ryerson? Acorde, Mike!

Não houve resposta. Os cílios de Mike se destacavam contra a tez suave. Seus cabelos estavam desalinhados sobre a testa, e Ben achou que, à luz delicada da manhã, ele estava belo como uma estátua grega. Suas faces estavam rosadas, e seu corpo não tinha nada da palidez mortal que Matt mencionara.

— Claro que está respirando — disse com um pouco de impaciência. — Está num sono profundo. Mike... — Ele o sacudiu delicadamente. O braço esquerdo do rapaz, antes pousado naturalmente sobre o peito, tombou inerte ao lado da cama, raspando o chão com um som sobrenatural.

Matt curvou-se e pegou o braço imóvel, pressionando o indicador sobre o pulso.

— Nada.

Ia soltar o braço, mas, lembrando-se do som fantasmagórico da mão raspando o chão, decidiu colocá-lo de novo sobre o peito de Mike. O braço começou a resvalar de novo, e ele o firmou fazendo uma careta.

Ben não acreditava. O rapaz só podia estar dormindo. O rubor saudável, o vigor dos músculos, os lábios entreabertos como se para absorver o ar... uma sensação de irrealidade o tomou. Apalpou o ombro de Mike. A pele estava fria. Molhou o dedo e o colocou diante dos lábios entreabertos. Nada. Nem sinal de respiração.

Ele e Matt se entreolharam.

— E as marcas no pescoço? — perguntou Matt.

Ben pegou o queixo de Ryerson e o virou suavemente. O movimento deslocou o braço esquerdo, que voltou a cair e raspar o chão.

Não havia marca nenhuma no pescoço dele.

4

Eles estavam de volta à mesa da cozinha. Eram 5h35. À distância, ouviam o mugido das vacas de Griffen enquanto entravam no pasto na base do monte, além do matagal que ocultava o riacho Taggart.

— Segundo a lenda, as marcas desaparecem — disse Matt de repente. — Quando a vítima morre, as marcas desaparecem.

— Eu sei — disse Ben. Lembrava-se tanto de *Drácula* de Bram Stoker quanto dos filmes da Hammer, estrelados por Christopher Lee.

— Temos que atravessar seu coração com uma estaca.

— Pense bem — disse Ben, dando um gole no café. — Isso não seria nada fácil de explicar a um legista. No mínimo, você seria preso por profanar um cadáver. Ou iria para o hospício.

— Acha que estou louco? — perguntou Matt serenamente.

— Não — respondeu Ben, sem hesitação aparente.

— Acredita no que eu disse sobre as marcas no pescoço?

— Não sei. Acho que devo acreditar. Por que mentiria para mim? Não ganharia nada com isso. A não ser que o tenha matado.

— Então, vamos supor que o matei — disse Matt, observando-o.

— Há três argumentos contra essa tese. Primeiro, qual seria seu motivo? Desculpe, Matt, mas você é velho demais para os motivos clássicos como ciúme ou dinheiro. Segundo, qual foi seu método? Não pode ter sido veneno, porque a aparência dele está muito serena.

— E o terceiro argumento?

— Nenhum assassino em seu juízo perfeito inventaria uma história como a sua para ocultar um crime. Seria uma insanidade.

— Voltamos a falar de minha saúde mental — disse Matt. — Eu sabia.

— Eu não acho que esteja louco — disse Ben, enfatizando a primeira palavra. — Você parece bem lúcido.

— Mas você não é médico, certo? E muitos loucos conseguem fingir sanidade com bastante sucesso.

Ben concordou.

— Então, onde ficamos?

— Na estaca zero.

— Não. Não podemos nos dar a esse luxo, porque há um morto lá em cima, e logo teremos de prestar contas disso. O delegado, o legista, o chefe da polícia estadual, todos vão querer uma explicação. Matt, será que Mike não passou a semana doente com algum vírus e acabou morrendo na sua casa?

Pela primeira vez desde que haviam descido, Matt se mostrou agitado.

— Ben, você sabe o que ele me disse! Vi as marcas no pescoço dele! E o ouvi convidando alguém para entrar na minha casa! Depois eu ouvi... Meu Deus, ouvi aquele riso! — Seus olhos voltaram a ficar fixos e aterrados.

— Está bem — disse Ben. Levantou-se e foi até a janela, tentando organizar as ideias. Aquilo não ia bem. Como dissera a Susan, tudo parecia querer fugir ao controle. Olhou em direção à Casa Marsten.

— Matt, você sabe o que vai acontecer se contar a mais alguém o que me contou, não é?

Matt não respondeu.

— As pessoas vão bater na testa e sacudir a cabeça quando você passar. As crianças vão persegui-lo nas ruas com máscaras de Halloween. Seus alunos rirão de você. Seus colegas começarão a olhá-lo de modo estranho. Receberá telefonemas anônimos de gente dizendo ser Danny Glick ou Mike Ryerson. Sua vida vai virar um pesadelo. Seria expulso da cidade em seis meses.

— Não, os moradores me conhecem.

Ben virou-se para ele.

— Quem eles conhecem? Um velho excêntrico que mora sozinho numa casa afastada. Só por não ser casado, acharão que tem um parafuso a menos. E que apoio posso lhe dar? Vi o corpo e nada mais. E, mesmo que eu tivesse visto mais, eles diriam que não passo de um forasteiro. Diriam até que somos um casal de bichas e que essa é uma de nossas taras.

Matt o olhava com crescente horror diante daquele quadro.

— Uma palavra, Matt. Basta uma palavra para destruí-lo em 'salem.

— Então, nada pode ser feito.

— Pode, sim. Você tem uma teoria sobre quem, ou o quê, matou Mike Ryerson. É relativamente simples provar ou refutar essa teoria. Estou numa sinuca de bico. Não acredito que você esteja louco, mas não consigo acreditar que Danny Glick ressuscitou dos mortos e sugou o sangue de Mike Ryerson durante uma semana antes de matá-lo. Mas vou testar sua teoria, e você vai me ajudar.

— Como?

— Ligue para o seu médico. Chama-se Cody, não é? Depois ligue para Parkins Gillespie e ponha a engrenagem em movimento. Faça de conta que não ouviu coisa alguma durante a noite. Você foi ao Dell's e encontrou Mike. Ele disse que não se sentia bem desde domingo. Você o convidou para dormir na sua casa. Foi ver como ele estava por volta das três e meia, não conseguiu acordá-lo e me ligou.

— Só isso?

— Só. Quando falar com Cody, nem diga que ele está morto.

— Não?

— Como ter certeza de que ele está? — explodiu Ben. — Você não conseguiu encontrar o pulso. Eu não percebi sinais de respiração. Se soubesse que alguém podia me enterrar com base só nisso, eu ficaria preocupado. Principalmente se eu estivesse com um ar saudável como o dele.

— Isso também o incomoda, não é?

— É, incomoda — admitiu Ben. — Ele parece uma estátua de cera.

— Certo, o que você diz faz sentido, na medida em que é possível numa situação como essa. Nesse ponto, acho que pareci um louco.

Ben começou a protestar, mas Matt o interrompeu com um gesto.

— Mas suponha... é só uma hipótese... suponha que minha primeira suspeita esteja correta. Será que não existe sequer uma remota possibilidade? De que Mike... volte?

— Como eu disse, é fácil provar ou refutar essa teoria. Mas não é isso que me incomoda nessa história.

— E o que é?

— Espere, uma coisa de cada vez. Para provar ou refutar essa teoria, não basta um exercício de lógica. É preciso excluir possibilidades. Primeira: Mike morreu de alguma doença, causada por um vírus ou algo assim. Como confirmar ou descartar isso?

Matt encolheu os ombros.

— Com um exame médico.

— Exato. É o mesmo método para confirmar ou excluir a hipótese de assassinato. Se alguém o envenenou ou lhe deu um tiro ou um bolo com cacos de vidro...

— Nem sempre assassinatos são detectados.

— Eu sei. Mas vamos apostar no médico legista.

— E se o veredicto dele for "causa desconhecida"?

— Então — disse Ben com decisão —, visitaremos o túmulo depois do enterro e veremos se ele sairá de lá. Se sair, o que me parece inconcebível, teremos certeza. Se não sair, enfrentaremos a questão que me incomoda.

— Minha insanidade — Matt disse lentamente. — Ben, juro em nome da minha mãe que vi as marcas, que ouvi a janela ser levantada, que...

— Acredito em você — disse Ben.

Matt parou. Tinha a expressão de alguém que se preparara para uma pancada que não viera.

— Acredita? — perguntou, incerto.

— Melhor dizendo, recuso-me a acreditar que você está louco ou teve uma alucinação. Também tive uma experiência... uma experiência ligada àquela maldita casa... que me torna extremamente solidário com pessoas cujas histórias parecem insanas à luz da razão. Um dia lhe contarei.

— Por que não agora?

— Não temos tempo. Você tem telefonemas a fazer. E eu tenho mais uma pergunta. Pense bem antes de responder. Você tem algum inimigo?

— Nenhum que aprontaria algo assim.

— Algum ex-aluno ressentido, talvez?

Matt, que sabia exatamente até que ponto influenciara a vida de seus alunos, riu educadamente.

— Está bem, acredito em sua palavra. — Ben sacudiu a cabeça. — É terrível. Primeiro aquele cachorro no portão do cemitério. Depois Ralphie Glick desaparece, seu irmão morre, e agora Mike Ryerson. Talvez haja alguma ligação. Mas não posso acreditar nisso.

— Vou ligar para a casa de Cody — disse Matt, levantando. — Parkins também deve estar em casa.

— Ligue para a escola e diga que está doente.

— Certo — disse Matt com uma risada triste. — Será a primeira vez que isso acontece em três anos. Uma ocasião histórica.

Ele foi para a sala e começou a fazer as ligações, esperando longamente que os toques arrancassem alguém do sono. A mulher de Cody aparentemente lhe deu o telefone da recepção do hospital, porque ele voltou a discar, pediu para falar com ele e lhe contou brevemente a história combinada. Desligou e gritou para Ben, ainda na cozinha.

— Jimmy chegará em uma hora.

— Ótimo — disse Ben. — Vou subir.

— Não encoste em nada.

— Pode deixar.

Quando chegou ao patamar do andar de cima, Ben ouviu Matt falar ao telefone com Parkins Gillespie. As palavras se dissolveram num murmúrio indistinto enquanto ele atravessava o corredor.

A sensação de um terror entre a lembrança e a imaginação o dominou de novo enquanto contemplava a porta do quarto de hóspedes. Mentalmente, ele se viu avançando, abrindo-a. O quarto parece maior, visto da perspectiva de uma criança. O corpo está como antes, o braço esquerdo pendurado ao lado da cama, o rosto contra o travesseiro. Os olhos de repente se abrem, cheios de vigor inumano e visceral. A porta se fecha com um baque. O braço esquerdo se ergue, os lábios formam um sorriso vulpino e exibem dentes incisivos extraordinariamente longos e afiados...

Ele avançou e abriu a porta com cuidado. As dobradiças rangeram levemente.

O corpo estava como antes, o braço esquerdo caído, o rosto contra a fronha do travesseiro...

— Parkins está vindo — disse Matt no corredor, e Ben quase deu um grito.

5

Ben pensou que sua frase fora bastante apropriada: *coloque a engrenagem em movimento*. Era mesmo uma engrenagem, como as complicadas engenhocas alemãs feitas com dentes e peças de relógio, movendo-se lentamente.

Parkins Gillespie chegou primeiro, usando uma gravata verde presa com um broche dos veteranos de guerra. Seus olhos ainda estavam sonolentos. Disse que já notificara o médico-legista do condado.

— Ele mesmo não virá, o filho da mãe — disse Parkins, metendo um Pall Mall no canto da boca. — Mas vai mandar um assistente e um sujeito para tirar fotos. Vocês encostaram no defunto?

— O braço caiu do lado da cama — disse Ben. — Tentei colocá-lo de volta, mas não parou.

Parkins o olhou de cima a baixo, mas não disse nada. Ben lembrou do som sobrenatural que a mão fizera ao raspar no chão do quarto e sentiu um riso irracional se formar na garganta. Mas ele logo o engoliu.

Matt subiu na frente, e Parkins andou ao redor do corpo várias vezes.

— Vocês têm certeza de que ele está morto? — finalmente perguntou. — Tentaram acordá-lo?

O doutor James Cody chegou depois, tendo acabado de fazer um parto no hospital. Depois da troca de cortesias, Matt subiu mais uma vez com o grupo. Se cada um tocasse um instrumento, pensou Ben, o rapaz teria um belo bota-fora musical. O riso voltou a coçar sua garganta.

Cody puxou os lençóis e olhou o corpo, franzindo a testa. Com uma calma que surpreendeu Ben, Matt disse:

— Lembrei do que você disse sobre Danny Glick, Jimmy.

— Foi um comentário confidencial, Sr. Burke — disse Jimmy Cody, brandamente. — Se os pais de Danny descobrirem que você disse isso, podem me processar.

— E ganhariam?

— Creio que não — disse Jimmy, e suspirou.

— O que tem Danny Glick? — perguntou Parkins, franzindo a testa.

— Nada — disse Jimmy. — Não há nenhuma ligação. — Utilizou o estetoscópio, levantou uma pálpebra e iluminou o globo ocular com uma pequena lanterna.

Ben viu a pupila se contrair e exclamou:

— Meu Deus!

— É um reflexo interessante, não? — disse Jimmy. Soltou a pálpebra, que voltou a se fechar com lentidão grotesca, como se o cadáver piscasse para eles. — David Prine, da Universidade Johns Hopkins, notou contrações pupilares em cadáveres até nove horas após a morte.

— Agora virou um erudito — provocou-o Matt. — Antes, só tirava C em Redação Dissertativa.

— É que você não gostava de textos sobre dissecação, seu implicante — retrucou Jimmy distraidamente, e pegou um pequeno martelo. Muito bem, pensou Ben. Ele mantém a compostura mesmo quando o paciente era um defunto, como diria Parkins. Ele voltou a sentir um desejo despropositado de rir.

— Está morto? — perguntou Parkins, e bateu a cinza do cigarro num vaso de flores vazio. Matt fez uma careta.

— Ah, sim — respondeu Jimmy. Ele se ergueu, descobriu os pés de Ryerson e bateu com o martelinho no joelho direito. Os dedos dos pés continuaram imóveis. Ben notou que Mike tinha calos amarelos nas plantas dos pés, o que lhe trouxe à mente o poema de Wallace Stevens sobre a mulher morta.

— "Que seja o final de parecer" — citou, algo erroneamente. — "O único rei é o do sorvete."

Matt lhe lançou um olhar penetrante, e por um momento seu autocontrole fraquejou.

— Que negócio é esse? — perguntou Parkins.

— É de um poema — disse Matt. — De um poema sobre a morte.

— Parece mais um sorveteiro falando. — disse Parkins, e voltou a bater a cinza no vaso.

6

— Já fomos apresentados? — perguntou Jimmy, olhando para Ben.

— Foram, mas de passagem — disse Matt. — Jimmy Cody, médico do corpo, esse é Ben Mears, médico da alma. E vice-versa.

— Ele sempre foi espertinho — disse Jimmy. — Foi assim que ficou rico desse jeito.

Os dois apertaram as mãos sobre o cadáver.

— Ajude-me a virá-lo, Sr. Mears.

Sentindo um pouco de náusea, Ben o ajudou a virar o corpo de bruços. Estava frio, mas ainda não rígido. Jimmy o observou atentamente e puxou a cueca, revelando as nádegas do morto.

— Para que isso? — perguntou Parkins.

— Estou tentando determinar a hora da morte pela coloração da pele — disse Jimmy. — O sangue desce ao nível mais baixo quando o bombeamento cessa, como qualquer líquido.

— Que nem no comercial do desentupidor Drāno. Mas isso não é trabalho do legista?

— Ele vai mandar Brent Norbert, você sabe. E ele nunca foi de rejeitar uma mãozinha dos amigos.

— Norbert não sabe nem onde está o próprio nariz — disse Parkins, e jogou o toco do cigarro pela janela. — A tela desta janela caiu, Matt. Vi em cima da grama quando cheguei.

— Ah, é? — disse Matt, controlando a voz.

— É.

Cody tirara um termômetro da maleta e o introduzia no ânus de Ryerson. Pousou o relógio sobre o lençol branco, e o metal refletiu a forte luz do sol. Eram 6h45.

— Vou descer — disse Matt, com a voz levemente alterada.

— Vocês todos podem ir — disse Jimmy. — Ainda vou demorar um pouco. Você não quer fazer um café, Sr. Burke?

— Claro.

Eles saíram, e Ben fechou a porta, olhando uma última vez para a cena: o quarto inundado pelo sol, o lençol limpo afastado, o relógio de ouro projetando riscos luminosos sobre a parede, e o próprio Cody, com os flamejantes cabelos ruivos, sentado ao lado do corpo como uma gravura em aço.

Matt fazia café quando Brenton Norbert, o assistente do médico--legista, chegou num velho Dodge cinzento. Entrou com outro homem, que trazia uma grande máquina fotográfica.

— Onde está? — perguntou Norbert.

Gillespie fez um gesto com o polegar em direção à escada.

— Jim Cody está lá em cima.

— Que ótimo... — disse Norbert. — O defunto já deve estar virado do avesso. — E subiu com o fotógrafo.

Parkins Gillespie colocou creme no café até transbordar no pires, testou-o com o dedo, limpou o dedo na calça, acendeu outro Pall Mall e disse:

— Como se meteu nessa história, Sr. Mears?

Ben e Matt recitaram a versão que haviam combinado. Nada do que disseram era exatamente mentira, mas o que não disseram os unia numa teia de cumplicidade. Ben se perguntou, inquieto, se não estava sendo cúmplice de uma inocente maluquice ou de algo mais sério e macabro. Matt lhe dissera que o chamara porque era a única pessoa em 'salem que daria ouvidos a uma tal história. Matt podia não estar batendo muito bem, mas com certeza sabia interpretar personalidades. E isso também era enervante.

7

Às 9h30, tudo já estava acabado.

O carro funerário de Carl Foreman já levara o corpo de Mike Ryerson, e sua morte passou a ser assunto da cidade. Jimmy Cody voltara a seu consultório, e Norbert e o fotógrafo retornaram a Portland para conferenciar com o médico-legista.

Parkins Gillespie, um cigarro entre os lábios, saiu para o alpendre enquanto o carro funerário se afastava lentamente.

— Mike dirigiu tanto esse carro, e aposto que nem imaginava que logo estaria andando na traseira. — Voltou-se para Ben. — Você não vai embora da cidade já, não é? Queria que testemunhasse para o júri legista, se não se importa.

— Não, vou ficar.

O delegado o examinou com os olhos azuis descorados.

— Verifiquei sua ficha com a polícia federal e estadual, em Augusta — disse ele. — Está limpa.

— É bom saber — disse Ben.

— Ouvi dizer que está de caso com a filha de Bill Norton.

— Você me pegou.

— Ela é uma boa moça — disse Parkins, sério. O carro fúnebre já sumira de vista. Nem o som do motor era mais audível. — Acho que ela não tem saído mais com Floyd Tibbits.

— Você não tem que cuidar da papelada, Park? — cutucou Matt.

Parkins suspirou e jogou fora o toco do cigarro.

— Nem me fale. Tudo em duas ou três vias, carimbadas, seladas e assinadas. Estou tendo um trabalho de cão nas últimas semanas. Até parece maldição daquela Casa Marsten.

Ben e Matt não esboçaram reação.

— Bom, já vou indo. — Ele puxou a calça para cima e andou até o carro. Ao abrir a porta, olhou para eles. — Vocês dois não estão escondendo nada de mim, não é?

— Parkins — disse Matt —, não há nada para esconder. Ele morreu.

O delegado os examinou com os penetrantes olhos descorados durante mais alguns instantes e suspirou.

— Certo. Mas é esquisito pra diabo. O cachorro, o filho dos Glick, depois o outro filho dos Glick e agora Mike. É coisa pra mais de ano numa cidadezinha pacata que nem a nossa. Minha avó falava que as coisas ruins vinham em três, não em quatro.

Ele entrou no carro, ligou o motor e deu ré. No instante seguinte ele se afastava monte acima, despedindo-se com um toque na buzina.

Matt suspirou, aliviado.

— Acabou.

— Acabou — disse Ben. — Estou exausto. E você?

— Eu também. Mas me sinto... bizarro. Do jeito como os jovens usam essa palavra.

— Sei.

— Eles têm outro termo: chapado. Como depois de uma viagem de ácido ou anfetamina, quando até ficar normal é esquisito. — Ele passou a mão no rosto. — Meu Deus, você deve me achar um lunático. Tudo parece o delírio de um louco à luz do dia, não é?

— Sim e não — disse Ben, colocando a mão no ombro de Matt. — Mas Gillespie tem razão. Algo está acontecendo aqui. E cada vez tenho mais certeza de que tem a ver com a Casa Marsten. Fora eu, eles são os únicos novos moradores da cidade. E eu sei que não fiz nada. Nosso passeio até lá ainda está de pé? A expedição de boas-vindas?

— Se você quiser...

— Eu quero. Agora, entre e durma. Falarei com Susan e viremos buscá-lo de noite.

— Está bem. — Ele fez uma pausa. — Tem outra coisa, que está me incomodando desde que você falou de autópsias.

— O quê?

— A risada que ouvi, ou pensei ouvir, era de uma criança. Horrível e cruel, mas de uma criança. Depois do que Mike disse, isso não faz pensar em Danny Glick?

— Claro que sim.

— Você sabe como é o processo de embalsamento?

— Não exatamente. Tiram o sangue do cadáver e o substituem por um tipo de líquido. Antes era formaldeído, mas hoje os métodos devem estar mais sofisticados. E o corpo é eviscerado.

— Será que fizeram tudo isso com Danny? — disse Matt.

— Conhece Carl Foreman bem o bastante para lhe fazer essa pergunta?

— Sim, acho que eu posso dar um jeito de perguntar.

— Então, faça isso.

— Pode deixar.

Eles se olharam mais um instante, e o olhar que trocaram era amigável mas indefinível. Da parte de Matt, o desconforto do homem racional que fora obrigado a dizer irracionalidades. E da parte de Ben, um vago medo de forças que ele ainda não era capaz de definir.

8

Eva passava roupa e assistia a "Dialing for Dollars" quando Ben chegou. O prêmio estava em 45 dólares, e o apresentador sorteava números de telefone, tirando-os de um grande vaso de vidro.

— Ouvi dizer — disse ela, enquanto ele abria a geladeira e pegava uma Coca. — Que horror! Coitado do Mike.

— É mesmo. — Ele tirou o crucifixo e a corrente do bolso.

— Já sabem o que...

— Ainda não — disse Ben. — Estou muito cansado, Sra. Miller. Vou dormir um pouco.

— Claro, vá. O quarto de cima é muito quente a essa hora, mesmo nessa época do ano. Durma no quarto do corredor de baixo, se quiser. Os lençóis estão limpos.

— Não, tudo bem. Conheço todos os rangidos do quarto de cima.

— É verdade, a gente se acostuma com o nosso quarto — ela disse, em tom casual. — Mas por que o Sr. Burke queria o crucifixo de Ralph?

Ben parou a caminho da escada, procurando o que dizer.

— Acho que ele pensou que Mike Ryerson fosse católico.

Eva colocou mais uma camisa sobre a mesa de passar.

— Ele devia saber. Afinal, foi professor de Mike. A família dele era luterana.

Para isso, Ben não tinha resposta. Subiu, tirou a roupa e deitou na cama. O sono veio rápido e pesado. E sem sonhos.

9

Quando acordou, eram 16h15. Seu corpo estava coberto de suor, o lençol fora chutado para longe. Mas ele sentia-se lúcido novamente. Os eventos daquela manhã pareciam vagos e distantes, e as fantasias de Matt Burke haviam perdido o impacto. Naquela noite, tentaria fazer com que ele as esquecesse.

10

Decidiu ligar para Susan da Spencer e pedir que o encontrasse lá. Iriam ao parque e ele lhe contaria tudo do começo ao fim. Queria ouvir a opinião dela antes de chegarem à casa de Matt e ele contar sua versão. De lá, iriam à Casa Marsten, pensou ele, sentindo um arrepio na espinha.

Estava tão perdido nesses pensamentos que não notou que já havia alguém em seu carro. Quando abriu a porta, um vulto alto saltou para fora. Por um momento, o espanto o deixou sem ação. Primeiro pensou ser um espantalho. O sol delineava a figura com nitidez e crueldade — o chapéu velho enterrado na cabeça, os óculos escuros, o casaco surrado com a gola erguida, as luvas industriais de borracha verde nas mãos.

— Quem... — foi tudo que Ben teve tempo de dizer.

A figura se aproximou, fechando os punhos. Ben sentiu um aroma de coisas velhas e amareladas, e percebeu que era naftalina. Ouviu uma respiração pesada.

— Você é o filho da mãe que roubou minha namorada — disse Floyd Tibbits com voz rouca e monótona. — Vou te matar.

E, enquanto Ben tentava entender a situação, Floyd Tibbits atacou.

Capítulo nove

SUSAN (II)

1

Susan chegou de Portland pouco depois das três. Entrou em casa com três sacolas marrons de uma loja de departamentos. Vendera dois quadros por um total de oitenta dólares e resolvera se dar alguns presentes — duas saias novas e uma blusa de lã.

— Suze? — gritou a mãe. — É você?

— Cheguei. Eu...

— Venha aqui. Precisamos conversar.

Ela reconheceu o tom de voz na hora, embora não o ouvisse com aquela intensidade desde o tempo do colégio, quando as discussões sobre namorados e saias curtas eram sofridas e diárias.

Susan largou as sacolas e entrou na sala. Sua mãe rejeitava cada vez mais seu namoro com Ben, e devia estar pronta para dar sua palavra final. Encontrou-a sentada na cadeira de balanço ao lado da janela, tricotando. A televisão estava desligada. Eram indícios de tempestade.

— Acho que não ouviu a última — disse a Sra. Norton, movendo as agulhas rapidamente, transformando a lã verde-escura em pontos exatos. Devia estar fazendo um cachecol para alguém. — Você saiu muito cedo.

— A última?

— Mike Ryerson morreu na casa de Matthew Burke ontem à noite. E quem estava ao lado do leito de morte, se não seu amigo escritor, Ben Mears?

— Mike... Ben... como assim?

A Sra. Norton abriu um sorriso severo.

— Mabel me ligou cedo e me contou. O Sr. Burke diz que encontrou Mike na taverna de Delbert Markey na noite passada, agora, me diga o que um professor fazia num lugar como aquele, e o levou para casa porque o rapaz não parecia bem. E morreu durante a noite. Mas o que ninguém consegue entender é o que o Sr. Mears estava fazendo lá.

— Eles se conhecem — disse Susan, com o olhar perdido. — Ben me disse que eles se deram muito bem... O que aconteceu com Mike, mãe?

Mas a Sra. Norton se recusou a mudar de assunto.

— Seja como for, tem gente achando que a cidade ficou agitada demais desde que Ben Mears deu as caras por aqui.

— Isso é bobagem — disse Susan, exasperada. — Mas o que houve com Mike?

— Ainda não sabem — disse a Sra. Norton, soltando o fio do novelo de lã. — Alguns acham que ele pegou alguma doença de Danny Glick.

— Mas, então, por que ninguém mais pegou? Nem os pais dele?

— Alguns jovens acham que sabem tudo — observou a Sra. Norton, movendo agulhas.

— Acho que vou sair e ver se... — disse Susan, levantando.

— Sente um pouco — disse a mãe. — Ainda não acabei de falar.

Susan sentou, a expressão neutra.

— Mas às vezes os jovens não sabem de tudo — disse Ann Norton, com um falso tom carinhoso que deixou Susan desconfiada.

— Do que está falando, mãe?

— Ao que parece, o Sr. Ben Mears sofreu um acidente de moto há alguns anos, logo depois da publicação do seu segundo livro. Estava bêbado, e sua mulher morreu.

Susan levantou.

— Não quero ouvir mais nada.

— Estou lhe dizendo para o seu próprio bem — disse a Sra. Norton, calmamente.

— Quem lhe contou? — perguntou Susan. Não sentia mais a raiva impotente, a vontade de fugir daquela voz calma e dominadora e chorar no quarto. Sentia-se fria e distante, como se flutuasse no ar. — Foi Mabel Werts, não foi?

— O que importa é que é verdade.

— Claro. Assim como ganhamos a guerra do Vietnã e Jesus Cristo passeia pelo centro da cidade todos os dias de tarde.

— Mabel achou que já tinha visto a cara dele — disse Ann Norton. — E olhou os números antigos de sua caixa de jornais um por um.

— Aqueles jornais de fofoca? Especializados em astrologia, fotos de acidentes e modelos peladas? Ah, são fontes muito fidedignas...

— Não precisa ser grosseira. A matéria estava lá, preto no branco. A mulher dele, se é que eram mesmo casados, estava na garupa. Ele derrapou no asfalto e bateu na lateral de um caminhão de mudança. O artigo diz que ele fez o teste do bafômetro na mesma hora. Na mesma horinha — ela enfatizou cada palavra batendo a agulha de tricô no braço da cadeira.

— Então, por que não está preso?

— Essa gente famosa sempre conhece pessoas influentes — disse ela, com uma calma certeza. — Quem tem dinheiro sempre dá um jeitinho. É só ver o caso dos Kennedy.

— Ele foi julgado?

— Já disse, ele fez o teste...

— Eu sei, mas ele estava bêbado?

— Já disse que estava! — Manchas vermelhas começavam a se formar no rosto dela. — Eles não fazem teste do bafômetro em quem está sóbrio. A mulher dele morreu. É igualzinho àquele caso em Chappaquiddick! Igualzinho!

— Vou mudar para a cidade — Susan disse lentamente. — Estava para contar para vocês. Já devia ter mudado há muito tempo, mãe, para o bem de todos nós. Babs Griffen me disse que viu uma casinha de quatro cômodos na rua Sister...

— Agora ela ficou ofendida! — disse a Sra. Norton. — Alguém acabou de estragar sua linda imagem do maravilhoso Ben Mears e ela ficou tão brava que está cuspindo fogo. — Essa frase costumava ser especialmente eficaz no passado.

— Mãe, o que aconteceu com você? — perguntou Susan, um pouco desolada. — Você não costumava... jogar tão baixo.

Ann Norton estremeceu. Deixou cair o tricô, levantou e sacudiu Susan pelos ombros.

— Escute aqui! Não vou deixar você andar por aí como uma rameira com um escritorzinho efeminado que encheu sua cabeça de ilusões! Ouviu bem?

Susan lhe deu um tapa na cara.

Ann Norton piscou e depois arregalou os olhos, incrédula. Elas se olharam, chocadas, durante um longo instante. Susan começou a dizer algo, mas parou.

— Vou subir — terminou dizendo. — Terça-feira, no máximo, estou saindo daqui.

— Floyd veio aqui — disse a Sra. Norton, seu rosto ainda tenso. As marcas dos dedos da filha delineavam-se em sua pele como pontos de exclamação.

— Não tenho mais nada com Floyd — disse Susan. — Acostume-se com a ideia. Pode contar àquela jararaca da Mabel. Talvez aí você comece a acreditar.

— Floyd te ama, Susan. Tudo isso está... acabando com ele. Ele me contou tudo. Abriu o coração para mim. — Os olhos dela brilharam. — No fim, ele chorou como um bebê.

Aquela cena não combinava com Floyd, pensou Susan. Olhou para a mãe para ver se estava mentindo, mas percebeu por seu olhar que não.

— É isso que você quer para mim, mãe? Um bebê chorão? Ou está louca para ter netos loiros? Sou um problema para você. Só sentirá seu dever cumprido quando eu me casar com um bom homem que você possa dominar. Alguém que me engravide e me transforme numa matrona num piscar de olhos. É essa a jogada, não? E o que eu quero, não conta?

— Susan, você não sabe o que quer.

Ela disse isso com uma certeza tão absoluta que, por um momento, Susan quase acreditou. Veio-lhe à mente a imagem dela e de sua mãe, como estavam naquele momento, a primeira na cadeira e a segunda perto da porta, mas ligadas por um fio de lã verde, um cordão que ficara puído e gasto depois de tantos puxões. Essa imagem foi substituída por outra de sua mãe com chapéu de palha, tentando desesperadamente pescar uma enorme truta de vestido amarelo. Tentava puxá-la pela última vez e jogá-la na cesta de vime. Mas para quê? Para dominá-la? Comê-la?

— Não, mãe. Sei exatamente o que eu quero. Ben Mears.

Ela lhe deu as costas e subiu para o quarto. Ann correu atrás dela e gritou com voz estridente.

— Você não pode nem alugar um quarto! Com que dinheiro?

— Tenho cem dólares na conta corrente e trezentos na poupança — Susan respondeu calmamente. — E posso trabalhar na Spencer. O Sr. Labree já me convidou várias vezes.

— Ele só quer olhar suas pernas — disse Ann, mas sua voz baixara uma oitava. Parte da raiva fora substituída por medo.

— Ele que olhe — disse Susan. — Vou usar ceroulas.

— Querida, não fique brava. — Ela subiu dois degraus. — Só quero o que é melhor...

— Poupe-se, mãe. Desculpe pelo tapa. Foi horrível da minha parte. Amo vocês dois, mas vou me mudar. Já passou da hora. Vocês sabem disso.

— Pense bem — disse a Sra. Norton, agora arrependida, além de assustada. — Mas acho que não falei nada despropositado. Já vi tipos metidos como esse Ben Mears antes. Ele só está interessado em...

— Não, chega — disse Susan, dando-lhe as costas.

Sua mãe subiu mais um degrau e gritou:

— Floyd saiu daqui arrasado. Ele...

Mas Susan fechou a porta do quarto, cortando suas palavras.

Ela deitou na cama, que não fazia muito tempo fora decorada com bichos de pelúcia e um cachorrinho com um rádio na barriga, e olhou para o teto, tentando não pensar. Havia alguns pôsteres da organização ambiental Sierra Club na parede, mas antes ela colava pôsteres que tirava das revistas *Rolling Stones*, *Cream* e *Crawdaddy*, de ídolos como Jim Morrison, John Lennon, Dave van Ronk e Chuck Berry. Os fantasmas daquele tempo a atormentavam como fotografias mentais de má qualidade.

Ela quase podia ver a manchete, saltando do jornal sensacionalista. JOVEM ESCRITOR INICIANTE E SUA MULHER ENVOLVIDOS EM ACIDENTE FATAL. E a matéria cheia de insinuações discretas. Talvez com uma foto do local do acidente, sangrenta demais para os grandes jornais, mas perfeita para o tipo que Mabel consumia.

E o pior era que uma semente de dúvida fora plantada. Bobagem. Por acaso ela achava que ele chegara à cidade puro e casto? Embrulhado em celofane higiênico como um copo de motel? Bobagem. Mas a semente fora plantada. E por isso ela sentia mais do que rancor adolescente contra a mãe. Sentia algo que beirava o ódio.

Ela afastou os pensamentos, colocou o braço sobre o rosto e caiu num sono superficial, que foi interrompido pelo toque estridente do telefone e pela voz mais aguda ainda de sua mãe no andar de baixo.

— Susan! É para você!

Ela desceu, notando que eram 17h30. O sol já se punha. Sua mãe estava na cozinha, começando a preparar o jantar. Seu pai ainda não chegara.

— Alô?

— Susan? — A voz era familiar, mas ela não a reconheceu de imediato.

— Sim, quem é?

— Eva Miller. Tenho más notícias.

— Aconteceu algo com Ben? — Sua boca ficou seca, e ela levou a mão ao pescoço. A Sra. Norton saiu da cozinha com uma espátula na mão e a observou.

— Aconteceu uma briga. Floyd Tibbits apareceu aqui esta tarde...

— Floyd!

A Sra. Norton contraiu o rosto.

— Eu disse que o Sr. Mears estava dormindo. Ele disse que tudo bem, educado como sempre, mas estava com umas roupas muito esquisitas. Perguntei se ele se sentia bem. Usava um casaco antiquado e um chapéu estranho, e não tirava as mãos dos bolsos. Nem pensei em dizer isso ao Sr. Mears quando ele acordou. Depois de um dia tão agitado...

— O que aconteceu? — Susan quase gritou.

— Floyd lhe deu uma surra — disse Eva, penalizada. — Bem no meu estacionamento. Sheldon Corso e Ed Craig tiveram de tirá-lo de cima dele.

— E Ben? Como ele está?

— Nada bem.

— O que houve? — Ela apertava o telefone com força.

— No fim Floyd jogou o Sr. Mears em cima do carrinho importado dele, e ele bateu a cabeça. Carl Foreman o levou para o hospital de Cumberland. Ele estava desmaiado. Não sei de mais nada. Se você quiser...

Ela desligou, correu para o armário e tirou o casaco.

— Susan, o que foi?

— Floyd, aquele anjo de rapaz... — disse ela, mal percebendo que chorava —, mandou Ben para o hospital.

E saiu correndo, sem esperar uma resposta.

2

Ela chegou ao hospital e esperou numa desconfortável cadeira plástica, olhando estupidamente para um exemplar de *Casa e Decoração*. Só eu vim, pensou ela. Era desolador. Pensou em ligar para Matt Burke, mas desistiu quando lembrou que o médico podia chegar e não encontrá-la.

Os minutos se arrastavam no relógio da sala de espera. Às 18h50, um médico com um maço de papéis na mão entrou e disse:

— Srta. Norton?

— Isso mesmo. Como está Ben?

— Ainda não posso responder. — Ele viu o temor no rosto dela e acrescentou. — Ele parece estar bem, mas precisa ficar internado mais dois ou três dias. Está com uma fratura pequena, várias contusões e um olho bem roxo.

— Posso vê-lo?

— Hoje, não. Ele foi sedado.

— Só um minuto. Por favor...

Ele suspirou.

— Pode ir até o quarto, se quiser. Deve estar dormindo. Não fale nada a não ser que ele fale com você.

Ele a levou para o terceiro andar e depois para um quarto no fim do corredor que cheirava a remédios. O outro paciente lia uma revista e os olhou com indiferença.

Ben estava deitado de olhos fechados, o lençol puxado até o queixo. Estava tão pálido e imóvel que, por um momento de pânico, Susan achou que tivesse morrido enquanto ela e o médico conversavam. Depois notou a respiração lenta que movia seu peito e sentiu um alívio tão intenso que chegou a cambalear. Olhou para o rosto dele atentamente, mal notando os ferimentos. "Efeminado"... Susan entendia de onde sua mãe tirara aquela ideia. Seus traços eram fortes, mas delicados (ela procurou uma palavra melhor do que "delicado", que se aplicava mais ao bibliotecário da cidade, que escrevia pomposos sonetos spenserianos no tempo livre, mas era a única que se encaixava). Só os cabelos eram viris no sentido tradicional. Negros e densos, pareciam flutuar sobre seu rosto. O curativo branco na têmpora esquerda se destacava com nítido contraste.

Eu amo esse homem, pensou ela. Melhore, Ben. Melhore e termine seu livro para que possamos ir embora de Lot juntos, se você me quiser. A cidade se tornou um lugar ruim para nós dois.

— É melhor você ir agora — disse o médico. — Talvez amanhã...

Ben se mexeu e emitiu um som gutural. Suas pálpebras abriram lentamente, fecharam e voltaram a abrir. Seus olhos estavam sedados, mas notaram a presença de Susan. Pousou a mão sobre a dela. Com lágrimas escorrendo pelo rosto, ela sorriu e apertou a mão dele.

Ele moveu os lábios e ela se inclinou para ouvir.

— O pessoal dessa cidade é de matar, não?

— Ben, eu sinto tanto...

— Acho que quebrei dois dentes dele antes de ele me derrubar — sussurrou Ben. — Nada mau para um escritorzinho.

— Ben...

— Agora, chega, Sr. Mears — disse o médico. — A cola do avião precisa secar.

Ben olhou para o médico.

— Só um minuto.

O médico girou os olhos para cima.

— Foi o que *ela* disse.

As pálpebras de Ben caíram e voltaram a se erguer com dificuldade. Ele disse algo ininteligível. Susan inclinou-se mais.

— O que foi, querido?

— Já escureceu?

— Já.

— Você pode ir à casa de...

— Matt?

Ele assentiu com a cabeça.

— Diga-lhe que... eu quero que você saiba de tudo. Pergunte se ele... conhece o padre Callahan. Ele vai entender.

— Pode deixar — disse Susan. — Darei seu recado. Agora, durma, Ben.

— Certo. Eu te amo. — Ele murmurou outra coisa, duas vezes, e depois fechou os olhos e começou a respirar mais pesado.

— O que ele disse? — perguntou o médico.

Susan franziu a testa.

— Acho que foi "tranque as janelas" — disse ela.

3

Eva Miller e Weasel Craig estavam na sala de espera quando ela voltou para buscar o casaco. Eva usava um antiquado casaco com uma gola de pele puída, obviamente reservado para grandes ocasiões, e Weasel parecia sumir dentro de uma jaqueta de motoqueiro grande demais para ele. Susan se alegrou ao vê-los.

— Como ele está? — perguntou Eva.

— Acho que vai ficar bom. — Ela repetiu o diagnóstico do médico, e o rosto de Eva relaxou.

— Que bom. O Sr. Mears parece ser um homem muito bom. Nunca aconteceu nada assim na minha pensão. Parkins Gillespie teve de trancar Floyd no xadrez dos bêbados. Mas ele não parecia bêbado. Só... abobado e confuso.

Susan sacudiu a cabeça.

— Floyd não é assim. Não mesmo.

Um momento de silêncio se seguiu.

— Ben é um ótimo sujeito — disse Weasel, dando um tapinha na mão de Susan. — Ele vai ficar bom logo, logo. Você vai ver.

— Vai, sim — disse Susan, apertando a mão dele entre as suas. — Eva, Callahan é o padre da igreja St. Andrew?

— É, por quê?

— Nada, curiosidade. Ouçam, obrigada por virem. Se puderem voltar amanhã...

— Vamos voltar — disse Weasel. — Claro que vamos, não é, Eva? — Ele passou o braço pela cintura dela, embora fosse difícil para ele abarcá-la em toda a sua extensão.

— Vamos, sim.

Susan andou até o estacionamento com eles e depois dirigiu de volta a Jerusalem's Lot.

4

Quando ela bateu, Matt não abriu a porta nem gritou *Entre!*, como era seu costume. Em vez disso, uma voz cuidadosa que ela mal reconheceu disse: "Quem é?", baixinho do outro lado da porta.

— Susie Norton, Sr. Burke.

Matt abriu a porta e ela sentiu um choque ao ver como ele mudara. Parecia velho e abatido. Em seguida ela notou que ele usava um pesado crucifixo dourado. Era tão estranho e ridículo ver aquele objeto cafona e barato por cima da camisa xadrez dele que ela quase riu — mas se conteve.

— Entre. Onde está o Ben?

Ela lhe contou o que houvera e ele sacudiu a cabeça, preocupado.

— Justo Floyd Tibbits resolveu dar uma de amante traído? Não podia ter acontecido em pior hora. Mike Ryerson foi trazido de Portland no fim da tarde para os preparativos fúnebres. E acho que nosso passeio até a Casa Marsten terá de ser adiado...

— Que passeio? E o que tem Mike?

— Você quer um café? — ele perguntou, desatento.

— Não. Quero saber o que está acontecendo. Ben disse que você pode me contar.

— Uma missão ingrata. É fácil para Ben pedir isso. Difícil é fazer. Mas vou tentar.

— O que...

Ele ergueu a mão.

— Antes, uma pergunta. Você e sua mãe foram à loja nova outro dia, não foram?

Susan franziu a testa.

— Fomos. Por quê?

— Diga-me o que achou do lugar e, mais especificamente, do dono.

— O Sr. Straker?

— Sim.

— Bom, ele é muito cortês — disse ela. — "Palaciano" talvez seja um termo mais preciso. Elogiou o vestido de Glynis Mayberry, e ela corou como uma colegial. Interessou-se pelo curativo no braço da Sra. Boddin, que se queimou com óleo quente, e lhe deu a receita de um cataplasma. Escreveu para ela e tudo. E quando Mabel entrou... — Ela riu ao lembrar.

— Sim?

— Ele buscou uma cadeira para ela — continuou Susan. — Não uma cadeira qualquer. Parecia mais um trono, todo de mogno e decorado. Ele foi buscar sozinho nos fundos sem parar de sorrir e conversar com as outras senhoras. Mas devia pesar uns 150 quilos. Ele depositou a cadeira no meio da loja e conduziu Mabel até ela, pelo braço. E ela dava risinhos. Quem já viu Mabel dar risinhos, já viu tudo. Depois, ele serviu café. Muito forte, mas excelente.

— Você gostou dele? — perguntou Matt, olhando-a com atenção.

— Tudo isso está relacionado, não é? — perguntou ela.

— Pode ser que sim.

— Certo, vou lhe dar o ponto de vista feminino. Gostei e não gostei. Senti atração por ele de modo vagamente sexual. Um homem mais velho, urbano, muito cortês e refinado. Dava para ver que ele saberia o que pedir num restaurante francês e que vinho escolher, a safra e a vinícola. O oposto dos tipos que temos por aqui. Mas sem ser efeminado. Ágil, como um bailarino. E um homem tão despudoradamente careca sempre tem algo de atraente. — Ela sorriu, meio na defensiva, sabendo que estava vermelha, com medo de ter falado demais.

— Mas também não gostou — disse Matt.

Ela encolheu os ombros.

— Isso é mais difícil de definir. Acho... acho que senti um certo desprezo sob aquela fachada. Um certo cinismo. Como se ele estivesse interpretando um papel, e interpretando bem, mas sabendo que não teria de se esforçar demais para nos enganar. Um ar um pouco superior. — Ela pareceu incerta. — E senti um toque de crueldade nele. Não sei bem o porquê.

— Alguém comprou alguma coisa?

— Quase nada, mas ele não se importou. Mamãe comprou uma estante iugoslava para colocar bibelôs e a Sra. Petrie comprou uma linda mesinha dobrável, mas foi só. Ele não se importou. Só pediu que falássemos da loja aos amigos e que voltássemos sempre. O velho charme europeu.

— E acha que ele agradou?

— De modo geral, sim — disse Susan, comparando o entusiasmo de sua mãe por R. T. Straker com a antipatia imediata que sentira por Ben.

— Viu o sócio dele?

— O Sr. Barlow? Não, ele está em Nova York, fazendo compras.

Será que está mesmo?, disse Matt para si mesmo.

— Não sei. O misterioso Sr. Barlow.

— Sr. Burke, não é melhor me contar o que está acontecendo?

Ele deu um longo suspiro.

— Acho que devo tentar. O que você me contou agora é muito preocupante. Muito. Encaixa perfeitamente com...

— Com o quê?

— Preciso começar contando meu encontro com Mike Ryerson no Dell's ontem à noite... que parece ter sido há um século.

5

Eram 20h20 quando ele terminou, depois de cada um ter tomado duas xícaras de café.

— Acho que isso é tudo — disse Matt. — E agora devo imitar Napoleão Bonaparte? Ou lhe contar minhas conversas astrais com Toulouse-Lautrec?

— Não seja bobo — disse ela. — Algo está acontecendo, mas não o que o senhor pensa. Deve saber disso.

— Sabia até a noite de ontem.

— Se ninguém tem nada contra o senhor, como Ben sugeriu, então Mike pode ter feito aquilo consigo mesmo. Talvez estivesse delirando. — Ela sabia que não fora convincente, mas continuou assim mesmo. — Ou talvez tenha dormido sem perceber e sonhado tudo isso. Já me aconteceu isso antes.

Ele encolheu os ombros, cansado.

— Como dar um testemunho que nenhuma pessoa racional vai aceitar? Eu sei o que ouvi. Não estava dormindo. E agora estou muito preocupado. Segundo a literatura gótica, vampiros não podem ir entrando na casa de alguém para sugar seu sangue. Precisam ser convidados. Mike Ryerson convidou Danny Glick para entrar ontem à noite. *E eu convidei Mike!*

— Matt, Ben lhe falou sobre seu novo livro?

Ele brincou com o cachimbo, mas não o acendeu.

— Muito pouco. Só que tinha ligação com a Casa Marsten.

— Ele não contou que teve uma experiência muito traumática na Casa Marsten quando era criança?

Matt ergueu os olhos, surpreso.

— Na própria casa? Não.

— Ele queria ser aceito por um clube de meninos, e como prova de coragem teve de entrar na Casa Marsten e trazer algo de dentro. Ele entrou e, antes de sair, foi até o quarto no segundo andar, onde Hubie Marsten se enforcou. Quando abriu a porta, viu Hubie pendurado. Ele abriu os olhos, e Ben fugiu. Isso o perseguiu durante 24 anos. Agora voltou a Lot para tentar exorcizar esse fantasma através da escrita.

— Santo Deus — disse Matt.

— Ele tem... uma certa teoria sobre a Casa Marsten, que nasceu em parte de sua experiência e em parte de uma incrível pesquisa que ele fez sobre Hubert Marsten.

— Sobre sua tendência a adorar o demônio?

— Como sabe? — ela perguntou, surpresa.

Ele sorriu com melancolia.

— Nas cidades pequenas, nem todas as fofocas são públicas. Algumas são secretas. E uma delas dizia respeito a Hubie Marsten. Hoje só um punhado de pessoas mais velhas conhece essa história. Mabel Werts é uma delas. Mas nem mesmo ela a comenta com ninguém fora de seu círculo íntimo. Todos falam do suicídio, do assassinato. Mas se alguém perguntar sobre os dez anos em que ele morou com a mulher naquela casa, fazendo Deus sabe o quê, um pacto de silêncio se instala, talvez a coisa mais próxima de um tabu que a civilização ocidental conhece. Houve até boatos de que Hubert Marsten raptou e sacrificou crianças pequenas a seus deuses infernais. Estou surpreso que Ben tenha descoberto tudo isso. O sigilo em torno desse aspecto de Hubie e sua mulher é quase tribal.

— Ele não descobriu em Lot.

— Então está explicado. Desconfio que a teoria dele seja um velho clichê parapsicológico. Que os seres humanos fabricam o mal assim como produzem muco, excremento ou outras secreções. E que permanece no lugar. É como se a Casa Marsten tivesse se tornado uma pilha carregada de mal, uma bateria maligna.

— Isso mesmo, foram esses os termos que ele usou — disse ela, espantada.

Ele deu uma risada seca.

— Nós lemos os mesmos livros. Mas o que você acha, Susan? Sua filosofia vai além do céu e da terra?

— Não — disse ela com firmeza. — Casas não passam de casas. O mal só existe enquanto é perpetrado.

— Está sugerindo que posso arrastar Ben junto comigo para o caminho da loucura?

— Não, claro que não. Não acho que esteja louco, Sr. Burke, mas deve saber que...

— *Silêncio!*

Ele inclinou a cabeça, atento. Ela parou de falar e prestou atenção. Não ouviu nada, exceto talvez o rangido de uma tábua. Ela o olhou interrogativamente, mas ele sacudiu a cabeça.

— O que você dizia?

— Que infelizmente esse é um mau momento para Ben exorcizar demônios da infância. Tenho ouvido muitos boatos mesquinhos na cidade desde que a Casa Marsten voltou a ser habitada e que a loja abriu. E também ouvi boatos sobre Ben. Ritos de exorcismo às vezes saem do controle e se voltam contra o exorcista. Acho que Ben precisa sair desta cidade e que o senhor precisa passar uns tempos fora dela, Sr. Burke.

Ao falar de exorcismo, Susan lembrou que Ben lhe pedira que falasse do padre católico para Matt. Obedecendo a um impulso, ela decidiu não fazê-lo. O motivo do pedido se tornara claro, mas ela não queria colocar mais lenha numa fogueira que, na sua opinião, já estava alta demais. Se Ben lhe perguntasse, ela diria que esquecera.

— Sei que deve parecer uma loucura — disse Matt. — Até para mim, que ouvi a janela se abrindo, a risada, e vi a tela da janela no jardim esta manhã. Mas, para tranquilizá-la, devo dizer que a reação de Ben a tudo isso foi bastante sensata. Sugeriu que agíssemos como se fosse uma teoria a ser provada ou refutada, começando por... — Ele parou de falar outra vez e prestou atenção.

Dessa vez o silêncio se estendeu, e quando ele voltou a falar, a certeza serena na voz dele a assustou.

— Tem alguém lá em cima.

Ela prestou atenção. Nada.

— É imaginação.

— Conheço minha casa — disse ele. — Tem alguém no quarto de hóspedes. Agora, ouviu?

E daquela vez ela ouviu. Uma tábua rangendo, um som típico de casas velhas. Mas que pareceu a Susan furtivo e secreto.

— Vou subir — disse ele.

— Não! — exclamou ela impulsivamente, e pensou: *Agora quem começou a acreditar em fantasmas?*

— Tive medo ontem à noite e não fiz nada. E as coisas pioraram. Agora vou subir.

— Sr. Burke...

Os dois falavam a meia-voz. A tensão corria nas veias dela, enrijecendo os músculos. Talvez houvesse mesmo alguém lá em cima. Um ladrão.

— Depois que eu sair, continue falando — disse ele. — Sobre qualquer coisa.

E, antes que ela pudesse protestar, ele levantou e se dirigiu para o corredor com uma agilidade espantosa. Olhou para trás, mas ela não conseguiu interpretar seu olhar. E começou a subir a escada.

Susan sentiu uma aura de irrealidade com aquela súbita reviravolta. Dois minutos antes, eles discutiam a situação calmamente, sob a luz racional das lâmpadas. E agora ela sentia medo. Pergunta: se um psicólogo ficasse numa sala com um homem que acredita ser Napoleão durante um ano (ou dez ou vinte), qual seria o resultado final? Dois cientistas ou dois homens com a mão no peito da camisa?

Ela se pôs a falar:

— Ben e eu íamos até Camden no domingo. Sabe, onde filmaram *A Caldeira do Diabo*. Mas agora acho que teremos de esperar. Tem uma igrejinha linda lá, e...

Ela falava com desenvoltura, embora suas mãos estivessem contraídas sobre o colo. Sua mente estava clara, não tendo sido afetada por aquela conversa de vampiros e mortos-vivos. Era de sua espinha dorsal, de uma rede muito mais primitiva de nervos e gânglios, que o terror emanava em ondas.

6

Subir a escada foi a coisa mais difícil que Matt Burke fizera na vida. Nada mais sequer se comparava. A não ser, talvez, uma coisa.

Aos oito anos, ele fizera parte de uma equipe de escoteiros. A sede ficava a um quilômetro de distância, e a ida pela estrada era tranquila, enquanto o sol da tarde ainda brilhava. Mas na volta a noite começava a cair, liberando as sombras que cruzavam a estrada em longas formas. E quando as reuniões eram mais animadas e acabavam tarde, ele precisava voltar no escuro. Sozinho.

Sozinho. Sim, é essa a palavra mais terrível de todas. "Assassinato" não chega aos pés, e "inferno" é apenas um sinônimo inferior.

Havia uma igreja metodista abandonada no caminho, que se erguia em ruínas no atol de um gramado coberto de geada. E quando ele passava pelas janelas silenciosas que o observavam, seus passos pareciam ficar mais altos, o assobio morria em seus lábios, e ele pensava como devia ser lá dentro — os bancos virados, os hinários apodrecidos, o altar decrépito onde apenas ratos ainda se reuniam, e se perguntava o que haveria lá além de ratos — loucos, monstros. Talvez eles o espiassem com olhos amarelos de répteis. E talvez uma noite não se contentassem em espiar, e aquela porta lascada e torta subitamente se abriria, e ele veria algo que o enlouqueceria na mesma hora.

Ele não podia explicar aquilo aos pais, que eram criaturas da luz. Assim como não podia lhes explicar que, aos três anos, o cobertor aos pés do berço se transformava em cobras que o observavam com olhos fixos e sem pálpebras. Nenhuma criança consegue vencer esses medos, pensou ele. Ninguém supera medos que nunca foram articulados. E os temores presos nas mentes infantis são grandes demais para caber em palavras. Com o tempo, todos se acostumam a passar na frente de casarões abandonados. Até aquela noite. Naquela noite, ele descobriu que seus velhos medos não haviam morrido. Permaneciam vivos, guardados nos baús da infância.

Ele não acendeu a luz. Subiu um a um os degraus, evitando o sexto, que rangia. Agarrava o crucifixo com a mão suada e trêmula.

Chegou ao alto e se virou em silêncio para o corredor. A porta do quarto de hóspedes estava aberta. Ele a deixara fechada. Do andar de baixo, vinha o som constante da voz de Susan.

Andando com cautela para não fazer barulho, ele foi até a porta e parou diante dela. A base de todos os medos humanos, pensou ele. Uma porta entreaberta.

Ele a empurrou.

Mike Ryerson estava deitado na cama.

O luar entrava pelas janelas, tornando o quarto um lago prateado. Matt sacudiu a cabeça, tentando clareá-la. Parecia que ele voltara no tempo, para a noite anterior. Desceria e ligaria para Ben, porque ele ainda não fora para o hospital, e...

Mike abriu os olhos.

Eles cintilaram por um momento à luz do luar, prateados entre círculos vermelhos. Estavam inexpressivos e sem vida. Não havia nada de humano neles. *Os olhos são as janelas da alma*, dissera Wordsworth. Se era verdade, aquelas janelas davam para um cômodo vazio.

Mike sentou, derrubando o lençol e descobrindo o peito, e Matt viu os pontos grosseiros com que o patologista fechara o corte da autópsia.

Mike sorriu, mostrando os caninos e os incisivos brancos e afiados. O sorriso não passava de uma flexão de músculos. Não afetava o olhar, que mantinha uma inexpressividade mortal.

Mike disse com muita clareza.

— *Olhe para mim.*

Matt olhou. Sim, os olhos estavam vazios, mas muito profundos. Dava quase para ver pequenos camafeus de si mesmo nos poços daqueles olhos, boiando docemente, tornando o mundo sem importância, os medos sem importância...

Ele recuou um passo e gritou:

— Não! Não!

E estendeu o crucifixo.

A criatura que seria Mike Ryerson silvou como se tivesse recebido água fervente no rosto. Levantou os braços num gesto de defesa. Matt avançou um passo, fazendo Ryerson recuar.

— Saia daqui! — bradou Matt. — Eu retiro meu convite!

Ryerson gritou, um som agudo e ululante, cheio de ódio e dor. Deu quatro passos vacilantes para trás. As pernas encostaram no peitoril da janela aberta, e ele cambaleou, perdendo o equilíbrio.

— *Você dormirá o sono dos mortos, professor.*

E ele caiu de costas na escuridão, com as mãos estendidas sobre a cabeça, como um mergulhador, o corpo pálido feito mármore contrastando com os pontos pretos que cruzavam seu tronco formando um Y.

Matt soltou um grito aterrorizado e correu até a janela. Não conseguiu ver nada na noite enluarada, a não ser partículas móveis que podiam ser de poeira, suspensas no ar sob a janela e sobre o quadrado de luz da sala. Elas rodopiaram, uniram-se formando um vulto humanoide e depois desapareceram no nada.

Matt se virou para correr dali, e foi então que a dor atravessou seu peito e o fez cambalear. Ele levou a mão ao coração e se dobrou. A dor parecia subir pelo seu braço em ondas pulsantes. O crucifixo oscilava sob seus olhos.

Saiu do quarto com os braços cruzados sobre o peito, ainda agarrando a corrente do crucifixo, ainda pensando em Mike Ryerson suspenso na escuridão como um lívido mergulhador.

— Sr. Burke!

— Meu médico é James Cody — disse ele entre lábios frios como neve. — Está na agenda. Acho que estou tendo um infarto.

E ele desabou no meio do corredor.

7

Ela discou o número marcado ao lado das palavras JIMMY CODY, CHARLATÃO. As palavras estavam escritas com a clara letra de forma que ela lembrava tão bem de seus tempos de colégio. Uma voz feminina atendeu, e Susan disse:

— O médico está? É uma emergência!

— Está — disse a mulher calmamente. — Um segundo.

— Aqui é o Dr. Cody.

— Aqui é Susan Norton. Estou na casa do Sr. Burke. Ele teve um infarto.

— Quem? *Matt* Burke?

— Sim. Ele está inconsciente. O que devo...

— Chame uma ambulância — disse ele. — Em Cumberland, o número é 841-4000. Fique ao lado dele. Cubra-o com um cobertor, mas não o tire do lugar. Entendeu?

— Sim.

— Chegarei em vinte minutos.

— Você vai...

Mas ele desligara, e ela ficou sozinha.

Ligou para a ambulância e depois voltou a ficar sozinha, diante da missão de subir até onde Matt estava.

8

Ela olhou para a escada com um temor que lhe pareceu incrível. Desejava que nada daquilo tivesse acontecido, não pelo bem-estar de Matt, mas para não ter de sentir aquele medo doentio. Não acreditara naquela história espantosa, e interpretara o que Matt lhe contara em termos puramente racionais. Mas a firme descrença que a sustentara até então começava a se esvair, e ela se sentia em queda livre.

Ouvira a voz de Matt e depois um terrível augúrio: *Você dormirá o sono dos mortos, professor*. A voz que dissera aquelas palavras não tinha nada de humana.

Ela voltou a subir, obrigando-se a vencer cada degrau. A luz do corredor não ajudava muito. Matt estava onde ela o deixara, o rosto virado de lado contra o carpete gasto do corredor, respirando de modo ofegante e entrecortado. Ela abriu os dois botões superiores da camisa, e a respiração pareceu melhorar um pouco. Depois entrou no quarto de hóspedes para pegar um cobertor.

O quarto estava frio, a janela, aberta. A cama estava despida, exceto pelo revestimento do colchão, mas havia uma pilha de cobertores na última prateleira do armário. Quando se virou para voltar ao corredor, algo no chão perto da janela brilhou ao luar. Ela parou para apanhar o objeto e o reconheceu imediatamente. Era um anel do Colégio de Cumberland. As iniciais gravadas no interior eram M.C.R.

Michael Corey Ryerson.

E por um momento, na escuridão, ela acreditou. Acreditou em tudo. Um grito nasceu em sua garganta e ela o sufocou, mas derrubou o anel, que caiu no chão perto da janela, brilhando sob o luar de outono.

Capítulo dez

A CIDADE (III)

1

A cidade conhecia a escuridão.

Conhecia a escuridão que cobria a terra quando o sol se escondia e também a escuridão da alma humana. A cidade era a soma de três partes que, juntas, eram maiores do que suas divisões. A cidade era seus moradores, os prédios onde moravam ou trabalhavam e a terra. Os moradores eram de origem anglo-escocesa e francesa. Havia outras descendências, mas não muitas — como um punhado de pimenta jogado num imenso caldeirão. Mas os ingredientes nunca se misturaram muito bem. Os prédios eram, quase todos, feitos de madeira. Muitas das casas antigas tinham o tradicional estilo da Nova Inglaterra, e a maioria das lojas tinha fachada falsa, embora ninguém soubesse o motivo. Os moradores sabiam que não havia nada por trás dessas fachadas, assim como sabiam que Loretta Starcher usava sutiã com enchimento. A terra tinha uma camada de granito coberta por outra, arável, mas que rachava facilmente. A lavoura era uma atividade sofrida, cansativa, ingrata. O rastelo atingia grandes pedaços da camada de granito e quebrava. Em maio, o lavrador saía com a camionete tão logo o chão secava. Com a ajuda dos filhos, retirava as pedras do solo e as transportava até a grande pilha que era formada desde 1955, quando aquele tormento começara. Depois, com os dedos sujos, inchados e entorpecidos de tanto carregar pedras, ele prendia o rastelo ao trator. Mas, mal começava a abrir os sulcos no solo, uma lâmina se quebrava numa pedra que passara despercebida. E, quando se abaixava para trocar a lâmina, pedindo para um dos filhos levantar a máquina, ouvia o primeiro mosquito da estação passar zumbindo, sedento de sangue — o mesmo som que os loucos deviam ouvir antes de matar os filhos, ou de fechar os olhos e pisar fundo no acelerador na rodovia, ou de apertar o gatilho da espingarda contra a cabeça. E os dedos suados do filho deixavam a máquina escorregar, e uma das lâminas redondas caía esfolando seu braço, e, ao olhar ao redor naquele instante desesperado e cruel, quando dava vontade de largar tudo e se afundar na bebida, ou de ir até o banco onde hipotecara as terras e declarar falência, nesse instante de ódio àquela terra que o prendia por uma força maior do que a da gravidade, ele também percebia que a amava, e que ela conhecia a escuridão e sempre a conhecera. Ele estava preso à terra, assim como à casa, à mulher por quem havia se apaixonado no colegial, aos filhos que haviam sido feitos na velha e lascada cama de cabeceira. Estava preso ao banco, assim como à concessionária de carros, à loja Sears de Lewinston e a John Deere em Brunswick. Mas, acima de tudo, estava preso à cidade porque a conhecia como conhecia o seio da própria esposa. Sabia quem fora despedido e estaria matando tempo na loja de Crossen, sabia quem estava sendo traído mesmo antes de o próprio interessado saber — como acontecia com Reggie Sawyer, porque o garoto da telefônica estava de caso com Bonnie Sawyer. Sabia o trajeto das estradas e, nas tardes de sexta, onde parar o carro com Hank e Nolly Gardener para tomar umas cervejas. Conhecia os acidentes do terreno e como atravessar o pântano em abril sem molhar o alto das botas. Sabia tudo. E a terra sabia tudo dele. Sabia como sua virilha doía depois de um dia sentado no banco do trator, e que o caroço em suas costas era apenas um cisto, e o médico dissera para não se preocupar, e como ele se afligia com as contas que chegavam na última semana do mês. A terra sabia quando mentia, até para si mesmo, quando dizia que levaria a mulher e as crianças à Disneylândia no ano seguinte ou no próximo, e que conseguiria comprar uma nova tevê em cores se cortasse madeira no outono, e, de modo geral, que tudo daria certo. Morar na cidade era uma contínua relação sexual, tão completa que aquilo que ele e sua mulher faziam na cama à noite parecia um aperto de mão. Morar na cidade era prosaico, sensual, inebriante. E à noite, a cidade era dele e ele era da cidade, e dormiam juntos como os mortos, ou como as pedras da plantação. Lá não existia vida, mas a lenta morte dos dias. E, quando o mal se instalou na cidade, o fato pareceu quase programado e natural. Era quase como se a cidade soubesse que o mal chegaria e a forma que assumiria.

A cidade tinha seus segredos, e sabia guardá-los. Os moradores não conheciam todos. Sabiam que a mulher do velho Albie Crane fugira com um viajante de Nova York — ou achavam que sabiam. Mas Albie rachara o crânio dela depois que o viajante a abandonara, prendera um bloco de cimento nos pés do cadáver e o derrubou no velho poço, e vinte anos depois Albie morreu serenamente enquanto dormia, assim como seu filho Joe morrerá mais tarde nesta história, e quem sabe um dia um garoto passará pelo poço escondido por trepadeiras e afastará a tampa desgastada pelo tempo e verá o velho esqueleto no fundo de pedra, o colar dado pelo viajante ainda pendurado, coberto de musgo, sobre a caixa torácica.

Sabiam que Hubie Marsten matara a mulher, mas não sabiam o que a obrigara a fazer antes, ou o que aconteceu entre eles naquela cozinha assombrada pelo sol momentos antes de ele atirar na cabeça dela, enquanto o opressor cheiro de madressilvas os envolvia com a doçura doentia de uma câmara mortuária. Não sabiam que ela implorara por aquele tiro.

Algumas velhas da cidade — Mabel Werts, Glynis Mayberry, Audrey Hersey — lembravam-se que Larry McLeod encontrara papéis carbonizados na lareira, mas não sabiam que eram os restos da correspondência de 12 anos entre Hubie Marsten e um pitoresco nobre austríaco chamado Breichen, nem que essa correspondência começara através de um singular livreiro de Boston, que tivera uma morte horrorosa em 1933, nem que Hubie queimara cada uma das cartas antes de se enforcar. Jogou-as no fogo uma a uma, e as chamas escureceram o papel cor de creme e a elegante e fina caligrafia. Não sabiam que ele sorria nesse momento, assim como Larry Crockett sorri ao pensar nos fabulosos títulos de propriedade guardados em seu cofre no banco de Portland.

Sabiam que Coretta Simons, a viúva do velho Jumpin' Simons, agonizava lentamente devido a um câncer de intestino, mas ninguém sabia que mais de 30 mil dólares em dinheiro estavam escondidos atrás do cafona papel de parede da sala, resultado de uma apólice de seguro que ela recebeu, mas nunca investiu. E dos quais se esquecera completamente em suas horas finais.

Sabiam que um incêndio queimara metade da cidade em setembro de 1951, mas não sabiam que fora provocado, e que o garoto que o provocou foi o orador na formatura da turma de 1953 e que ganhou 100 mil dólares em Wall Street. E, mesmo que soubessem, não entenderiam a compulsão que o levara a esse ato nem o remorso que o devorou durante os vinte anos seguintes, até que uma embolia cerebral o matou aos 46 anos.

Não sabiam que o reverendo John Groggins acordava à meia-noite com horríveis pesadelos ainda vívidos em sua cabeça careca — sonhos em que pregava para as meninas do Curso Noturno nu em pelo, e elas se abriam para ele;

nem que Floyd Tibbits perambulou durante toda a sexta-feira num transe doentio, sentindo o sol castigar sua pele estranhamente pálida, lembrando-se vagamente de ter ido à casa de Ann Norton, esquecendo-se totalmente da agressão contra Ben Mears, mas recebendo com gratidão o frescor do pôr do sol, que trazia a expectativa de algo bom e formidável;

nem que Hall Griffen escondia no fundo do armário seis revistas pornográficas que usava para se masturbar sempre que podia;

nem que George Middler tinha uma mala cheia de combinações, sutiãs, meias e calcinhas de seda, e que às vezes fechava as venezianas de seu apartamento sobre a loja de ferragens, trancava bem a porta e se postava em frente ao espelho do quarto, até que começava a ofegar, caía de joelhos e se masturbava;

nem que Carl Foreman tentara gritar e não conseguiu quando Mike Ryerson começou a se mexer sobre a mesa de metal na sala sob o necrotério, mas o grito se congelou em sua garganta quando o defunto abriu os olhos e sentou;

nem que Randy McDougall, aos dez meses, nem sequer resistiu quando Danny Glick entrou pela janela do quarto, tirou-o do berço e enterrou os dentes no pescoço ainda roxo devido aos golpes da mãe.

Esses eram os segredos da cidade. Alguns serão conhecidos um dia, outros nunca serão revelados. A cidade guardava a todos com suprema indiferença.

A cidade zelava mais pelas obras do demônio do que pelas obras divinas ou humanas. Conhecia a escuridão. E a escuridão lhe bastava.

2

Sandy McDougall sabia QUE algo estava errado, mesmo antes de levantar, mas não sabia o quê. O outro lado da cama estava vazio — era o dia de folga de Roy, e ele fora pescar com uns amigos. Voltaria por volta do meio-dia. Nada estava queimando e ela não sentia nenhuma dor. Então, o que podia estar errado?

O sol. O sol estava errado.

Já estava alto e projetava sobre o papel de parede a sombra da árvore logo ao lado da janela. Mas Randy sempre a acordava antes de o sol subir e lançar a sombra da árvore na parede...

Assustada, ela olhou para o relógio sobre a cômoda. Eram 9h10.

O medo fechou sua garganta.

— Randy? — ela gritou, a camisola inflando enquanto ela corria pelo curto corredor do trailer. — Randy, querido...

O quarto do bebê estava banhado pela luz que entrava pela única e pequena janela sobre o berço... que estava aberta. Mas ela a fechara quando fora dormir. Sempre a fechava.

O berço estava vazio.

— Randy — ela sussurrou.

E então o viu.

O pequeno corpo, ainda com o macacãozinho desbotado, fora atirado a um canto como um traste. Uma perna se erguia grotescamente, como um ponto de exclamação invertido.

— *Randy!*

Ela caiu de joelhos ao lado do corpo, o rosto deformado pelo choque. Tomou a criança nos braços, sentindo a frieza da pele.

— Randy, meu benzinho. Acorde, Randy. Acorde.

As contusões haviam desaparecido. Sumiram da noite para o dia, e o rostinho estava incólume e perfeito. Estava corado. Pela primeira vez desde seu nascimento ela o achou lindo, e gritou diante daquela visão, um grito horrível e desamparado.

— Randy! Acorde! Randy! Randy!

Ela se levantou com o menino nos braços e correu pelo corredor, uma alça da camisola caindo do ombro. O cadeirão ainda estava na cozinha, a tampa salpicada com os restos do jantar da criança. Ela colocou Randy na cadeira, que estava no centro de uma poça de luz. A cabeça do menino caiu sobre o peito, e ele escorregou de lado lentamente até ficar alojado entre a tampa e um dos braços da cadeira.

— Randy? — disse ela, sorrindo, os olhos saltando das órbitas como bolas de gude azuis. Deu tapinhas no rosto dele. — Acorde, Randy. Vamos tomar café da manhã. Não está com fominha? Não, meu Deus, por favor...

Ela abriu um armário sobre o fogão e começou a remexer dentro dele, derrubando uma caixa de arroz instantâneo, uma lata de ravióli pronto, uma garrafa de óleo Wessel. A garrafa de óleo quebrou, espalhando o líquido viscoso pelo fogão e depois pelo chão. Ela encontrou um potinho de creme de chocolate Gerber e pegou uma colher de plástico do escorredor de louça.

— Olha, Randy. Você adora. Acorde pra comer o creme. É de chocolate, Randy. Chocolatinho gostoso. — O terror e a fúria a sacudiram. — *Acorde!* — ela gritou, atingindo com gotículas de saliva o rosto translúcido do menino. — *Acorde! Acorde, pelo amor de Deus, seu merdinha! ACORDE!*

Ela tirou a tampa do pote e encheu a colher com o creme de chocolate. Sua mão, que já sabia a verdade, tremia tanto que derrubou quase todo o creme. Empurrou o que restara entre os pequenos lábios flácidos, e mais caiu sobre a tampa da cadeira. A colher bateu contra os dentes do menino.

— Randy! — suplicou ela. — Pare de enganar a mamãe.

Ela puxou o queixo do bebê com a outra mão e meteu o resto da calda em sua boca.

— Pronto — disse Sandy McDougall, abrindo um sorriso de louca esperança. Sentou na cadeira da cozinha, relaxando os músculos. Agora tudo daria certo. Ele teria certeza de que ela ainda o amava e pararia com aquela brincadeira cruel.

— Está bom? — murmurou ela. — O chocolatinho está bom, Randy? Dá um sorriso para a mamãe. Seja bonzinho e dá um sorriso para a mamãe.

Ela estendeu a mão trêmula e empurrou o canto da boca de Randy. O chocolate caiu na bandeja — plop.

Ela começou a gritar.

3

Tony Glick acordou na manhã de sábado quando sua mulher, Marjorie, caiu na sala.

— Margie? — chamou ele, colocando os pés no chão. — Marge?

Depois de um longo intervalo, ela respondeu.

— Está tudo bem, Tony.

Ele sentou na beira da cama, olhando fixamente para os pés. Usava só as calças do pijama listrado, cujos cordões pendiam entre as pernas. Seu cabelo estava emaranhado. Seus dois filhos haviam herdado seu cabelo preto e espesso. Muita gente pensava que ele era judeu, mesmo com aquele cabelo mediterrâneo revelando suas origens. O nome de seu avô era Gliccucchi. Quando lhe disseram que sua vida seria mais fácil com um nome americano, curto e grosso, ele o mudou legalmente para Glick, sem saber que passava de uma minoria real para outra disfarçada. O corpo de Tony Glick era forte e moreno, torneado por músculos. Seu rosto tinha a expressão aturdida de alguém que levou um soco ao sair do bar.

Tirara uma licença do trabalho e não parara mais de dormir a semana toda. A dor passava quando dormia. Não tinha sonhos. Deitava-se às 19h30 e acordava às 10h00, e tirava um cochilo das 14h00 às 15h00. O tempo que transcorrera desde a cena que fizera no enterro de Danny e aquela ensolarada manhã de domingo parecia nebuloso e irreal. Os amigos lhes levavam comida — ensopados, conservas, bolos, tortas. Margie dizia que não sabia o que fazer com tudo aquilo. Nenhum dos dois tinha fome. Na noite de quarta, quando ele tentou fazer amor com ela, ambos começaram a chorar.

Margie não parecia nada bem. Seu método de suportar a dor era limpar a casa de cima a baixo, com um zelo obsessivo que não a deixava pensar. A trilha sonora daqueles dias era o bater dos baldes de lata e o zumbido do aspirador de pó. O ar tinha o cheiro permanente de amoníaco e Lysol. Ela mandara todas as roupas e brinquedos, em caixotes bem-arrumados, para o Exército da Salvação e instituições de caridade. Quando ele levantara na quinta-feira de manhã, encontrara todos os caixotes enfileirados perto da porta da frente, cuidadosamente etiquetados. Ele nunca vira nada tão horrendo como aqueles caixotes mudos. Ela arrastara todos os tapetes para o quintal, pendurara-os nos varais e batera neles sem perdão. E até Tony, em sua exaustão, percebera como ela estava pálida desde terça ou quarta-feira. Até os lábios haviam perdido a cor natural, e ela ganhara olheiras escuras.

Esses pensamentos passaram por sua cabeça sem que ele os articulasse, e já estava a ponto de desabar de novo na cama quando ouviu a mulher mais uma vez. Dessa vez, ela não respondeu a seu chamado.

Ele levantou, foi até a sala e a viu deitada no chão, respirando lentamente, os olhos vidrados fixos no teto. Ela mudara os móveis da sala de lugar, e nada estava na posição habitual, dando ao ambiente um ar estranho e deslocado.

O estado de Marjorie piorara durante a noite, e seu aspecto era tão preocupante que o despertou de seu torpor como um banho de água fria. Ainda estava vestindo seu roupão, que se abrira revelando as pernas. Estavam brancas como mármore, tendo perdido todo o bronzeado das férias de verão. Suas mãos moviam-se como fantasmas. Abria a boca, como se não conseguisse respirar direito, e ele notou os dentes estranhamente proeminentes, mas não deu atenção. Podia ser o ângulo da luz.

— Margie? Meu bem...

Ela tentou responder, mas não conseguiu. Movido pelo medo, ele levantou para chamar o médico. Pegava o telefone quando ela disse, com dificuldade:

— Não... não...

Conseguira se sentar, e sua respiração laboriosa era audível na casa quieta e ensolarada.

— Ajude-me... a levantar... o sol está tão quente...

Ele correu para ela e a levantou, chocado com sua leveza. Estava leve como um punhado de gravetos.

— No sofá...

Ele a deitou no sofá, com as costas apoiadas no braço do móvel. Fora do feixe de luz que passava pela janela formando um quadrado no tapete, a respiração dela pareceu melhorar. Ela fechou os olhos, e mais uma vez a brancura dos dentes em contraste com os lábios o impressionou. Sentiu um impulso de beijá-la.

— Deixe-me chamar o médico — disse ele.

— Não, estou melhor. O sol estava... me queimando. Senti tontura, mas estou melhor agora.

— Tem certeza?

— Tenho.

— Está trabalhando demais, querida.

— Eu sei — disse ela, com olhos desatentos.

Ele passou as mãos pelos cabelos.

— Temos de reagir, Margie. Precisamos. Você está... — ele fez uma pausa, sem querer magoá-la.

— Estou horrível — disse ela. — Eu sei. Olhei no espelho do banheiro ontem, antes de dormir, e parecia que eu era transparente. Por um minuto, eu... — Ela esboçou um sorriso. — Achei que dava para ver a banheira atrás de mim. Parecia que eu estava sumindo, e o que restava estava... tão pálido...

— Vou chamar o Dr. Reardon.

Mas ela não o escutava.

— Tive um sonho maravilhoso nas últimas três ou quatro noites. Era tão real, Tony. Danny apareceu para mim no sonho. Disse: "Mamãe, estou tão feliz por estar em casa!" E depois ele disse...

— O quê? — perguntou ele delicadamente.

— Ele disse... que era meu bebê de novo. Meu filho queria meu peito de novo. Eu lhe dei e... tive uma sensação doce e dolorida ao mesmo tempo, como era quando os dentes dele estavam começando a nascer, e ele mordia... Que horror! Você deve estar achando que é conversa para um psiquiatra.

— Não — disse ele. — Não.

Ele ajoelhou ao lado da mulher, que abraçou seu pescoço e chorou baixinho. Tinha os braços frios.

— Por favor, não chame o médico, Tony. Vou repousar hoje.

— Está bem — cedeu ele, mas com preocupação.

— É um sonho tão lindo, Tony — disse ela, com o rosto contra o seu pescoço. Os movimentos de seus lábios, a dureza dos dentes por trás deles, tudo isso lhe pareceu extremamente sensual. Ele começou a ficar excitado. — Queria que o sonho voltasse esta noite.

— Talvez volte — disse ele, acariciando-lhe os cabelos. — Talvez volte.

4

— Meu Deus, você está ótima — disse Ben.

De fato, em contraste com os anêmicos tons brancos e verdes do hospital, Susan Norton estava radiante. Usava uma blusa amarela com listras pretas verticais e uma minissaia de brim azul.

— Você também — disse ela, e atravessou o quarto em direção a ele.

Ben lhe deu um longo beijo, escorregando a mão até a curva do quadril dela.

— Ei — disse Susan, interrompendo o beijo. — Vão expulsar alguém por causa disso.

— Eu, não.

— Não, eu.

Eles se olharam.

— Eu te amo, Ben.

— Eu também te amo.

— Se eu pudesse, pulava na cama com você.

— Espere, vou puxar a manta.

— E o que vou dizer às enfermeiras?

— Que está me dando a comadre.

Ela sacudiu a cabeça, sorrindo, e puxou uma cadeira.

— Muita coisa tem acontecido na cidade, Ben.

Ele ficou sério.

— O quê?

Ela hesitou.

— Nem sei como lhe contar, ou em que acreditar. Estou confusa, no mínimo.

— Fale tudo e deixe que eu me viro.

— Qual é seu estado, Ben?

— Estou sarando. O médico de Matt, James Cody...

— Estou falando de sua mente. Até que ponto acredita nessa história de conde Drácula?

— Ah, bom. Matt te contou tudo?

— Matt está aqui no hospital. No andar de cima, na UTI.

— *O quê?* — Ele se apoiou nos cotovelos. — O que aconteceu com ele?

— Teve um infarto.

— Um *infarto*?

— O Dr. Cody disse que ele está estável. Classificaram seu estado como grave, mas isso é obrigatório nas primeiras 48 horas. Eu estava lá quando aconteceu.

— Conte-me tudo, Susan.

O prazer se esvaíra de seu rosto. Estava atento, concentrado, abatido. Entre as paredes brancas, os lençóis e o avental branco do hospital, ele mais uma vez pareceu a Susan um homem à beira de um precipício, segurando-se a uma corda frágil.

— Não respondeu à minha pergunta, Ben.

— Sobre o que achei da história de Matt?

— É.

— Deixe-me responder dizendo o que você acha. Acha que a Casa Marsten me perturbou a tal ponto que estou vendo fantasmas onde só existem sombras. Estou correto?

— Acho que sim, mas não havia pensado em termos tão... cruéis.

— Sei disso, Susan. Deixe-me descrever a progressão de meus pensamentos. Será bom para mim examiná-los. Vejo pela sua cara que algo também a impressionou muito. Estou certo?

— Está, mas não acredito. Não posso...

— Espere. Essa frase, "não posso", bloqueia tudo. Era o que me atrapalhava. O tom categórico dessa frase. *Não posso*. Eu não podia acreditar em Matt, porque essas coisas não existem. Mas não conseguia encontrar um furo na história dele, por mais que tentasse. A conclusão mais óbvia era que ele enlouquecera de alguma forma, certo?

— Certo.

— Ele lhe pareceu louco?

— Não, não, mas...

— Pare — disse ele, levantando a mão. — Você está pensando em termos de *não posso*, não é?

— Acho que sim — disse ela.

— Ele também não me pareceu louco nem irracional. E nós dois sabemos que fantasias paranoicas e manias de perseguição não aparecem da noite para o dia. Vão se desenvolvendo com o tempo. Já ouviu alguém dizer que Matt tinha um parafuso a menos? Já ouviu Matt dizer que alguém queria matá-lo? Ele já se envolveu em causas duvidosas ou fanáticas? Já mostrou interesse fora do comum por assuntos místicos, como sessões espíritas ou reencarnação? Já foi preso?

— Não — disse ela. — Não a todas as perguntas. Mas Ben... não queria dizer isso sobre Matt, mas algumas pessoas enlouquecem serenamente. Enlouquecem por dentro.

— Não concordo — disse ele. — Sempre há sinais. Às vezes não os percebemos na hora, só depois. Se você fizesse parte de um júri, acreditaria no testemunho de Matt em relação a um acidente de carro?

— Acreditaria.

— Acreditaria se ele lhe dissesse que viu um ladrão matar Mike Ryerson?

— Acho que sim.

— Mas não acredita no que ele lhe disse.

— Ben, não posso...

— Pronto, de novo essa frase. — Ele viu que ela protestaria, e ergueu a mão. — Não estou defendendo a versão dele, Susan. Só estou mostrando minha linha de raciocínio, certo?

— Certo, continue.

— Minha segunda hipótese era que alguém tivesse armado tudo isso para incriminá-lo.

— Isso também me ocorreu.

— Matt disse que não tem inimigos. Acredito nele.

— Todos têm inimigos.

— Mas há graus. Não esqueça o mais importante, um homem foi morto. Se alguém queria acabar com a vida de Matt, precisou matar Mike Ryerson para isso.

— Por quê?

— Porque toda essa confusão não faz sentido sem um corpo. Mas Matt disse que encontrou Mike totalmente por acaso. Ninguém o levou ao Dell's na noite de quinta. Não recebeu telefonemas anônimos, bilhetes, nada. A coincidência do encontro já basta para descartar uma armadilha.

— O que resta em termos de explicações racionais?

— Que Matt sonhou que ouviu a janela se abrindo, a risada e o som de sucção. E Mike morreu de causas naturais, mas desconhecidas.

— Mas você também não acredita nisso.

— Não acredito que ele sonhou com a janela se abrindo. Estava aberta. E a tela externa estava no jardim. Eu notei e Parkins Gillespie também. E notei outra coisa. As telas da casa de Matt são do tipo que tem o trinco para fora, não para dentro. Não dá para tirá-las de dentro, a não ser com uma chave de fenda ou um formão. Mesmo assim, seria trabalhoso e deixaria marcas. Não vi nenhuma marca. E outra coisa: o chão do jardim é relativamente macio. Para tirar a tela do segundo andar, seria preciso uma escada, que deixaria marcas. Não vi nenhuma. É isso o que mais me incomoda. Uma tela no segundo andar tirada de fora e nenhuma marca de escada no chão.

Eles trocaram um olhar sombrio.

— Era o que eu estava raciocinando esta manhã — retomou ele. — E, quanto mais eu pensava, mais plausível se tornava a versão de Matt. Então, resolvi arriscar. Esqueci da frase *não posso*. Agora, conte-me o que aconteceu na casa dele ontem. Se explicar tudo que tem acontecido, ninguém ficará mais feliz do que eu.

— Não explica — disse ela, desanimada. — Apenas piora. Ele tinha acabado de me contar o que aconteceu com Mike Ryerson quando disse que tinha ouvido alguém no andar de cima. Estava apavorado, mas subiu. — Ela dobrou as mãos sobre o colo e as apertou com força, como se pudessem fugir. — Por alguns instantes, nada aconteceu. Depois Matt gritou algo, tipo que retirava o convite. Depois... não sei bem como...

— Continue. Não fique enrolando.

— Acho que alguém, outra pessoa, fez um som parecido com um silvo. Ouvi uma pancada, como se alguém tivesse caído. — Ela o olhou, desolada. — E então uma voz disse: *Você dormirá o sono dos mortos, pro-*

fessor. Foi assim, palavra por palavra. E quando entrei mais tarde para pegar um cobertor para Matt, encontrei isto.

Ela tirou o anel do bolso da blusa e entregou a Ben. Ele o virou na direção da janela para que a luz iluminasse as iniciais.

— M.C.R. Mike Ryerson?

— Mike Corey Ryerson. Eu o deixei cair e me obriguei a pegá-lo de novo. Achei que você ou Matt gostariam de vê-lo. Pode ficar com ele, não quero de volta.

— Faz com que se sinta...

— Mal. Muito mal. — Ela ergueu a cabeça num gesto de desafio. — Mas tudo isso é antirracional, Ben. Prefiro acreditar que Matt por algum motivo matou Mike e inventou toda essa história maluca de vampiros por motivos próprios. Pode ter armado a tela para que caísse. Deu uma de ventríloquo no quarto de hóspedes, deixou o anel de Mike à vista e...

— E provocou um infarto em si mesmo para ficar ainda mais realista — replicou Ben. — Ainda não desisti das explicações racionais, Susan. Estou torcendo, quase rezando, para que haja uma. Os monstros no cinema são divertidos porque sabemos que não estão soltos por aí. Concordo com você que a tela poderia ter sido armada. Bastaria uma corda e um gancho preso ao telhado. Mas continuemos. Matt é um cara culto. Alguns venenos devem causar os sintomas que Mike teve. Talvez venenos indetectáveis. Mas essa hipótese é um pouco remota, porque Mike comeu tão pouco...

— Só Matt sabe disso — ela observou.

— Ele não mentiria, sabe que o legista não deixaria de examinar o estômago da vítima. E injetar o veneno deixaria marcas. Mas vamos supor que isso pudesse ser feito. E ele pode ter tomado algo para simular um ataque cardíaco. Mas que motivo teria?

Ela sacudiu a cabeça, perdida.

— Mesmo que exista um motivo misterioso, por que ele faria algo tão absurdo e inventaria uma história tão extravagante para encobrir o crime? Ellery Queen poderia encontrar uma explicação, mas a vida não é um livro de Queen.

— Mas essa outra explicação é uma loucura, Ben.

— Sim, como Hiroshima.

— Pare com isso! — ela exclamou de repente. — Não dê uma de intelectual, não combina com você! Estamos falando de histórias fantásticas, pesadelos, psicose, seja o que for que...

— Bobagem — disse Ben. — Faça as correlações. O mundo está despencando ao nosso redor e você está chocada com um punhado de vampiros.

— 'Salem é minha cidade — disse ela, com teimosia. — Se alguma coisa está acontecendo aqui, tem a ver com a realidade, e não com especulações filosóficas.

— Concordo totalmente — disse ele, e levou a mão ao curativo na cabeça. — Seu ex-namorado tem um soco de direita bem real.

— Desculpe. Eu não conhecia esse lado de Floyd. Não entendo essa atitude.

— Onde ele está agora?

— Na cadeia da cidade. Parkins Gillespie disse para minha mãe que o entregaria à polícia do condado, ao delegado McCaslin. Mas resolveu esperar para ver se você daria queixa.

— Você se importaria?

— Nem um pouco — disse ela com firmeza. — Ele saiu da minha vida.

— Não vou dar queixa.

Ela ergueu as sobrancelhas.

— Mas quero falar com ele.

— Sobre nós?

— Quero saber por que ele me procurou usando um sobretudo, chapéu, óculos escuros... e luvas de borracha Playtex.

— *O quê?*

— Bom — disse ele, olhando-a nos olhos. — O sol brilhava. Bem em cima dele. E acho que ele não estava gostando.

Eles se entreolharam em silêncio. Parecia não haver mais nada a dizer.

5

Quando Nolly levou a Floyd o café da manhã que trouxera do Excellent Café, encontrou-o dormindo profundamente. Nolly considerou uma maldade acordá-lo só para comer os dois ovos fritos e os seis pedaços de bacon gorduroso, e decidiu dar um fim na refeição ele mesmo em sua sala. E tomou o café também. Pauline Dickens fazia um café delicioso, ninguém podia negar. Mas quando levou o almoço de Floyd e o encontrou dormindo, ainda na mesma posição, ficou um pouco assustado. Colocou a bandeja no chão e bateu nas grades com uma colher.

— Ei, Floyd! Acorde! Trouxe o almoço!

Floyd não acordou, e Nolly tirou sua chave do bolso para abrir a porta do xadrez. Mas hesitou antes de inserir a chave. O episódio de *A Morte Tem Seu Preço* da semana anterior fora sobre um valentão que se fingira de doente para derrubar o carcereiro. Nolly nunca achara Floyd Tibbits um valentão, mas por outro lado fizera um belo estrago no escritor.

Ele hesitou, com a colher numa mão e a chave na outra, um homem grande cujas camisas brancas estavam sempre manchadas de suor nas axilas nos dias quentes. Pertencia à liga de jogadores de boliche e frequentava bares nos fins de semana, tendo na carteira uma lista de inferninhos e motéis de Portland ao lado do calendário de bolso luterano. Era um homem simples, o típico bode expiatório, que demorava para reagir e se zangar. Além disso, não tinha muita agilidade mental. Ficou parado vários minutos sem saber o que fazer, chamando Floyd com a colher na mão, desejando que ele se mexesse, roncasse, fizesse algo. Estava justamente pensando em ligar para Parkins e pedir instruções quando o próprio Parkins apareceu na porta do escritório.

— O que você está fazendo, Nolly? Chamando os porcos?

O rapaz ficou vermelho.

— Floyd não se mexe. Acho que ele está... sei lá, doente.

— E você acha que bater nas grades com a colher vai fazer ele melhorar? — Parkins se aproximou e abriu a cela.

— Floyd? — Ele sacudiu Floyd pelo ombro. — Tudo bem com...

Floyd rolou da cama para o chão.

— Caramba — disse Nolly. — Ele está morto, não está?

Mas Parkins não ouviu. Olhava para o rosto estranhamente sereno de Floyd, e lentamente seu próprio rosto foi se enchendo de pavor.

— O que aconteceu, Park?

— Nada. É só que... vamos dar o fora daqui — E continuou, para si mesmo. — Não devia ter encostado nele.

Nolly olhou para o corpo de Floyd sentindo uma ponta de terror.

— Mexa-se — disse Parkins. — Temos de buscar o médico.

6

No meio da tarde, Franklin Boddin e Virgil Rathbun passaram pelo portão de tábuas no final da bifurcação da via Burn, três quilômetros depois do cemitério Harmony Hill. Estavam na picape Chevrolet ano 57 de Franklin, um veículo que já fora branco marfim no primeiro ano do segundo mandado de Eisenhower, mas que agora era cor de bosta misturada com vermelho. A picape estava cheia do que Franklin chamava de "tranqueiras". Uma vez por mês, ele e Virgil levavam as "tranqueiras" para o depósito de lixo, sendo que a maior parte consistia em garrafas e latas de cerveja, barris de chope, garrafas de vinho e de vodca Popov.

— Fechado — disse Franklin, franzindo os olhos para ler a placa presa ao portão. — Mas que merda... — Deu um gole na cerveja encaixada entre suas pernas, perto da virilha, e enxugou a boca com o braço. — Hoje é sábado, não é?

— Claro que é — disse Virgil. Não tinha ideia se era sábado ou terça. Estava tão bêbado que não sabia nem que mês era.

— O depósito não fecha aos sábados, não é? — perguntou Franklin. Ele via três placas em vez de uma. Franziu os olhos de novo. As três placas diziam "Fechado". A tinta vermelha só podia ser da lata que Dud Rogers guardava em sua cabana.

— Nunca fecha aos sábados — disse Virgil. Levantou sua garrafa de cerveja, errou a boca e derrubou o líquido no ombro esquerdo.

— Fechado — repetiu Franklin com crescente irritação. — Aquele filho da mãe deve estar atrás de mulher, isso sim. Ele vai ver. — Ele colocou a primeira marcha e apertou o acelerador. A cerveja transbordou da garrafa e molhou suas calças.

— Pé na tábua, Franklin! — gritou Virgil, e soltou um arroto gigantesco quando a picape arrombou o portão, derrubando-o sobre o acostamento entulhado de latas. Franklin trocou para a segunda e subiu a estrada esburacada. A picape se sacudia ruidosamente sobre as molas gastas. Garrafas caíram da traseira e se espatifaram no chão. Gaivotas alçaram voo gritando.

Trezentos metros depois do portão, a via Burns terminava em uma ampla clareira, que era o depósito em si. O bosque cerrado de carvalhos e bordos se abria revelando uma grande área plana de terra vermelha, que fora sulcada pelo uso constante da velha escavadeira, agora estacionada ao lado da cabana de Dud. Depois da área plana ficava a cascalheira onde o lixo era depositado. O entulho, cintilante com suas garrafas e latas de alumínio, amontoava-se em dunas gigantescas.

— Maldito corcunda imprestável, parece que ele não queimou lixo a semana toda — disse Franklin. Meteu os dois pés no breque, que afundou até o piso com um grito mecânico. Depois de alguns segundos, a picape parou. — Deve estar de ressaca, isso sim.

— E Dud nem é de beber muito — observou Virgil, jogando a garrafa vazia pela janela e tirando outra do saco marrom no chão. Abriu-a no trinco da porta, e o líquido espumante transbordou sobre sua mão.

— Todos os corcundas bebem — disse Franklin com ar sábio. Cuspiu pela janela, descobriu que estava fechada e passou a manga da camisa no vidro riscado e embaçado. — Vamos procurar ele. Pode valer alguma coisa.

Ele deu ré com a picape fazendo uma grande trajetória circular e parou com a traseira virada para a última pilha de lixo. Quando desligou a ignição, o silêncio subitamente pesou sobre eles. Era completo, com a exceção dos gritos inquietos das gaivotas.

— Como tudo está quieto! — murmurou Virgil.

Eles desceram da picape e foram até a traseira. Franklin soltou as travas da tampa, que desceu com um estrondo. As gaivotas que se alimentavam do outro lado do depósito levantaram voo numa ruidosa nuvem.

Os dois subiram na carroceria sem dizer palavra e começaram a descarregar o lixo. Sacos plásticos verdes voavam pelo ar e se abriam ao cair. Era uma tarefa habitual para eles. Ambos eram uma parte da cidade que os turistas raramente viam, ou queriam ver — primeiro, porque a cidade os ignorava, tacitamente. E segundo, porque haviam criado uma coloração protetora própria. Um morador que visse a picape de Franklin na estrada esquecia-a assim que sumia do espelho retrovisor. Se avistasse a cabana deles, com a chaminé de lata lançando uma fina fumaça no céu, ignorava-a. Se encontrasse Virgil saindo de uma loja em Cumberland com uma garrafa de vodca barata num saco marrom, cumprimentava-o sem saber direito quem era — o rosto era familiar, mas o nome não vinha à mente. Derek Boddin, pai de Richie (imperador deposto da escola elementar da rua Stanley), era irmão de Franklin, mas praticamente se esquecera que ele ainda vivia na cidade. Passara do estágio de ovelha negra para o de uma sombra.

Depois de esvaziar a picape, Franklin chutou uma última lata — *clink!* — e suspendeu as calças verdes de trabalho.

— Vamos visitar o Dud — disse ele.

Quando desceram da carroceria, Virgil tropeçou num dos próprios cadarços de couro cru e caiu sentado no chão.

— Que droga de cadarço — murmurou indistintamente.

Eles se aproximaram da cabana de Dud. A porta estava fechada.

— Dud! — berrou Franklin. — Ei, Dud Rogers! — Ele socou a porta, e toda a cabana tremeu. O fecho de ilhós da porta se rompeu, dando passagem. A cabana estava vazia, mas emanava um cheiro adocicado e nauseante. Eles se entreolharam com uma careta, justo eles, veteranos de bares e seus cheiros insalubres. Franklin pensou em picles guardados num pote durante muitos anos, até o líquido ficar branco.

— Filho da mãe — disse Virgil. — Fede mais que gangrena.

Mas a cabana estava impecavelmente limpa. A segunda camisa de Dud estava pendurada num cabide sobre a cama, a cadeira lascada fora encostada à mesa da cozinha e a cama em si estava arrumada em estilo militar. A lata de tinta vermelha, com gotas recentes nas laterais, estava sobre um jornal dobrado atrás da porta.

— Vou vomitar se a gente não sair daqui — disse Virgil, com o rosto esverdeado.

Franklin, também enjoado, recuou e fechou a porta.

Lançaram um olhar ao depósito de lixo, deserto e estéril como as montanhas da lua.

— Ele não está por aqui — Franklin disse. — Deve estar escondido no mato.

— Frank?

— O quê? — retrucou Franklin, irritado.

— A porta estava trancada por dentro. Se ele não está lá, como foi que saiu?

Alarmado, Franklin se virou e olhou para a cabana. *Pela janela*, ele ia dizer, mas desistiu. A janela não passava de um quadrado recortado na lona e fechado com plástico impermeável. Não era grande bastante para que Dud passasse por ela, ainda mais com a corcunda.

— Deixe para lá — disse Franklin, mal-humorado. — Se ele não quer dividir com a gente, dane-se. Vamos embora.

Enquanto voltavam para a picape, Franklin sentiu algo atravessar a membrana protetora da embriaguez — algo de que não lembraria mais tarde, nem desejaria lembrar: uma sensação arrepiante, de que algo lá estava terrivelmente errado. Era como se o depósito tivesse um coração, que pulsava com lenta e terrível vitalidade. De repente, ele desejou sumir dali o quanto antes.

— Onde estão os ratos? — disse Virgil de repente.

Não havia nenhum à vista. Apenas gaivotas. Franklin tentou se lembrar se alguma vez levara o lixo para o depósito e não vira ratos. Não se lembrou de nenhuma. Era muito esquisito.

— Ele deve ter espalhado veneno, não é, Frank?

— Vamos logo — disse Frank. — Vamos embora desta droga de lugar.

7

Depois do jantar, o médico deixou Ben subir e visitar Matt Burke. Foi uma visita curta, pois Matt dormia. Mas o balão de oxigênio fora removido, e a enfermeira-chefe disse a Ben que provavelmente Matt despertaria na manhã seguinte e poderia receber visitas breves.

Ben achou o rosto dele cansado e cruelmente envelhecido, pela primeira vez o rosto de um velho. Imóvel, com a pele flácida do pescoço acima do avental hospitalar, ele parecia vulnerável e indefeso. Se for tudo verdade, pensou Ben, os médicos não estão fazendo nada para ajudá-lo. Se for tudo verdade, estamos na cidadela da descrença, onde os pesadelos são eliminados com bisturis e quimioterapia, ao invés de estacas, bíblias e cabeças de alho. Eles confiam em seus aparelhos, injeções e clisteres cheios de solução de bário. Se a muralha da razão tiver um furo, eles não sabem nem querem saber.

Ele se aproximou da cama e virou a cabeça de Matt delicadamente. Não havia marcas no pescoço. A pele estava intacta.

Ele hesitou, depois foi até o armário e o abriu. Lá estavam as roupas de Matt e, pendurado num gancho, o crucifixo que ele usava quando Susan o visitou. Sua corrente filigranada brilhava suavemente à luz branda do quarto.

Ben o pegou e o pendurou no pescoço de Matt.

— Ei, o que você está fazendo?

Uma enfermeira entrara com um jarro d'água e uma comadre decorosamente coberta com uma toalha.

— Estou colocando o crucifixo no pescoço dele.

— Ele é católico?

— Agora, é — respondeu Ben em tom sombrio.

8

Já era noite quando alguém bateu de mansinho na porta de trás da casa dos Sawyer, na via Deep Cut. Bonnie Sawyer, com um sorrisinho nos lábios, foi atender. Usava um avental curto amarrado na cintura, salto alto e mais nada.

Quando ela abriu a porta, Corey Bryant arregalou os olhos e deixou cair o queixo.

— Mas... — disse ele. — Mas... Bonnie...

— Qual é o problema, Corey? — Ela apoiou a mão na maçaneta, empinando os seios nus. Ao mesmo tempo, cruzou os pés, modelando as pernas para ele.

— Cruzes, Bonnie, e se fosse...

— O homem da companhia telefônica? — disse ela, com um risinho. Pegou a mão dele e a levou ao seio direito. — Quer ler meu medidor?

Com um gemido de exasperação, ele a puxou contra si e agarrou suas nádegas nuas, amassando ruidosamente o avental engomado.

— Puxa — disse ela, roçando-se nele. — Você vai testar meu fone, Sr. técnico? Estou esperando um telefonema importante...

Ele a levantou do chão e chutou a porta atrás de si. Não precisou que ela lhe mostrasse o caminho do quarto.

— Você tem certeza de que ele não vai chegar?

Os olhos dela brilharam na escuridão.

— De quem está falando, Sr. técnico? Do meu maridinho? Ele está em Burlington, Vermont.

Ele a deitou de viés na cama, com as pernas para fora.

— Acenda a luz — disse ela, com a voz lenta e arrastada. — Quero ver o que vai fazer.

Ele acendeu o abajur e olhou para Bonnie. O avental fora puxado para o lado. Seus olhos estavam lânguidos e quentes, as pupilas grandes e brilhantes.

— Tire esta coisa — disse ele, apontando para o avental.

— Tire você — disse ela. — Sei que entende de nós e fios, Sr. técnico.

Ele se inclinou para obedecer à ordem. Ela sempre fazia com que ele se sentisse como um garoto sedento bebendo da fonte pela primeira vez, e suas mãos sempre tremiam na presença dela, como se aquele corpo transmitisse uma corrente elétrica para a atmosfera ao redor. Ela nunca deixava sua mente por completo. Estava alojada lá dentro como uma ferida na boca, que a língua não consegue deixar de visitar e testar. Ela até passeava por seus sonhos, com sua pele dourada, perversamente sedutora. Tinha uma imaginação infinita.

— Não, de joelhos — disse ela. — Ajoelhe-se para mim.

Corey se ajoelhou desajeitadamente e rastejou até Bonnie, estendendo a mão para o laço do avental. Ela colocou os pés, calçados com saltos altos, sobre os ombros do rapaz. Ele se inclinou e beijou a parte interna da coxa dela, sentindo a carne firme e morna.

— Isso mesmo, Corey. Continue subindo, continue....

— Mas que beleza...

Bonnie Sawyer gritou.

Corey Bryant olhou para cima, piscando em sua confusão.

Reggie Sawyer estava encostado na porta do quarto. Trazia uma espingarda casualmente apoiada no antebraço, os canos apontando para o chão.

Corey sentiu um jorro quente quando sua bexiga se soltou.

— Então, é verdade — admirou-se Reggie, sorrindo. Entrou no quarto. — Ora, vejam só. Preciso pagar uma caixa de Budweiser para aquele bebum do Mickey Sylvester. Caramba...

Bonnie recuperou a voz primeiro.

— Ouça, Reggie. Não é o que você está pensando. Ele invadiu a casa, parecendo um louco, e ele...

— Cale a boca, vagabunda. — Ele ainda sorria. Era um sorriso cordial. Ele era enorme. Ainda usava o mesmo terno cinzento de quando ela lhe dera um beijo de adeus duas horas antes.

— Ouça — disse Corey debilmente, sentindo a boca cheia de saliva. — Por favor, não me mate. Eu sei que eu mereço, mas não vai querer acabar na cadeia por causa disso. Pode me bater, mas por favor, não...

— Levante-se, Perry Mason — disse Reggie Sawyer, ainda com seu sorriso cordial. — Seu zíper está aberto.

— Ouça, Sr. Sawyer...

— Ora, pode me chamar de Reggie. Somos amigos do peito. Tenho até ficado com seus restos, não é?

— *Reggie, não é o que você está pensando. Ele me estuprou...*

Reggie olhou para Bonnie com seu sorriso cordial e bondoso.

— Se disser mais uma palavra, vou enfiar isto na sua bunda e lhe dar um presentinho especial.

Bonnie começou a gemer. Seu rosto ficara da cor de iogurte natural.

— Sr. Sawyer... Reggie...

— Seu sobrenome é Bryant, não? O nome de seu pai é Pete Bryant, não é?

Corey assentiu com gestos frenéticos.

— Isso mesmo, isso mesmo. Ouça...

— Eu lhe vendia querosene número dois quando era motorista de Jim Webber — disse Reggie, com um sorriso de boas lembranças. — Isso foi quatro ou cinco anos antes de eu conhecer esta vagabunda. Seu pai sabe que está aqui?

— Não, ele ficaria arrasado. Pode me bater, senhor, eu mereço, mas se me matar, meu pai vai morrer de desgosto, e o senhor será responsável por duas...

— É, aposto que ele não sabe. Vamos até a sala um pouco. Precisamos discutir isso. Venha. — Ele sorriu gentilmente para Corey, mostrando que não lhe faria mal, e depois se voltou para Bonnie, que o olhava com olhos arregalados. — Não saia daqui, mulher, ou nunca saberá como acaba a novela. Venha, Bryant. — Ele fez um gesto com a espingarda em direção à porta.

Corey andou até a sala adiante de Reggie, arrastando os pés. Suas pernas haviam virado borracha. Um ponto entre suas espáduas coçava loucamente. *É aí que ele vai apontar*, pensou ele. *Será que vou viver bastante para ver minhas tripas na parede?...*

— Vire-se — mandou Reggie.

Corey se virou. Começou a chorar. Não queria, mas não conseguia evitar. E tanto fazia se chorasse ou não. Já molhara as calças mesmo.

A espingarda já não estava apoiada casualmente sobre o braço de Reggie. Os canos duplos apontavam diretamente para o rosto de Corey. Seus círculos negros pareciam se alargar como poços sem fundo.

— Você sabe o que andou fazendo? — perguntou Reggie. — O sorriso desaparecera. Sua expressão era muito grave.

Corey não respondeu. Era uma pergunta estúpida. Mas continuou tremendo e chorando.

— Você dormiu com a mulher de outro, Corey. É esse o seu nome?

Corey fez que sim, as lágrimas escorrendo pelo rosto.

— Sabe o que acontece com gente que faz isso quando é pega em flagrante?

Corey fez que sim.

— Segure o cano da espingarda, Corey. Bem de leve. Coloquei três cartuchos nela. Finja... finja que está segurando os peitos da minha mulher.

Corey estendeu a mão trêmula e a colocou sobre o cano da espingarda. Sentiu o metal frio contra sua pele quente. Um gemido longo e doloroso saiu de sua garganta. Não havia mais o que dizer. Nem súplicas a fazer.

— Ponha na sua boca, Corey. Os dois canos. Isso... calma. Pronto, está vendo? Cabe na sua boca. E você entende bem disso, não é?

Corey não podia abrir mais os maxilares. Os canos da espingarda chegavam quase ao seu palato, e seu estômago se contraía em ânsias de terror. Sentia o aço oleoso contra os dentes.

— Feche os olhos, Corey.

Corey continuou a olhar para ele, com olhos imensos e líquidos como poças.

O sorriso bondoso voltou aos lábios de Reggie.

— Feche esses olhinhos azuis, Corey.

Corey os fechou.

Seu esfíncter cedeu — ele só se apercebeu vagamente do fato.

Reggie puxou os dois gatilhos. Os cães da arma fizeram um duplo clique nas câmaras vazias.

Corey caiu no chão desmaiado.

Reggie olhou para ele por um momento, sorrindo bondosamente, e depois virou a espingarda para baixo. Dirigiu-se ao quarto.

— Aqui vou eu, Bonnie, queira ou não.

Bonnie Sawyer começou a gritar.

9

Corey Bryant cambaleava pela via Deep Cut, onde estacionara o caminhão da companhia telefônica. Cheirava mal. Seus olhos estavam injetados e vítreos. Um grande galo crescera em sua cabeça depois que caíra no chão desmaiado. Arrastava as botas lentamente pelo acostamento. Tentava se concentrar apenas no som que elas faziam e em mais nada, para não pensar na súbita e total ruína de sua vida. Eram 20h15.

Reggie Sawyer ainda sorria gentilmente quando empurrou Corey para fora da casa. Os soluços uniformes e dilacerantes de Bonnie vinham do quarto, pontuando as palavras dele: "Agora seja um bom menino e vá embora. Pegue seu caminhão e volte para a cidade. Um ônibus chega de Lewiston e sai para Boston às 21h45. De lá você pode pegar um ônibus para qualquer lugar do país. O ônibus sai da Spencer's. É melhor pegá-lo, porque, se eu botar os olhos outra vez em você, eu te mato. Ela vai ficar boa. Vai ter que usar calças e blusas de mangas compridas durante umas semanas, mas não deixei marcas no rosto. Saia logo de 'salem, antes de se limpar e começar a achar que é um homem de novo."

E lá estava ele, andando naquela rua, prestes a fazer o que Reggie Sawyer lhe dissera. Podia ir de Boston... para qualquer lugar. Tinha pouco mais de mil dólares no banco. Sua mãe sempre dizia que ele era muito econômico. Podia sobreviver com o dinheiro até arranjar um emprego e começar a longa tarefa de esquecer aquela noite — o gosto do cano da espingarda, o cheiro da própria merda amontoada nas calças.

— Olá, Sr. Bryant.

Corey sufocou um grito e olhou para a escuridão, sem ver nada de início. O vento sacudia as árvores, projetando sombras dançantes sobre o asfalto. De repente ele distinguiu uma sombra mais sólida, ao lado do muro de pedra entre a estrada e o pasto de Carl Smith. A sombra parecia ser de um homem, mas havia algo... algo...

— Quem é você?

— Um amigo muito observador, Sr. Bryant.

O vulto se mexeu e se destacou das sombras. À luz pálida, Corey viu um homem de meia-idade, com bigode preto e olhos fundos e brilhantes.

— Você foi maltratado, Sr. Bryant.

— Como sabe da minha vida?

— Eu sei muito. É minha obrigação saber. Cigarro?

— Obrigado. — Corey aceitou o cigarro com gratidão e o meteu entre os lábios. O estranho acendeu um fósforo, e, ao brilho da chama, Corey viu que ele tinha maçãs do rosto altas e eslavas, testa branca e ossuda, cabelos pretos penteados para trás. A chama se apagou e Corey tragou a fumaça áspera. Era um cigarro gringo, mas qualquer cigarro estava bom. Começou a se sentir um pouco mais calmo.

— Quem é você? — perguntou de novo.

O estranho deu uma risada surpreendentemente larga e robusta, que foi levada pela brisa como a fumaça do cigarro de Corey.

— Nomes! — exclamou ele. — Como os americanos são obcecados por nomes! Sou Bill Smith, compre meu carro! Coma tal produto! Veja tal programa de televisão! Meu nome é Barlow, se isso o tranquiliza. — E ele soltou outra gargalhada, os olhos cintilando. Corey sentiu um sorriso repuxar seus lábios, e mal pôde acreditar. Seus problemas pareciam distantes e triviais em comparação ao humor sarcástico daqueles olhos escuros.

— Você é estrangeiro, não é? — perguntou Corey.

— Sou de muitos lugares, mas para mim este país... esta cidade... parece cheia de estrangeiros. Entendeu? Hein? — Ele deu outra gargalhada exuberante, e dessa vez Corey não se conteve e o acompanhou. O riso escapava de sua garganta quase com histeria.

— Sim, estrangeiros — continuou o outro. — Mas belos, sedutores, sanguíneos, explodindo de vitalidade. Você sabia como são belas as pessoas de seu país e de sua cidade, Sr. Bryant?

Corey apenas riu, um pouco constrangido. Mas não tirou os olhos do rosto do estranho. Ele o extasiava.

— O povo deste país não sabe o que é passar fome e necessidade. Há duas gerações que não conhecem nada parecido, e, mesmo quando conheceram, era apenas um eco distante. Acham que sabem o que é tristeza, mas é a tristeza de uma criança que derrubou o sorvete na grama. Mas elas não têm nenhuma... como é a palavra em sua língua... contenção. Derramam o sangue umas das outras com grande vigor. Você não concorda? Não vê?

— Vejo — disse Corey. E, de fato, dentro dos olhos do estranho ele via muitas coisas, todas maravilhosas.

— Este país é um fascinante paradoxo. Em outras terras, quando um homem come até se fartar dia após dia, esse homem fica sonolento, preguiçoso. Mas, aqui, parece que quanto mais vocês têm, mais agressivos ficam. Como o Sr. Sawyer. Tem tanto e se recusa a dar algumas migalhas de sua mesa. Como uma criança numa festa, que empurra outra, mesmo não conseguindo comer mais. Não é mesmo?

— É — disse Corey. Os olhos de Barlow eram tão grandes, tão compreensivos. Era tudo uma questão de...

— É tudo uma questão de perspectiva, não é?

— Isso! — exclamou Corey. O homem encontrara a palavra exata, perfeita. O cigarro caiu de sua mão sem que ele notasse.

— Eu poderia ter ignorado uma cidade rústica como esta — continuou o estranho, pensativo. — Poderia ter escolhido uma das grandes e fervilhantes cidades de seu país. Bah! — Ele se endireitou subitamente, e seus olhos faiscaram. — O que sei sobre cidades? Seria atropelado por uma carruagem ao atravessar a rua! Sufocaria com o ar fétido! Entraria em contato com diletantes sofisticados, com intenções... como vocês dizem?... hostis em relação a mim. Como um pobre rústico como eu poderia enfrentar o refinamento vazio de uma grande cidade... mesmo sendo americana? Não e não! Eu *cuspo* nas grandes cidades deste país!

— Isso mesmo... — murmurou Corey.

— Então vim para cá, para uma cidade que foi mencionada para mim por um homem brilhante, um antigo morador, que lamentavelmente faleceu. As pessoas daqui ainda são saudáveis e vitais, ainda cheias da agressão e da cegueira tão necessárias para... não existe palavra em sua língua para isso. *Pokol; vurderlak*; *eyalik*. Está entendendo?

— Estou — murmurou Corey.

— As pessoas não se separaram da vitalidade que flui da mãe-terra com uma carapaça de concreto e cimento. Têm as mãos mergulhadas nas águas da vida. Extraíram a vida da terra, íntegra e pulsante! Não é verdade?

— É, sim!

O estranho deu uma gargalhada bondosa e apoiou a mão no ombro de Corey.

— Você é um bom rapaz. Bom e forte. Não deve querer deixar esta cidade tão perfeita, não é?

— Não... — murmurou Corey, mas ficou em dúvida. O medo retornava. Mas não tinha importância. Aquele homem não deixaria que nada de mau lhe acontecesse.

— E não sairá. Nunca mais.

Corey tremia, preso ao chão, quando Barlow inclinou a cabeça em direção a ele.

— E há de se vingar daqueles que se fartam deixando outros à míngua.

Corey Bryant mergulhou num grande rio de esquecimento, e esse rio era o tempo, e suas águas eram vermelhas.

10

Eram nove da noite. O filme de sábado passava na televisão do hospital quando o telefone ao lado da cama de Ben tocou. Era Susan, com a voz descontrolada.

— Ben, Floyd Tibbits morreu ontem à noite, na cela. O Dr. Cody disse que foi anemia aguda. Mas eu conhecia Floyd! Ele tinha pressão alta. Por isso o exército não o aceitou.

— Calma — disse Ben, soerguendo-se na cama.

— E tem mais. Um bebê de dez meses morreu. A família dele morava na Curva. A mãe, a Sra. McDougall, foi levada amarrada.

— Sabe como o bebê morreu?

— Minha mãe disse que a Sra. Evans ouviu Sandra McDougall gritando, foi até lá e chamou o velho Dr. Plowman. O médico não disse nada, mas a Sra. Evans contou para minha mãe que não tinha nada de errado com o bebê... só que estava morto.

— E os dois malucos da cidade, Matt e eu, estamos fora de ação — disse Ben, quase consigo mesmo. — Parece que foi planejado.

— E tem mais.

— O quê?

— Carl Foreman está desaparecido. Assim como o corpo de Mike Ryerson.

— Então é isso mesmo — ele se ouviu dizendo. — Tem de ser isso. Saio daqui amanhã.

— Eles já vão deixar você sair?

— Ninguém vai poder dizer nada — disse ele, distraidamente. Sua cabeça já estava em outro lugar. — Você tem um crucifixo?

— Eu? — perguntou ela, achando graça. — Não. Que pergunta...

— Não estou brincando, Susan. Nunca falei tão sério. Tem algum lugar onde possa conseguir um a essa hora?

— Bom, Marie Boddin deve ter um. Posso ir...

— Não, não saia. Fique dentro de casa. Faça um você mesma, nem que tenha de colar dois pedaços de pau. Deixe ao lado da cama.

— Ben, ainda não acredito nisso. Pode ser algum louco, que *acha* que é um vampiro, mas...

— Acredite no que quiser, mas faça a cruz.

— Mas...

— Você vai fazer? Mesmo que seja só para me agradar?

Ela hesitou um pouco.

— Vou, Ben.

— Pode vir ao hospital amanhã lá pelas nove?

— Claro.

— Ótimo, assim colocaremos Matt a par da situação juntos. Depois vamos conversar com o Dr. James Cody.

— Ele vai achar que você é louco, Ben. Você sabe disso, não é?

— Acho que sei. Mas tudo fica mais real à noite, não é?

— É — disse ela, baixinho. — E como...

Por algum motivo ele pensou em Miranda, em como ela morrera: a moto entrando no trecho molhado, derrapando, o grito dela, o pânico brutal que ele sentiu, o caminhão se precipitando velozmente em direção a eles.

— Susan?

— Sim.

— Cuide-se bem. Por favor.

Em seguida, ele colocou o telefone no gancho e olhou para a tevê, sem ver a comédia com Doris Day e Rock Hudson que começara a passar. Sentia-se nu, vulnerável. Não tinha nenhuma cruz. Voltou os olhos para a janela, que mostrava apenas a escuridão da noite. O medo das trevas, antigo e infantil, começou a dominá-lo, e ele olhou para a televisão, onde Doris Day dava um banho de espuma num cachorro felpudo.

11

O necrotério de Portland era um lugar frio e antisséptico, totalmente revestido de azulejos verdes. O piso e as paredes eram de um verde-escuro, e o teto era de um tom mais claro. Portas quadradas que pareciam grandes armários de rodoviária se estendiam pelas paredes. Lâmpadas tubulares de néon lançavam uma luz clara e neutra sobre o ambiente. Não era uma decoração muito vibrante, mas a clientela nunca reclamara.

Às 21h45 daquela noite de sábado, dois funcionários empurravam numa maca o corpo de um jovem homossexual que fora baleado num bar no centro da cidade. Era o primeiro corpo que recebiam naquela noite. Os acidentes fatais na rodovia geralmente aconteciam entre uma e três da manhã.

Buddy Bascomb interrompeu uma piada sobre um francês e olhou, boquiaberto, para a fileira de armários que iam de M a Z. Dois deles estavam abertos.

Ele e Bob Greenberg deixaram o recém-chegado e correram até os armários. Buddy conferiu a etiqueta na primeira porta, enquanto Bob se aproximava da outra.

TIBBITS, FLOYD MARTIN
Sexo: M
Entrada: 4/10/75
Data da autópsia: 5/10/75
Declarante: J. M. Cody, médico.

Ele puxou a alça interior, e a laje correu sobre roldanas silenciosas. Vazia.

— Ei! — gritou Greenberg. — Esta merda está vazia! Quem teve a ideia infeliz de...

— Fiquei na recepção o tempo todo — disse Buddy. — Ninguém passou por mim. Tenho certeza. Deve ter acontecido no turno de Carty. Qual o nome desse aí?

— McDougall, Randal Fratus. O que significa "b"?

— Bebê — disse Buddy, lentamente. — Minha nossa, acho que estamos numa fria.

12

Algo o acordara.

Ele continuou deitado no escuro, olhando para o teto.

Um barulho. Mas a casa estava silenciosa.

Mais uma vez. Alguém arranhava a janela.

Mark Petrie virou-se na cama, olhou pela janela e viu Danny Glick, olhando-o fixamente do outro lado do vidro, pálido como a morte, os olhos vermelhos e brutais. Uma substância escura manchava seus lábios e queixo, e, quando viu que Mark o olhava, ele sorriu e mostrou dentes horrivelmente longos e afiados.

— Deixe-me entrar — a voz sussurrou, sem que Mark soubesse se as palavras haviam chegado até ele ou só existiam em sua mente.

Percebeu que estava apavorado — o corpo o avisara antes de sua mente. Nunca sentira tanto medo, nem quando não aguentava mais nadar voltando da boia na praia Popham e achou que fosse se afogar. Sua mente, ainda de uma criança, fez uma avaliação precisa da situação em poucos segundos. Corria risco, e não só de morte.

— Deixe-me entrar, Mark. Quero brincar com você.

A medonha entidade não tinha nada em que se apoiar. A janela do quarto ficava no segundo andar e não tinha nenhuma saliência. Mas estava suspensa no espaço... ou se agarrava às telhas como um inseto nefasto.

— Mark... eu finalmente cheguei. Por favor, deixe-me entrar.

É claro. Eles só entram se forem convidados. Lera nas revistas de monstros, as mesmas que sua mãe achava que lhe fariam mal.

Levantou da cama e quase caiu. Percebeu que "medo" era uma palavra muito branda. Nem "terror" era capaz de expressar o que sentia. O rosto pálido do outro lado da janela tentou sorrir, mas já não se lembrava como, depois de tanto tempo na escuridão. Mark viu apenas um esgar trêmulo, uma máscara trágica e sangrenta.

No entanto, quando olhava para os olhos dele, não era tão ruim. Não sentia mais tanto medo, e via que tinha apenas de abrir a janela e dizer: "Entre, Danny." E depois não sentiria mais nenhum medo, porque estaria próximo de Danny e de todos eles, e *dele*. Estaria...

Não! É assim que eles pegam a gente!

Mark obrigou-se a desviar os olhos, mas precisou de toda a sua força de vontade para isso.

— Mark, deixe-me entrar! Eu ordeno! *Ele* ordena!

Mark começou a andar em direção à janela. Não tinha alternativa. Não havia como se opor àquela voz. Quando ele se aproximou do vidro, o malévolo rosto infantil começou a se crispar de avidez. As unhas, sujas de terra, arranhavam a vidraça.

Pense em outra coisa! Rápido!

— Pinga — sussurrou ele roucamente. — Pinga a pia, apara o prato, pia o pinto e mia o gato. Em vão esmurra o poste e insiste que sente a presença do fantasma.

Danny Glick gritou com voz rouca:

— Mark! Abra a janela!

— Num ninho de mafagafos tem seis mafagafinhos...

— A janela, Mark! *Ele* ordena!

— ...quem os desmafagafizar, bom desmafagafizador será.

Ele fraquejava. A voz sussurrante penetrava sua barricada mental, o comando era irresistível. Mark olhou para a escrivaninha, coberta pelos monstros de montar, agora tão tolos e infantis...

Seus olhos se fixaram subitamente numa parte do cenário. O monstro de plástico andava por um cemitério, e um dos monumentos era em forma de cruz.

Sem parar para pensar e ponderar (atitude que teria arruinado um adulto, como seu pai, por exemplo), Mark agarrou a cruz com força e disse em voz alta:

— Entre, então.

O rosto foi tomado por uma expressão de triunfo voraz. Danny abriu a janela, entrou e avançou dois passos. O cheiro que exalava daquela boca era indescritivelmente fétido: de restos apodrecendo num sepulcro. Mãos frias e escorregadias pousaram nos ombros de Mark. A cabeça se inclinou, como a de um cão, e o lábio superior descobriu os brilhantes caninos.

Mark levantou a cruz bruscamente e a pressionou contra o rosto de Danny Glick.

O grito foi medonho, sobrenatural... e silencioso. Ecoou apenas nos labirintos da mente de Mark. O sorriso de triunfo da criatura se tornou uma horrível careta de agonia. Fumaça começou a sair da carne pálida, e por um instante, antes de a criatura recuar e fugir pela janela, Mark sentiu a pele ceder como água.

E estava tudo acabado, como se nunca tivesse acontecido.

Por um momento, a cruz brilhou com uma luz vívida, como se estivesse acesa por dentro. Depois se apagou, deixando apenas um vago fulgor azulado.

Através da grade no chão, ele ouviu o inconfundível clique do abajur do quarto debaixo e a voz do pai:

— Que diabo foi isso?

13

A porta do quarto abriu dois minutos depois, tempo suficiente para que Mark colocasse tudo em ordem.

— Filho? — Henry Petrie chamou baixinho. — Está acordado?

— Acho que sim — Mark respondeu com voz sonolenta.

— Você teve um pesadelo?

— Acho... que sim. Não lembro.

— Você gritou enquanto dormia.

— Desculpe.

— Não precisa pedir desculpa. — Ele hesitou, lembrando-se de como era seu filho no passado, um menino de macacãozinho azul, que dava muito mais trabalho mas era infinitamente mais fácil de entender. — Quer um copo d'água?

— Não, obrigado, pai.

Henry Petrie examinou o quarto rapidamente, sem conseguir entender a sensação de pavor mortal que o despertara, e que ainda permanecia com ele — uma premonição de perigo iminente. Tudo parecia bem. A janela estava fechada. Nada estava fora do lugar.

— Mark, alguma coisa está errada?

— Não, pai.

— Bom... Então, boa noite.

— Boa noite.

A porta se fechou de mansinho, e Mark ouviu o pai descer as escadas. Sentiu o corpo todo amolecer de alívio. Um adulto teria tido um ataque histérico nesse momento, assim como uma criança um pouco mais nova ou mais velha. Mas Mark sentiu o terror se esvair de maneira quase imperceptível, uma sensação semelhante à do vento na pele depois de nadar num dia frio. A sonolência foi aos poucos tomando o lugar do medo.

Antes de mergulhar no sono, ele refletiu — não pela primeira vez — sobre como os adultos eram curiosos. Tomavam álcool, laxantes ou soníferos para espantar os medos e conseguir dormir, mas eram medos mansos e domésticos: trabalho, dinheiro, o que a professora vai pensar se eu não vestir Jennie melhor, será que minha mulher ainda me ama, quem são meus verdadeiros amigos. Eram suaves comparados aos medos que toda criança enfrenta a cada noite na escuridão do quarto, sem esperar que ninguém a entenda a não ser outra criança. Não existe terapia em grupo, nem psiquiatra, nem assistente social para a criança que tem de lidar com a coisa debaixo da cama ou dentro do porão todas as noites, a coisa que a ameaça e provoca além do limite da visão. A mesma batalha é travada noite após noite, e a única cura é a eventual ossificação da imaginação, que também se chama idade adulta.

De uma maneira mais simples e sucinta, esses pensamentos passaram pela mente de Mark. Na noite anterior, Matt Burke enfrentara essa coisa malévola, e o medo lhe provocara um ataque cardíaco. Mark Petrie também a enfrentara, e dez minutos depois dormia profundamente, ainda segurando a cruz de plástico como um bebê segura um chocalho. Essa era a diferença entre homens e meninos.

Capítulo onze

BEN (IV)

1

Eram 9h10 da manhã de domingo — uma manhã luminosa e ensolarada. Ben começava a se preocupar seriamente com Susan quando o telefone ao lado da cama tocou. Ele o agarrou rapidamente.

— Onde você está?

— Relaxe. Estou no andar de cima com Matt Burke, que gostaria de ter o prazer de sua companhia assim que você puder.

— Por que não veio...

— Passei por aí ainda há pouco. Você dormia como um bebê.

— Eles sedam a gente à noite para roubar nossos órgãos e vendê-los a pacientes bilionários. Como está Matt?

— Suba e veja você mesmo.

Mal ela desligara, ele já vestia o roupão e saía do quarto.

2

Matt estava bem melhor, quase rejuvenescido. Susan, de vestido azul-turquesa, estava sentada ao lado dele. Quando Ben entrou, saudou-o com um aceno de mão e disse:

— Puxe uma pedra.

Ben puxou uma das cadeiras extremamente desconfortáveis do hospital e sentou.

— Como está se sentindo?

— Muito melhor, mas ainda um pouco fraco. Tiraram o soro ontem à noite e me deram um ovo poché no café da manhã. Ahrg. Preâmbulos do asilo para idosos.

Ben beijou Susan de leve e notou uma serenidade forçada em seu rosto, como se seu controle estivesse por um fio.

— Alguma novidade desde que você me ligou ontem à noite?

— Não soube de mais nada. Mas saí de casa às sete, e a cidade acorda um pouco mais tarde no domingo.

Ben olhou para Matt.

— Está disposto a conversar sobre isso?

— Acho que sim — disse ele. A cruz dourada que Ben colocara em seu pescoço cintilava sobre seu peito. — A propósito, obrigado pela cruz. Ela me passa muita segurança, mesmo tendo-a comprado no balcão de saldos da Woolsworth's na tarde da sexta.

— Como você está?

— "Estabilizado" foi o termo pomposo que o Dr. Cody usou quando me examinou ontem à tarde. Segundo o eletrocardiograma, foi um ataque cardíaco menor, sem formação de coágulo. Espero, pelo bem dele, que tenha sido — resmungou. — Como aconteceu só uma semana depois do check-up que fiz com ele, eu o processaria por quebra de promessa. — Olhou para Ben. — Ele disse que casos assim podem ser causados por um grande choque emocional. Fiquei de bico calado. Fiz bem?

— Claro que sim. Mas a situação evoluiu. Susan e eu vamos falar com o Dr. Cody e contar tudo. Se ele não me der alta imediatamente, vamos mandá-lo falar com você.

— E vou lhe encher os ouvidos — disse Matt, mal-humorado. — O metido me proibiu de encostar no cachimbo.

— Susan já lhe contou o que aconteceu em Jerusalem's Lot desde a noite de sexta?

— Não, ela preferiu esperar você chegar.

— Antes, gostaria de saber exatamente o que aconteceu na sua casa.

A expressão de Matt se fechou, e por um instante a máscara da convalescença caiu, e Ben voltou a ver o velho que encontrara dormindo no dia anterior.

— Se não estiver disposto...

— Não, claro que estou. Preciso estar, se metade das minhas suspeitas for verdadeira. — Ele abriu um sorriso amargo. — Sempre me considerei um livre-pensador, alguém que não se choca facilmente. Mas é incrível como a mente bloqueia algo que considera ameaçador. Como as lousas mágicas que tínhamos quando crianças. Se a gente não gostasse do desenho, era só puxar a superfície superior para que desaparecesse.

— Mas o contorno ficava no material debaixo para sempre — disse Susan.

— Isso mesmo. — Matt sorriu para ela. — Uma bela metáfora da interação entre consciente e inconsciente. É uma pena que Freud tenha preferido falar de cebolas. Mas estamos divagando. — Ele olhou para Ben. — Susan já lhe contou o que houve?

— Já, mas...

— Claro. Eu só queria saber se podia pular os antecedentes.

Ele contou a história com voz monótona, quase sem inflexão, parando apenas quando uma enfermeira entrou com passos sussurrantes para saber se ele queria um copo de *ginger ale*. Matt aceitou, e terminou a história enquanto sorvia o líquido pelo canudo. Ben notou que, quando ele chegou à parte em que Mike caía da janela de costas, os cubos de gelo tilintaram levemente no copo. Assim mesmo, a voz dele não se alterou — manteve a mesma tonalidade serena e modulada que ele devia usar na sala de aula. Ben pensou, e não pela primeira vez, que ele era um homem admirável.

Fez-se um silêncio depois que Matt terminou, e ele mesmo se interrompeu.

— E então? — disse ele. — Vocês que não viram nada com seus próprios olhos, o que acham dessa história?

— Falamos bastante sobre isso ontem — disse Susan. — Deixarei que Ben lhe conte.

Com certa timidez, Ben expôs cada uma das explicações razoáveis, descartando-a logo em seguida. Quando falou da tela que fechava por fora, da terra mole, da ausência de marcas de escada, Matt o aplaudiu.

— Bravo, detetive!

Matt olhou para Susan.

— E você, Srta. Susan, que escrevia redações tão bem organizadas, com parágrafos como tijolos e subtítulos como cimento? O que acha?

Ela olhou para as mãos, que seguravam uma prega da saia, e voltou a olhar para ele.

— Ontem Ben me deu uma aula sobre o sentido linguístico da expressão *não posso*, e não vou usá-la. Mas é muito difícil para mim acreditar que vampiros estejam perambulando por 'salem, Sr. Burke.

— Se pudermos dar um jeito de fazer isso discretamente, concordo em passar por um detector de mentiras — disse Matt baixinho.

Susan corou um pouco.

— Não, não me entenda mal. Estou convencida de que algo está acontecendo na cidade. Algo... horrível. Mas... isso...

Ele pousou a mão sobre a dela.

— Entendo, Susan, mas faça uma coisa por mim.

— Se eu puder...

— Vamos raciocinar sob a premissa de que tudo isso é real. Vamos mantê-la até que algo prove sua falsidade. É o método científico. Ben e eu já discutimos como testar essa premissa. E ninguém deseja mais do que eu que seja descartada.

— Mas não acha que será, não é?

— Não — disse ele, serenamente. — Após uma longa conversa comigo mesmo, cheguei a uma decisão. Acredito no que vi.

— Vamos esquecer essas questões de crença ou descrença por um minuto — propôs Ben. — Por enquanto são controvertidas.

— Concordo — disse Matt. — Como acha que devemos prosseguir?

— Bom — disse Ben. — Quero indicá-lo como pesquisador-chefe. Com sua formação, é o mais preparado para essa função. E assim não precisará se deslocar.

Os olhos de Matt brilharam, como quando lembrou a perfídia de Cody por proibir seu cachimbo.

— Ligarei para Loretta Starcher assim que a biblioteca abrir. Ela me trará os livros nem que seja de carrinho de mão.

— Hoje é domingo — lembrou Susan. — A biblioteca está fechada.

— Ela terá de abri-la para mim — declarou Matt. — Ou terá de se explicar.

— Peça tudo que tenha a ver com o assunto — disse Ben. — Nas áreas de psicologia, patologia e mito. Entendeu? O pacote completo.

— Vou anotar tudo num caderno — disse Matt. — Deixe comigo! — Ele olhou para os dois. — Desde que acordei neste hospital, pela primeira vez me sinto um homem. E o que você vai fazer?

— Primeiro, falar com o Dr. Cody. Ele examinou Ryerson e Floyd Tibbits também. Podemos tentar convencê-lo a exumar Danny Glick.

— Será que ele fará isso? — Susan perguntou a Matt.

Matt deu um gole na *ginger ale* antes de responder.

— O Jimmy Cody que foi meu aluno faria sem hesitar. Era um menino imaginativo e de mente aberta, que detestava falsos dogmas. Até que ponto a faculdade de medicina o tornou um empirista, isso eu já não sei.

— Tudo isso me parece muito tortuoso — disse Susan. — Principalmente procurar o Dr. Cody e arriscar ouvir um *não*. Por que Ben e eu não vamos até a Casa Marsten e acabamos logo com isso? Era nosso plano semana passada.

— Vou lhe dizer o porquê — disse Ben. — Porque estamos trabalhando com a premissa de que tudo isso é verdadeiro. Quer mesmo colocar sua cabeça na boca do leão?

— Achei que vampiros dormissem durante o dia.

— Straker pode ser muitas coisas, mas não um vampiro — disse Ben. — A não ser que as antigas lendas estejam totalmente erradas. Ele tem se mostrado de dia constantemente. Na melhor das hipóteses, seríamos presos como invasores de propriedade privada. Na pior, ele nos subjugaria e manteria lá até o anoitecer. Um lanchinho para quando o Conde acordasse.

— Barlow? — perguntou Susan.

Ben encolheu os ombros.

— Por que não? Essa história de que está em Nova York fazendo compras para a loja é certinha demais para ser verdade.

Susan continuou com uma expressão obstinada, mas se calou.

— O que vai fazer se Cody rir na sua cara? — perguntou Matt. — Supondo que ele não peça uma camisa de força na hora.

— Irei para o cemitério ao anoitecer. E vigiarei o túmulo de Danny Glick. Será um teste de campo.

Matt se ergueu dos travesseiros.

— Prometam que tomarão cuidado. Prometa, Ben!

— Não se preocupe — disse Susan, acalmando-o. — Vamos nos cobrir de cruzes da cabeça aos pés.

— Não brinque — murmurou Matt. — Se tivessem visto o que eu vi... — Ele virou a cabeça e olhou pela janela, que mostrava uma árvore com folhas encharcadas de sol contra o luminoso céu de outono.

— Ela pode estar brincando, mas eu não — disse Ben. — Tomaremos todas as precauções.

— Procure o padre Callahan — disse Matt. — Peça-lhe um pouco de água benta... e, se possível, algumas hóstias.

— Que tipo de homem ele é? — perguntou Ben.

Matt encolheu os ombros.

— Um pouco estranho. Acho que bebe. De qualquer forma, é culto e educado. Parece que se exaspera um pouco com o cabresto do catolicismo romano.

— Tem certeza de que o padre Callahan... bebe? — perguntou Susan, arregalando os olhos.

— Não absoluta. Mas um ex-aluno meu, Brad Campion, que trabalha na loja de bebidas Yarmouth, disse que Callahan é cliente habitual. Bebe Jim Beam. Tem bom gosto.

— Dá para conversar sobre isso tudo com ele? — perguntou Ben.

— Não sei. Mas acho que deve tentar.

— Quer dizer que você não o conhece?

— Muito pouco. Está escrevendo a história da Igreja Católica da Nova Inglaterra e é um conhecedor dos poetas da chamada idade de ouro. Whittier, Longfellow, Russell, Holmes e outros. Chamei-o para falar aos meus alunos de literatura americana no ano passado. Sua mente é rápida e penetrante. Os alunos gostaram dele.

— Vou procurá-lo. E seguirei meu instinto.

Uma enfermeira espiou dentro do quarto, fez um sinal com a cabeça, e Jimmy Cody entrou com um estetoscópio ao redor do pescoço.

— Vieram perturbar meu paciente? — perguntou amavelmente.

— Quem me perturba é você — disse Matt. — Quero meu cachimbo.

— Não pode fumar — Cody disse distraidamente, lendo o prontuário de Matt.

— Maldito charlatão — resmungou Matt.

Cody devolveu o prontuário a seu lugar e puxou a cortina verde que contornava a cama num cano em forma de C.

— Terei de pedir que vocês saiam daqui a pouco. Como está a cabeça, Sr. Mears?

— Até agora, nada vazou.

— Soube o que aconteceu com Floyd Tibbits?

— Susan me contou. Gostaria de falar com você, se tiver um tempinho depois de ver seus pacientes.

— Então, deixarei para examiná-lo por último, lá pelas 11 horas.

— Ótimo.

Cody segurou a cortina de novo.

— E agora, se me dão licença...

— Lá vou eu amigos, para o exílio — disse Matt. — Diga a palavra secreta e ganhe cem dólares...

A cortina separou Ben e Susan da cama. Por trás do tecido, Cody disse:

— A próxima vez que lhe der anestesia, vou cortar sua língua e metade de seu lóbulo pré-frontal.

Eles sorriram um para o outro, como jovens namorados quando o sol brilha e não há nada de errado no mundo. Mas os sorrisos se apagaram quase simultaneamente. Por um momento, os dois se perguntaram se não estavam loucos.

3

Quando Jimmy Cody finalmente entrou no quarto de Ben, eram 11h20.

— Precisava falar com você porque... — começou Ben.

— Primeiro a cabeça, depois a conversa. — Cody dividiu os cabelos de Ben delicadamente, observou algo e depois disse. — Vai doer. — Puxou o curativo, e Ben deu um salto. — Que galo enorme! — exclamou o médico, e cobriu o machucado com um curativo um pouco menor.

Examinou os olhos de Ben com a lanterninha e bateu em seu joelho esquerdo com um martelo de borracha. Com súbita morbidez, Ben se perguntou se era o mesmo que ele usara no joelho de Mike Ryerson.

— Tudo parece satisfatório — disse ele, guardando os instrumentos. — Qual é o nome de solteira de sua mãe?

— Ashford — disse Ben. Já haviam lhe feito essas perguntas quando ele recobrara a consciência.

— Professora no primeiro grau?

— A Sra. Perkins. Ela passava rinçagem no cabelo.

— Nome do meio do pai?

— Merton.

— Sente tontura ou náusea?

— Não.

— Sente aromas ou vê cores estranhas ou...

— Não, não e não. Estou ótimo.

— Isso sou eu quem decido — disse Cody, empertigando-se. — Teve visão dupla?

— A última vez foi quando comprei um litro de Thunderbird.

— Certo — disse Cody. — Eu o declaro curado pelos poderes da medicina moderna e pela graça de uma cabeça dura. Agora, sobre o que quer falar comigo? Sobre Tibbits e o bebê dos McDougall, imagino. Só posso lhe dizer o que já disse a Parkins Gillespie. Primeiro, estou feliz por não ter saído nos jornais. Um escândalo por século já basta para uma cidade pequena. Segundo, não imagino quem possa ter feito algo tão pervertido. Não pode ser alguém daqui. Temos os nossos malucos de plantão, mas...

Ele parou de falar, vendo a expressão confusa de Ben e Susan.

— Vocês ainda não sabem?

— O quê? — perguntou Ben.

— Parece um filme com Boris Karloff ou uma novela de Mary Shelley. Alguém roubou os corpos do necrotério de Cumberland, em Portland, ontem à noite.

— Santo Deus — disse Susan, entre lábios rígidos.

— O que foi? — perguntou Cody, subitamente preocupado. — Vocês sabem de algo a respeito disso?

— Estou começando a pensar seriamente que sim — disse Ben.

4

Eram 12h10 quando eles terminaram de contar tudo. A bandeja com o almoço que a enfermeira trouxera para Ben permanecia intocada ao lado da cama.

A última palavra fora dita, e o único som era o barulho de copos e talheres que entrava pela porta entreaberta, enquanto pacientes mais famintos almoçavam.

— Vampiros — murmurou Jimmy Cody. — E Matt Burke, justo ele... Assim fica mais difícil achar graça de tudo isso.

Ben e Susan não disseram nada.

— E querem que eu exume Danny Glick — meditou ele. — Santa Mãe de Deus...

Cody tirou um frasco da maleta e o jogou para Ben, que o pegou no ar.

— Aspirina — disse ele. — Já usou?

— Muitas vezes.

— Meu pai dizia que era a melhor enfermeira do médico. Sabe como funciona?

— Não — disse Ben, girando o frasco de aspirina entre as mãos. Não conhecia Cody a ponto de saber o que costumava ocultar, mas sabia que nenhum de seus pacientes já o vira assim, com o rosto infantil, parecido com o de Norman Rockwell, pensativo e introspectivo. E não quis interromper suas reflexões.

— Nem eu. Ninguém sabe. Mas é bom para dor de cabeça, artrite e reumatismo. E também não sabemos o que são esses males. Por que nossa cabeça dói? Não existem nervos no cérebro. Sabemos que a composição da aspirina é semelhante à do LSD, mas por que uma cura a dor de cabeça e o outro a enche de flores? Não entendemos isso porque no fundo não entendemos o cérebro. Mesmo o médico mais bem-formado do mundo está ilhado em meio a um mar de ignorância. Brandimos nossas varinhas de condão e lemos mensagens no sangue. E é surpreendente como funciona a maioria das vezes. É magia branca. *Bene gris-gris.* Meus professores de medicina arrancariam os cabelos se me ouvissem falar assim. Alguns arrancaram mesmo quando eu lhes disse que ia praticar medicina na zona rural do Maine. Um deles me disse que Marcus

Welby sempre lancetava os furúnculos na bunda do paciente durante as vinhetas da emissora. Mas eu nunca quis ser Marcus Welby. — Ele sorriu. — Eles teriam um ataque e rolariam no chão se soubessem que vou pedir a exumação de Danny Glick.

— Vai mesmo? — perguntou Susan, francamente surpresa.

— Que mal pode fazer? Se estiver morto, pronto. Se não estiver, terei algo para chocar o congresso de medicina no ano que vem. Direi ao legista do município que preciso procurar sinais de encefalite infecciosa. É a única explicação razoável que me ocorre.

— Pode ser isso então? — perguntou ela, esperançosa.

— É muito improvável.

— Pode fazer isso o mais rápido possível? — perguntou Ben.

— Amanhã, no máximo. Se tiver algum contratempo, terça ou quarta.

— Como ele estará? — perguntou Ben. — Quero dizer...

— Eu sei o que quer dizer. A família não mandou embalsamar o menino, não é?

— Não.

— Faz uma semana?

— Isso.

— Quando o caixão for aberto, provavelmente sairá uma onda de gás e um cheiro bastante repulsivo. O corpo pode estar inchado. O cabelo terá crescido até o colarinho. Continua a crescer durante bastante tempo. As unhas também estarão compridas. E os olhos, quase com certeza, terão afundado.

Susan tentava manter uma expressão de neutralidade científica, sem muito sucesso. Ben sentiu alívio por não ter almoçado.

— O corpo ainda não terá entrado em decomposição radical — prosseguiu Cody, em seu melhor tom magistral. — Mas a umidade presente já pode ter levado ao surgimento, no rosto e nas mãos, de uma substância musgosa chamada... — Ele parou. — Desculpe. Estou chocando vocês.

— Existem coisas piores do que a decomposição — disse Ben, tentando manter a voz neutra. — Mas e se você não encontrar nenhum desses sinais? E se o corpo estiver com o aspecto idêntico ao do dia em que foi enterrado? O que fará? Enterrará uma estaca em seu coração?

— Dificilmente — disse Cody. — Para começar, o médico-legista ou seu assistente estarão presentes. Acho que nem Brent Norbert acharia profissional se eu tirasse uma estaca da maleta e a enterrasse no cadáver de uma criança.

— E o que você vai fazer? — perguntou Ben, curioso.

— Bom, Matt Burke que me perdoe, mas não acho que isso vai acontecer. Mas, se o corpo estiver nesse estado, sem dúvida será levado ao Centro Médico do Maine para um exame mais demorado. Lá, eu esperaria até o anoitecer... e observaria os fenômenos que ocorressem.

— E se ele se levantar?

— Assim como você, acho isso inconcebível.

— Estou achando cada vez mais concebível — disse Ben, seriamente. — Posso estar presente quando isso acontecer? Se acontecer?

— Posso dar um jeito.

— Certo. — Ben levantou da cama e foi até o armário, onde suas roupas estavam penduradas. — Vou...

Susan deu uma risadinha, e Ben se virou.

— O que foi?

Cody sorria de orelha a orelha.

— Os aventais de hospital costumam abrir atrás, Sr. Mears.

— Caramba — disse Ben, instintivamente fechando a abertura traseira do avental. — É melhor me chamar de Ben.

— E, aproveitando a deixa, Susan e eu vamos sair — disse Cody, levantando-se. — Encontre com a gente no café quando estiver decente. Nós dois temos afazeres esta tarde.

— Temos?

— Precisamos contar aos pais de Danny Glick a história da encefalite. Pode fingir que é meu colega, se quiser. Não diga nada. Apenas ponha a mão no queixo e faça cara de sábio.

— Eles não vão gostar nada disso, não é?

— Você gostaria?

— Não.

— Precisa da permissão deles para a exumação? — perguntou Susan.

— Tecnicamente, não. Mas é melhor pedir. Minha única experiência com exumações foi na faculdade de medicina. Mas acho que, se forem contra, os pais podem entrar com um processo. Isso levaria de duas semanas a um mês, e até lá minha teoria sobre a encefalite não se sustentaria mais. — Ele fez uma pausa e os olhou. — O que me leva à questão mais perturbadora de todas, fora a história do Sr. Burke. Danny Glick é o único corpo que podemos examinar. Os outros desapareceram sem deixar vestígios.

5

Ben e Jimmy Cody chegaram à casa dos Glick por volta da 13h30. O carro de Tony Glick estava na garagem, mas a casa estava silenciosa. Como ninguém atendeu quando bateram, eles atravessaram a rua até a casinha estilo campestre que ficava em frente — um melancólico casebre pré-fabricado que se sustentava sobre duas escoras. O nome na caixa de cartas era Dickens. Um flamingo cor-de-rosa enfeitava o gramado, e um cocker spaniel abanou a cauda ao vê-los.

Pauline Dickens, garçonete e sócia do Excellent Café, abriu a porta logo depois que Cody tocou a campainha. Estava de uniforme.

— Oi, Pauline — disse Jimmy. — Você sabe onde estão os Glick?

— Então você não sabe?

— O quê?

— A Sra. Glick morreu esta manhã. Levaram Tony Glick ao Hospital Central do Maine. Ele está em choque.

Ben olhou para Cody, que tinha a expressão de alguém que levara um chute no estômago. Resolveu assumir o controle da situação.

— Para onde levaram o corpo?

Pauline alisou o uniforme.

— Falei com Mabel Werts pelo telefone há uma hora, e ela disse que Parkins Gillespie ia levar o corpo direto para a funerária daquele judeu em Cumberland, já que ninguém sabe onde Carl Foreman está.

— Obrigado — Cody disse lentamente.

— Que coisa horrível — disse ela, olhando para a casa vazia do outro lado da rua. O carro de Tony Glick, na entrada, parecia um cachorro grande e cinzento, acorrentado e depois abandonado. — Se eu fosse supersticiosa, ficaria com medo.

— Medo do quê, Pauline? — perguntou Cody.

— Ah, sei lá... — Ela sorriu vagamente, segurando uma corrente que tinha no pescoço.

Era uma medalha de São Cristóvão.

6

Estavam de volta ao carro. Viram Pauline sair para o trabalho sem dizer nada...

— E agora? — disse Ben finalmente.

— Que catástrofe — disse Jimmy. — O judeu que ela falou é Maury Green. Acho melhor irmos até Cumberland. Há nove anos o filho de Maury quase se afogou no lago Sebago. Por acaso eu estava lá com uma namorada, e salvei o menino com respiração boca a boca. Talvez seja o momento de eu pedir um favor em troca.

— Do que adiantará? O legista já deve ter levado o corpo para a sala de autópsia.

— Duvido. Hoje é domingo, lembra? O legista deve estar na floresta com seu martelo para colher rochas. É geólogo amador. Norbert... lembra-se dele?

Ben fez que sim.

— Norbert deve estar de plantão, mas não é confiável. Deve ter tirado o telefone do gancho para assistir ao jogo do Packers contra o Patriots. Se formos à funerária de Maury Green agora, é bem provável que encontremos o corpo intocado.

— Certo — disse Ben. — Vamos lá.

Lembrou-se da visita que deveria fazer ao padre Callahan, mas teria de ficar para depois. Tudo estava indo rápido demais para o gosto dele. Fantasia e realidade haviam se fundido.

7

Viajaram em silêncio até chegarem à estrada, cada um perdido em seus próprios pensamentos. Ben refletia sobre o que Cody dissera no hospital. Carl Foreman desaparecera. Os corpos de Floyd Tibbits e do bebê haviam sumido debaixo do nariz dos dois funcionários do necrotério. Mike Ryerson também desaparecera, e só Deus sabia quem mais. Quantas pessoas em 'salem podiam sumir sem que ninguém notasse sua falta durante muito tempo? Centenas, talvez. Suas mãos começaram a suar.

— Isso está começando a parecer uma alucinação — disse Jimmy. — Ou os quadrinhos do Gahan Wilson. O mais assustador, do ponto de vista acadêmico, é a facilidade relativa com que uma colônia de vampiros pode se formar, se admitirmos a existência deles. 'Salem é uma cidade-dormitório para quem trabalha em Portland, Lewiston e Gates Falls. Não existem indústrias locais que notariam se muitos empregados começassem a faltar. As escolas são unificadas com as de duas outras cidades, e se as faltas começarem a aumentar, quem repara? Muita gente vai à igreja em Cumberland, e mais gente ainda não vai a igreja alguma. E a televisão acabou com as antigas reuniões de bairro, descontando os coitados que matam tempo na loja de Milt. Tudo isso pode se desenrolar com muito sucesso nos bastidores.

— É — disse Ben. — Danny Glick infectou Mike. Mike infectou... não sei, Floyd, talvez. Aquele bebê pode ter infectado o pai ou a mãe. Como estão eles, por falar nisso? Alguém foi verificar?

— Não são meus pacientes. O Dr. Plowman deve ter ligado para eles esta manhã e comunicado o sumiço do corpo. Mas não tenho certeza.

— Alguém deveria verificar como estão. — Ben começou a se sentir acossado. — É uma bola de neve. Uma pessoa de fora pode passar pela cidade e não notar nada de errado. Mais uma cidadezinha mixuruca onde todos se deitam às nove. Mas ninguém sabe o que se passa por trás das portas. Os moradores podem estar na cama... ou dentro dos armários, como vassouras... ou nos porões, esperando o sol se pôr. E, a cada amanhecer, menos pessoas saem às ruas. Menos a cada dia. — Ele engoliu em seco.

— Calma — disse Jimmy. — Nada está provado.

— Estão chovendo provas — retorquiu Ben. — Se estivéssemos lidando com algo aceitável, como uma epidemia de febre tifoide ou de gripe, a cidade inteira estaria de quarentena a essa altura.

— Duvido. Não esqueça que apenas uma pessoa realmente *viu* alguma coisa.

— E não foi exatamente o bêbado da cidade.

— Matt seria crucificado se sua história se espalhasse — disse Jimmy.

— Por quem? Por Pauline Dickens é que não. Ela só falta pintar talismãs na porta de sua casa.

— Em tempos de Watergate e escassez de petróleo, ela é uma exceção.

Continuaram a viagem em silêncio. A funerária Green ficava no norte de Cumberland. Dois carros funerários estavam parados nos fundos, entre a capela ecumênica e uma cerca alta. Jimmy desligou o carro e olhou para Ben.

— Pronto?

— Acho que sim.

Eles saíram do carro.

8

A revolta que vinha crescendo dentro de Susan explodiu por volta das duas da tarde. Eles estavam dando voltas, tentando provar algo que (desculpe, Sr. Burke) provavelmente não passava de uma bobagem. E ela decidiu ir até a Casa Marsten naquela tarde mesmo.

Desceu e pegou a bolsa. Sua mãe estava preparando biscoitos e seu pai estava na sala, assistindo ao jogo.

— Aonde você vai? — perguntou a Sra. Norton.

— Vou dar uma volta.

— Vamos jantar às seis. Tente voltar a tempo.

— Voltarei no máximo às cinco.

Ela saiu e entrou no carro, que era seu maior orgulho — não porque era o primeiro de sua vida (embora fosse), mas porque o comprara (ainda faltavam seis prestações, lembrou ela) com seu próprio dinheiro, seu próprio talento. Era um Vega pequeno, com quase dois anos. Tirou-o cuidadosamente da garagem e acenou para a mãe, que a olhava da janela da cozinha. A relação delas ainda estava abalada, embora não falassem mais a respeito. As outras discussões, mesmo que amargas, tinham sido esquecidas com o tempo — a vida simplesmente continuava, enterrando as mágoas, que só voltavam a aflorar na briga seguinte, quando eram contadas como pontos numa disputa. Mas aquela guerra fora completa. As feridas não podiam ser curadas. A amputação era a única saída. Ela já começara a fazer as malas, com sensação de justiça. Estava mais do que na hora.

Seguiu pela rua Brock, sentindo prazer e determinação (e uma agradável sensação de absurdidade). Tomaria uma atitude concreta, e a ideia a estimulava. Era uma pessoa direta. Os fatos do fim de semana a haviam confundido e deixado à deriva. Mas agora ela remaria numa direção certa.

Parou no acostamento de terra na saída da cidade e andou pelo pasto de Carl Smith até uma cerca de neve vermelha, enrolada à espera do inverno. A sensação de absurdidade cresceu, e ela não pôde deixar de sorrir ao dobrar uma das ripas para frente e para trás até romper o arame que o prendia aos outros. Era uma estaca perfeita, de quase um metro, pontuda na extremidade. Levou-a para o carro e a colocou no banco de trás, sabendo para que era (ela vira filmes da produtora Hammer suficientes para saber como se matavam vampiros), mas não parou para pensar se seria capaz de cravá-la no peito de um homem se fosse preciso.

Saiu dos limites da cidade e entrou em Cumberland. Viu à esquerda uma lojinha que abria aos domingos, onde seu pai comprava o jornal. Lembrou-se que havia uma vitrine de bijuterias baratas ao lado do caixa.

Comprou o jornal e um pequeno crucifixo dourado. Suas compras, no valor de quatro dólares e cinquenta centavos, foram registradas por um balconista gordo que não tirou os olhos da televisão, onde Jim Plunkett era expulso do jogo.

Em seguida ela pegou a estrada municipal, que fora recém-asfaltada. Tudo parecia novo, fresco e vivo naquela tarde ensolarada, e a vida parecia muito preciosa. E para, a partir disso, pensar em Ben era um pulo.

O sol saiu detrás de uma grande e vagarosa nuvem, cobrindo o asfalto de faixas claras e escuras ao incidir sobre as árvores que margeavam a estrada. Num dia como aquele, pensou ela, era possível acreditar em finais felizes.

Cerca de oito quilômetros depois, ela saiu da estrada e entrou na via Brooks, que não era asfaltada, e voltou a entrar em 'salem. A estrada subia, descia e serpenteava pela densa vegetação dessa área, que encobria boa parte da luminosidade do dia. Não se viam casas nem trailers. Aquelas terras pertenciam a uma indústria de papel conhecida por pedir aos clientes que não amassassem o papel higiênico. A cada 30 metros, apareciam placas proibindo a caça e a passagem ao lado da estrada. Ao passar pelo desvio que levava ao depósito de lixo, Susan sentiu uma onda de inquietação. Naquele trecho sombrio da estrada, possibilidades nebulosas tornavam-se mais reais. Começou a se perguntar — e não pela primeira vez — por que uma pessoa normal compraria a casa arruinada que pertencera a um suicida e manteria as janelas sempre fechadas, tapando a luz do dia.

A estrada desceu bruscamente e depois começou a subir pelo flanco oeste do monte Marsten. Susan conseguiu divisar o telhado da Casa Marsten por entre as árvores.

Estacionou na entrada de uma antiga trilha para lenhadores no final da inclinação e saiu do carro. Após um instante de hesitação, pegou a estaca e pendurou o crucifixo no pescoço. Ela ainda se sentia absurda, mas se sentiria ainda mais se algum conhecido passasse por ali e a visse subindo o monte com a estaca de uma cerca na mão.

Oi, Suze, aonde está indo?

Vou dar uma passada na Casa Marsten e matar um vampiro. Mas tenho que me apressar, porque o jantar é às seis.

Ela decidiu cortar caminho pela floresta.

Ao passar cuidadosamente por cima de um muro arruinado no final da vala da estrada, ficou feliz por estar de calças compridas. A mais alta-costura para destemidas matadoras de vampiros. E ainda enfrentou arbustos espinhosos e buracos encobertos antes de entrar na floresta.

Em meio aos pinheiros, o dia se tornou pelo menos dez graus mais frio e ainda mais sombrio. O chão estava acarpetado de folhas amareladas e o vento assobiava entre as árvores. Em algum lugar, um animal correu pela vegetação rasteira. Susan de repente se deu conta de que, se virasse à esquerda e andasse uns 700 metros, chegaria ao cemitério Harmony Hill — isso se conseguisse escalar o muro de trás.

Ela continuou a subir o monte, o mais silenciosamente possível. Ao se aproximar do topo, avistou a casa em meio aos ramos cada vez mais esparsos — o lado da casa que não se via da cidade. E começou a sentir medo. Não conseguia precisar o motivo, e por isso era como o medo que sentira na casa de Matt Burke. Sabia que ninguém ouvia seus passos e que o sol brilhava, mas o medo continuava a oprimir seu peito. Parecia brotar de uma região arcaica e geralmente silenciosa de seu cérebro. O prazer que o dia lhe proporcionara antes se foi. Assim como a sensação de que era tudo uma brincadeira. E sua determinação. Voltou a pensar nos filmes de terror em que a heroína se aventura por corredores estreitos em direção ao sótão para ver o que assustara a pobre senhora Cobham, ou entrava em porões escuros e cobertos de teias de aranha — simbolizando o útero. Nessas ocasiões, com o braço do namorado ao seu redor, ela pensava: *Que idiota! Eu nunca faria isso*. E lá estava ela, fazendo justamente aquilo. E refletiu como a distância entre o cérebro superior e inferior se tornara grande. O cérebro superior obrigava a pessoa a continuar, apesar dos alertas daquela região instintiva, tão parecida com a constituição física do cérebro de um jacaré. O cérebro superior podia obrigar a pessoa a continuar em frente, até que a porta do sótão se abrisse diante de um horror indizível ou até chegar a uma alcova oculta no porão e visse...

PARE!

Ela afastou esses pensamentos e notou que estava suando. Só porque vira uma casa comum com as janelas fechadas. Pare de ser idiota, disse a si mesma. Você vai lá dar uma espiada na casa, só isso. Do jardim dá para ver sua própria casa. O que pode acontecer com você diante de sua própria casa?

Mesmo assim, ela se abaixou um pouco e segurou a estaca com mais força. Quando as árvores começaram a ficar muito espaçadas para escondê-la, ela começou a andar de quatro. Pouco depois, ela não podia mais avançar sem revelar sua presença. De seu esconderijo atrás do último grupo de pinheiros, via o lado oeste da casa e os arbustos de madressilva, agora despidos pelo outono. A grama do verão amarelara, mas ainda estava alta. Ninguém se dera ao trabalho de cortá-la.

De repente um motor roncou no silêncio da tarde. O coração de Susan deu um salto. Ela se controlou apertando o chão com os dedos e mordendo o lábio inferior. Logo depois um carro preto e antigo saiu da garagem, cruzou a entrada para veículos e pegou a estrada em direção à cidade. Susan viu o motorista com clareza: a cabeça calva, os olhos tão fundos que pareciam ser apenas órbitas, as lapelas de um terno escuro. Straker. A caminho da loja de Crossen, talvez.

Notou que a maioria das venezianas tinha lâminas quebradas. Ótimo. Ela se aproximaria de fininho, espiaria e descobriria o que havia lá dentro. Provavelmente era só uma casa que passava por uma longa reforma, por uma troca de papel de parede e reboco, e ela veria apenas ferramentas, baldes e escadas. Tudo romântico e sobrenatural como um jogo de futebol na televisão.

Mas o medo voltou. Tomou-a subitamente, sufocando a lógica e a brilhante fórmica da razão, deixando um gosto de cobre em sua boca.

E ela sabia que alguém estava atrás dela antes mesmo de sentir a mão em seu ombro.

9

Era quase noite.

Ben levantou-se da cadeira dobrável de madeira, andou até a janela que dava para o gramado traseiro da casa funerária e não viu nada especial. Eram 18h45, e as sombras do anoitecer se alongavam sobre o chão. A grama continuava verde apesar da época do ano, e ele imaginou que o agente funerário tentaria mantê-la assim até que a neve a cobrisse. Um símbolo da continuidade da vida em meio à morte da natureza. Essa ideia o deprimiu, e ele se afastou da janela.

— Como eu queria um cigarro — disse ele.

— O cigarro mata — disse Jimmy, sem se virar. Assistia a um documentário sobre a vida animal na televisão de Maury Green. — Na verdade, eu também queria. Parei de fumar quando o ministro da Saúde condenou o cigarro há dez anos. Seria ruim para minha imagem se não parasse. Mas sempre acordo procurando o maço na mesa de cabeceira.

— Não tinha parado?

— Deixo o maço lá pelo mesmo motivo pelo qual alguns alcoólatras em recuperação sempre têm uma garrafa de uísque no armário da cozinha. Força de vontade, amigo.

Ben olhou para o relógio. Eram 18h47. Segundo o jornal que Maury Green deixara sobre a mesa, o anoitecer aconteceria oficialmente às 19h02.

Jimmy cuidara da situação com habilidade. Maury Green era um homenzinho que abrira a porta de colete preto desabotoado e camisa branca de colarinho aberto. Sua expressão sóbria e inquisitiva deu lugar a um largo sorriso de boas-vindas.

— *Shalom*, Jimmy — exclamou ele. — Que prazer ver você! O que tem feito?

— Salvado o mundo da gripe — disse Jimmy, sorrindo e apertando a mão de Green. — Quero que conheça um grande amigo meu, Ben Mears.

Maury apertou a mão de Ben calorosamente. Seus olhos brilhavam por trás dos óculos de aros pretos.

— *Shalom* para você. Amigos de Jimmy são meus amigos também. Entrem, entrem. Vou chamar Rachel e...

— Não precisa — disse Jimmy. — Viemos lhe pedir um favor. Um favor dos grandes.

Green olhou bem para o rosto de Jimmy.

— Um favor dos grandes — repetiu zombeteiramente. — E por quê? O que você já fez por mim, para que meu filho se formasse em terceiro lugar na Northwestern? Peça o que quiser, Jimmy.

Jimmy corou.

— Fiz o que qualquer um teria feito, Maury.

— Não vou discutir com você. Peça. O que está preocupando tanto você e o Sr. Mears? Sofreram um acidente?

— Não, nada do gênero.

Ele os conduzira a uma pequena cozinha atrás da capela e, enquanto conversavam, preparou café numa cafeteira velha sobre uma chapa elétrica.

— Norbert já veio buscar a Sra. Glick? — perguntou Jimmy.

— Não, nem sinal dele — disse Maury, colocando açúcar e creme sobre a mesa. — Aposto que vai aparecer às 11 da noite e reclamar porque não esperei por ele. Pobre mulher — suspirou. — Quanta tragédia numa só família. E ela está parecendo um anjo, Jimmy. Aquele imprestável do Reardon a trouxe. Era sua paciente?

— Não — disse Jimmy. — Mas Ben e eu... gostaríamos de observá-la esta noite, Maury. Lá embaixo.

Green parou no ato de apanhar o bule de café.

— Observá-la? Examiná-la, você quer dizer?

— Não — disse Jimmy calmamente. — Só observá-la.

— Está brincando? — Ele o olhou com atenção. — Não, vejo que não. Para que fazer isso?

— Não posso lhe dizer, Maury.

— Ah. — Ele serviu o café, sentou-se e deu um gole. — Ótimo, não ficou muito forte. Mas ela morreu de alguma doença infecciosa?

Jimmy e Ben trocaram um olhar.

— Não no sentido mais comum da palavra — disse Jimmy.

— Você quer que eu fique de bico calado, não é?

— Isso mesmo.

— E se Norbert chegar?

— Eu cuido dele — disse Jimmy. — Direi que Reardon me pediu para procurar sinais de encefalite infecciosa. Ele nunca irá conferir se é verdade.

Green concordou com um gesto de cabeça.

— Norbert não sabe nem conferir o relógio.

— Pode ser, Maury?

— Claro que sim. Mas pensei que fosse um favor dos grandes.

— É maior do que pensa.

— Quando terminar meu café, vou para casa ver que horror Rachel preparou para o jantar de domingo. Aqui está a chave. Tranque a porta quando sair.

Jimmy guardou a chave no bolso.

— Pode deixar. Obrigado mais uma vez, Maury.

— Não precisa agradecer. Mas faça-me um favor em troca.

— Claro. O quê?

— Se ela disser alguma coisa, anote para a posteridade. — Ele começou a rir, mas viu a expressão no rosto deles e se calou.

10

Eram 18h55. Ben sentia a tensão enrijecer o corpo.

— Pare de olhar para o relógio — disse Jimmy. — Não vai fazer com que ande mais rápido olhando para ele.

Ben teve um sobressalto de culpa.

— Duvido muito que os vampiros, se é que existem, levantem-se no horário oficial do anoitecer — disse Jimmy. — Ainda está claro a essa hora.

Mesmo assim, ele se ergueu e desligou a televisão, calando o grasnado de um pato.

O silêncio caiu sobre eles como um manto pesado. Estavam na sala de trabalho de Green. O corpo de Marjorie Glick jazia sobre uma mesa de aço inoxidável equipada com calhas e apoios para os pés que podiam ser subidos e descidos. Pareciam macas de maternidades, pensou Ben.

Jimmy puxara o lençol que cobria o corpo quando entraram e fizera um breve exame. A Sra. Glick usava um roupão acolchoado cor de vinho e chinelos de lã. Um band-aid na canela esquerda talvez cobrisse um corte feito pelo aparelho de barbear. Ben tentara desviar os olhos do corpo, mas sem sucesso.

— O que você acha? — ele perguntara.

— Não quero me comprometer, já que dentro de três horas deveremos ter uma resposta. Mas seu estado é incrivelmente semelhante ao de Mike Ryerson. Nenhuma palidez, nenhum sinal de rigidez, nem mesmo incipiente. — E ele voltara a suspender o lençol e não dissera mais nada.

Eram 19h02.

— Onde está sua cruz? — Jimmy perguntou de repente.

Ben se sobressaltou.

— A cruz? Meu Deus, esqueci de trazer.

— Vejo que nunca foi escoteiro — disse Jimmy, abrindo sua maleta. — Eu, no entanto, estou sempre alerta.

Tirou dois depressores de língua, removeu o embrulho de celofane e os uniu com esparadrapo da Cruz Vermelha.

— Abençoe a cruz — disse a Ben.

— Como? Não sei fazer isso.

— Então, improvise — disse Jimmy, com o rosto simpático subitamente tenso. — Você não é escritor? Seja também um metafísico. Mas ande logo, pelo amor de Deus. Acho que algo vai acontecer. Não está sentindo?

Ben sentia. Algo parecia estar se acumulando no lento e arroxeado crepúsculo, ainda invisível, mas com o peso de uma carga elétrica. Sua boca secara, e ele teve de molhar os lábios para conseguir falar.

— Em nome do Pai, do Filho e do Espírito Santo. — E acrescentou. — Em nome da Virgem Maria também. Abençoe essa cruz e... e...

As palavras então lhe vieram com súbita e misteriosa firmeza.

— O Senhor é meu pastor. Nada me faltará. Em verdes prados ele me faz repousar. Conduz-me junto às águas refrescantes. Restaura as forças de minha alma.

Jimmy uniu a voz à dele.

— Pelos caminhos retos ele me leva, por amor do seu nome. Ainda que eu atravesse o vale escuro, nada temerei...

Era difícil manter a respiração constante. Todo o corpo de Ben estava coberto de arrepios, e os cabelos de sua nuca se eriçaram.

— Vosso bordão e vosso báculo são meu apoio. Preparais para mim a mesa à vista de meus inimigos. Derramais o perfume sobre minha cabeça e transbordai minha taça. A vossa bondade e misericórdia hão de...

O lençol que cobria o corpo de Marjorie Glick começara a tremer. A mão resvalou para fora do lençol e os dedos começaram a se mover.

— Meu Deus, não posso estar vendo isso — sussurrou Jimmy. Seu rosto ficou branco e suas sardas se destacavam como respingos numa vidraça.

— ...seguir-me por todos os dias de minha vida — terminou Ben. — Jimmy, olhe para a cruz.

A cruz cintilava. A luz se derramava sobre sua mão com um clarão élfico.

Uma voz lenta e estrangulada fez-se ouvir, arranhando o silêncio como um caco de louça.

— *Danny?*

Ben sentiu sua língua se colar no céu da boca. A silhueta sob o lençol estava se sentando. Sombras deslizavam na sala escura.

— *Danny, onde você está, querido?*

O lençol caiu do rosto e se amontoou no colo do vulto.

O rosto de Marjorie Glick era um círculo branco na semi-obscuridade, marcado apenas pelos buracos negros dos olhos. Quando ela os viu, sua boca se abriu num horrível esgar. Os dentes cintilaram sob a luz morrente do dia.

Ela passou as pernas para o lado da mesa. Um dos chinelos caiu no chão, onde ficou esquecido.

— Sente aí! — disse Jimmy. — Não se mexa!

A resposta dela foi um rosnado canino, um som argênteo e medonho. Ela desceu da mesa, cambaleou e andou em direção a eles. Ben encontrou aqueles olhos profundos e se forçou a desviar o olhar. Eram galáxias negras cercadas de vermelho, onde ele se via refletido, onde mergulharia com prazer.

— Não olhe para a cara dela — alertou a Jimmy.

Eles recuavam sem pensar, deixando que ela os acuasse no corredor estreito que levava às escadas.

— Tente usar a cruz, Ben.

Ele quase se esquecera dela. Ergueu-a então, e a cruz pareceu faiscar com esplendor. Ele precisou franzir os olhos diante do brilho. A Sra. Glick emitiu um som sibilante e protegeu o rosto com as mãos. Seus traços se contraíram, contorcendo-se como um ninho de cobras. Ela recuou um passo.

— Deu certo! — gritou Jimmy.

Ben avançou em direção à Sra. Glick, estendendo a cruz a sua frente. Ela tentou derrubá-la com os dedos que pareciam garras. Ben conseguiu se desviar e continuou a investir sobre ela com a cruz. A morta-viva deu um grito ululante.

Para Ben, o que se seguiu teve as cores de um pesadelo. Apesar dos horrores piores que ainda viriam, ele sempre lembraria em seus sonhos de empurrar Marjorie Glick de volta à mesa funerária, onde o lençol que a cobrira jazia amontoado ao lado de um chinelo de lã.

Ela recuava a contragosto, o olhar passando da temível cruz para um ponto no pescoço de Ben. Os sons que saíam de sua garganta eram inarticulados, sibilantes, desumanos. Ela recuava com relutância tão cega que começou a lembrar um enorme e pesado inseto. Ben pensou: se eu não estivesse com essa cruz à minha frente, ela abriria minha garganta com as unhas e engoliria o sangue que esguicharia da jugular e da carótida como um homem morrendo de sede no deserto. Ela se banharia no meu sangue.

Jimmy saiu do lado dele e começara a cercá-la pela esquerda. Ela não o viu. Seus olhos estavam pregados em Ben, cheios de ódio... e de medo.

Jimmy contornou a mesa e, quando ela se aproximou, ele agarrou seu pescoço com as duas mãos e soltou um grito convulsivo.

Ela deu um berro agudo e terrível, contorcendo-se entre os braços dele. Ben viu as unhas de Jimmy arrancarem um pedaço da pele do ombro dela, mas nenhum sangue saiu. O corte permaneceu pálido e seco. Então, com força assustadora, ela o atirou até o outro lado da sala. Jimmy caiu, derrubando a televisão de Maury Green do suporte.

Ela investiu para o médico velozmente, correndo arqueada como uma aranha. Num relance, Ben a viu cair sobre ele, rasgar seu colarinho, e depois a inclinação predatória da cabeça, o escancarar das mandíbulas quando ela começou a sugá-lo.

Jimmy Cody gritou com o desespero dos condenados.

Ben se atirou sobre a criatura, tropeçando e quase caindo sobre a televisão quebrada no chão. Ouvia a áspera respiração dela, e, por trás desse som, o ruído repugnante de lábios que chupavam e sorviam.

Ele a agarrou pelo colarinho do roupão e a puxou para cima, esquecendo-se da cruz por um momento. Ela girou a cabeça com rapidez assustadora. Os olhos estavam dilatados e brilhantes, os lábios e queixo manchados de sangue que parecia negro na escuridão quase total.

Ben sentiu no rosto a respiração da criatura, incrivelmente pútrida, o hálito das tumbas. Como em câmera lenta, viu-a passar a língua nos dentes.

Ergueu a cruz bem quando ela o puxava para seus braços, com uma tal força que ele se sentiu feito de pano. A ponta redonda do depressor de língua atingiu-a sob o queixo e continuou a penetrar a carne sem resistência. Os olhos de Ben foram ofuscados por uma luz que não estava diante deles, mas atrás. Sentiu o cheiro quente e nauseante de carne queimada. A morta soltou um grito de dor e desespero. Ele a viu recuar bruscamente, tropeçar na televisão e cair no chão, amortecendo a queda com o braço pálido. Ergueu-se de novo com agilidade lupina, os olhos apertados de dor, mas ainda cheios de fome insana. A carne de seu maxilar estava escura e fumegante. Ela rosnava para ele.

— Vem, sua vaca — arquejou ele. — Vem.

Ben estendeu a cruz diante de si novamente e a encurralou no canto esquerdo da sala. Preparou-se para cravar a cruz na testa da criatura. Mas, mesmo pressionada contra a parede, ela soltou um riso alto e estridente que o fez contrair o rosto. Era como o som de um garfo arranhando uma superfície de porcelana.

— *Alguém se alegra agora! E seu círculo está menor!*

E, diante dos olhos de Ben, o corpo pálido se alongou e se tornou translúcido. Num momento ela estava lá, rindo dele, e no outro apenas a luz branca do poste de rua brilhava sobre a parede nua. Uma sensação em seus terminais nervosos lhe informava que ela se infiltrara pelos poros da parede, como fumaça.

Ela sumira.

E Jimmy gritava.

11

Ele acendeu as luzes fluorescentes do teto e correu para Jimmy, mas ele já estava de pé, com as mãos na lateral do pescoço, os dedos escarlates.

— Ela me *mordeu*! — ele gritou. — Santo Deus, ela me *mordeu*!

Ben foi até ele, tentou tomá-lo nos braços, mas ele o empurrou. Seus olhos moviam-se freneticamente nas órbitas.

— Não encoste em mim. Fui contaminado.

— Jimmy...

— Me dá minha maleta. Meu Deus, Ben, estou sentindo. Está se espalhando dentro de mim. *Pelo amor de Deus, me dá minha maleta!*

A maleta estava num canto. Ben foi buscá-la, e Jimmy arrancou-a de suas mãos. Foi até a mesa funerária e apoiou a maleta sobre ela. Seu rosto, de uma palidez mortal, estava coberto de perspiração. O sangue pulsava impiedosamente do talho em seu pescoço. Ele sentou na mesa, abriu a maleta e remexeu dentro dela, respirando penosamente.

— Ela me *mordeu* — murmurou inclinado sobre a maleta. — Aquela boca... Meu Deus, aquela boca imunda...

Ele tirou um frasco de desinfetante e jogou a tampa no chão de ladrilhos. Depois se inclinou, apoiando-se no braço, e verteu o frasco sobre o pescoço, derramando o líquido sobre a ferida, as calças, a mesa. O sangue se soltou em filamentos. Ele fechou os olhos e gritou uma vez, e depois outra, sem balançar o frasco.

— Jimmy, o que posso...

— Daqui a pouco — murmurou Jimmy. — Espere. Acho que está melhorando. Espere.

Ele atirou o frasco no chão, estilhaçando-o. A ferida, agora limpa, estava nitidamente visível. Não era um, mas dois furos próximos da jugular, um deles horrivelmente lacerado.

Jimmy tirou uma ampola e uma seringa da maleta. Removeu a capa protetora da agulha e a enfiou na ampola. Suas mãos tremiam tanto que ele teve de tentar duas vezes. Ele encheu a seringa e a entregou para Ben.

— É antitetânica — disse ele. — Aplique em mim. Aqui. — Ele levantou o braço de modo a expor a axila.

— Jimmy, isso vai te derrubar.

— Não, não vai. Aplique.

Ben pegou a seringa e olhou interrogativamente para Jimmy. Ele fez um sinal afirmativo com a cabeça, e Ben injetou o líquido.

O corpo de Jimmy retesou-se como aço flexível. Por um momento, ele se tornou a imagem da agonia, cada tendão de seu corpo destacando-se sob a pele. Aos poucos, começou a relaxar. Seu corpo estremeceu, e Ben viu que as lágrimas haviam se misturado ao suor em seu rosto.

— Ponha a cruz em cima de mim — disse ele. — Se eu ainda estiver contaminado, a cruz... fará algo comigo.

— Será?

— Tenho certeza. Quando você estava lutando com ela, eu olhei para cima e quis atacar *você*. Deus me perdoe, mas eu quis. Olhei para a cruz e... meu estômago virou.

Ben colocou a cruz no pescoço dele. Nada aconteceu. Seu brilho — se é que houvera mesmo um brilho — sumira totalmente. Ben removeu a cruz.

— Certo — disse Jimmy. — Acho que é tudo que podemos fazer. — Remexeu na maleta de novo, encontrou um envelope contendo dois comprimidos e os meteu na boca. — Tranquilizantes — disse ele. — Santa invenção. Ainda bem que fui ao banheiro antes... antes de acontecer. Acho que mijei na calça, mas saiu só umas gotas. Você consegue fazer um curativo no meu pescoço?

— Acho que sim — disse Ben.

Jimmy lhe deu gaze, esparadrapo e tesouras cirúrgicas. Ao se inclinar para fazer o curativo, Ben viu que a pele ao redor das feridas ganhara um horrível tom de vermelho. Jimmy se contraiu quando ele apertou delicadamente o curativo no lugar.

— Por alguns minutos — disse ele —, achei que ia ficar louco. Clinicamente louco. Os lábios dela no meu pescoço, me mordendo... — Sua garganta se moveu quando ele engoliu. — E, enquanto ela fazia isso, eu *gostava*. Isso é o pior, Ben. Cheguei a ter uma ereção. Dá para acreditar? Se você não a tivesse puxado de cima de mim, eu teria... teria deixado que...

— Deixe para lá — disse Ben.

— Preciso fazer mais uma coisa desagradável.

— O quê?

— Olhe para mim um pouco.

Ben terminou o curativo e se afastou um pouco para olhar para Jimmy.

— O que...

Sem mais nem menos, Jimmy lhe deu um murro. Estrelas dançaram em seu cérebro, e ele recuou três passos e sentou pesadamente no chão. Balançou a cabeça e viu Jimmy descendo cuidadosamente da mesa e andando em sua direção. Procurou freneticamente a cruz, pensando: Que jeito idiota de morrer, seu imbecil, seu imbecil...

— Você está bem? — Jimmy lhe perguntou. — Desculpe, mas é um pouco melhor quando é de surpresa.

— Mas que droga...

Jimmy sentou-se ao lado dele no chão.

— Ouça a história que vamos contar — disse ele. — É bem esfarrapada, mas acho que Maury Green a confirmará. Vai salvar minha carreira e impedir que nós dois acabemos na cadeia ou no hospício. E, no momento, não estou preocupado com isso, e sim em ficar livre para poder combater essas coisas, seja lá o que forem. Entendeu?

— A ideia geral, sim — disse Ben. Levou a mão ao maxilar e contraiu o rosto. Sentiu uma saliência no queixo.

— Alguém invadiu a sala enquanto eu examinava a Sra. Glick — disse Jimmy. — O cara nocauteou você e me usou como saco de pancadas. Durante a luta, ele me mordeu para eu soltá-lo. É tudo que conseguimos lembrar. *Tudo*. Entendeu?

Ben fez que sim.

— Ele usava um casaco de oficial escuro, talvez azul ou preto, e um boné de malha verde ou cinza. É tudo que você viu. Está bem?

— Já pensou em trocar a medicina pela carreira de escritor?

Jimmy sorriu.

— Só sou criativo em momentos de extremo interesse próprio. Você vai se lembrar da história?

— Claro. E não a acho tão esfarrapada assim. Afinal, o corpo dela não foi o primeiro a desaparecer ultimamente.

— Espero que levem isso em conta. Mas o delegado municipal é bem mais esperto do que Parkins Gillespie. Temos que tomar cuidado. Não enfeite a história.

— Você acha que alguma autoridade começará a entender o que está se passando?

Jimmy balançou a cabeça.

— Não existe a menor chance. Teremos que nos virar sozinhos. E lembre-se que, daqui em diante, somos criminosos.

Em seguida, ele pegou o telefone e ligou para Maury Green e depois para o delegado municipal, Homer McCaslin.

12

Ben voltou para a pensão por volta da meia-noite e quinze e preparou um café na cozinha deserta. Bebeu-o lentamente, relembrando os acontecimentos da noite com a intensa emoção de um homem que por pouco não caíra de um precipício.

O delegado municipal era um homem alto e parcialmente calvo que mascava tabaco. Movia-se lentamente, mas seus olhos eram vivos e observadores. Tirara do bolso da calça uma enorme e surrada caderneta presa por uma corrente e uma antiga caneta-tinteiro do colete de lã verde. Interrogara Ben e Jimmy enquanto dois policiais recolhiam digitais e tiravam fotos. Maury Green assistiu a tudo em silêncio, lançando um olhar confuso para Jimmy de vez em quando.

Por que haviam ido à Funerária Green?

Jimmy se encarregou da resposta, falando da suspeita de encefalite.

O velho doutor Reardon sabia disso?

Não, Jimmy achou melhor fazer uma investigação discreta antes de comunicar suas suspeitas. O doutor Reardon às vezes falava demais.

E a mulher tinha essa tal de encefalite?

Era quase certo que não. Ele já havia terminado o exame quando o homem de casaco de oficial apareceu. Não era capaz de dizer do que a mulher morrera, mas com certeza não fora de encefalite.

Eles podiam descrever o sujeito?

Deram a resposta que tinham combinado. Ben acrescentou que o homem usava botas marrons para que não parecesse muito ensaiado.

McCaslin fez mais algumas perguntas, e quando Ben começava a achar que haviam se safado, o delegado se virou para ele e perguntou:

— E o que estava fazendo aqui, Mears? Você não é médico.

Ele o olhou atentamente. Jimmy abriu a boca para responder, mas o delegado o silenciou com um gesto de mão.

Se McCaslin quisera pegar Ben de surpresa e arrancar uma expressão de culpa, seu objetivo fracassou. Ben estava abalado demais para reagir. Ser pego em contradição não era tão terrível assim comparado a tudo que acontecera.

— Sou escritor, não médico. No momento, estou escrevendo um romance em que um dos personagens é filho de um agente funerário. Eu só queria dar uma olhada na sala, e Jimmy me deu uma carona. Ele me disse que preferia não revelar por que tinha vindo, e não lhe perguntei. — Esfregou o queixo, onde um calombo nascera. — Consegui mais do que esperava.

McCaslin não pareceu nem contente nem descontente com a resposta de Ben.

— Parece que sim. Foi você que escreveu *Conway's Daughter*, não foi?

— Foi.

— Minha mulher leu parte da história numa revista feminina. Na *Cosmopolitan*, eu acho. Achou muito divertida. Dei uma olhada e não vi nada engraçado numa menina viciada em drogas.

— Não — disse Ben, olhando McCaslin nos olhos. — Também não vi nada engraçado nisso.

— Esse novo livro é o que dizem que você está escrevendo em Lot?

— Esse mesmo.

— Por que não dá para Moe Green ler? — perguntou McCaslin. — Ele pode lhe dizer se a parte funerária está certa.

— Ainda não escrevi essa parte — disse Ben. — Sempre pesquiso antes de escrever. Fica mais fácil.

McCaslin sacudiu a cabeça, intrigado.

— Sabe, essa história está me parecendo aqueles livros com o Fu Manchu. Um sujeito invade o necrotério, domina dois homens fortes e foge com o corpo de uma pobre mulher que morreu de causas desconhecidas.

— Ouça, Homer... — começou Jimmy.

— Não me chame de Homer — disse McCaslin. — Não gosto. E não estou gostando de nada disso. Essa tal de encefalite é contagiosa, não é?

— Sim, é transmissível — Jimmy respondeu com cautela.

— E assim mesmo trouxe esse escritor junto? Sabendo que a mulher podia estar com uma doença assim?

Jimmy encolheu os ombros, irritado.

— Não questiono suas decisões profissionais, delegado. Terá de aceitar as minhas. A encefalite é uma infecção menor, que se espalha lentamente pela corrente sanguínea humana. Achei que nenhum de nós correria perigo. Agora, não seria melhor tentar descobrir quem levou o corpo da Sra. Glick? Ou acha mais divertido nos interrogar?

McCaslin extraiu um profundo suspiro de sua considerável barriga, fechou a caderneta e voltou a guardá-la nas profundezas do bolso.

— Vamos dar o alerta, Jimmy. Duvido que façamos algum avanço a não ser que esse maluco resolva agir de novo. Se é que esse maluco existe, o que eu duvido.

Jimmy ergueu as sobrancelhas.

— Vocês estão mentindo para mim — McCaslin disse pacientemente. — Eu sei, esses policiais sabem, até o velho Moe deve saber. Não sei se estão mentindo muito ou um pouco, mas sei que não poderei *provar* que estão mentindo enquanto não caírem em contradição. Poderia levar os dois para o xadrez, mas sou obrigado a deixar que façam um telefonema, e até um recém-formado em direito poderia libertá-los, já que não tenho prova nenhuma, só suspeitas. E aposto que seu advogado não é um recém-formado, certo?

— Não, não é — disse Jimmy.

— Eu os levaria assim mesmo só pela amolação, mas tenho a sensação de que estão mentindo não porque fizeram alguma coisa ilegal. — Ele pisou no pedal da lixeira de aço inoxidável ao lado da mesa funerária. A tampa subiu com estrondo, e ele cuspiu uma massa marrom de tabaco no interior da lixeira. Maury Green deu um salto. — Não é melhor me contarem essa história direito? — ele perguntou calmamente, sem o sotaque caipira e nasalado de antes. — A coisa é séria. Aconteceram quatro mortes em Lot, e os quatro corpos sumiram. Quero saber o que está acontecendo.

— Já lhe dissemos tudo que sabíamos — disse Jimmy com firmeza, olhando diretamente para McCaslin. — Diríamos mais se pudéssemos.

McCaslin retribuiu o olhar penetrante.

— Você está cagando de medo — disse ele. — Você e esse escritor, os dois. Estão parecendo aqueles soldados quando voltaram da guerra da Coreia.

Os policiais olhavam para eles. Ben e Jimmy não disseram nada.

McCaslin suspirou de novo.

— Vão, sumam daqui. Quero os dois na minha sala amanhã às dez horas, para prestar depoimento. Se não estiverem lá às dez, mando um carro-patrulha buscar vocês.

— Não será preciso — disse Ben.

McCaslin o olhou com decepção e sacudiu a cabeça.

— Você devia escrever livros mais sensatos. Como aquele sujeito que escreve as histórias com Travis McGee. Nelas a gente sente firmeza.

13

Ben levantou da mesa e lavou a xícara de café na pia, parando para olhar a escuridão da noite pela janela. Quem vagaria pelas ruas àquela hora? Marjorie Glick, enfim ao lado do filho? Mike Ryerson? Floyd Tibbits? Carl Foreman?

Deu as costas para a janela e subiu as escadas.

Ele dormiu o resto da noite com o abajur aceso e a cruz feita com depressores de língua na cabeceira da cama. Seu último pensamento antes de adormecer foi se perguntar se Susan estaria sã e salva.

Capítulo doze

MARK

1

Quando ouviu os passos de alguém se aproximando sobre os gravetos, ele se escondeu atrás do tronco de uma grande árvore e esperou para ver quem era. *Eles* não podiam sair de dia, mas deviam ter outros a seu serviço que podiam. Dar-lhes dinheiro era um jeito de conseguir isso, mas não o único. Mark vira o tal de Straker na cidade — tinha olhos como os de um sapo esquentando-se ao sol. Parecia ser capaz de quebrar o braço de um bebê com um sorriso.

Apalpou a pesada pistola do pai que trazia no bolso do casaco. Balas não adiantavam contra *eles* — fora balas de prata, talvez —, mas um tiro no meio da testa daria um jeito naquele Straker.

Olhou de relance para o objeto cilíndrico que estava encostado na árvore, enrolado numa toalha velha. Havia uma pilha de lenha atrás de sua casa — achas de freixo que ele e o pai haviam cortado com a motosserra de McCulloch em julho e agosto. Henry Petrie era metódico, e Mark sabia que cada acha teria exatamente 90 centímetros. Seu pai sabia o tamanho certo, assim como sabia que o inverno vinha depois do outono e que o freixo produzia um fogo mais duradouro e higiênico na lareira da sala.

Mas o filho sabia de outras coisas, como o que fazer para acabar com *aquela coisa*. Naquela manhã, enquanto os pais davam seu passeio dominical, ele pegou uma acha e, com a machadinha dos escoteiros, talhou uma das extremidades formando uma ponta. O resultado ficou grosseiro, mas serviria.

Ele viu um lampejo colorido e se encolheu atrás da árvore, espiando por trás do tronco. Não demorou para que visse a pessoa que subia o monte. Era uma moça. Ele sentiu um misto de alívio e decepção. Não era nenhum ajudante do demônio que se aproximava, e sim a filha da Sra. Norton.

Apurou a visão mais uma vez. Ela também trazia uma estaca! Quando ela chegou mais perto, ele sentiu vontade de rir. Era a ripa de uma cerca, que podia ser partida em dois com um simples golpe de martelo.

Ela passaria por ele pela direita. Quando chegou mais perto, ele começou a deslizar cuidadosamente para o lado esquerdo da árvore, evitando pisar em gravetos e revelar sua presença. Finalmente ele completou o movimento sincronizado, e ela estava de costas para ele, subindo o monte em direção à margem da floresta. Andava com muito cuidado, notou ele com aprovação. Isso era bom. Apesar da ridícula estaca de cerca, ela parecia ter alguma ideia do que estava fazendo. Mas, se avançasse muito, teria problemas. Straker estava em casa. Mark chegara lá ao meio-dia e meia e vira Straker sair até a entrada para carros, olhar a estrada e voltar para a casa. Estava justamente tentando decidir o que fazer quando aquela moça entrou em cena, perturbando a equação.

Talvez não acontecesse nada a ela. Parara atrás de uma barreira de arbustos e se agachara lá, olhando para a casa. Mark refletiu por um momento. Era óbvio que ela sabia. Não importava como, mas ela não teria trazido aquela estaca lamentável se não soubesse. Precisava avisá-la que Straker ainda estava na casa, de guarda. Ela não devia ter uma arma, nem uma pequena como a dele.

Estava pensando em como abordá-la sem que ela gritasse feito uma louca quando o motor do carro de Straker rugiu. Ela deu um salto, e ele temeu que saísse correndo, desembestando pela mata e anunciando sua presença. Mas ela se agachou novamente, agarrando a grama como se tivesse medo que o chão lhe faltasse. Ela tem coragem, mesmo sendo burra, pensou ele com aprovação.

O carro de Straker saiu de ré da garagem — ela devia estar vendo bem melhor de onde estava; ele via apenas o teto preto do Packard —, hesitou um pouco e depois pegou a estrada em direção à cidade.

Mark decidiu que precisavam se unir. Qualquer coisa era melhor do que entrar naquela casa sozinho. Ele já provara a atmosfera envenenada que a cercava. Sentira-a a meio quilômetro de distância, e ela se acentuava quanto mais ele chegava perto.

Ele subiu de mansinho a elevação acarpetada de folhas e apoiou a mão no ombro da moça. Sentiu o corpo dela enrijecer, percebeu que ia gritar e disse:

— Não grite. Está tudo bem. Sou eu.

Ela não gritou. Apenas deixou escapar o ar com expressão aterrorizada. Olhou para ele, pálida.

— Eu... quem?

Mark se sentou ao lado de Susan.

— Meu nome é Mark Petrie. Eu conheço você. É Sue Norton. Meu pai conhece seu pai.

— Petrie...? Henry Petrie?

— Isso, é meu pai.

— O que você está fazendo aqui? — Ela não parava de olhá-lo de cima a baixo, como se ainda não tivesse conseguido assimilar sua presença.

— O mesmo que você. Só que sua estaca não vai funcionar. É muito... — Ele procurou uma palavra que entrara em seu vocabulário graças às leituras, mas que ele nunca usara. — É muito tênue.

Ela olhou para sua ripa de cerca e chegou a corar.

— Isto? Eu encontrei no meio do mato. Alguém podia cair em cima e se machucar, então eu...

Mark a interrompeu com impaciência.

— Você veio matar o vampiro, não é?

— De onde você tirou essa ideia de vampiro?

— Um vampiro tentou me atacar ontem à noite. E quase conseguiu — disse ele, sério.

— Que absurdo. Um mocinho como você não devia inventar essas...

— Era Danny Glick.

Susan recuou e seus olhos se apertaram como se ele a tivesse acertado com um soco, e não com palavras. Estendeu a mão trêmula e pegou o braço de Mark. Olhou nos olhos dele.

— Você está inventando isso, Mark?

— Não — disse ele, e contou o que lhe acontecera em poucas frases simples.

— E você veio até aqui sozinho? — perguntou Susan quando ele terminou. — Você acreditou nisso e veio até aqui sozinho?

— Se eu acreditei? — Ele a olhou, francamente intrigado. — Claro que acreditei. Eu vi, não foi?

Susan ficou sem resposta. De repente, sentiu vergonha de ter duvidado (não, dúvida era uma palavra suave demais) da história que Matt contara e que Ben aceitara depois de tanta hesitação.

— E você, como veio parar aqui?

Ela hesitou um pouco, e depois disse:

— Algumas pessoas na cidade desconfiam que tem um homem naquela casa que ninguém viu ainda. E que ele pode ser um... um... — Susan ainda não conseguia dizer a palavra, mas ele assentiu num gesto de compreensão. Mesmo conhecendo-o tão pouco, ele lhe parecia um menino extraordinário. Abreviando tudo que podia ter acrescentado, ela disse: — E eu vim ver se é verdade.

Ele indicou a estaca com um gesto de cabeça.

— E trouxe isto para espetar no peito dele?

— Não sei se seria capaz.

— Eu seria — declarou ele calmamente. — Depois do que eu vi ontem... Danny se grudou do lado de fora da minha janela como uma mosca gigante. E seus dentes.... — Ele sacudiu a cabeça, afastando o pesadelo.

— Seus pais sabem que você está aqui? — perguntou Susan, já sabendo a resposta.

— Não. Domingo é o dia de encontrarem a natureza. Vão observar pássaros de manhã e de tarde fazem outras coisas. Às vezes vou com eles, às vezes não. Hoje foram dar uma volta pela costa.

— Você é um menino e tanto — disse ela.

— Não sou, não — disse Mark, sem se abalar com o elogio. — Mas vou dar um jeito nele! — Olhou para a casa.

— Tem certeza...

— Claro que tenho. E você também tem. Não sente como ele é mau? A casa não dá medo, só de olhar para ela?

— Dá — admitiu ela. A lógica dele era a dos terminais nervosos, e, ao contrário dos argumentos de Ben ou Matt, era irresistível.

— Como vamos fazer? — perguntou ela, passando automaticamente a liderança para ele.

— Vamos até lá e entramos na casa. Encontramos ele, enfiamos a estaca, *minha* estaca, no coração dele e saímos de novo. Ele deve estar no porão. Eles gostam de lugares escuros. Você trouxe uma lanterna?

— Não.

— Droga, nem eu. — Ele raspou os pés calçados com tênis sobre as folhas. — E também não deve ter trazido uma cruz.

— Isso eu trouxe — disse Susan. Ela puxou a corrente de dentro da blusa e a mostrou. Mark assentiu e puxou uma corrente de dentro de sua própria camisa.

— Espero conseguir pôr isto de volta no lugar antes de meus pais chegarem — disse ele. — Tirei da caixa de joias da minha mãe. Vai ser um inferno se ela descobrir. — Ele olhou ao redor. As sombras haviam se alongado mais enquanto conversavam, e ambos sentiam um impulso de adiar e adiar.

— Quando a gente o encontrar, não olhe nos olhos dele — disse Mark. — Ele não pode sair do caixão antes de escurecer, mas pode prender a gente com os olhos. Você sabe alguma reza de cor?

Eles haviam começado a andar pelos arbustos entre a floresta e a grama alta da Casa Marsten.

— Bom, sei o Pai-Nosso...

— Já está bom. Essa eu sei também. Vamos dizer ao mesmo tempo enquanto espeto o coração dele.

Mark viu a expressão de Susan, de desânimo e repulsa, e apertou-lhe a mão. Sua calma e controle eram desconcertantes.

— Ouça, a gente tem de fazer isso. Aposto que ele pegou metade da cidade ontem à noite. Se a gente esperar mais, ele vai pegar a cidade toda. Agora vai ser rápido.

— Ontem à noite?

— Eu tive um sonho — disse ele. Sua voz continuava calma, mas seus olhos estavam sombrios. — Sonhei que eles batiam nas portas das casas ou ligavam para as pessoas implorando para entrar. Algumas pessoas no fundo sabiam quem eles eram, mas deixavam entrar assim mesmo. Era mais fácil do que achar que uma coisa tão ruim podia ser verdade.

— Foi só um sonho — disse ela, inquieta.

— Aposto que tem muitas pessoas deitadas na cama hoje, com as cortinas fechadas, achando que pegaram um resfriado ou uma gripe. Sentindo-se fracas e confusas. Não conseguem comer. Só de pensar em comer sentem vontade de vomitar.

— Como você sabe tudo isso?

— Leio revistas de monstros e vejo filmes desse tipo sempre que posso. Tenho de dizer a minha mãe que vou ver filmes do Walt Disney. Mas não dá para acreditar em tudo. Às vezes eles inventam coisas só para a história ficar mais sangrenta.

Estavam ao lado da casa. Somos uma equipe e tanto, pensou Susan. Um velho professor meio doido de tanto ler, um escritor obcecado com pesadelos da infância, um menino especialista em vampiros graças a filmes B e revistas baratas. E eu? Será que acredito? Fantasias paranoicas podem ser contagiosas?

Ela acreditava.

Como Mark dissera, era impossível duvidar estando perto da casa. Todos os processos mentais, o próprio ato de conversar, eram encobertos por uma voz mais fundamental, que gritava *perigo! perigo!* de modo inarticulado. Seu batimento cardíaco e ritmo respiratório haviam se acelerado, mas sua pele estava fria, porque a adrenalina dilatava os vasos capilares e fazia o sangue se retrair durante momentos de estresse. Sentia os rins pesarem. Seus olhos estavam estranhamente atentos, notando cada lasca e cada mancha na lateral da casa. E nenhum estímulo externo acionara todas essas reações. Não havia homens armados, cães ameaçadores, cheiro de fogo. Um vigia mais alerta do que seus cinco sentidos havia sido acordado depois de um longo sono. E era impossível ignorá-lo.

Susan espiou por uma fresta da veneziana.

— Nossa, eles não fizeram nada para restaurar a casa — disse ela, quase indignada. — Está uma bagunça.

— Deixe-me ver. Levante-me.

Ela entrelaçou os dedos para que Mark pudesse se apoiar e espiar a sala decrépita da Casa Marsten. Ele viu um cômodo deserto de linhas retas, com uma espessa camada de poeira no chão, papel de parede descascado, duas ou três poltronas velhas, uma mesa danificada. Teias de aranha enfeitavam os cantos das paredes, perto do teto.

Antes que Susan pudesse protestar, ele arrebentou a tranca que fechava a veneziana com a ponta lisa da estaca. A tranca enferrujada caiu no chão em dois pedaços, e a veneziana se abriu uns cinco centímetros.

— Ei! — protestou ela. — Você não devia...

— O que você quer fazer? Tocar a campainha?

Mark empurrou a persiana direita e deu uma pancada numa das vidraças empoeiradas. O vidro se quebrou por dentro. Susan sentiu o medo crescer dentro dela, quente e palpitante, deixando um gosto de cobre em sua boca.

— Ainda podemos fugir — disse ela, quase que para si mesma.

Mark a olhou sem nenhum desdém ou desprezo — só honestidade e um medo tão grande quanto o dela.

— Vai, se precisa ir — disse ele.

— Não. Não preciso. — Ela tentou engolir o nó na garganta, sem muito sucesso. — Rápido. Você está ficando pesado.

Mark quebrou os cacos restantes na vidraça, passou a estaca para a outra mão, passou o braço pelo buraco e abriu a janela, que gemeu fracamente quando ele a empurrou. O caminho estava aberto.

Ele desceu das mãos de Susan, e os dois olharam em silêncio para a janela. Depois ela deu um passo adiante, empurrou a veneziana até o fim, apoiou as mãos no peitoril da janela e se preparou para entrar. O medo que sentia era estonteante, insano. Finalmente ela entendia como Matt se sentira ao subir as escadas ao encontro daquilo que o aguardava no quarto de hóspedes.

Susan sempre dominara seus medos usando uma equação, consciente ou inconsciente: medo = desconhecido. Sendo assim, bastava resolver em termos algébricos. Desconhecido = tábua rangendo (por exemplo), tábua rangendo = nenhum motivo para ter medo. No mundo moderno, todos os temores podiam ser vencidos usando-se o axioma transitivo da igualdade. Alguns temores eram justificados (não se deve dirigir depois de beber, nem estender a mão para um cachorro raivoso, nem ir a lugares escuros com rapazes desconhecidos), mas até então ela não sabia que alguns medos iam além da compreensão, apocalípticos e quase paralisantes. Aquela equação era insolúvel. O simples ato de avançar um passo se tornava heroísmo.

Ela se ergueu agilmente, passou uma perna pelo peitoril, pulou para o chão poeirento da sala e olhou ao redor. Sentiu um cheiro no ar. Escoava das paredes num miasma quase visível. Tentou se convencer de que era apenas reboco velho ou o esterco acumulado de todos os animais que haviam se aninhado por trás do estuque rachado — marmotas, ratos, guaxinins. Mas não era isso. O cheiro era mais entranhado e profundo do que emanações animais. Lembrava lágrimas, vômito e trevas.

— Ei — Mark chamou baixinho, com as mãos sobre o peitoril. — Me dá uma mão.

Ela se inclinou, pegou-o pelas axilas e o puxou até ele se agarrar ao peitoril. Depois ele se içou facilmente. Saltou para o carpete, e a casa voltou a ficar silenciosa.

Eles ficaram escutando o silêncio, fascinados. Não ouviam nem sequer o fraco zumbido que reverbera na quietude total, o som dos terminais nervosos se estendendo no vazio. Sentiam apenas um silêncio morto e o pulsar do sangue nos ouvidos.

No entanto, ambos sabiam que não estavam sozinhos.

2

— Vamos — disse Mark. — Vamos dar uma olhada por aí. — Ele agarrou a estaca e, por um momento apenas, olhou com anseio para a janela.

Susan avançou lentamente para o corredor, e ele foi logo atrás. Ao lado da mesa havia uma mesinha e sobre ela um livro. Mark o pegou.

— Você sabe latim? — perguntou ele.

— Aprendi um pouco na escola.

— O que quer dizer isto? — Ele lhe mostrou a lombada do livro.

Ela murmurou as palavras, franzindo a testa. Depois, sacudiu a cabeça.

— Não sei.

Ele abriu o livro a esmo, depois se encolheu. Encontrara a imagem de um homem nu erguendo o corpo de uma criança estripada em direção a algo invisível. Ele largou o livro, aliviado assim que o soltou

— seu toque lhe parecera estranhamente familiar —, e eles cruzaram o corredor em direção à cozinha. As sombras se acentuavam mais. O sol já estava do outro lado da casa.

— Está sentindo o cheiro? — perguntou ele.

— Estou.

— Está pior aqui, não é?

— Está.

Mark lembrou da despensa que sua mãe tinha na outra casa. Certo ano, três cestas de tomate apodreceram lá dentro, na escuridão. Era isso. Aquele cheiro parecia com o de tomates podres.

— Meu Deus, que medo... — sussurrou Susan.

Ele pegou a mão dela e a apertou forte.

O linóleo da cozinha era velho e esburacado, enegrecido em frente da velha pia de porcelana. Uma mesa grande e arranhada estava no centro, sobre ela um prato amarelo, uma faca e um garfo, um pedaço de hambúrguer cru.

A porta do porão estava entreaberta.

— É lá que temos de entrar — disse Mark.

— Ah... — disse Susan debilmente.

Pela fresta da porta, a luz não parecia penetrar. A língua da escuridão estendia-se faminta sobre a cozinha, esperando a noite chegar para engoli-la inteira. Aquela nesga de escuridão sugeria possibilidades terríveis. Susan permaneceu ao lado de Mark, imóvel e impotente.

Em seguida ele avançou, abriu a porta e ficou parado, olhando para baixo. Ela viu um músculo saltar sob seu maxilar.

— Acho que... — ele começou a dizer.

Foi então que Susan ouviu um ruído atrás de si e se virou, sabendo que era tarde demais. Straker estava lá, com um largo sorriso.

Mark se virou e o viu. Tentou correr e se desviar dele, mas o homem o acertou em cheio no queixo. E ele não viu mais nada.

3

Quando voltou a si, Mark estava sendo arrastado por uma escada — mas não era a do porão. Não sentiu a clausura da pedra, e o ar não era fétido. Ousou abrir as pálpebras somente uma fresta, sem mexer a cabeça, que manteve inerte. Uma escada que subia... para o segundo andar. Ele via claramente. O sol ainda não se pusera. Havia uma esperança, então.

Chegaram ao topo e, de repente, os braços que o seguravam o soltaram. Ele caiu pesadamente no chão, batendo a cabeça.

— Acha que não sei quando alguém está se fazendo de morto, jovem mestre? — perguntou Straker.

Mark o olhou. De onde estava, ele parecia ter três metros. Sua cabeça calva reluzia na semiobscuridade. O menino viu, com horror, que ele tinha uma corda sobre o ombro. Levou a mão ao bolso, onde guardara a pistola.

Straker riu, jogando a cabeça para trás.

— Tomei a liberdade de retirar a arma, jovem mestre. Meninos não devem brincar com armas... assim como não devem entrar com mocinhas numa casa onde sua presença não foi solicitada.

— O que você fez com Susan Norton?

Straker sorriu.

— Levei-a aonde ela pretendia ir, meu rapaz. Ao porão. Mais tarde, quando anoitecer, ela encontrará o homem que veio aqui para conhecer. Você também o conhecerá, se não esta noite, na de amanhã. Talvez ele o ofereça à moça... mas acho que preferirá cuidar de você pessoalmente. A moça terá seus amigos para encontrar, alguns deles intrometidos como você.

Mark chutou com ambos os pés a virilha de Straker, mas este se desviou, ágil como um bailarino. Sem perder tempo, deu um pontapé, atingindo em cheio os rins de Mark.

O menino mordeu os lábios e se contorceu no chão. Straker deu uma risada.

— Vamos, jovem mestre. Levante-se.

— Não... consigo.

— Então, rasteje — disse o homem com desdém. Chutou-o de novo, dessa vez acertando o músculo de sua coxa. A dor era terrível, mas Mark cerrou os dentes. Apoiou-se sobre os joelhos e depois sobre os pés.

Eles avançaram pelo corredor em direção à porta no final. A dor nos rins se transformara numa pontada surda e insistente.

— O que você vai fazer comigo?

— Vou amarrá-lo como um peru de natal, jovem mestre. Mais tarde, depois que meu Mestre tiver estabelecido relações com você, poderá ir.

— Como os outros?

Straker sorriu.

Quando Mark empurrou a porta e entrou no quarto onde Hubert Marsten se suicidara, algo singular aconteceu em sua mente. Não que o medo tivesse ido embora, mas ele parou de bloquear sua mente, de emperrar seu funcionamento. Seus pensamentos começaram a se processar com espantosa rapidez, não em palavras ou em imagens, mas num tipo de estenografia simbólica. Sentiu-se como uma lâmpada que acabara de receber uma carga de energia de uma fonte desconhecida.

O quarto em si era bastante prosaico. O papel de parede, rasgado, mostrava o reboco branco e a parede por trás. O chão, coberto pela poeira do tempo, revelava apenas uma sequência de pegadas, como se alguém tivesse entrado uma vez, olhado ao redor e saído. Mark viu duas pilhas de revistas, uma cama de ferro fundido, sem molas ou colchão, e uma pequena chapa de estanho com uma desbotada marca da Currier & Ives, que outrora bloqueara o buraco da chaminé. A veneziana da janela estava fechada, mas a luz que se filtrava pelas lâminas quebradas permitiu que Mark calculasse que ainda restava uma hora de luz do dia. Uma aura sórdida impregnava o cômodo.

Ele levou apenas cinco segundos para abrir a porta, ver tudo isso e chegar ao centro do quarto, onde Straker lhe disse para parar. Nesse curto período, sua mente correra por três faixas e vira três possíveis desfechos para a situação em que se encontrava.

Numa, ele saltava em direção à janela e tentava atravessar a veneziana e o vidro como o herói de um filme de caubói, atirando-se com esperança cega rumo ao desconhecido. Mentalmente, ele se viu atravessando a janela e caindo sobre uma pilha enferrujada de equipamentos agrícolas, passando os últimos segundos de sua vida empalado nas lâminas de um arado como um inseto num alfinete. Ou chocando-se contra o vidro sem que este se quebrasse. Viu Straker puxando-o para trás, suas roupas rasgadas, o corpo lacerado e sangrando em vários lugares.

Na segunda faixa, viu Straker amarrando-o e partindo. Viu-se amarrado no chão enquanto o dia morria, debatendo-se de modo cada vez mais frenético (e inútil) até finalmente ouvir os passos na escada de alguém mil vezes pior do que Straker.

Na terceira faixa, viu-se usando um truque que lera num livro sobre Houdini. Houdini fora um mágico famoso, que escapava de celas de cadeia, de caixas acorrentadas, de cofres de banco, de baús atirados em rios. Conseguia se livrar de cordas, de algemas, de armadilhas chinesas. O livro dizia que uma das coisas que ele fazia era prender a respiração e apertar bem as mãos enquanto um voluntário da plateia o amarrava. Inchava as coxas, os antebraços e os músculos do pescoço. Assim, quando relaxava os músculos, sobrava uma pequena folga. O truque era relaxar completamente e começar a fugir com calma e lentidão, sem deixar o pânico atrapalhar. Aos poucos, a transpiração agia como uma graxa, o que também ajudava. Pelo livro, parecia bem fácil.

— Vire-se — disse Straker. — Vou amarrá-lo. Não se mexa. Se você se mexer, vou usar isto — e ele mostrou o polegar para Mark, como alguém pedindo carona — para arrancar seu olho direito. Entendeu?

Mark fez que sim. Respirou o mais fundo que podia e contraiu todos os músculos. Straker jogou a corda sobre uma das vigas.

— Deite-se — disse ele.

Mark obedeceu.

Straker cruzou as mãos do menino atrás das costas e as amarrou com força. Depois, passou a corda pelo pescoço de Mark e fez um nó de enforcado.

— Você está preso à mesma viga em que o amigo e patrocinador de meu Mestre neste país se enforcou, jovem mestre. Sente-se honrado?

Passou a corda por baixo da virilha de Mark e apertou o laço com um puxão brutal, fazendo o menino gemer. Straker riu com monstruoso bom humor.

— Seu saco doeu? Logo não vai mais doer. Você vai levar uma vida de asceta, meu rapaz. Uma vida muito, muito longa.

Straker passou a corda pelas coxas contraídas de Mark, apertou o nó, passou-a pelos joelhos e também pelos tornozelos. O menino precisava desesperadamente de ar, mas continuou a prender a respiração.

— Você está tremendo, jovem mestre — escarneceu Straker. — Seu corpo está todo tenso e contraído. E sua pele está branca... mas ficará ainda mais. Mas não precisa ter tanto medo. Meu Mestre sabe ser bondoso. Ele é muito amado, aqui mesmo, na sua cidade. É só uma picadinha, como uma injeção, e depois vem o bem-estar. E mais tarde você será libertado. E irá visitar seus pais, está bem? Irá visitá-los depois que dormirem.

Ele se levantou e olhou Mark com benevolência.

— Direi adeus por enquanto, jovem mestre. Preciso cuidar do conforto de sua linda companheira. Quando nos encontrarmos novamente, você gostará mais de mim.

Ele saiu, batendo a porta. Uma chave girou na fechadura. E, enquanto ele descia as escadas, Mark soltou a respiração e relaxou os músculos com um grande suspiro de alívio.

As cordas que o amarravam se afrouxaram — um pouco.

Ele ficou imóvel, se recobrando. Sua mente continuava a funcionar com a mesma velocidade sobrenatural. De onde estava, olhou por sobre o piso irregular para a cama de ferro. Viu a parede ao lado. O papel de parede que se soltara daquele local jazia ao lado da cama como uma pele de cobra descartada. Ele fixou o olhar numa pequena porção da parede. Expulsou todo o resto do cérebro. O livro sobre Houdini dizia que a concentração era a chave. Nenhum medo ou pânico podia se insinuar na mente. O corpo precisava estar totalmente relaxado. E a fuga tinha de ocorrer na mente antes que qualquer movimento fosse feito. Cada etapa precisava existir concretamente na mente.

Ele olhava para a parede enquanto os minutos passavam. A parede era branca e irregular, como a tela de um velho *drive-in.*

Finalmente, quando seu corpo estava relaxado até o último grau, ele começou a se projetar naquela tela, um menino de camiseta azul e jeans Levi's. O menino estava de lado, com os braços para trás, os pulsos presos logo acima dos quadris. Um nó corrediço envolvia seu pescoço, e qualquer movimento brusco apertaria aquele nó inexoravelmente até bloquear sua respiração e obscurecer sua mente.

Ele olhava para a parede. Sobre ela, a figura começara a se mexer cuidadosamente, embora ele mesmo continuasse totalmente imóvel. Fascinado, ele observava cada movimento do simulacro. Seu nível de concentração era semelhante ao dos faquires e iogues indianos, que são capazes de contemplar os dedos dos pés ou a ponta do nariz durante dias, ou o de certos médiuns, que fazem mesas levantar ou extraem longas tiras de teleplasma do nariz, da boca, dos dedos. Era um estado próximo ao sublime. Ele não pensava em Straker ou no dia que expirava. Não via mais o piso áspero, a cama de ferro, nem mesmo a parede. Via apenas o menino, que executava uma pequena coreografia com músculos cuidadosamente controlados.

Ele olhava para a parede.

E finalmente começou a mexer os próprios punhos em semicírculos, um em direção ao outro. No final de cada semicírculo, as laterais de suas palmas se tocavam. Os únicos músculos que se moviam eram os das extremidades dos antebraços. Ele não se apressava. Olhava para a parede.

Quando o suor brotou de seus poros, seus pulsos começaram a girar com mais facilidade. Os meios círculos se ampliaram. No final de cada um, ele pressionava os dorsos das mãos um contra o outro. As cordas que os prendiam se afrouxaram um pouquinho mais.

Ele parou.

Depois de um momento, ele começou a flexionar os polegares contra as palmas e pressionar os dedos num movimento sinuoso. Seu rosto estava totalmente inexpressivo, como o de um manequim numa vitrine.

Cinco minutos se passaram. Suas mãos suavam profusamente agora. O nível extremo de sua concentração lhe permitia controlar parcialmente seu sistema nervoso simpático, outro traço dos iogues e faquires, e, sem perceber, ele começou a controlar as funções involuntárias de seu organismo. O suor abundante não se justificava apenas por seus movimentos cuidadosos. Suas mãos estavam gordurosas. Gotículas de suor caíam de sua testa, escurecendo a poeira do chão.

Ele começou a mexer os braços para cima e para baixo como um êmbolo, passando a usar os bíceps e os músculos das costas. O nó se apertou um pouco, mas ele sentiu que um dos laços começava a escorregar em direção a sua mão direita. Encostou no seu polegar e parou. O entusiasmo o invadiu, e ele parou imediatamente até que a emoção se extinguisse por completo. Depois, recomeçou. Para cima e para baixo. Para cima e para baixo. Ganhava uma fração de centímetro a cada vez. E, de repente, sua mão direita estava livre.

Ele não a mexeu, apenas a flexionou. Quando viu que não estava dormente, passou os dedos sob o laço que prendia seu pulso esquerdo e o puxou. A mão esquerda se libertou.

Ele trouxe as duas mãos para frente e as apoiou no chão. Fechou os olhos por um instante. O truque agora era não achar que já conseguira. O truque era agir com grande deliberação.

Apoiando-se na mão esquerda, ele apalpou com a direita o nó áspero que prendia o laço em seu pescoço. Viu imediatamente que teria de quase se enforcar para se libertar, e aumentaria ainda mais a pressão sobre seus testículos, que já latejavam.

Respirou fundo e começou a soltar o nó. A corda retesava-se gradualmente, apertando seu pescoço e virilha. As cerdas grosseiras da corda enterravam-se em seu pescoço. O nó resistiu durante um tempo que pareceu infinito. Sua visão se obscurecia, invadida por grandes flores negras que brotavam por trás dos olhos. Mas ele não se apressava. Continuava puxando o nó, até que finalmente o sentiu afrouxar. Por um momento, a pressão sobre sua virilha aumentou insuportavelmente. E então, com um gesto abrupto, ele puxou o laço sobre a cabeça e a dor abrandou.

Ele se sentou e inclinou a cabeça, arquejando, segurando os testículos doloridos. A dor aguda se tornara surda e difusa, deixando-o nauseado. Quando se aplacou um pouco, ele olhou para a janela fechada. A luz que entrava pelas lâminas quebradas já se avermelhava. E a porta estava trancada.

Ele puxou a corda para baixo, soltando-a da viga, e começou a afrouxar os nós que prendiam suas pernas. Estavam tão apertados que, no intenso esforço de desfazê-los, sua concentração começou a vacilar.

Ele libertou as coxas, os joelhos e, após uma luta aparentemente interminável, os tornozelos. Ergueu-se fracamente entre os montes inertes de corda e cambaleou. Começou a esfregar as coxas.

Ouviu um ruído no andar de baixo: passos.

Levantou os olhos, em pânico, as narinas se dilatando. Capengou até a janela e tentou abri-la. Estava fechada com pregos, encurvados sobre a madeira barata do peitoril como grampos.

Os passos vinham pela escada.

Ele olhou desesperadamente ao redor do quarto. Duas pilhas de revistas. Uma pequena chapa de estanho com a gravura de um piquenique em 1890. A cama de ferro.

Ele correu até a cama e a levantou. E deuses distantes, vendo quanta sorte ele conquistara sozinho, resolveram lhe conceder mais uma quota.

Os passos haviam chegado ao corredor e avançavam em direção à porta quando ele acabou de desparafusar a perna da cama e a soltou.

4

Quando a porta abriu, Mark estava atrás dela empunhando a perna da cama, como um índio com um tacape.

— Jovem mestre, vim para...

Straker viu as cordas soltas no chão, e a surpresa o paralisou durante um segundo sobre a soleira da porta.

Para Mark, tudo se desenrolou com a lentidão de uma manobra de futebol vista em câmera lenta. Parecia que tinha minutos, e não poucos segundos, para mirar a fração do crânio visível além da porta.

Segurando a arma improvisada com as duas mãos, ele a baixou (sacrificando parte da força à precisão do golpe) sobre a cabeça de Straker, atingindo-o na têmpora, quando ele se virava para olhar atrás da porta. Seus olhos, arregalados, fecharam-se de dor. O sangue brotou do ferimento num jorro abundante.

Straker se contraiu e recuou, cambaleando. Seu rosto estava contorcido numa careta assustadora. Ele avançou para Mark, que o golpeou de novo. Dessa vez, o ferro atingiu o crânio logo acima da testa, causando um novo jato de sangue.

E ele desabou molemente, virando os olhos para cima.

Mark se aproximou do corpo, com os olhos arregalados de assombro. A ponta do ferro estava coberta de sangue. Sangue mais vermelho do que o dos filmes em tecnicolor. Essa visão lhe provocou náuseas, mas ele não sentiu nada ao olhar para Straker.

Eu o matei, pensou ele. E logo depois: *Ainda bem.*

A mão de Straker se fechou em seu tornozelo.

Mark ofegou e tentou se libertar. A mão o prendia como uma armadilha de aço. Straker o fitava, os olhos frios e brilhantes por trás de uma máscara de sangue. Seus lábios se mexeram, mas nenhum som saiu. Mark puxou o pé com mais força, em vão. Com um gemido, começou a bater na mão de Straker com o pé da cama. Uma vez, duas, três, quatro. Mark ouviu o estalo horrível dos dedos. A pressão sobre seu tornozelo cessou, e ele o puxou com tanta força que foi arremessado para trás, tropeçando até o corredor.

A cabeça de Straker tombara novamente, mas sua mão lacerada se abria e fechava com tenebrosa vitalidade, como as patas de um cão que sonha em pegar um gato.

Mark soltou a perna da cama e recuou, tremendo. O pânico o dominou, e ele desceu correndo as escadas, saltando dois ou três degraus de uma vez, deslizando a mão pela balaustrada.

O vestíbulo estava tomado pela escuridão.

Ele entrou na cozinha e lançou um olhar desvairado para o porão aberto. O sol se punha numa explosão de tons vermelhos, amarelos e púrpura. Numa funerária a 25 quilômetros dali, Ben Mears via o ponteiro do relógio hesitar entre 19h01 e 19h02.

Mark não sabia disso, mas sabia que a hora do vampiro se aproximava. Ficar mais era arriscar um confronto; entrar no porão e tentar salvar Susan era entrar para as fileiras dos mortos-vivos.

Mesmo assim, ele se aproximou do porão, e chegou a descer os primeiros três degraus antes que o medo o cercasse de modo quase físico e o impedisse de avançar. Chorava, e seu corpo tremia como se tomado por uma febre.

— Susan! — gritou ele. — Corra!

— M-Mark? — A voz dela parecia fraca e aturdida. — Não estou vendo nada. Está escuro...

Mark ouviu um súbito estrondo, como um tiro, seguido por uma profunda e perversa risada.

Susan gritou... um som que morreu num gemido e depois silenciou.

Mark ainda esperou, embora seus pés, leves como pluma, quisessem arrancá-lo dali.

Então, uma voz veio de baixo, uma voz cordial, incrivelmente parecida com a de seu pai.

— Desça, meu rapaz. Eu o admiro.

A força contida só nessa voz era tão grande que ele sentiu o medo refluindo, as plumas em seus pés se transformando em chumbo. Começou a descer outro degrau, mas se dominou — e para isso precisou de toda a pouca disciplina que ainda lhe restava.

— Desça — disse a voz, mais próxima agora. Sob o tom terno e paternal, havia um férreo comando.

— Eu sei seu nome! É Barlow! — gritou Mark.

E fugiu.

Quando chegou ao vestíbulo, o medo o atingiu em cheio de novo, e se a porta não estivesse destrancada, ele a teria atravessado bem no meio, deixando recortada uma silhueta de si mesmo como nos desenhos animados.

Ele saiu em disparada pela entrada para carros (como aquele outro menininho, Benjamin Mears, tanto tempo atrás) e depois pela rua Brooks, em direção à relativa segurança da cidade. Afinal, o rei dos vampiros podia estar vindo atrás dele.

Mark saiu da estrada e abriu caminho cegamente pela floresta, chapinhando no riacho Taggart, caindo sobre arbustos emaranhados na outra margem e finalmente saindo no quintal de sua casa.

Ele cruzou a cozinha e parou na porta da sala, onde sua mãe, com a preocupação estampada no rosto, falava ao telefone com a lista telefônica aberta no colo.

Ela levantou a cabeça e, quando o viu, o alívio se espalhou por seu rosto como uma onda física.

— Ele chegou.

Ela desligou o telefone sem esperar uma resposta e andou em direção ao filho. Mark notou, com mais compaixão de que ela o julgaria capaz, que a mãe estivera chorando.

— Mark... onde você estava?

— Ele chegou? — gritou o pai, do escritório. Seu rosto, ainda que invisível, era ameaçador.

— *Onde você estava?* — Ela o pegou pelos ombros e o sacudiu.

— Na rua — disse Mark debilmente. — Eu caí quando corria para casa.

Não havia mais nada a dizer. A característica essencial da infância não é a fusão de sonho e realidade, mas a alienação. Não há palavras para os mecanismos ocultos da mente de uma criança. Quando sábia, ela reconhece o fato e se submete às consequências. Quando contabiliza os danos, não é mais uma criança.

— Perdi a noção do tempo e...

E então seu pai se encarregou dele.

5

Ainda era a madrugada de segunda-feira.

Alguém arranhava a janela.

Mark despertou sem passar pelo intervalo entre a sonolência e a lucidez. Para ele, não havia mais diferença entre as insanidades do sono e as da vigília.

O rosto pálido do outro lado do vidro era de Susan.

— Mark... deixe-me entrar.

Mark levantou da cama. O chão sob seus pés estava frio. Ele tremia.

— Vá embora — disse ele, sem entonação na voz. Viu que ela ainda usava a mesma blusa, as mesmas calças. Será que os pais dela estão preocupados?, pensou ele. Será que chamaram a polícia?

— Não é tão ruim assim, Mark — disse ela, com os olhos vítreos e inexpressivos. Sorriu, mostrando os dentes, que se destacavam vivamente sob as gengivas lívidas. — É delicioso. Deixe-me entrar. Vou te mostrar. Vou te beijar, Mark. Vou te beijar inteiro, como sua mãe nunca beijou.

— Vá embora — repetiu ele.

— Um de nós vai te pegar mais cedo ou mais tarde — disse ela. — Somos muitos agora. Deixe-me entrar, Mark. Eu estou... com fome. — Ela tentou sorrir, mas produziu apenas um esgar malévolo que gelou o sangue dele.

Mark levantou a cruz e a encostou na janela.

Ela emitiu um silvo, como se tivesse sido escaldada, e soltou-se do caixilho da janela. Durante um momento, ficou suspensa no ar, seu corpo se tornando vago e indistinto. No momento seguinte, desapareceu. Mas não antes que ele visse (ou achasse ter visto) uma expressão de desespero e tristeza em seu rosto.

A noite voltou a ser tranquila e silenciosa.

Somos muitos agora.

Mark pensou nos pais, que dormiam inconscientes do perigo que corriam, e o pavor tomou conta de suas entranhas.

Susan dissera que algumas pessoas sabiam, ou desconfiavam.

Quem?

O escritor, claro. O namorado dela. Chamava-se Mears e morava na pensão da Eva. Escritores eram muito sabidos. Seria ele. Mark teria de procurá-lo antes de Susan.

Ele estacou a caminho da cama.

Se é que ela já não o procurara.

Capítulo treze

PADRE CALLAHAN

1

Naquela mesma noite de domingo, o padre Callahan entrou com hesitação no quarto de Matt Burke. Eram 18h45 no relógio de Matt. Sua mesa de cabeceira e até sua cama estavam cobertas de livros, alguns velhos e amarelados. Matt ligara para Loretta Starcher e conseguira que a solteirona não só abrisse a biblioteca no domingo como levasse os livros para ele em pessoa. Ela e mais três funcionários do hospital haviam entrado em procissão, carregados de obras. E ela partira bufando, porque ele se recusara a responder a suas perguntas sobre a estranha solicitação.

O padre Callahan contemplou o professor com curiosidade. Parecia abatido, mas não tanto como os paroquianos que costumava visitar em circunstâncias semelhantes. As pessoas reagiam diante de um câncer, de um derrame, de um infarto ou da falência de algum órgão sentindo-se traídas. Ficavam chocadas ao saber que um amigo tão íntimo (e que até então julgavam entender tão bem) como o próprio corpo podia ser negligente a ponto de não fazer seu trabalho direito. A reação seguinte era romper com esse amigo tão pouco confiável. Mas a conclusão que vinha a seguir era que não importava se o amigo era ou não confiável. Era impossível cortar relações com o próprio corpo, ou apresentar uma petição contra ele, ou ignorá-lo. E por fim o paciente começava a suspeitar que o corpo podia não ser nenhum tipo de amigo, mas um inimigo implacável, disposto a destruir a força superior que usara e abusara dele desde que a razão — essa doença — se instalara.

Durante uma inspirada bebedeira, Callahan começara a escrever uma monografia sobre o tema para o *Jornal Católico*. Chegara até a ilustrá-la com um cartum diabólico, que mostrava um cérebro equilibrado sobre um arranha-céu. O prédio (o "Corpo Humano") estava em chamas (o "Câncer", embora pudessem ser várias outras doenças). O título do cartum era "Alto demais para pular". Durante a sobriedade do dia seguinte, ele rasgara a monografia e queimara o cartum — não havia lugar na doutrina católica para nenhum dos dois, a não ser que ele acrescentasse um helicóptero escrito "Cristo" lançando uma escada de corda. Assim mesmo, ele achava que sua percepção fora correta, e o resultado do raciocínio do paciente no leito do hospital costumava ser depressão aguda. Os sintomas eram olhar parado, reações lentas, suspiros do fundo do peito e às vezes lágrimas diante do padre, esse corvo sinistro cuja função baseava-se justamente no problema que a mortalidade apresentava para o ser racional.

Mas Matt Burke não parecia deprimido. Estendeu a mão, apertando a do padre com extraordinária firmeza.

— Padre Callahan, muito obrigado por vir.

— É um prazer. Bons professores, como mulheres sábias, são um dom inestimável.

— Mesmo velhos teimosos e agnósticos como eu?

— Esses em especial — disse Callahan, revidando com prazer. — Acho que o peguei num momento de fraqueza. Não há ateus nas trincheiras, segundo dizem, nem agnósticos na UTI.

— Que pena, eu logo serei transferido.

— Não faz mal — disse Callahan. — Ainda o verei rezando Pais-Nossos e Ave-Marias.

— Essa possibilidade não é tão remota quanto parece — disse Matt.

O padre Callahan se sentou, batendo os joelhos na mesa de cabeceira ao aproximar a cadeira. Uma pilha de livros desabou sobre seu colo. Ele leu os títulos em voz alta enquanto os devolvia ao lugar.

— *Drácula. O hóspede de Drácula. O ramo de ouro. A história natural do vampiro*... natural? *Lendas húngaras. Monstros das trevas. Monstros na vida real, Peter Kurtin, O monstro de Düsseldorf*. E... — Ele removeu uma espessa camada de pó da última capa, revelando um vulto espectral que ameaçava uma donzela adormecida. — *Varney, o Vampiro, ou O banquete de sangue*. É essa a leitura recomendada para pacientes que se recuperam de um infarto?

Matt sorriu.

— Pobre *Varney*. Li o livro há muito tempo para um trabalho na universidade. Literatura romântica. O professor, cuja noção de fantasia começava em *Beowulf* e terminava em *Cartas do Diabo a seu aprendiz*, ficou chocado. Recebi D no trabalho, além de uma recomendação por escrito para aprimorar minha visão de mundo.

— Mas o caso de Peter Kurtin é bem interessante — observou Callahan. — Embora repulsivo.

— Conhece a história?

— Quase toda. Interessei-me por essas questões quando era estudante de teologia. Minha desculpa para as autoridades céticas foi que, para ser um bom padre, precisava mergulhar nas profundezas da alma humana. Mas era papo-furado. Como qualquer um, eu gostava de sentir arrepios. Kurtin, quando criança, matou dois amiguinhos por afogamento. Pegou uma jangada ancorada no meio de um rio e os empurrou para longe até que ficassem exaustos e submergissem.

— Isso mesmo — disse Matt. — Na adolescência, ele tentou duas vezes matar os pais de uma moça que se recusou a sair com ele. Mais tarde queimou a casa deles. Mas não é nessa parte de sua, digamos, carreira que estou interessado.

— Parece que não, a julgar por suas leituras. — Callahan pegou uma revista que estava sobre a cama e que mostrava uma moça de incríveis dotes físicos e roupa colante que sugava o sangue de um rapaz. A expressão do rapaz era um misto de extremo terror e extrema luxúria. O nome da revista, e da moça, ao que parecia, era *Vampirella*. Callahan largou a revista, mais intrigado do que nunca.

— Kurtin atacou e matou mais de 12 mulheres — disse ele. — Mutilou muitas mais com um martelo. Quando estavam menstruadas, ele bebia o sangue.

Matt Burke assentiu novamente.

— Mas o que poucos sabem é que ele também mutilava animais. No auge de sua obsessão, ele arrancou a cabeça de dois cisnes no parque central de Düsseldorf e bebeu o sangue que esguichava do pescoço das aves.

— Tudo isso tem a ver com seu desejo de falar comigo? — perguntou Callahan. — A Sra. Curless me disse que era um assunto importante.

— Sim, tem a ver e é importante.

— Então, o que é? Se queria me deixar intrigado, com certeza conseguiu.

Matt o olhou calmamente.

— Um grande amigo meu, Ben Mears, ficou de procurá-lo hoje. Mas sua governanta disse que não o viu.

— É verdade. Não recebi ninguém depois das duas da tarde.

— Não consegui falar com ele. Saiu do hospital junto com meu médico, James Cody, com quem também não consegui falar. Também não sei onde está Susan Norton, a namorada de Ben. Ela saiu no começo da tarde, depois de prometer aos pais que voltaria às cinco. Eles estão preocupados.

Callahan se aprumou ao ouvir isso. Conhecia Bill Norton, que o procurara certa vez para tratar de um problema relacionado com colegas católicos.

— Você suspeita de alguma coisa?

— Deixe-me fazer uma pergunta — disse Matt. — Pense bem antes de responder. Notou algo fora do comum na cidade ultimamente?

Callahan confirmou a impressão de que Matt procedia com muita cautela, não querendo assustá-lo com o que tinha em mente. Os livros sugeriam algo bastante escabroso.

— Vampiros em 'salem? — perguntou.

E lembrou que a depressão resultante de uma doença grave podia ser evitada quando o paciente tinha um envolvimento profundo com a vida: artistas, músicos, um carpinteiro preocupado com uma obra inacabada. O mesmo interesse podia estar ligado a uma psicose inofensiva (ou não tão inofensiva), talvez incipiente antes de a doença se manifestar.

Ele certa vez conversara com um senhor de idade, chamado Horris, morador do monte Schoolyard, que fora internado no Centro Médico do Maine com câncer intestinal. Apesar da dor, que devia ser excruciante, ele fez uma detalhada e lúcida narrativa sobre as criaturas de Urano que se infiltravam em todas as camadas da sociedade americana. "Um dia o frentista do posto de gasolina é Joe Blow, de Falmouth", disse-lhe o homem, que não passava de um esqueleto de olhos brilhantes. "No outro, ele é um uraniano que apenas se parece com Joe Blow. Continua tendo as lembranças e o jeito de falar de Joe Blow. Porque os uranianos comem ondas alfa... nhaque, nhaque, nhaque". Horris não achava que tinha câncer, e sim um caso avançado de intoxicação por raios laser. Os uranianos, alarmados por ele saber de suas maquinações, haviam decidido neutralizá-lo. Mas ele estava disposto a morrer lutando. Callahan não tentou desiludi-lo. Parentes bem-intencionados mas obtusos podiam se encarregar disso. Sabia que a psicose, como uma boa dose de Cutty Sark, podia ser extremamente benéfica.

Portanto, ele simplesmente cruzou as mãos e esperou que Matt prosseguisse.

— Isso é muito difícil para mim — disse Matt. — E ficará ainda mais se você pensar que sofro de demência hospitalar.

Surpreso ao ouvir seus pensamentos expressos como acabara de formulá-los, Callahan teve dificuldade em manter a expressão neutra. Ainda que a emoção que pudesse revelar fosse admiração, e não preocupação.

— Ao contrário. Você parece extremamente lúcido.

Matt suspirou.

— A lucidez não implica sanidade, como deve saber. — Ele mudou de posição na cama, redistribuindo os livros ao seu redor. — Se Deus existir, deve estar me fazendo pagar por uma vida de academicismo, de recusa em entrar em territórios que não estivessem cercados por seguras notas de rodapé. Agora, pela segunda vez hoje, sou obrigado a fazer declarações as mais extravagantes sem uma única prova. Tudo que posso dizer em defesa da minha sanidade é que minhas afirmações podem ser comprovadas ou refutadas sem muita dificuldade, torcendo para que me leve a sério a ponto de testá-las antes que seja tarde demais. — Ele deu uma risada. — *Antes que seja tarde demais*. Parece uma frase das revistas de monstros dos anos 1930.

— A vida é cheia de melodramas — observou Callahan, refletindo que, se isso fosse verdade, ele não encontrara muitos ultimamente.

— Deixe-me perguntar novamente se notou alguma coisa, *qualquer coisa* estranha neste fim de semana.

— Que tenha a ver com vampiros ou...

— Com qualquer coisa.

Callahan refletiu.

— O depósito de lixo fechou — disse ele finalmente. — Mas, como o portão estava arrombado, eu entrei assim mesmo. — Ele sorriu. — Gosto de levar o lixo ao depósito. É uma atividade prática e humilde, que me permite realizar minhas fantasias elitistas de ser um proletário pobre, mas feliz. Não vi Dud Rogers por lá.

— O que mais?

— Bem... a família Crockett não foi à missa esta manhã, e a Sra. Crockett não costuma faltar.

— Mais alguma coisa?

— A pobre Sra. Glick, claro...

Matt se apoiou no cotovelo.

— A Sra. Glick? O que tem ela?

— Morreu.

— Do quê?

— Pauline Dickens acha que foi ataque cardíaco — disse Callahan, com hesitação.

— Mais alguém morreu na cidade hoje? — Aquela pergunta teria sido absurda em outros momentos. Óbitos em cidadezinhas como 'salem eram raros, apesar da numerosa população de idosos.

— Não — respondeu Callahan. — Mas o índice de mortalidade certamente tem estado alto. Mike Ryerson... Floyd Tibbits... o filhinho dos McDougall...

Matt assentiu, com ar cansado.

— Não é estranho? Mas a situação está chegando a um ponto em que eles terão livre trânsito. Mais algumas noites e eu temo que... que...

— Vamos direto ao assunto — disse Callahan.

— Está bem. Já chega de rodeios.

E ele fez seu relato do começo ao fim, entremeando as contribuições de Ben, Susan e Jimmy, sem esconder nada. Quando terminou, os horrores da noite haviam terminado para Ben e Jimmy. Para Susan Norton, apenas começavam.

2

Quando terminou, Matt ficou em silêncio por um instante, e depois disse:

— E então? Acha que estou louco?

— Está disposto a fazer com que as pessoas pensem isso — disse Callahan. — Embora tenha convencido o Sr. Mears e seu próprio médico. Não, não acho que esteja louco. Afinal, minha profissão é lidar com o sobrenatural. É meu pão e vinho, se me permite um trocadilho.

— Mas...

— Vou lhe contar uma história. Não garanto que seja verdadeira, embora eu acredite que seja. Diz respeito a um amigo meu, o padre Raymond Bissonette, responsável por uma paróquia na Cornuália, ao longo da chamada Costa do Estanho. Já ouviu falar?

— Já li a respeito.

— Há uns cinco anos, ele me escreveu dizendo que fora chamado a uma região remota da paróquia para presidir à cerimônia fúnebre de uma moça que definhara até morrer. O caixão estava cheio de rosas silvestres, o que Ray achou estranho. Mas o que lhe pareceu realmente grotesco foi que a boca da moça fora aberta com um graveto e enchida de alho e tomilho.

— Mas são...

— Os tradicionais amuletos contra a volta dos mortos. Receitas populares. Ray sondou o pai da moça, que lhe disse, com naturalidade, que ela fora morta por um incubo. Conhece o termo?

— É o vampiro sexual.

— A moça fora prometida para um rapaz chamado Bannock, que tinha uma grande pinta vermelha num lado do pescoço. Duas semanas antes do casamento, ele foi atropelado e morreu. Dois anos depois, a moça ficou noiva de outro homem. Rompeu o noivado subitamente uma semana antes de as proclamas correrem pela segunda vez. Disse aos pais que John Bannock vinha lhe fazendo visitas noturnas, e que fora infiel com ele. O segundo noivo estava mais preocupado que fosse insanidade do que manifestações demoníacas. Seja como for, ela definhou, morreu e foi enterrada segundo os antigos ritos da igreja.

"Mas não foi esse o motivo da carta de Ray, e sim um fato que ocorreu dois meses depois do enterro da moça. Enquanto fazia uma caminhada matinal, Ray viu um rapaz de pé ao lado do túmulo — um rapaz com uma pinta vermelha no pescoço. Mas a história ainda não acabou. Ray ganhara uma Polaroid dos pais no Natal anterior, e começou a fotografar a paisagem da Cornuália. Tenho algumas dessas fotos na paróquia. São muito boas. Ele estava com a câmera naquela manhã, e tirou várias fotos do rapaz. Quando as mostrou no vilarejo, a reação foi surpreendente. Uma velha desmaiou, e a mãe da moça começou a rezar no meio da rua.

"Mas, quando Ray levantou na manhã seguinte, o rapaz tinha sumido totalmente das fotografias. Só restaram várias imagens do cemitério."

— E você acredita nisso? — perguntou Matt.

— Ah, sim. E acho que a maioria acreditaria. As pessoas comuns não duvidam tanto do sobrenatural quanto os escritores dão a entender. Muitos autores que tratam desse tema são mais céticos em relação a espíritos e demônios do que o cidadão comum. Lovecraft era ateu. Edgar Allan Poe era um transcendentalista de meia-tigela. E Hawthorne era religioso só por fora.

— Vejo que é muito versado sobre o tema — notou Matt.

O padre encolheu os ombros.

— Quando criança, eu me interessava por ocultismo. E, mais tarde, minha vocação religiosa acentuou esse interesse, em vez de eliminá-lo. — Ele suspirou. — Mas ultimamente venho me interrogando sobre a natureza do mal que existe no mundo. E isso não tem sido muito agradável.

— Então... você investigaria algumas coisas para mim? E teria alguma objeção em levar consigo um pouco de água benta e algumas hóstias?

— Está tocando em questões teológicas delicadas — disse Callahan, com genuína gravidade.

— Por quê?

— Ainda não vou negar seu pedido — disse Callahan. — E devo dizer que se tivesse falado com um padre mais jovem, ele teria aceitado imediatamente, sem nenhum escrúpulo. — Sorriu com amargura. — Eles encaram os artefatos da Igreja como algo simbólico, e não prático, como o cocar e o bastão de um xamã. Esse jovem padre podia achá-lo louco, mas se espalhar um pouco de água benta ajudasse a acalmá-lo, não haveria problema. Eu não sou capaz disso. Se fosse fazer essas investigações com um belo terno e nada debaixo do braço a não ser um exemplar de um livro da feiticeira Sybil Leek, seria um assunto entre mim e você. Mas se eu for com a hóstia... então irei como representante da Santa Igreja Católica, pronto para realizar os ritos mais espirituais do meu ofício. Então irei como representante de Cristo na Terra. — Ele olhava para Matt de modo sério, solene. — Posso ser um padre lamentável, um pouco cansado, um pouco cínico, e sofrendo ultimamente de uma crise de fé ou identidade, mas ainda acredito o bastante no poder admirável, místico, apoteótico da Igreja que personifico para não aceitar levianamente seu pedido. A Igreja é mais do que um monte de ideais, como os padres mais jovens parecem acreditar. É mais do que um Grupo de Escoteiros espiritual. A igreja é uma Força... e não se coloca uma Força em movimento de modo leviano. — Ele lançou um olhar severo para Matt. — Você entende isso? É vital que entenda.

— Eu entendo.

— A noção de mal na Igreja Católica passou por uma mudança radical neste século. Sabe por quê?

— Imagino que tenha sido por causa de Freud.

— Muito bem. A igreja desenvolveu uma nova noção ao longo do século XX: a do mal com "m" minúsculo. E o demônio deixou de ser um monstro de chifres vermelhos, rabo pontudo e cascos fendidos, ou uma serpente rastejando no Jardim do Éden (embora essa seja uma imagem psicológica muito adequada). O demônio, segundo o Evangelho de Freud, seria um *id* gigantesco e complexo, o subconsciente de todos nós.

— Certamente um conceito mais admirável do que o de espectros ou demônios de olfato tão sensível que até um padre com gases é capaz de expulsá-los — observou Matt.

— Admirável, sem dúvida. Mas impessoal. Impiedoso. Intocável. Expulsar o demônio criado por Freud é tão impossível quanto o desafio lançado a Shylock, remover uma libra de carne sem derramar uma gota de sangue. A Igreja Católica foi obrigada a rever toda a sua concepção do mal, com os bombardeios no Camboja, a guerra na Irlanda e no Oriente Médio, os levantes nos guetos e os milhões de males menores que são soltos no mundo diariamente como uma praga de mosquitos.

Está a caminho de deixar seus paramentos e reemergir como um organismo socialmente ativo e consciente. A periferia vencendo o confessionário. A comunhão subordinada ao movimento dos direitos civis e à renovação urbana. A Igreja está a caminho de plantar os dois pés na terra.

— Onde não existem bruxas, nem incubos, nem vampiros — disse Matt. — Apenas abuso infantil, incesto e agressão ao meio ambiente.

— Exato.

— E você odeia isso, não? — disse Matt.

— Sim — respondeu Callahan. — Acho abominável. É o jeito de a Igreja Católica dizer que Deus não morreu, só ficou meio caduco. E acho que essa é minha resposta, não? O que você quer que eu faça?

Matt lhe disse.

Callahan refletiu e disse:

— Você percebe que seu pedido vai de encontro a tudo que acabei de lhe dizer?

— Ao contrário. Acho que é sua chance de pôr a sua Igreja à prova.

Callahan respirou fundo.

— Certo, eu concordo. Com uma condição.

— Qual?

— Que todos os participantes dessa expedição passem primeiro na loja desse Sr. Straker. O Sr. Mears será o porta-voz e falará francamente com Straker sobre tudo isso. Todos teremos a oportunidade de observar as reações dele. E ele terá a chance de rir da nossa cara.

Matt franziu a testa.

— Isso será alertá-lo.

Callahan sacudiu a cabeça.

— O alerta de nada adiantará se nós três, o Sr. Mears, o Dr. Cody e eu, decidirmos seguir em frente assim mesmo.

— Está bem — disse Matt. — Concordo, desde que Ben e Jimmy Cody também aprovem.

— Muito bem — suspirou Callahan. — Não se ofenda se eu lhe disser que espero que tudo isso só exista na sua mente. E que espero que Straker ria da nossa cara, e com motivo.

— De maneira alguma.

— É o que espero. Cedi mais do que imagina. E estou assustado.

— Eu também estou — disse Matt, brandamente.

3

Mas, enquanto voltava para a igreja, Callahan não se sentia nem um pouco assustado. Sentia-se bem-disposto, renovado. Pela primeira vez em anos, estava sóbrio e não ansiava por um trago.

Ele entrou no presbitério, pegou o telefone e discou o número da pensão de Eva.

— Alô? Sra. Miller? Posso falar com o Sr. Mears? Ele não está? Sei, entendo... Não, não precisa. Eu ligo amanhã. Até logo.

Ele desligou e andou até a janela.

Mears estaria em algum bar, tomando uma cerveja, ou seria verdade tudo que o velho professor lhe dissera?

Se fosse verdade, então...

Ele não conseguiu ficar dentro de casa. Foi até a varanda de trás, respirou o ar fresco e cortante de outubro e olhou para a escuridão que se movia. Talvez a culpa não fosse de Freud. Talvez a grande responsável fosse a invenção da luz elétrica, que eliminara as sombras da mente humana.

O mal prosseguia, mas agora sob o clarão impiedoso das luzes fluorescentes dos estacionamentos, dos tubos de néon, das inúmeras lâmpadas de cem watts. Os generais planejavam ataques aéreos sob a luz prosaica de correntes alternadas, e tudo saía do controle, como um carrinho de rolimã solto ladeira abaixo, sem breques. *Eu obedecia a ordens.* Sim, era verdade. Éramos todos soldados, apenas obedecendo a ordens escritas em nossas cartas de demissão. Mas de onde vinham as ordens, afinal? *Leve-me a seu líder.* Mas onde ficava a sala dele? *Eu apenas obedeci a ordens. O povo me elegeu.* Mas quem elegia o povo?

Um bater de asas, e Callahan olhou para cima, despertando de seu confuso devaneio. Um pássaro? Um morcego? Já se fora. Não importava.

Prestou atenção aos ruídos da cidade, e ouviu apenas o rumor dos fios telefônicos.

Na noite em que o kudzu toma seus campos, você dorme o sono dos mortos.

Quem escrevera aquilo? Dickey?

Nenhum som. Nenhuma luz, exceto o círculo fluorescente em frente à igreja, onde Fred Astaire nunca dançara, e o fraco tremeluzir da luz amarela de advertência no cruzamento da rua Brock e da avenida Jointner. Nenhum bebê chorava.

Na noite em que o kudzu toma seus campos, você dorme o...

O júbilo se extinguira como o eco nefasto da vaidade. O terror se fechou sobre seu coração. Não temia por sua vida, ou por sua honra, ou que a governanta descobrisse suas bebedeiras. Era um medo como ele nunca sonhara, nem mesmo durante sua torturada adolescência.

Ele temia por sua alma imortal.

PARTE III

A CIDADE DESERTA

I heard a voice, crying from the deep
Come join me, baby, in my endless sleep.

— VELHA CANÇÃO DE ROCK

E hoje no vale os viajantes
  Nas rubras janelas ainda espiam
Vultos que se movem, oscilantes,
  A uma dissonante melodia;
E, qual medonho e veloz rio,
  Pelos pálidos portais
A feroz turba sai em desvario
  Capaz de rir, mas de sorrir, não mais.

— EDGAR ALLAN POE
"O PALÁCIO ASSOMBRADO"

Tell you now that the whole town is empty.

— BOB DYLAN

Capítulo catorze

A CIDADE (IV)

1

Do "Almanaque do velho lavrador":

Domingo, 5 de outubro de 1975: pôr do sol às 19h02. Segunda-feira, 6 de outubro de 1975: nascer do sol às 6h49. A noite em Jerusalem's Lot durante aquela específica rotação da Terra, 13 dias após o equinócio vernal, durou 11 horas e 47 minutos. Era lua nova. A frase do dia do Velho Lavrador era: "O dia dura menos, a colheita está perto do fim."

Da Estação Meteorológica de Portland:

A temperatura máxima no período noturno foi de 16 graus, registrada às 19h05. Mínima de 8 graus, registrada às 4h06. Nuvens esparsas, índice pluviométrico, zero. Ventos de noroeste de 8 a 15 quilômetros por hora.

Do registro da polícia do Condado de Cumberland:

Nada.

2

Ninguém decretou a morte de Jerusalem's Lot na manhã de 6 de outubro. Ninguém sabia que a cidade estava morta. Como os corpos dos dias anteriores, ela ainda parecia viver.

Ruthie Crockett, que passara o fim de semana na cama, doente e pálida, sumiu na manhã de segunda. Ninguém comunicou o desaparecimento. Sua mãe estava no porão, deitada atrás do armário de conservas, com um encerado de lona sobre o corpo, e Larry Crockett, que acordou muito tarde, simplesmente supôs que a filha tivesse ido para a escola. Decidiu não ir para o escritório naquele dia. Sentia-se fraco, aéreo e exausto. Devia ser uma gripe. Seus olhos ardiam na luz. Ele levantou e puxou as cortinas, dando um grito quando o sol incidiu diretamente sobre seu braço. Precisava trocar aquela janela quando melhorasse. Vidraças defeituosas não eram brincadeira. Um cidadão pode chegar em casa num belo dia de sol, encontrar a casa pegando fogo e ouvir dos pilantras da seguradora que foi combustão espontânea e não receber um tostão. Mas esperaria até melhorar. Pensou numa xícara de café e sentiu o estômago virar. Estranhou vagamente a ausência da esposa, mas logo depois esqueceu. Voltou para a cama, passando o dedo num estranho corte de navalha bem abaixo do maxilar, puxou o lençol sobre o rosto pálido e voltou a dormir.

Sua filha, enquanto isso, dormia ao lado de Dud Rogers na escuridão esmaltada de um freezer abandonado. No mundo sombrio de sua nova existência, ela achava as investidas do corcunda, em meio aos montes altos de lixo, bastante aceitáveis.

Loretta Starcher, a bibliotecária, também desaparecera, embora não houvesse ninguém na vida da solteirona que notasse o fato. Ela agora residia no escuro e mofado terceiro andar da Biblioteca Pública de Jerusalem's Lot. O terceiro andar ficava sempre trancado (ela era a única que tinha as chaves, que levava numa corrente pendurada ao pescoço), exceto quando alguém especial conseguia convencê-la de que tinha inteligência e moral fortes o bastante para receber uma autorização especial.

Agora ela mesma se fechara lá, um outro tipo de primeira edição, pura como quando viera ao mundo. Sua encadernação, digamos, nunca fora tocada.

O desaparecimento de Virgil Rathbun também passou despercebido. Franklin Bokkin acordou no barraco que dividiam às nove horas, viu que o colchão de palha de Virgil estava vazio e, sem dar importância ao fato, levantou e foi procurar uma cerveja. Mas caiu de costas, com as pernas moles, a cabeça girando.

Nossa, pensou, voltando a cair no sono. *O que a gente bebeu ontem? Querosene?*

E, debaixo do barraco, no frescor das folhas de outono e entre uma galáxia de latas de cerveja jogadas pelas tábuas do piso da sala, Virgil esperava pelo anoitecer. Sua mente argilosa talvez ansiasse por um líquido mais ardente do que o melhor uísque, mais reconfortante do que o melhor vinho.

Eva Miller notou a ausência de Weasel Craig no café da manhã, mas não se importou. Estava ocupada supervisionando a refeição matinal de seus inquilinos, que engoliam a comida e saíam para encarar mais uma semana de trabalho. Em seguida precisou arrumar a cozinha e lavar os pratos do maldito Grover Verrill e do imprestável Mickey Sylvester, que faziam questão de ignorar o cartaz escrito "Favor lavar a louça que sujar" pregado sobre a pia havia anos.

Mas, quando o silêncio voltou a impregnar o dia e a atividade frenética do café da manhã deu lugar à rotina das tarefas habituais, Eva voltou a sentir falta de Weasel. Segunda-feira era o dia em que o caminhão de lixo passava na rua da Ferrovia, e ele sempre levava os grandes sacos verdes de lixo até a sarjeta para que Royal Snow os colocasse em seu velho e arruinado caminhão International Harvester. Naquele dia, os sacos verdes continuavam sobre a escadinha que dava para o quintal.

Ela subiu até o quarto dele e bateu na porta de leve.

— Ed?

Não houve resposta. Se fosse outro dia, ela concluiria que ele estava bêbado e levaria o lixo para fora sozinha, apertando os lábios mais do que o normal. Mas naquela manhã uma apreensão a tomou, e ela girou a maçaneta e introduziu a cabeça pela fresta da porta.

— Ed? — chamou ela.

Não havia ninguém no quarto. A janela ao lado da cama estava aberta, as cortinas balançando ao sabor da brisa. A cama estava desfeita, e ela a arrumou automaticamente. Ao contornar a cama, pisou em algo. Olhou para baixo e viu o espelho de Weasel com cabo de chifre espatifado no chão. Apanhou-o e o examinou, franzindo a testa. O espelho pertencera à mãe de Weasel. Certa vez ele se recusara a vendê-lo por dez dólares a um antiquário. E já bebia nessa época.

Ela buscou a pá de lixo no armário do corredor e recolheu os cacos do espelho com gestos lentos e pensativos. Sabia que Weasel fora dormir sóbrio na noite anterior, e não havia onde comprar cerveja depois das nove horas, a não ser que ele tivesse ido de carona ao Dell's ou a Cumberland.

Ela jogou os fragmentos do espelho na lixeira de Weasel, vendo seu próprio reflexo multiplicar-se nos cacos por um breve segundo. Revistou a lixeira, mas não viu nenhuma garrafa vazia. De qualquer modo, beber escondido não era o estilo de Ed Craig.

Bom, uma hora ele aparece.

Mas, quando ela desceu, a preocupação a acompanhou. Sem admitir conscientemente, ela sabia que o que sentia por Weasel ia um pouco além da amizade.

— Senhora?

Arrancada do devaneio, ela olhou para o estranho que entrara na cozinha. Era um menino, bem-vestido, com calças de veludo cotelê e camiseta azul limpinha. *Parece que caiu da bicicleta.* Achou que já o conhecia, mas não sabia de onde. Devia ser de uma das famílias que haviam se mudado recentemente para a avenida Jointner.

— O Sr. Ben Mears mora aqui?

Eva ia lhe perguntar por que não estava na escola, mas desistiu. A expressão do menino era muito séria, chegava a ser grave. Notou que ele estava com olheiras.

— Está dormindo.

— Posso esperar?

Homer McCaslin fora diretamente da funerária de Green para a casa dos Norton na rua Brock. Já eram 11 horas quando chegou. A Sra. Norton estava em prantos. Bill Norton aparentava calma, mas fumava um cigarro atrás do outro e tinha o rosto abatido.

McCaslin disse que divulgaria a descrição de Susan pelo rádio. Sim, avisaria assim que tivesse alguma notícia. Sim, ligaria para todos os hospitais da região, fazia parte da rotina (assim como ligar para o necrotério). Em segredo, concluiu que a moça fugira de casa. A mãe confessara que haviam brigado e que ela vinha falando em se mudar.

Por via das dúvidas, ele patrulhou algumas ruas secundárias, atento ao ruído da estática que vinha do rádio acoplado sob o painel. Alguns minutos depois da meia-noite, quando subia a via Brooks em direção à cidade, o refletor que ele dirigira para o acostamento da estrada produziu um lampejo metálico — era um carro estacionado na floresta.

Ele parou, deu ré, saiu. O carro estava estacionado numa velha estrada desativada. Um Chevy Vega novo, marrom-claro. McCaslin puxou a volumosa caderneta do bolso de trás, virou a página com o interrogatório de Ben e Jimmy e dirigiu a lanterna para o número da placa que a Sra. Norton lhe passara. Correspondia. Era o carro da moça. Isso tornava a situação mais séria. Apoiou a mão sobre o capô. Estava frio. Fazia tempo que estava parado.

— Xerife?

Uma voz leve, despreocupada, melodiosa. Por que, então, ele levou a mão à coronha da arma?

Ele se virou e deu com Susan Norton, incrivelmente bela, que andava em sua direção de mãos dadas com um estranho — um rapaz de cabelos pretos penteados para trás num estilo fora de moda. McCaslin dirigiu a lanterna para o rosto dele e teve a estranha impressão de que a luz o atravessava sem iluminá-lo. Além disso, quando andavam, eles não deixavam pegadas na terra macia. O medo se espalhou por cada nervo de seu corpo, sua mão apertou mais forte a arma... mas depois relaxou. Ele desligou a lanterna e esperou passivamente.

— Xerife — disse ela, a voz agora baixa e acariciante.

— É muita gentileza sua ter vindo — disse o estranho.

E eles o cercaram.

O carro-patrulha agora jazia no mato alto da trilha sem saída em que acabava a via Deep Cut, sem que o menor lampejo de cromo fosse visível por entre os ramos densos de árvores, samambaias e arbustos. McCaslin estava encolhido no porta-malas. O rádio o chamava a intervalos irregulares, em vão.

Naquela mesma madrugada, Susan fez uma breve visita à mãe, mas sem fazer muito estrago. Como uma sanguessuga que já encontrara sua presa, estava saciada. Mesmo assim, ela fora convidada para entrar, e podia voltar quando quisesse. Sentiria fome de novo naquela noite... e em todas as noites.

Charles Griffen acordou a mulher pouco depois das cinco naquela manhã de segunda, o rosto mal-humorado e sardônico. No pasto, as vacas mugiam, de tetas cheias. Ele resumiu o que acontecera em poucas palavras:

— Os meninos fugiram, desgraçados.

Mas não fora nada daquilo. Danny Glick se alimentara do sangue de Jack Griffen, e este por sua vez fora ao quarto do irmão, Hal, e terminara para sempre com suas angústias escolares. Agora ambos estavam escondidos no meio de uma imensa pilha de feno no celeiro mais afastado, com restos de palha nos cabelos e partículas de pólen dançando nas narinas imóveis e sem alento. Um rato eventualmente passeava sobre seus rostos.

A luz agora inundava a terra, e todas as coisas malignas dormiam. Seria um belo dia de outono, fresco e claro, banhado pelo sol. Aos poucos, a cidade (sem saber que estava morta) começava sua rotina, inconsciente do que se urdira durante a noite. Segundo o Almanaque do Velho Lavrador, anoiteceria na segunda às 19 horas em ponto.

Os dias se encurtavam com a proximidade do Halloween e do inverno, que não tardaria a chegar.

3

Quando Ben desceu às 8h45, Eva Miller, debruçada na pia, disse-lhe:

— Tem alguém esperando o senhor na varanda.

Ele assentiu e saiu pela porta de trás, ainda de chinelos, esperando ver Susan ou o xerife McCaslin. Mas seu visitante era um menino pequeno e esguio, que esperava sentado no último degrau da varanda, olhando para a cidade, que aos poucos despertava para a segunda-feira.

— Olá — disse Ben, e o menino se voltou rapidamente.

Eles se entreolharam por um breve instante, que para Ben pareceu estranhamente longo, e uma sensação sobrenatural o dominou. Fisicamente, o menino se parecia com ele quando criança, mas não era só isso. Um peso se abateu sobre seus ombros, como se ele pressentisse que suas vidas não haviam se cruzado por acaso. Lembrou do dia em que conhecera Susan no parque, e como a primeira conversa que tiveram, leve e informal, parecera-lhe pesada e cheia de presságios.

Talvez o menino sentisse algo semelhante, pois seus olhos se abriram mais e sua mão segurou a grade da varanda, em busca de apoio.

— Sr. Mears — disse o menino, não em tom de pergunta.

— Sou. Vejo que está em vantagem.

— Eu me chamo Mark Petrie — disse ele. — E tenho más notícias.

Não duvido, pensou Ben, e tentou se preparar mentalmente para o que estava prestes a ouvir. Mesmo assim, a surpresa e o choque o esmagaram.

— Susan Norton agora é um deles — disse o menino. — Barlow a pegou no casarão. Mas eu matei Straker. Pelo menos, é o que eu acho.

Ben tentou dizer algo, mas não conseguiu. Sua garganta estava travada.

O menino assentiu, assumindo a liderança da situação.

— Vamos dar uma volta no seu carro e conversar? Não quero que ninguém me veja por aí. Estou matando aula, e meus pais já estão no meu pé.

Ben disse algo — não sabia bem o quê. Depois do acidente de moto que matara Miranda, ele se levantara do asfalto, abalado mas intacto (exceto por um arranhão no dorso da mão esquerda — era importante lembrar. Medalhas já haviam sido atribuídas por menos do que isso). O motorista do caminhão andara em sua direção, projetando duas sombras sob a luz do poste e dos faróis do caminhão. Era um homem grande, semicalvo, com uma caneta no bolso da camisa branca. "Frank's Transporta", estava escrito em letras douradas na caneta, e ele adivinhara que as letras ocultas pelo bolso da camisa eram "dora". Elementar, meu caro Watson. O motorista lhe dissera algo, ele não lembrava o quê, e depois tomara-lhe o braço delicadamente, tentando tirá-lo dali. Mas ele vira uma das sapatilhas de Miranda perto das rodas traseiras do caminhão e se livrara do motorista. Andara em direção às rodas, mas o homem lhe dissera *É melhor não chegar perto, amigo*. Ben olhara para ele estupidamente, incólume, exceto pelo arranhão na mão, querendo lhe dizer que cinco minutos antes nada daquilo tinha acontecido, que, num mundo paralelo, ele e Miranda haviam dobrado à esquerda uma quadra antes e avançavam para um futuro inteiramente diferente. Uma multidão se formara, saindo de uma loja de bebidas numa esquina e de uma pequena lanchonete na outra. E ele começara a sentir o que sentia naquele momento: a complexa e terrível interação física e mental que é o começo da aceitação. E a única sensação equivalente era a do estupro. O estômago parece encolher. Os lábios se amortecem. O céu da boca se cobre de uma fina espuma. Os ouvidos zumbem. A pele dos testículos se retesa. A mente se retrai, como diante de uma luz forte e insuportável. Ele afastou mais uma vez o bem-intencionado motorista e apanhou a sapatilha. Virou-a para cima. Colocou a mão em seu interior, que ainda conservava o calor do pé dela. Com a sapatilha na mão, deu mais dois passos e viu as pernas esparramadas sob as rodas da frente do caminhão, vestidas com a calça amarela de brim que ela vestira, risonha e despreocupada, no apartamento. Era impossível acreditar que a mulher que vestira aquelas calças estava morta — e no entanto a aceitação estava lá, em seu estômago, sua boca, seus testículos. Ele gemeu em voz alta, e foi então que o fotógrafo do tabloide tirou a foto para o jornal que Mabel lia. Um pé calçado, um pé descalço. As pessoas olhando como se nunca tivessem visto um pé antes. Ele recuou dois passos, se dobrou e...

— Vou vomitar — disse ele.

— Tudo bem.

Ben foi para trás do Citroën e se dobrou, segurando a maçaneta da porta. Fechou os olhos e a escuridão o envolveu, e na escuridão ele viu o rosto de Susan, olhando e sorrindo para ele com seus lindos olhos profundos. Ele levantou a cabeça. Ocorreu-lhe que o menino poderia estar mentindo, ou confuso, ou podia ser totalmente maluco. Mas essa ideia não lhe trouxe conforto. Ele não passava essa impressão. Ele se voltou e olhou para o rosto do menino, e tudo que viu foi preocupação — nada mais.

— Vamos — disse ele.

O menino entrou no carro e eles partiram. Eva Miller acompanhou a cena da janela da cozinha, a testa franzida. Algo muito ruim estava acontecendo. Ela sabia, sentia, era o mesmo temor obscuro e vago que se apossara dela no dia em que o marido morrera.

Eva se ergueu e ligou para Loretta Starcher. O telefone tocou, sem resposta, e ela o recolocou no gancho. Onde estaria ela? Com certeza não na biblioteca. Não abria às segundas.

Continuou olhando para o telefone, pensativa. Sentia que um grande desastre estava no ar — quem sabe algo tão terrível quanto o incêndio de 1951.

Finalmente, pegou o telefone e ligou para Mabel Werts, que tinha as últimas fofocas da hora e estava louca para ouvir mais. A cidade não via um fim de semana como aquele há anos.

4

Ben dirigiu a esmo, sem rumo definido, enquanto Mark lhe contava sua história. Contou direitinho, desde a noite em que Danny Glick aparecera em sua janela até a visita espectral daquela madrugada.

— Tem certeza de que era Susan? — perguntou Ben.

Mark Petrie fez que sim.

Ben fez uma abrupta curva de 180 graus e correu pela avenida Jointner em sentido contrário.

— Para onde está indo? Para a...

— Não. Ainda não.

5

— Espere. Pare.

Ben parou e eles desceram do carro. Vinham lentamente pela via Brooks, na base do monte Marsten. A estrada de terra onde Homer McCaslin avistara o carro de Susan. Ambos viram o reflexo do sol sobre o metal. Subiram em silêncio pela estrada abandonada. O caminho era sulcado por profundas marcas de roda, cercado por grama alta. Ouviram o distante trinado de um pássaro.

Não demoraram a achar o carro.

Ben hesitou e em seguida estacou. Voltou a sentir náuseas. Suava frio.

— Olhe você — disse a Mark.

Mark andou até o carro e se debruçou na janela do motorista.

— As chaves estão aqui — informou.

Ben começou a andar em direção ao carro e chutou um objeto no chão. Olhou para baixo e viu um revólver calibre 38 na poeira do chão. Apanhou-o e o examinou. Parecia-se muito com um revólver policial.

— De quem será? — perguntou Mark, aproximando-se com as chaves de Susan na mão.

— Não sei. — Ele verificou a trava de segurança e guardou a arma no bolso.

Mark estendeu-lhe as chaves, e Ben as pegou. Andou em direção ao Vega, sentindo-se num sonho. Suas mãos tremiam, e ele teve dificuldade para colocar a chave na fechadura do porta-malas. Girou-a e puxou a tampa, sem se permitir uma pausa para pensar.

Olharam juntos. O porta-malas continha um estepe, um macaco e nada mais. Ben soltou a respiração num jato.

— E agora? — perguntou Mark.

Ben demorou um momento para responder. Quando sentiu que controlava a voz, disse:

— Vamos visitar Matt Burke, um amigo meu que está no hospital. Ele está pesquisando vampiros.

O menino o fitava com urgência nos olhos.

— Você acredita em mim?

— Acredito — disse Ben, e, ao pronunciar a palavra, ela ganhou peso e autenticidade. Não dava mais para recuar. — Sim, acredito em você.

— O Sr. Burke dá aula no colégio, não é? Ele sabe de tudo isso?

— Sabe. E o médico dele também.

— O Dr. Cody?

— Ele mesmo.

Enquanto falavam, ambos olhavam para o carro como se fosse uma relíquia de uma raça obscura e extinta, descoberta na luminosa floresta que cercava a cidade. O porta-malas lembrava uma boca escancarada, e, quando Ben o fechou com força, o baque surdo ecoou em seu coração.

— E, depois da conversa — disse Ben — a gente vai até a Casa Marsten para pegar o filho da mãe que fez isso.

Mark olhou para ele sem se mexer.

— Pode não ser tão fácil quanto você pensa. Ela também vai estar lá. Ela é *dele* agora.

— Ele vai desejar nunca ter vindo a 'salem — murmurou Ben. — Vamos.

6

Chegaram ao hospital às 9h30. Jimmy Cody estava no quarto de Matt. Olhou para Ben, com semblante grave, e depois considerou Mark Petrie com curiosidade.

— Tenho más notícias para você, Ben. Sue Norton desapareceu.

— Ela é uma vampira agora — disse Ben, sem rodeios. Matt gemeu na cama.

— Tem certeza? — perguntou Jimmy, sobressaltado.

Ben apontou Mark com o polegar e o apresentou.

— Mark recebeu uma visitinha de Danny Glick na noite de sábado. Ele pode contar o resto da história.

Mark a contou do começo ao fim, como contara a Ben pouco antes.

Quando ele terminou, Matt foi o primeiro a falar.

— Ben, não tenho palavras para lhe dizer o quanto eu lamento.

— Posso lhe dar algum calmante, se precisar — disse Jimmy.

— Só preciso de um remédio, Jimmy. Quero ir atrás de Barlow hoje. Agora. Antes que escureça.

— Tudo bem — disse Jimmy. — Cancelei todas as minhas consultas. E telefonei para a delegacia do município. McCaslin também está sumido.

— Talvez seja a explicação para isto — disse Ben, tirando a pistola do bolso e a colocando sobre a mesa de cabeceira de Matt. A arma parecia estranha e deslocada naquele quarto de hospital.

— Onde você a encontrou? — perguntou Jimmy, pegando a arma.

— Perto do carro de Susan.

— Então acho que já entendi tudo. McCaslin foi até a casa dos Norton depois de falar com a gente. Pegou informações sobre Susan, incluindo a marca, o modelo e a placa do carro dela. Foi patrulhar as estradas secundárias, só para garantir e...

A frase pairou no ar. Ninguém precisou completá-la.

— A funerária de Foreman continua fechada — disse Jimmy. — E os velhos que matam tempo na loja de Crossen estão se queixando do depósito de lixo. Faz uma semana que ninguém vê Dud Rogers.

Eles se entreolharam em silêncio.

— Falei com o padre Callahan ontem de noite — disse Matt. — Ele concordou em participar, desde que vocês dois, e Mark, naturalmente, antes passem na loja nova para falar com Straker.

— Acho que ele não vai falar com ninguém hoje — disse Mark calmamente.

— O que você descobriu sobre *eles*? — Jimmy perguntou a Matt. — Algo de útil?

— Bom, acho que consegui reunir algumas peças. Straker deve ser o cão de guarda e o segurança dessa coisa... um cúmplice humano. Deve ter chegado à cidade muito antes de Barlow. Alguns ritos precisavam ser realizados para aplacar o Pai das Trevas. Até Barlow está submetido a um Mestre, entendem? — Ele lhes lançou um olhar sombrio. — Inclusive suspeito que ninguém jamais achará vestígios de Ralphie Glick. Acho que ele foi o passaporte de Barlow. Straker o raptou e o sacrificou.

— Canalha — disse Jimmy com ar distante.

— E Danny Glick? — perguntou Ben.

— Straker o sangrou primeiro — disse Matt. — Foi uma dádiva do Mestre. O primeiro sangue para o fiel servo. Mais tarde, Barlow se encarregou dessa tarefa. Mas Straker prestou outro serviço para Barlow antes mesmo que ele chegasse. Algum de vocês sabe qual?

Fez-se silêncio por um momento, e depois Mark disse distintamente:

— O cachorro encontrado no portão do cemitério.

— O quê? — espantou-se Jimmy. — Por quê? Por que ele faria isso?

— Os olhos brancos — disse Mark, e lançou um olhar interrogativo para Matt, que assentiu com ar surpreso.

— Passei a noite inteira sem pregar o olho lendo esses livros, sem saber que tínhamos um sábio entre nós. — O menino corou um pouco. — Mark está totalmente certo. Segundo várias fontes sobre folclore e o sobrenatural, um dos modos de espantar um vampiro é pintar "olhos de anjo" sobre os olhos de um cachorro preto. O cachorro de Win era todo preto, exceto por duas manchas brancas. Win dizia que eram seus faróis, porque ficavam bem em cima de seus olhos. Ele deixava o cachorro solto à noite. Acho que Straker o viu e o matou, e depois o pendurou no portão do cemitério.

— E quanto a esse Barlow? — perguntou Jimmy. — Como ele chegou à cidade?

Matt encolheu os ombros.

— Não sei dizer. Acho que devemos supor, segundo as lendas, que ele é velho. Muito velho. Pode ter mudado de nome dezenas ou milhares de vezes. Já pode ter pertencido a vários países do mundo em diversos momentos, mas suspeito que suas origens sejam romenas, magiares ou húngaras. Na verdade não importa como ele chegou à cidade... embora eu não fosse ficar surpreso se descobrisse que Larry Crockett tem um dedo nisso. Ele está aqui, e isso é o que importa.

"Agora, eis o que devem fazer. Levem uma estaca quando forem à Casa Marsten. E uma arma, caso Straker ainda esteja vivo. O revólver do xerife McCaslin veio a calhar. A estaca deve perfurar o coração do vampiro para que ele não reviva. Jimmy, você pode verificar isso. Depois de cravar a estaca, precisam cortar a cabeça dele, encher a boca de alho e virar o rosto para baixo no caixão. Nas ficções do gênero, sejam de Hollywood ou não, o vampiro vira pó quase instantaneamente. Talvez não seja assim na vida real. Se não for, vocês precisam encher o caixão de pedras e jogá-lo em água corrente. Sugiro o rio Royal. Alguma pergunta?"

Ninguém tinha nenhuma.

— Ótimo. Precisam levar um frasco de água benta e algumas hóstias. E cada um deve se confessar com o padre Callahan antes de partir.

— Acho que nenhum de nós é católico — disse Ben.

— Eu sou — disse Jimmy. — Não praticante.

— Mesmo assim, confessem-se e façam um ato de contrição. Depois estarão puros, lavados no sangue de Cristo. Um sangue limpo, não corrompido.

— Certo — disse Ben.

— Ben, você foi para a cama com Susan? Perdoe-me, mas...

— Dormi — disse ele.

— Então você deve cravar a estaca, primeiro em Barlow, depois *nela*. Você é o único em nosso pequeno grupo que foi pessoalmente atingido. Vai agir como o marido. E não pode falhar. Será a libertação dela.

— Certo — ele repetiu.

— Acima de tudo — Matt abarcou a todos com o olhar —, *não olhem nos olhos dele*! Se olharem, ele os dominará e os voltará contra os outros, mesmo que isso lhes custe a vida. Lembrem-se de Floyd Tibbits! Por isso é perigoso levar uma arma, mesmo sendo necessário. Jimmy, leve-a com você e fique para trás. Se tiver de examinar Barlow ou Susan, passe-a para Mark.

— Entendido — disse Jimmy.

— Não se esqueçam de comprar alho. E rosas, se for possível. Aquela floricultura pequena em Cumberland ainda está aberta, Jimmy?

— A Northern Belle? Acho que sim.

— Uma rosa branca para cada um. Prendam no cabelo ou ao redor do pescoço. E vou repetir, não olhem nos olhos dele! Eu poderia segurar vocês aqui e lhes dizer mais centenas de coisas, mas é melhor se apressarem. Já são dez horas, e o padre Callahan pode estar pensando duas vezes. Que minhas preces acompanhem vocês. Rezar é uma dificuldade para um velho agnóstico como eu, mas acho que não sou mais tão agnóstico como antes. Foi Carlyle quem disse que, se um homem derruba Deus do trono do seu coração, Satã deve tomar o Seu lugar?

Ninguém respondeu, e Matt suspirou.

— Jimmy, quero ver seu pescoço mais de perto.

Jimmy aproximou-se da cama e levantou o queixo. Os ferimentos eram furos nítidos, mas ambos haviam formado casca e pareciam estar se fechando.

— Está doendo? Ou coçando? — perguntou Matt.

— Não.

— Você teve muita sorte — disse ele, olhando-o seriamente.

— Começo a pensar que tive mais sorte do que imagino.

Matt recostou-se na cama. O rosto estava encovado, os olhos, fundos.

— Vou aceitar o comprimido que Ben recusou.

— Direi a uma enfermeira.

— Vou dormir enquanto vocês cumprem sua missão — disse Matt. — Mais tarde haverá outra questão... bom, chega disso. — Olhou para Mark. — Você fez uma coisa admirável ontem, rapaz. Tola e imprudente, mas admirável.

— *Ela* pagou por isso — disse Mark baixinho, apertando as mãos diante de si. Elas tremiam.

— Sim, e você pode ter de pagar de novo. Digo isso a todos vocês. Não o subestimem! E agora, se não se importam, estou muito cansado. Passei quase a noite toda lendo. Liguem para mim assim que terminarem.

Eles saíram do quarto. No corredor, Ben olhou para Jimmy e perguntou:

— Ele não o fez lembrar de alguém?

— Fez — disse Jimmy. — Van Helsing.

7

Às 10h15, Eva Miller foi ao porão buscar dois potes de milho para levar para a Sra. Norton, que, segundo Mabel Werts, estava de cama. Eva passara o mês de setembro numa cozinha cheia de fumaça, labutando com suas conservas, curando legumes e guardando-os, selando potes com parafina para proteger suas geleias caseiras. Havia mais de duzentos potes de vidro cuidadosamente guardados nas prateleiras de seu impecável porão. As conservas estavam entre suas grandes alegrias. Mais tarde, com a chegada do inverno e a proximidade das festas, ela acrescentaria potes de carne moída com especiarias e frutas cristalizadas.

Ela sentiu o cheiro assim que abriu a porta do porão.

— Cruzes — murmurou, e desceu as escadas cuidadosamente, como se entrasse numa piscina poluída. Seu marido construíra o porão sozinho, com paredes de pedra para torná-lo fresco. De vez em quando um rato ou uma marmota entrava por uma rachadura e morria lá dentro. Era o que devia ter acontecido, embora ela nunca tivesse sentido um fedor tão forte antes.

Ela chegou ao último piso e examinou paredes, forçando a vista sob lâmpadas de 50 watts. Precisava trocá-las por lâmpadas de 75 watts, pensou. Pegou as conservas, em cujos rótulos escrevera MILHO com sua caligrafia caprichada (uma fatia de pimentão vermelho em cima de cada uma) e continuou a inspeção, procurando até atrás da enorme fornalha. Nada.

Voltou aos degraus que levavam à cozinha e olhou ao redor, franzindo a testa, as mãos nos quadris. O espaçoso porão estava bem mais arrumado desde que ela contratara dois empregados de Larry Crockett para erguer um depósito de ferramentas atrás da casa dois anos antes. Restara a fornalha, que parecia uma escultura impressionista da deusa Kali, com seus vários tubos contorcendo-se em várias direções; as janelas externas, que ela logo teria de instalar, porque outubro chegara e era preciso preservar o calor; a mesa de bilhar que pertencera a Ralph, agora coberta por um encerado. Ela limpava o feltro cuidadosamente todo mês de maio, mesmo que ninguém mais a usasse desde que o marido morrera em 1959. E não havia mais nada. Fora uma caixa de brochuras que ela guardara para o Hospital de Cumberland, uma pá de neve com o cabo quebrado, um quadro com algumas ferramentas de Ralph penduradas, um baú contendo cortinas que já deviam estar todas emboloradas.

Mas o odor persistia.

Seus olhos se demoraram na pequena porta do armário embutido onde guardava cebolas e batatas, mas ela não estava disposta a descer até lá. Além disso, as paredes do cubículo eram de concreto. Dificilmente algum animal teria entrado lá. Assim mesmo...

— Ed? — ela chamou subitamente, por nenhum motivo. O som da própria voz a assustou.

A palavra morreu no porão mal-iluminado. Ora, mas por que ela fizera aquilo? O que Ed Craig poderia estar fazendo lá, ainda que houvesse um lugar para se esconder? Bebendo? Não podia haver lugar mais deprimente na cidade para beber do que seu porão. Ele devia era estar na floresta com aquele seu amigo imprestável, Virge Rathbun, bebendo os dividendos de alguém.

No entanto, ela se deixou ficar mais um pouco, olhando ao redor. O cheiro de podridão era horrível. Ela esperava não ter que fumigar o porão.

Com um último olhar para a porta do armário, ela subiu a escada.

8

O padre Callahan ouviu o que os três tinham a lhe dizer. Já passava das 11h30 quando terminaram de colocá-lo a par da situação. Estavam na fresca e espaçosa sala do presbitério, e o sol entrava pelas grandes janelas da frente em lâminas luminosas que pareciam capazes de cortar. Observando as partículas de pó que dançavam nos feixes de luz, Callahan lembrou-se de um velho quadrinho que vira em algum lugar. Uma empregada com a vassoura na mão, olhando com surpresa para o chão — acabara de varrer parte de sua sombra. Ele se sentia um pouco daquele jeito. Pela segunda vez em 24 horas, defrontava-se com uma total impossibilidade — mas agora corroborada por um escritor, um menino aparentemente equilibrado e um médico respeitado na cidade. Mas uma impossibilidade continuava sendo uma impossibilidade. Era impossível varrer a própria sombra. Só que daquela vez aquilo parecia ter acontecido.

— Seria mais fácil acreditar nessa história se caísse uma tempestade e ficássemos no escuro — observou.

— É tudo verdade — disse Jimmy, apalpando o pescoço. — Posso lhe garantir.

O padre Callahan se levantou e tirou algo da maleta preta de Jimmy — dois tacos de beisebol truncados e com as pontas afiadas. Examinou um deles entre as mãos e disse:

— Um momento, Sra. Smith. Não vai doer nada.

Ninguém riu.

Callahan devolveu as estacas, foi até a janela e olhou para a avenida Jointner.

— Vocês são muito persuasivos — disse ele. — E preciso acrescentar algo que acho que ainda não sabem.

Virou-se para eles.

— Vi uma placa na vitrine da Loja de Móveis Barlow e Straker. "Fechado até segunda ordem." Fui até lá às nove da manhã para discutir as alegações do Sr. Burke com esse misterioso Sr. Straker. A loja está trancada, tanto a porta da frente como a de trás.

— Precisa admitir que isso combina com o que Mark disse — notou Ben.

— Talvez. Ou talvez seja só um acaso. Deixe-me perguntar outra vez. Precisam mesmo envolver a Igreja Católica no caso?

— Sim — disse Ben. — Mas continuaremos mesmo sem o senhor. Se for preciso, vou sozinho.

— Não será necessário — disse o padre Callahan, erguendo-se. — Venham comigo até a igreja, cavalheiros. Vou ouvir sua confissão.

9

Ben ajoelhou-se, desajeitado, na escuridão mofada do confessionário, a mente em turbilhão, os pensamentos inacabados. Vinha-lhe uma sucessão de imagens surreais: Susan no parque; a Sra. Glick recuando diante da cruz improvisada, a boca aberta como uma ferida; Floyd Tibbits saltando de dentro do seu carro, vestido como um espantalho, atacando-o; Mark Petrie debruçando-se na janela do carro de Susan. Pela primeira e única vez, a possibilidade de que tudo aquilo não passasse de um sonho lhe ocorreu, e sua mente cansada a agarrou avidamente.

Ele avistou um objeto caído num canto do confessionário e o apanhou curioso. Era uma caixa vazia de bala de menta, que caíra do bolso de um menino, talvez. Um toque de realidade inegável. O papelão era real e tangível entre seus dedos. O pesadelo era real.

A portinhola de correr se abriu. Ele olhou para a abertura, mas não enxergou nada. Uma tela pesada a fechava.

— O que devo fazer? — perguntou à tela.

— Diga: "Perdoai-me, Pai, porque pequei."

— Perdoai-me, Pai, porque pequei — disse Ben, sua voz soando estranha e pesada no espaço confinado.

— Agora, conte-me seus pecados.

— Todos? — perguntou Ben, horrorizado.

— Só os mais representativos — disse Callahan. — Sei que temos algo a fazer antes de escurecer.

Concentrando-se e tentando manter os Dez Mandamentos como uma espécie de filtro, Ben começou. Não ficou mais fácil à medida que prosseguia. Não sentiu nenhuma catarse — só o constrangimento de contar a um estranho os segredos de sua vida. Mas ele percebeu como aquele ritual podia se tornar compulsivo — tão compulsivo como álcool de farmácia para o bêbado crônico e a revista atrás da tábua solta do banheiro para o adolescente. Havia algo de medieval naquilo, algo de amaldiçoado — um ato ritual de regurgitação. Ele se lembrou de uma cena do filme de Bergman *O Sétimo Selo*, onde uma multidão de penitentes em andrajos perambulava por uma cidade atacada pela peste negra. Os penitentes se açoitavam com ramos de bétula, sangravam. A sensação odiosa de se despir daquela maneira (e, perversamente, ele não mentiu, embora pudesse fazer isso de modo bem convincente) tornou a missão que os esperava mais real, e ele quase conseguiu ver a palavra "vampiro" impressa na tela de sua mente, não como no cartaz de um filme, mas em letras pequenas e econômicas, como numa xilogravura ou num pergaminho. Sentiu-se impotente nas garras daquele estranho ritual, fora de sincronia com seu tempo. O confessionáro parecia ser uma linha direta com o tempo em que lobisomens, incubos e bruxas eram parte da realidade, e a igreja a única fonte de luz. Pela primeira vez na vida, ele sentiu o lento e terrível pulsar das eras e viu sua própria vida como uma débil centelha num todo que, se pudesse ser apreendido, enlouqueceria a humanidade. Matt não lhe contara que o padre Callahan via a igreja como uma Força, mas Ben teria compreendido essa ideia naquele momento. Sentia a Força naquele fétido compartimento, repercutindo nele, deixando-o nu e desprezível. Sentia-a como nenhum católico, habituado a se confessar desde criança, seria capaz de senti-la.

Quando saiu da cabine, o ar fresco que entrava pelas portas abertas o encheu de alívio. Enxugou o pescoço suado com a palma da mão.

Callahan também saiu.

— Ainda não acabou — disse ele.

Sem dizer nada, Ben voltou para dentro, mas não ajoelhou. Callahan lhe passou uma penitência — dez Pais-Nossos e dez Ave-Marias.

— Não conheço a segunda — disse Ben.

— Vou lhe dar um cartão com a oração — disse a voz do outro lado da tela. — Você pode dizê-las mentalmente a caminho de Cumberland.

Ben hesitou por um momento.

— Matt tinha razão quando disse que seria mais difícil do que pensávamos. Acho que vamos acabar suando sangue.

— Acha mesmo? — disse Callahan.

Se ele estava sendo educado ou duvidava, Ben não sabia dizer. Olhou para baixo e viu que ainda segurava a caixa de balas de menta, agora amassada e informe em sua mão direita.

10

Era perto de uma hora quando todos entraram no grande Buick de Jimmy Cody e partiram. Seguiram em silêncio. O padre Donald Callahan estava de batina, sobrepeliz e estola branca bordada de roxo. Dera a cada um deles um frasco de água benta e abençoara-os com o sinal da cruz. Levava no colo uma caixinha com várias hóstias.

Passaram primeiro no consultório de Jimmy, e ele deixou o motor ligado enquanto entrava. Quando saiu, vestia um casaco esporte largo que escondia o revólver de McCaslin e trazia um martelo Craftsman na mão direita.

Ben olhou o martelo com fascínio e viu com o canto dos olhos que Mark e Callahan também o olhavam. A peça tinha cabeça de aço azul e alça de borracha perfurada.

— Terrível, não? — disse Jimmy.

Ben imaginou-se usando aquele martelo para empurrar uma estaca entre os seios de Susan e sentiu o estômago dar uma lenta volta, como um avião girando no céu.

— É, terrível mesmo — concordou, molhando os lábios.

Depois, seguiram para um supermercado. Ben e Jimmy entraram e pegaram todo o alho que havia no setor de legumes — 12 caixas de bulbos cinzentos. A moça do caixa ergueu as sobrancelhas e disse:

— Ainda bem que não vou sair com vocês hoje à noite, rapazes.

Na saída, Ben perguntou:

— De onde vem a crença de que o alho combate vampiros? Da Bíblia, de algum antigo folclore ou...

— Acho que provoca alergia — disse Jimmy.

— Alergia?

Callahan ouviu o fim da conversa e pediu que a repetissem enquanto se dirigiam para a floricultura Belle Flower.

— Concordo com o Dr. Cody — disse ele. — Provavelmente é uma alergia, se é que isso é capaz de detê-lo. Lembrem-se, ainda não foi provado.

— É engraçado um padre dizer isso — observou Mark.

— Por quê? Se devo aceitar a existência de vampiros (e parece que devo, pelo menos no presente momento), devo também achar que são criaturas totalmente imunes às leis naturais? Alguns, certamente. Segundo o folclore, não são refletidos em espelhos, podem se transformar em morcegos, lobos ou pássaros, os chamados psicopompos, podem se encolher e escapar pelas frestas mais estreitas. Mas sabemos que eles enxergam, ouvem, falam... e certamente têm paladar. Talvez também sintam dor, desconforto...

— E amor? — Ben perguntou, olhando direto para frente.

— Não — respondeu Jimmy. — Desconfio que o amor esteja além da capacidade deles.

Ele parou num pequeno estacionamento ao lado de uma floricultura ligada a uma estufa.

Um sininho tilintou acima da porta quando entraram, e o aroma forte de flores atingiu-lhes em cheio. Ben sentiu-se enjoado com a mistura exagerada de perfumes, que lembravam uma casa funerária.

— Olá — disse um homem alto de avental de lona, que se aproximou com um vaso de flores na mão.

Ben começou a explicar o que queriam, mas o homem logo o interrompeu, sacudindo a cabeça.

— Chegaram tarde. Na sexta, um homem comprou todas as rosas que eu tinha no estoque: vermelhas, brancas, amarelas. Agora só terei mais na quarta. Se quiserem encomendar...

— Como era esse homem?

— Muito diferente — disse o proprietário, pousando o vaso na mesa. — Era alto e totalmente careca. Fumava cigarros estrangeiros, pelo cheiro. Teve de levar as flores para fora em três viagens. Colocou-as na traseira de um carro bem antigo, acho que um Dodge...

— Um Packard — disse Ben. — Um Packard preto.

— Então você o conhece.

— De certa maneira, sim.

— Ele pagou em dinheiro, o que foi estranho, devido ao tamanho da compra. Fale com ele. Quem sabe ele lhe vende...

— Quem sabe — disse Ben.

De volta ao carro, eles discutiram o problema.

— Tem uma floricultura em Falmouth — disse o padre Callahan, em tom de dúvida.

— Não! — disse Ben. — Não! — E o timbre quase histérico de sua voz atraiu o olhar de todos. — E se a gente chegar a Falmouth e descobrir que Straker também passou por lá? O que vamos fazer? Ir para Portland? Kittery? *Boston?* Vocês não entendem o que está acontecendo? Ele previu nossos passos! *Está nos segurando pela coleira!*

— Ben, seja razoável — disse Jimmy. — Devíamos ao menos...

— Lembre-se do que Matt disse. "Não pensem que estão seguros só porque ele não pode se levantar durante o dia." Veja que horas são, Jimmy.

— Duas e quinze — disse ele lentamente, e olhou para o céu como se duvidasse do relógio. Mas era verdade, as sombras já haviam mudado de lado.

— Ele se antecipou — prosseguiu Ben. — Tem passado a perna na gente desde o começo. Acham que *ele* nunca se deu conta de que existíamos? Que nunca considerou a possibilidade de ser descoberto e combatido? Temos de ir *já*, ou passaremos o resto do dia discutindo o sexo dos anjos.

— Ele tem razão — disse Callahan serenamente. — Chega de conversa e vamos logo.

— Então, pé na tábua — disse Mark, com impaciência.

Jimmy deu ré e saiu do estacionamento da floricultura, cantando os pneus. O dono ficou a olhá-los — um menino e três homens, entre eles um padre, dentro de um carro cuja placa indicava que pertencia a um médico, procurando rosas e gritando loucuras uns para os outros.

11

Quando Jimmy se aproximou da Casa Marsten pela via Brooks, no lado oposto ao da cidade, Donald Callahan, vendo-a sob esse novo ângulo, pensou: Puxa, realmente ela *domina* a cidade. Estranho como nunca percebi antes. A altura deve ser perfeita lá, já que o monte fica bem acima do cruzamento da avenida Jointner e da rua Brock. Deve proporcionar uma visão de 360 graus da cidade. Era uma casa enorme e angulosa e, com as venezianas fechadas, assumia uma configuração enorme e incômoda na mente — era como um monólito em forma de sarcófago, uma evocação do mal.

Além disso, fora palco de suicídio e assassinato — era um terreno maldito. Ele abriu a boca para dizer isso aos companheiros, mas mudou de ideia.

Jimmy entrou na via Brooks, e por um momento a casa foi oculta pelas árvores. Depois, estas ficaram esparsas, e Jimmy virou na entrada para carros da Casa Marsten. O Packard estava estacionado na frente da garagem. Quando desligou o carro, Jimmy sacou o revólver de McCaslin.

Callahan sentiu a atmosfera do lugar imediatamente. Tirou do bolso o crucifixo que pertencera a sua mãe e o pendurou no pescoço ao lado da cruz que sempre usava. Nenhum pássaro cantava naquelas árvores despidas pelo outono. A grama alta e irregular parecia mais seca e desidratada do que o normal naquela época do ano. O próprio solo parecia cinzento e sem vida.

Os degraus que levavam à varanda eram tortos, e um quadrado de tinta mais clara num dos pilares da varanda indicava o local em que estivera um cartaz alertando que a entrada era proibida. Um cadeado Yale novo em folha cintilava sob a velha e enferrujada tranca da porta da frente.

— Podemos entrar por uma janela, como Mark — arriscou Jimmy.

— Não — disse Ben. — Pela porta da frente, nem que a gente tenha de arrombá-la.

— Acho que não vai ser necessário — disse Callahan, e sua voz não parecia lhe pertencer. Quando saíram do carro, ele os guiou sem parar para pensar. Uma ânsia, a velha ânsia que ele pensava ter sumido para sempre, apoderou-se dele quando se aproximou da porta. A casa parecia se inclinar sobre eles, parecia vazar o mal pelos poros da pintura rachada. Mas ele não hesitou. Não era mais hora de contemporizar. Nos últimos momentos, ele os guiou na mesma medida em que era guiado.

— Em nome do Pai e do Filho! — gritou ele, e sua voz assumiu um tom de comando que atraiu os companheiros para mais perto dele. — Ordeno que o mal saia desta casa! Espíritos, afastem-se!

E, inconsciente do que fazia, golpeou a porta com o crucifixo que segurava.

Eles viram um clarão de luz — mais tarde, todos concordaram com isso —, sentiram um odor pungente de ozônio e ouviram um estalido, como se as próprias tábuas tivessem gritado. A claraboia de vidro da porta subitamente explodiu para fora, e a grande janela ao lado, que dava para o gramado, estilhaçou-se na mesma hora. Jimmy deu um grito. O novo cadeado jazia aos pés dele, derretido e quase irreconhecível. Mark se abaixou para cutucá-lo e gritou.

— Que quente!

Callahan se afastou da porta, tremendo. Olhou para a cruz que segurava.

— Sem sombra de dúvida, esta foi a coisa mais incrível que já aconteceu na minha vida — disse ele. Olhou para cima, como se esperasse ver a face de Deus, mas o céu permanecia indiferente.

Ben empurrou a porta, que se abriu com facilidade, mas esperou que Callahan entrasse primeiro. No vestíbulo, Callahan questionou Mark com o olhar.

— O porão — disse o menino. — A gente entra nele pela cozinha. Straker está lá em cima. Mas... — Ele fez uma pausa, franzindo a testa. — Algo está diferente. Não sei bem o quê. Algo não está como antes.

Primeiro, foram ao andar de cima. Mesmo não estando na frente, Ben sentiu o ferrão do antigo pavor quando se aproximaram da porta ao fim do corredor. Agora, quase um mês depois que voltara a 'salem, ele entraria pela segunda vez naquele quarto. Quando Callahan empurrou a porta, ele olhou para cima... e sentiu o grito subir pela garganta e sair pela boca antes que pudesse impedi-lo — alto, feminino, histérico.

Mas não era Hubert Marsten quem estava pendurado na viga nem seu espírito.

Era Straker. Fora pendurado de ponta-cabeça como um porco num matadouro, sua garganta rasgada de um lado a outro. Seus olhos vidrados olhavam para eles, através deles.

Fora sangrado até a última gota.

12

— Santo Deus — exclamou o padre Callahan. — Santo Deus...

Eles entraram lentamente no quarto, Callahan e Cody um pouco à frente, Ben e Mark atrás, grudados um ao outro.

Os pés de Straker haviam sido amarrados, e seu corpo fora içado e amarrado à viga. Ocorreu a Ben, num ponto distante de seu cérebro, que fora preciso uma força sobre-humana para puxar o corpo de Straker para cima até que as mãos pendidas não mais tocassem o chão.

Jimmy encostou a mão na testa do cadáver e em seguida segurou uma das mãos do morto.

— Ele morreu há umas 18 horas — disse ele. Soltou a mão com um calafrio. — Meu Deus, que jeito horrível de... Não consigo entender isto. Por quê... quem...

— Foi Barlow — disse Mark. Ele fitava o corpo de Straker com olhar inabalável.

— E Straker se encrencou — disse Jimmy. — Nada de vida eterna para ele. Mas por que deste jeito, pendurado de cabeça para baixo?

— É uma prática muito antiga — disse o padre Callahan. — Pendurar o corpo do inimigo ou traidor para baixo de modo que a cabeça fique em direção à terra e não ao céu. São Paulo foi crucificado assim, numa cruz em forma de X, com as pernas quebradas.

— Ele ainda está desviando nossa atenção — disse Ben, com uma voz que pareceu antiga e cansada. — Ele tem centenas de truques. Vamos.

Seguindo-o, eles desceram a escada e foram para a cozinha. Lá, Ben voltou a passar a liderança ao padre Callahan. Por um momento, eles olharam um para o outro, e depois para o porão, cujas escadas levavam para baixo, assim como 25 anos antes escadas que levavam para cima colocaram Ben diante de um enigma esmagador.

13

Quando o padre abriu a porta, Mark sentiu o odor rançoso e fétido invadir suas narinas novamente. Mas estava diferente. Menos forte. Menos malévolo.

O padre começou a descer as escadas. Mesmo assim, Mark precisou de toda a força de vontade para acompanhá-lo até aquele covil de mortos.

Jimmy sacou uma lanterna da maleta e a ligou. O feixe de luz percorreu o chão, uma parede e o chão de novo. Depois, iluminou uma caixa comprida e em seguida uma mesa.

— Vejam — disse ele. — Em cima da mesa.

Era um envelope, impecável e reluzente na escuridão abissal, de caro papel pergaminho.

— É um truque — disse o padre Callahan. — Não encostem nisso.

— Não — disse Mark, sentindo alívio e decepção ao mesmo tempo. — Ele não está aqui. Deixou a carta para nós. Deve estar cheia de maldades.

Ben avançou e pegou o envelope. Girou-o na mão duas vezes — Mark via à luz da lanterna que seus dedos tremiam — e depois o abriu.

Havia uma folha dentro, de papel pergaminho como o envelope. Todos se aproximaram. Jimmy dirigiu a lanterna para a página, escrita numa caligrafia elegante e rebuscada. Leram juntos, Mark um pouco mais lentamente do que os outros.

4 de outubro.

Caros e Jovens Amigos,

Quanta gentileza virem me visitar!

Sempre gostei de companhia. Tem sido uma das minhas maiores alegrias numa vida longa e muitas vezes solitária. Se tivessem vindo à noite, eu os teria recebido em pessoa, com o maior prazer. No entanto, como imaginei que chegariam durante o dia, achei melhor me ausentar.

Mas deixei um pequeno sinal de meu afeto. Uma pessoa muito íntima e querida de um de vocês está no lugar onde eu mesmo passei meus dias até me transferir para aposentos mais convenientes. Ela é adorável, Sr. Mears — muito *saborosa*, se me permite um pequeno *bon mot*. Não tenho mais necessidade dela, e portanto a deixei como aquecimento para a prova principal. Para abrir o apetite, digamos. Vejamos que tal lhes parece a entrada para o prato principal a que tanto almejam.

Mestre Petrie, você me privou do servo mais fiel e competente que já tive. Obrigou-me, de modo indireto, a participar de sua ruína. Fez com que meus apetites me traíssem. Sem dúvida o atacou por trás. Terei muito prazer em travar contato com você. Primeiro, com seus pais. Esta noite... ou a de amanhã... ou a próxima. E depois com você. Mas entrará para o coral da minha igreja como um *castrato*.

E, padre Callahan... eles o convenceram a vir? Foi o que pensei. Tenho observado-o desde que cheguei a Jerusalem's Lot. Assim como um bom enxadrista estuda os movimentos do adversário, concorda? Mas a Igreja Católica não é a mais antiga das minhas adversárias! Eu já era velho quando ela nascia, quando seus membros se escondiam nas catacumbas de Roma e pintavam desenhos de peixes no peito para poderem se reconhecer. Eu já era forte quando o tímido clube dos adoradores do cordeiro era fraco. Meus ritos já eram antigos quando os de sua Igreja sequer haviam sido concebidos. No entanto, não a subestimo. Sou sábio no bem assim como no mal. Não baixo a guarda.

E vou vencê-los. Mas como?, podem se perguntar. Callahan não porta o símbolo da Fé? Callahan não pode agir de dia bem como de noite? Não existem encantos e poções, tanto cristãos como pagãos, como meu bom amigo Matthew Burke lhes informou? Sim, sim e sim. Mas eu sou mais velho do que vocês. Sou engenhoso. Não sou a serpente, mas o pai das serpentes.

Mesmo assim, vocês dizem que isso não é bastante. E não é. No fim, padre Callahan, você vai se arruinar. Sua fé é fraca e vacilante. Você fala de amor sem conhecê-lo. Só sabe do que fala quando o assunto é a garrafa.

Meus bons amigos — Sr. Mears, Sr. Cody, Mestre Petrie, padre Callahan —, aproveitem sua estada. O Médoc é excelente, trazido especialmente para mim pelo antigo dono da casa, cuja companhia nunca tive o prazer de desfrutar. Por favor, sirvam-se, caso ainda tenham sede de vinho depois que terminarem a tarefa que os aguarda. Voltaremos a nos encontrar, em pessoa, e nessa ocasião expressarei minhas felicitações a cada um de uma maneira mais pessoal.

Até lá, *adieu*.

BARLOW

Trêmulo, Ben deixou a carta cair sobre a mesa. Olhou para os outros. Mark estava com os punhos cerrados, a boca franzida como alguém que comeu algo estragado. O rosto infantil de Jimmy estava tenso e pálido. Os olhos do padre Callahan brilhavam, seu queixo tremia.

Um a um, eles olharam para o padre.

— Vamos — disse ele.

E avançaram pelo corredor juntos.

14

Parkins Gillespie estava na escada do Pátio Municipal, olhando pelos binóculos Zeiss de alta potência, quando Nolly Gardener chegou no carro de polícia da cidade e desceu, levantando o cinto e puxando os fundos da calça.

— O que foi, Park? — perguntou, subindo os degraus.

O delegado lhe passou os binóculos em silêncio e indicou com o polegar calejado a Casa Marsten.

Nolly olhou. Viu o velho Packard, e, estacionado atrás dele, um Buick bege novo. O alcance do binóculo não permitia ler o número da placa. Ele o afastou do rosto.

— Aquele não é o carro do doutor Cody?

— Acho que sim. — Parkins meteu um Pall Mall na boca e riscou um fósforo na parede de tijolos atrás de si.

— É o primeiro carro que eu vejo lá, fora o Packard.

— É, eu também — disse Parkins, com ar pensativo.

— Acha que a gente deve ir dar uma olhada? — Nolly falava sem o característico entusiasmo na voz. Mesmo sendo policial há cinco anos, continuava extasiado com sua profissão.

— Não — disse Parkins. — Vamos deixar como está. — Tirou o relógio do colete e empurrou a tampa de prata como um agente ferroviário confirmando a hora do trem. Eram 15h41. Comparou seu relógio com o da prefeitura e voltou a guardá-lo no bolso.

— Afinal, o que aconteceu com Floyd Tibbits e o filhinho dos McDougall? — perguntou Nolly.

— Sei lá.

— Ah — fez Nolly, momentaneamente perdido. Parkins sempre fora taciturno, mas estava batendo um novo recorde. Voltou a olhar pelos binóculos. Nada mudara.

— A cidade está quieta hoje — observou Nolly.

— É, está — disse Parkins. Voltou os olhos azuis apagados para a avenida Jointner e para o parque. Ambos estavam desertos. Não se viam mães empurrando carrinhos de bebês nem vadios ao redor do Memorial da Guerra.

— Coisas estranhas estão acontecendo — arriscou dizer Nolly.

— É, estão — disse Parkins, em tom meditativo.

Como último recurso, Nolly puxou o único assunto ao qual Parkins não resistia: o tempo.

— Está nublado — disse ele. — Pode chover hoje à noite.

Parkins examinou o céu. Havia nuvens pequenas logo acima e outras maiores se formavam a sudoeste.

— É — disse ele, jogando fora o toco do cigarro.

— Park, você está se sentindo bem?

Parkins Gillespie refletiu.

— Não.

— Bom, então qual é o problema?

— Acho que estou morrendo de medo — disse Gillespie.

— Como? — espantou-se Nolly. — Medo do quê?

— Não sei — disse Parkins, e pegou os binóculos de volta. Voltou a observar a Casa Marsten enquanto Nolly o olhava, boquiaberto.

15

Depois da mesa onde a carta fora deixada, o porão fazia uma curva em L. O local já fora uma adega. Hubert Marsten devia mesmo ter sido um contrabandista, pensou Ben. Estavam cercados de barris pequenos e médios, cobertos de poeira e teias de aranha. Uma parede estava forrada de suportes para vinho, e algumas garrafas ainda espiavam de seus orifícios em forma de diamante como pombas. Algumas haviam explodido, e onde antes o vinho Borgonha esperava paladares sofisticados as aranhas agora teciam suas teias. Outras haviam se convertido em vinagre, cujo aroma pungente impregnava o ar, misturado ao cheiro de podridão.

— Não — disse Ben, com serena segurança. — Não consigo fazer isso.

— É seu dever — disse o padre Callahan. — Não estou dizendo que vai ser fácil nem que é o melhor, apenas que é seu dever.

— Não consigo! — gritou Ben, e dessa vez sua voz ecoou pelo porão.

No centro do cômodo, sobre uma plataforma iluminada pela lanterna de Jimmy, Susan Norton jazia imóvel. Estava coberta dos ombros até os pés com um simples lençol branco. Eles se aproximaram dela sem dizer palavra. O espanto os emudecera.

Em vida, ela fora uma moça bonita e alegre, que por pouco não chegara a ser bela. E não por alguma falha de seus traços, mas, talvez, por sua vida ter sido extremamente calma e pacata. Mas agora ela atingira a beleza. Uma beleza sinistra.

A morte não lhe imprimira sua marca. Suas faces estavam coradas, e seus lábios, virgens de maquiagem, eram de um vermelho vívido e profundo. Sua fronte estava pálida, mas perfeita; a pele, como seda. Os olhos estavam fechados, e os cílios escuros destacavam-se contra a pele. Uma das mãos estava fechada ao lado do corpo, enquanto a outra repousava levemente sobre o ventre. Contudo, a impressão não era de formosura angelical, mas de uma beleza fria e distante. Algo em seu rosto — apenas insinuado — fez Jimmy pensar nas meninas de Saigon, algumas com menos de 13 anos, que se ajoelhavam diante dos soldados nos becos atrás dos bares. Mas, no caso daquelas moças, a corrupção não fora fruto do mal, mas apenas um conhecimento prematuro do mundo. A mudança no rosto de Susan era totalmente outra — mas ele não saberia explicá-la.

Callahan se adiantou e tocou a região firme do seio esquerdo.

— Aqui — disse ele. — No coração.

— Não — repetiu Ben. — Não consigo.

— Tenha a atitude de um amante — disse o padre Callahan brandamente. — Melhor, de um marido. Ela não vai sofrer, Ben. Vai ser libertada. O único a sofrer será você.

Ben olhou para ele estupidamente. Mark tirou a estaca da maleta preta de Jimmy e a estendeu para ele em silêncio. Ben a pegou, estendendo a mão pelo que pareciam ser quilômetros.

Se eu não pensar no que estiver fazendo, então talvez...

Mas seria impossível não pensar a respeito. E, de repente, ele se lembrou de uma fala de *Drácula*, aquele filme divertido que não mais o divertia. Era o que Van Helsing tinha dito a Arthur Holmwood quando este teve de enfrentar a mesma e terrível tarefa: *Precisamos passar por águas bravias antes de chegar às serenas.*

Mas será que eles ainda poderiam encontrar a serenidade?

— Tomem! — gemeu ele. — Não me obriguem a fazer isso...

Ninguém respondeu.

Ele sentiu um suor frio e doentio brotar de sua testa, de suas faces, de seus antebraços. A estaca, que fora um simples taco de beisebol quatro horas antes, parecia misteriosamente pesada, como se linhas de força invisíveis mas titânicas houvessem convergido para ela.

Ergueu a estaca e a pressionou contra o seio esquerdo de Susan, bem acima do último botão de sua blusa. A ponta afundou a pele, e ele sentiu o canto de sua boca se contrair num tique incontrolável.

— Ela não está morta — disse ele, a voz rouca e pastosa. Era sua última defesa.

— Não — disse Jimmy, implacável. — Ela está desmorta, Ben.

E ele já comprovara. Colocara o medidor de pressão no braço inerte e o bombeara. O resultado fora 0:0. Encostara o estetoscópio no peito, e todos puderam escutar o silêncio no interior daquele corpo.

Alguém colocou algo na outra mão de Ben — ele nunca conseguiu lembrar quem fora. O martelo. O martelo Craftsman com o cabo de borracha perfurado. A cabeça de aço brilhou à luz da lanterna.

— Seja rápido — disse Callahan. — E depois, saia para a luz. Nós faremos o resto.

Precisamos passar por águas bravias antes de chegar às serenas.

— Deus me perdoe — sussurrou Ben.

Ergueu o martelo e o baixou.

O martelo atingiu a ponta da estaca em cheio, e o tremor gelatinoso que subiu pela madeira assombraria para sempre seus sonhos. Os olhos dela se arregalaram, grandes e azuis, como se movidos pela força do golpe. O sangue esguichou da ferida aberta pela estaca num jorro vivo e espantoso, manchando suas mãos, sua camisa, seu rosto. Num segundo, o porão se encheu do odor quente e acre.

Ela se contorceu na mesa. Ergueu as mãos e as agitou freneticamente. Seus pés bateram na madeira da plataforma em ritmo errático. Sua boca se escancarou, revelando presas aterradoras, lupinas, e ela começou a dar gritos que soaram como a trombeta do inferno. O sangue escorria dos cantos de sua boca como riachos.

O martelo se ergueu e baixou mais uma vez. E mais outra. E outra.

A mente de Ben se encheu dos gritos de grandes corvos negros. Girava em meio a imagens horríveis e obliteradas. Suas mãos estavam rubras, a estaca estava rubra, o implacável martelo estava rubro. Nas mãos trêmulas de Jimmy, a lanterna se tornou uma luz estroboscópica, iluminando o rosto ensandecido de Susan de modo entrecortado. Os dentes dela cravaram-se na carne dos lábios, dilacerando-os. O sangue se espalhou pelo lençol branco, que Jimmy dobrara com tanto cuidado, formando desenhos que lembravam ideogramas chineses.

E então, subitamente, ela estirou as costas como um arco e abriu a boca até quase romper as mandíbulas. Uma enorme explosão de sangue verteu da ferida aberta pela estaca, um sangue quase negro sob a luz incerta da lanterna — sangue do coração. O grito que brotou da câmara ressonante daquela boca vinha das catacumbas da memória da espécie, da escuridão úmida da alma humana. O sangue subitamente jorrou de seu nariz e boca numa torrente... e algo mais. À luz vacilante, foi apenas uma impressão, uma sombra, de algo que saltou para fora, enganado e arruinado. Amalgamou-se à escuridão e desapareceu.

Ela voltou a se estender na mesa, a boca relaxando, fechando. Os lábios mutilados se entreabriram numa última e sussurrante respiração. Por um instante, as pálpebras se abriram, e Ben viu, ou julgou ver, a Susan que ele conhecera no parque, lendo um livro.

Estava feito.

Ele recuou, soltando o martelo, estendendo as mãos diante de si, como um maestro horrorizado diante de sua macabra sinfonia.

Callahan colocou a mão em seu ombro.

— Ben...

Ele saiu correndo.

Subiu a escada aos tropeços, caiu e rastejou em direção à luz da cozinha. Terrores infantis e adultos haviam se fundido. Se olhasse para trás, veria Hubie Marsten (ou talvez Straker) a um fio de cabelo de distância, o rosto inchado e pútrido sorrindo, a corda enterrando na carne do pescoço, o sorriso revelando presas e não dentes. Ele soltou um grito desesperado.

Ao longe, ouviu Callahan dizer:

— Não, deixe-o sozinho...

Ben irrompeu pela cozinha e depois pela porta de trás. Seus pés tropeçaram nos degraus da escada, e ele caiu de bruços na terra. Ele se ajoelhou, ficou de pé e olhou atrás de si.

Nada.

A casa se erguia sem propósito. Agora que o último mal que abrigava se extinguira, ela voltara a ser apenas uma casa comum.

Ben Mears permaneceu no vasto silêncio do quintal cercado de mato, com a cabeça para trás, respirando o ar em grandes golfadas.

16

No outono, a noite chega assim a Lot:

O calor do sol arrefece mais cedo, e o ar fica frio, lembrando que o inverno está chegando e será longo. Finas nuvens se formam, e as sombras se alongam mais. Não têm amplitude, como as sombras de verão — não há folhas nas árvores nem nuvens gordas no céu para lhes dar espessura. São sombras magras e miseráveis, que mordem o chão como dentes.

Quando o sol se aproxima do horizonte, seu amarelo benevolente se intensifica, se infecciona, até brilhar com feroz vermelho inflamado. E lança um brilho variegado sobre o horizonte — uma membrana nebulosa que se alterna em tons de vermelho, laranja, escarlate, violeta. Às vezes, as nuvens se rompem em grandes e lentos retalhos, deixando passar feixes de inocente luz prateada que provocam uma doce saudade do verão que se foi.

São seis horas, hora da ceia (em Lot, o almoço é ao meio-dia, e as marmitas que os homens levam para o trabalho são chamadas de "tigelas de jantar"). Mabel Werts, com a doentia gordura da velhice pendendo em dobras do corpo, senta-se diante de um peito de frango grelhado e uma xícara de chá Lipton, o telefone ao alcance da mão. Na pensão de Eva, os homens comem o que há para comer: pratos congelados, carne enlatada, feijões em lata — tão diferentes dos que suas mães costumavam deixar cozinhando durante todo o sábado quando eram crianças —, macarrão pronto ou hambúrgueres requentados comprados no McDonald's de Falmouth na volta do trabalho. Eva está na sala da frente, irritada, jogando cartas com Grover Verrill e implicando com os inquilinos, gritando que limpem a sujeira e não façam bagunça. Eles nunca a viram desse jeito, nervosa e mal-humorada. Mas sabem o que ela tem, mesmo que ela não saiba.

O Sr. e a Sra. Petrie comem sanduíches na cozinha, tentando decifrar a ligação que haviam acabado de receber, do padre católico da cidade, Callahan: *Seu filho está comigo. Ele está bem. Logo o levarei para casa. Até logo.* Pensaram em ligar para o delegado do lugarejo, Parkins Gillespie, mas decidiram esperar. Já haviam notado uma mudança no filho, que sempre foi um introspectivo, como dizia a Sra. Petrie. Contudo, os espectros de Ralphie e Danny Glick pairavam sobre eles sem que o admitissem.

Milt Crossen está comendo pão com leite nos fundos de sua loja. Quase não tinha mais apetite desde que a mulher morrera em 1968. Delbert Markey, proprietário do Dell's, devora metodicamente os cinco hambúrgueres que preparou para si mesmo na grelha. Acompanha-os com mostarda e pilhas de cebolas cruas, e mais tarde se queixará para quem quiser ouvir que sua maldita acidez estomacal o está matando. Rhoda Curless, a governanta do padre Callahan, não come nada. Está preocupada com o padre, ainda na rua até aquela hora. Harriet Durham e sua família comem costeletas de porco. Carl Smith, viúvo desde 1957, come uma batata assada com uma garrafa de refrigerante Moxie. Os Derek Boddin jantam um pernil com couve-de-bruxelas. Aargh, diz Richie Boddin, o valentão deposto. Couve-de-bruxelas... Coma ou vai ganhar um safanão na orelha, diz Derek, que também as odeia.

Reggie e Bonnie Sawyer jantam um rosbife de costela, milho congelado, batata frita e, de sobremesa, pudim de chocolate com calda. São os pratos favoritos de Reggie. Bonnie, cujas contusões começam a se atenuar, serve em silêncio, os olhos baixos. Reggie come com atenção e seriedade, matando três latas de Budweiser durante a refeição. Bonnie come de pé. Continua dolorida demais para sentar. Não está com apetite, mas come assim mesmo, para que Reggie não repare e diga algo. Depois de espancar a mulher naquela noite, ele jogara seus anticoncepcionais na privada e a violentara. E vinha violentando-a todas as noites desde então.

Por volta das 19h15, a maioria dos moradores já havia jantado, fumado seus cigarros ou charutos, tirado a mesa. Pratos eram lavados, enxaguados e postos para secar. Crianças vestiam pijamas e iam para a outra sala ver programas de auditório até a hora de dormir.

Roy McDougall, que acabara de queimar uma frigideira cheia de bifes de vitela, xinga alto e joga tudo — frigideira e bifes — no lixo. Veste a jaqueta de brim e parte para o Dell's, deixando a gorda e inútil da sua mulher dormindo no quarto. O filho morto, a mulher sem forças, o jantar queimado. Hora de encher a cara. E talvez de fazer as malas e cair fora daquela porcaria de cidade.

Num pequeno apartamento na rua Taggart, que parte da avenida Jointner e acaba sem saída atrás do Paço Municipal, Joe Crane recebe um ambíguo presente dos deuses. Depois de comer uma pequena tigela de aveia e sentar para ver televisão, ele sentiu uma forte e súbita dor paralisar o lado esquerdo do peito e o braço esquerdo. *O que é isso? Ataque cardíaco?*, pensa ele. E é exatamente isso. Ele se ergue e avança meio-caminho até o telefone, mas a dor subitamente cresce e o derruba como um novilho atingido pelo martelo. Sua pequena TV em cores continua tagarelando. Levará 24 horas para que alguém o encontre. Sua morte, às 18h51, foi o único óbito natural ocorrido em Jerusalem's Lot em 6 de outubro.

Às 19 horas, a panóplia de cores no horizonte se reduz a uma estreita linha alaranjada a oeste, como se fornalhas tivessem sido abafadas além da margem do mundo. A leste as estrelas já cintilam, com o brilho uniforme de diamantes. Elas são impiedosas nessa época do ano, não acolhem os amantes. Reluzem em linda indiferença.

Para as crianças, chegou a hora de dormir. Hora de serem colocadas nas camas e berços por pais que sorriem quando elas pedem para ficar acordadas só mais um pouquinho ou para deixarem uma luz acesa. E os pais abrem armários pacientemente, mostrando que não há nada dentro deles.

Mas, em torno dos moradores, a bestialidade da noite irrompe em asas tenebrosas. A hora do vampiro chegou.

17

Matt cochilava quando Jimmy e Ben entraram. Despertou com um sobressalto, apertando a cruz que segurava com a mão direita.

Olhou para Jimmy e depois para Ben, com mais vagar.

— O que houve?

Jimmy contou-lhe brevemente. Ben não disse nada.

— E o corpo dela?

— Callahan e eu o colocamos de cara para baixo numa caixa que encontramos no porão, talvez a mesma em que Barlow chegou à cidade. E a jogamos no rio Royal há menos de uma hora, cheia de pedras. Fomos com o carro de Straker. Se alguém o viu ao lado da ponte, pensará que era ele.

— Agiram bem. Onde está Callahan? E o menino?

— Foram para a casa de Mark. Precisam contar tudo aos pais dele. Barlow os ameaçou diretamente.

— Será que eles vão acreditar?

— Se não acreditarem, Mark pedirá que os pais liguem para você.

Matt assentiu. Parecia muito cansado.

— Ben, venha aqui — disse ele. — Sente na cama.

Ben obedeceu, o rosto pálido e confuso. Sentou e cruzou as mãos com cuidado sobre o colo. Seus olhos estavam febris.

— Nada pode consolar você agora — disse Matt, tomando uma das mãos dele entre as suas. — Não importa. O tempo lhe trará consolo. Ela está em paz.

— Ele nos fez de bobos — disse Ben, com a voz entorpecida. — Zombou de cada um de nós. Jimmy, mostre a carta para Matt.

Jimmy entregou o envelope a Matt. Ele tirou o espesso papel e o leu com cuidado, segurando a folha a centímetros do rosto, movendo os lábios de leve. Depois, largou a folha e disse:

— Sim, é ele. Seu ego é maior ainda do que eu imaginava. Me dá calafrios.

— Ele a deixou lá para nos pregar uma peça — continuou Ben, com a mesma voz inexpressiva. — Saiu de lá muito antes. Lutar com ele é como lutar com o vento. Devemos parecer insetos para ele. Formigas atarantadas que o divertem.

Jimmy abriu a boca para falar algo, mas Matt balançou levemente a cabeça.

— Isso está longe de ser verdade — disse ele. — Se ele pudesse levar Susan, teria levado. Não desistiria de seus Desmortos por uma brincadeira, já que são tão poucos. Pare um pouco e pense no que fizeram com ele. Mataram seu leal servo, Straker. Ele próprio admitiu que foi obrigado a participar do assassinato devido a seu apetite insaciável!

Como deve ter ficado aterrorizado ao despertar e descobrir que uma criança, desarmada, destruíra um homem tão temível.

Matt se ergueu na cama com alguma dificuldade. Ben se voltou para ele e o olhou, demonstrando algum interesse pela primeira vez desde que saíra da Casa Marsten.

— E talvez não seja nem essa a maior vitória — refletiu Matt. — Vocês o expulsaram de sua casa, do lar que ele escolhera. Jimmy disse que o padre Callahan esterilizou o porão com água benta e selou todas as portas com hóstias. Se ele entrar lá novamente, vai morrer... *e ele sabe.*

— Mas ele escapou — disse Ben. — Que diferença faz?

— Sim, escapou — concordou Matt. — Mas onde dormiu hoje? No porta-malas de um carro? Na adega de uma de suas vítimas? Talvez no porão da velha Igreja Metodista, no pântano, que pegou fogo no incêndio de 51? Seja onde for, acha que ele gostou ou que se sentiu seguro?

Ben não respondeu.

— Amanhã, vocês começarão a caçada — disse Matt, apertando com força a mão de Ben. — Não só de Barlow, mas também dos peixes pequenos, e muitos peixes pequenos surgirão depois desta noite. A fome deles jamais é saciada. Sempre querem mais. As noites pertencem a ele, mas, durante o dia, vocês o perseguirão e acossarão até ele se apavorar e fugir. Ou até vocês o arrastarem, com a estaca no coração, para a luz do dia!

Ben começou a erguer a cabeça enquanto Matt falava. Seu rosto assumiu um ânimo quase sobrenatural. Um sorriso começou a se formar em seus lábios.

— Sim, isso mesmo — murmurou. — Mas não amanhã. Esta noite mesmo. Agora.

Matt agarrou o ombro de Ben com surpreendente energia.

— Não. Passaremos esta noite juntos, você, eu, Jimmy, o padre Callahan, Mark e os pais dele. Agora *ele* sabe... e está com medo. Só um louco ou um santo ousaria se aproximar de Barlow durante a noite que o protege. E não somos nem santos, nem loucos. — Ele fechou os olhos e disse baixinho. — Acho que estou começando a conhecê-lo. Fico deitado nessa cama, dando uma de Mycroft Holmes, tentando adivinhar seus passos e me colocando em seu lugar. Ele vive há séculos, é uma criatura brilhante. Mas também é um egocêntrico, como sua carta indica. Por que não seria? Seu ego cresceu como uma pérola, camada por camada, até ficar imenso e venenoso. Ele é todo orgulho e presunção. E sua sede de vingança deve ser suprema, aterrorizante, mas, quem sabe, podemos usá-la a nosso favor.

Ele abriu os olhos e olhou solenemente para os dois. Ergueu a cruz.

— Isto detém a ele, mas talvez não a outros que ele pode manipular, como manipulou Floyd Tibbits. Acho que tentará eliminar alguns de nós hoje à noite... ou talvez todos nós.

Olhou para Jimmy.

— Acho que não foi uma boa decisão mandar o padre Callahan falar com os pais de Mark. Podíamos ter ligado daqui e pedido que viessem, sem saber de nada. Agora, estamos divididos. Estou preocupado principalmente com o menino. Jimmy, é melhor ligar para eles. Agora.

— Certo. — Ele levantou.

Matt olhou para Ben.

— E você? Vai ficar conosco? Vai lutar conosco?

— Vou — respondeu ele com voz rouca. — Vou.

Jimmy saiu do quarto, foi até o balcão do corredor e procurou o número dos Petries na lista telefônica. Discou rapidamente, e foi tomado por um horror doentio quando o som agudo de uma linha desligada entrou no lugar do toque de chamar.

— Ele os pegou! — exclamou.

A enfermeira-chefe ergueu os olhos ao ouvir o tom de sua voz e se assustou com a expressão de seu rosto.

18

Henry Petrie era um homem culto. Era bacharel pela Northwestern, mestre pela Massachusetts Tech e doutor em economia. Deixara um bom cargo como professor do ensino superior para aceitar um posto administrativo na Companhia Consultiva de Seguros, mais por curiosidade do que por expectativa de ganhos financeiros. Queria ver se algumas de suas teorias econômicas também funcionariam na prática. E funcionaram. No verão seguinte, ele pretendia passar na prova de auditor público e, dois anos depois, na prova da ordem. Sua meta era começar os anos 80 com um cargo econômico nas altas esferas do governo federal. A tendência sonhadora de Mark não viera do pai, que seguia uma lógica exata e planejava seu mundo com quase total precisão. Era democrata de carteirinha e votara em Nixon nas eleições de 1972, não porque acreditasse que o homem fosse honesto — costumava dizer à mulher que Richard Nixon era um pilantra sem imaginação com a elegância de um trombadinha —, mas porque o adversário era um piloto desmiolado que levaria o país ao desastre econômico. Assistira à contracultura do final dos anos 60 com calma e tolerância, acreditando que acabaria sem causar maiores estragos, já que não se apoiava em nenhuma base econômica. Seu amor pela mulher e o filho não era lírico — ninguém jamais escreveria um poema sobre a paixão de um homem que enrolava as meias na frente da mulher —, mas era firme e inabalável. Ele era reto como uma flecha, confiante em si mesmo e nas leis naturais da física, da matemática, da economia e (em menor grau) da sociologia.

Ouviu a história contada pelo filho e pelo vigário da cidade bebendo uma xícara de café e fazendo-lhes perguntas lúcidas quando o fio da narrativa se tornava emaranhado ou obscuro. Sua calma crescia na mesma medida em que a história ficava mais grotesca e a agitação de sua mulher, June, crescia. Quando terminaram o relato, eram quase 19h05. Henry Petrie declarou seu veredicto com quatro sílabas calmas e refletidas.

— Impossível.

Mark suspirou, olhou para Callahan e disse:

— Eu não falei? — E ele falara mesmo, quando saíram do presbitério no carro velho de Callahan.

— Henry, você não acha que...

— Espere.

Essa palavra e a mão erguida (quase com negligência) bastaram para calar a mulher. June sentou e passou o braço ao redor de Mark, afastando-o ligeiramente do padre Callahan. O menino se submeteu.

Henry Petrie lançou um olhar amistoso para o padre.

— Vamos tentar resolver esse delírio, ou seja o que for, como dois homens racionais.

— Talvez seja impossível — retrucou Callahan, com igual amabilidade —, mas pode ter certeza de que tentarei. Estamos aqui, Sr. Petrie, especificamente porque Barlow ameaçou o senhor e sua mulher.

— O senhor realmente cravou uma estaca no coração de uma moça?

— Não fui eu. Foi o Sr. Mears.

— O corpo continua lá?

— Foi jogado no rio.

— Se essa parte for verdade, vocês envolveram meu filho num crime. Já pensou nisso?

— Já. Foi necessário. Sr. Petrie, por que não liga para Matt Burke no hospital e...

— Ora, sei que seu amigo confirmará o que disse — disse Petrie, ainda com o mesmo sorriso brando e irritante. — É um dos aspectos fascinantes dessa insensatez. Posso ver a carta que esse tal de Barlow lhes deixou?

Callahan praguejou mentalmente.

— Está com o Dr. Cody. — E acrescentou, numa reflexão tardia. — É melhor irmos todos para o hospital de Cumberland. Se falarem com...

Petrie abanou a cabeça.

— Vamos conversar mais um pouco. Não duvido que suas testemunhas sejam confiáveis. O Dr. Cody é nosso médico de família, e todos gostamos muito dele. Também já me deram a entender que Matthew Burke está acima de qualquer crítica... pelo menos como professor.

— Mas, mesmo assim...

— Padre Callahan, deixe-me fazer uma comparação. Se dúzias de testemunhas confiáveis lhe dissessem que uma joaninha gigante cruzou o parque da cidade em plena luz do dia cantando "Sweet Adeline" e agitando a bandeira americana, o senhor acreditaria?

— Se tivesse certeza de que as testemunhas eram confiáveis e não estavam brincando, acho que eu acabaria acreditando.

Ainda com seu sorriso condescendente, Petrie disse:

— É aí que nós diferimos.

— O senhor tem a mente fechada, Sr. Petrie — disse Callahan.

— Não, simplesmente esclarecida.

— Dá na mesma. Diga-me, a companhia onde trabalha aprova que seus executivos tomem decisões baseando-se em crenças internas em vez de em fatos externos? Isso não é lógica, Petrie. É dogmatismo.

Petrie parou de sorrir e levantou.

— Essa história é perturbadora, admito. Envolveram meu filho em algo demente, talvez perigoso. Terão muita sorte se não terminarem no tribunal por causa disso. Vou ligar para seus amigos e falar com eles. Em seguida, iremos visitar o Sr. Burke no hospital e discutiremos a questão.

— Muito obrigado por contrariar seus princípios — disse Callahan secamente.

Petrie foi até a sala e pegou o telefone. Não ouviu sinal de discar — a linha estava muda. Franzindo a testa, ele mexeu nos botões. Nenhuma resposta. Devolveu o fone ao gancho e voltou para a cozinha.

— O telefone não está funcionando — informou.

Viu que o filho e o padre Callahan trocavam um olhar cúmplice e amedrontado e ficou irritado.

— Garanto que o serviço telefônico de Jerusalem's Lot não precisa de vampiros para funcionar mal — disse ele, com mais aspereza do que era sua intenção.

As luzes se apagaram.

19

Jimmy voltou correndo para o quarto de Matt.

— O telefone da casa dos Petries foi cortado. Acho que ele está lá. Droga, como fomos idiotas...

Ben levantou da cama. O rosto de Matt se contraiu num espasmo.

— Viram como ele age? — murmurou. — Com que precisão? Se ao menos ainda restasse uma hora de luz do dia, poderíamos... Mas não. Acabou.

— Temos de ir até lá — disse Jimmy.

— Não! Não façam isso! Se temem pela vida de vocês e pela minha, fiquem aqui.

— Mas eles...

— *Não podemos fazer nada!* O que está acontecendo já terá terminado quando chegarem lá!

Eles pararam junto à porta, indecisos.

Matt se ergueu, juntou suas forças e falou com calma, mas com energia.

— O ego dele é grande, assim como seu orgulho. São falhas que podemos explorar. Mas sua inteligência também é grande, e precisamos levá-la em conta e respeitá-la. Na carta, ele menciona o jogo de xadrez. Não duvido que seja um exímio jogador. Não percebem que ele poderia ter cumprido sua missão naquela casa sem desligar a linha? Fez isso para que saibam que uma das peças brancas do tabuleiro está em xeque. Sabe que é mais fácil vencer quando as forças adversárias estão confusas e divididas. Vocês permitiram que ele fizesse a primeira jogada porque se esqueceram disso, e o grupo se dividiu em dois. Se saírem correndo para a casa dos Petries, o grupo será dividido em três. Estou sozinho e acamado, uma presa fácil, apesar das cruzes, dos livros e dos sortilégios. É fácil para ele mandar um de seus quase mortos me matar com uma arma ou uma faca. E restarão apenas vocês dois, correndo como baratas tontas para sua própria destruição. E 'salem será dele. Será que não veem isso?

Ben foi o primeiro a falar.

— Sim, eu vejo.

Matt curvou os ombros.

— Não digo isso para proteger minha vida, Ben. Você tem de acreditar. E nem mesmo para proteger a vida de vocês. Temo pela cidade. Não importa o que aconteça, alguém precisa sobrar para acabar com ele amanhã.

— Isso mesmo. E ele não acabará comigo antes de eu vingar Susan.

Um silêncio caiu sobre eles.

Jimmy Cody o quebrou.

— Talvez eles escapem — disse, pensativo. — Acho que ele subestimou Callahan, e com certeza subestimou Mark. Aquele menino é impressionante.

— Tomara que sim — disse Matt, fechando os olhos.

E eles se prepararam para esperar.

20

Donald Callahan estava de um lado da espaçosa cozinha, erguendo sobre a cabeça o crucifixo da mãe, que espalhava pelo ambiente um esplendor sobrenatural. Barlow estava do outro lado, perto da pia, prendendo os braços de Mark com uma mão, com a outra segurando o pescoço do menino. Entre eles, Henry e June Petrie, estirados sobre o chão entre os cacos de vidro produzidos pela entrada de Barlow.

Callahan estava aturdido. Tudo acontecera com tamanha rapidez que ele ainda não se recuperara. Num momento estava discutindo a situação racionalmente (na medida do possível) com Petrie sob a luz clara e direta das lâmpadas da cozinha. No outro, ele fora atirado na insanidade que o pai de Mark acabara de negar com tanta calma e firmeza.

Tentou reconstituir o que acontecera.

Petrie voltara e dissera que o telefone não estava funcionando. Momentos depois, as luzes se apagaram. June Petrie gritou. Uma cadeira tombou no chão. Durante alguns momentos, eles tatearam em meio à escuridão, chamando uns pelos outros. Depois a janela sobre a pia se estilhaçara, espalhando cacos de vidro sobre o balcão e o piso de linóleo. Tudo isso no intervalo de trinta segundos.

Então um vulto penetrara na cozinha, tirando Callahan do transe em que mergulhara. Ele agarrou a cruz pendurada em seu pescoço, e, assim que a tocou, o ambiente se iluminou com a sua luz misteriosa.

Viu Mark tentando arrastar a mãe para o arco que dava para a sala. Henry Petrie estava ao lado deles, o rosto antes calmo agora pálido, boquiaberto diante daquela invasão totalmente ilógica. E atrás dele, assomando sobre eles, um rosto lívido e sorridente como uma figura de um quadro de Frazetta, com presas longas e afiadas, olhos vermelhos e lúridos como as portas do inferno. Barlow estendeu as mãos (Callahan conseguiu ver como eram longos e sensíveis aqueles dedos brancos, como os de um pianista), pegou a cabeça de Henry Petrie com uma, a de June com a outra, e as bateu uma contra a outra com um estalido surdo e repugnante. Os dois tombaram como pedras. Barlow cumprira sua primeira ameaça.

Mark dera um grito agudo e penetrante e se atirara contra Barlow.

— Olhe quem está aqui! — Barlow trovejou amavelmente, com a voz profunda e poderosa. Mark o atacou sem pensar, e foi capturado imediatamente.

Callahan avançou, erguendo a cruz.

O sorriso de triunfo de Barlow na mesma hora se transformou num ricto de agonia. Ele recuou em direção à pia, arrastando o menino à sua frente. Seus pés esmagaram o vidro quebrado.

— Em nome de Deus... — começou Callahan.

Ao ouvir o nome da Divindade, Barlow gritou como se tivesse levado uma chicotada, escancarando a boca para baixo, as presas pontudas faiscando. Os tendões de seu pescoço se projetaram em nítido relevo contra a pele.

— Nem mais um passo! — gritou. — Nem mais um passo, xamã! Ou abrirei a jugular do menino antes que você consiga piscar os olhos! — ao falar, ergueu o lábio superior, mostrando os dentes longos e afiados, e quando terminou, mergulhou a cabeça velozmente em direção ao pescoço de Mark, parando milímetros antes de tocar a pele.

Callahan estacou.

— Afaste-se — ordenou Barlow, sorrindo novamente. — Você no seu lado do tabuleiro, eu no meu, hã?

Callahan recuou lentamente, ainda segurando a cruz diante do rosto, espiando por cima dela. A cruz parecia pulsar com fogo contido, e sua energia transmitia-se por seu antebraço, fazendo seus músculos tremerem.

Eles se encararam.

— Enfim, juntos! — exclamou Barlow, sorrindo. Seu rosto era forte, inteligente e belo, mas brutal e sombrio. Quando a luz mudou de ângulo, pareceu quase efeminado. Onde ele já vira aquele rosto antes? E a imagem lhe veio, naquele momento do mais extremo pavor. Era o rosto do Sr. Flip, o bicho-papão de sua infância, a coisa que se escondia no armário durante o dia e saía depois que sua mãe fechava a porta do quarto. Seus pais não lhe deixavam nenhuma luz acesa, pois achavam que o melhor modo de vencer os medos infantis era enfrentá-los, sem concessões. E todas as noites, quando a porta se fechava e os passos de sua mãe se afastavam pelo corredor, a porta do armário abria uma fresta, e ele pressentia (ou via?) o rosto fino e pálido e os olhos febris do

Sr. Flip. E lá estava ele de novo, fora do armário, olhando por sobre os ombros de Mark com o rosto branco de palhaço, os olhos vermelhos e brilhantes, os lábios sensuais.

— E agora? — disse Callahan, sentindo que a voz deixara de ser sua. Olhava para os dedos de Barlow, aqueles dedos longos e sensíveis que pressionavam a garganta do menino. Viu pequenas manchas azuis neles.

— Depende. O que você me dá em troca deste pirralho miserável? — Ele deu um puxão brusco nos pulsos de Mark, tentando pontuar sua pergunta com um grito, mas o menino o frustrou. Fora o ar que escapou entre seus dentes cerrados, ele permaneceu em silêncio.

— Você ainda vai gritar — sussurrou Barlow, e seus lábios se crisparam num esgar de ódio animal. — Vai gritar até explodir sua garganta!

— Pare com isso! — gritou Callahan.

— Devo parar? — O ódio sumira de seu rosto, substituído por um sorriso sombrio e gracioso. — Devo deixar o garoto viver mais uma noite?

— Sim!

Com voz macia, quase ronronante, Barlow disse:

— Então, concorda em jogar fora a cruz e me enfrentar de igual para igual? Sua fé contra a minha?

— Sim — disse Callahan, mas com menos firmeza.

— Então, jogue! — Os lábios cheios se franziram, expectantes. A fronte alta brilhou à estranha luz que banhava o ambiente.

— E confiar que vai soltar o menino? Seria o mesmo que pôr uma cascavel dentro da camisa e confiar que não me morderia.

— Mas eu confio em você... veja!

Ele soltou Mark e recuou, com as mãos para o alto, vazias.

Mark ficou imóvel, sem acreditar por um momento, e depois correu para os pais sem olhar para Barlow.

— Corra, Mark! — gritou Callahan. — Corra!

Mark olhou para ele, com os olhos arregalados e escuros.

— Acho que eles morreram...

— CORRA!

Mark se ergueu lentamente. Virou-se e olhou para Barlow.

— Não demorará, irmãozinho — disse Barlow, quase com bondade. — Não demorará para que nós dois...

Mark cuspiu em seu rosto.

Barlow parou de respirar. Sua testa se toldou com uma fúria que revelou que sua expressão anterior não passara de encenação. Por um momento, Callahan viu uma loucura assassina em seus olhos.

— *Você cuspiu em mim* — Barlow sussurrou. Seu corpo tremia, quase sacudia de ódio. Deu um passo vacilante para frente como um cego abominável.

— *Para trás!* — Callahan gritou, estendendo a cruz.

Barlow deu um grito e protegeu o rosto com as mãos. A cruz refulgiu com um brilho ofuscante e sobrenatural. E foi naquele instante que Callahan poderia tê-lo banido se tivesse ousado avançar.

— Eu vou te matar — disse Mark.

E ele se foi, como que levado por um turbilhão.

Barlow pareceu crescer. Seus cabelos, penteados para trás à moda europeia, pareciam flutuar em torno de sua cabeça. Usava um terno preto e uma gravata cor de vinho, com nó impecável. Para Callahan, ele era parte integrante da escuridão que o cercava. Seus olhos saltavam das órbitas como brasas malignas.

— Agora cumpra sua parte do trato, xamã.

— Eu sou um *padre*! — Callahan protestou.

Barlow simulou uma reverência.

— *Padre...* — disse ele, com o mesmo desprezo que teria por um peixe morto.

Callahan hesitou. Por que jogar a cruz? Ele podia expulsá-lo, terminar a noite em empate, e no dia seguinte...

Mas uma parte mais profunda de sua mente o alertou. Recusar o desafio do vampiro era arriscar possibilidades muito mais graves. Se ele ousasse não se desfazer da cruz, seria o mesmo que admitir... que admitir... o quê? Se ao menos tudo não acontecesse tão rápido, se ele tivesse tempo de pensar, de raciocinar...

O brilho da cruz estava morrendo.

Ele a olhou, arregalando os olhos. O medo queimou suas entranhas como um choque elétrico. Levantou a cabeça bruscamente e encarou Barlow. Ele caminhava em sua direção, o sorriso largo, quase voluptuoso.

— Para trás — Callahan disse roucamente, recuando um passo. — Eu ordeno, em nome de Deus.

Barlow riu com escárnio.

O brilho na cruz era apenas um fio de luz em forma de crucifixo. As sombras avançaram sobre o rosto do vampiro outra vez, conferindo-lhe traços estranhamente bárbaros, acentuados pelas altas maçãs do rosto.

Callahan recuou mais um passo e chocou-se contra a mesa da cozinha, encostada na parede.

— Não há para onde ir — murmurou Barlow com tristeza. Seus olhos escuros transbordavam de júbilo infernal. — É triste ver a fé de alguém vacilar. Bom, é a vida...

A cruz tremeu na mão de Callahan, e, subitamente, o que restava de sua luz se extinguiu. Ela voltou a ser apenas um pedaço de gesso que sua mãe comprara numa loja de suvenires de Dublin, provavelmente a um preço extorsivo. O poder que transmitira para seu braço, e que parecera capaz de derrubar paredes e estilhaçar pedras, se esvaíra. Os músculos ainda se lembravam da força, mas não conseguiam reproduzi-la.

Barlow estendeu a mão em meio às sombras e tirou a cruz de suas mãos. Callahan soltou um grito de desespero, o mesmo grito que vibrara na alma — mas nunca na garganta — daquela criança que a cada noite era deixada sozinha com o Sr. Flip, que a espiava pela fresta do armário. E o som que ouviu a seguir o atormentaria pelo resto da vida — dois estalidos quando Barlow quebrou os braços da cruz e a atirou no chão.

— *Maldito!* — gritou.

— É tarde demais para esse melodrama — disse Barlow em meio à escuridão. Sua voz era quase pesarosa. — Não é necessário. Você esqueceu a doutrina de sua Igreja, não é? A cruz... o pão e o vinho... o confessionário... são apenas símbolos. Sem fé, a cruz é apenas madeira; o pão, trigo assado; o vinho, uvas amargas. Se tivesse abdicado da cruz, teria me derrotado mais uma noite. De certo modo, era o que eu esperava. Faz tempo que não encontro um adversário de valor. O menino dá dez de você, falso padre.

De repente, mãos incrivelmente fortes emergiram das trevas e seguraram os ombros de Callahan.

— Acho que o olvido da morte que ofereço seria um alívio para você. Os Desmortos não têm memória, apenas fome e necessidade de servir ao Mestre. Eu poderia usá-lo. Poderia mandá-lo de volta para seus amigos. Mas será que é necessário? Sem você para liderá-los, eles não valem nada. E o menino contará a eles. Creio que há um castigo mais adequado para você, falso padre.

Callahan se lembrou do que Matt dissera: *Há coisas piores do que a morte.*

Tentou se libertar, mas as mãos o prendiam com a força de um torno. Então uma das mãos o soltou. Ele ouviu o som de um tecido deslizando contra a pele nua e depois uma fricção.

As mãos avançaram para seu pescoço.

— Venha, falso padre. Conheça a verdadeira religião. Tome a *minha* comunhão.

Callahan compreendeu tudo num clarão medonho.

— Não! Não...

Mas as mãos eram implacáveis. Atraíram sua cabeça para perto, para perto...

— Agora, padre — sussurrou Barlow.

E Callahan sentiu a boca pressionar a pele fétida e fria da garganta do vampiro, onde uma veia aberta pulsava. Prendeu a respiração durante o que lhe pareceu uma eternidade, sacudindo a cabeça frenética e inutilmente, o sangue manchando suas faces, seu queixo, sua testa como uma pintura de guerra.

E, por fim, ele bebeu.

21

Ann Norton saiu do carro, sem se dar ao trabalho de levar as chaves, e começou a cruzar o estacionamento do hospital em direção às luzes do saguão. No céu, nuvens ocultavam as estrelas. Ela logo começaria a chorar. Mas não olhava para cima. Olhava para frente, andando como uma sonâmbula.

Ann era uma mulher muito diferente da que Ben Mears conhecera na primeira noite em que Susan o convidara para jantar com sua família. Naquela noite, ele vira uma senhora de estatura média, com um vestido de lã verde que não indicava abundância, mas sim conforto financeiro. Não era uma senhora bonita, mas tinha aparência bem-cuidada e agradável. Seus cabelos grisalhos haviam sido recentemente penteados.

Mas essa mulher estava apenas de chinelos. Não usava meias-calças, e suas varizes estavam expostas, salientes (embora não tão salientes como antes; a pressão sanguínea havia sido diminuída). Vestia um gasto roupão amarelo sobre a camisola. As mechas de seus cabelos voavam erraticamente ao sabor do vento. Seu rosto estava pálido, com olheiras profundas.

Ela dissera para Susan tomar cuidado com aquele Mears e seus amigos, alertara-a contra o homem que a assassinara. E Matt Burke o instigara. Tramaram tudo juntos. Sim, ela sabia. *Ele* lhe dissera.

Ela passara o dia todo doente, fraca, sonolenta e quase incapaz de sair da cama. E à tarde, quando caiu num sono profundo enquanto seu marido estava fora, preenchendo um inútil relatório sobre pessoas desaparecidas, *ele* aparecera para ela num sonho. Seu rosto era belo, autoritário, arrogante e forte. Seu nariz era aquilino, os cabelos penteados para trás, a boca cheia, fascinante, ocultava dentes brancos e estranhamente excitantes que apareciam quando ele sorria. E os olhos... eram vermelhos e hipnóticos. Quando ele olhava para a gente com aqueles olhos, a gente não conseguia olhar para outro lado... nem queria.

Ele lhe contara tudo e lhe dissera o que deveria fazer. Depois que fizesse, poderia se encontrar com a filha e com muitos outros... e com *ele*. Apesar de Susan, era a *ele* que ela queria agradar, para que lhe desse o que ela precisava desesperadamente: o toque; a penetração.

O 38 do marido estava em seu bolso.

Ela entrou no saguão e olhou para a recepção. Se alguém tentasse detê-la, ela daria um jeito. Não com tiros. Não devia disparar nenhum até chegar ao quarto de Burke. Fora *ele* quem lhe dissera. Se a pegassem e a impedissem de cumprir sua missão, *ele* não a visitaria, nem lhe daria beijos ardentes à noite.

Havia uma moça de touca e uniforme brancos na recepção, fazendo palavras cruzadas à luz suave do abajur sobre o balcão. Um servente acabava de entrar no corredor e se afastava de costas para elas.

A enfermeira de plantão levantou a cabeça com um sorriso ensaiado quando ouviu os passos de Ann, mas o sorriso se apagou quando viu a mulher de olhos fundos e roupas de dormir. Seus olhos sem vida brilhavam estranhamente, como se ela fosse um boneco de corda que alguém tivesse colocado em movimento. Devia ser uma paciente perdida, pensou ela.

— Senhora, se quiser...

Ann Norton tirou o 38 do bolso do roupão como um pistoleiro espectral. Apontou-o para a cabeça da enfermeira e disse:

— Vire-se.

A boca da enfermeira se abriu em silêncio. Ela engoliu o ar convulsivamente.

— Não grite. Se gritar, eu te mato.

Ela soltou o ar, muito pálida.

— Agora, vire-se.

A enfermeira ergueu-se lentamente e se virou. Ann Norton segurou o 38 pelo cano e reuniu todas as forças para bater na cabeça da enfermeira com a coronha.

Naquele exato instante, alguém lhe deu uma rasteira, e ela desmoronou.

22

A arma saiu voando.

A mulher com o gasto roupão amarelo não gritou, mas emitiu um gemido alto e gutural, quase um lamento. Ela rastejou atrás da arma como um caranguejo, e o homem que estava atrás dela, com a expressão perplexa e assustada, também se lançou em direção ao 38. Quando viu que ela o alcançaria primeiro, chutou-o para o outro lado do saguão.

— Ei! — gritou. — Socorro!

Ann Norton olhou por cima do ombro e emitiu um som sibilante, o rosto contraído numa máscara de ódio, e voltou a rastejar atrás da arma. O servente voltou, correndo. Contemplou a cena por um momento, atônito, e depois pegou a arma que estava quase a seus pés.

— Minha nossa — disse ele. — Esta coisa está carrega...

Ela o atacou. Com as mãos como garras, arranhou o rosto do servente, abrindo riscos vermelhos na pele. Ele ergueu a arma sobre a cabeça. Ainda gemendo, ela alçou o corpo, tentando alcançá-la.

O homem perplexo chegou por trás e a agarrou. Mais tarde, ele diria que foi como agarrar um saco de cobras. O corpo sob a camisola estava quente e repulsivo, cada músculo se crispando e retorcendo.

Enquanto ela se debatia, o servente lhe deu um único murro no queixo. Ela girou os olhos para cima e desabou.

O servente e o homem perplexo se entreolharam.

A enfermeira da recepção gritava, com as mãos tapando a boca, o que dava aos gritos um singular efeito de sirene de nevoeiro.

— Que tipo de hospital é esse, afinal? — perguntou o homem perplexo.

— Não me pergunte — disse o servente. — O que aconteceu?

— Eu estava chegando para visitar minha irmã, que teve neném, quando um menino chegou para mim e disse que uma mulher armada tinha acabado de entrar. E...

— Que menino?

O homem perplexo que viera visitar a irmã olhou ao redor. O saguão estava se enchendo de pessoas, mas todas maiores de idade.

— Não o estou vendo agora. A arma está carregada?

— Com certeza — disse o servente.

— Que tipo de hospital é esse, afinal? — o homem perplexo perguntou novamente.

23

Eles viram duas enfermeiras passarem correndo em direção aos elevadores e ouviram um grito indistinto no andar de baixo. Ben olhou para Jimmy, que encolheu os ombros. Matt dormia com a boca aberta.

Ben fechou a porta e apagou as luzes. Jimmy se agachou em frente à cama de Matt. Quando ouviram passos se aproximando da porta, Ben postou-se ao lado dela, preparado. Quando ela se abriu e uma cabeça se introduziu pela fresta, ele a agarrou e apertou sua cruz no rosto do invasor.

— Me solta!

Uma mão deu socos fúteis no peito de Ben. Segundos depois, a luz do quarto se acendeu. Matt estava sentado na cama, olhando para Mark Petrie, que se debatia nos braços de Ben.

Jimmy se levantou dos pés da cama e correu para o menino, com a intenção de abraçá-lo. Mas hesitou.

— Levante o queixo.

Mark obedeceu, mostrando-lhes o pescoço sem marcas.

Jimmy relaxou.

— Puxa, nunca fiquei tão contente em ver alguém na minha vida. Cadê o padre?

— Não sei — respondeu Mark, cabisbaixo. — Barlow me pegou... e matou meus pais. Meus pais estão mortos. Ele bateu a cabeça deles uma na outra. Matou eles. Depois me pegou e falou para o padre Callahan que me soltaria se ele prometesse largar a cruz. Ele prometeu e eu saí correndo. Mas, antes, eu cuspi nele. E vou matar ele.

Ele oscilava na porta. Tinha marcas de espinhos nas faces e na testa. Atravessara correndo a floresta pela trilha onde Danny Glick e o irmão haviam encontrado a ruína tanto tempo atrás. Havia molhado as calças até os joelhos quando atravessara o córrego Taggart. Pegara uma carona, não lembrava com quem. Só lembrava que o rádio estava ligado.

Ben estava paralisado. Não sabia o que dizer.

— Pobre menino — disse Matt baixinho. — Pobre e corajoso menino...

Mark começou a contrair o rosto. Fechou os olhos, os lábios trêmulos.

— Minha mã... *mãe*...

Ele cambaleou e Ben o tomou nos braços, abrigando-o, acalentando-o, enquanto as lágrimas brotavam de seus olhos e manchavam sua camisa.

24

O padre Donald Callahan não fazia ideia de quanto tempo havia andado na escuridão. Voltara aos tropeços para o centro da cidade seguindo a avenida Jointner, sem se preocupar em pegar o carro, que deixara parado em frente à casa dos Petrie. Andava às vezes no meio da rua, às vezes ao lado da calçada. Uma hora um carro quase o pegou — os grandes faróis circulares brilharam e a buzina fez um grande alarde quando o motorista se desviou no último segundo, cantando os pneus. Outra hora ele caiu na vala do acostamento. Quando se aproximou da luz amarela que piscava, começou a chover.

Não havia ninguém na rua para notar sua passagem. 'Salem se fechara para a noite ainda com mais precauções do que o habitual. O restaurante estava vazio. Na Spencer's, a Srta. Coogan estava ao lado da caixa registradora, lendo uma revista de confissões sob a luz gelada das lâmpadas fluorescentes. Do lado de fora, sob a placa luminosa que mostrava o cachorro azul saltando, uma luz vermelha de néon dizia:

ÔNIBUS

Os moradores estavam com medo, imaginou ele. E com bons motivos. Haviam captado o perigo, e naquela noite havia portas trancadas em Lot que não se fechavam havia anos... se é que um dia se fecharam.

Ele estava sozinho nas ruas. E era o único que não tinha nada a temer. Soltou uma gargalhada, um som que mais parecia um soluço desesperado. Nenhum vampiro se aproximaria dele. De outros, sim, mas não dele. O Mestre o marcara, e ele seria livre até que o Mestre reclamasse sua alma.

A igreja de St. Andrew assomou diante dele.

Callahan hesitou e depois se aproximou. Queria rezar. A noite inteira, se necessário. Não ao novo Deus, o dos guetos, da consciência social e do assistencialismo, mas ao velho Deus, que proclamara através de Moisés que nenhum feiticeiro deveria viver e que concedera ao próprio filho que renascesse dos mortos. Uma segunda chance, Deus. Farei penitência por toda a vida. Mas... só uma segunda chance.

Ele subiu tropegamente os largos degraus, a batina molhada e enlameada, a boca manchada com o sangue de Barlow.

No alto, ele fez uma pausa antes de estender a mão para a alça da porta.

Assim que a tocou, um clarão azul se produziu, e ele foi atirado para trás. A dor atingiu suas costas, e depois sua cabeça, peito, estômago e canelas quando ele rolou pelos degraus de granito até a calçada.

Ele estremeceu sob a chuva, a mão ardendo.

Ergueu-a diante dos olhos. Estava queimada.

— Impuro — murmurou. — Impuro. Meu Deus, tão impuro...

Começou a tremer. Abraçou os ombros, tremendo sob a chuva, a igreja assomando ao seu lado, as portas fechadas para ele.

25

Mark Petrie estava sentado na cama de Matt, exatamente no lugar que Ben ocupara antes. Enxugara as lágrimas com a manga da camisa, e, embora seus olhos estivessem inchados e inflamados, ele parecia ter-se controlado.

— Você sabe que a situação de 'salem é desesperadora, não é? — perguntou-lhe Matt.

Mark fez que sim.

— Neste exato momento, os Desmortos que *ele* criou se arrastam sobre a cidade — prosseguiu Matt. — Produzindo outros. Eles não conseguirão pegar todos esta noite, mas vocês terão uma terrível missão amanhã.

— Matt, você precisa dormir — disse Jimmy. — Não sairemos daqui, não se preocupe. Sua cara não está boa. Tudo isso tem pesado muito sobre você e...

— Minha cidade está se desintegrando diante dos meus olhos e você quer que eu durma? — Seus olhos, infatigáveis, brilharam em seu rosto cansado.

Jimmy insistiu:

— Se quiser ficar para ver o final, precisa se poupar. Estou falando como seu médico, droga.

— Está bem. Daqui a pouco. — Ele os olhou com firmeza. — Amanhã vocês três devem ir à casa de Mark para fazer estacas. Muitas estacas.

Com um calafrio, eles compreenderam o significado do que ele dizia.

— Quantas? — perguntou Ben.

— Acho que precisarão no mínimo de trezentas. Aconselho que façam quinhentas.

— Impossível — declarou Jimmy. — Não podem ser tantos.

— Os vampiros têm sede — disse Matt. — É melhor se precaverem. Fiquem sempre juntos. Não se atrevam a se separar, nem durante o dia. Será uma caçada. Percorram toda a cidade, de um lado a outro.

— Nunca conseguiremos encontrar todos — objetou Ben. — Nem se começarmos ao amanhecer e terminarmos ao pôr do sol.

— Façam o que puderem, Ben. Talvez os moradores comecem a acreditar em vocês e até os ajudem, se lhes mostrarem que estão dizendo a verdade. E, quando a noite chegar, terão anulado boa parte do trabalho *dele*. — Matt suspirou. — É melhor não contarmos mais com o padre Callahan. É uma grande pena. Mas vocês devem ir em frente assim mesmo. Tomem muito cuidado. Preparem-se para mentir. Se forem presos, será perfeito para os propósitos *dele*. E, se ainda não pensaram nisso, é melhor começarem a pensar. É muito provável que, caso consigamos derrotá-lo, acabemos sendo julgados por assassinato.

Matt olhou para cada um deles. Deve ter ficado satisfeito com o que viu, pois voltou a dirigir a atenção exclusivamente para Mark.

— Você sabe qual é a principal tarefa, não?

— Sei — disse Mark. — Matar Barlow.

Matt sorriu com cansaço.

— Não vamos pôr o carro na frente dos bois. Primeiro precisamos encontrá-lo. — Ele olhou atentamente para o menino. — Você viu ou ouviu alguma coisa hoje, qualquer coisa, que possa nos ajudar a localizá-lo? Pense bem antes de responder! Sabe melhor do que ninguém como isso é importante.

Mark pensou. Ben nunca vira ninguém obedecer a uma ordem de modo tão literal. Ele apoiou o queixo na palma da mão e fechou os olhos. Parecia examinar deliberadamente cada detalhe do encontro daquela noite.

Finalmente abriu os olhos e sacudiu a cabeça.

— Nada.

Matt pareceu desapontado, mas não desistiu.

— Uma folha grudada ao casaco dele? Carrapatos na barra da calça? Terra nos sapatos? Algum detalhe que ele não se deu ao trabalho de ocultar? — Bateu na cama num gesto desesperado. — Santo Deus, será que ele não comete um deslize?

Mark de repente arregalou os olhos.

— O que foi? — disse Matt, agarrando o menino pelos cotovelos. — Lembrou-se de alguma coisa?

— Giz azul — disse Mark. — Ele passou um braço pelo meu pescoço, assim, e vi a mão dele. Os dedos eram compridos e brancos, e dois estavam manchados de giz azul. Eram manchas pequenas.

— Giz azul... — refletiu Matt.

— Uma escola — disse Ben. — Só pode ser.

— Mas não o colégio — disse Matt. — Todos os nossos materiais vêm da Dennison e Company, de Portland. Eles só fornecem gizes brancos e amarelos. Impregnaram minhas unhas e meus casacos durante anos.

— E nas aulas de arte? — perguntou Ben.

— Eles só têm artes gráficas no colegial, e usam tinta, e não giz. Mark, tem certeza de que...

— Era giz — afirmou ele.

— Pode ser que alguns professores de ciência usem gizes coloridos, mas não há onde se esconder no colégio. Você viu, é tudo plano, com paredes de vidro. Tem sempre gente entrando e saindo das despensas. E também da sala de calefação.

— E nos bastidores do teatro?

Matt encolheu os ombros.

— Lá é bem escuro. Mas se a Sra. Rodin dirigir a peça para mim — os alunos a chamam de Sra. Rodan, por causa de um filme de ficção científica japonês — a área será muito usada. Seria um grande risco para ele.

— E as escolas primárias? — perguntou Jimmy. — Os alunos devem aprender desenho nas primeiras séries. E aposto cem dólares que giz colorido faz parte da lista de materiais.

— A escola primária da rua Stanley foi construída com as mesmas verbas que o colégio. Também é moderna, plana e bem-aproveitada. E bem-iluminada, com muitas janelas de vidro. Não é o tipo de prédio preferido pelo nosso alvo. Eles gostam de prédios velhos, escuros, lúgubres, cheios de tradição, como...

— Como a escola da rua Brock — disse Mark.

— Isso mesmo. — Matt olhou para Ben. — A escola da rua Brock é um prédio de estrutura de madeira, com três andares e porão, erguido mais ou menos à mesma época que a Casa Marsten. Quando a verba para a nova escola estava para ser votada, falou-se muito na cidade que a escola oferecia risco de incêndio. Foi um dos motivos pelos quais conseguimos a verba. Uma escola em New Hampton pegara fogo dois ou três anos antes...

— Eu me lembro — murmurou Jimmy. — Em Cobb's Ferry, não foi?

— Isso mesmo. Três crianças morreram queimadas.

— A escola da rua Brock ainda é usada? — perguntou Ben.

— Só o primeiro andar, com turmas da primeira à quarta série. O prédio todo será desativado daqui a dois anos, quando ampliarem a escola da rua Stanley.

— Barlow teria onde se esconder lá? — perguntou Ben.

— Acho que sim — respondeu Matt, mas com relutância. — As classes do segundo e do terceiro andar estão vazias. As janelas foram fechadas com tábuas porque muitas crianças atiravam pedras nelas.

— Então, é lá — disse Ben. — Só pode ser.

— É possível — disse Matt, aparentando muito cansaço. — Mas parece simples demais. Transparente demais.

— Giz azul — murmurou Jimmy, com olhar distante.

— Não sei — disse Matt, angustiado. — Simplesmente não sei.

Jimmy abriu a maleta preta e retirou um pequeno frasco de comprimidos.

— Tome dois com água — mandou ele. — Já.

— Não, temos muita coisa para analisar, muita coisa para...

— Por isso não podemos perder você — disse Ben com firmeza. — Se perdemos o padre Callahan, você é a pessoa mais importante agora. Faça o que ele disse.

Mark trouxe um copo d'água do banheiro. Matt cedeu de malgrado.

Eram 22h15.

O silêncio caiu sobre o quarto. Ben achou que Matt parecia assustadoramente velho e cansado. Seus cabelos pareciam mais ralos, mais secos, e em poucos dias ele ganhara a aparência de alguém que levara uma vida sofrida. Fazia sentido, pensou Ben, que um profundo tormento, quando finalmente o atingiu, tivesse uma forma onírica e fantástica. Sua existência o preparara para enfrentar males simbólicos, que ganhavam vida sob o abajur e desapareciam ao amanhecer.

— Estou preocupado com ele — disse Jimmy baixinho.

— Pensei que o ataque tivesse sido fraco — comentou Ben. — Que não tivesse chegado a ser um infarto.

— Foi uma leve obstrução. Mas o próximo não será leve. Será esmagador. Essa história vai matá-lo, se não acabar rápido. — Ele pegou o pulso de Matt e o apalpou com carinho. — E isso seria uma tragédia.

Eles esperaram ao lado da cama, dormindo e velando em turnos. Matt dormiu a noite toda, e Barlow não apareceu. Tinha afazeres em outro lugar.

26

A Srta. Coogan lia um artigo chamado "Tentei Estrangular Nosso Filhinho", na revista *Confissões da Vida Real*, quando a porta se abriu e o primeiro cliente da noite entrou.

Ela nunca vira tão pouco movimento. Ruthie Crockett e sua turma nem tinham aparecido para tomar um refrigerante — não que ela sentisse falta daquela corja —, e Loretta Starcher não passara para pegar o *The New York Times*. O jornal continuava sob o balcão, bem dobradinho. Loretta era a única pessoa em Jerusalem's Lot que sempre comprava o *Times* (ela pronunciava o nome assim, com itálico). No dia seguinte, colocava-o na sala de leitura da biblioteca.

O Sr. Labree também não voltara do jantar, embora isso não fosse nada fora do comum. O Sr. Labree era um viúvo dono de um casarão no monte do Pátio da Escola, perto dos Griffens. A Srta. Coogan sabia muito bem que ele não ia para casa jantar. Ia para o Dell's, onde comia hambúrgueres e tomava cerveja. Se ele não voltasse até as 23 (e faltavam 15 minutos), ela pegaria a chave na gaveta do dinheiro e trancaria a loja sozinha. Não seria a primeira vez. Mas os dois ficariam em maus lençóis se alguém chegasse precisando desesperadamente de algum remédio.

Ela às vezes sentia falta do movimento após a sessão de cinema, que costumava acontecer por volta daquela hora antes de a velha sala em frente ser demolida. Pessoas pedindo milk-shakes, frapês ou leite maltado, namorados de mãos dadas, falando dos trabalhos escolares.

Fora uma época difícil, mas *saudável*. Os jovens naquele tempo não eram como Ruthie Crockett e as amigas, que gostavam de exibir os seios e usar calças jeans tão justas que dava para ver a marca da calcinha — se é que usavam. Ela sentia saudade daqueles antigos clientes (que lhe haviam causado a mesma irritação, embora ela se esquecesse) e ergueu a cabeça esperançosa quando a porta se abriu, como se esperasse ver um aluno da turma de 1964 com a namorada, pronto para um sundae com cobertura de chocolate e nozes.

Mas era um homem, alguém que ela conhecia, mas não sabia de onde. Quando ele se aproximou do balcão com a mala, algo em seu andar ou no movimento da cabeça revelou-lhe quem ele era.

— Padre Callahan! — exclamou ela, sem conseguir disfarçar a surpresa. Ela nunca o vira sem a batina antes. Ele vestia calças escuras simples e uma camisa azul de cambraia, como um operário comum.

De repente, ela sentiu medo. Ele usava roupas limpas e seu cabelo estava bem penteado, mas havia algo em seu rosto, algo que...

De repente, ela se lembrou do dia, vinte anos antes, quando voltara do hospital onde a mãe morrera de um súbito derrame. Quando contou ao irmão, ele ficou com uma expressão semelhante à do padre Callahan. Seu rosto tinha a palidez de um condenado, seus olhos estavam vagos e aturdidos, e tão inexpressivos que ela ficou alarmada. A pele ao redor da boca estava vermelha e irritada, como se ele tivesse se esfolado ao se barbear ou a esfregado com um pano por muito tempo, tentando remover uma mancha renitente.

— Quero comprar uma passagem de ônibus — disse ele.

Então era isso, pensou ela. Pobre homem, alguém morreu e ele acabou de receber a notícia no monastério, ou seja qual for o nome do lugar onde ele mora.

— Claro — disse ela. — Para onde...

— Qual é o primeiro ônibus?

— Para onde?

— Para qualquer lugar — disse o padre, destruindo a teoria dela.

— Bom, eu não sei... Deixe-me ver... — Ela se atrapalhou ao pegar o horário e o verificou, aturdida. — Tem um ônibus às onze e dez que passa em Portland, Hartford e Nova Y...

— Esse mesmo — disse ele. — Quanto é?

— Até quando... quer dizer, até onde? — Ela estava totalmente atrapalhada agora.

— Até a última parada — disse ele, e sorriu. Ela nunca vira um sorriso tão pavoroso num rosto humano. Recuou, assustada. *Se ele encostar em mim*, pensou ela, *juro que eu grito.*

— No... Nova York, então — disse ela. — São 29 dólares e 75 *cents*.

Ele tirou a carteira do bolso de trás com um pouco de dificuldade, e ela viu que sua mão direita estava enfaixada. Ele colocou uma nota de vinte e duas de um sobre o balcão, e ela derrubou uma pilha de passagens em branco no chão ao tirar uma do alto. Quando terminou de apanhá-las, ele já tirara mais cinco notas de um dólar e um monte de moedas da carteira.

A Srta. Coogan preencheu a passagem o mais rápido possível, mas nada seria rápido bastante. Sentia o olhar sem vida do padre sobre si. Carimbou a passagem e a empurrou sobre o balcão para não ter que encostar na mão dele.

— O... o senhor vai ter de esperar lá fora, padre Callahan. Vou fechar daqui a cinco minutos.

Jogou as notas e as moedas dentro da gaveta cegamente, sem pensar em contá-las.

— Tudo bem — disse o padre. Meteu a passagem no bolso da camisa. Sem olhar para ela, ele disse: — E pôs o Senhor um sinal em Caim, para que ninguém que o encontrasse o matasse. E Caim, tendo se retirado da face do Senhor, andou como um fugitivo pela terra, ao leste do Éden. Está nas Escrituras, Srta. Coogan. É o trecho mais cruel da Bíblia.

— É mesmo? — disse ela. — Infelizmente o senhor precisa sair, padre Callahan. Eu... o Sr. Labree acabou de chegar, e ele não gosta que eu... que eu...

— Entendo. — Callahan começou a andar em direção à porta, mas parou e olhou para ela. A mulher se encolheu diante daqueles olhos mortiços. — Você mora em Falmouth, não é, Srta. Coogan?

— Moro...

— Tem carro?

— Claro que sim. O senhor precisa mesmo esperar lá fora e...

— Volte para casa rápido hoje, Srta. Coogan. Tranque as portas do carro e não pare para ninguém. *Para ninguém*. Não pare nem se for alguém conhecido.

— Nunca dou carona — disse a Srta. Coogan com ar virtuoso.

— E, quando chegar em casa, fique longe de Jerusalem's Lot — prosseguiu Callahan. Ele a olhava fixamente. — A cidade está perdida agora.

— Não sei do que está falando — disse ela, amedrontada. — Mas terá que esperar o ônibus lá fora.

— Sim, tudo bem.

Ele saiu.

De repente, ela percebeu como a drogaria estava silenciosa. Será que ninguém, *ninguém*, entrara depois do anoitecer fora o padre Callahan? Não. Ninguém entrara.

A cidade está perdida agora.

Ela começou a apagar as luzes.

27

Em Lot, a escuridão era intensa.

Às dez para a meia-noite, Charlie Rhodes foi despertado por uma buzina longa e insistente. Sentou-se na cama bruscamente.

O ônibus!

E, logo em seguida:

Moleques desgraçados!

Eles já haviam feito coisas parecidas antes. Conhecia bem aqueles pilantrinhas. Uma vez, haviam esvaziado seus pneus com palitos de fósforos. Ele não vira quem fora, mas fazia uma boa ideia. Fora até a sala do maldito diretor e denunciara Mike Philbrook e Audie James. Sabia que haviam sido eles — quem precisava ver?

Tem certeza de que foram eles, Rhodes?

Foi o que eu disse, não foi?

E o molenga não pôde fazer nada a não ser suspender os moleques. Mas, uma semana depois, chamou-o de volta à sua sala.

Rhodes, suspendemos Andy Garvey hoje.

É? Não admira. O que ele aprontou?

Bob Thomas o pegou esvaziando seus pneus. E o diretor o fulminou com um olhar longo e frio.

E daí se fora Garvey em vez de Philbrook e James? Os três andavam juntos, os três eram safados, os três mereciam cintadas e salmoura.

E agora, estavam lá fora, apertando a buzina, acabando com sua bateria, enlouquecendo-o com aquele som:

FOM, FOM, FOOOOM...

— Seus filhos da mãe — murmurou ele, saindo da cama. Vestiu as calças sem acender a luz. Não queria assustar os miseráveis.

Noutra ocasião, alguém deixara um monte de bosta de vaca no banco do motorista do ônibus, e ele também tinha uma boa ideia de quem fora. Dava para ver nos olhos deles. Aprendera isso montando guarda na guerra. E resolvera a situação a seu modo. Expulsou o desgraçado do ônibus três dias seguidos, a seis quilômetros de casa. Finalmente o moleque o procurou chorando.

Eu não fiz nada, Sr. Rhodes. Por que está me expulsando do ônibus?

Então colocar merda de vaca no meu banco não é nada?

Não, não fui eu. Juro por Deus que não fui eu.

Ele tinha que admitir. Eles eram capazes de mentir para as próprias mães com a maior cara de pau. E deviam mentir mesmo. Expulsou o menino mais duas noites, e então ele confessou. Charlie o expulsou mais uma noite, só para garantir, mas Dave Felsen, da frota de ônibus escolares, lhe dissera para pegar leve.

FOOOMMM...

Ele enfiou a camisa e depois pegou uma velha raquete de tênis. Ia arrancar o couro daqueles moleques!

Saiu pela porta de trás e deu a volta pela casa até onde guardava seu grande ônibus amarelo. Sentia-se forte, frio e eficaz. Parecia uma tática de infiltração, como no Exército.

Ele parou atrás do loureiro e olhou para o ônibus. Sim, conseguia vê-los — era um bando deles, e as silhuetas escuras se recortavam atrás do vidro escuro. E veio-lhe a velha fúria, o ódio por aqueles moleques, queimando-o como gelo. Agarrou a raquete com mais força, fazendo com que tremesse em sua mão como um diapasão. Eles haviam arrebentado — seis, sete, oito — oito janelas de *seu* ônibus!

Charlie se escondeu atrás do ônibus e depois avançou, colado à lateral amarela, até a porta do passageiro. Estava aberta. Ele retesou os músculos e, de um salto, subiu os degraus e entrou no ônibus.

— Fiquem onde estão! Moleque, tire a mão dessa buzina, ou eu...

O menino sentado no banco do motorista, apertando a buzina com as duas mãos, virou-se para ele com um sorriso insano. Charlie sentiu as entranhas gelarem. Era Richie Boddin. Estava branco como um lençol, com a exceção dos tições que eram seus olhos e dos lábios vermelho-sangue.

E seus dentes...

Charlie Rhodes olhou para os bancos de trás.

Aquele era Mike Philbrook? Audie James? Deus misericordioso, os filhos dos Griffen também estavam lá! Hal e Jack, sentados nos fundos, com feno nos cabelos. *Mas eles não andam no meu ônibus!* Mary Kate Greigson e Brent Tenney, sentados juntos. Ela estava de camisola, ele de *jeans* e camisa de flanela vestida ao contrário e do avesso, como se ele tivesse desaprendido a se vestir.

E Danny Glick. Mas... santo Deus... ele tinha morrido... semanas atrás!

— Seus... seus moleques... — balbuciou ele.

A raquete de tênis caiu de sua mão. Ouviu um assobio e um baque surdo quando Richie Boddin, com o mesmo sorriso insano, acionou a alavanca de cromo que fechava a porta dobradiça. E eles começaram a levantar dos bancos, um a um.

— Não — disse ele, tentando sorrir. — Crianças... vocês não estão entendendo. Sou eu. Charlie Rhodes. Vocês... vocês... — Ele lhes abriu um sorriso sem sentido, sacudiu a cabeça, estendeu as mãos para mostrar que eram apenas as mãos do velho Charlie Rhodes, inocentes, e recuou até bater com as costas no vidro amplo do para-brisa.

— Não... — sussurrou.

Eles se aproximaram, arreganhando os dentes.

— Por favor, não...

E se abateram sobre ele.

28

Ann Norton morreu no curto trajeto de elevador do primeiro ao segundo andar do hospital. Um tremor a percorreu, e um pequeno filete de sangue escapou de sua boca.

— Pronto — disse um dos serventes. — Pode desligar a sirene agora.

29

Eva Miller despertou de um sonho.

Fora um sonho estranho, não exatamente um pesadelo. O incêndio de 1951 ainda ardia sob um céu implacável, que passava de um azul-claro no horizonte a um branco ígneo e impiedoso no zênite. O sol fulgia nessa cúpula como uma moeda de cobre. O odor acre da fumaça permeava tudo. Todas as lojas haviam fechado, e as pessoas tomavam as ruas, olhando para sudoeste, em direção aos pântanos, ou para noroeste, em direção à floresta. A fumaça havia pairado sobre a cidade a manhã toda, mas agora, à uma da tarde, dava para ver as flamejantes artérias dançando no matagal além do pasto dos Griffen. A brisa constante que empurrara as chamas sobre as clareiras agora lançava uma nuvem de cinzas brancas sobre a cidade, como neve de verão.

Ralph estava vivo, tentando salvar a serraria. Mas era uma mistura, porque ela estava com Ed Craig, e só conhecera Ed no outono de 1954.

Eva contemplava o fogo da janela do quarto. Estava nua. Mãos a tocaram por trás, mãos morenas e rústicas sobre a brancura macia de seus quadris, e ela sabia que era Ed, embora não conseguisse ver o reflexo dele na vidraça.

Ed, tentou dizer ela. Agora não. *Ainda é cedo. Faltam quase nove anos.*

Mas as mãos dele insistiam, acariciando sua barriga, um dedo brincando com seu umbigo. Depois, ambas as mãos subiram para envolver seus seios com insolente segurança.

Ela tentou lhe dizer que estavam na janela, que as pessoas na rua podiam vê-los, mas as palavras não saíam. E então sentiu os lábios dele em seu braço, seu ombro, depois se fechando com volúpia em seu pescoço. Sentiu os dentes dele, sugando e mordendo, tirando sangue, e ela de novo tentou protestar: *Não deixe marcas no meu pescoço, Ralph vai ver...*

Mas era impossível protestar, e ela já nem queria mais. Não ligava mais se alguém olhasse e os visse nus e impudentes.

Eva voltou os olhos sonhadoramente para o incêndio, enquanto ele aplicava os dentes e os lábios ao seu pescoço, e a fumaça era escura, negra como a noite, toldando o céu ardente e metálico, anoitecendo o dia. Mas o fogo o penetrava com seus pulsantes filamentos escarlates — flores febris numa selva noturna.

E então de fato era noite, e a cidade desaparecera, mas o fogo ainda fremia na escuridão, tomando formas fascinantes e caleidoscópicas, até delinear um rosto em sangue — um rosto com nariz aquilino, olhos profundos e fogosos, lábios cheios e sensuais, parcialmente ocultos por um denso bigode, e cabelos penteados para trás como os de um músico.

— O guarda-louça que está no sótão — disse uma voz distante, e ela sabia que pertencia a *ele*. — Acho que servirá. E depois prepararemos a escada... precisamos nos precaver.

A voz desvaneceu. As chamas desvaneceram.

Restara apenas a escuridão, e Eva em meio às brumas, sonhando ou começando a sonhar. Ela pensou vagamente que o sonho seria doce e longo, mas no fundo amargo e sem luz, como as águas do Letes.

Outra voz — a de Ed.

— Venha, querida. Levante. Precisamos fazer o que ele disse.

— Ed? Ed?

O rosto dele assomou, não afogueado, mas terrivelmente pálido e vazio. Mesmo assim ela o amava de novo... mais do que nunca. Ansiava por ser beijada.

— Venha, Eva.

— Estou sonhando, Ed?

— Não... não está.

Ela teve medo, mas não por muito tempo. A compreensão o substituiu. E, com a compreensão, veio a fome.

Eva olhou para o espelho e viu apenas o reflexo de seu quarto, vazio e imóvel. A porta do sótão estava trancada, a chave estava na última gaveta da cômoda, mas não importava. Eles não precisavam mais de chaves.

Deslizaram entre a porta e o batente como duas sombras.

30

Às três da manhã o sangue pulsa lento e espesso, o sono é pesado. Nessa hora, a alma ou dorme ignorando a escuridão ou olha ao redor em profundo desespero. Não há meio-termo. Às três da manhã, a terra, essa velha cortesã, tira a maquiagem vistosa e mostra o rosto sem nariz, o olho de vidro. Os risos se tornam frágeis e ocos, como no castelo de Poe cercado pela Morte Escarlate. O horror é destruído pelo tédio. O amor é um sonho.

Parkins Gillespie andou com passos vacilantes da mesa de sua sala até a cafeteira, como um macaco magro e doentio. Atrás dele, um jogo de paciência estendido sobre a mesa. Ele ouvira muitos gritos naquela noite, o som penetrante e estranho de uma buzina, alguém correndo. Não saíra para investigar nada disso. Seu rosto estava encovado, atormentado pelo que imaginava estar ocorrendo na cidade. Usava uma cruz, uma medalha de São Cristóvão e o símbolo da paz ao redor do pescoço. Não sabia bem por que os colocara, mas lhe davam segurança. Se conseguisse sobreviver àquela noite, iria para bem longe no dia seguinte, deixando o distintivo na prateleira, ao lado do molho de chaves.

Mabel Werts estava sentada na cozinha, diante de uma xícara de café frio, as venezianas baixadas pela primeira vez em anos, os binóculos no estojo. Pela primeira vez em sessenta anos, ela não queria ver o que se passava. A noite estava prenhe de mexericos mortais, mas ela não queria ouvi-los.

Bill Norton estava a caminho do Hospital de Cumberland atendendo a um chamado (feito enquanto sua mulher ainda vivia), com a expressão rígida e imóvel. Os limpadores de para-brisa arrastavam-se hipnoticamente sob a chuva, que caía agora com mais força. Ele tentava não pensar em nada.

Outros na cidade, dormindo ou acordados, continuavam ilesos. A maioria era gente sozinha, sem parentes ou amigos na cidade. Muitos nem sabiam que algo estava acontecendo.

Os que estavam acordados, no entanto, haviam acendido todas as luzes. Os motoristas que cruzaram a cidade (e muitos carros passaram por lá, em direção a Portland ou localidades ao sul) devem ter estranhado aquela cidadezinha, tão parecida com outras ao longo da estrada, com tantas casas totalmente iluminadas na calada da noite. Alguns podem ter diminuído a velocidade, procurando um incêndio ou um acidente; mas, não vendo nada, voltaram a pisar no acelerador e se esqueceram do caso.

O mais estranho é que nenhum dos que vigiavam a noite em Jerusalem's Lot sabia a verdade. Alguns suspeitavam, mas essas suspeitas eram vagas e informes como fetos. Mesmo assim, não hesitaram em abrir as gavetas das cômodas, as caixas guardadas no sótão ou os porta-joias em busca de quaisquer símbolos religiosos ou talismãs. Fizeram isso sem pensar, como um homem dirigindo por uma longa estrada começa a cantar sem perceber. Andavam lentamente de um cômodo a outro, como se tivessem frágeis corpos de vidro, acendendo as luzes, sem olhar pelas janelas.

Acima de tudo sem olhar pelas janelas.

Por terríveis que fossem os ruídos e as possibilidades, por pior que fosse o desconhecido, havia algo ainda pior: olhar a Górgona no rosto.

31

O barulho penetrou seu sono como um prego perfurando um carvalho espesso — com fina lentidão, fibra por fibra. Primeiro, Reggie Sawyer pensou que estivesse sonhando com carpintaria, e seu cérebro, no território sombrio entre o sono e a vigília, foi tomado pela lembrança fragmentária de um dia em que ele e o pai pregaram tábuas nas laterais de uma cabana que ergueram no lago Bryant em 1960.

Essa lembrança deu lugar à consciência de que ele não estava sonhando, mas ouvia mesmo o bater de um martelo. Após um breve período de confusão, ele percebeu que os golpes eram aplicados à porta da frente. Alguém esmurrava a madeira com a regularidade de um metrônomo.

Seus olhos primeiro fitaram Bonnie, deitada de lado, uma forma em S sob os cobertores. Depois o relógio: 4h15.

Ele levantou, saiu de mansinho do quarto e fechou a porta. Acendeu a luz do corredor, andou em direção à porta e depois parou, sentindo um arrepio interior.

Sawyer olhou para a porta da frente com a cabeça levantada. Ninguém batia às 4h15. Se alguém na família morresse, alguém avisaria por telefone, não viria bater na porta.

Ele estivera no Vietnã durante sete meses em 1968, um ano muito difícil para os Estados Unidos na guerra, e participara de combates. Naquele tempo, acordar era algo brusco como um estalar de dedos ou o acender de uma lâmpada. Num minuto dormia-se como uma pedra; no outro, estava-se desperto na escuridão. Ele perdera esse hábito assim que o mandaram de volta para os Estados Unidos, e se orgulhava do fato, embora nunca o mencionasse. Não era uma máquina, afinal. Aperte o botão A e Johnny acorda. Aperte o botão B e Johnny mata uns chinas.

Mas agora, sem aviso, a confusão e a névoa do sono se desfizeram num segundo, e lá estava ele, piscando os olhos e com frio.

Havia alguém do lado de fora. O filho do Bryant, provavelmente, bêbado e procurando briga. Pronto para matar ou morrer pela bela donzela.

Ele entrou na sala e foi até o suporte de armas sobre a lareira pré-fabricada. Não acendeu a luz. Sabia se deslocar só pelo tato. Pegou a espingarda, abriu-a, e a luz do corredor se refletiu sobre os cartuchos de metal. Voltou para a porta da sala e espiou pelo corredor. As batidas continuavam monotonamente, com regularidade, mas sem ritmo.

— Entre! — gritou Reggie.

As batidas cessaram.

Depois de uma longa pausa, a maçaneta girou, muito lentamente, até o fim. A porta se abriu, e lá estava Corey Bryant.

Reggie sentiu o coração afundar. Bryant vestia as mesmas roupas que na noite em que Reggie o expulsara, só que agora estavam rasgadas e enlameadas. Folhas se colavam a suas calças e camisa. Uma mancha de terra na testa acentuava sua palidez.

— Pare onde está — disse Reggie, erguendo a espingarda e puxando a trava de segurança. — Desta vez está carregada.

Mas Corey Bryant avançou lentamente, os olhos apagados, fixos no rosto de Reggie com uma expressão pior do que o ódio. Ele passou a língua pelos lábios. Seus sapatos estavam cobertos de uma crosta de lama enegrecida pela chuva, e soltavam torrões no chão do corredor a cada passo. Havia algo implacável e desumano naquele andar, que ecoava na expressão fria e impiedosa dos olhos. Os pés cobertos de lama pisavam forte. Nenhuma ordem ou súplica os faria parar.

— Se der outro passo, arrebento sua cabeça — disse Reggie. As palavras saíram duras e secas. O rapaz não estava só bêbado. Estava doido. E Reggie teve a súbita certeza de que teria de atirar nele.

— Pare — disse de novo, mas de modo quase mecânico.

Corey Bryant não parou. Os olhos se fixavam no rosto de Reggie com a avidez inerte de um alce empalhado. Seus pés pisavam solenemente o chão.

Bonnie soltou um grito.

— Entre no quarto — gritou Reggie, e entrou no corredor para se colocar entre os dois. Bryant estava a apenas dois passos de distância agora. Estendeu a mão pálida e vacilante para os canos duplos da espingarda.

Reggie puxou os dois gatilhos.

A explosão foi como um trovão no estreito corredor. Os dois canos cuspiram fogo brevemente. O cheiro de pólvora queimada encheu o ar. Bonnie deu outro grito, agudo. A camisa de Corey se desfez em retalhos escuros. Mas, quando revelou a brancura doentia do peito e do abdômen, não se via nenhuma marca. Reggie teve a impressão de que aquela carne não era real, mas imaterial como gaze.

Depois a espingarda foi arrancada de suas mãos, como das mãos de uma criança. Ele foi agarrado e jogado contra a parede com força descomunal. Suas pernas cederam, e ele caiu, entorpecido. Bryant passou por ele em direção a Bonnie. Ela gritava, mas os olhos pregados no rosto de Bryant estavam cheios de ardor.

Corey olhou por sobre o ombro e dirigiu um sorriso largo e demente para Reggie, como os dos crânios de vacas no deserto. Bonnie estendeu os braços trêmulos. Em seu rosto, o terror e o desejo se revezavam como flashes alternados de luz e sombra.

— Querido — disse ela.

Reggie gritou.

32

— Ei, amigo — disse o motorista do ônibus. — Chegamos a Hartford.

Callahan olhou pela janela ampla e polarizada. Viu a estranha paisagem, tornada ainda mais estranha pelas primeiras luzes da manhã. Àquela hora, em Lot, eles voltavam para suas tocas.

— Eu sei — replicou ele.

— Vamos fazer uma parada de vinte minutos. Não quer entrar e comer alguma coisa?

Callahan tirou a carteira do bolso com a mão enfaixada e quase a deixou cair. Era estranho, mas a queimadura na mão não doía mais tanto. Estava só amortecida. Ele preferia que doesse. Pelo menos a dor era real. Sentia o gosto de morte na boca, um gosto brutal e farináceo como o de uma maçã estragada. Era só aquilo? Só. Não podia ser pior.

Estendeu uma nota de vinte.

— Pode me trazer uma garrafa?

— Senhor, é proibido...

— Pode ficar com o troco, é claro. Meio litro está bom.

— Não quero confusão no meu ônibus. Vamos chegar a Nova York daqui a duas horas. Pode conseguir o que quiser lá. O que quiser.

Acho que está enganado, amigo, pensou Callahan. Voltou a inspecionar a carteira. Tinha uma nota de dez, duas de cinco, uma de um. Juntou a de dez à de vinte e as entregou com a mão enfaixada.

— Meio litro está bom — repetiu. — E pode ficar com o troco.

O motorista olhou para as notas e depois para os olhos escuros e fundos, e por um terrível momento pensou estar diante de um crânio vivo, um crânio que se esquecera de como sorrir.

— Trinta dólares por meio litro? O senhor enlouqueceu. — Mas ele pegou o dinheiro, andou até a frente do ônibus vazio e se virou. O dinheiro havia desaparecido. — Mas nada de confusão. Não quero saber de confusão no meu ônibus.

Callahan assentiu como uma criança que recebe uma merecida reprimenda.

O motorista olhou para ele durante mais um momento e desceu.

Algo barato, pensou Callahan. Que queime a boca e arda na garganta. Que tire esse gosto doce, suave... ou que pelo menos o alivie até ele encontrar um lugar para começar a beber de verdade. Beber e beber até...

Ele achou que fosse chorar. Mas não lhe vieram lágrimas. Ele se sentia seco, totalmente vazio. Tudo que havia era... aquele gosto.

Rápido, motorista.

Ele continuou olhando pela janela. Do outro lado da rua, um adolescente estava sentado nos degraus de uma varanda, a cabeça apoiada nos braços cruzados. Callahan o olhou até o ônibus voltar a andar, mas o menino não se mexeu.

33

Ben sentiu uma mão em seu braço e emergiu rapidamente do sono.

— Bom dia — disse Mark, de pé a seu lado.

Ele abriu os olhos, piscou duas vezes para clareá-los, e olhou para o mundo além da janela. A aurora se insinuava por entre uma insistente chuva de outono. As árvores no entorno gramado do pavilhão do hospital já estavam quase desnudadas, e os ramos escuros se delineavam contra o céu cinzento como letras gigantescas de um alfabeto desconhecido. A Rodovia 30, que saía da cidade a leste, reluzia como uma pele de foca — um carro que passava com os faróis ainda ligados projetava reflexos vermelhos e sinistros sobre o asfalto.

Ben ergueu-se e olhou ao redor. Matt continuava dormindo, o movimento do peito indicando uma respiração curta mas regular. Jimmy também dormia, estendido na única espreguiçadeira do quarto. Estava com a barba por fazer, o que destoava de sua pose de médico. Ben passou a mão pelo próprio rosto áspero.

— Já está na hora, não é? — perguntou Mark.

Ben assentiu. Pensou no dia que os aguardava e em todo o seu abominável potencial e quis fugir dele. O único modo de enfrentá-lo era só pensar em termos dos dez minutos seguintes. Olhou para o rosto do menino, e viu uma determinação férrea que o constrangeu. Levantou e sacudiu Jimmy.

— Hã? — fez Jimmy. Mexeu-se na cadeira como um mergulhador emergindo das profundezas. Contorceu o rosto e abriu os olhos, que, por um momento, se encheram de terror. Olhou para os dois, desnorteado. Depois os reconheceu e relaxou.

— Estava sonhando.

Mark assentiu, entendendo perfeitamente.

Jimmy olhou pela janela.

— Amanheceu — disse ele, com a repulsa de um avarento diante da perspectiva de gastar. Ergueu-se e foi tomar o pulso de Matt.

— Como ele está? — perguntou Ben.

— Acho que melhor do que ontem — disse Jimmy. — Ben, vamos descer pelo elevador de serviço, caso alguém tenha visto Mark entrar ontem à noite. Quanto menos risco, melhor.

— O Sr. Burke ficará bem sozinho? — perguntou Mark.

— Acho que sim — disse Ben. — Ele tem seus próprios recursos. Barlow adoraria se ficássemos mais um dia presos aqui.

Cruzaram o corredor pé ante pé e pegaram o elevador de serviço. A cozinha começava a funcionar àquela hora, quase 7h15. Um dos cozinheiros ergueu a cabeça, acenou e disse:

— Oi, doutor.

Ninguém mais lhes dirigiu a palavra.

— Para onde iremos primeiro? — perguntou Jimmy. — Para a escola da rua Brock?

— Não — disse Ben. — Tem muita gente lá de manhã. A que horas as crianças saem, Mark?

— Só às duas horas.

— Ainda restará muita luz do dia — disse Ben. — Vamos primeiro para a casa de Mark, fazer estacas.

34

Ao se aproximarem de Lot, uma nuvem de apreensão quase palpável se formou dentro do carro, e eles pararam de conversar. Quando Jimmy saiu da estrada depois da grande placa verde onde se lia RODOVIA 12 JERUSALEM'S LOT CUMBERLAND, Ben lembrou que fora por aquele caminho que ele e Susan haviam voltado na primeira vez que saíram juntos. Ela quisera ver um filme com corrida de carros.

— A situação piorou — disse Jimmy, o rosto infantil assustado e zangado. — Nossa, dá quase para sentir pelo cheiro.

Dava mesmo, pensou Ben. Só que era um cheiro abstrato, e não físico: a exalação das tumbas.

A Rodovia 12 estava quase deserta. No caminho, passaram pelo caminhão de leite de Win Purinton, parado no acostamento e vazio. O motor ainda funcionava. Ben foi desligá-lo, depois de olhar pra dentro do veículo. Jimmy o interrogou com o olhar quando ele voltou. Ben sacudiu a cabeça.

— Não o vi. Já estava quase sem gasolina. Ficou parado, com o motor funcionando, durante horas.

Jimmy bateu na perna com o punho cerrado. Mas, ao entrarem na cidade, ele disse, com alívio quase absurdo:

— Olhem, Crossen está aberto.

Era verdade. Milt estava na frente da loja, colocando uma capa de plástico sobre a banca de jornais. Lester Silvius estava ao seu lado, com um impermeável amarelo.

— Não estou vendo o resto da turma — disse Ben.

Milt acenou para eles, e Ben pensou ver rugas de preocupação no rosto dos dois. A placa de "Fechado" continuava na porta da Funerária Foreman. A loja de ferramentas também estava fechada, assim como a drogaria Spencer's. O restaurante estava aberto, e, depois de passarem por ele, Jimmy parou em frente da loja nova. Sobre a vitrine, letras simples e douradas anunciavam o nome: "Barlow e Straker — Móveis Finos". E, como informara Callahan, um cartaz colado na porta anunciava, na caligrafia refinada que todos reconheceram — era a mesma da carta do dia anterior —, "Fechado até segunda ordem".

— Por que parou aqui? — perguntou Mark.

— Para ver se, por acaso, ele não está escondido aqui — disse Jimmy. — É um lugar tão óbvio que ele pode ter achado que nem passaria pela nossa cabeça. E acho que os agentes da alfândega marcam as caixas que inspecionam. Escrevem "Ok" com giz.

Foram até os fundos da loja. Enquanto Ben e Mark se encolhiam debaixo da chuva, Jimmy quebrou o vidro da porta com o braço protegido pelo casaco, e os três puderam entrar.

O ar estava estagnado e insalubre, como se a loja estivesse fechada há séculos, e não dias. Ben deu uma olhada na sala principal, mas não havia onde se esconder lá. A decoração era escassa, e parecia que Straker não renovara o estoque.

— Aqui! — Jimmy chamou com voz rouca, e o coração de Ben saltou até a garganta.

Jimmy e Mark olhavam para uma longa caixa que Jimmy abrira com a ponta curva do martelo. Pela fresta, viram uma pálida mão saindo de uma manga preta.

Sem pensar, Ben atacou a caixa. Jimmy tentava abrir a outra extremidade com o martelo.

— Ben, você vai cortar as mãos — disse ele. — Você...

Mas Ben não ouvia. Arrancou as tábuas da caixa, sem se importar com lascas e pregos. A viscosa criatura da noite estava lá dentro, e ele cravaria uma estaca em seu coração como havia feito com Susan, e...

Arrancou mais uma tábua da caixa ordinária de madeira e descobriu o rosto morto e pálido de Mike Ryerson.

Por um momento, fez-se silêncio, e depois os três soltaram a respiração. Foi como se uma brisa tivesse atravessado o cômodo.

— E agora? — perguntou Jimmy.

— É melhor irmos para a casa de Mark — disse Ben, a voz cheia de cansaço e decepção. —Voltaremos depois. Nem sequer temos uma estaca.

Colocaram as tábuas quebradas de volta de qualquer jeito.

— Deixe-me ver suas mãos — disse Jimmy. — Estão sangrando.

— Depois — disse Ben. — Vamos.

Eles saíram da loja, sem expressar o alívio que sentiam por voltar à luz do dia. Jimmy seguiu pela avenida Jointner rumo à parte residencial da cidade, passando pelo pequeno centro comercial. Chegaram à casa de Mark rápido demais para o gosto deles.

O velho sedan do padre Callahan estava parado atrás do econômico carro de Henry Petrie na entrada da casa. Ao vê-lo, Mark prendeu a respiração e desviou os olhos, terrivelmente pálido.

— Desculpe, mas não consigo entrar — murmurou. — Vou esperar no carro.

— Não precisa pedir desculpas, Mark — disse Jimmy.

Ele parou, desligou o motor e desceu. Ben hesitou e depois colocou a mão no ombro de Mark.

— Você vai ficar bem aqui?

— Vou. — Mas ele não parecia bem. Seu queixo tremia e seus olhos estavam vazios. De repente, ele se voltou para Ben, e seus olhos não estavam mais vazios, e sim cheios de dor e lágrimas.

— Por favor, cubra eles. Se estiverem mortos, cubra eles.

— Claro, Mark — disse Ben.

— É melhor assim — disse Mark. — Meu pai... teria sido um vampiro muito eficiente. Teria ficado tão bom como Barlow, com o tempo. Ele... ele era bom em tudo que fazia. Bom até demais.

— Tente não pensar demais — disse Ben, odiando o tom pouco convincente de suas palavras. Mark olhou para ele com um sorriso descorado.

— A pilha de lenha está no quintal. Podem acabar mais rápido se usarem o torno do meu pai. Está no porão.

— Certo — disse Ben. — Fique calmo, Mark. O mais calmo que puder.

Mas o menino havia se virado, enxugando os olhos com a manga. Ben e Jimmy entraram na casa.

35

— Callahan não está aqui — constatou Jimmy. Eles já haviam revistado toda a casa.

— Barlow o pegou — disse Ben com esforço.

Olhou para a cruz quebrada que tinha na mão, e que estivera no peito de Callahan no dia anterior. Era o único vestígio do padre que haviam encontrado. Estava ao lado dos pais de Mark, que de fato estavam mortos. Barlow batera suas cabeças com tanta força que literalmente as rachara. Ben lembrou da força sobrenatural que a Sra. Glick demonstrara e sentiu náuseas.

— Venha — disse a Jimmy. — Precisamos cobri-los. Eu prometi.

36

Eles pegaram a manta do sofá da sala e os cobriram. Ben tentou não pensar no que estavam fazendo, mas era impossível. Quando terminaram, uma mão — as unhas finas e pintadas indicavam ser de June Petrie — rolou de sob a manta estampada, e ele a empurrou para baixo com a ponta do pé, esforçando-se para controlar a náusea. Os formatos dos corpos sob a manta eram inconfundíveis, lembrando algumas fotos tiradas no Vietnã — mortos em campos de batalha e soldados carregando terríveis fardos em sacos de borracha preta, absurdamente parecidos com sacos de golfe.

Desceram as escadas, cada um levando uma braçada de achas de madeira.

O porão fora o domínio de Henry Petrie, e refletia sua personalidade. Três lâmpadas de alta voltagem haviam sido instaladas no teto sobre a área de trabalho, cada uma com um anteparo de metal que obrigava a luz a se projetar com mais força sobre a plaina mecânica, a serra de vaivém, a serra com suporte, o torno, a lixa elétrica. Ben viu que ele vinha montando um viveiro de pássaros, que provavelmente instalaria no quintal quando a primavera chegasse. O diagrama que seguia estava cuidadosamente estendido e preso em cada canto com pesos de papel de metal. Era um trabalho competente, mas sem imaginação, e agora nunca seria concluído. O chão estava impecável, mas um aroma nostálgico de serragem pairava no ar.

— Isso não vai dar certo — disse Jimmy.

— Eu sei — disse Ben.

— Estou falando da pilha de lenha — bufou Jimmy, e soltou a madeira dos braços com estrondo. As achas rolaram desordenadamente pelo chão, e ele soltou um riso alto e histérico.

— Jimmy...

Mas sua gargalhada cortante interrompeu a fala de Ben.

— Vamos acabar com esse pesadelo com a pilha de lenha do quintal de Henry Petrie? Então, por que não pernas de cadeira ou bastões de beisebol?

— O que mais podemos fazer?

Jimmy olhou para ele e se controlou com visível esforço.

— A grande caçada ao tesouro — zombou ele. — Ande quarenta passos no pasto de Charles Griffen e olhe debaixo da pedra grande... Ah, até parece... A gente pode sair da cidade, Ben. Por que não?

— Você quer desistir? É isso que está dizendo?

— Não. Mas não vai ser só hoje, Ben. A gente vai levar semanas para pegar todos, se é que vamos pegar. Você vai suportar? Vai aguentar fazer mil vezes o que fez com Susan? Arrancar eles dos armários, gritando e esperneando, e esmagar o coração deles com uma estaca? Consegue fazer isso até novembro sem enlouquecer?

Ben tentou refletir, mas era algo impensável.

— Não sei — respondeu.

— E o menino? Acha que vai aguentar? Ele vai daqui direto para o hospício. E Matt vai morrer. Posso garantir. E quando a polícia estadual vier ver que diabo está acontecendo em 'salem? O que vamos dizer? "Espere um pouco, seu guarda, enquanto espeto esse vampiro"? O que me diz, Ben?

— E como vou saber, droga? Quem até agora conseguiu parar e pensar?

Eles perceberam, ao mesmo tempo, que estavam cara a cara, gritando um com o outro.

— Opa — disse Jimmy.

— Desculpe — disse Ben, baixando os olhos.

— Não, a culpa foi minha. Estamos sob muita pressão. Barlow sem dúvida diria que é fim de jogo. — Ele passou a mão pelos cabelos alaranjados e lançou um olhar perdido ao redor. Seus olhos de repente brilharam quando deram com algo ao lado do diagrama de Petrie. Era um lápis de graxa.

— Acho que encontrei o melhor jeito — disse ele.

— Qual?

— Você fica aqui, Ben, fazendo as estacas. Já que é para ir em frente, sejamos científicos. Você fica sendo o setor de produção. Mark e eu seremos o setor de pesquisa. Vamos revistar a cidade e procurar por eles. E vamos encontrá-los, assim como encontramos Mike. Vou marcar os locais com este lápis de graxa. Amanhã, atacaremos com as estacas.

— Mas eles não vão ver as marcas e mudar de lugar?

— Acho que não. A Sra. Glick não parecia muito lúcida. Acho que eles agem mais por instinto do que por raciocínio. Talvez fiquem mais espertos com o passar do tempo e comecem a se esconder melhor, mas acho que no começo vai ser como pescar num barril.

— E por que não eu?

— Porque eu conheço a cidade e a cidade me conhece, como conheciam meu pai. Os sobreviventes de Lot estão escondidos em casa hoje. Se você bater na porta, não vão atender. Se eu bater, a maioria atenderá. Conheço alguns esconderijos. Sei onde os bêbados se abrigam no pântano e onde vão dar as estradas de lenhadores. Você não. Sabe mexer com esse torno?

— Sei — disse Ben.

Jimmy tinha razão, claro. Mas o alívio que ele sentiu por não ter que sair e enfrentá-*los* o deixou culpado.

— É melhor começar. Já passa do meio-dia.

Ben virou-se para o torno.

— Se quiserem esperar meia hora, já poderão levar algumas estacas.

Jimmy hesitou, depois baixou os olhos.

— Acho que amanhã... amanhã será...

— Certo, então vá — disse Ben. — O que acha de voltar lá pelas três horas? A escola já vai estar tranquila a essa hora, e poderemos dar uma olhada.

— Boa ideia.

Jimmy começou a andar em direção à escada do porão. Alguma coisa — uma ideia vaga, uma súbita iluminação — fez com que se virasse. Viu Ben trabalhando sob o forte clarão das três lâmpadas, cuidadosamente enfileiradas.

Algo lhe veio... mas lhe escapou.

Ben fechou o torno e olhou para ele.

— Mais alguma coisa?

— Estava na ponta da língua — disse Jimmy. — Mas esqueci.

Ben ergueu as sobrancelhas.

— Quando cheguei à escada e virei para você, senti um estalo. Mas já passou.

— Era importante?

— Não sei. — Ele se demorou mais um pouco, tentando lembrar. Tinha a ver com a imagem de Ben, inclinado sobre o torno debaixo das luzes fortes. Não adiantou. O esforço para lembrar só serviu para afastar mais a lembrança.

Ele subiu a escada, mas olhou para trás mais uma vez. A imagem era estranhamente familiar, mas ele não sabia o porquê. Cruzou a cozinha e foi para o carro. A chuva se tornara uma garoa.

37

O carro de Roy McDougall estava parado na frente do trailer na estrada da Curva. Ao se deparar com ele num dia de semana, Jimmy se preparou para o pior.

Saiu do carro com Mark, levando a maleta preta. Subiram os degraus, e Jimmy tocou a campainha. Não funcionava, e ele bateu na porta. As pancadas insistentes não acordaram ninguém no trailer dos McDougall, nem no trailer vizinho, a 20 metros, que também tinha um carro parado na frente.

Jimmy tentou abrir a porta externa. Estava trancada.

— Tem um martelo no banco de trás do carro — disse ele.

Mark foi buscá-lo, e Jimmy quebrou o vidro ao lado da maçaneta. Passou o braço pelo buraco e soltou a tranca. A porta de dentro estava aberta. Eles entraram.

Sentiram o cheiro instantaneamente. As narinas de Jimmy se contraíram, tentando bloqueá-lo. Não era tão forte quanto o que haviam sentido no porão da Casa Marsten, mas era basicamente o mesmo, de coisa morta e apodrecida. Um cheiro úmido, pestilento. Jimmy se lembrou de quando era criança e ia com os amigos de bicicleta, na primavera, recolher as garrafas retornáveis de cerveja e refrigerante reveladas pela neve que derretia. Numa delas (uma garrafa de Crush) ele encontrou um ratinho decomposto, que fora atraído pelo açúcar e não conseguira sair. Depois de dar uma cheiradinha, tinha soltado a garrafa e vomitado. Aquele cheiro era nauseantemente parecido — uma doçura doentia e uma acidez pútrida, que se misturavam e fermentavam. Sentiu o estômago se revolver.

— Eles estão aqui — disse Mark. — Em algum lugar.

Revistaram o trailer metodicamente — a cozinha, a salinha de jantar, a sala de visita, os dois quartos. Abriram os armários ao passar. Jimmy pensou ter encontrado algo no armário do quarto do casal, mas era só uma pilha de roupas sujas.

— Não tem porão? — perguntou Mark.

— Não, mas pode ter algum tipo de depósito.

Eles foram até os fundos e viram um pequeno alçapão na base de concreto barato do trailer. Estava trancado com um cadeado velho. Jimmy o arrebentou com cinco marteladas. Quando puxou o alçapão, o cheiro os atingiu numa onda nauseabunda.

— Lá estão eles — disse Mark.

Jimmy espiou pela abertura e viu três pares de pés, como corpos enfileirados num campo de batalha. Um par usava botas, outro, chinelos de lã, e o terceiro — pés minúsculos — não usava nada.

Que linda cena de família, pensou Jimmy, absurdamente. Uma página do *Reader's Digest*. O desespero o dominou. O bebê... Como conseguiriam fazer aquilo com um bebê?

Marcou o alçapão com o lápis de graxa e recolheu o cadeado quebrado.

— Vamos para o trailer ao lado — disse ele.

— Espere — disse Mark. — Deixe-me puxar um deles para fora.

— Puxar...? Para quê?

— Talvez a luz do dia acabe com eles. Assim não teremos de fazer isso com as estacas.

Jimmy sentiu uma ponta de esperança.

— Está bem. Mas qual?

— O bebê, não — respondeu Mark prontamente. — O homem. Você pega um pé e eu pego outro.

— Certo — disse Jimmy, a boca seca como um papel. Quando tentou engolir, sentiu um estalo na garganta.

Mark entrou pelo buraco de bruços, as folhas mortas crepitando sob seu corpo. Agarrou uma das botas de trabalho de Roy McDougall e a puxou. Jimmy se encolheu e rastejou ao lado dele, raspando as costas no teto baixo, resistindo à claustrofobia. Pegou a outra bota e, juntos, puxaram o corpo para a garoa fraca e a luz.

O que aconteceu foi quase insuportável. Roy McDougall começou a se contorcer assim que a luz o atingiu em cheio, como um homem atormentado durante o sono. Vapor e umidade emanaram de seus poros, e a pele cedeu e ganhou um tom amarelado. Os globos oculares viraram sob a pele fina das pálpebras. Chutou as folhas molhadas com pés lentos e sonhadores. O lábio superior se contraiu, revelando incisivos grandes como os de um cão — um pastor alemão ou um *collie*. Os braços agitaram-se lentamente, as mãos se abrindo e fechando, e, quando uma delas roçou a camisa de Mark, ele saltou para trás com um grito enojado.

Roy se virou de bruços e começou a rastejar lentamente para o cubículo, braços e joelhos cavando sulcos no húmus molhado. Jimmy notou que uma respiração ofegante, como de um paciente com insuficiência cardíaca, começara assim que a luz atingira o corpo. E parou logo que McDougall se escondeu nas sombras novamente. Assim como a expulsão de líquidos.

Ao chegar a seu local de repouso, McDougall virou de costas e permaneceu imóvel.

— Feche — pediu Mark com voz estrangulada. — Por favor, feche.

Jimmy fechou o alçapão e reinstalou o cadeado quebrado o melhor que pôde. A imagem do corpo de McDougall, debatendo-se nas folhas molhadas como uma cobra atordoada, ficou gravada em sua mente. Achou que nunca se apagaria de sua memória, mesmo que vivesse cem anos.

38

Tremendo sob a chuva, eles se entreolharam.

— Vamos para o trailer ao lado? — perguntou Mark.

— Vamos. Devem ter sido as primeiras pessoas que os McDougall atacaram.

Andaram até o trailer, e dessa vez captaram o inconfundível cheiro já na porta de entrada. O nome sob a campainha era Evans. Jimmy conhecia David Evans e sua família. Ele era mecânico do setor de automóveis da Sears de Gates Falls. Tratara-o, não fazia muitos anos, de um cisto ou algo parecido.

Dessa vez a campainha funcionou, mas ninguém atendeu. Encontraram a Sra. Evans na cama. As duas crianças estavam num beliche em outro quarto, vestidas com pijamas idênticos estampados com o ursinho Pooh. Demoraram mais para encontrar Dave Evans. Ele se escondera no depósito inacabado sobre a pequena garagem.

Jimmy desenhou um círculo cruzado na porta da frente e na da garagem.

— Nada mau — disse ele. — Já marcamos dois pontos.

— Espere um pouco — pediu Mark, timidamente. — Preciso lavar as mãos.

— Claro, eu também. Os Evans não vão se importar se usarmos o banheiro.

Voltaram a entrar. Jimmy sentou numa cadeira da sala e fechou os olhos. Logo ouviu Mark abrindo a torneira do banheiro.

Na tela de sua mente, ele viu a mesa do necrotério, o lençol sobre o corpo de Marjorie Glick começar a tremer, a mão cair da mesa e executar uma lenta dança com os dedos...

Abriu os olhos.

O trailer estava em condições bem melhores do que o dos McDougall — arrumado, bem-cuidado. Não conhecia a Sra. Evans, mas parecia que fora uma boa dona de casa. Viu os brinquedos das crianças, cuidadosamente arranjados num cubículo, provavelmente chamado de "área de serviço" no folheto do vendedor do trailer. Pobres crianças. Desejou que elas tivessem aproveitado bem os brinquedos enquanto ainda podiam andar na luz. Havia um triciclo, vários caminhões de plástico, um posto de gasolina de brinquedo, um tratorzinho (como eles deviam ter brigado por causa dele), uma mesa de bilhar infantil...

De repente, ele arregalou os olhos.

Giz azul.

Três lâmpadas enfileiradas no teto.

Homens andando ao redor da mesa verde sob o clarão das luzes, preparando os tacos, limpando o giz azul que ficara nos dedos...

— Mark! — gritou, erguendo-se na cadeira. — *Mark!*

Mark veio correndo, sem camisa, para ver o que acontecera.

39

Um antigo aluno de Matt (turma de 64, A em literatura, C em composição) fora visitá-lo por volta das duas e meia. Notou as pilhas de livros sobre vampirismo e perguntou se ele se preparava para obter um título em ciências ocultas. Matt não se lembrava se o nome dele era Herbert ou Harold.

Para Matt, que lia um livro chamado *Estranhos Desaparecimentos* quando Herbert-ou-Harold chegou, foi bem-vinda a interrupção. Já esperava o telefone tocar, mesmo sabendo que os amigos não podiam entrar na escola da rua Brock antes das três horas. Estava desesperado para saber o que acontecera ao padre Callahan. Parecia-lhe que o dia passava com rapidez alarmante. E sempre ouvira falar que o tempo passava devagar no hospital. Sentia-se lento e obtuso. Um velho, finalmente.

Começou a contar a Herbert-ou-Harold a história da cidade de Momson, Vermont, que estivera lendo. Achou-a interessante porque, se fosse verdadeira, podia ser uma precursora da sina de Lot.

— Todos desapareceram — disse ao rapaz, que ouvia com um tédio educado, mas não muito bem disfarçado. — Era uma cidadezinha no norte de Vermont, acessível pela rodovia interestadual 2 e a rodovia 19 de Vermont. Tinha 312 habitantes, pelo censo de 1920. Em agosto de 1923, uma mulher em Nova York começou a se preocupar porque fazia dois meses que a irmã não lhe escrevia. Ela e o marido foram até a cidade, e foram os primeiros a contar a história para os jornais. Mas os moradores das áreas ao redor já deviam saber havia algum tempo. A irmã da mulher e o marido haviam desaparecido, assim como toda a população de Momson. As casas e os celeiros continuavam de pé. Numa casa, a mesa estava posta para o jantar. O caso provocou bastante sensação à época. Eu é que não gostaria de passar uma noite lá. O autor do livro diz que as pessoas nas cidades vizinhas contavam histórias assustadoras, sobre espíritos e duendes. Muitos celeiros tinham talismãs e grandes cruzes pintados na frente, e têm até hoje. Veja, uma foto do armazém geral, do posto de combustível e do empório, que formavam o centro da cidade de Momson. O que acha que aconteceu lá?

Herbert-ou-Harold olhou a fotografia com educação. Viu só uma cidadezinha, com algumas lojas e casas. Algumas estavam caindo, provavelmente devido ao peso da neve no inverno. Parecia-se com qualquer cidadezinha do interior. Quem passa de carro por qualquer uma delas não sabe se tem alguém vivo depois das oito horas, quando tudo fecha. O velho professor tinha mesmo ficado meio caduco. Herbert-ou-Harold lembrou de uma velha tia que, nos últimos dois anos de vida, convencera-se de que a filha matara seu periquito de estimação e lhe dera a ave para comer no bolo de carne. Gente velha tinha ideias esquisitas.

— Muito interessante — disse ele, levantando os olhos. — Mas não acho que... Sr. Burke? Sr. Burke, o que houve? O senhor está... Enfermeira! *Enfermeira!*

Os olhos de Matt estavam fixos. Ele agarrava o lençol da cama com uma das mãos. A outra estava apertada contra o peito. Seu rosto estava pálido, e uma veia pulsava no meio da testa.

Ainda não, pensou ele. *Ainda não...*

A dor o esmagava em ondas, empurrava-o para a escuridão. Ele pensou, indistintamente: *Cuidado com o último degrau, é de matar.*

Depois, a queda.

O ex-aluno saiu correndo do quarto, derrubando a cadeira e uma pilha de livros. A enfermeira já vinha chegando, quase correndo.

— O Sr. Burke — disse o rapaz. Ainda segurava o livro, com o dedo indicador marcando a página com a foto de Momson, Vermont.

A enfermeira fez um gesto breve com a cabeça e entrou no quarto. Matt estava deitado com a cabeça meio para fora da cama, os olhos fechados.

— Ele está... — Herbert-ou-Harold perguntou timidamente. Não precisou completar a pergunta.

— Acho que sim — respondeu a enfermeira, ao mesmo tempo em que apertava o botão para chamar a equipe cardiovascular. — Você precisa sair agora.

Ela voltou a se acalmar, e teve tempo de lamentar o almoço, que deixara pela metade.

40

— Mas não tem nenhum bilhar em Lot — disse Mark. — O mais próximo fica em Gates Falls. Será que ele iria até lá?

— Com certeza não — disse Jimmy. — Mas algumas pessoas têm mesa de bilhar em casa.

— É, eu sei.

— E tem mais — disse Jimmy. — Já estou quase lembrando.

Ele se recostou, fechou os olhos e os pressionou com as mãos. Havia mais alguma coisa, associada a plástico. Por que plástico? Brinquedos de plástico, utensílios de plástico para piqueniques, capas de plástico para cobrir o barco no inverno...

E, de repente, a imagem de uma mesa de bilhar coberta com uma grande capa de plástico se formou em sua mente, até com trilha sonora, uma *voice-over* que dizia: *Eu deveria vendê-la antes que o feltro mofe. Ed Craig disse que pode mofar. Mas era de Ralph...*

Jimmy abriu os olhos.

— Sei onde ele está. Sei onde Barlow está. Está no porão da pensão de Eva Miller. — E era verdade. Ele sabia que era. Pareceu-lhe incontestável.

Os olhos de Mark brilharam.

— Vamos pegá-lo.

— Espere.

Ele procurou o telefone, encontrou o número de Eva na lista e discou rapidamente. Ninguém respondeu. Dez chamadas, 11, 12. Devolveu o fone ao gancho, assustado. Eva tinha pelo menos dez inquilinos, a maioria deles de idade, aposentados. Sempre havia alguém por perto para atender o telefone.

Consultou o relógio. Eram 15h15. O tempo estava voando.

— Vamos.

— E o Ben?

— Não dá para ligar para ele — disse Jimmy, carrancudo. — A linha da casa dele está cortada. Vamos direto para a pensão. Se não encontrarmos Barlow, ainda restará bastante luz do dia. Mas, se ele estiver lá, pegaremos Ben e acabaremos com a raça dele.

— Deixe-me vestir minha camisa — disse Mark, e correu até o banheiro.

41

O Citroën de Ben ainda estava no estacionamento da pensão, agora coberto com as folhas úmidas dos elmos que sombreavam o quadrado de cascalho. O vento apertara, mas parara de chover. A placa que dizia "Pensão da Eva" balançava e rangia na tarde cinzenta. A casa, mergulhada em silêncio espectral, parecia esperar por algo. Jimmy estabeleceu a ligação e sentiu o coração gelar. Parecia a Casa Marsten. Imaginou se alguém já havia se suicidado lá. Eva sabia... mas não estava mais em condições de lhes contar.

— Perfeito — disse ele. — Instalar-se na pensão da cidade, cercado de sua prole.

— Não é melhor a gente buscar o Ben?

— Mais tarde. Vamos.

Eles saíram do carro e andaram até a varanda. O vento puxava-lhes as roupas, agitava-lhes os cabelos. Todas as janelas estavam fechadas. A casa parecia se inclinar sobre eles.

— Está sentindo o cheiro? — perguntou Jimmy.

— Estou. Mais forte do que nunca.

— Você consegue encarar essa?

— Consigo — disse Mark com firmeza. — E você?

— Espero por Deus que sim — disse Jimmy.

Subiram os degraus da varanda, e Jimmy tentou abrir a porta. Estava destrancada. Quando entraram na grande cozinha de Eva Miller, obsessivamente limpa, o cheiro atingiu a ambos, como uma fossa aberta — mas seco, curtido pela fumaça do tempo.

Jimmy recordou sua conversa com Eva, que acontecera havia quase quatro anos, quando ele começara a praticar medicina. Eva fora fazer um checkup. Fora paciente de seu pai durante anos, e quando Jimmy assumiu o lugar dele, no mesmo consultório em Cumberland, ela o procurara sem constrangimento. Falaram sobre Ralph, morto havia 12 anos, e ela dissera que o seu fantasma continuava na casa — ela vivia encontrando algum objeto esquecido no sótão ou em alguma gaveta da cômoda. Fora a mesa de bilhar no porão. Ela disse que precisava se livrar dela, já que ocupava um espaço que podia usar para outra coisa. Mas pertencera a Ralph, e ela não conseguia se decidir a colocar um anúncio no jornal ou num programa de rádio.

Mark e ele atravessaram a cozinha em direção à porta do porão. Jimmy a abriu. O mau cheiro era intenso, quase esmagador. Ele apertou o interruptor de luz, sem resultado. Ele o quebrara, é claro.

— Procure por aí — disse a Mark. — Ela deve ter uma lanterna ou velas.

Mark começou a procurar, abrindo gavetas e as revistando. Notou que o suporte para facas sobre a pia estava vazio, mas não deu importância ao fato. Seu coração pulsava com dolorosa lentidão, como um tambor abafado. Precisou admitir que atingira o limite de sua resistência. Sua mente não raciocinava mais, apenas reagia. A todo instante ele pensava ver algo, virava bruscamente a cabeça e não encontrava nada. Um veterano de guerra teria reconhecido os sintomas que anunciavam o princípio de uma neurose de guerra.

Foi até o corredor e procurou na cômoda que havia lá. Na gaveta, encontrou uma lanterna comprida de quatro pilhas. Levou-a para a cozinha.

— Achei, Ji...

A porta do porão estava aberta.

E os gritos começaram.

42

Quando Mark voltou para a cozinha da pensão, eram 16h40. Seus olhos estavam ocos, sua camiseta, manchada de sangue. Tinha o olhar atordoado e lento.

De repente, ele gritou.

O som emergiu do fundo de suas entranhas, vibrou por sua garganta e saiu pelas mandíbulas distendidas. Gritou até sentir que um pouco da insanidade saíra de sua mente. Gritou até a garganta ceder e uma dor intensa penetrar suas cordas vocais como a lasca de um osso. E, mesmo depois de externar todo o medo, horror, fúria e decepção que conseguiu, a terrível pressão continuou emergindo do porão em ondas — a consciência de que Barlow estava lá, em algum lugar. E de que logo escureceria.

Ele foi até a varanda e respirou o vento em grandes golfadas. Ben. Ele tinha de buscar Ben. Mas uma estranha letargia transformara suas pernas em chumbo. De que adiantava? Barlow venceria de qualquer forma. Tinha sido loucura lutar contra ele. E agora Jimmy pagara o preço. Assim como Susan e o padre.

Mas uma vontade de aço se impôs. *Não. Não. Não.*

Desceu os degraus da varanda com as pernas trêmulas e entrou no Buick de Jimmy. As chaves estavam na ignição.

Preciso buscar Ben. Tentar mais uma vez.

Suas pernas não alcançavam os pedais. Ele levantou o banco e girou a chave. O motor rugiu. Empurrou o câmbio e apertou o acelerador. O carro deu um salto para a frente. Ao enterrar o pé no freio, chocou-se dolorosamente contra o volante. A buzina tocou.

Não consigo dirigir!

E pensou ouvir o pai dizer com sua voz lógica e enfática: Tome cuidado quando aprender a dirigir, Mark. O único meio de transporte que não é totalmente regulamentado pelo governo federal é o carro. Por isso, todos os motoristas são amadores. E muitos desses amadores são suicidas. Portanto, você precisa ser *extremamente* cuidadoso. Aperte o acelerador como se houvesse um ovo entre seu pé e o pedal. Quando dirigir um carro com transmissão automática, como o nosso, o pé esquerdo nunca é usado. Só o direito é usado — primeiro o freio, depois o acelerador.

Ele tirou o pé do freio e o carro se arrastou pela alameda. Atingiu o meio-fio com um solavanco, e ele o brecou bruscamente. O para-brisa estava embaçado. Ele o esfregou com o braço, embaçando-o ainda mais.

— Dane-se — murmurou.

Saiu aos arrancos e fez uma ampla e ébria curva de 180 graus, passando por cima da calçada oposta, e partiu em direção a sua casa. Precisava esticar o pescoço para enxergar por sobre o volante. Tateou com a mão direita, ligou o rádio e aumentou o volume. Estava chorando.

43

Ben andava pela avenida Jointner em direção à cidade quando viu o Buick de Jimmy se aproximando, aos trancos e solavancos, trançando pelo caminho. Acenou com os braços, e o carro parou, subindo na calçada com o pneu esquerdo.

Ben perdera a noção do tempo enquanto fazia estacas. Quando olhou para o relógio, viu, com surpresa, que eram 16h10. Fechou o torno, pegou duas estacas, prendeu-as no cinto e subiu a escada para usar o telefone. Só quando pôs a mão nele, lembrou que estava desligado.

Francamente preocupado, correu para fora e olhou dentro dos dois carros, o de Callahan e o de Petrie. Nenhum estava com as chaves. Podia voltar e procurar nos bolsos de Henry Petrie, mas não suportou a ideia. Partiu para a cidade em passo acelerado, esperando avistar o Buick de Jimmy. Pensava em ir direto para a escola da rua Brock quando avistou o carro de Jimmy.

Correu até a janela do motorista e viu Mark Petrie sentado ao volante... sozinho. O menino lhe lançou um olhar entorpecido. Seus lábios se moveram, sem emitir som algum.

— O que aconteceu? Cadê o Jimmy?

— Jimmy está morto — disse Mark, com voz monótona. — Barlow passou a perna na gente outra vez. Está no porão da pensão da Sra. Miller. Jimmy também está lá. Desci para ajudar ele e não consegui mais sair. No fim encontrei uma tábua e consegui subir, mas no começo achei que fosse ficar preso lá até... até escurecer.

— Do que você está falando? O que aconteceu?

— Jimmy descobriu de onde vinha o giz azul. A gente estava numa casa lá na Curva. Giz azul, mesas de bilhar. Tem uma mesa de bilhar no porão da Sra. Miller. Era do marido dela. Jimmy ligou para a pensão, mas ninguém atendeu. E a gente foi para lá.

Mark ergueu o rosto sem lágrimas para Ben.

— Jimmy me disse para procurar uma lanterna, porque o interruptor de luz do porão estava quebrado. Como na Casa Marsten. Eu comecei a procurar e... e reparei que as facas do suporte em cima da pia não estavam mais lá. Mas não liguei. Então, de certa forma, eu matei ele. Matei, sim. É tudo minha culpa, tudo minha culpa...

Ben o sacudiu pelos ombros.

— Pare, Mark! Pare!

Mark levou as mãos à boca, estancando a torrente de palavras histéricas. Seus olhos escancarados estavam fixos em Ben.

Finalmente, conseguiu prosseguir:

— Encontrei uma lanterna na cômoda do corredor. E foi então que Jimmy caiu. Começou a gritar. Ele... eu quase caí também, mas ele me avisou. A última coisa que ele disse foi: *Cuidado, Mark!*

— O que houve? — perguntou Ben, aflito.

— Barlow e os outros vampiros tiraram a escada do porão — disse Mark com voz apática. — Serraram a escada depois do segundo degrau. Deixaram um pouco do corrimão, então parecia que... que... — Ele sacudiu a cabeça. — No escuro, Jimmy achou que os degraus ainda estavam lá. Entendeu?

— Entendi — disse Ben, nauseado. — E as facas?

— Estavam fincadas no chão — sussurrou Mark. — *Eles* passaram as lâminas por uns quadrados de madeira compensada e tiraram os cabos para que ficassem direitas no chão, com as lâminas apontando...

— Ah — exclamou Ben, desolado. — Ah, meu Deus... — Ele se inclinou e pegou Mark pelos ombros. — Tem certeza de que ele está morto, Mark?

— Tenho. Ele... ele foi perfurado nuns cinco lugares. O sangue...

Ben olhou para o relógio. Eram 16h50. Voltou a se sentir encurralado, correndo contra o relógio.

— O que a gente vai fazer agora? — perguntou Mark, com voz distante.

— Vamos para a cidade, telefonar para Matt e depois para Parkins Gillespie. Precisamos acabar com Barlow antes do anoitecer.

Mark abriu um sorrisinho mórbido.

— Foi o que Jimmy disse. Que a gente ia acabar com a raça dele. Mas ele sempre vence. Gente melhor do que nós já deve ter tentado antes.

Ben olhou para o menino e se preparou para fazer algo sórdido.

— Parece que você está com medo — disse ele.

— Eu *estou* com medo — disse Mark, sem entender. — Você não?

— Estou — retrucou Ben. — Mas também estou furioso. Perdi uma garota que eu adorava. Acho que eu a amava. Nós dois perdemos Jimmy. Você perdeu seu pai e sua mãe. Estão deitados na sala, debaixo da manta do sofá. — Ele se obrigou a cometer uma última brutalidade. — Quer voltar e ver?

Mark se encolheu no banco, o rosto horrorizado e ressentido.

— Quero você ao meu lado — disse Ben, abrandando a voz. Sentiu uma ponta de autodesprezo. Parecia um técnico de futebol antes do grande jogo. — Pouco me importa quem tentou acabar com ele antes. Não me importo nem se Átila, o Huno, tentou e não conseguiu. Eu também vou tentar. E quero você comigo. Preciso de você. — E era a verdade, nua e crua.

— Está bem — disse Mark. Olhou para o colo e apertou as mãos com nervosismo.

— Tente ser firme — disse Ben.

Mark lhe lançou um olhar desamparado.

— Estou tentando — disse ele.

44

O posto Exxon de Sonny, no fim da avenida Jointner, estava aberto. E Sonny James (que explorava seu xará, astro da música country, com um enorme cartaz colorido na janela ao lado de uma pirâmide de latas de óleo) saiu para atendê-los pessoalmente. Era um homem com jeito de gnomo, cujo cabelo era ceifado num perpétuo corte à escovinha que mostrava o couro cabeludo rosado.

— Olá, Sr. Mears. Tudo bem? Cadê o Citroën?

— Está encostado, Sonny. E o Pete? — Pete Cook era o ajudante de Sonny, que morava na cidade. Sonny não morava.

— Não apareceu hoje. Mas não faz mal. O movimento está fraco mesmo. A cidade parece que está morta.

Ben sentiu uma gargalhada mórbida se formar em sua barriga, ameaçando explodir numa grande onda histérica.

— Encha o tanque — ele conseguiu dizer. — Posso usar seu telefone?

— Claro. Oi, garoto. Não teve aula hoje?

— Estou passeando com o Sr. Mears — disse Mark. — Meu nariz estava sangrando.

— Acredito. Meu irmão também tinha isso. É sinal de pressão alta, rapaz. Tome cuidado. — Ele foi até a traseira do carro e tirou a tampa do tanque.

Ben entrou e usou o telefone público ao lado da pilha de mapas rodoviários da Nova Inglaterra.

— Hospital de Cumberland. Qual setor?

— Quero falar com o Sr. Burke, por favor. Quarto 402.

Ben percebeu uma estranha hesitação na voz da atendente, e estava prestes a perguntar se o quarto fora trocado quando ela disse:

— Quem fala?

— Benjamin Mears. — De repente, a possibilidade da morte de Matt lhe ocorreu como uma terrível sombra. Será? Não podia ser. Seria demais. — Ele está bem?

— É parente dele?

— Não, amigo. Ele não está...

— O Sr. Burke morreu às três e sete da tarde, Sr. Mears. Se quiser aguardar um minuto, verei se o Dr. Cody já chegou. Talvez ele possa...

A voz continuou, mas Ben não a ouvia mais, embora continuasse com o fone colado ao ouvido. De repente, percebeu o quanto contava com Matt para ajudá-los a enfrentar o resto daquela tarde de horrores. Matt tinha morrido. De insuficiência cardíaca. Uma causa natural. Era como se Deus tivesse virado as costas para eles.

Só eu e Mark agora.

Susan, Jimmy, o padre Callahan, Matt. Todos se foram.

O pânico o tomou, e ele o controlou em silêncio.

Colocou o fone no gancho sem pensar, guilhotinando uma pergunta que emergia.

Saiu. Eram 17h10. A oeste, as nuvens se esgarçavam.

— Deu três dólares, certinho — disse Sonny, alegremente. — Esse carro é do Dr. Cody, não é? Quando vejo esses carros com placa de médico, sempre lembro de um filme que eu vi, com um bando de ladrões, e um deles sempre roubava carros com placa de médico porque...

Ben lhe deu três notas de um dólar.

— Preciso ir andando, Sonny. Desculpe. Estou com problemas.

O rosto de Sonny se fechou.

— Puxa, que pena, Sr. Mears. Recebeu más notícias de seu editor?

— É, pode-se dizer que sim.

Ele sentou atrás do volante, fechou a porta e arrancou, deixando Sonny plantado no mesmo lugar, com seu impermeável amarelo.

— Matt morreu, não é? — Mark perguntou, observando-o.

— É. Foi ataque cardíaco. Como você soube?

— Sua cara. Vi pela sua cara.

Eram 17h15.

45

Parkins Gillespie estava na pequena varanda coberta do Paço Municipal, fumando um Pall Mall e olhando para o oeste. Voltou a atenção para Ben Mears e Mark Petrie com relutância. Seu rosto parecia triste e velho, como os copos d'água que são oferecidos em restaurantes baratos.

— Como vai, delegado? — perguntou Ben.

— Está dando para aguentar — admitiu Parkins. Examinou uma cutícula solta na pele áspera que cercava a unha de seu polegar. — Vi vocês dois para baixo e para cima hoje. Da última vez, parecia que o menino estava dirigindo sozinho na rua da Ferrovia. Foi isso mesmo?

— Foi — disse Mark.

— Quase levou uma trombada. O motorista que vinha do outro lado não te pegou por um triz.

— Delegado — disse Ben —, queremos lhe contar o que está acontecendo na cidade.

Parkins Gillespie cuspiu o toco do cigarro sem tirar as mãos do corrimão da varanda. Sem olhar para eles, disse calmamente:

— Não quero saber.

Eles o olharam, assombrados.

— Nolly não apareceu hoje — disse Parkins, com a mesma voz calma e trivial. — E acho que não vai aparecer. Ele me ligou tarde da noite ontem dizendo que tinha visto o carro de Homer McCaslin na via Deep Cut, acho que foi Deep Cut que ele disse. Depois não ligou mais.

Com gestos lentos e tristes, como um homem submerso, ele meteu a mão no bolso da camisa e tirou outro Pall Mall do maço. Girou-o pensativamente entre o polegar e o indicador.

— Não vou deixar esse trem dos infernos acabar comigo — completou.

Ben não desistiu.

— O homem que comprou a Casa Marsten chama-se Barlow, delegado. E está no porão da pensão de Eva Miller neste exato momento.

— É mesmo? — disse Parkins, sem aparentar surpresa. — Ele é um vampiro, não é? Que nem naquelas revistinhas que a gente lia vinte anos atrás.

Ben não disse nada. Sentia-se como um homem perdido num grande e opressivo pesadelo, cujo mecanismo avançava com a precisão de um relógio, invisível sob a crosta do mundo.

— Vou sair da cidade — continuou Parkins. — Já estou com as malas no carro. Deixei a arma e o distintivo na prateleira. Chega de ser polícia. Vou visitar minha irmã em Kittery, isso sim. Acho que lá é longe bastante para ficar seguro.

Ben ouviu a si próprio dizer:

— Seu canalha medroso. Seu covarde de merda. A cidade ainda está viva e você foge com o rabo no meio das pernas.

— Não está viva — disse Parkins, acendendo o cigarro com um fósforo de cozinha. — Por isso *ele* veio para cá. Está morta como ele. Morreu há mais de vinte anos. O país todo vai no mesmo caminho. Eu e Nolly fomos ver um filme no *drive-in* de Falmouth há umas duas semanas, antes de fecharem para o inverno. Vi mais matança e sangue naquele faroeste do que nos dois anos que passei na Coreia. Os jovens comiam pipoca e davam risada. — Ele fez um gesto vago em direção à cidade, magicamente dourada sob os raios do sol que caminhava para o poente, como um vilarejo encantado. — Eles devem gostar de ser vampiros. Eu não. Nolly ia ficar no meu lugar hoje. Eu estou indo.

Ben lhe lançou um olhar impotente.

— Vocês também deveriam entrar no carro e dar o fora daqui — disse Parkins. — A cidade pode se virar sem nós... por algum tempo. Depois, não vai fazer diferença.

E por que não fazer isso?, pensou Ben.

Mark teve bom senso pelos dois.

— Porque ele é mau, moço. Mau de verdade. Só por isso.

— É mesmo? — disse Parkins. Assentiu e deu um trago no Pall Mall. — Seja como for. — Olhou em direção ao Colégio Integrado. — A frequência foi baixa hoje. Pelo menos de alunos aqui da cidade. Ônibus atrasados, crianças doentes, secretárias telefonando para as casas onde ninguém atende. O diretor me ligou, e eu o tranquilizei um pouco. É um sujeitinho careca e esquisito, que acha que sabe o que faz. Pelo menos os professores estão lá. A maioria é de outras cidades. Podem ficar ensinando uns aos outros.

— Nem todos são de outra cidade — disse Ben, pensando em Matt.

— Tanto faz — disse Parkins, olhando para as estacas no cinto de Ben. — Vai tentar pegar o sujeito com esses paus aí?

— Vou.

— Pode usar minha pistola para dispersar multidões, se quiser. Foi ideia do Nolly. Ele gostava de andar armado. A cidade não tem nem banco. Como é que podia torcer para acontecer um assalto? Mas ele vai dar um bom vampiro, depois que pegar o jeito.

Mark olhava para ele com horror crescente, e Ben viu que precisava tirá-lo de lá. Aquilo era o pior de tudo.

— Vamos — disse a Mark. — Ele já terminou.

— Acho que sim — disse Parkins. Observava a cidade com os olhos descorados, cercados por rugas. — Está tudo sossegado. Vi Mabel Werts olhando para fora com os binóculos, mas acho que não tem muito para ver agora. De noite vai ter mais.

Voltaram para o carro. Eram quase 17h30.

46

Estacionaram em frente à igreja St. Andrew às 17h45. O prédio projetava sombras que cruzavam a rua em direção ao presbitério, cobrindo-o como uma profecia. Ben pegou a maleta de Jimmy que estava no banco de trás e a esvaziou. Encontrou várias ampolas e jogou o conteúdo pela janela, guardando os invólucros.

— O que está fazendo?

— Vamos encher as ampolas de água benta — disse Ben. — Venha.

Subiram os degraus da igreja. Mark ia abrir a porta, mas parou e apontou.

— Olhe.

A alça estava escura e levemente deformada, como se tivesse recebido uma forte carga elétrica.

— Isso lhe diz alguma coisa? — perguntou Ben.

— Não, mas... — Mark sacudiu a cabeça, afastando um pensamento inacabado. Empurrou a porta e eles entraram. A igreja estava fresca e sombria, cheia da atmosfera sugestiva comum a altares de todos os credos, do bem e do mal.

As duas fileiras de bancos eram divididas por um corredor central. Na entrada deste, dois anjos de gesso seguravam vasos de água benta, os rostos serenos e sábios inclinados, como se contemplassem seu reflexo no líquido.

Ben guardou as ampolas no bolso.

— Lave as mãos e o rosto — disse ele.

Mark o olhou, aflito.

— Mas isso é sacri... sacri...

— Sacrilégio? Não no nosso caso. Ande.

Eles mergulharam as mãos na água benta e a jogaram no rosto, como alguém que acaba de acordar lava os olhos com água fria para que o choque lhe traga o mundo de volta.

Ben tirou a primeira ampola do bolso e começou a enchê-la quando uma voz aguda gritou:

— Ei! O que estão fazendo?

Ben se virou. Era Rhoda Curless, a governanta do padre Callahan. Quando eles entraram, ela estava no primeiro banco, rezando o terço desamparadamente. Usava um vestido preto, e sua combinação aparecia sob a barra. Seus cabelos estavam desarrumados. Via-se que tentara ajeitá-los com os dedos.

— Onde está o padre? O que estão fazendo? — insistiu ela com voz estridente, quase histérica.

— Quem é a senhora? — perguntou Ben.

— A Sra. Curless, governanta do padre Callahan. Onde está ele? O que estão fazendo? — Ela uniu as mãos num gesto desesperado.

— O padre Callahan se foi — disse Ben, com o máximo de brandura.

— Ah... — Ela fechou os olhos. — Ele se foi combatendo o mal que atormenta esta cidade?

— Sim — respondeu Ben.

— Eu sabia. Nem precisava perguntar. Ele é um padre bom e forte. Tinha gente que dizia que ele não tinha tutano para substituir o padre Bergeron, mas se enganaram. Provou que tinha de sobra.

Ela abriu os olhos e olhou para eles. Uma lágrima rolou pelo seu rosto.

— Ele não vai voltar, não é?

— Não sei — disse Ben.

— Diziam que ele bebia — continuou ela, como se não tivesse ouvido. — Mas quem já viu um padre irlandês que não gosta de um trago? Ele não gostava de mimar os fiéis com bingos, festas e papagaiadas. Ele era muito mais do que isso! — A voz dela se ergueu em direção ao teto abobadado quase num desafio. — Ele era um *sacerdote*, e não um político!

Ben e Mark a ouviram em silêncio, sem surpresa. Não havia mais lugar para surpresa naquele dia que mais parecia um sonho. Não se viam mais como vingadores nem salvadores. O dia os absorvera. Impotentes, eles apenas viviam.

— Ele ainda estava forte quando o viram pela última vez? — ela quis saber, observando-os atentamente. As lágrimas tornavam seu olhar ainda mais penetrante.

— Ainda — respondeu Mark, lembrando-se do padre Callahan na cozinha de sua casa, erguendo a cruz.

— E estão continuando o trabalho dele?

— Estamos — disse Mark.

— Então, continuem — ralhou ela. — O que estão esperando?

E se afastou pelo corredor central com seus trajes pretos, a pranteadora solitária de um funeral em que o morto se ausentara.

47

A pensão de Eva mais uma vez — a última. Eram 18h10. O sol se inclinava sobre os pinheiros, espiando pelas nuvens desfiadas com raios sanguíneos.

Ben entrou no estacionamento e olhou com curiosidade para o próprio quarto. A janela estava aberta, e ele viu a máquina de escrever a postos como uma sentinela, e, a seu lado, a pilha de originais com o globo de vidro por cima. Era inacreditável ver tudo aquilo de onde estava, como se tudo em outro mundo continuasse normal, são e ordenado.

Em seguida, ele olhou para a varanda de trás. As cadeiras de balanço onde Susan e ele trocaram o primeiro beijo continuavam lado a lado, como sempre. A porta que dava ingresso à cozinha continuava aberta, como Mark a deixara.

— Não consigo — murmurou Mark. — Não dá.

Os olhos dele estavam grandes e assustados. Puxara os joelhos contra o peito, encolhendo-se no banco.

— Tem de ser nós dois — disse Ben. Estendeu-lhe duas ampolas cheias de água benta. Mark se contraiu, horrorizado, como se temesse se envenenar ao tocá-las. — Vamos lá — disse Ben. Não tinha mais argumentos. — Vamos...

— Não.

— Mark...

— Não!

— Mark, eu preciso de você. Só restamos nós dois.

— Já fiz bastante! — gritou Mark. — Não consigo fazer mais. *Será que não entende que não consigo olhar para ele?*

— Mark, tem de ser nós dois. Você sabe disso, não é?

Mark pegou as ampolas e as pressionou lentamente contra o peito.

— Ai, meu Deus — murmurou ele. — Ai, meu Deus... — Olhou para Ben e assentiu com um gesto trêmulo e torturado. — Está bem — disse ele.

— Onde está o martelo? — perguntou ao saírem.

— Estava com Jimmy.

— Certo.

Subiram os degraus da varanda, contra o vento que se acirrava. O sol brilhava através das nuvens, tingindo o mundo de vermelho. Na cozinha, o cheiro de morte era úmido e palpável, pesado como granito. A porta do porão estava aberta.

— Estou com medo — disse Mark, tremendo.

— É bom mesmo. E a lanterna?

— Está no porão. Eu a deixei cair quando...

— Certo. — Eles estavam na boca do porão. Como Mark dissera, a escada parecia intacta sob a luz do crepúsculo.

— Venha comigo — disse Ben.

48

Estou a caminho da morte, pensou Ben.

O pensamento lhe veio de modo natural, sem medo ou pesar. As emoções haviam sido esmagadas pela atmosfera maligna que pairava sobre a casa. Enquanto descia com dificuldade pela tábua que Mark apoiara para sair do porão, ele sentia apenas uma calma estranha e glacial. Viu que suas mãos brilhavam, como se usasse luvas sobrenaturais. Não ficou surpreso.

Que o ser seja o final de parecer. O único rei é o do sorvete. Quem dissera aquilo? Matt? Matt estava morto. Susan estava morta. Miranda estava morta. Wallace Stevens também estava morto. *É melhor não olhar, amigo*. Mas ele olhara. Era assim que as pessoas ficavam no fim. Uma massa esmagada e rompida, cheia de fluidos multicolores. Não era tão ruim. Não quando comparado à morte pelas mãos *dele*. Jimmy estava com a pistola de McCaslin. Ainda devia estar no seu bolso. Ele a pegaria, e se a noite chegasse antes que eles conseguissem destruir Barlow... primeiro atiraria no menino, depois em si próprio. Não era nada agradável, mas melhor do que morrer nas mãos *dele*.

Pisou no chão do porão e ajudou Mark a descer. O menino olhou para a silhueta sombria, contorcida no chão, e virou a cabeça.

— Não consigo olhar — ele disse, roucamente.

— Tudo bem.

Mark virou as costas e Ben se ajoelhou. Empurrou os letais quadrados de madeira compensada, as lâminas projetando-se deles como dentes de dragão. Depois, delicadamente, virou o corpo de Jimmy.

É melhor não olhar, amigo.

— Ah, Jimmy — ele tentou dizer, e as palavras morreram e sangraram em sua garganta. Acalentou o amigo nos braços e retirou as lâminas deixadas por Barlow. Eram seis ao todo, e Jimmy havia sangrado muito.

Viu uma pilha de cortinas cuidadosamente dobradas sobre uma prateleira. Pegou-as e cobriu Jimmy com elas depois de pegar a arma, a lanterna e o martelo.

Ergueu-se e testou a lanterna. A tampa plástica das lentes estava rachada, mas a lâmpada ainda funcionava. Dirigiu o feixe de luz ao redor. Nada. Olhou sob a mesa de bilhar. Nada. E nada atrás da fornalha. Apenas prateleiras de conservas e um suporte de ferramentas. E a escada amputada, deixada a um canto para não ser vista da cozinha. Parecia um andaime que levava a lugar algum.

— Onde ele está? — murmurou Ben. Olhou para o relógio: 18h23. Quando o sol se punha? Ele não se lembrava, mas não devia ser depois das 18h55. Restava-lhes apenas meia hora.

— Onde ele está? — repetiu. — *Sinto* que está aqui, mas onde?

— Lá! — gritou Mark, apontando com a mão reluzente. — O que é aquilo?

Ben dirigiu a lanterna para o objeto. Um guarda-louça.

— É muito pequena — disse a Mark. — E está nivelada contra a parede.

— Vamos olhar atrás.

Ben encolheu os ombros. Andaram até o guarda-louça, e cada um pegou uma ponta. Ele sentiu uma onda de crescente excitação. O odor, ou aura, ou atmosfera, ou chame como quiser, não estava mais intenso lá, mais repulsivo?

Ben lançou um olhar para a porta da cozinha. A luz estava mais fraca agora, menos dourada.

— É muito pesado para mim — ofegou Mark.

— Não importa — disse Ben. — Vamos virá-lo. Faça o máximo de força.

Mark se inclinou, encostando o ombro à madeira. Seus olhos tinham um brilho feroz.

— Está bem.

Uniram as forças e empurraram o guarda-louça, que virou espatifando a porcelana que Eva Miller ganhara no casamento eras atrás.

— Eu *sabia*! — gritou Mark, triunfante.

Havia uma portinha no meio da parede onde o guarda-louça estivera encostado. Um novo cadeado Yale prendia o ferrolho.

Duas marteladas fortes bastaram para convencer Ben de que o cadeado não cederia.

— Santo Deus — murmurou ele, baixinho. Sentiu uma onda de frustração fechar sua garganta. Ser vencido assim, no final, por um cadeado barato...

Não. Ele abriria a madeira com os dentes, se fosse preciso.

Girou a lanterna pelo porão, e seu facho caiu sobre o suporte de ferramentas à direita da escada. Um machado com uma capa de plástico sobre a lâmina pendia de um dos pinos de aço.

Ben correu, arrancou-o do suporte e removeu a capa da lâmina. Tirou uma ampola do bolso e a derrubou no chão. A água benta se esparramou com um brilho intenso. Pegou outra, girou a tampinha e molhou a lâmina do machado, que começou a brilhar com uma luz fantasmagórica. E, quando agarrou o cabo de madeira, sentiu uma incrível justeza. Um poder parecia ter soldado seu corpo naquela posição. Olhou para a lâmina brilhante e, tomado por um estranho impulso, levou-a até a testa. Uma sensação de segurança o dominou, de justiça inevitável, de pureza. Pela primeira vez em semanas, ele não se sentia perdido em névoas de dúvida, lutando contra um adversário incorpóreo que desprezava seus golpes.

A força vibrava em seus braços como eletricidade.

A lâmina brilhava com mais força.

— Vamos! — suplicou Mark. — Rápido, por favor!

Ben afastou as pernas, girou o machado para trás e o baixou num arco cintilante, cuja luz se imprimiu nas retinas. A lâmina atingiu a madeira com grande estrépito, destruindo o ferrolho, espalhando lascas no ar.

Ben puxou o machado, e a madeira gritou contra o aço. Desferiu outro golpe, e outro, e mais outro. Sentia os músculos das costas e dos braços flexionando e retesando, com uma segurança e ardor concentrado que ele nunca sentira antes. Cada golpe produzia lascas que voavam como metralhas. No quinto golpe, a lâmina atravessou a porta, e ele começou a ampliar o buraco com uma pressa que beirava o frenesi.

Mark o olhava, maravilhado. A fria flama azul subira pelo cabo do machado e se espalhara pelos braços de Ben, até que ele parecesse envolto por uma coluna de fogo. A cabeça estava inclinada para o lado, os músculos do pescoço, tensos e saltados, um olho aberto e fulminante, o outro fechado. As costas da camisa haviam se rompido devido à pressão das espáduas, e os músculos distendiam-se sob a pele como cordas. Era um homem tomado, possuído, e Mark viu sem saber (ou precisar saber) que não era uma possessão cristã. Era um bem mais elementar, menos apurado. Era minério bruto, que brotava do chão. Nada tinha de refinado. Era Força, era Poder, era o que movia as rodas do universo.

A porta do armário de Eva Miller não resistiu a esse ímpeto. O machado se movia com uma rapidez quase cegante. Tornou-se uma onda, um arco descendente, um arco-íris que partia do ombro de Ben e terminava na madeira desse último obstáculo.

Deu um golpe final e jogou o machado longe. Estendeu as mãos para frente. Elas resplandeciam.

Estendeu-as para Mark, e o menino hesitou.

— Eu te amo — disse Ben.

Eles uniram as mãos.

49

O armário embutido era pequeno como uma cela, e estava vazio, com a exceção de algumas garrafas empoeiradas, alguns engradados e uma cesta cheia de batatas velhas, cujos brotos se estendiam em todas as direções — e os corpos. O caixão de Barlow estava nos fundos, apoiado contra a parede como um sarcófago egípcio, e sua crista brilhou friamente à luz que eles traziam em si como o fogo de Santo Elmo.

Em frente ao caixão, conduzindo a ele como uma trilha, estavam os corpos das pessoas com quem Ben vivera e dividira o pão: Eva Miller, com Weasel Craig a seu lado; Mabe Mullican, que ocupara o quarto no final do corredor do segundo andar; John Snow, que vivia de pensão e cuja artrite mal permitira que andasse até a mesa do café da manhã; Vinnie Upshaw, Grover Verrill.

Ben e Mark passaram sobre eles e pararam ao lado do caixão. Ben olhou para o relógio. Eram 18h40.

— Vamos levá-lo lá para fora — disse ele. — Para perto de Jimmy.

— Deve pesar uma tonelada — disse Mark.

— A gente consegue. — Ele estendeu a mão, quase experimentalmente, e agarrou o canto superior direito do caixão. A crista brilhou como um olho apaixonado. A madeira era repulsiva ao toque, tornada lisa e pétrea pelos anos. Não tinha poros nem pequenas imperfeições onde os dedos pudessem se firmar. Mas era fácil balançá-lo. Uma só mão bastava.

Ben o inclinou com um pequeno impulso, sentindo o grande volume que parecia contido como que por contrapesos invisíveis. Ouviu um som surdo no interior. E pegou um lado do caixão.

— Agora, o seu lado — disse a Mark.

O menino pegou a outra extremidade do caixão, que subiu facilmente em suas mãos. Seu rosto se encheu de espanto e alegria.

— Acho que conseguiria com um dedo.

— Provavelmente. As coisas estão do nosso lado agora. Mas a gente tem de correr.

Quando passaram pela porta estilhaçada, o caixão quase ficou preso na extremidade mais larga, mas Mark baixou a cabeça e o empurrou com força. A madeira passou com um rangido agudo.

Levaram o caixão até onde Jimmy jazia, coberto com as cortinas de Eva.

— Aqui está ele, Jimmy — disse Ben. — Aqui está o filho da mãe. Vamos pôr no chão, Mark.

Olhou para relógio de novo. 18h45. A luz que entrava pela porta da cozinha já se tingia de cinza.

— Agora? — perguntou Mark.

Eles se entreolharam sobre o caixão.

— Agora — disse Ben.

Mark deu a volta e olhou para os selos e trancas do caixão. Eles se dobraram, e as trancas se partiram quando as tocaram, produzindo um estalido seco. Ergueram a tampa.

Barlow estava diante deles, os olhos brilhantes bem abertos.

O que viram foi um rapaz, com os cabelos pretos viçosos e brilhantes espalhados sobre o travesseiro de cetim de seu pequeno aposento. Sua pele tinha o brilho da vida. Suas faces estavam vermelhas como sangue. Seus dentes se curvavam sobre os lábios cheios, brancos com veios de amarelo, tal como o mármore.

— Ele... — começou a dizer Mark, mas não terminou.

Os olhos vermelhos de Barlow rolaram nas órbitas, enchendo-se de vida e triunfo zombeteiro. Mergulharam nos de Mark, que se perdeu neles, seus olhos também ficando neutros e distantes.

— Não olhe para ele! — gritou Ben, mas era tarde demais.

Empurrou Mark para longe. O menino soltou um gemido longo e, subitamente, atacou Ben. Pego de surpresa, Ben recuou com passos trôpegos. No instante seguinte, as mãos do menino invadiram seu bolso, em busca da pistola de Homer McCaslin.

— Mark! Não...

Mas o menino não ouviu. Seu rosto estava pálido como um lençol. O gemido continuou em sua garganta, o lamento de um animalzinho encurralado. Ele segurou a pistola. Ben tentou arrancá-la das mãos dele, mantendo o cano afastado dos dois.

— Mark! — gritou ele. — Mark, acorde, pelo amor de Deus...

O cano virou em direção a sua cabeça quando a arma disparou. Ele sentiu a bala passar ao lado da têmpora. Agarrou as mãos de Mark e lhe deu um chute. Mark tombou para trás, e a arma caiu no chão entre eles. O menino se atirou sobre ela, gemendo, e Ben esmurrou sua boca com toda a força. Sentiu os lábios do menino se chocarem contra os dentes e gritou como se ele tivesse recebido o golpe. Mark caiu de joelhos, e Ben chutou a arma para longe. O menino tentou rastejar atrás dela, mas Ben o esmurrou de novo.

Com um suspiro cansado, o menino desabou.

A força e a segurança o haviam abandonado. Voltara a ser apenas Ben Mears, e estava com medo.

O retângulo de luz na cozinha agora estava de um púrpura mortiço. Ele olhou para o relógio. 18h51.

Uma força tremenda impelia sua mente, ordenando que olhasse para o parasita corado e satisfeito no caixão ao lado.

Olhe para mim, seu inseto. Olhe para Barlow, para quem séculos são como as horas que você passa diante da lareira com um livro. Olhe para a grande criatura da noite, que você pretende abater com um mísero pedaço de madeira. Olhe para mim, pobre escriba. Pois escrevo em vidas humanas, e o sangue é minha tinta. Olhe para mim e desista!

Jimmy, não vou conseguir. É tarde demais, ele é muito forte...

OLHE PARA MIM!

Eram 18h53.

Mark gemeu no chão.

— Mãe? Mamãe, cadê você? Minha cabeça está doendo... está escuro...

Ele entrará para minha igreja como um castrato.

Ben tirou uma das estacas do cinto, mas a deixou cair no chão. Deu um grito de desespero. Lá fora, o sol abandonava Jerusalem's Lot. Seus últimos raios demoravam-se sobre o teto da Casa Marsten.

Ele apanhou a estaca. Mas onde estava o martelo? *Onde estava o maldito martelo?*

Ao lado da porta do armário. Deixara-o lá depois de arrebentar o cadeado.

Cruzou o porão correndo e o pegou.

Mark erguia-se sobre os cotovelos, a boca sangrando. Passou a mão pelos lábios e olhou para o sangue, confuso.

— Mamãe! — gritou. — Cadê minha mãe?

Eram 18h55. A luz e as trevas estavam em perfeito equilíbrio.

Ben voltou correndo para o caixão, agarrando a estaca com uma mão, o martelo com a outra.

Ouviu uma risada retumbante e triunfal. Barlow estava sentado no caixão, os olhos rubros cintilando de júbilo. Ben olhou para eles, e sentiu a força se exaurir.

Com um grito louco e convulsivo, ergueu a estaca sobre a cabeça e a baixou com vontade. A ponta afilada rompeu a camisa de Barlow, e ele a sentiu penetrar a carne.

Barlow gritou — um som lúgubre e doído como o uivo de um lobo. A força da estaca esmagando seu peito o empurrou de volta para o caixão. Estendeu os braços, as mãos como garras, agitando-se loucamente.

Ben bateu com o martelo no alto da estaca, e Barlow gritou novamente. Uma de suas mãos, fria como uma lápide, agarrou a mão esquerda de Ben, que segurava a estaca.

Ben entrou no caixão, os joelhos plantados sobre os de Barlow. Olhou para o rosto crispado de dor e ódio.

— *Solte-me!* — gritou Barlow.

— Tome, seu filho da mãe — soluçou Ben. — Tome, seu sanguessuga!

Bateu com o martelo na estaca mais uma vez. O sangue espirrou para o alto num jato frio, cegando-o por um momento. A cabeça de Barlow se debatia sobre o travesseiro de cetim.

— *Solte-me, como você ousa, como você ousa fazer isso...*

Ben continuou batendo com o martelo. O sangue escorria das narinas de Barlow. Seu corpo começou a se contorcer no caixão como um peixe num anzol. Suas garras se enterraram no rosto de Ben, abrindo longos vincos na pele.

— SOLTE-ME! SOOOLTE...

Ben bateu mais uma vez com o martelo na estaca, e um sangue negro começou a brotar do peito de Barlow.

E depois, veio a dissolução.

Ela se deu no intervalo de dois segundos, tão rápido que lhe pareceu inacreditável à luz dos anos seguintes, mas lenta o bastante para recorrer em seus pesadelos, em terrível câmara lenta.

A pele tornou-se amarela e áspera e se cobriu de pústulas como uma velha lona. Os olhos se apagaram, cobriram-se de uma névoa branca, afundaram-se. Os cabelos embranqueceram e caíram como folhas secas. O corpo dentro do terno preto murchou e encolheu. A boca se escancarou e os lábios recuaram cada vez mais, até encontrarem com o nariz e desaparecerem no círculo dos dentes pontudos. As unhas escureceram e se descolaram, e restaram apenas ossos, ainda ornados com anéis, estalando e batendo como castanholas. Uma nuvem de poeira se desprendeu das fibras da camisa. A cabeça calva e enrugada reduziu-se a um crânio. As calças, com nada para preenchê--las, pareciam vassouras vestidas de seda negra. Por um momento, um medonho espantalho animado contorceu-se diante dos olhos de Ben, que saltou para fora do caixão com um grito estrangulado de pavor. Mas era impossível afastar os olhos da última metamorfose de Barlow. Ela hipnotizava. O crânio descarnado debatia-se sobre o travesseiro de cetim. O maxilar descoberto abriu-se num grito mudo, destituído de cordas vocais. Os dedos esqueléticos contorciam-se na escuridão como sinistras marionetes.

Cheiros chegavam às narinas de Ben e se esvaíam em pequenas ondas: gases; carne em putrefação; um mofo de bibliotecas. E então, nada. Os dedos que se torciam e protestavam se desfizeram como pó. A cavidade nasal do crânio se ampliou até se encontrar com a cavidade da boca. As órbitas vazias se alargaram numa expressão de surpresa e horror, fundiram-se e se desintegraram. O crânio cedeu como um antigo vaso Ming. As roupas vazias se aplanaram, impessoais como uma muda destinada à lavanderia.

Contudo, ainda não terminara seu tenaz domínio sobre o mundo — a poeira ainda se erguia e girava como pequenos demônios brancos dentro do caixão. E então, de repente, ele sentiu a passagem brutal de algo que o empurrou como um vento forte. Ele estremeceu. No mesmo instante, todas as janelas da pensão de Eva Miller explodiram para fora.

— Cuidado, Ben! — gritou Mark. — Cuidado!

Ele se voltou rapidamente e os viu saindo do armário — Eva, Weasel, Mabe, Grover e os outros. A hora deles chegara.

Os gritos de Mark ecoaram nos ouvidos de Ben como grandes sirenes de incêndio, e ele o agarrou pelos ombros.

— *A água benta!* — gritou para o menino atormentado. — *Eles não podem encostar em nós!*

Os gritos de Mark se acalmaram.

— Suba pela tábua — disse Ben. — Suba.

Precisou virar o menino em direção à tábua e dar um tapa em sua bunda para fazê-lo subir. Em seguida, voltou-se e encarou os Desmortos.

Eles aguardavam passivamente a uns cinco metros, olhando-o com um ódio vazio que não era humano.

— Você matou o Mestre — disse Eva, e ele pensou ouvir pesar em sua voz. — Como pôde matar o Mestre?

— Vou voltar — ele disse. — E pegarei todos vocês.

Ele subiu a tábua, inclinado, agarrando-a com as mãos. A madeira tremeu sob seu peso, mas aguentou. No alto, ele parou e olhou para baixo. Os Desmortos cercavam o caixão, olhando-o em silêncio. Faziam lembrar as pessoas que rodearam o corpo de Miranda depois do acidente de motocicleta.

Procurou Mark, e o encontrou deitado ao lado da porta da varanda, com a cara no chão.

50

Ben disse a si mesmo que o menino estava apenas desmaiado. Podia ser. O pulso estava constante e forte. Pegou-o no colo e o levou para o Citroën.

Sentou atrás do volante e ligou o motor. Ao entrar na rua da Ferrovia, a reação retardada o atingiu como um murro, e ele teve de abafar um grito.

Os mortos-vivos tomavam as ruas.

Com a mente febril, ecoando o clamor das trevas, ele virou à esquerda na avenida Jointner e seguiu em direção à saída da cidade.

Capítulo quinze

BEN E MARK

1

Mark despertou aos poucos, deixando que o murmúrio constante do motor o trouxesse à tona, sem que precisasse pensar ou lembrar. Finalmente, olhou pela janela, e o medo o dominou com mãos frias. Estava escuro. As árvores que margeavam a estrada eram manchas indistintas, e os carros que passavam por eles estavam com os faróis acesos. Um gemido desarticulado escapou de seus lábios, e ele levou a mão ao pescoço à procura da cruz.

— Relaxe — disse Ben. — Saímos da cidade. Já ficou 30 quilômetros para trás.

O menino se jogou sobre ele, quase o fazendo perder a direção, e trancou a porta do motorista. Em seguida, trancou sua própria porta. Depois, encolheu-se no banco, formando uma bola com o corpo. Queria que o nada voltasse. O nada era bom e escuro, sem nenhuma imagem medonha.

O rumor constante do motor o confortava. *Mmmmm*. Era bom. Ele fechou os olhos.

— Mark?

Era melhor não responder.

— Mark, você está bem?

Mmmmmmmmm.

— Mark...

A voz se tornou distante. Ótimo. O delicioso nada voltou, e sombras cinzentas o acalentaram.

2

Ben parou num motel logo depois da divisa de New Hampshire, registrando-se como Ben Cody e Mark como seu filho. Mark entrou no quarto empunhando a cruz. Seus olhos iam de um lado a outro nas órbitas como pequenos animais enjaulados. Segurou a cruz até que Ben fechasse a porta, trancasse e pendurasse sua própria cruz na maçaneta. Havia uma tevê colorida no quarto, e Ben ligou-a. Duas nações africanas haviam entrado em guerra. O presidente estava resfriado, mas não era nada sério. E um homem em Los Angeles enlouquecera e matara 14 pessoas a tiros. A previsão do tempo era de chuva — e nevascas no norte do Maine.

3

'Salem dormia, e os vampiros perambulavam por suas ruas e estradas de terra como espectros do mal. Alguns haviam emergido das névoas da morte o bastante para readquirir astúcias rudimentares. Lawrence Crockett ligou para Royal Snow e o convidou para ir até o escritório jogar cartas. Quando Royal entrou, ele e a mulher o atacaram. Glynis Mayberry ligou para Mabel Werts, disse que estava assustada e perguntou se podia passar a noite com ela até que o marido voltasse de Waterville. Mabel concordou com um alívio quase patético, e, quando abriu a porta dez minutos depois, Glynis estava na soleira, totalmente nua, a bolsa a tiracolo, sorrindo com dentes imensos e famintos. Mabel teve tempo de gritar, só uma vez. Quando Delbert Markey saiu para fechar a taverna deserta pouco depois das oito, Carl Foreman e Homer McCaslin emergiram das sombras e disseram que precisavam de um trago. Milt Crossen, pouco antes de fechar a loja, recebeu a visita de alguns de seus mais fiéis clientes e amigos. E George Middler visitou vários meninos do colégio, que compravam na sua loja e sempre o olhavam com um misto de desprezo e malícia. E satisfez suas mais ocultas fantasias.

Turistas e transeuntes ainda passavam pela rodovia 12, não vendo nada em Lot além do outdoor de boas-vindas e uma placa que indicava a velocidade máxima: 60 quilômetros por hora. Quando saíam da cidade, voltavam a 90 quilômetros por hora e pensavam distraidamente: "Credo, que lugarzinho morto."

A cidade guardava seus segredos, e a Casa Marsten pairava sobre ela como um rei arruinado.

4

Ben voltou no amanhecer do dia seguinte, deixando Mark no quarto do motel. Parou numa movimentada loja de ferragens em Westbrook e comprou uma pá e uma picareta.

'Salem jazia silenciosa sob um céu cinzento e chuvoso. Poucos carros passavam na rua. A Spencer's estava aberta, mas o Excellent Café fechara as portas, assim como as persianas verdes, e não se viam os cardápios nas janelas, nem a pequena lousa que anunciava o prato do dia.

A visão das ruas vazias lhe gelou os ossos. Uma imagem lhe veio à mente — um velho disco de rock and roll com a foto de um travesti na capa, o perfil talhado contra um fundo preto, o rosto estranhamente masculino sangrando ruge e tinta; o título: "They Only Come Out at Night" (Eles só saem à noite).

Foi primeiro à pensão da Eva. Subiu até o segundo andar e abriu a porta do seu quarto. Estava exatamente como o havia deixado — a cama desfeita, um dropes aberto sobre a mesa. Ele puxou a lixeira vazia, que estava debaixo da mesa, para o meio do quarto.

Jogou nela seus originais. Enrolou a página de rosto e a queimou com seu isqueiro Cricket. Quando ela pegou fogo, jogou-a em cima das páginas datilografadas. A chama as lambeu e, tendo-as provado, começou a devorá-las. As pontas do papel queimaram, dobraram-se, enegreceram. Uma fumaça branca começou a se elevar da lixeira; ele, sem pensar no que fazia, inclinou-se sobre a mesa e abriu a janela.

Sua mão esbarrou no peso de papel — o globo de vidro que o acompanhara desde a infância —, apanhado numa visita onírica a uma casa assombrada. Quando a gente o sacode, a neve cai...

Foi o que ele fez, erguendo-o diante dos olhos como fazia quando criança, e assistiu àquele truque tão antigo. Em meio aos flocos de neve, via-se uma casinha de gengibre com um pequeno jardim na frente. As janelas estavam fechadas, mas meninos cheios de imaginação (como Mark Petrie era agora) tinham a impressão de que uma das janelas estava sendo fechada por uma mão branca e esquálida, e um rosto pálido os espiava, sorrindo e mostrando os longos dentes, convidando-os para entrar nessa casa em meio a uma terra fantástica, onde a falsa neve caía infinitamente e onde o tempo era um mito. O rosto olhava para ele agora, pálido e faminto, um rosto que jamais voltaria a ver a luz do sol e o azul do céu.

Era o seu próprio rosto.

Ele atirou o peso de papel contra a parede, estilhaçando-o.

Saiu do quarto sem olhar para ver o que escapava dele.

5

Ben desceu ao porão para buscar o corpo de Jimmy. Esse foi o pior trajeto de todos. O caixão continuava no mesmo lugar, vazio — nem pó continha. Mas não totalmente vazio. A estaca continuava lá, e algo mais. Ele sentiu a garganta apertar. Dentes. Os dentes de Barlow — tudo o que restara dele. Ben se inclinou e os apanhou — e eles se retorceram em suas mãos, como pequenos animais brancos, tentando se unir e morder.

Com um grito de repulsa, ele os atirou para longe, espalhando-os.

— Santo Deus — ele sussurrou, esfregando a mão na camisa. — Santo Deus, faça com que isso tenha terminado. Por favor, faça com que tenha terminado.

6

Penando, ele conseguiu tirar Jimmy, ainda enrolado nas cortinas de Eva, do porão. Acomodou o corpo no porta-mala do Buick e seguiu para a casa de Mark, a pá e a picareta ao lado da maleta preta de Jimmy no banco de trás. Numa clareira atrás da casa e perto do murmurante córrego Taggart, ele passou o resto da manhã e parte da tarde abrindo uma grande cova com um metro e pouco de profundidade. Lá acomodou Jimmy e os pais de Mark, ainda enrolados na manta do sofá.

Começou a tapar a cova dos que morreram puros às duas e meia. Apressou o ritmo à medida que o sol avançava pelo céu nublado em direção a oeste. Um suor que não era fruto só da exaustão se condensou sobre sua pele.

Às quatro, terminou seu trabalho. Ajeitou a grama por cima da cova da melhor maneira possível e voltou para a cidade com a pá e a picareta enlameadas no porta-mala do carro de Jimmy. Parou na frente do Excellent Café, deixando as chaves na ignição.

Fez uma pausa, olhando ao redor. Os prédios comerciais desertos, com as fachadas falsas, pareciam se inclinar fragilmente sobre a rua. A chuva, que começara por volta do meio-dia, caía lenta e branda, como num pranto. O parque onde ele conhecera Susan estava vazio e desolado. As janelas do Paço Municipal estavam fechadas. Uma placa escrito "Volto logo" pendia da Seguradora e Imobiliária Larry Crockett com triste autoconfiança. E o único som era o da chuva fina.

Ele subiu a rua da Ferrovia, seus passos ecoando na calçada vazia. Quando chegou à pensão, parou ao lado do seu carro por um momento, olhando ao redor pela última vez. Nada se mexia.

A cidade estava morta. A certeza lhe veio, súbita e implacável, como ele tivera certeza de que Miranda estava morta quando viu seu sapato caído sobre o asfalto.

Ele começou a chorar.

Ainda chorava quando passou pela placa que dizia: "Você está deixando Jerusalem's Lot, uma cidade pequena e de paz. Volte sempre!"

Entrou na estrada. As árvores esconderam a Casa Marsten quando ele desceu a rampa de asfalto. Seguiu em direção ao sul, ao encontro de Mark e da vida.

EPÍLOGO

Entre essas vilas dizimadas
Sobre o pontal, exposto ao vento sul
Com as montanhas se estendendo adiante,
nos escondendo,
Quem entenderá nossa decisão de esquecer?
Quem aceitará nossa oferta nesse final
de outono?

— George Seferis

Ela, sem olhos, agora.
As cobras que um dia abrigara
Devoram suas mãos.

— George Seferis

1

Do álbum de recortes feito por Ben Mears (com artigos do Press-Herald*, de Portland*):

19 de novembro de 1975 (p. 27):

JERUSALEM'S LOT — A família de Charles V. Pritchett, que comprou uma fazenda na cidade de Jerusalem's Lot, no município de Cumberland, há apenas um mês, está se mudando por causa dos barulhos que ouvem durante a noite, segundo Charles e Amanda Pritchett, que vieram de Portland. A fazenda, no monte do Pátio da Escola, é um marco da região e pertenceu antes a Charles Griffen. O pai de Griffen era o proprietário da Laticínios Sunshine, que foi incorporada pela Empresa de Laticínios Slewfoot em 1962. Charles Griffen, que vendeu a propriedade através de um corretor de Porland por "preço de banana", segundo o próprio Pritchett, não foi encontrado pela reportagem. Amanda Pritchett falou ao marido sobre os "barulhos estranhos" no palheiro logo depois que...

4 de janeiro de 1976 (p. 1):

JERUSALEM'S LOT — Um estranho acidente de carro aconteceu na noite de ontem ou na manhã de hoje na pequena cidade de Jerusalem's Lot, no sul do Maine. Baseando-se em marcas no asfalto encontradas perto do local, a polícia presume que o carro, um sedã de modelo recente, andava em alta velocidade quando saiu da estrada e bateu num poste da Usina Elétrica do Centro do Maine. O carro ficou totalmente destruído, e embora marcas de sangue tenham sido encontradas no banco da frente e no painel, os passageiros estão desaparecidos. Segundo a polícia, o carro estava registrado em nome do Sr. Gordon Phillips, de Scarborough. Segundo um vizinho, Phillips e a família planejavam visitar parentes em Yarmouth. A hipótese da polícia é que Phillips, a mulher e os dois filhos saíram do carro desnorteados e se perderam. Planos de busca foram...

14 de fevereiro de 1976 (p. 4):

CUMBERLAND — A Sra. Gertrude Hersey, sobrinha da Sra. Fiona Coggins, uma viúva que morava sozinha na via Smith, no oeste de Cumberland, comunicou o desaparecimento da tia esta manhã à polícia do município de Cumberland. Segundo a Sra. Hersey, sua tia era uma reclusa e estava doente. Os policiais estão investigando, mas dizem que por enquanto é impossível...

27 de fevereiro de 1976 (p. 6):

FALMOUTH — John Farrington, um fazendeiro idoso que morou a vida inteira em Falmouth, foi encontrado morto esta manhã em seu celeiro pelo genro, Frank Vickery. Segundo Vickery, Farrington estava caído de bruços ao lado de um monte de feno, com um forcado perto da mão. O legista do município, David Rice, disse que Farrington parece ter morrido de hemorragia severa ou talvez interna...

20 de maio de 1976 (p. 17):

PORTLAND — O Serviço Florestal do Estado do Maine alertou os guardas florestais do município de Cumberland para que procurem uma matilha de cães selvagens que pode estar à solta na região de Jerusalem's Lot, Cumberland e Falmouth. No último mês, várias ovelhas foram encontradas mortas com a garganta e a barriga rasgadas. Em alguns casos, os animais foram desventrados. O guarda florestal Warden Upton disse: "Como sabem, a situação piorou muito no sul do Maine..."

29 de maio de 1976 (p. 1):

JERUSALEM'S LOT — A polícia suspeita que foi criminoso o desaparecimento de Daniel Holloway e sua família, que haviam se mudado há pouco tempo para uma casa na via do córrego Taggart, nessa pequena comarca de Cumberland. A polícia foi avisada pelo avô de Daniel Holloway, que ficou preocupado porque ninguém atendia o telefone.

O casal e os dois filhos mudaram-se para a via do córrego Taggart em abril, e se queixavam a amigos e parentes de que ouviam "barulhos estranhos" à noite.

Jerusalem's Lot tem sido palco de vários acontecimentos estranhos nos últimos meses, e muitas famílias...

4 de junho de 1976 (p. 2):

CUMBERLAND — A Sra. Elaine Tremont, uma viúva que mora numa casinha na via Back Stage, na região oeste dessa cidadezinha no município de Cumberland, foi internada no Hospital de Cumberland esta manhã depois de sofrer um ataque cardíaco. Ela disse ao repórter que ouviu um barulho na janela do quarto enquanto assistia à televisão e, quando foi verificar, viu um rosto olhando para ela.

"Estava sorrindo", relatou a Sra. Tremont. "Foi horrível. Nunca senti tanto medo em minha vida. Desde que mataram aquela família na via do córrego Taggart, a apenas um quilômetro e meio de casa, eu vivo assustada."

A Sra. Tremont se referia à família de Daniel Holloway, que desapareceu da própria casa em Jerusalem's Lot no começo da semana passada. A polícia disse que investiga a ligação entre os casos, mas...

2

O homem alto e O menino chegaram a Portland em meados de setembro e se hospedaram num motel durante três semanas. Estavam acostumados ao calor, mas depois do clima seco de Los Zapatos, estranharam a umidade do local. Os dois passavam muito tempo nadando na piscina do motel e contemplando o céu. O homem comprava o *Press-Herald* de Portland todos os dias — jornais novos agora, sem marcas do tempo ou de urina de cachorro. Lia a previsão do tempo e procurava artigos a respeito de Jerusalem's Lot. No nono dia da estada deles em Portland, um homem desapareceu em Falmouth. Seu cão foi encontrado morto no quintal. A polícia investigava o caso.

O homem acordou cedo no dia 6 de outubro e saiu para o pátio do motel. A maioria dos turistas já havia voltado para suas casas, em Nova York, Nova Jersey ou Flórida, em Ontário ou Nova Scotia, na Pensilvânia ou Califórnia. Partiram deixando lixo e dólares, enquanto os nativos aproveitavam a mais linda estação da região.

Naquela manhã havia algo novo no ar. O cheiro dos motores que vinha da estrada não era tão forte. Não havia névoa no horizonte, nem neblina leitosa repousando aos pés do outdoor que se erguia no campo ao longe. O céu matinal estava muito claro, e o ar, gelado. O veranico se fora da noite para o dia.

O menino saiu e parou ao lado do homem.

— Hoje — disse o homem.

3

Era quase meio-dia quando chegaram à entrada de 'salem. Ben sentiu dor ao lembrar do dia em que chegara lá, cheio de confiança, disposto a exorcizar os demônios que o perseguiam havia tanto tempo. Naquele dia, fazia mais calor, o vento oeste não estava tão forte, e o veranico apenas começava. Ele vira dois meninos levando varas de pescar. O céu naquele dia estava de um azul mais intenso, mais frio.

O rádio do carro proclamava que o índice de risco de incêndio atingira cinco pontos, o segundo nível mais alto. Praticamente não chovia no sul do Maine desde a primeira semana de setembro. O locutor da WJAB alertou os motoristas para apagarem bem o cigarro antes de jogá-lo pela janela e em seguida tocou uma música sobre um homem que ia se atirar de uma torre d'água por amor.

Seguiram pela rodovia 12, passaram pela placa de boas-vindas e entraram na avenida Jointner. Ben notou que a luz de advertência estava apagada. Ninguém precisava tomar cuidado agora.

Entraram na cidade. Cruzaram-na lentamente. Ben sentiu o velho medo cair sobre ele, como um casaco encontrado no sótão, que apertava mas ainda servia. Mark estava sentado rigidamente ao seu lado, segurando um frasco de água benta que trouxera de Los Zapatos. Fora presente de despedida do padre Gracon.

Com o medo, vieram as lembranças, ameaçando partir o coração.

Uma drogaria da rede LaVerdiere substituíra a Spencer's, mas não tivera sorte melhor. As janelas fechadas estavam nuas e sujas. A placa de ônibus da Greyhound fora retirada. Uma placa de "Vende-se" pendia, meio torta, na vitrine do Excellent Café — os bancos do balcão haviam sido arrancados e transportados para alguma lanchonete mais próspera. Mais adiante, a placa na porta do que antes fora uma lavanderia ainda dizia "Barlow e Straker — Móveis Finos", mas as letras douradas, que ninguém mais lia, haviam perdido o brilho. A vitrine estava vazia, e sujo o carpete que a revestia. Ben pensou em Mike Ryerson, perguntando-se se ainda estaria naquela caixa no fundo da loja. A ideia secou-lhe a boca.

Ben diminuía a velocidade nos cruzamentos. Viu a casa dos Nortons no alto do monte, cercada de grama alta e amarela, cobrindo a churrasqueira que Bill Norton construíra. Algumas janelas estavam quebradas.

Um pouco mais adiante, ele parou e foi olhar o parque. O Memorial de Guerra erguia-se em meio a uma selva de arbustos e capim. A piscina infantil fora encoberta por plantas aquáticas. A tinta verde dos bancos estava descascada. Os balanços estavam enferrujados, e produziriam um rangido insuportável se alguém resolvesse usá-los. O escorregador caíra de lado e jazia com as pernas rígidas e esticadas, como um antílope morto. E, num canto da caixa de areia, o braço mole caído sobre a grama, jazia um boneco de pano esquecido por alguma criança. Seus olhos de botão pareciam exprimir um horror sem nome, como se tivessem visto todos os segredos das trevas durante sua longa estada na caixa de areia. E talvez tivessem mesmo.

Ele olhou para cima e viu a Casa Marsten, as persianas ainda fechadas, olhando para a cidade com trêmula malevolência. Era inofensiva àquela hora, mas e depois do anoitecer...?

As chuvas deviam ter levado as hóstias com as quais Callahan a selara. Podia voltar a ser deles se a quisessem — um santuário, um farol do mal pairando sobre a cidade morta e desertada. Será que eles se reuniam lá?, perguntou-se Ben. E perambulavam, pálidos, pelos corredores enoitecidos, e ofereciam festins e rituais perversos ao Criador do Criador que adoravam?

Ele desviou os olhos, sentindo-se frio por dentro.

Mark olhava para as casas. A maioria delas tinha as persianas fechadas. Em outras, as janelas nuas revelavam cômodos vazios. Eram piores do que as decentemente fechadas, pensou Ben. Pareciam olhar para eles, invasores diurnos, com a expressão apalermada dos deficientes mentais.

— Eles estão nessas casas — disse Mark, taciturno. — Estão aí, nesse exato momento. Atrás das cortinas, nas camas, nos armários, nos porões. Debaixo dos pisos. Escondidos.

— Calma — disse Ben.

A cidade ficou para trás. Ben entrou na via Brooks, e eles passaram pela Casa Marsten, as persianas ainda cerradas, o jardim um complexo labirinto de capim e grama alta.

Mark apontou e Ben olhou. Uma trilha bem marcada fora aberta através da grama. Atravessava o jardim da estrada até a varanda. Então eles a deixaram para trás, e ele sentiu o peito desafogar. Já haviam enfrentado o pior.

Na via Burns, não muito longe do cemitério Harmony Hill, Ben parou o carro e eles desceram. Entraram na floresta. A seca vegetação rasteira estalava sob seus passos. Eles sentiram o aroma ácido dos frutos dos juníperos e ouviram o som dos gafanhotos. Saíram num pequeno promontório que dava para uma clareira na mata, onde as linhas de força da Usina Elétrica do Maine brilhavam no vento frio. Algumas árvores começavam a mudar de cor.

— Os antigos moradores diziam que foi aqui que começou, em 1951 — disse Ben. — O vento soprava do oeste. Acham que alguém não tomou cuidado com o cigarro. Bastou um cigarro. O fogo se espalhou pelo pântano, e ninguém conseguiu apagá-lo.

Ele tirou um maço de Pall Mall do bolso, olhou para o emblema com ar pensativo — *in hoc signo vinces* — e removeu o celofane da ponta. Acendeu um cigarro e agitou o fósforo, apagando-o. Achou a fumaça espantosamente saborosa, embora não fumasse havia meses.

— Eles têm seus lugares — disse. — Mas podem perdê-los. Muitos podem ser mortos. Destruídos, melhor dizendo. Mas não todos. Entende?

— Sim — disse Mark.

— Não são muito inteligentes. Se perderem o esconderijo, não saberão se esconder direito depois. Duas pessoas procurando nos lugares óbvios podem resolver. Talvez esteja tudo terminado em 'salem antes da primeira neve do inverno. Talvez nunca termine. Não há garantias, de um jeito ou de outro. Mas... sem algo para expulsá-los, para tirá-los de onde estão, não haverá nenhuma chance.

— É.

— Será horrível e perigoso.

— Eu sei.

— Mas dizem que o fogo purifica — refletiu Ben. — A purificação deve adiantar alguma coisa, não acha?

— Acho — disse Mark.

Ben levantou-se.

— Precisamos voltar.

Jogou o cigarro aceso sobre uma pilha de galhos secos e folhas mortas. O rolo branco de fumaça elevou-se contra os bastidores das árvores e depois foi levado pelo vento. A poucos metros, no sentido do vento, havia um grande emaranhado de galhos e ramos caídos.

Eles contemplaram a fumaça, hipnotizados, fascinados.

O incêndio ganhou corpo. Uma língua de fogo surgiu. Um pequeno estalido emergiu da pilha de vegetação morta quando os galhos se inflamaram.

— Esta noite eles não vão correr atrás de ovelhas nem visitar fazendas — disse Ben. — Esta noite eles vão fugir. E amanhã...

— Você e eu — disse Mark, e cerrou os punhos. Seu rosto já não estava pálido, e sim iluminado por uma chama interior. Seus olhos ardiam.

Voltaram para a estrada e partiram.

Na pequena clareira que dava para a usina, o fogo na floresta queimava com mais força, impelido pelo vento outonal que soprava do oeste.

Outubro de 1972
Junho de 1975

2ª EDIÇÃO [2013] 17 reimpressões

ESTA OBRA FOI COMPOSTA EM ADOBE GARAMOND PELA ABREU'S SYSTEM E IMPRESSA EM OFSETE PELA GEOGRÁFICA SOBRE PAPEL PÓLEN DA SUZANO S.A. PARA A EDITORA SCHWARCZ EM JUNHO DE 2024